Legado nos ossos
Dolores Redondo

Trilogia Baztán – Livro 2

Tradução
Ana Maria Pinto da Silva

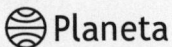 Planeta

Copyright © Dolores Redondo Meira, 2013
Copyright © Editora Planeta do Brasil, 2023
Copyright da tradução © Ana Maria Pinto da Silva, 2016
Todos os direitos reservados.
Título original: *Legado en los huesos*
Publicado em acordo com Pontas Literary & Film Agency

Preparação: Barbara Parente
Revisão: Ligia Alves e Caroline Silva
Diagramação: Márcia Matos
Capa: Departamento de Arte y Diseño. Área Editorial Grupo Planeta
Adaptação de capa: Emily Macedo
Fotografia de capa: Stephen Carroll / Trevillion Images

Dados Internacionais de Catalogação na Publicação (CIP)
Angélica Ilacqua CRB-8/7057

Redondo, Dolores
    Legado nos ossos / Dolores Redondo ; tradução de Ana Maria Pinto da Silva. - São Paulo : Planeta do Brasil, 2023.
    480 p. (Trilogia Baztán ; livro 1)

    ISBN 978-85-422-2479-5
    Título original: Legado en los huesos

    1. Ficção espanhola I. Título II. Silva, Ana Maria Pinto da III. Série

23-6177   CDD 860

Índice para catálogo sistemático:
1. Ficção espanhola

 Ao escolher este livro, você está apoiando o manejo responsável das florestas do mundo

2023
Todos os direitos desta edição reservados à
EDITORA PLANETA DO BRASIL LTDA.
Rua Bela Cintra, 986 – 4º andar
01415-002 – Consolação – São Paulo-SP
www.planetadelivros.com.br
faleconosco@editoraplaneta.com.br

Acreditamos nos livros

Este livro foi composto em
Adobe Garamond Pro e impresso pela
Gráfica Santa Marta para a Editora Planeta
do Brasil em novembro de 2023.

Para Eduardo, cada palavra

Não terá esse homem consciência do seu ofício,
cantando enquanto abre uma cova?

Hamlet, William Shakespeare

Quantas vezes o túmulo encerra, sem o saber,
dois corações num mesmo esquife!

Alphonse de Lamartine

Que a dor quando é por dentro é mais forte,
não alivia quando se conta aos outros.

"Si hay Dios", Alejandro Sanz

Itxusuria

Localizou o túmulo guiando-se pela linha que a água havia desenhado no solo ao cair do beiral do telhado da casa. Ajoelhou-se e, do meio das roupas, tirou uma colher de jardinagem e uma picareta com a qual revolveu a superfície compacta da terra escura, que se desprendeu em torrões úmidos e esponjosos, destilando um aroma delicioso semelhante a madeira e musgo.

Com cuidado, foi eliminando camadas de alguns centímetros até que, misturados com a terra, surgiram pedaços enegrecidos de um pano apodrecido.

Escavou com as mãos, afastando o tecido onde ainda se distinguia uma mantinha de berço que se desfez assim que a tocou, deixando exposto o pano encerado que envolvia o corpo. Mal se viam os restos da corda que o havia amarrado, deixando sobre o tecido um desenho marcado e profundo no local onde o cingiu. Retirou os restos da corda, reduzida a uma polpa entre os seus dedos, e acariciou a superfície em busca da extremidade do tecido, que, mesmo sem ver, adivinhou com várias voltas de pano. Afundou os dedos na ponta da trouxa e rasgou a mortalha, que se abriu como se tivesse utilizado uma faca.

O bebê jazia enterrado de bruços, como se dormisse embalado na terra; os ossos, assim como o tecido, pareciam bem conservados, ainda que manchados pela terra escura do vale de Baztán. Estendeu uma das mãos, que quase cobriu todo o corpinho, comprimiu o peito contra a terra e, sem encontrar resistência, puxou o braço direito, que quando se soltou quebrou a pequena clavícula com um estalo suave, como um suspiro que, vindo da sepultura, se queixasse do despojo. Recuou, de súbito intimidado, levantou-se, enfiou os ossos entre as roupas e lançou um último olhar ao túmulo, antes de empurrar a terra para o seu interior com os pés.

1

O AMBIENTE NO TRIBUNAL ESTAVA irrespirável. A umidade da chuva, agarrada aos casacos, começava a evaporar, misturada à respiração de centenas de pessoas que abarrotavam os corredores em frente às diversas salas. Amaia desabotoou o casaco a três quartos e, ao mesmo tempo, cumprimentava o tenente Padua, que, depois de falar por breves instantes com a mulher que o acompanhava e instando-a a entrar na sala, se aproximou, esquivando-se das pessoas que ali aguardavam.

— Inspetora, prazer em vê-la. Como está? Não tinha certeza se estaria presente aqui hoje — disse, apontando para a barriga protuberante.

Ela levou uma das mãos ao ventre, evidenciando a última fase da gestação.

— Bem, parece que pelo menos por enquanto vai aguentar. Já viu a mãe de Johana?

— Sim, está bastante nervosa. Está esperando lá dentro, acompanhada da família. Acabam de me ligar lá de baixo para dizer que a van com Jasón Medina chegou — respondeu, dirigindo-se ao elevador.

Amaia entrou na sala e sentou-se num dos bancos do fundo; ainda assim conseguia ver a mãe de Johana Márquez, de luto e muito mais magra do que no funeral da menina. Como se tivesse percebido sua presença, a mulher olhou para ela e cumprimentou-a com um breve aceno de cabeça. Amaia tentou sorrir, sem sucesso, enquanto apreciava o rosto limpo e sem maquiagem daquela mãe atormentada pela certeza de não ter podido proteger a filha do monstro que ela mesma havia levado para dentro de casa. O escrivão procedeu à leitura em voz alta dos nomes dos citados. Não passou despercebida a Amaia a expressão tensa que se desenhou no rosto da mulher ao escutar o nome do marido.

— Jasón Medina — repetiu o escrivão. — Jasón Medina.

Um policial fardado entrou correndo na sala, aproximou-se do escrivão e sussurrou-lhe algo no ouvido. Ele, por sua vez, inclinou-se para falar com o juiz, que ouviu o que lhe foi dito, assentiu, chamou o promotor e a defesa, disse algumas breves palavras a eles e levantou-se.

— A sessão está suspensa. Os senhores serão convocados de novo se for necessário. — E, sem dizer mais nada, saiu da sala.

A mãe de Johana começou a gritar ao mesmo tempo que se virava para Amaia em busca de respostas.

— Não! — gritou. — Por quê?

As mulheres que a acompanhavam tentaram em vão abraçá-la de modo a conter seu desespero.

Um dos policiais aproximou-se de Amaia.

— Inspetora Salazar, o tenente Padua pede que a senhora desça até as celas.

Assim que saiu do elevador, ela viu que um grupo de policiais se aglomerava em frente à porta dos banheiros. O guarda que a acompanhava lhe fez sinal para que entrasse. Um policial e um guarda prisional estavam encostados à parede com os semblantes perturbados. Padua contemplava o interior do cubículo, posicionado na beirada da poça de sangue que escorria por debaixo da estrutura que separava os banheiros e ainda não havia começado a coagular. Quando viu a inspetora entrar, afastou-se.

— Ele disse para o guarda que precisava ir ao banheiro. Como pode ver, está algemado, mas mesmo assim conseguiu cortar o próprio pescoço. Foi tudo muito rápido, o policial não se afastou daqui, ouviu uma tosse e entrou, mas já não podia fazer nada.

Amaia deu um passo à frente para examinar a cena. Jasón Medina estava sentado no vaso sanitário com a cabeça jogada para trás. Um corte escuro e profundo lhe atravessava o pescoço. O sangue encharcara a parte da frente da camisa como um babador vermelho que lhe escorregava pelas pernas abaixo, tingindo tudo pelo caminho. O corpo ainda emanava calor, e o odor da morte recente pairava no ar.

— Ele fez isto com o quê? — perguntou Amaia, não vendo nenhum objeto próximo.

— Com um cortador de papel. Caiu das mãos dele quando perdeu as forças e foi parar na cabine ao lado — ele respondeu, empurrando a porta do banheiro seguinte.

— Como ele conseguiu trazer isso para cá? É de metal, o detector devia tê-lo identificado.

— Não foi ele quem trouxe, inspetora. Veja — ele retorquiu, apontando com um gesto —, se reparar bem, verá que o cabo do cortador de papel tem um pedaço de fita adesiva colado nele. Alguém se deu ao enorme trabalho de deixar o cortador de papel aqui, com certeza atrás da descarga, e ele só precisou arrancá-lo do esconderijo.

Amaia suspirou.

— E não é tudo — disse Padua, descontente. — Isto estava caindo do bolso do casaco de Medina — declarou, levantando com a mão enluvada um envelope branco.

— Uma carta de suicídio — sugeriu Amaia.

— Não exatamente — replicou Padua, estendendo-lhe um par de luvas e o papel. — E está endereçada a você.

— A mim? — estranhou Amaia.

Ela calçou as luvas e pegou o envelope.

— Posso?

— Claro.

A aba estava fixada com uma cola fraca que cedeu sem rasgar. Dentro, um cartão branco com uma única palavra escrita no centro do papel.

Tarttalo.

Amaia sentiu uma forte pontada na barriga, prendeu a respiração para disfarçar a dor, virou o papel para verificar se não havia nada escrito no verso e o devolveu a Padua.

— O que significa?

— Esperava que você me dissesse.

— Bem, não sei, tenente Padua, não significa grande coisa para mim — respondeu Amaia, um pouco confusa.

— Um *Tarttalo* é um ser mitológico, não é?

— Sim, até onde sei é um ciclope da mitologia greco-romana, e também da mitologia basca. Aonde você quer chegar?

— Você trabalhou no caso do *basajaun*, que também era um ser mitológico, e agora o assassino confesso de Johana Márquez, que por coincidência tentou imitar um crime do *basajaun* para esconder o seu, comete suicídio e deixa um bilhete endereçado a você, um bilhete com a mensagem "*Tarttalo*". Não vai me dizer que não é no mínimo curioso.

— Sim, admito — suspirou Amaia. — É estranho, mas na época definimos, sem dúvida, que Jasón Medina estuprou e assassinou a enteada e depois tentou de forma bastante descuidada imitar um crime do *basajaun*. Além disso, ele confessou com detalhes. Está insinuando que talvez não tenha sido ele o autor do crime?

— Não tenho a menor dúvida de que foi ele — afirmou Padua, olhando para o cadáver com expressão de repugnância. — Mas nós também temos a questão da amputação e dos ossos da garota que apareceram em Arri Zahar, e agora isto, esperava que você pudesse...

— Não sei o que significa isso, nem por que está endereçado a mim.

Padua suspirou, sem deixar de observar a expressão dela.

— Claro, inspetora.

☙

Amaia dirigiu-se à saída dos fundos, decidida a não se encontrar com a mãe de Johana. Não saberia o que lhe dizer, talvez que tudo terminara, ou que por fim aquele desgraçado tinha escapado para o outro mundo como um rato. Mostrou aos guardas o distintivo e finalmente se viu livre da atmosfera do interior do edifício. Havia parado de chover e, em meio às nuvens, a luz incerta e brilhante que surgia através da garoa tão típica de Pamplona lhe arrancou algumas lágrimas enquanto vasculhava a bolsa à procura dos óculos de sol.

Foi difícil encontrar um táxi que a levasse ao tribunal no horário de pico. Quando chovia acontecia sempre a mesma coisa, mas agora alguns automóveis faziam fila na praça enquanto os pamploneses optavam por ir a pé. Parou por um momento diante do primeiro. Não queria ir logo para casa; a perspectiva de ter Clarice por perto bombardeando-a com perguntas não a atraía. Desde que os sogros haviam chegado, duas semanas antes, o conceito de lar sofrera sérias alterações. Olhou para as convidativas vitrines envidraçadas das cafeterias em frente ao tribunal e no fim da rua de San Roque, de onde vislumbrou as árvores do parque da Media Luna. Calculou um quilômetro e meio até sua casa e começou a caminhar. Caso se cansasse, podia chamar um táxi.

Sentiu um alívio imediato quando, ao entrar no parque, deixou o barulho do trânsito para trás, e o frescor da grama molhada substituiu a fumaça dos veículos. De maneira imperceptível, diminuiu o passo e tomou um dos caminhos de pedra que recortavam o verde perfeito. Inspirou fundo e soltou o ar bem devagar. *Que manhã*, pensou. Jasón Medina se encaixava com perfeição no perfil do réu que comete suicídio na prisão. Estuprador e assassino da filha da esposa, permanecera isolado aguardando julgamento, e estava claro que a perspectiva de ser colocado junto aos presos comuns após a condenação o havia aterrorizado. Lembrava-se dele nos interrogatórios nove meses antes, durante as investigações do caso *basajaun*, como um rato choroso e assustado que confessava as atrocidades cometidas em meio a um mar de lágrimas.

Embora fossem casos diferentes, o tenente Padua da Guarda Civil a tinha convidado a participar devido à tentativa grosseira de Medina de reproduzir o *modus operandi* do assassino em série que ela investigava, baseando-se no que lera na imprensa. Nove meses, justamente quando engravidara. Muitas coisas haviam mudado desde então.

— Não é verdade, minha pequena? — sussurrou, acariciando a barriga.

Uma forte contração a obrigou a parar. Apoiada no guarda-chuva e inclinada para a frente, aguentou a sensação de uma terrível picada no baixo-ventre, que se estendeu até o interior das coxas, provocando-lhe uma cãibra que a fez gemer, não tanto de dor, mas de surpresa pela intensidade. A onda de dor diminuiu tão depressa como chegara.

Então era assim. Tinha se perguntado milhares de vezes como seria quando chegasse a hora do parto e se saberia distinguir os primeiros sinais ou se seria uma dessas mulheres que chegam ao hospital já com a cabeça da criança saindo ou que dão à luz num táxi.

— Ah, minha pequena — falou com doçura —, ainda falta uma semana, tem certeza de que já quer nascer?

A dor havia desaparecido como se nunca tivesse existido. Sentiu uma alegria imensa e uma onda de nervosismo diante da iminência da sua chegada. Sorriu feliz e olhou em volta como se desejasse compartilhar sua satisfação, mas o parque estava deserto, úmido e fresco, de um verde-esmeralda que, com a luz brilhante que se projetava através da camada de nuvens que cobria Pamplona, era ainda mais radiante e bonito, lembrando-a da sensação de descoberta que sempre tinha em Baztán, e que fora para ela um presente inesperado em Pamplona. Retomou o caminho, agora transportada à floresta mágica e aos olhos dourados do senhor daqueles domínios. Apenas nove meses antes encontrava-se investigando ali, no lugar onde nascera, no lugar de onde sempre quisera sair, o lugar para onde voltara para caçar um assassino e onde concebera sua menina.

A certeza da filha crescendo dentro de si dera à sua vida o bálsamo de calma e serenidade que sempre tinha imaginado e que, naquele momento, havia sido a única coisa que podia ajudá-la a enfrentar os terríveis fatos que vivera e que meses antes acabariam com ela. Voltar a Elizondo, remexer no passado e, sobretudo, na morte de Víctor tinha virado de cabeça para baixo o seu mundo e o da família. A tia Engrasi era a única que ficara impassível, embaralhando as cartas, jogando pôquer todas as tardes com as amigas e sorrindo daquela maneira como fazem os que estão na mais perfeita desilusão. Flora mudara-se às pressas para Zarautz, com o pretexto de gravar diariamente os programas de culinária para a televisão nacional, e cedera, quem diria, o comando da Mantecadas Salazar a Ros, que, para surpresa de Flora e confirmando o que Amaia sempre pensara, havia se revelado uma magnífica gerente, embora um pouco confusa no início. Amaia tinha se oferecido para ajudá-la e passara quase todos os fins de semana dos últimos meses em Elizondo, apesar de ter percebido havia muito tempo que Ros já não precisava do seu apoio.

No entanto, continuava indo até lá, para almoçar com elas, para dormir na casa da tia, em casa. A partir do momento em que seu bebê começara a crescer dentro do ventre, desde que se atrevera a dar nome ao medo e a compartilhá-lo com James, e, sem dúvida, também devido ao conteúdo do DVD que guardava ao lado da arma no cofre do quarto, sabia que tinha uma certeza, uma sensação de lar, de raiz, de terra, que acreditava ter perdido havia anos e para sempre.

Assim que entrou na rua Mayor, começou a chover novamente. Abriu o guarda-chuva, caminhou esquivando-se das pessoas que faziam compras e de alguns transeuntes apressados e desprotegidos que andavam meio encurvados debaixo dos beirais dos edifícios e das marquises das lojas. Parou diante da vitrine colorida de uma loja de roupa para crianças, observou os vestidinhos cor-de-rosa bordados com minúsculas florzinhas e pensou que talvez Clarice tivesse razão e devesse comprar alguma coisa assim para a menina. Suspirou, de repente mal-humorada, enquanto pensava no quarto que Clarice havia preparado para a filha. Os sogros tinham vindo para o nascimento da menina, e, embora estivessem em Pamplona fazia apenas dez dias, ela já havia conseguido enfrentar os piores prognósticos de sogra intrometida que se podia esperar. Desde o primeiro dia, ficara surpresa por ainda não terem arrumado um quarto para a bebê mesmo que houvesse vários cômodos vazios na casa.

Amaia recuperara um berço antigo de madeira nobre que durante anos estivera na sala de estar da tia Engrasi, servindo como depósito de lenha. James o havia lixado até deixar à mostra o veio sob a camada de verniz velho, envernizara-o de novo e as amigas de Engrasi costuraram lindíssimas saias laterais e um cobertor branco que realçava o valor e a tradição do bercinho. O quarto deles era grande, tinham espaço suficiente, e a ideia da menina em outro quarto não conseguia convencê-la, por mais vantagens que os especialistas atribuíssem a esse fato. Não, não lhe agradava, pelo menos por enquanto. Durante os primeiros meses, enquanto a estivesse amamentando, tê-la por perto facilitaria as mamadas noturnas e contribuiria para a sua tranquilidade, com a certeza de que poderia ouvi-la se chorasse ou se lhe acontecesse alguma coisa...

Clarice tinha dito aos céus: "A menina tem de ter o próprio quarto, com as suas coisas por perto. Acredite em mim, ambos descansarão melhor. Se a tiver ao lado, vai ficar a noite toda aguardando cada suspiro, cada movimento. Ela precisa ter o espaço dela e vocês devem ter o seu. Além disso, não acho que seja muito saudável para a menina dividir o quarto com dois adultos, depois as crianças se acostumam e mais tarde não tem como levá-las para o quarto delas".

Ela também lera os livros de um grande número de pediatras de prestígio decididos a instruir uma nova geração de crianças educadas no sofrimento, as quais não se deviam pegar demais no colo, teriam que dormir sozinhas e não deviam ser consoladas em seus acessos de frustração, porque precisavam aprender a ser independentes e a administrar os respectivos fracassos e medos. O estômago de Amaia revirou diante de tanta estupidez. Partia do princípio de que, se algum desses ilustres especialistas fosse obrigado a "administrar" o seu medo desde a infância, talvez a visão que tinha do mundo fosse um pouco diferente. Se a filha quisesse dormir com eles até os três anos, seria perfeito: queria consolá-la, escutá-la, minimizar a importância de seus pequenos temores, que ela sabia que poderiam ser enormes também numa criança pequena. Contudo, era evidente que Clarice tinha suas ideias sobre como essas coisas deviam ser feitas e estava disposta a compartilhá-las com o mundo. Três dias antes, ao chegar em casa, Amaia tinha se deparado com o presente-surpresa da sogra, um magnífico quarto com armários, trocador de fraldas, roupeiro, cômoda, tapetes, luminárias. Um desconforto de nuvens e cordeirinhos cor-de-rosa, de laços e rendas por todo lado. James esperava por ela na porta com uma expressão sombria e, enquanto lhe dava um beijo, sussurrou uma desculpa no ouvido, "Ela fez tudo com a melhor das intenções", o que já havia alarmado Amaia o suficiente para lhe congelar o sorriso diante daquele enjoo cor-de-rosa ao mesmo tempo que avaliava o fato de estar sendo alienada e marginalizada dentro da própria casa. Clarice, no entanto, mostrava-se encantada, movimentando-se entre os móveis novos como uma apresentadora de televendas, ao passo que o sogro, impassível como sempre diante da sua enérgica mulher, continuava lendo o jornal sentado na sala e sem se perturbar. Amaia tinha dificuldade em imaginar que Thomas já fora o diretor de um império financeiro nos Estados Unidos; na presença da mulher, comportava-se com uma mistura de submissão e indolência que eram sempre surpreendentes para ela. Amaia teve consciência do quanto James se sentia desconfortável, e foi só por isso que procurou manter a compostura enquanto a sogra ia lhe mostrando o maravilhoso quarto que lhe havia comprado.

— Olha que armário lindo, aqui cabe a roupa toda da menina, e o trocador de fraldas tem dentro um guarda-roupa completo. Você não pode negar que os tapetes são belíssimos, e aqui — disse sorrindo, satisfeita — o mais importante: um berço digno de uma princesa.

Amaia admitiu que o enorme berço cor-de-rosa era próprio de uma infanta, e tão grande que a menina poderia dormir nele até os quatro anos.

— É bonito — obrigou-se a dizer.

— É lindo, e assim você vai poder devolver o depósito de lenha à sua tia.

Amaia saiu do cômodo sem responder, entrou em seu quarto e esperou por James.

— Ah, desculpe, querida, ela não fez com má intenção, mas a minha mãe é assim mesmo, vão ser só mais uns dias. Sei que está tendo muita paciência, Amaia, e prometo que assim que os dois forem embora vamos nos desfazer de tudo de que não gostar.

Aceitara por causa de James e porque não tinha forças para discutir com Clarice. James tinha razão: ela estava com muita paciência, algo que não coincidia com o seu modo de agir. Essa seria a primeira vez que permitia que alguém a manipulasse, mas nesta última fase da gravidez alguma coisa mudara nela. Fazia dias que não se sentia bem, toda a energia de que havia gozado nos primeiros meses havia desaparecido, sendo substituída por uma apatia não usual nela, e a presença dominadora da sogra vinha evidenciar ainda mais a sua falta de forças. Voltou a examinar as roupinhas nas prateleiras e chegou à conclusão de que já estava farta de tudo o que Clarice tinha comprado. Os seus excessos de avó de primeira viagem a deixavam doente, embora houvesse algo mais, e o fato é que teria dado em segredo qualquer coisa para poder sentir essa embriaguez de felicidade cor-de-rosa que acometia a sogra.

Desde que havia engravidado, comprara para a menina apenas um par de botinhas de tricô, camisetas, polainas e alguns pijaminhas de cores neutras. Partia do princípio de que o rosa não era a sua cor favorita. Quando via numa vitrine os vestidinhos, os casaquinhos, os robes e todos aqueles objetos cheios de laços e florezinhas aplicadas, achava que eram bonitos, adequados para vestir uma pequena princesa, mas quando os segurava na mão sentia uma repulsa diante de tanta cafonice ridícula e acabava por não comprar nada, confusa e aborrecida.

Não seria ruim um pouco do entusiasmo de Clarice, que explodia em exclamações apreciativas diante dos vestidinhos com sapatinhos combinando. Ela sabia que não podia ser mais feliz, que havia amado aquela criança desde sempre, desde que ela era uma garota obscura e infeliz e sonhava em ser mãe um dia, uma mãe de verdade, um desejo que ganhou forma quando conheceu James e que chegou a atormentá-la com a dúvida e o medo quando a maternidade ameaçou não chegar, a ponto de ponderar se deveria se submeter a um tratamento de reprodução assistida. E então, nove meses antes, e enquanto investigava o caso mais importante da sua vida, engravidara.

Estava feliz, ou pelo menos achava que deveria estar, e isso a confundia ainda mais. Até pouco tempo, sentia-se plena, contente e segura como havia anos não se sentia, e no entanto, nas últimas semanas, novos temores, que eram na realidade tão velhos como o mundo, haviam retornado de forma furtiva, infiltrando-se em seus sonhos enquanto dormia e sussurrando-lhe palavras que conhecia e que não queria reconhecer.

Uma nova contração menos dolorosa, porém mais longa, retesou-lhe o ventre. Consultou o relógio. Vinte minutos desde a última que sentira no parque.

Foi ao restaurante onde haviam combinado almoçar, porque Clarice não aprovava que James cozinhasse todos os dias, e entre as insinuações de que deviam contratar empregados para a casa, diante do risco de um dia, ao chegar, dar de cara com um mordomo inglês, haviam optado por almoçar e jantar fora todos os dias.

James havia escolhido um restaurante moderno numa rua paralela à rua Mercaderes, onde moravam. Clarice e o silencioso Thomas sorviam generosos martínis quando Amaia chegou. James levantou-se assim que a viu.

— Olá, Amaia, como está se sentindo, amor? — perguntou, beijando-a nos lábios e afastando a cadeira para que ela pudesse sentar-se.

— Bem — respondeu, considerando a possibilidade de lhe contar alguma coisa a respeito do início das contrações. Olhou para Clarice e chegou à conclusão de que o melhor a fazer era ficar calada.

— E a nossa menininha? — perguntou James, sorrindo, pousando uma das mãos sobre o ventre da mulher.

— "Nossa menininha" — repetiu Clarice, com sarcasmo. — É normal para vocês que a uma semana do nascimento da sua filha ainda não tenham escolhido um nome para ela?

Amaia abriu o cardápio e fingiu ler depois de lançar um olhar a James.

— Então, mamãe, outra vez o mesmo assunto. Há alguns nomes de que gostamos, mas não conseguimos nos decidir por um, por isso vamos esperar que a menina nasça. Quando virmos a carinha dela, decidiremos como vai se chamar.

— Ah, sim? — interessou-se Clarice. — E em quais nomes estão pensando? Clarice, talvez? — Amaia bufou. — Não, não, digam em que nome pensaram — insistiu Clarice.

Amaia ergueu os olhos do cardápio ao mesmo tempo que uma nova contração lhe retesava o ventre durante alguns segundos. Consultou o relógio e sorriu.

— A verdade é que já me decidi — mentiu —, mas desejo que seja uma surpresa. Só posso adiantar que não será Clarice, não gosto de nomes repetidos dentro da família; acho que cada um deve ter a sua identidade.

Clarice deu um sorriso torto.

O nome da criança era outra bomba que Clarice lançava contra ela sempre que tinha oportunidade. Como iria se chamar a menina? A sogra havia insistido tanto que James chegara a sugerir que escolhessem um nome de uma vez por todas, só para que a mãe desistisse do assunto. Ela se irritara com ele. Era só o que faltava: ia ter de escolher um nome só para satisfazê-la?!

— Para satisfazê-la, não, Amaia. Precisamos escolher um nome porque vamos ter de chamar a menina de algum modo e parece que você nem quer pensar no assunto.

E, a exemplo do que acontecia com o caso das roupinhas, Amaia sabia que eles tinham razão. Havia lido sobre o assunto e ficara tão preocupada que no fim acabara por perguntar à tia Engrasi.

— Bem, eu nunca tive bebês, então não posso falar por experiência própria, mas a nível clínico sei que isso é bastante comum nas mulheres que são mães pela primeira vez e sobretudo nos pais. Quando já se teve um filho, sabe o que vai enfrentar, já não há surpresas, mas durante a primeira gravidez costuma acontecer que, apesar de a barriga crescer, algumas mães não são capazes de relacionar as modificações ocorridas com o seu corpo com a presença de um bebê real. Hoje em dia, com as ultrassonografias e a possibilidade de escutar o coração do feto e poder saber o sexo do bebê, a impressão de realidade do filho que se espera é aguçada, mas antes, quando não era possível ver o bebê até o momento do parto, muitos só tomavam consciência de que tinham um filho quando podiam segurá-lo nos braços e olhar para a sua carinha. As inseguranças que a preocupam são normais — disse a tia, pousando a mão sobre a barriga dela. — Acredite em mim, ninguém está preparado para o que significa ser pai ou mãe, apesar de alguns disfarçarem muito bem.

Pediu um prato de peixe em que mal tocou e verificou que as contrações se distanciavam e perdiam intensidade quando estava em repouso.

Enquanto tomavam o café, Clarice insistiu.

— Já foram ver jardins de infância?

— Não, mamãe — respondeu James, pousando a xícara em cima da mesa e fitando-a com ar cansado. — Não fomos ver nada, porque não vamos pôr a menina na creche.

— Bom, nesse caso vocês vão procurar uma babá para cuidar dela em casa quando Amaia voltar ao trabalho.

— Quando Amaia voltar ao trabalho, eu cuidarei da minha filha.

Clarice arregalou os olhos e se virou para o marido, tentando encontrar uma cumplicidade que não achou num sorridente Thomas, que balançava a cabeça ao mesmo tempo que tomava o seu chá vermelho.

— Clarice… — avisou. Aquelas repetições do nome da mulher sussurrado em tom de reprovação eram o mais parecido com um protesto que conseguia sair da boca de Thomas.

Ela não se deu por vencida.

— Vocês não estão falando sério. Como vai cuidar da menina? Não sabe nada sobre bebês.

— Aprenderei — respondeu James, divertido.

— Aprender? Pelo amor de Deus! Você vai precisar de ajuda.

— Já temos uma diarista que vai lá em casa por algumas horas.

— Não estou falando de uma diarista que trabalhe quatro horas por semana, estou me referindo a uma babá, uma empregada que se ocupe da menina.

— Eu vou fazer isso, vamos fazer isso entre nós dois, foi isso que decidimos.

James parecia se divertir, e, a julgar pela expressão de Thomas, ela deduziu que ele também. Clarice bufou e adotou um sorriso tenso e um tom de voz pausado que indicava o supremo esforço que estava fazendo para ser razoável e paciente.

— Eu entendo os pais modernos de hoje que dão de mamar aos filhos até aparecerem os primeiros dentes, que os deixam dormir em sua cama e que querem fazer tudo sozinhos e sem ajuda, mas, filho, você também tem de trabalhar, a sua carreira está num momento muito importante, e durante o primeiro ano a bebê não te dará tempo nem para respirar.

— Acabei de terminar uma coleção de quarenta e oito peças para a exposição do Guggenheim do ano que vem e tenho muitos trabalhos reservados para poder tirar algum tempo para me dedicar à minha filha. Além disso, a Amaia não está sempre ocupada, há períodos com mais trabalho, mas o normal é que chegue cedo em casa.

Amaia percebeu que sua barriga se contraía debaixo da blusa. Desta vez foi mais doloroso. Respirou devagar, tentando disfarçar, e olhou para o relógio. Quinze minutos.

— Você está pálida, Amaia. Está se sentindo bem?

— Estou cansada, acho que vou para casa me deitar um pouco.

— Bem, o seu pai e eu vamos às compras — declarou Clarice —, caso contrário terão de cobrir essa criança com folhas de parreira. Vamos nos encontrar aqui para jantar?

— Não — falou Amaia. — Hoje vou comer qualquer coisa leve em casa e tentar descansar. Tinha pensado em ir às compras amanhã, vi uma loja que vende uns vestidinhos lindos.

A estratégia funcionou. A perspectiva de ir às compras com a nora acalmou Clarice, que sorriu encantada.

— Ah, claro que sim, querida, você vai ver o quanto vai se divertir. Há dias que só vejo coisas maravilhosas. Descanse, meu bem — disse, dirigindo-se para a saída.

Thomas inclinou-se para beijar Amaia antes de sair.

— Boa jogada — sussurrou, piscando um olho para ela.

ஃ

A casa onde moravam na rua Mercaderes não deixava perceber do lado de fora a magnificência dos tetos altos, as amplas janelas francesas, os painéis de madeira, as maravilhosas molduras que adornavam muitas das dependências e o piso térreo, onde James havia instalado o seu ateliê e que no passado abrigou uma fábrica de guarda-chuvas.

Depois de tomar um banho, Amaia deitou-se no sofá com um caderno numa das mãos e o relógio na outra.

— Hoje você me parece mais cansada do que o normal. Durante o almoço, percebi que estava preocupada, quase não prestou atenção às bobagens da minha mãe.

Amaia sorriu.

— É por causa de alguma coisa que aconteceu no tribunal? Você me disse que suspenderam o julgamento, mas não o porquê.

— Jasón Medina suicidou-se esta manhã dentro do tribunal, amanhã a notícia sairá nos jornais.

— Caramba! — James encolheu os ombros. — Não posso dizer que sinto muito.

— Não, não é uma grande perda, mas imagino que deve ser um pouco decepcionante para a família da garota que ele, no final, não seja julgado, ainda que a verdade seja que dessa forma evitam ter de reviver aquele inferno escutando os detalhes mais escabrosos.

James assentiu, pensativo.

Amaia pensou em contar-lhe sobre o bilhete que Medina lhe havia deixado. Chegou à conclusão de que só iria preocupá-lo e não queria estragar um momento tão especial com aquele detalhe.

— Seja como for, é verdade que hoje estou mais cansada e que tenho a cabeça ocupada com outras coisas.

— É mesmo? — perguntou James, convidando-a a continuar.

— Ao meio-dia e meia, comecei a sentir contrações de vinte em vinte minutos. A princípio, duravam apenas alguns segundos, mas agora estão mais intensas e ocorrem de doze em doze minutos.

— Ah, Amaia, por que não me contou isso antes? Aguentou isso durante o almoço? Está sentindo muitas dores?

— Não — respondeu, sorrindo —, não doem tanto assim, são mais como uma forte pressão, e não queria que a sua mãe ficasse histérica. Agora preciso de um pouco de tranquilidade. Vou descansar controlando a frequência até me sentir preparada; então vamos para o hospital.

☙

O céu de Pamplona continuava coberto de nuvens que mal deixavam entrever a luz longínqua e bruxuleante das estrelas invernais.

James dormia de bruços, ocupando uma parte maior da cama de casal que por direito lhe correspondia, com a relaxada placidez que era habitual nele e que Amaia sempre havia invejado. A princípio, mostrara-se reticente em deitar-se, mas ela o tinha convencido de que era melhor que estivesse descansado para quando precisasse dele acordado.

— Tem certeza de que ficará bem? — ele insistira.

— Claro que sim, James, só preciso controlar a frequência das contrações. Assim que chegar o momento, avisarei.

Ele adormecera assim que se deitara na cama, e agora a sua respiração regular e o suave roçar das folhas do livro ao passá-las eram as únicas coisas que se ouviam na casa.

Interrompeu a leitura ao sentir uma nova contração. Arquejou, agarrando-se aos braços da cadeira de balanço onde havia passado a última hora, e esperou que a onda de dor se dissipasse.

Contrariada, abandonou o livro sem marcar a página, admitindo que, apesar de ter avançado, não havia prestado atenção alguma ao conteúdo. As contrações tinham se intensificado bastante na última meia hora, e haviam sido muito dolorosas; foi com bastante dificuldade que conseguiu reprimir a vontade de reclamar. Ainda assim, decidiu esperar um pouco mais.

Ela se debruçou na janela francesa e olhou para a rua, bastante movimentada naquela noite de sexta-feira apesar do frio, das chuvas intermitentes e de já ser quase uma hora da madrugada.

Escutou um barulho na entrada, aproximou-se da porta do quarto e ouviu.

Os sogros retornavam depois do jantar e de dar uma volta. Ela se virou para contemplar a luz suave que se desprendia do pequeno abajur que havia acendido para ler e considerou a possibilidade de apagá-lo, mas não havia motivo para se preocupar; a sogra era uma intrometida em quase todos os aspectos, mas não seria louca a ponto de bater à porta do seu quarto.

Continuou a controlar a frequência crescente das contrações ao mesmo tempo que escutava os sons da casa, os sogros seguindo para o quarto, e depois como tudo cessava dando lugar ao silêncio infestado de rangidos e de silvos que povoavam a casa enorme e que ela conhecia como a própria respiração. Já não tinha com que se preocupar; Thomas dormia como uma pedra e Clarice tomava pílulas para dormir todas as noites, por isso até o amanhecer não tomaria consciência de nada.

A contração seguinte foi terrível, e, apesar de ter se concentrado em inspirar e expirar tal como lhe haviam ensinado no curso de preparação para o parto, teve a sensação de ter vestido um espartilho de aço que lhe apertava os rins e lhe comprimia os pulmões de uma maneira tão atroz que a fez sentir medo. Estava assustada, e não era por causa do parto; admitia que sentia alguns temores a esse respeito e sabia também que eram normais. O que a assustava era mais profundo e importante, ela sabia, porque não era a primeira vez que lidava com o medo. Durante anos o encarara como um viajante indesejável e invisível que só se manifestava em seus momentos de fraqueza.

O medo era um velho vampiro que pairava por cima da sua cama enquanto dormia, escondido nas sombras, e que lhe tomava os sonhos de horríveis presenças. Lembrou-se de repente do nome que a sua avó Juanita lhe dava, *gaueko*, "o da noite". Uma presença que havia retrocedido até a escuridão quando ela fora capaz de abrir uma brecha em suas defesas, uma brecha por onde havia penetrado a luz encorajada pela compreensão e pelo entendimento e que revelara com toda a crueldade os terríveis fatos que tinham marcado para sempre a sua vida e que, por força de um controle de ferro, mantivera sepultados em sua alma.

Entendê-lo, saber a verdade, enfrentá-la, fora o primeiro passo, mas mesmo nesse momento de euforia, quando tudo parecia ter passado, sabia que não havia vencido a guerra, apenas uma batalha, gloriosa por ser a primeira vez que um triunfo a arrebatava ao medo, mas apenas uma batalha. Desde aquele dia tinha trabalhado com afinco para manter aberta aquela brecha no muro, e a luz entrando aos borbotões havia fortalecido a sua relação com James e o conceito que havia construído de si mesma durante anos e, ainda por cima, aquela gravidez, o pequeno ser que crescia dentro dela, lhe trouxe uma paz que nunca havia imaginado. Durante a gestação sentira-se muito bem, sem enjoo, sem mal-estar. O sono reparador de cada noite era sereno e plácido, sem pesadelos nem sobressaltos, e durante o dia tinha-se sentido tão cheia de energia que estranhara esse fato. Uma gravidez idílica até uma semana antes, desde a noite em que o mal retornara.

Como todos os dias, havia trabalhado na delegacia; investigavam o caso de uma mulher desaparecida cujo parceiro romântico era o principal suspeito. Durante meses, o caso fora tratado como uma fuga intencional, mas a insistência das filhas da mulher, certas de que a mãe não havia desaparecido de livre e espontânea vontade, levara Amaia a interessar-se por ele e a retomar as investigações. A mulher de meia-idade, além de duas filhas e três netos, era catequista em sua paróquia e visitava todos os dias a mãe internada num lar de idosos. Havia raízes demais para fugir assim, sem mais nem menos. Era verdade que na casa dela faltavam malas, roupas, documentos e dinheiro, e que tudo isso tinha ficado demonstrado e fora provado na fase preliminar do inquérito. Ainda assim, quando tomou as rédeas da investigação, ela insistira em visitar a residência da mulher. A casa de Lucía Aguirre parecia tão limpa e arrumada quanto a fotografia da sorridente proprietária que dominava o salão. Na pequena sala de estar, uma peça de crochê repousava sobre a mesinha de centro repleta de fotos dos netos.

Percorreu o banheiro e a cozinha, que se encontravam imaculados. No quarto principal, a cama feita e o guarda-roupa quase vazio, assim como as gavetas da cômoda. E no quarto de hóspedes, duas camas de solteiro iguais.

— Jonan, o que vê de estranho aqui?

— As camas têm colchas diferentes — respondeu o subinspetor Etxaide.

— Já percebemos isso na primeira visita, o outro edredom do jogo está dentro do armário — esclareceu o policial que os acompanhava, revendo as suas anotações.

Amaia abriu-o e verificou que um edredom azul que combinava com o de uma das camas estava perfeitamente dobrado e protegido dentro de uma capa transparente.

— E não achou curioso que uma mulher tão asseada, tão cuidadosa com o aspecto da sua casa, não se desse ao trabalho de pôr nas camas as colchas iguais quando estavam tão à mão?

— Por que ela trocaria as colchas se estava pensando em fugir? — perguntou o policial, encolhendo os ombros.

— Porque somos escravos do nosso caráter. Sabia que algumas mulheres alemãs de Berlim Oriental esfregavam o chão da casa antes de fugir para a Alemanha Ocidental? Abandonavam o país, mas não queriam que ninguém dissesse que eram péssimas donas de casa.

Amaia puxou a capa, retirando o volumoso embrulho do armário, colocou-o em cima de uma das camas e abriu o zíper. O penetrante odor de alvejante inundou o quarto. Com a mão enluvada, puxou por uma das extremidades, desdobrando a peça e deixando à mostra no centro do edredom uma mancha amarelada onde o alvejante havia corroído a cor.

— Como pode ver, agente, há uma discrepância aqui — retorquiu, voltando-se para o policial, que assentia, espantado.

— O nosso assassino viu filmes policiais suficientes para saber que o sangue se limpa com alvejante, mas se revelou um desastre como dono de casa e não calculou que a cor ficaria danificada aqui. Chame os agentes da polícia científica e mande-os procurar por sangue, a mancha é enorme.

Após uma busca minuciosa feita pela polícia científica, tinham encontrado vestígios, que apesar de terem sido limpos revelavam a presença de uma quantidade de sangue incompatível com a vida: um corpo humano abriga cinco litros de sangue; a perda de quinhentos mililitros pode causar inconsciência, e a quantidade que as provas evidenciavam apontava para mais de dois litros.

Naquele mesmo dia haviam detido o suspeito, um tipo arrogante e presunçoso, de cabelos grisalhos e compridos e a camisa aberta na altura do peito. Amaia quase riu quando viu o aspecto do homem da sala ao lado.

— O homem voltou — murmurou o subinspetor Etxaide. — Quem vai interrogá-lo?

— O inspetor Fernández, foram eles que conduziram o caso desde o início…

— Pensei que nós faríamos isso, já que agora é um homicídio. Se não fosse por você, ainda estariam esperando que a mulher lhes mandasse um postal de Cancún.

— Cortesia, Jonan, e já não tenho paciência para interrogatórios — disse, apontando para a barriga.

O inspetor Fernández entrou na sala ao lado e Jonan ativou o sistema de gravação.

— Bom dia, senhor Quiralte, sou o inspetor Fer...

— Espere um momento — interrompeu Quiralte, levantando as mãos algemadas e acompanhando o gesto com um movimento de cabelo digno de uma diva numa revista. — Não vou ser interrogado pela estrela da polícia?

— A quem está se referindo?

— Você sabe muito bem, a tal inspetora do FBI.

— Como sabe disso? — perguntou o policial, desconcertado.

Amaia estalou a língua, num gesto de irritação. Quiralte sorriu, triunfante.

— Sei porque sou mais esperto do que você.

Fernández ficou nervoso, pois não tinha muita experiência em interrogar assassinos. Sem dúvida sentia-se tão observado quanto o suspeito, o que por um momento havia conseguido desconcertá-lo.

— Recupere o controle — sussurrou Amaia.

Quase como se fosse capaz de ouvi-la, Fernández retomou as rédeas do interrogatório.

— E por que motivo quer que ela o interrogue?

— Porque me disseram que é muito boa. O que quer que eu diga? Entre ser interrogado por uma inspetora bonita ou por você, não tenho dúvidas — respondeu, recostando-se na cadeira.

— Pois vai ter de se contentar comigo. A inspetora a que você se refere não está de serviço.

Quiralte virou-se para o vidro espelhado como se pudesse trespassá-lo com o olhar e sorriu.

— Pois é uma pena, vou ter de esperar por ela.

— Não vai prestar depoimento?

— Claro que sim, cara. — Era evidente que estava se divertindo. — Não fique com essa cara. Se a estrela da polícia não está, me leve ao juiz e direi a ele que matei aquela estúpida.

E de fato confessou, só para depois ter a audácia de dizer ao juiz que, se não havia cadáver, não havia crime, e que no momento não pensava em contar onde estava o corpo. O juiz Markina era um dos mais jovens que conhecia. Com rosto de modelo e calças jeans surradas, ele podia enganar levando alguns criminosos a se aventurarem ao limite, como já havia acontecido, porque, exibindo um dos sorrisos encantadores que causavam estragos entre as funcionárias do tribunal, havia decretado a prisão do suspeito.

— Quer dizer então que não há cadáver, senhor Quiralte? Pois vamos esperar que apareça. Receio que o senhor tenha visto filmes americanos demais. Apenas por admitir saber onde se encontra o corpo e não querer revelá-lo já é motivo suficiente para mandá-lo para a prisão por tempo indeterminado. Além disso, o senhor também confessou tê-la matado. Pode ser que passar uma pequena temporada na cadeia lhe refresque a memória. Voltarei a vê-lo quando tiver alguma coisa para me contar. Até lá...

Amaia voltou para casa a pé, procurando, num exercício de controle, tirar da cabeça os pormenores da investigação e mudar seu estado de espírito para poder jantar com James e comemorar aquele que tinha sido o seu último dia de trabalho. Faltavam duas semanas para a data provável do parto e sentia-se capaz de trabalhar até o último dia, mas os pais de James chegariam no dia seguinte, e ele a tinha convencido a tirar férias para estar com a família. Depois do jantar, o cansaço do dia a levara a cair exausta na cama. Adormecera sem perceber; lembrava-se de estar falando com James e, depois, nada.

Ouviu-a antes de vê-la; ela tremia de frio e batia os dentes, fazendo um ruído de osso contra osso tão intenso que foi suficiente para fazê-la abrir os olhos. Lucía Aguirre, com o mesmo suéter de tricô vermelho e branco que usava na fotografia que repousava sobre o móvel da entrada da sua casa, um crucifixo de ouro pendurado no pescoço e o cabelo curto e louro, sem dúvida pintado de modo a esconder os cabelos brancos. Nada mais na aparência dela fazia lembrar a mulher risonha e confiante que sorria para a câmera. Lucía Aguirre não chorava, não gemia nem protestava, mas havia no azul dos seus olhos uma dor profunda e desconcertante que fazia aflorar em seu rosto um olhar de profunda confusão, como se não compreendesse nada, como se o que estava acontecendo com ela fosse impossível de aceitar. Estava de pé, quieta, desorientada, apática, sacudida por um vento implacável que parecia soprar de todas as direções, dando-lhe um balanço ritmado que fazia ressaltar mais a sensação de desamparo. Abraçava-se à cintura com o braço esquerdo, procurando assim um pequeno refúgio que era insuficiente para obter algum consolo, e de vez em quando lançava olhares em volta que eram como sondas procurando... até que encontrou os olhos de Amaia. Abriu a boca, surpreendida como uma criança no dia do aniversário, e começou a falar. Amaia via como se moviam os lábios dela, arroxeados pelo frio, mas nenhum som saía deles. Endireitou-se até ficar sentada ao mesmo tempo que concentrava a sua atenção em tentar entender o que a mulher lhe dizia, mas estava muito longe e o vento, que aumentava de intensidade, ensurdecedor, levava consigo os leves sons que lhe brotavam dos lábios, repetindo de vez em quando as mesmas palavras que não era capaz de entender. Acordou confusa e perturbada pela sensação angustiante que a mulher havia conseguido lhe transmitir, e com um crescente sentimento de desencanto. Aquele sonho, aquela aparição fantasmagórica, vinha quebrar um estado quase de graça contra o medo que havia vivido desde que concebera a filha, um lapso de paz no qual os pesadelos, os *gaueko* e os fantasmas tinham sido exilados para outro mundo.

Algum tempo antes, em Nova Orleans, uma noite tomando uma cerveja gelada num bar da rua Sant Louis, um sorridente agente do FBI tinha-lhe perguntado:

— Diga-me, inspetora Salazar, as vítimas assassinadas aparecem aos pés da sua cama?

Amaia arregalara os olhos, surpreendida.

— Não disfarce, Salazar, sei distinguir um policial que vê fantasmas de outro que não vê.

Amaia fitou-o em silêncio, tentando descobrir se o homem estava brincando, mas ele continuou falando enquanto em sua boca se desenhava um sorriso que não podia ser maior.

— E sei disso porque há anos que as vítimas me visitam.

Amaia sorriu, mas o agente Aloisius Dupree a fitava nos olhos, então percebeu que estava falando sério.

— Está se referindo...

— Estou me referindo, inspetora, a acordar no meio da noite e ver junto à cama a vítima do caso que você está tentando resolver. — Dupree já não sorria.

Ela o fitava, um tanto quanto alarmada.

— Não me decepcione, Salazar, vai me dizer que estou enganado, que não vê fantasmas? Seria uma decepção.

Amaia estava desconcertada, mas não a ponto de ficar constrangida.

— Agente Dupree, fantasmas não existem — disse, levantando a caneca num brinde mudo.

— Claro, inspetora, mas, se não estou enganado, e sei que não estou, mais de uma vez você acordou no meio da noite depois de perceber a presença de uma dessas vítimas perdidas falando com você aos pés da cama. Estou enganado?

Amaia tomou um gole de cerveja, disposta a não dizer nada, mas convidando-o a continuar.

— Não deve se envergonhar, inspetora... Prefere o termo "sonhar" com as vítimas?

Amaia suspirou.

— Receio que seja também inquietante, assim como incorreto e insano.

— É aí que reside o problema, inspetora, em classificá-lo como algo insano.

— Explique isso ao psiquiatra do FBI ou ao seu homólogo na Polícia Foral — replicou.

— Ora, Salazar! Nem você nem eu somos tão idiotas a ponto de nos expormos ao escrutínio do psiquiatra quando ambos sabemos que é algo que escaparia ao entendimento dele. A maioria das pessoas pensaria que um policial que tem pesadelos com um caso está, no mínimo, estressado e, se fica incomodado, está emocionalmente envolvido.

Fez uma pausa enquanto tomava o último gole de cerveja da caneca e levantou a mão para pedir mais duas. Amaia preparava-se para protestar, mas o calor úmido de Nova Orleans, a música suave proveniente de um piano que alguém acariciava ao fundo do estabelecimento e um antigo relógio parado nas dez horas que dominava o balcão do bar fizeram-na desistir. Dupree esperou que o garçom colocasse as novas canecas diante deles.

— Nas primeiras vezes é um choque, afeta tanto que você acredita que começou a enlouquecer. Mas não é bem assim, Salazar, muito pelo contrário. Um bom detetive de homicídios não tem uma mente simples, e seus processos mentais também não podem ser. Passamos horas tentando compreender a mente de um assassino, a maneira como ele pensa, o que deseja, como sente. Depois vamos ao necrotério e esperamos que o cadáver nos conte o motivo, pois sabemos que no momento em que descobrirmos qual foi o motivo teremos uma oportunidade de pegá-lo. Contudo, na maioria das vezes o cadáver não é suficiente, porque um cadáver é apenas um invólucro quebrado e pode ser que as investigações criminais tenham se concentrado durante muito tempo em tentar decifrar a mente criminosa mais do que a vítima. Durante anos, considerou-se o assassinado como sendo pouco menos do que o produto final de uma obra sinistra, mas a vitimologia abre caminho demonstrando que a escolha da vítima nunca é casual; até mesmo quando pretende ser aleatória, ainda assim define um padrão. Sonhar com as vítimas não é mais do que ter acesso a uma visão projetada da nossa mente subconsciente, mas nem por isso menos importante, porque é apenas outra forma de processo mental. As aparições das vítimas se aproximando da minha cama me torturaram durante algum tempo, eu acordava encharcado de suor, aterrorizado e preocupado, a ansiedade me assolava durante horas enquanto eu avaliava até que ponto a minha saúde mental estava sendo afetada.

"Nessa altura, eu era um jovem agente e estava subordinado a um agente veterano. Em uma ocasião, enquanto fazíamos uma entediante vigilância de várias horas, acordei de repente de um desses pesadelos. 'Parece que viu um fantasma', disse meu parceiro. Fiquei gelado. 'Talvez tenha visto', respondi. 'Quer dizer então que vê fantasmas? Pois da próxima vez seria melhor que não gritasse, não resistisse tanto e prestasse mais atenção ao que te disserem.' Foi um bom conselho. Com o passar dos anos, aprendi que, quando sonho com uma vítima, uma parte da minha mente está transmitindo informações que estão ali mesmo, mas que não fui capaz de ver."

Amaia assentiu devagar.

— Então, são fantasmas ou projeções da mente do investigador?

— A segunda hipótese, claro. Se bem que...

— Sim?

O agente Dupree não respondeu, ergueu a caneca e bebeu.

☙

Ela acordou James tentando não o alarmar. Ele sentou-se de súbito na cama, esfregando os olhos.

— Vamos agora para o hospital?

Amaia aquiesceu com o rosto desfigurado, ao mesmo tempo que tentava, sem êxito, sorrir.

James vestiu calças jeans e um suéter que já deixara preparados aos pés da cama.

— Telefone para minha tia para lhe dizer, eu prometi a ela.

— Meus pais já chegaram?

— Sim, mas não os avise, James, são duas horas da manhã. Com certeza o parto ainda vai demorar, além disso o mais provável é que não os deixem entrar e sejam obrigados a ficar durante horas numa sala de espera.

— Sua tia sim e os meus pais não?

— James, você sabe muito bem que minha tia não virá. Há anos que não sai do vale. Acontece que prometi a ela que a avisaria quando chegasse o momento.

☙

A doutora Villa tinha cerca de cinquenta anos e o cabelo prematuramente grisalho, solto numa mecha curta que chegava a esconder seu rosto quando se inclinava para a frente. Depois de examiná-la, aproximou-se da cabeceira do leito onde Amaia estava deitada.

— Muito bem, Amaia, temos boas notícias e outras não tão boas.

Amaia esperou que ela continuasse a falar enquanto estendia a James uma das mãos, que ele tomou entre as suas.

— As boas: você está em trabalho de parto, a menina está bem, o cordão umbilical ficou posicionado por detrás dela e o coração bate com força, até durante as contrações. As notícias não tão boas são que, apesar das horas em que você já está com dores, o trabalho de parto mal começou; tem alguma dilatação, mas a bebê não está bem posicionada no canal de parto. No entanto, o que me preocupa de verdade é que você parece muito cansada. Não dormiu bem?

— Não, nos últimos dias não tenho dormido muito bem.

Não muito bem era um eufemismo. Desde que os pesadelos haviam retornado, ela conseguia dormir apenas durante alguns momentos dispersos, alguns minutos em que mergulhava numa quase inconsciência da qual despertava mal-humorada e muitíssimo cansada.

— Você vai ficar internada, Amaia, mas não quero que fique deitada, preciso que caminhe. Isso vai ajudar a cabeça da menina a ficar bem posicionada. Quando a contração surgir, experimente ficar de cócoras; vai suportar melhor a dor e isso vai ajudar na dilatação.

Amaia suspirou, resignada.

— Sei que está cansada, mas falta pouco, e é agora que você vai ter de ajudar a sua filha.

Amaia concordou.

Durante as duas horas seguintes, obrigou-se a caminhar para cima e para baixo pelo corredor do hospital, deserto de madrugada. A seu lado, James parecia sentir-se deslocado, desolado pela impotência que sentia ao vê-la sofrer sem poder fazer nada.

Durante os primeiros minutos, ele se esforçava perguntando se a mulher se sentia bem, se ele podia fazer algo ou se ela queria que lhe trouxesse alguma coisa, o que quer que fosse.

Amaia mal lhe havia respondido, concentrada em ter algum controle sobre aquele corpo que não parecia seu; aquele corpo forte e são que sempre lhe dera a secreta satisfação de se sentir autossuficiente estava agora reduzido a um monte de carne dolorida que quase a fez sorrir ante a absurda convicção que sempre tivera de que suportava bem a dor.

Derrotado, James optara pelo silêncio, e ela preferia assim. Fizera um esforço enorme para se conter e não o mandar à merda cada vez que lhe perguntava se doía muito. A dor a enfurecia de maneira selvagem, e o cansaço e a falta de sono começavam a diminuir a coerência dos seus pensamentos, que se concentravam num único que se destacava em sua mente como dominante: *Só quero que isto acabe depressa.*

A doutora Villa tirou as luvas, satisfeita.

— Bom trabalho, Amaia, ainda falta um pouco de dilatação, mas a menina está bem posicionada. Agora é uma questão de contrações e de tempo.

— Quanto tempo? — perguntou, angustiada.

— Como é a primeira vez, podem ser minutos ou horas, mas agora pode se deitar para ficar mais confortável. Vamos monitorá-la e prepará-la para o parto.

Assim que se deitou, adormeceu. O sono veio como um bloco pesado para fechar os olhos que já não conseguia manter abertos.

— Amaia, Amaia, acorda.

Abriu os olhos e viu a irmã Rosaura com dez anos, o cabelo desgrenhado e usando um suéter cor-de-rosa.

— Já é quase dia, Amaia, você precisa ir para a sua cama, se a *ama* te encontrar aqui, vai repreender nós duas.

Afastou os cobertores de forma desajeitada e, quando assentou os pezinhos de cinco anos no chão frio do quarto, conseguiu abrir os olhos e vislumbrar entre as sombras a alvura da sua cama, a cama onde não queria dormir porque, se o fizesse, ela viria de noite observá-la com os seus olhos negros e frios e aquela expressão de profundo desprezo na boca. Mesmo sem abrir os olhos, poderia distingui-la com clareza, sentiria o ódio contido na cadência da respiração enquanto a observava, e fingiria dormir sabendo que ela sabia que estava fingindo.

Então, quando já não aguentasse mais, quando os membros começassem a se contrair devido à tensão reprimida, quando a sua pequena bexiga ameaçasse derramar o conteúdo entre as pernas, sentiria a mãe se inclinar devagar sobre seu rosto retorcido, de olhos cerrados e uma oração como uma ladainha repetida em seu cérebro de vez em quando, para que nem diante do mais obscuro medo caísse na tentação de desobedecer a sua ordem.

Não abra os olhos não abra os olhos não abra os olhos não abra os olhos não abra os olhos.

Não os abriria, e mesmo assim sentiria o lento avanço, a precisão da aproximação e o sorriso gelado que se formava no rosto da mãe antes de sussurrar:

— Dorme, vadiazinha. A *ama* não te comerá hoje.

Não se aproximaria dela se dormisse com as irmãs. Sabia disso. Por essa razão, todas as noites, quando os pais já estavam deitados, desfazia-se em súplicas e promessas de servidão junto às irmãs para que a deixassem dormir com elas. Flora raramente concordava, e se o fazia era em troca da sua submissão no dia seguinte, mas Rosaura amolecia se a visse chorar, e chorar era fácil quando se tinha tanto medo.

Caminhou pelo quarto escuro, vislumbrando só em parte o contorno da cama, que parecia se afastar enquanto o chão amolecia e cedia sob seus pés e o cheiro de cera do assoalho se transformava em outro mais rico e mineral de terra úmida do bosque. Perambulou por entre as árvores como que protegida pelas colunas centenárias enquanto escutava, muito próximo, o chamado melodioso do rio Baztán correndo livre. Aproximou-se da margem pedregosa e sussurrou: "o rio". E a sua voz transformou-se num eco que retumbou de encontro às paredes milenares de rocha-mãe que canalizavam o curso da água. "O rio", repetiu.

Então viu o corpo. Uma garota de cerca de quinze anos jazia morta sobre os cantos arredondados da margem. Os olhos abertos contemplando o infinito, o cabelo espalhado nas laterais em perfeitas mechas, as mãos crispadas num arremedo de oferecimento com as palmas voltadas para cima, mostrando o vazio.

— Não! — gritou Amaia.

E ao olhar ao redor viu que não havia um corpo, mas sim dúzias deles dispostos em ambas as margens como o macabro florescimento de uma primavera infernal.

— Não — disse de novo, com uma voz que agora era uma súplica.

As mãos dos cadáveres ergueram-se simultaneamente e apontaram com o dedo indicando a barriga dela.

Um solavanco a trouxe de volta à consciência enquanto durava a contração... e depois ela voltou ao rio.

Os cadáveres haviam recuperado a sua imobilidade, mas um forte vento que parecia ter origem no rio despenteava-lhe os cabelos, agitando-os como filamentos de um cometa no céu, e alvoroçava a superfície cristalina, encrespando a água em espirais brancas e espumosas. Apesar do rugido do vento, pôde ouvir o pranto da menina que era ela mesma, misturado a outros prantos que pareciam vir dos cadáveres. Aproximou-se um pouco mais e viu que as meninas choravam com lágrimas densas que desenhavam em seus rostos caminhos prateados, brilhantes à luz da lua.

A dor daquelas almas dilacerou o seu peito de menina.

— Não posso fazer nada — gemeu, impotente.

De repente, o vento cessou, submergindo o leito do rio num silêncio impossível. E um batimento aquoso e rítmico o substituiu.

Tchap, tchap, tchap...

Como um aplauso lento e cadenciado proveniente do rio. Tchap, tchap, tchap.

Como quando corria sobre as poças deixadas pela chuva. O primeiro respingo foi acompanhado de outro.

Tchap, tchap, tchap, tchap, tchap...

E outro. Tchap, tchap, tchap... e mais outro. Até que soou como uma imensa chuva de granizo ou como se a água do rio estivesse fervendo.

— Não posso fazer nada — repetiu, cheia de medo.

— Limpa o rio! — gritou uma voz.

— O rio.

— O rio.

— O rio — proferiram outras, em coro.

Procurou desesperada a origem das vozes que clamavam das águas. O céu coberto do Baztán abriu-se numa clareira, deixando passar de novo a luz prateada da lua, que iluminou as mulheres que, sentadas nas rochas salientes, batiam na superfície da água com seus pés de pato ao mesmo tempo que arrancavam os longos cabelos e repetiam a ladainha que surgia feroz das suas bocas de grossos lábios vermelhos e dentes afiados como agulhas.

— Limpa o rio.

"Limpa o rio."

"O rio, o rio, o rio."

— Amaia, Amaia, acorda. — A voz imperiosa da parteira a trouxe de volta à realidade. — Vamos, Amaia, está tudo pronto. Chegou a hora.

Contudo, ela não escutava, porque acima da voz da parteira continuava a ouvi-las gritar.

— Não posso — berrou.

Era inútil, porque elas não escutavam, só exigiam.

— Limpa o rio, limpa o vale, lava a ofensa...

E as vozes delas se transformaram num grito que se fundiu com aquele que lhe brotava da garganta enquanto sentia a mordida feroz de outra contração.

— Amaia, preciso de você aqui — pediu a parteira —, na próxima é preciso fazer força, e depende que faça isso bem ou mal para que o parto demore duas contrações ou dez. É você quem decide, duas ou dez.

Concordou, enquanto se levantava para se agarrar às barras da cama, e James ficou atrás dela, amparando-a, silencioso e transtornado, porém firme.

— Muito bem, Amaia — aprovou a parteira. — Está preparada?

Assentiu.

— Pois aqui vem uma — disse, observando o monitor. — Empurre, querida!

Colocou a alma no esforço, prendendo a respiração e apertando enquanto sentia que alguma coisa se rasgava dentro dela.

— Já passou. Está tudo bem, Amaia, você se saiu muito bem, mas precisa respirar por si mesma e pelo bebê. Na próxima, você deve respirar, acredite, isso facilitará o trabalho.

Assentiu, obediente, enquanto James enxugava o suor que escorria por seu rosto.

— Está tudo bem, aqui vem outra. Vamos, Amaia, vamos acabar com isso, ajude seu bebê, faça força para fora agora.

Duas ou dez, duas ou dez, repetia uma voz dentro da sua cabeça.

— Nada de dez — sussurrou.

E enquanto se concentrava em respirar, ela empurrou, empurrou e empurrou até que sentiu sua alma se derramar e uma surpreendente sensação de abandono se apossar de seu corpo.

Acho que estou me esvaindo em sangue, pensou. E pensou também que, se assim fosse, pouco lhe importava, porque sangrar era doce e plácido. Ela nunca sangrara assim, mas o agente Dupree, que levara um tiro no peito e estivera prestes a morrer, dissera que o tiro lhe doera horrivelmente, mas sangrar era plácido e doce, como óleo se derramando. E, quanto mais você sangrava, menos se importava.

Então ouviu o choro. Era forte, poderoso, uma verdadeira declaração de vontades.

— Ah, meu Deus, que menino bonito! — exclamou a enfermeira.

— E é lourinho, como você — acrescentou a parteira.

Virou-se para procurar os olhos de James e encontrou-o tão confuso quanto ela.

— Um menino? — perguntou.

De um dos cantos da sala, ouviu a voz da enfermeira.

— Um menino, sim, senhor, três quilos e duzentos, e muito bonito.

— Mas... nos disseram que era uma menina — explicou Amaia.

— Bem, quem disse isso se enganou. Às vezes acontece, se bem que de uma maneira geral seja o contrário, meninas que parecem meninos devido à posição do cordão umbilical.

— Tem certeza? — insistiu James, que continuava a amparar Amaia por trás.

Amaia sentiu o peso moderado do corpinho, que se contorcia com força envolto numa toalha e que a enfermeira havia acabado de lhe entregar.

— Um menino, sem dúvida alguma — disse, enquanto afastava a toalha e mostrava o corpo do bebê.

Amaia ficou espantada.

O rostinho do filho contraía-se em caretas exageradas e agitava-se como se procurasse alguma coisa. Ergueu o pequeno punho fechado e rosado, levando-o à boca, e sugou com força enquanto entreabria os olhos e a fitava.

— Ah, meu Deus, é um menino, James — ela conseguiu dizer.

O marido esticou os dedos para tocar a bochecha macia da criança.

— É maravilhoso, Amaia... — E sua voz fraquejou enquanto dizia isso e ele se debruçava para beijá-la. As lágrimas escorriam por seu rosto, e os lábios dela sentiram o gosto de sal.

— Parabéns, meu amor.

— Parabéns para você também, *aita* — ele disse, olhando para o menino, que parecia muito interessado na luz do teto e estava com os olhos muito abertos.

— Vocês realmente não sabiam que era um menino? — surpreendeu-se a parteira. — Pensei que soubessem, você não parava de dizer o nome dele durante o parto, Ibai, Ibai. É assim que vai chamá-lo?

— Ibai... o rio — sussurrou Amaia.

Olhou para James, que sorria, e depois olhou para o filho.

— Sim, sim — afirmou —, Ibai, é esse o nome dele. — E depois caiu na gargalhada.

James fitou-a divertido, sorrindo diante da felicidade da mulher.

— Está rindo de quê?

Vencida pelo riso, Amaia não conseguia parar.

— Da... da cara que a sua mãe vai fazer quando perceber que vai ter de devolver tudo à loja.

2

Três meses depois

AMAIA RECONHECEU AS NOTAS DA canção que chegava, apenas sussurrada, da sala de estar. Acabou de retirar a mesa e, enquanto enxugava as mãos com um pano de prato, aproximou-se da porta para escutar melhor a canção de ninar que a tia cantarolava para o bebê com voz doce e calma. Era a mesma. Embora não a ouvisse havia muitos anos, identificou o canto com que a sua *amona* Juanita a embalava quando era pequena. A recordação lhe trouxe a presença amada e saudosa de Juanita, envolta no vestido preto, com o cabelo num coque e preso com aqueles pentes decorativos de prata que mal seguravam os seus cachos brancos; a avó, que em sua primeira infância foi a única mulher que a abraçou.

Txikitxo politori
zu nere laztana,
katiatu ninduzun,
libria nintzana.

Libriak libre dira,
zu ta ni katigu,
librerik oba dana,
biok dakigu.[1]

Sentada numa poltrona próxima da lareira acesa, Engrasi embalava nos braços o pequeno Ibai sem deixar de contemplar o seu rostinho, ao mesmo tempo que recitava os versos antigos daquela triste canção de ninar. E sorria,

---

[1] Menininho lindo, / tu és o meu amor, / eu, que era livre, / fui acorrentado por ti. // Os livres são livres / tu e eu somos cativos / muito melhor é ser livre / sabemo-lo os dois. (N. A.)

apesar de Amaia se recordar bem de que, ao contrário, sua avó chorava enquanto a cantava. Ela se perguntou o porquê; talvez já conhecesse a dor que havia na alma da neta, e era esse mesmo medo que ela sentia pela menina.

*Nire laztana laztango
kalian negarrez dago,
aren negarra gozoago da
askoren barrea baiño.*[2]

Quando a canção chegava ao fim, ela enxugava as lágrimas com o lenço imaculado onde se viam bordadas as suas iniciais e as do marido, um avô que Amaia não conheceu e que a contemplava com ar austero do retrato desbotado que dominava a sala de jantar.

— Por que está chorando, *amona*? A canção te causa dor?

— Não ligue, minha querida, a *amona* é uma boba.

No entanto, a mulher suspirava e a abraçava com mais força, segurando-a entre os braços um pouco mais, embora ela também não quisesse se afastar.

Amaia escutou as últimas notas da canção de ninar saboreando a sensação de privilégio ao se lembrar da letra um instante antes de a tia cantá-la. Engrasi cessou o seu canto e Amaia inspirou fundo a atmosfera de tranquilidade daquela casa. Ainda pairava no ar o aroma suculento do guisado misturado com o cheiro da lenha ardendo e da cera dos móveis de Engrasi. James adormecera no sofá e, muito embora não fizesse frio ali, ela se aproximou dele e cobriu-o de leve com uma mantinha vermelha. James abriu os olhos por um instante, atirou-lhe um beijo e continuou dormindo. Amaia aproximou uma poltrona daquela onde a tia estava sentada e observou-a: já não cantava, mas continuava olhando embevecida para o rosto adormecido do menino. Olhou para a sobrinha e sorriu, estendendo-lhe o bebê para que o pegasse no colo.

Amaia beijou-o na cabeça muito devagar e o colocou no carrinho.

— James está dormindo? — perguntou a tia.

---

[2] Meu amor, meu amorzinho, / está chorando na rua, / o seu pranto é mais doce // do que o riso de muitos. (N. A.)

— Sim, esta noite mal conseguimos descansar. Ibai sente cólicas depois de mamar, sobretudo à noite, e James passou o tempo passeando pela casa com ele no colo.

Engrasi virou-se para ver James e comentou:

— É um bom pai...

— O melhor.

— E você, não está cansada?

— Não, sabe que não preciso dormir muito, algumas horas são suficientes para me sentir bem.

Engrasi pareceu refletir sobre aquelas palavras e por um instante o seu rosto se obscureceu, mas tornou a sorrir fazendo um gesto para o carrinho do bebê.

— Ele é lindo, Amaia, é o bebê mais bonito que já vi, e não digo isso só porque é nosso. Ibai tem algo de especial.

— Especial é pouco — exclamou Amaia —, o menino que ia ser menina e mudou de ideia no último minuto.

Engrasi olhou-a, muito séria.

— É exatamente isso que acredito ter acontecido.

Amaia fez uma expressão de quem não entendeu.

— Quando você engravidou, no início, tirei as cartas do tarô uma vez, só para verificar se estava tudo bem, e naquele momento o jogo mostrou uma menina sem nenhuma dúvida. Consultei as cartas mais algumas vezes à medida que os meses iam passando, mas não voltei a insistir no assunto do sexo, porque era algo que já sabia. E quando, perto do fim, você começou a ficar esquisita e me contou que não conseguia escolher o nome do bebê nem comprar roupa, dei-lhe uma explicação plausível em termos psicológicos — concluiu a tia, sorrindo —, mas também consultei as cartas e confesso que por um momento temi o pior, que essa reserva, essa incapacidade que você sentia, correspondesse ao fato de que a menina não chegaria a nascer. Às vezes as mães têm pressentimentos desse tipo e eles sempre correspondem a um indício real. E o mais surpreendente é que, por mais que eu insistisse, as cartas não me mostravam o sexo do bebê, não queriam me dizer, e você sabe muito bem o que sempre digo sobre o que as cartas não contam; se não o dizem é porque se referem àquilo que não devemos saber. Às vezes, são coisas que jamais nos serão reveladas porque não está na natureza dos fatos que sejam conhecidas; outras vezes, nos serão mostradas quando chegar o momento. Quando James me telefonou naquela madrugada, as cartas revelaram-se tão claras como um copo de água. Um menino.

— Quer dizer que você acredita que eu ia ter uma menina e que ela se transformou num menino durante o último mês? Isso não tem uma base científica lá muito forte.

— Acho que você ia ter uma menina, e acho que é provável que algum dia tenha uma, mas também acredito que alguém decidiu que não era o momento certo para a sua filha nascer, e deixou essa decisão em suspenso até o último momento, decidindo no fim que você tivesse Ibai.

— E quem você acha que tomou essa decisão?

— Talvez a mesma pessoa que o concedeu a você.

Amaia levantou-se, contrariada.

— Vou fazer café. Aceita? — A tia não respondeu.

— Você está errada em negar que a circunstância foi especial.

— Não estou negando, tia — defendeu-se Amaia —, acontece que...

— "Não acredite que eles existem, não diga que não existem" — disse Engrasi, citando a antiga defesa contra as bruxas que era tão popular havia apenas um século.

— ... e eu menos do que ninguém — sussurrou Amaia enquanto lhe vinha à mente a lembrança daqueles olhos cor de âmbar, o silvo forte e breve que a havia guiado através do bosque em plena noite enquanto se debatia entre a sensação de irrealidade e a certeza de estar vivendo algo real.

Ficou em silêncio até que a tia falou de novo.

— Quando você volta ao trabalho?

— Na próxima segunda-feira.

— E como se sente em relação a isso?

— Bem, tia, sabe que gosto do meu trabalho, mas tenho de admitir que nunca me custou tanto voltar, nem depois das férias, nem depois da lua de mel, nunca. Mas agora tudo é diferente, agora existe Ibai — disse, olhando para o carrinho. — Sinto que é cedo para me separar dele.

Engrasi aquiesceu, sorrindo.

— Como sabe, antigamente em Baztán as mulheres não podiam sair de casa senão depois de transcorrido um mês após o nascimento do filho.

Era o tempo que a Igreja estimava para garantir que o bebê estava bem de saúde e que não morreria. Ao fim de um mês, podiam batizá-lo e só então a mãe podia sair de casa para levá-lo à igreja. Mas feita a lei, feita a armadilha. As mulheres de Baztán sempre se caracterizaram por fazer o que é preciso ser feito. A maioria tinha de trabalhar, tinha outros filhos, gado, vacas para ordenhar, trabalho no campo, e um mês era muito tempo. Então, quando precisavam sair de casa, mandavam o marido ir até ao telhado buscar uma telha, colocavam-na sobre a cabeça e amarravam o lenço com força para que não caísse. Assim, mesmo tendo necessidade de sair, não deixavam de estar debaixo do teto da casa, e você sabe que em Baztán até onde chega o telhado chega a casa, e assim elas podiam se ocupar de seus afazeres sem deixar de cumprir a tradição.

Amaia sorriu.

— Não me imagino com uma telha na cabeça, mas era capaz de pôr uma com todo o gosto se isso me permitisse levar a minha casa comigo.

— Me conte sobre a cara que fez a sua sogra quando soube da chegada de Ibai.

— Você nem imagina. A princípio, vociferou contra os médicos e seus métodos de triagem pré-natal, ao mesmo tempo que assegurava que essas coisas não acontecem nos Estados Unidos. Em relação ao menino, reagiu bem, embora fosse evidente que estava um pouco decepcionada, imagino que por não poder encher a criança de laços e rendas. A compulsão pelas compras parou de imediato, trocou a cama do bebê por uma toda branca, e as roupas por vales-compras que vou descontando à medida que precisar, mas garanto que tenho o suficiente para vestir Ibai quase até os quatro anos.

— Que mulher! — riu a tia.

— Por outro lado, meu sogro ficou entusiasmado com o menino, segurou-o durante o dia inteiro, encheu-o de beijos e passou o tempo tirando fotos dele. Até lhe abriu uma conta-poupança para quando for para a universidade! Minha sogra começou a se aborrecer assim que parou de ir às compras, e começou a falar em voltar para casa, porque tinha não sei quantos compromissos, é presidente de alguns clubes de senhoras da alta sociedade e sentia saudades de jogar golfe, por isso começou a nos apressar para que batizássemos o menino. James foi contra, porque sempre teve o desejo de batizar o filho na capela de San Fermín, e você sabe o tamanho da lista de espera ali, não dão uma data antes de um ano. Contudo, Clarice apresentou-se na capela, marcou uma entrevista com o capelão e, depois de fazer uma generosa doação, conseguiu uma data para a semana seguinte — disse Amaia, rindo.

— O Senhor Dinheiro é um poderoso cavalheiro — citou Engrasi.

— É uma pena que não tenha ido, tia.

Engrasi estalou a língua.

— Você sabe, Amaia...

— Sei que não sai do vale...

— Estou bem aqui — retorquiu Engrasi, e em suas palavras havia todo um dogma.

— Todos nos sentimos muito bem aqui — afirmou Amaia, absorta. — Quando era pequena, eu só descansava aqui, nesta casa — declarou de súbito Amaia. Contemplava o fogo, hipnotizada; sua voz saiu suave e aguda, como a de uma criança.

"Em casa eu quase não conseguia dormir, não podia dormir porque precisava ficar de vigília, e, quando não aguentava mais e o sono me vencia, não era profundo nem reparador, era o sono dos condenados à morte, esperando que a qualquer momento o rosto do carrasco se debruçasse sobre o seu, porque sua hora havia chegado."

— Amaia... — chamou a tia, baixinho.

— Mas se ficar acordada ele não pode te pegar, você pode gritar e acordar os outros e ele não poderá...

— Amaia...

Ela desviou os olhos do fogo, fitou a tia e sorriu.

— Esta casa sempre foi um refúgio para todos, para Ros também, não é? Ainda não voltou para a casa dela depois do que aconteceu com Freddy.

— Não; ela vai lá com frequência, mas sempre volta para cá para dormir.

Ouviu-se uma batida suave na porta e Ros apareceu na entrada tirando um gorro de lã colorido.

— *Kaixo* — cumprimentou. — Que frio! *Ainda bem* que estão aqui — disse, tirando várias camadas de roupa.

Amaia observou a irmã; conhecia-a o suficiente para perceber que havia emagrecido muito e que faltava brilho ao sorriso que lhe iluminava o rosto. Pobre Ros, a preocupação e aquela tristeza escondida tinham chegado a fazer parte da sua vida de uma maneira tão constante que quase não conseguia lembrar-se de quando a vira verdadeiramente feliz pela última vez, apesar do êxito em sua gestão da fábrica. O sofrimento dos últimos meses, a separação de Freddy, a morte de Víctor... E sobretudo o seu caráter, essas pessoas a quem a vida magoa mais e que nos fazem pensar sempre que são candidatas a tomar um atalho se as coisas piorarem.

— Sente-se aqui, ia agora mesmo fazer um café. — Amaia cedeu-lhe o lugar, pegando em sua mão e prestando atenção às marcas brancas que apresentava nas unhas. — Esteve pintando alguma coisa?

— Só algumas coisas sem importância na fábrica.

Amaia abraçou-a e pôde notar ainda mais a magreza da irmã.

— Sente-se perto da lareira, está gelada — insistiu.

— Já vou, mas primeiro quero ver o principezinho.

— Não o acorde — sussurrou Amaia, aproximando-se.

Ros contemplou-o, compungida.

— Mas como é possível? Será que esta criança não faz outra coisa a não ser dormir? Quando vai estar acordado para a tia poder abraçá-lo?

— Experimente vir à minha casa entre onze da noite e cinco da manhã e verá que ele não só está acordado, mas também que a natureza o dotou de pulmões saudáveis e de um choro tão agudo que parece que a qualquer momento você vai começar a sangrar pelos ouvidos. Pode vir abraçá-lo quando quiser.

— Vou mesmo assim, se acha que com isso vai me assustar.

— Você viria uma noite. Na seguinte, diria que eu que me virasse.

— Mulher de pouca fé — disse Ros, fingindo indignação. — Se vocês morassem aqui, eu mostraria como era.

— O melhor é comprar tampões para os ouvidos; esta noite você fica de guarda, pois dormiremos aqui.

— Caramba — disse Ros, mostrando uma expressão de enfado. — Logo hoje que eu tinha mais o que fazer.

Riram.

3

Inverno de 1979

ELE ESTICOU O BRAÇO, PROCURANDO na cama a presença suave e morna da mulher, mas em seu lugar só encontrou o espaço vazio que já havia perdido qualquer vestígio de calor humano.

Alarmado, sentou-se com os pés para fora da cama e escutou com atenção, tentando detectar a presença da mulher em casa.

Descalço, percorreu as várias dependências. Entrou no quarto onde as duas meninas dormiam em camas iguais, na cozinha, no banheiro, e foi até a varanda para ter certeza de que não teria sentido um enjoo quando se levantou e ficado estendida no chão, incapaz de pedir ajuda. Quase desejava isso, que a mulher estivesse chamando por ele em algum canto da casa, precisando da sua ajuda. Teria preferido isso à certeza de que ela não estava em casa, de que esperara que ele estivesse dormindo para sair furtivamente de casa para ir... Não sabia aonde nem com quem, só sabia que voltaria antes do amanhecer e que o frio que trazia entranhado no corpo demoraria um pouco a se dissipar na cama e ficaria entre os dois, traçando uma fronteira invisível, enquanto ela mergulhava num sono profundo e ele fingia dormir. Retornou ao quarto, acariciou o tecido macio do travesseiro e, sem pensar, debruçou-se para inspirar o aroma que os cabelos da mulher haviam deixado na cama. Um gemido de pura angústia brotou em seu peito ao mesmo tempo que voltava a se perguntar o que estaria acontecendo entre eles.

— Rosario — sussurrou. Rosario. A sua orgulhosa mulher, a jovem de San Sebastián que viera até Elizondo de férias e que amara desde a primeira vez em que a viu, a mulher que lhe tinha dado duas filhas e que nesse exato momento carregava no ventre o terceiro, a mulher que o ajudara todos os dias trabalhando a seu lado, em estreita colaboração, dedicada à fábrica, sem dúvida mais dotada do que ele para as atividades comerciais, que o levara a erguer o negócio a níveis nunca imaginados. A elegante dama que jamais sairia para a rua sem se arrumar, uma mulher maravilhosa e uma mãe carinhosa com Flora e com Rosaura, tão educada e correta que as outras mulheres pareciam panos de chão se comparadas a ela. Distante com os vizinhos, mostrava-se encantadora na fábrica, mas esquivava-se ao convívio com as outras mães e não tinha ali outros amigos a não ser ele e até poucos meses Elena, mas agora nem isso. Deixaram de se falar e, um dia em que cruzou com ela na rua e lhe fez perguntas a esse respeito, a mulher limitou-se a dizer: "Já não é minha amiga, eu a perdi para sempre". É por isso que as saídas noturnas eram ainda mais estranhas, os longos passeios em que insistia em ir sozinha, as ausências a qualquer hora, os silêncios. Aonde iria? No início, perguntou a ela, que lhe respondera com frases vagas. "Andei por aí, passeando, pensando." Meio brincalhão, disse: "Por que não pensa aqui, comigo? Ou pelo menos me deixe acompanhá-la".

Ela olhara para ele de modo estranho, furiosa, e depois, com uma frieza espantosa, respondera: "Isso está fora de questão".

Juan considerava-se um homem simples, sabia que tinha sorte por ter uma mulher como Rosario e que não era nenhum especialista em psicologia feminina. Assim, cheio de dúvidas e com a sensação de estar cometendo uma traição, decidiu consultar o médico. Afinal, ele era a outra pessoa que melhor conhecia Rosario em Elizondo, tinha-a acompanhado nas duas gravidezes anteriores e assistiu-a nos partos. Além disso, pouco mais, Rosario era uma mulher forte que raramente reclamava.

— Ela sai à noite, mente quando lhe diz que vai à fábrica, quase não lhe conta nada e reclama afirmando que está sozinha. Você está me descrevendo uma depressão. Infelizmente, o vale apresenta um índice altíssimo de tristezas desse tipo. Ela é da costa, do mar, e ali, embora chova, há outra luz, e este lugar tão escuro acaba por cobrar a sua fatura. Temos tido um ano muito chuvoso, e os suicídios aqui atingem níveis extraordinários.

"Acho que ela está deprimida. O fato de não ter sentido esses sintomas nas gravidezes anteriores não invalida que não os possa ter agora. Rosario é uma mulher muito exigente, mas que também exige bastante de si mesma. Sem dúvida, é a melhor mãe e mulher que conheço, trabalha em casa, na fábrica, e sua aparência é sempre impecável, mas agora já não é tão jovem, e esta gravidez está sendo mais difícil para ela. Para esse tipo de mulheres tão rígidas, a maternidade implica mais um fardo, um aumento das obrigações que se impõem. Por isso, ainda que a gravidez seja desejada, verifica-se um desencontro entre a necessidade que ela sente de ser perfeita em tudo e a dúvida de que talvez não possa ser. Se eu estiver certo, depois do parto será ainda pior. Você deverá ter paciência e enchê-la de carinho e apoio. Alivie um pouco a responsabilidade dela pelas filhas mais velhas, contrate alguém para a fábrica ou arranje alguém para ajudá-la em casa."

Rosario nem quis falar sobre o assunto.

— Era só o que me faltava, uma dessas fofoqueiras da aldeia se intrometer nos assuntos da minha casa para depois andar por aí contando tudo o que tenho ou deixo de ter. Não sei qual o propósito dessa conversa. Por acaso me descuidei dos afazeres da casa ou das meninas? Não tenho ido todas as manhãs para a fábrica?

Ele se sentiu subjugado e foi com alguma dificuldade que conseguiu replicar:

— Sei muito bem que não, Rosario, não estou dizendo que não faça, só que talvez agora, por causa da gravidez, seja muito trabalho para você e seria bom ter alguma ajuda.

— Faço tudo muito bem sozinha, não preciso de ajuda nenhuma, e é melhor que não se meta na maneira como administro a minha casa se não quiser que eu saia por aquela porta e volte para San Sebastián. Não quero falar de novo nesse assunto. Você me ofende só de insinuar isso.

A irritação durou vários dias em que ela mal lhe dirigia a palavra, até que pouco a pouco as coisas voltaram à normalidade, ela saindo quase todas as noites e ele esperando acordado até que a ouvia chegar, gelada e silenciosa, jurando para si mesmo que no dia seguinte falariam a esse respeito e sabendo com antecedência que, depois de tudo, a conversa ficaria para outro dia para não se confrontar com ela. Sentia-se secretamente um covarde. Receoso como uma criança na presença de uma madre superiora. E ter consciência de que temia a reação dela mais do que tudo no mundo fazia-o se sentir ainda pior. Suspirava aliviado quando ouvia a chave na fechadura e adiava mais uma vez aquela conversa que nunca aconteceria.

4

A PROFANAÇÃO DE UMA IGREJA não era o tipo de acontecimento que a fizesse abandonar a cama de madrugada para dirigir cinquenta quilômetros em direção ao norte, mas a voz insistente e grave do inspetor Iriarte não lhe deixara outra opção.

— Inspetora Salazar, desculpe-me acordá-la, mas acho que você devia ver o que temos aqui.

— Um cadáver?

— Não exatamente. Profanaram uma igreja, mas... bom, acho que é melhor que venha ver com os próprios olhos.

— Em Elizondo?

— Não, a cinco quilômetros, em Arizkun.

Desligou o telefone e verificou as horas. Eram quatro horas e um minuto. Esperou, prendendo a respiração, e segundos depois sentiu o suave movimento, o imperceptível toque e o suspiro suave e já tão amado com que o filho acordava, pontual, para cada mamada. Acendeu a luz do abajur da mesa de cabeceira em parte coberto com um lenço que lhe filtrava o brilho e debruçou-se sobre o berço, pegando o pequeno e cálido peso no colo e aspirando o suave perfume que emanava da cabeça do menino. Aproximou-o do peito e teve um sobressalto ao sentir a força com que o bebê sugava. Sorriu para James, que a contemplava sentado de lado.

— Trabalho? — perguntou.

— Sim, preciso ir, mas estarei de volta antes da próxima mamada.

— Não se preocupe, Amaia, ele ficará bem, e se for necessário, posso dar a ele uma mamadeira.

— Voltarei a tempo — afirmou, acariciando a cabeça do filho e depositando um beijo no lugar onde a cabecinha ainda não estava completamente fechada, na moleira.

❦

A igreja de São João Batista de Arizkun resplandecia iluminada por dentro em meio à noite invernal, em contraste com a esbelta torre do campanário, escura e ereta como um guardião mudo. No pórtico, anexo ao lado sul, onde se localizava a entrada para o interior do templo, viam-se vários agentes uniformizados que iluminavam a fechadura com lanternas.

Amaia estacionou na rua e acordou o subinspetor Etxaide, que cochilava no assento ao lado, trancou o carro e atravessou para o outro lado, pulando o muro baixo que circundava a igreja.

Cumprimentou alguns policiais e entrou no templo. Estendeu a mão para a pia de água benta e reprimiu de imediato o gesto ao sentir o cheiro de queimado que pairava no ar, trazendo-lhe reminiscências de roupa passada e pano queimado. Avistou o inspetor Iriarte, que conversava com dois sacerdotes atordoados que cobriam a boca com as mãos sem deixar de olhar para o altar. Esperou, observando a agitação que ocorria com a chegada do doutor San Martín e do oficial de justiça, enquanto Amaia se perguntava com que finalidade estariam ali.

Iriarte veio ao seu encontro.

— Obrigado por ter vindo, inspetora. Olá, Jonan — saudou. — Nas últimas semanas têm ocorrido diversas profanações deste templo. Primeiro, e em plena noite, alguém entrou na igreja e partiu ao meio a pia batismal. Na semana seguinte, voltaram a entrar e desta vez destruíram a machadadas um banco da primeira fila. E agora isto — disse, apontando para o altar, onde eram evidentes os restos de uma pequena tentativa de incêndio. — Alguém entrou com uma tocha e ateou fogo nas toalhas que cobriam o altar, que por sorte, uma vez que eram de linho, queimaram devagar. O capelão, que mora perto e que nas últimas semanas costuma aparecer por aqui a fim de vigiar a igreja, viu luzes aqui dentro e avisou as autoridades. Quando a patrulha chegou, o fogo tinha se extinguido e não havia sinal do visitante ou visitantes.

Amaia olhou para ele com expectativa, cerrou os lábios e fez uma expressão que evidenciava o quanto se sentia confusa.

— Bom, um ato de vandalismo, profanação ou como quiserem chamar, não vejo como podemos ajudar.

Iriarte ergueu as sobrancelhas de modo teatral.

— Venha e veja por si mesma.

Aproximaram-se do altar e o inspetor abaixou-se para revelar sob um lençol o que parecia ser um pedaço de bambu seco e amarelo e que evidenciava os restos do fogo que havia ardido numa das suas extremidades.

Amaia olhou perplexa para o doutor San Martín, que se inclinou, surpreso.

— Meu Deus! — exclamou.

— O que foi? — perguntou Amaia.

— É um *mairu-beso* — sussurrou o médico.

— Um o quê?

O médico puxou o lençol, revelando outra porção de pedaços partidos e os minúsculos ossinhos que formavam a mão.

— Merda, é o braço de uma criança — disse Amaia.

— Do esqueleto de uma criança — concluiu San Martín. — Provavelmente com menos de um ano de idade, são ossos muito pequenos.

— A mãe que...

— Um *mairu*, inspetora, o *mairu-beso* é o braço do esqueleto de uma criança.

Amaia olhou para Jonan em busca de confirmação das palavras de San Martín e observou que ele havia empalidecido visivelmente ao contemplar os ossinhos queimados.

— Etxaide?

— Estou de acordo — disse em voz baixa —, é um *mairu-beso*, e para que seja de verdade deve vir do cadáver de uma criança que tenha falecido sem ter sido batizada. Antigamente, acreditava-se que possuía propriedades mágicas para proteger aqueles que o carregavam como tochas, e que a fumaça que emanava deles tinha um poder narcótico capaz de adormecer os habitantes de uma casa ou de uma aldeia, enquanto os seus portadores realizavam os seus delitos "bruxescos".

— Ou seja, estamos diante da profanação de uma igreja e de um cemitério — referiu Iriarte.

— Na melhor das hipóteses — sussurrou Jonan Etxaide.

Não escapou a Amaia o gesto com que Iriarte afastava Jonan do grupo, nem o ar preocupado com que falavam enquanto contemplavam o altar e ela escutava as explicações do médico e as observações do subinspetor Zabalza.

— Assim como os suicídios, as profanações de cadáveres não costumam tornar-se públicas porque são assuntos de grande impacto social e em alguns casos têm um "efeito chamada", mas são mais frequentes do que aqueles que aparecem na mídia. Com a chegada de imigrantes do Haiti, da República Dominicana, de Cuba e de algumas regiões da África, proliferam práticas religiosas trazidas dos respectivos países de origem, bastante aceitas entre os europeus. Práticas como a *santería* se propagaram muito nos últimos anos, e esses rituais precisam de ossos humanos para invocar os espíritos dos mortos, assim a profanação de gavetas e ossários aumentou bastante. Há um ano, numa operação rotineira de controle de drogas, interceptaram um carro que transportava quinze crânios humanos provenientes de diferentes cemitérios da Costa do Sol com destino a Paris. Parece que no mercado clandestino atingem valores consideráveis.

— Então estes ossos poderiam vir de qualquer lugar — sugeriu San Martín. Jonan reuniu-se de novo ao grupo.

— De qualquer lugar não, tenho certeza de que foram roubados aqui mesmo, em Arizkun ou nos povoados vizinhos. É verdade que se utilizam ossos humanos em muitos rituais religiosos, mas as crenças em torno dos *mairu-beso* limitam-se ao País Basco, a Navarra e ao País Basco francês. Assim que o doutor San Martín nos fornecer a data da morte, saberemos onde procurar.

Deu meia-volta e afastou-se para o fundo do templo, enquanto Amaia o fitava, espantada. Conhecia Jonan Etxaide havia três anos e nos últimos dois a admiração e o respeito que nutria por ele aumentaram a passos largos.

Antropólogo e arqueólogo, entrara na polícia depois de ter concluído os estudos, e, embora não fosse um policial convencional, Amaia apreciava e se interessava sempre por sua visão um tanto romântica das coisas e o seu caráter conciliador e simples, que tanto lhe agradava. Por isso era tão chocante para ela a quase obstinação com que se empenhava em conduzir o caso por um determinado caminho. Disfarçou a sua perplexidade ao se despedir do patologista forense, pensando na forma como o inspetor Iriarte havia concordado com as palavras de Jonan Etxaide, enquanto lançava olhares preocupados às paredes do templo.

∾

Ouviu o choro de Ibai assim que inseriu a chave na fechadura. Empurrou a porta atrás de si e precipitou-se escadas acima, ao mesmo tempo que tirava o casaco. Guiada pelo choro urgente, entrou no quarto onde o filho chorava, esganiçando-se no berço. Olhou em volta e a fúria cresceu dentro dela, formando um nó em seu estômago.

— James — gritou, irritada, enquanto tirava o bebê do berço. James entrou no quarto trazendo na mão uma mamadeira.

— Como você o deixa chorar assim? Está desesperado. Posso saber o que estava fazendo?

James parou no meio do caminho e levantou a mamadeira, fazendo um gesto de evidência.

— Não há nada de errado com ele, Amaia, está chorando de fome, e eu estava tentando resolver isso, está na hora de comer e você sabe que ele é muito pontual. Esperei alguns minutos, mas como você não chegava e ele ficava cada vez mais aborrecido...

Amaia mordeu a língua. Sabia que não havia nenhum tipo de censura nas palavras de James, no entanto machucavam como um insulto. Virou-lhe as costas enquanto se sentava na cadeira de balanço e levava a criança ao peito.

— Jogue essa porcaria fora — disse.

Ouviu-o suspirar, paciente, enquanto saía do quarto.

∾

Grades, varandas e terraços. Três pisos na fachada plana do palácio arquiepiscopal davam para a Plaza de Santa María por uma porta sóbria de madeira acinzentada pelo tempo. Lá dentro, um sacerdote que vestia um belo terno com colarinho largo recebeu-os e apresentou-se como sendo o secretário do arcebispo, e conduziu-os até o primeiro andar através de uma ampla escadaria. Mandou-os entrar em uma sala onde lhes pediu que esperassem enquanto os anunciava, e desapareceu sem fazer barulho por detrás de uma tapeçaria que pendia do teto. Voltou alguns segundos depois.

— Por aqui, por favor.

A sala onde os receberam era magnífica, e Jonan calculou que ocuparia uma boa parte da fachada principal do primeiro andar, que se abria em quatro varandas de grades estreitas que estavam fechadas devido ao penetrante frio daquela manhã pamplonesa. O arcebispo recebeu-os de pé junto à mesa de trabalho, estendeu-lhes uma mão firme ao mesmo tempo que o comissário-geral procedia às apresentações.

— Monsenhor Landero, apresento-lhe a inspetora Salazar; é a chefe do departamento de homicídios da Polícia Foral. E o subinspetor Etxaide. O padre Lokin, pároco de Arizkun; acredito que já se conhecem.

Amaia reparou num homem de meia-idade que estava na varanda mais próxima olhando para fora e que vestia um terno preto que fazia parecer barato o do secretário.

— Permitam-me que os apresente ao padre Sarasola. Ele assiste a esta reunião na qualidade de assessor.

Sarasola aproximou-se então e apertou-lhes a mão com firmeza, sem deixar de fitar Amaia.

— Já ouvi falar muito de você, inspetora.

Amaia não respondeu, cumprimentou-o com uma ligeira inclinação de cabeça e sentou-se. Entretanto, Sarasola voltou para o seu lugar diante da janela francesa, de costas para a sala.

O arcebispo, monsenhor Landero, era um desses homens incapazes de parar as mãos enquanto falam, por isso pegou uma caneta, colocou-a entre os dedos longos e pálidos e começou a andar com ela, conseguindo assim que a atenção dos presentes se concentrasse na caneta. No entanto, e para surpresa de todos, foi o padre Sarasola quem falou.

— Agradeço o interesse que demonstraram por este assunto que nos ocupa e que nos preocupa — disse, virando-se de modo a olhar para eles, mas sem se mover do lugar da varanda. — Sei que os senhores se deslocaram ontem a Arizkun quando se deu, vamos chamá-lo assim, o ataque, e suponho que estejam a par dos fatos. Ainda assim, permitam-me que os recapitule. Há duas semanas, no meio da noite, tal como ontem, alguém entrou no templo arrombando a porta da sacristia. Trata-se de uma porta simples com uma fechadura simples e sem alarmes, por isso seria uma tarefa fácil para eles, mas não agiram como ladrões comuns levando o dinheiro da caixa de dízimos, não. Em vez disso, partiram ao meio e de um só golpe a pia batismal, uma obra de arte com mais de quatrocentos anos. No domingo passado, também de madrugada, entraram de novo e destruíram a machadadas um banco até o deixarem reduzido a lascas não muito maiores do que a minha mão, e ontem profanaram de novo o templo ateando fogo ao altar e deixando ali essa atrocidade dos ossos.

Amaia reparou que o pároco de Arizkun se agitava na cadeira, acometido de um grande nervosismo, ao passo que no rosto do inspetor Etxaide se desenhava uma contração de preocupação que observara nele na noite anterior.

— Vivemos tempos conturbados — continuou Sarasola —, e é claro, com maior frequência do que gostaríamos, as igrejas sofrem profanações que, na maioria das ocasiões, são silenciadas para evitar o "efeito chamada" que esse tipo de atitude provoca, e, embora algumas sejam de fato espetaculares pela sua encenação, poucas apresentam um componente tão perigoso como neste caso.

Amaia escutava atenta, lutando contra o desejo de interromper e fazer comentários. Por mais tentativas que fizesse, não era capaz de ver a gravidade do assunto mais além da destruição de um objeto litúrgico com quatrocentos anos de idade. No entanto, conteve-se esperando o rumo que tomaria aquela reunião tão pouco usual, na qual só o fato de estarem presentes as mais altas autoridades policiais e eclesiásticas da cidade já denotava a importância que concediam ao ocorrido. E aquele sacerdote, o padre Sarasola, parecia assumir o comando da situação, apesar de se encontrar presente o arcebispo, a quem mal dirigia o olhar.

— Acreditamos que neste caso existe um elemento de ódio contra a Igreja baseado em conceitos históricos duvidosos, e o fato de neste último ataque se terem utilizado ossos humanos não nos deixa margem para dúvidas quanto à natureza complexa deste caso. Nem será necessário dizer que esperamos a máxima discrição dos senhores, porque, por experiência, sabemos que dar publicidade a esses assuntos é algo que nunca termina bem. Isso para não falar do alarme social já existente nos paroquianos de São João Batista, que como é óbvio não são tolos e começam a entender a origem dos ataques, e o enorme pesar envolvendo a aldeia por ser um assunto com o qual estão sensibilizados.

O comissário tomou a palavra.

— Pode estar certo de que agiremos com a maior diligência e discrição neste caso. A inspetora Salazar, que pelas suas qualidades como investigadora e pelo seu conhecimento da região é a mais indicada para conduzir esta investigação, vai encarregar-se do caso com a sua equipe.

Alarmada, Amaia olhou para o chefe e conseguiu com imensa dificuldade reprimir o impulso de protestar.

— Tenho certeza de que assim será — respondeu o padre Sarasola, dirigindo-se a ela —, tenho excelentes referências a seu respeito. Sei que nasceu no vale, que é a pessoa indicada para conduzir este assunto e que terá a sensibilidade e o cuidado que esperamos para resolver o nosso pequeno problema.

Amaia não respondeu, mas aproveitou a oportunidade para estudar de perto aquele sacerdote vestido com um terno Armani, que não a havia impressionado por saber quem ela era, mas sim pela influência e pelo poder que parecia exercer sobre os presentes, incluindo o arcebispo, que havia anuído perante as afirmações do padre Sarasola sem que o sacerdote se tivesse virado uma única vez em busca da sua aprovação.

☙

Assim que transpuseram a porta que dava para a Plaza de Santa María, Amaia dirigiu-se ao seu superior.

— Senhor comissário, acho que...

Ele a interrompeu.

— Lamento, Salazar, já sei o que vai me dizer, mas esse padre Sarasola ocupa um cargo muito alto e importante no Vaticano e a convocatória para esta reunião veio de lá. Minhas mãos estão atadas, por isso resolva o quanto antes e dê-lhe prioridade absoluta.

— Compreendo, senhor, mas acontece que nem sei por onde começar ou o que esperar. Apenas não me parece um caso para nós.

— Ouviu muito bem, querem você no caso.

O comissário entrou no carro e deixou-a ali, com ar sério de preocupação, olhando para Jonan, que ria dela.

— Pode acreditar numa coisa dessa? — protestou. — "A inspetora Salazar, que pelas suas qualidades como investigadora e o seu conhecimento da região é a mais indicada para conduzir esta investigação de vandalismo *vulgaris*." Alguém pode me explicar o que aconteceu ali dentro?

Jonan riu enquanto se dirigiam para o carro.

— Não é assim tão simples, chefe. Além disso, esse peixe graúdo do Vaticano pediu expressamente por você. O padre Sarasola, também conhecido como doutor Sarasola, é um adido do Vaticano para a defesa da fé.

— Um inquisidor.

— Acho que já não gostam que o chamem assim. Você dirige ou eu?

— Eu. Você tem de me contar mais coisas sobre esse tal doutor Sarasola. A propósito, é doutor em quê?

— Psiquiatria, acredito eu, talvez algo mais. Sei que é um prelado da Opus Dei muito influente em Roma, onde trabalhou durante anos para João Paulo II e como conselheiro do papa anterior quando este era cardeal.

— E por que motivo um adido do Vaticano para a defesa da fé se mostra tão interessado num assunto que o fez voltar para casa? E como é possível que tenha ouvido falar de mim?

— Como eu já disse, trata-se de um destacado membro da Opus Dei e está devidamente informado de tudo o que acontece em Navarra, e o alcance do interesse dele talvez vá um pouco mais além porque, como afirmou, receia que exista um elemento de ódio ou de vingança contra a Igreja por causa… como chamou?… de um conceito histórico equivocado.

— Conceito esse com o qual você parece estar de acordo…

O policial olhou para Amaia, aturdido.

— Reparei como você e o inspetor Iriarte reagiram na outra noite. Acho que estavam mais alarmados do que o pároco e o capelão.

— Bom, isso é porque a mãe de Iriarte é de Arizkun, assim como a minha avó, e para todos que são de lá o que aconteceu na igreja é grave…

— Sim, ouvi muito bem a exposição do padre Sarasola sobre o alarme que implica para os vizinhos, segundo a opinião dele, mas a que ele se refere?

— Você é do vale, deve ter ouvido falar dos agotes.

— Os agotes? Está se referindo àqueles que viveram em Bozate?

— Viveram pelo vale de Baztán e de Roncal, mas concentraram-se em Arizkun num gueto, hoje em dia o bairro de Bozate. O que mais sabe sobre eles?

— Não sei grande coisa. Sei que eram artesãos e que não se encontravam muito bem integrados na sociedade.

— Pare o carro no acostamento — ordenou Jonan.

Amaia olhou para ele surpreendida, mas não respondeu, procurou um espaço no lado direito, parou o carro e virou-se no assento para estudar a expressão do subinspetor Etxaide, que suspirou ruidosamente antes de começar a falar.

— Os historiadores não estão de acordo quanto à origem dos agotes. Calculam que tenham chegado a Navarra através dos Pireneus, fugindo de guerras, fome, pestes e perseguições religiosas durante a Idade Média. A teoria mais corroborada é que eram cátaros, membros de um agrupamento religioso perseguido pelo Santo Ofício; outros afirmam que eram soldados godos desertores que se refugiaram nos hospitais do sul da França, onde contraíram lepra, uma das razões por que eram temidos; e existe outra teoria que menciona que se tratava de uma mistura de proscritos e de párias trazidos para prestar serviço ao senhor feudal da região, que era nessa época Pedro de Ursua, de quem se conserva um palácio-fortaleza em Arizkun. Essa podia ser a razão que levou o grupo a estabelecer-se em sua maioria em Bozate.

— Sim, era mais ou menos essa a ideia que tinha, um grupo de proscritos, leprosos ou cátaros fugidos que se estabeleceu no vale na época medieval. Mas que relação isso pode ter com as profanações na igreja de Arizkun?

— Muita. Os agotes estiveram em Bozate durante séculos sem que lhes fosse permitido integrar-se à sociedade. Tratados como um grupo inferior, não podiam viver fora de Bozate, gerir negócios nem se casar com outros que não fossem agotes. Dedicavam-se ao artesanato da madeira e das peles porque eram ofícios que se consideravam insalubres, e obrigavam-nos a usar na roupa um distintivo que os identificava e a tocar uma sineta para avisar da sua presença, como se fossem leprosos. E assim como foi frequente em muitos episódios da história, a Igreja não contribuiu para a sua integração, muito pelo contrário. Sabe-se que eram cristãos e que respeitavam e observavam os rituais católicos e, no entanto, a Igreja tratou-os como párias. Havia uma pia batismal distinta para eles e a água benta que utilizavam era jogada fora. Não se lhes permitia chegar ao altar, sendo obrigados em muitos casos a ficar ao fundo do templo e a entrar na igreja por uma outra porta menor. No caso de Arizkun, existia uma grade que os mantinha separados dos outros fiéis e que foi eliminada como repúdio pela profunda vergonha que esse tratamento causa ainda hoje em dia aos vizinhos de Arizkun.

— Vamos ver se consigo entender: está me dizendo que a segregação de um grupo racial comum na Idade Média é a razão histórica a que o padre Sarasola se refere para explicar as profanações na igreja de Arizkun hoje?

— Sim — admitiu ele.

— Segregação como a que sofreram judeus, mouros, ciganos, mulheres, curandeiras, pobres e por aí adiante. Se ainda por cima você me diz que havia suspeitas de que pudessem ser portadores de lepra, então já me disse tudo. A mera menção de uma doença tão terrível tinha que ser suficiente para aterrorizar a população. Por outro lado, no vale de Baztán foram mandadas para a fogueira dezenas de mulheres acusadas de bruxaria, acusadas em muitas ocasiões pelos vizinhos, e isso mesmo tendo vivido no vale a vida toda. Qualquer comportamento fora do "normal" era suspeito de estar relacionado com o demônio, mas esse tipo de atitude em relação a grupos ou etnias era comum na Europa; não existe país que esteja livre de ter em sua história um episódio semelhante. Não sou historiadora, Jonan, mas sei que durante essa época a Europa cheirava a carne humana queimada nas fogueiras.

— É verdade, só que no caso dos agotes a segregação prolongou-se durante séculos. Gerações e gerações de vizinhos de Bozate foram privadas dos direitos mais elementares; na verdade, chegou um momento em que se viram tão maltratados e durante tanto tempo que se decretou de Roma um édito papal, reconhecendo-lhes os mesmos direitos de qualquer outro e pedindo a suspensão da discriminação. Contudo, o mal já estava feito, os costumes e as crenças resistem com obstinação à lógica e à razão, e os agotes continuaram a sofrer discriminação durante anos.

— Sim, no vale de Baztán tudo muda muito devagar. Hoje é um privilégio, mas no passado deve ter sido muito duro viver ali... ainda assim...

— Chefe, os símbolos danificados nas profanações são claras referências à segregação dos agotes. A pia batismal onde não podiam ser batizados. Um banco da primeira fila, reservado aos nobres e vetado aos agotes. As toalhas do altar, um lugar onde estavam proibidos de chegar...

— E os ossos? Os *mairu-beso*?

— Trata-se de uma antiga prática de bruxaria à qual os agotes também eram relacionados.

— Claro, é evidente, a bruxaria... Seja como for, parece-me uma ação um tanto rebuscada. Tenho de reconhecer que a parte dos ossos lhe dá um cunho especial, mas no resto não deixam de ser atos de vandalismo comum. Você vai ver como no máximo dentro de quatro dias vamos deter dois adolescentes drogados que entraram na igreja para pregar alguma peça e passaram dos limites. O que me chama a atenção é que o arcebispado esteja tão interessado no caso.

— Aí está. Se há alguém que pode e deve reconhecer os sintomas de uma ofensa com base histórica são eles, e você viu a cara que o pároco fez, parecia prestes a perder a compostura.

Amaia bufou, contrariada.

— Pode ser que tenha razão, mas você sabe o quanto me desagradam esses temas relacionados com o passado obscuro do vale, sempre parece haver alguém disposto a tirar partido do assunto — comentou, olhando para o relógio.

— Temos tempo — tranquilizou-a Jonan.

— Nem tanto, ainda preciso passar na minha casa, está na hora de Ibai mamar — respondeu, sorrindo.

5

Amaia localizou o tenente Padua assim que entrou no bar Iruña da Plaza del Castillo, muito perto da sua casa. Era o único homem sentado sozinho e, embora estivesse de costas, distinguiu perfeitamente as manchas de água em sua capa.

— Está chovendo em Baztán, tenente? — perguntou Amaia em saudação.

— Como sempre, inspetora, como sempre.

Sentou-se em frente a ele e pediu um café descafeinado e uma garrafa de água. Esperou que o garçom pusesse as bebidas em cima da mesa.

— Qual era o assunto que queria falar comigo?

— Quero falar sobre o caso Johana Márquez — disse o tenente Padua, sem mais preâmbulos. — Ou, melhor dizendo, o caso Jasón Medina, porque estamos de acordo que ele foi o único autor do assassinato da garota. Há mais ou menos quatro meses, no dia em que devia ter início o julgamento, Jasón Medina suicidou-se no banheiro do tribunal, como a senhora já sabe. — Amaia assentiu. — A partir desse momento deu-se início à investigação de rotina nesses casos, sem nenhum aspecto especial a destacar a não ser o fato de alguns dias mais tarde eu ter recebido a visita do guarda prisional que acompanhou Medina desde a saída da prisão e que pode ser que a senhora se lembre dele no tribunal; estava lá, no banheiro, mais branco do que a cal da parede.

— Lembro-me de que havia um funcionário perto de um guarda.

— É esse mesmo, Luis Rodríguez. O homem veio falar comigo, muito perturbado, e implorou que eu fosse bastante claro nas conclusões sobre a investigação, sobretudo no que se refere ao cortador de papel que Medina utilizou para se suicidar, pois este sem dúvida havia sido introduzido nas dependências do tribunal por uma terceira pessoa, e ele queria ficar livre de responsabilidades. O assunto preocupava-o muito, porque era a segunda vez que um preso sob a sua responsabilidade se suicidava.

Segundo me contou, a primeira vez foi há três anos: um preso enforcou-se na cela durante a noite. A direção do instituto prisional admitira que deviam ter ativado o protocolo de prevenção de suicídios arranjando-lhe um companheiro de cela. E agora, por ser a segunda vez que se via envolvido num caso similar, estava com um pé atrás e temia algum tipo de sanção ou suspensão. Tranquilizei-o a esse respeito, e como quem não quer nada lhe fiz algumas perguntas sobre o outro preso. Um tipo que tinha assassinado a mulher e mutilado o cadáver cortando-lhe um braço. Rodríguez não fazia a mínima ideia se o membro amputado havia aparecido ou não, por isso imagine a minha surpresa quando telefonei para a Polícia Nacional de Logronho, que era quem se havia encarregado do caso, e me disseram que o homem havia assassinado a mulher, de quem estava se separando, que havia requerido uma medida cautelar contra ele devido a uma agressão anterior. Assim como os crimes que vemos todos os dias nas notícias, tão simples quanto isso. Ele bateu à porta e, quando ela abriu, empurrou-a contra a parede, deixando-a atordoada, e depois esfaqueou-a duas vezes no abdômen. A mulher morreu esvaindo-se em sangue enquanto ele saqueava o apartamento; até aqueceu um prato de feijão e comeu sentado na cozinha, enquanto a via morrer. Depois foi embora sem fechar a porta. Foi uma vizinha que a encontrou. Prenderam-no duas horas mais tarde num bar da vizinhança, bêbado e ainda sujo com o sangue da mulher. Confessou o crime de imediato, mas, quando lhe fizeram perguntas sobre a amputação, disse não ter nada a ver com isso.

Padua suspirou.

— Amputação do cotovelo com um objeto dentado, porém afiado como uma faca elétrica ou uma serra tico-tico. O que acha, inspetora?

Amaia juntou as duas mãos, apoiando os dedos indicadores contra os lábios, e ficou assim durante alguns segundos antes de falar.

— A princípio parece ser casual. Talvez tenha cortado a mão dela para lhe tirar uma joia, a aliança de casamento, para impedir a identificação, embora estando em sua casa isso não fizesse muito sentido... Já assisti a algumas coisas deste gênero. A menos que haja mais alguma coisa...

— Tem mais — afirmou Padua. — Fui até Logronho e encontrei-me com os policiais que trataram do caso. Disseram-me uma coisa que me fez lembrar ainda mais o caso de Johana Márquez: o crime havia sido violento e grosseiro, o tipo tinha deixado a casa em desordem, e até a faca que usou foi abandonada ensanguentada ao lado do corpo. Ao apunhalar a vítima, o homem infligiu a si mesmo um corte na mão e nem teve o cuidado de tratar do ferimento, portanto foi deixando marcas de sangue pela casa, até urinou no vaso sanitário sem dar a descarga. A sua atuação foi brutal e descuidada, como ele. No entanto, a amputação foi realizada *post mortem*, quase sem sangue, com um corte limpo pela articulação. Não apareceu nem o membro amputado nem o objeto cortante empregado para realizar o serviço. — Amaia assentiu, mostrando-se interessada. — Conversei com o diretor da prisão, que me disse que no momento do suicídio o preso se encontrava no estabelecimento prisional fazia poucos dias, não mostrava arrependimento nem depressão, o que seria normal nestes casos. Estava calmo e relaxado, tinha apetite e dormia como uma pedra. Uma vez que estava se adaptando, passou uns dias sozinho numa cela e não recebeu visitas nem de familiares nem de amigos. E de repente, uma noite, sem dar nenhum sinal de que fosse fazer algo semelhante, enforcou-se na cela e, acredite, deve ter sido uma trabalheira, porque não há no cubículo nenhuma saliência tão alta a ponto de ser possível se pendurar. Fez isso sentado no chão, o que requer uma grande força de vontade. O guarda ouviu-o arquejar e deu o alarme. Quando entraram ainda estava vivo, mas faleceu antes de chegar à ambulância.

— Deixou algum bilhete de suicídio?

— Também fiz essa pergunta, e o diretor respondeu que havia deixado "uma coisa assim".

— Uma coisa assim?

— Contou-me que fez uns rabiscos sem sentido na parede raspando o teto com o cabo da escova de dentes — disse, tirando uma fotografia de um envelope que pôs em cima da mesa, girando-a na direção dela.

Tinham pintado por cima, ainda que sem se darem ao trabalho de tapar os sulcos. Na fotografia, tirada um pouco de lado, a luz do flash evidenciava as letras gravadas com traço firme no teto da parede. Uma única palavra bem legível.

TARTTALO.

Amaia ergueu os olhos, surpreendida, procurando em Padua uma resposta. Este sorriu, satisfeito, recostando-se na cadeira.

— Vejo que captei a sua atenção, inspetora. *Tarttalo*, com grafia idêntica à do bilhete que Medina deixou em seu nome — disse, colocando em cima da mesa um saco plástico que continha, por sua vez, um envelope endereçado à inspetora Salazar.

Amaia ficou em silêncio, avaliando tudo o que o tenente Padua lhe contara na última hora. Por mais esforços que fizesse, era incapaz de encontrar uma explicação coerente e satisfatória para esclarecer como era possível que dois homicidas comuns, grosseiros e desorganizados tivessem feito o mesmo tipo de mutilação em suas vítimas sem deixar indícios de como o haviam feito, em especial quando o resto da cena se encontrava cheio de pistas, e que tivessem escolhido a mesma palavra, uma palavra nada comum, para assinar os respectivos crimes.

— Muito bem, tenente, estou vendo aonde quer chegar, só não sei por que está me contando tudo isso, afinal de contas o caso de Johana Márquez pertence à Guarda Civil, assim como a responsabilidade na transferência de presos. O caso, se existe, é deles — declarou Amaia, empurrando as fotos para Padua.

Ele as pegou e observou-as em silêncio, enquanto soltava um sonoro suspiro.

— O problema, inspetora Salazar, é que não vai haver caso. Essas descobertas eu fiz por minha conta e risco a partir do que me contou o guarda prisional. O caso do preso de Logronho é da alçada da Polícia Nacional e encontra-se oficialmente encerrado, e o caso de Johana Márquez também, agora que o seu assassino confesso está morto. Tudo o que lhe contei levei ao conhecimento dos meus superiores, que não veem indícios suficientes a ponto de se abrir uma investigação.

Apoiando a cabeça numa das mãos, Amaia escutava atenta ao mesmo tempo que mordia o lábio inferior.

— O que quer de mim, Padua?

— O que eu quero, inspetora, é ter a certeza de que ambos os casos não estão relacionados, mas tenho as mãos atadas e, bom, afinal de contas, você está ligada, e isto — disse, empurrando de novo o bilhete em sua direção — é seu.

Amaia passou um dedo pela superfície suave do plástico, percorrendo a borda do envelope e a letra esmerada e retilínea com que estava escrito o seu nome.

— Visitou a cela de Medina na prisão?

— Você é incrível. — Padua riu, balançando a cabeça. — Estive lá esta manhã mesmo, antes de ligar para você. — Inclinou-se para o lado e retirou algo da pasta. — Página oito — disse, pousando um dossiê em cima da mesa.

Amaia reconheceu as capas de imediato. Um relatório de autópsia, já vira centenas deles, o nome e o número figuravam na capa.

— A autópsia de Medina, mas já sabemos de que ele morreu.

— Página oito — insistiu Padua.

Amaia começou a ler enquanto ele recitava em voz alta, como se soubesse de cor.

— Jasón Medina apresentava uma importante erosão no dedo indicador direito, a ponto de ter perdido a unha, e a pele mostrava-se gasta até ficar em carne viva. O diretor da prisão permitiu-me examinar os objetos pessoais de Medina. Estão com ele, a mulher não os quer e ninguém os reclamou. Pelo que pude ver, Medina era um tipo bastante simplório. Nem livros, nem fotos, nem objetos relevantes, alguns números atrasados de uma revista de fofocas e um jornal desportivo. Não tinha bons hábitos de higiene, carecia de escova de dentes. Pedi para ver a cela dele e à primeira vista não se detectava nada que chamasse a atenção. Durante esses meses, esteve ocupada por outros presos, mas, seguindo um palpite, borrifei a parede com luminol e aquilo se acendeu como uma árvore de Natal. Inspetora, na noite anterior ao julgamento Jasón Medina usou o próprio sangue, esfolando o dedo, para escrever na parede da cela a mesma coisa que o preso da cadeia de Logronho, e, à semelhança do seu antecessor, depois matou-se, com a diferença de que Medina o fez fora da prisão por uma única razão: precisava lhe entregar isto — disse, apontando para o envelope.

Amaia pegou-o e, sem olhar para ele, guardou-o no bolso antes de sair do bar. Enquanto percorria as ruas para casa, sentia a sua presença odiosa junto a suas costelas como um cataplasma quente. Pegou o celular e selecionou o número do subinspetor Etxaide.

— Olá, chefe — disse ele quando atendeu.

— Boa noite, Jonan, desculpe incomodá-lo em casa...

— Do que você precisa, chefe?

— Veja o que consegue descobrir sobre o *Tarttalo*, a criatura mitológica e qualquer outra referência que exista com a grafia *t-a-r-t-t-a-l-o*.

— É fácil, consigo isso para amanhã, mais alguma coisa?

— Não, mais nada, e muito obrigada, Jonan.

— Não tem de quê, chefe. Até amanhã.

Assim que desligou, percebeu que estava muito tarde, já passavam quase quarenta e cinco minutos da hora da mamada de Ibai. Angustiada, correu a toda velocidade pelas ruas nas proximidades de sua casa ao mesmo tempo que se esquivava dos escassos transeuntes que se atreviam a enfrentar o frio pamplonês. Enquanto corria, não conseguia deixar de pensar no quanto Ibai sempre era pontual no que dizia respeito ao horário das mamadas, na maneira quase perfeita como acordava clamando por alimento no instante em que se perfaziam quatro horas exatas desde a última refeição. Avistou a sua casa e, sem parar de correr, tirou as chaves do bolso da parca e, como se desferisse uma estocada perfeita, introduziu a chave no buraco da fechadura e abriu a porta. O choro rouco do bebê chegou-lhe como uma onda de desespero vindo do andar de cima. Subiu os degraus das escadas de dois em dois sem despir a parca, ao mesmo tempo que em sua mente se projetavam imagens absurdas do menino chorando, abandonado no berço, e James dormindo ou o contemplando impotente, incapaz de reprimir o choro do bebê.

Contudo, James não estava dormindo. Quando entrou na cozinha, viu que o marido segurava Ibai no colo, embalando-o no ombro, e cantarolava para acalmá-lo.

— Meu Deus, James, não deu a mamadeira a ele? — perguntou, enquanto pensava em sua atitude contraditória em relação a esse assunto.

— Olá, Amaia, tentei — respondeu, fazendo um gesto para a mesa, onde repousava uma mamadeira com leite —, só que ele nem está interessado em ouvir falar disso — acrescentou, com um sorriso amarelo.

— Tem certeza de que fez tudo direito? — perguntou Amaia, agitando o conteúdo da mamadeira com uma expressão crítica.

— Sim, Amaia — respondeu James, paciente, e sem parar de embalar o menino. — Cinquenta de água e duas medidas rasas de pó.

Amaia despiu a parca e atirou-a sobre uma cadeira.

— Me dá isso aqui — pediu.

— Fique tranquila, Amaia — disse James, tentando acalmá-la —, o bebê está bem, um pouquinho aborrecido, mas nada mais do que isso, fiquei com ele no colo o tempo todo e não está chorando há muito tempo.

Sem muito cuidado, ela lhe tomou o filho dos braços e saiu para a sala, onde se sentou numa poltrona enquanto o bebê redobrava o choro.

— E para você quanto é pouco tempo chorando? — perguntou, furiosa. — Meia hora? Uma hora? Se tivesse lhe dado antes não teria chegado a ficar neste estado.

James parou de sorrir.

— Nem dez minutos, Amaia. Quando me dei conta de que você não chegaria, preparei a mamadeira antes da hora. Não gostou, é normal, prefere o peito, e o leite artificial tem para ele um gosto esquisito. Tenho certeza de que se você tivesse demorado mais um pouco ele acabaria tomando.

— Não demorei porque eu quis — atacou Amaia —, estava trabalhando.

James fitou-a, perplexo.

— E quem disse o contrário?

O bebê não parava de chorar, abanando a cabeça para ambos os lados à procura do peito, desesperado com a proximidade. Ela sentiu a forte sucção, quase dolorosa, e o choro cessou de imediato, deixando no ar um vazio de decibéis que se revelou quase ensurdecedor.

Amaia fechou os olhos, angustiada. Era culpa sua. Tinha se distraído e, descuidada, deixara passar a hora enquanto o filho chorava de fome. Pousou uma mão trêmula sobre a pequena cabecinha e acariciou a suave penugem que a cobria. Uma lágrima deslizou por seu rosto, caindo sobre o do filho, que, alheio à angústia da mãe, mamava já calmo enquanto se deixava vencer pelo sono e fechava os olhos.

— Amaia — sussurrou James, aproximando-se e enxugando com os dedos o caminho úmido que o choro havia deixado no rosto da mulher. — Não é para tanto, querida. Garanto que o menino não sofreu. E só estava chorando com mais intensidade há uns minutos, mesmo antes de você chegar em casa. Está tudo bem, Amaia, há outros bebês que tiveram que substituir o leite materno pela mamadeira antes de Ibai, e tenho certeza de que quase todos protestaram por isso.

Ibai dormia relaxado. Amaia cobriu-se, estendeu o bebê ao marido e saiu correndo. No mesmo instante, James ouviu-a vomitar.

Não tinha consciência de que estava dormindo, costumava acontecer isso quando estava muito cansada. Acordou de repente, certa de que havia escutado um daqueles profundos suspiros que o filho soltava em sonhos após o terrível berreiro que fizera, mas o quarto estava silencioso e, quando se levantou um pouco, pôde ver ou quase intuir através da escassa luz que o bebê dormia calmo, e voltou-se para James, que descansava deitado de bruços, esmagando o travesseiro com o braço direito. Por instinto, debruçou-se e beijou-lhe a cabeça. Ele esticou o braço e com a mão procurou a dela, num gesto comum entre ambos e que repetiam de maneira inconsciente várias vezes durante a noite. Reconfortada, fechou os olhos e adormeceu.

Até que o vento a despertou. Soprava ensurdecedor, assobiando em seus ouvidos e produzindo um estrondo homérico. Abriu os olhos e a viu. Lucía Aguirre olhava para ela da margem do rio, vestia aquele suéter de malha branca e vermelha de aspecto tão festivo, o que não podia ser mais incongruente, e abraçava-se pela cintura com o braço esquerdo. O seu olhar triste a alcançava como uma ponte mística estendida sobre as águas agitadas do rio Baztán, e através dos olhos Amaia era capaz de sentir o seu medo, a sua dor, mas, sobretudo, a infinita tristeza com a qual a fitava desesperançada, aceitando uma eternidade de vento e solidão. Vencendo o medo, endireitou-se na cama e, sem deixar de olhar para ela, assentiu, incentivando-a a falar. E Lucía falou, mas suas palavras arrancadas pelo vento perdiam-se sem que Amaia conseguisse discernir um único som. Pareceu gritar, desesperada para se fazer ouvir, até que as forças lhe faltaram e caiu de joelhos no chão, com o rosto escondido durante um momento. Quando o ergueu de novo, os lábios moviam-se lenta e ritmadamente, repetindo uma única palavra: "Amarrado... prenda-o... pegue-o... pegue-o...".

— Farei isso — sussurrou —, eu o pegarei.

Mas Lucía Aguirre já não olhava mais para ela, só balançava a cabeça enquanto seu rosto se afundava no rio.

6

Havia dedicado mais tempo do que o normal para se despedir de Ibai. Andando com o bebê nos braços, percorrera a casa de cômodo em cômodo, sussurrando-lhe palavras carinhosas e adiando o momento de se vestir e sair para a delegacia. E agora, quase uma hora depois, não conseguia se livrar da sensação do seu frágil corpinho entre os braços. Sentia saudade dele de uma maneira que quase lhe doía, de um modo como jamais sentira a falta de alguém. O cheiro e o tato do bebê enfeitiçavam-na, trazendo-lhe sensações que quase pareciam recordações, de tal forma enraizadas em sua alma. Pensou na curva suave da face dele e nos olhos límpidos, tão azuis como os seus, e na maneira como a olhava, estudando-lhe o rosto como se, em vez de um bebê, houvesse em seu interior a substância serena de que era feito um sábio. Jonan estendeu-lhe uma xícara de café com leite, que Amaia bebeu, fechando a mão à volta dela num gesto íntimo que fazia parte da sua rotina e que, não obstante, hoje não tinha sido capaz de reconfortá-la.

— Ibai não a deixou dormir? — perguntou, reparando nas olheiras que lhe circundavam os olhos.

— Não, bom, de certa forma... — respondeu Amaia, evasiva.

Jonan conhecia-a bem, havia anos que trabalhava a seu lado e sabia que com a inspetora Salazar os silêncios valiam tanto quanto a melhor das explicações.

— Já tenho o que você me pediu ontem — disse, desviando o olhar da mesa. Ela pareceu ficar confusa durante um segundo.

— Ah, sim. Já conseguiu?

— Já tinha lhe dito que seria coisa simples.

— Conte — pediu Amaia, sentando-se a seu lado na mesa e convidando-o a falar, enquanto sorvia devagar o café.

Ele abriu o documento no computador e começou a ler.

— *Tarttalo*, também conhecido como Tártaro e como Torto, é uma figura da mitologia basco-navarra, um ciclope de um olho só e de grande envergadura, extraordinariamente forte e agressivo, que se alimenta de ovelhas, donzelas e pastores, embora também surja como pastor dos seus rebanhos em algumas referências, mas, de qualquer modo, sempre como devorador de cristãos. Ciclopes semelhantes aparecem pela Europa, na Antiga Grécia e na Antiga Roma. No País Basco, tem uma grande importância entre os antigos vascões, embora os dados relativos à sua presença se estendam muito depois do início do século XX. Solitário, vive numa gruta, que segundo a região fica em locais não tão inacessíveis quanto os da deusa-gênio Mari, mas sim perto de vales onde seja possível encontrar alimento para mitigar o seu apetite voraz por sangue. O símbolo que o representa é o único olho no meio da testa e, como é óbvio, os ossos, um monte de ossos, que se acumulam nas entradas das grutas, fruto da sua bestialidade. Acrescentei umas lendas bastante conhecidas sobre os seus encontros com os pastores e como deu conta de mais de um. Incluí também a história de que morreu afogado num poço depois de ter sido cegado por um pastor; você vai adorar.

"Em Zegama, conta-se que o *Tarttalo* era um homem monstruoso, de enorme estatura e que não possuía mais do que um olho. Habitava o lugar a que dão o nome de Tartaloetxeta ('casa de *Tarttalo*'), perto do monte Sadar. A partir dali corria pelos vales e pelos montes, roubando cordeiros e homens que devorava depois de assados.

"Em certa ocasião, dois irmãos seguiam por um atalho. Voltavam da feira de uma comunidade vizinha, onde haviam vendido suas ovelhas e tinham se divertido bastante. Vinham conversando com animação, mas de repente emudeceram: tinham visto o *Tarttalo*.

"Em vão quiseram fugir.

"O gigante agarrou cada um com uma mão e levou-os para a sua gruta. Uma vez ali, atirou-os em um canto e pôs-se a fazer fogo. Acendeu uma enorme fogueira com troncos de carvalhos e colocou por cima um grande espeto. Os dois irmãos tremiam de pavor. Em seguida, o gigante pegou um deles, o que lhe pareceu mais roliço e, matando-o de um só golpe, colocou-o para assar. O outro pastor chorou amargamente quando viu o trágico fim do irmão e como o seu corpo era devorado pelo terrível gigante. Este, depois de consumada a sua repugnante refeição, agarrou o rapaz e o atirou sobre algumas peles de ovelha.

"— Quanto a você, ainda preciso engordá-lo — disse, com desprezo, por entre ofensivas e sonoras gargalhadas. E acrescentou: — Mas, para que não possa escapar, vou colocar este anel em seu dedo.

"E colocou um anel mágico que tinha voz humana e que repetia sem cessar:

"— Estou aqui! Estou aqui!

"Depois, o *Tarttalo* foi dormir com a maior tranquilidade.

"O pastor, bastante ciente de qual seria o seu fim caso não fizesse alguma coisa para evitá-lo, decidiu fugir, antes de ser devorado pelo gigante. Assim sendo, arrastou-se com cautela até a fogueira, pegou um espeto e aqueceu-o até ficar em brasa. Agarrou-o com muita força e, encaminhando-se ao lugar onde o *Tarttalo* ressonava, cravou o espeto no único olho que ele tinha na testa.

"O monstro, enlouquecido de raiva e de dor, levantou-se proferindo gritos brutais, procurando a pancadas aquele que lhe havia cravado o ferro em brasa no olho.

"Contudo, o pastor, com extraordinária agilidade, esquivava-se das furiosas investidas do seu antagonista. Por fim, soltou as ovelhas que havia na gruta e enrolou-se numa pele para que o gigante não percebesse sua fuga, uma vez que este estava na entrada da gruta.

"O rapaz conseguiu sair, mas o anel mágico começou a gritar e a repetir:

"— Estou aqui! Estou aqui!

"E assim, como é lógico, orientava o *Tarttalo*, que corria como um gamo, apesar da enorme estatura que o caracterizava, atrás do atrevido pastor.

"O jovem receava que teria dificuldade para escapar e corria, corria, para se esconder no bosque, mas o anel guiava o gigante com o seu repetitivo e estridente:

"— Estou aqui! Estou aqui!

"O pastor, vendo que ia ser pego, e aterrorizado pela ira do monstro, que lançava gritos e maldições, tomou uma decisão heroica: arrancou o dedo onde tinha o anel denunciador e atirou-o ao poço.

"— Estou aqui! Estou aqui!

"O *Tarttalo*, seguindo as indicações que o anel ia dando, lançou-se de cabeça dentro do poço, onde morreu afogado."

— Tem razão — disse Amaia, sorrindo —, é uma história fantástica e vê-se bem como você se diverte com ela.

— Bom, nem tudo é mitologia e lendas. Em outra acepção, *Tarttalo* é o nome que alguns grupos terroristas dão a um tipo concreto de bomba. Uma caixa sem cabos nem fios visíveis que esconde uma célula fotoelétrica LDR. No momento de abrir a caixa, o contato com a luz provoca a detonação da carga explosiva. Daí o seu nome, um único olho detector de luz.

— Sim, já sabia disso, mas não creio que a coisa vá por aí. O que mais você conseguiu descobrir?

— Uma pequena produtora de cinema que se chama *Tarttalo*, meia dúzia de restaurantes espalhados pela geografia basca. Na internet existem referências às lendas, curtas-metragens de desenhos animados sobre o *Tarttalo*, serigrafias para camisetas, uma aldeia onde exibem um boneco do *Tarttalo* durante as festas padroeiras e alguns blogs que se intitulam ou fazem referência ao *Tarttalo*. Posso mandar para você todos os links. Ah, e com a grafia que você me indicou, com dois tês no meio, parece ser a maneira mais antiga de escrever o nome. E, é claro, os livros de José Miguel de Barandiarán sobre mitologia basca.

O telefone tocou na mesa do subinspetor, interrompendo-lhe a exposição. Desculpou-se e atendeu a chamada. Jonan fez um gesto quando desligou o telefone.

— Chefe, o comissário quer falar com você, está à sua espera.

Quando entrou no gabinete, o comissário estava falando ao telefone. Amaia balbuciou uma desculpa e foi para a porta, mas ele levantou a mão pedindo-lhe, com um gesto, que esperasse.

Desligou o telefone e ficou olhando para ela. Amaia imaginou que o chefe continuava a ser pressionado pelo arcebispado e estava prestes a dizer-lhe que ainda não tinham nada quando ele a surpreendeu.

— Você não vai acreditar: era o juiz Markina, e telefonou porque o detido pelo crime de Lucía Aguirre entrou em contato com ele e disse que, se você for vê-lo na prisão, dirá onde está o corpo da vítima.

Ela dirigiu até a colina de Santa Lucía, onde ficava situado o novo estabelecimento prisional de Pamplona, entrou no edifício, mostrando o distintivo, e foi de imediato levada a um gabinete onde esperavam o diretor da prisão, que já conhecia, e o juiz Markina, acompanhado por uma secretária judicial. O juiz pôs-se de pé a fim de recebê-la.

— Inspetora, creio que ainda não tive oportunidade de cumprimentá-la, já que a minha nomeação coincidiu com o seu período de licença; agradeço-lhe por ter vindo. Esta manhã, o Quiralte solicitou uma entrevista com o diretor e comunicou que, se a senhora concordasse em visitá-lo, ele lhe contaria a localização do cadáver de Lucía Aguirre.

— E o senhor acredita que seja essa a intenção dele? — perguntou Amaia.

— A verdade é que não sei o que pensar. Quiralte é um tipo ordinário e presunçoso que se vangloriou do crime para depois se negar a contar onde havia escondido o corpo. Segundo me contou o diretor, anda feliz da vida, come bem, dorme bem e mostra-se sociável e ativo.

— Parece estar feliz e realizado — acrescentou o diretor.

— Por conseguinte, não sei se se trata de uma artimanha ou se tem de fato intenção de fazê-lo. O caso é que insistiu para que fosse a senhora, e só a senhora.

Amaia recordou o dia em que o prenderam, seus olhos cravados no espelho enquanto um policial o interrogava.

— É verdade, quando o prendemos ele também perguntou por mim, mas as razões que deu pareceram absurdas. E naquele momento, eu já estava quase de licença e o interrogatório foi conduzido pela equipe até então encarregada da investigação.

Fazia dez minutos que Quiralte esperava na sala de interrogatórios quando Amaia e o juiz entraram. Estava sentado, recostado na cadeira de espaldar reto diante da mesa. Tinha o peitilho do uniforme prisional aberto quase até a cintura e sorria com uma expressão forçada, mostrando as gengivas esbranquiçadas e grandes demais.

Na verdade, é evidente que o sujeito está de volta, pensou, recordando o comentário que Jonan fizera a esse respeito quando o detiveram.

Quiralte esperou que se sentassem à sua frente, levantou-se da cadeira e estendeu a mão a Amaia.

— Até que enfim veio me ver, inspetora, esperei muito tempo, mas devo dizer que valeu a pena. Como está? E como está o seu filhinho?

Amaia ignorou a mão estendida e, passados alguns segundos, ele baixou-a.

— Senhor Quiralte, se vim até aqui hoje foi apenas porque o senhor prometeu revelar o paradeiro dos restos mortais de Lucía Aguirre.

— Como queira, inspetora, a senhora manda, mas a verdade é que eu esperava que fosse mais amável, já que vou contribuir para aumentar a sua fama de estrela da polícia — ele disse, sorrindo.

Amaia limitou-se a esperar, olhando para ele.

— Senhor Quiralte... — começou o juiz a dizer.

— Cale a boca — cortou Quiralte. O juiz fitou-o com visível irritação. — Cale a boca, senhor juiz. Nem sei que merda está fazendo aqui. Cale a boca ou não direi nada, dê-se por satisfeito que eu permita que esteja presente, porque fui bastante claro quando disse que só falaria com a inspetora Salazar, está lembrado?

O juiz Markina afastou os braços da mesa e retesou-se como se fosse pular sobre o preso. Amaia quase podia ouvir como a sua musculatura rangia de indignação; ainda assim, ele ficou em silêncio.

Quiralte recuperou o sorriso lupino e falou de novo para Amaia, ignorando o juiz.

— Esperei muito, quatro longos meses. Por minha vontade teria sido mais cedo; se esta situação se prolongou foi por culpa sua, inspetora. Como sabe, pedi para falar com você desde que me prenderam. Se tivesse atendido o meu pedido, há muito tempo teriam o corpo daquela asquerosa em seu poder, e eu não estaria aqui apodrecendo durante esses quatro meses.

— Quanto a isso você não pode estar mais enganado — respondeu Amaia.

O homem abanou a cabeça enquanto sorria. *Está apreciando a situação*, pensou Amaia.

— E então?... — incentivou-o.

— Gosta de *patxaran*, inspetora?

— Não especialmente.

— Não, você não parece ser esse tipo de mulher, e imagino que não bebeu álcool durante a gravidez. Fez bem, senão as crianças saem como eu. — Gargalhou. — E agora — disse — deve estar amamentando, certo?

Amaia reprimiu a surpresa e fingiu tranquilidade, voltando-se para a porta e afastando a cadeira.

— Já vou falar, inspetora, não seja impaciente. O meu pai costumava fazer *patxaran* caseiro, não era nada do outro mundo, mas podia-se beber. Trabalhava para uma conhecida marca de licor numa pequena aldeia que se chama Azanza. Depois de terminarem de fazer a colheita de abrunhos, a empresa permitia que os empregados levassem os frutos que haviam ficado agarrados aos arbustos depois da colheita. Os abrunheiros são umas arvorezinhas danadas. Meu pai costumava me levar com ele para o campo, elas têm espinhos muito afiados e venenosos, se nos picarmos neles com certeza a ferida vai inffecionar, e a dor dura dias e dias. Parece que entre aqueles arbustos você encontraria o melhor lugar para ela.

— Enterrou-a ali?

— Sim.

— Muito bem — disse o juiz Markina —, você virá conosco e nos mostrará o lugar.

— Não, não irei a lugar algum, a última coisa que desejo é ver de novo aquela cadela, e imagino que neste momento deve estar num estado nojento. Já contei o suficiente a vocês, vou falar em que local exato ela está no campo, o resto é com vocês. Já cumpri a minha parte, e assim que terminarmos irei para a minha cela descansar. — Acomodou-se melhor na cadeira e sorriu. — Hoje tive um dia cheio de emoções e estou esgotado — declarou, sem deixar de olhar para o juiz.

— Este não é o procedimento — resmungou Markina. — Não viemos até aqui para sermos intimidados. Você virá conosco e mostrará o lugar exato no terreno. As indicações verbais podem complicar a busca. Além disso, já se passou muito tempo, não deverá haver marcas visíveis e você pode até ter dificuldade em se lembrar do local exato.

Quiralte interrompeu a dissertação do juiz.

— Ah, pelo amor de Deus! Não suporto esse cara. Inspetora, preciso de papel e caneta para dar as indicações corretas.

Amaia estendeu-lhe o que o homem pediu, mas o juiz continuou a protestar.

— Um desenho tosco num papel não é um mapa confiável; numa plantação todas as árvores são iguais.

Amaia observava o preso, que ofereceu ao juiz um sorriso carregado de segundas intenções antes de escrever.

— Calma, meritíssimo — disse Quiralte com ironia —, não vou fazer desenho nenhum. — E estendeu-lhes o papel com uma curta combinação de números e de letras que surpreendeu o juiz.

— Mas o que é isso?

— São coordenadas, meritíssimo — explicou Amaia.

— Longitude e latitude, meritíssimo, não lhe contei que estive na Legião? — acrescentou o preso em tom jocoso. — Ou prefere o desenho?

გ

Azanza era nada mais nada menos que um pequeno povoado da comarca de Estella, cuja principal indústria estava dedicada à fabricação do licor de abrunhos, o *patxaran*. Quando conseguiram reunir a equipe e localizar o lugar indicado, já estava entardecendo, e a luz que se extinguia com rapidez pareceu ficar retida mais uns minutos na brancura dos milhões de pequenas flores que, apesar de ainda faltar muito para a chegada da primavera, cobriam as copas das árvores, dando-lhes um aspecto de corredor palaciano e não de cemitério improvisado por um selvagem sem alma.

Amaia observava com atenção enquanto os peritos instalavam holofotes e um toldo que ela insistira em trazer apesar da pressa dos colegas. Não havia uma iminente ameaça de chuva, mas, ainda assim, não queria correr riscos de que qualquer prova que pudesse aparecer ao redor do túmulo ficasse comprometida por uma eventual precipitação.

O juiz Markina se colocou ao seu lado.

— Não parece muito satisfeita, inspetora, não acredita que esteja aí?

— Sim, tenho quase certeza — respondeu ela.

— Nesse caso, o que não a convence? Permita-me — disse, levantando a mão para o seu rosto. Amaia retrocedeu, surpreendida. — Tem uma coisa em seu cabelo. — Retirou uma florzinha branca que levou ao nariz.

Não escapou a Amaia o olhar que Jonan lhe deu do outro extremo do toldo.

— Diga, o que não se encaixa para você?

— Não se encaixa o modo como esse tipo age. É uma besta clássica, expulso do exército, bêbado, presunçoso e agressivo, contudo...

— Sim, também é difícil para mim entender a razão que leva uma mulher encantadora como a vítima a relacionar-se com um tipo desses.

— Bom, quanto a isso posso ajudá-lo. A vítima tem o perfil adequado. Doce, abnegada, dedicada aos outros, piedosa e empática ao extremo. Era catequista, colaborava numa cantina social, tomava conta dos netos, visitava a mãe anciã, e, no entanto, sentia-se sozinha. Uma mulher assim não vê finalidade em sua vida se não for cuidando de alguém, e, ao mesmo tempo, sempre sonhando que alguém chegue para cuidar dela. Desejava sentir-se mulher, nem irmã, nem mãe, nem amiga, apenas mulher. O único problema é que pensou que para isso precisava de um homem a qualquer preço.

— Ora, inspetora, correndo o risco de parecer um pouco machista, não acredito que haja algum mal em uma mulher desejar um homem ao seu lado para se sentir plena, pelo menos no plano amoroso.

Jonan interrompeu suas anotações e sorriu sem olhar para Amaia, dividindo sua atenção entre os peritos que escavavam a cova e a chefe.

— Meritíssimo, esse indivíduo não é um homem, é um espécime humano do sexo masculino, e entre isso e ser um homem existe um abismo.

Os peritos deram o alarme: começava a ficar visível um envoltório de plástico preto. Amaia aproximou-se da sepultura, mas ainda se virou para o juiz para lhe dizer:

— Com certeza ela também se deu conta e foi por isso que apresentou a denúncia. Tarde demais.

Quando o fardo ficou à vista, puderam verificar que o assassino havia colocado o corpo em dois sacos grandes de lixo, um pela cabeça e outro pelos pés, e os uniu em torno da cintura da mulher com fita adesiva. A fita tinha-se desprendido e a ligeira brisa a fez ondular, produzindo uma estranha sensação de movimento no túmulo, como se a vítima se revirasse no leito pedindo para sair dali. Uma rajada mais forte deixou ver entre as dobras do saco o suéter de malha vermelha e branca que a vítima vestia, e que Amaia reconheceu do seu sonho, causando-lhe um arrepio que lhe percorreu as costas.

— Tirem fotografias de todos os ângulos — ordenou, e, enquanto esperava que os fotógrafos terminassem, recuou alguns passos, persignou-se e baixou a cabeça para rezar uma vez mais pela vítima.

O juiz Markina olhava para ela desconcertado. O doutor San Martín aproximou-se.

— É uma maneira como outra qualquer de salvaguardar as distâncias em relação ao cadáver. — Markina assentiu e desviou o olhar, como se tivesse sido pego em flagrante.

San Martín debruçou-se junto à cova, retirou da sua velha maleta médica Gladstone uma tesoura curta de unhas, olhou para o juiz, que assentiu com um gesto de cabeça, e começou a fazer no saco plástico um único corte longitudinal que deixou à vista a metade superior do corpo.

O cadáver encontrava-se estendido e um pouco reclinado sobre o lado direito, em avançado estado de decomposição, muito embora o frio e a aridez do terreno tivessem agido como secante e os tecidos se revelassem desfigurados e ressequidos, pelo menos no rosto.

— Por sorte, nos últimos tempos fez bastante frio, a decomposição é a esperada para um período de cinco meses — explicou San Martín. — À primeira vista, apresenta um grande corte no pescoço. A mancha de sangue no peito do suéter de malha indica que estava viva no momento do corte. O golpe é profundo e reto, o que nos revela uma arma muito afiada e uma grande força e determinação do agressor em lhe causar a morte. Não há sinais de hesitação e foi feito da esquerda para a direita, o que nos mostra um agressor destro. A perda de sangue foi devastadora e foi o que nas primeiras horas atraiu tantos necrófagos, daí que, apesar de estar bem acondicionado e o terreno ter se mantido seco, se observe muita atividade de insetos na primeira fase.

Amaia aproximou-se da cabeceira da cova e ajoelhou-se. Inclinou um pouco a cabeça para um dos lados como se sofresse um ligeiro enjoo e ficou assim durante alguns segundos.

O juiz Markina fitou-a surpreendido e avançou até ela, preocupado, mas Jonan deteve-o agarrando-o pelo braço ao mesmo tempo que lhe sussurrava algo no ouvido.

— Aquilo que se vê sobre a sobrancelha é a marca de uma pancada? — perguntou Amaia.

— Sim — replicou San Martín, sorrindo com o orgulho de um professor que preparou bem a sua aluna —, e parece ter sido feito *post mortem*; causou uma depressão no local, mas não sangrou.

— Veja — apontou Amaia —, parece que tem mais algumas pelo crânio.

— É verdade — assentiu San Martín, debruçando-se mais sobre o corpo. — Aqui há falta de cabelo, e não se deve à decomposição.

— Jonan, venha cá, tire uma foto daqui — ela pediu.

O juiz Markina inclinou-se a seu lado, tão próximo que a manga do seu casaco roçou nela de leve.

Ele balbuciou uma desculpa e perguntou a San Martín se achava que o cadáver estivera ali durante todo o tempo e se fora transferido após a morte. San Martín respondeu-lhe que sim, que os restos de larvas se coadunavam com a fauna típica da região nas primeiras fases, mas que seria mais concludente assim que tivesse feito as análises competentes.

O juiz levantou-se dirigindo-se até a secretária judicial, que tomava notas a uma distância prudente.

Amaia ficou mais alguns segundos ajoelhada, observando o cadáver com o cenho franzido.

Jonan fitava-a, na expectativa.

— Podemos levá-la agora? — perguntou um dos peritos, apontando para o cadáver.

— Ainda não — respondeu Amaia, erguendo uma das mãos sem deixar de olhar para o corpo. — Meritíssimo — chamou.

O juiz virou-se solícito para ela, aproximando-se.

— Quiralte disse que, se tivesse tido oportunidade de conversar comigo no momento devido, teria evitado que ele passasse quatro meses apodrecendo na cadeia. Não foi isso que ele disse?

— Sim, foi isso que ele disse, apesar de que, depois de ter confessado o crime, não sei como esperava que isso acontecesse.

— Acho que sei como... — sussurrou Amaia, absorta.

Markina estendeu-lhe a mão, que ela contemplou intrigada, e, ignorando-o, pôs-se de pé e contornou a cova.

— Doutor, por favor, podia cortar um pouco mais o saco?

— Claro.

Ele retomou o corte na seção seguinte do saco e rasgou-o até a altura dos joelhos.

A saia que Lucía Aguirre havia vestido com o suéter de malha listrada estava franzida debaixo do corpo e ela não usava roupa íntima.

— Pressupus que tivesse havido uma agressão sexual; nestes casos, é costume verificar isso, e eu não estranharia nada que tivesse sido *post mortem* — comentou o patologista forense.

— Sim, como uma fúria desenfreada deu rédea solta a todas as suas fantasias, mas não é isso que procuro. — Com o máximo cuidado, separou o saco de ambos os lados. — Jonan, venha aqui. Segure no plástico puxando por ele, de maneira que não entre em contato com a terra.

O policial assentiu e, entregando a câmera fotográfica a um dos peritos, abaixou-se e agarrou no plástico com as duas mãos.

Amaia ajoelhou-se a seu lado, apalpou o ombro direito da vítima e com cuidado começou a descer apalpando o antebraço, que, uma vez que o cadáver estava de lado, ficara parcialmente oculto debaixo do corpo. Usando ambas as mãos, introduziu os dedos por debaixo do corpo na altura dos bíceps e com um suave puxão deixou o braço visível.

Jonan sobressaltou-se, perdendo o equilíbrio, e ficou sentado no chão, mas não largou o plástico.

O braço surgia amputado na altura do cotovelo com um corte reto e sem hesitações, e a ausência de sangue permitia apreciar a curvatura arredondada do osso e o tecido seco que o circundava.

Um tenso calafrio percorreu o corpo de Amaia. Foi um segundo durante o qual todo o frio do universo se concentrou em sua coluna vertebral, sacudindo-a como uma descarga elétrica que a fez recuar, espantada.

— Chefe... — disse Jonan, trazendo-a de volta ao mundo real. Amaia fitou-o nos olhos e ele assentiu.

— Vamos embora daqui, Jonan — ordenou, ao mesmo tempo que arrancava as luvas e corria para o carro.

Parou de repente e voltou-se para trás para falar com o juiz.

— Meritíssimo, telefone para o estabelecimento prisional e peça que mantenham Quiralte debaixo de uma vigilância exaustiva, e se for preciso que alguém fique com ele.

O juiz estava com o celular na mão.

— Por quê? — perguntou, encolhendo os ombros.

— Porque ele vai cometer suicídio.

Ela cedera o volante a Jonan, sempre o fazia quando precisava pensar e tinha pressa. Ele era um bom motorista, que conseguia encontrar o equilíbrio exato entre uma condução segura e o impulso a que ela teria cedido de pisar no acelerador. Demoraram apenas trinta minutos de Azanza até Pamplona. Afinal, não tinha chovido, mas o céu encoberto havia causado um anoitecer prematuro privado de estrelas e de lua que parecia amortecer até as luzes da cidade. Assim que entraram no estacionamento da prisão viram a ambulância com as luzes apagadas.

— Merda — sussurrou.

Um funcionário aguardava-os na porta e fez-lhes sinal para que entrassem por um corredor, evitando a portaria. Correram pelo corredor ao mesmo tempo que o funcionário os deixava a par do ocorrido:

— Os paramédicos e o médico da prisão estão com ele. Pelo que parece, engoliu alguma coisa, acham que pode ter sido veneno de rato. Com certeza, um preso encarregado da limpeza lhe arranjou por um bom preço. Por norma, o usam entre eles para contaminar a comida ou para adulterar a droga; em pequenas doses, causa dores abdominais e náuseas. Quando nos avisaram ele já estava inconsciente e rodeado de uma poça de vômito e sangue; na minha opinião, está muito cansado. Recuperou um pouco a consciência, mas não creio que saiba onde está.

O diretor, pálido e preocupado, esperava em frente à cela.

— Nada fazia pensar...

Amaia passou por ele sem parar e olhou para o interior do cubículo. O cheiro de fezes e vômito inundava o espaço que circundava Quiralte, que jazia numa maca, intubado e imóvel. Mesmo com a máscara no rosto, eram visíveis as graves queimaduras ao redor do nariz e da boca. Um dos paramédicos tomava notas, ao passo que o outro recolhia o material com calma.

O médico da prisão, que Amaia conhecia havia bastante tempo, voltou-se e tirou uma luva de látex antes de lhe estender a mão.

— Ah, inspetora Salazar, que cenário temos aqui — disse, erguendo as sobrancelhas espessas. — Não pudemos fazer nada. Cheguei de imediato, porque ainda estava no centro, e o pessoal da emergência apareceu poucos minutos depois. Tentamos de tudo, mas este tipo de envenenamento, dado o seu caráter corrosivo, poucas vezes acaba bem e menos ainda quando é autoinfligido. Ele preparou o coquetel — declarou, apontando para uma garrafinha de ciclista jogada em um canto — assim que chegou à cela e bebeu tudo. A dor que lhe deve ter provocado deve ter sido horrível e, mesmo assim, conteve-se, não gritou nem pediu ajuda. — Fitou de novo o cadáver. — Uma das piores agonias que já presenciei.

— Sabe se deixou uma carta ou um bilhete? — perguntou Amaia, olhando em volta.

— Deixou isto — respondeu o médico, apontando para os beliches que se encontravam atrás dela.

Ela se virou e teve de se debruçar um pouco para ver o que Quiralte havia escrito na parede do beliche inferior.

TARTTALO

Jonan imitou-a e franziu o nariz.

— Escreveu com…

— Com fezes — confirmou o médico atrás dele. — Escrever com excrementos é uma prática de protesto comum na prisão, só não sei o que significa esta palavra.

7

Quando convocava uma reunião, sempre procurava ser a primeira a chegar à sala, e era frequente perder alguns minutos olhando pela janela que se abria sobre Pamplona, concentrada em ordenar as suas ideias e embalada pelo murmúrio crescente que ia aumentando atrás de si. Só se aproximava Jonan, silencioso, para lhe trazer uma xícara de café, que aceitava sempre e que muitas vezes abandonava intacta depois de aquecer as mãos.

Virou-se de frente para a sala quando ouviu a voz do inspetor Iriarte, que saudava sorridente os presentes. Acompanhava-o o subinspetor Zabalza, que a cumprimentou com um gesto de cabeça enquanto resmungava algo inaudível e se sentava ao lado do seu superior. Esperou até que se sentassem e começou a falar no momento exato em que a porta se abriu e entrou o comissário, que cruzou os braços, encostando-se à parede, e, depois de se desculpar, convidou-a a continuar.

— É como se eu não estivesse presente — disse.

— Bom dia a todos. Como sabem, o objetivo desta reunião é definir uma estratégia de atuação acerca do caso das profanações que ocorreram na igreja de Arizkun. Acabam de chegar os resultados preliminares das análises realizadas nos ossos, e as conclusões não esclarecem grande coisa: que são humanos e que pertencem a uma criança com menos de um ano. O doutor San Martín nos manterá informados dos progressos que se verificarem assim que estiver de posse dos resultados analíticos, mas de momento começaremos por determinar o que é uma profanação e por que razão, sem margem para dúvidas, neste caso... — Pôs-se de pé e deu alguns passos até ficar atrás do subinspetor Etxaide.

"Profanar é tratar algo sagrado sem o devido respeito, difamar, desonrar ou dar um tratamento indigno a coisas que devem ser respeitadas. Partindo dessa premissa, e tendo em conta que o ato foi cometido num local de culto, utilizando-se restos mortais humanos, estaríamos perante uma profanação, mas, antes de continuar e tomar decisões sobre como vamos proceder, há alguns aspectos que convém esclarecer. Existem tantos tipos de profanações como de comportamentos delituosos, e compreender a mecânica da profanação nos dará um perfil do tipo de indivíduo que estamos procurando.

"O tipo mais frequente é a profanação vandálica, em geral associada a tribos urbanas e a grupos marginais que manifestam a sua repulsa pela sociedade atacando os seus símbolos sagrados e religiosos. Podem atacar um monumento ou uma biblioteca, queimar uma bandeira ou quebrar as vitrines de um grande estabelecimento comercial. Esse tipo de profanação é o mais comum e o mais fácil de identificar pelos sinais evidentes de violência irracional. No segundo grupo estariam incluídos os profanadores de igrejas e cemitérios, bandos e grupos de delinquentes cujo único objetivo é atacar esses lugares e roubar objetos de valor. A caixa de dízimos das igrejas, alto-falantes, equipamentos de som ou de iluminação, peças de ouro ou de prata, tais como sacrários, candelabros, cálices e até mesmo as ferramentas dos coveiros. Em casos mais aterradores, roubam joias ou até mesmo dentes de ouro dos cadáveres. Há pouco tempo, prendeu-se um bando que roubava as molduras de platina que em muitas sepulturas adornam as fotografias dos mortos. Alguns desses delinquentes, e segundo se depreende das suas declarações, nos últimos tempos optaram por representar encenações que sugerem rituais satânicos com a finalidade de despistar os investigadores e desviar assim as atenções para as seitas, criando um grande alarme na vizinhança. Nestes casos, convém não se confundir e ter bem claro que os satanistas não costumam ter interesse em roubar o celular do padre. E é aqui que se incluiria outro tipo de profanação, a esotérica. Jonan..."

Jonan pôs-se de pé e dirigiu-se ao quadro.

— Trata-se de rituais mágicos provenientes de culturas diferentes. A maioria dessas supostas profanações é na realidade rituais de *santería*, vodu haitiano, candomblé brasileiro ou *palo mayombe* cubano — disse, ao mesmo tempo que escrevia no quadro.

"São rituais relacionados com a morte e o espiritismo que se praticam de preferência em cemitérios, mas não em templos nem em igrejas. Apenas os satanistas escolhem lugares de culto cristãos, por entender que em sua prática, além de adorar Satanás, devem ofender a Deus. As profanações satânicas são pouco comuns, embora ontem na reunião com o bispo se tenha insinuado que às vezes esse tipo de ação é silenciado para evitar o 'efeito chamada'. O mais frequente é que nos deparemos com símbolos sagrados conspurcados com fezes, vômito, urina, sangue de animais, cinzas, com o objetivo de obter uma encenação vistosa, decapitando santos, desenhando símbolos fálicos nas Virgens, invertendo crucifixos e outras coisas do gênero. Há alguns anos, numa pequena ermida da localidade galega de A Lanzada, alguns satanistas entraram no templo durante a noite quebrando a porta com um machado. Pegaram a imagem da Virgem, muito venerada naquela região, amputaram-lhe ambas as mãos e lançaram-nas penhasco abaixo. Trata-se de um exemplo perfeito de encenação: podiam ter forçado a porta, um portão maciço com fechadura antiga, sem alarmes, e podiam muito bem ter levado a imagem, mas o que fizeram era muito mais chamativo e ofensivo."

Amaia tomou de novo a palavra.

— E temos ainda a profanação como protesto social, ou assim a justificam os seus autores. Tive a oportunidade de estudar de perto esse tipo de comportamento quando estive no FBI nos Estados Unidos. Consiste em destruir túmulos e desenterrar corpos de indivíduos específicos e submeter o cadáver a amputações e mutilações com o único objetivo de serem absurdos. Requer um considerável nível de ódio pela sociedade, e pelo perfil que apresentam considera-se esse tipo de sujeito muito, muito perigoso, visto que essa é apenas uma fase da sua conduta e pode acabar por concentrar a sua ira contra indivíduos vivos. Um dos casos mais conhecidos foi o de um policial do Grupo Especial de Operações que faleceu na explosão de um apartamento que servia de esconderijo seguro em Leganés, onde se escondiam terroristas, após os atentados de onze de março em Madrid.

"Depois do enterro e em plena noite, um grupo de indivíduos desenterrou o corpo, mutilou-o e ateou-lhe fogo. Deve entender-se que a incineração ou a cremação na crença muçulmana pressupõe a aniquilação total da alma do defunto, impossibilitando a sua ressurreição na vida eterna.

"Nos estudos sobre comportamento criminal, esse comportamento é considerado em muitos casos um estágio da psicopatia, com antecedentes de tortura de animais, incêndios provocados, micção noturna, grave atraso escolar, maus-tratos e um marcado aspecto psicossexual, devido às dificuldades que têm em relacionar-se com o sexo de uma maneira saudável.

"Devo dizer que, num primeiro momento, me inclinei para a teoria da profanação vandálica, e ainda não a descartei; contudo, há aspectos relacionados com a história de Arizkun (para quem não a conhece, Jonan preparou um dossiê onde expõe as motivações históricas) que não nos permitem descartar a possibilidade de que se trate de um ataque do tipo social, talvez em sua fase mais embrionária.

"Há outro tipo de profanador que está descartado, o ladrão de arte. Entram nos templos que estudaram previamente sem causar grandes danos, levam apenas peças de grande valor, costumam trabalhar por encomenda e jamais operam de forma impetuosa ou desastrada."

— Estou de acordo — interveio o comissário. — Que ações já foram tomadas?

Iriarte abriu a sua agenda e começou a ler.

— No momento, temos um carro-patrulha vinte e quatro horas por dia na porta da igreja, o que parece ter tranquilizado um pouco os vizinhos. Alguns se aproximaram para agradecer e desde a outra noite não voltou a se repetir nenhum incidente.

— Interrogaram os vizinhos das casas mais próximas da igreja? — perguntou Amaia.

— Sim, mas ninguém viu nem ouviu nada, e isso apesar de Arizkun ser um silêncio total à noite. As machadadas que destruíram um banco devem ter feito muito barulho.

— As paredes dessa igreja são muito grossas, amorteceriam bastante os golpes, isso sem contar que as paredes das casas também o são, e numa fria madrugada invernal as janelas e portas deviam estar muito bem trancadas.

Iriarte aquiesceu.

— Também localizamos os grupos de jovens mais ativos e com tendências mais antissociais, mas não obtivemos resultados. A juventude de Arizkun é bastante calma, um tanto independente, mas pouco mais que isso. Para a maioria, praticantes ou não, a igreja é um símbolo de Arizkun.

— E quanto ao assunto dos agotes? — indagou Amaia.

Iriarte bufou.

— Chefe, este é um assunto muito delicado. Para a maioria das pessoas de Arizkun, continua sendo algo de que preferem não falar. Posso dizer que até há pouco tempo, se um estranho chegasse a Arizkun fazendo perguntas sobre os agotes deparava-se com um muro intransponível de silêncio.

— Há um ou dois episódios engraçados sobre isso — interveio Zabalza. — Dizem que há alguns anos um conhecido escritor chegou a Arizkun e teve de renunciar à sua ideia de escrever sobre os agotes, porque as pessoas respondiam às suas perguntas como se fossem estúpidas, ou afirmando que nunca tinham ouvido falar de semelhante coisa, que não passavam de lendas e que não acreditavam que tivessem existido de verdade. Conta-se também que Camilo José Cela em pessoa se interessou pelo assunto e obteve resultados idênticos.

— Esses são os meus vizinhos — disse Amaia, sorrindo. — Suponho que as coisas tenham mudado com as novas gerações. Por regra, os jovens optam por se sentir orgulhosos das suas raízes sem a carga que os mais velhos carregam. Tal como comentava Jonan ontem, a história dos agotes não difere muito da dos judeus ou dos muçulmanos; havia distinções por religião, sexo, ascendência, nível econômico, quase como acontece agora… Nem as mulheres de origem nobre se livravam de casamentos obrigatórios ou ingressos forçados no convento.

— Pode ser que você tenha razão. A maioria dos jovens vê a história, para além da guerra civil, como se fosse a era quaternária, mas ainda assim devemos agir com cuidado para não ferir suscetibilidades.

— Faremos isso — afirmou Amaia. — Esta tarde vou me mudar para Elizondo e ficarei por lá uns dias para comandar a investigação.

O comissário assentia enquanto ela falava.

— Jonan ficará encarregado de procurar na internet grupos de ação contra os interesses católicos, além de tudo o mais que estiver relacionado com os agotes e os elementos danificados no decorrer das profanações. Gostaria que me agendassem uma reunião com o pároco e o capelão de Arizkun, mas em separado: não podemos descartar a possibilidade de que essas ações sejam uma espécie de vingança dirigida contra um deles. Não se esqueçam do caso recente do desaparecimento do *Códice Calixtino*, que escondia uma vingança pessoal de um antigo funcionário do templo contra o deão da catedral de Santiago. Então, antes de nos lançarmos a criar teorias históricas e místicas, não seria ruim que investigássemos os envolvidos, assim como em qualquer outro caso. Tenho algumas ideias sobre as quais gostaria de trabalhar. No momento nada mais — disse, levantando-se e saindo de trás do comissário. — Nos encontraremos lá amanhã de manhã.

༄

O relatório, que a havia mantido acordada até as três horas da madrugada, estava sobre a mesa do comissário. Concentrou a sua atenção na capa de papelão, tentando descobrir algum indício de que tivesse sido lido.

— Senhor comissário, teve oportunidade de ler o meu relatório?

O comissário virou-se para ela e demorou-se alguns segundos observando-a, pensativo, antes de responder.

— Sim, Salazar. É bastante extenso e detalhado.

Amaia estudou a expressão impenetrável do chefe, ao mesmo tempo que ponderava se extenso e detalhado era bom ou mau sinal.

Após alguns segundos em silêncio e de maneira inesperada, o comissário acrescentou:

— Extenso, detalhado e muito interessante. Compreendo por que motivo chamou a sua atenção. Entendo que o tenente Padua tivesse visto indícios, mas estou de acordo com os seus superiores. Se você tivesse me apresentado este relatório há uma semana, eu teria lhe dito a mesma coisa que os chefes lhe disseram. Os indícios, muito embora existam, estão bastante desgastados por si sós, poderiam ser mera casualidade; o fato de os presos manterem correspondência entre si e com admiradores dos seus crimes é mais frequente do que as pessoas imaginam.

Fez uma pausa enquanto se sentava diante dela.

— Claro que os acontecimentos de ontem dão um novo rumo a esta história, quando Quiralte a envolveu ao decidir confessar onde estava o cadáver. Pensei muito no assunto, inspetora, mas ainda assim não está claro para mim. Os casos estão oficialmente encerrados. Os assassinos estão mortos, por suicídio. Casos diferentes em diversas províncias e conduzidos por diferentes corpos policiais, e você me pede para abrir uma investigação.

Amaia ficou em silêncio, sustentando o olhar dele.

— Acredito em você, confio em seu instinto e sei que deve haver alguma coisa que chamou a sua atenção... mas não vejo indícios suficientes para autorizar a abertura de uma investigação que levantaria dúvidas sobre a competência de outros departamentos policiais.

Fez uma pausa e Amaia prendeu a respiração.

— A menos que esteja escondendo alguma informação...

Amaia sorriu. Aquele homem não era comissário por acaso. Tirou o envelope plastificado do bolso interno do casaco e estendeu-o ao comissário.

— No dia em que Jasón Medina se suicidou no banheiro do tribunal, este envelope estava com ele.

O comissário pegou, examinou-o e leu através do plástico.

— É dirigido a você — exclamou, surpreendido. Abriu uma das gavetas da mesa, sem dúvida à procura de luvas.

— Pode tocar, já foi analisado, não encontraram uma única impressão digital.

O comissário tirou o envelope do saco plástico, retirou o cartão, leu-o e olhou para Amaia.

— Está bem — disse. — Autorizo-a a abrir uma investigação baseada no fato de que dois dos assassinos se dirigiram expressamente a você.

Amaia assentiu.

— Você deverá agir com o máximo tato e, claro, conseguir o consentimento do juiz Markina, embora não creio que isso seja difícil para você, pois ele parece tê-la em alta estima como investigadora: esta manhã telefonou-me para falar do caso Aguirre e se derramou em elogios em relação a você. Não quero conflitos com os outros departamentos policiais, então peço cortesia e luvas de pelica. — Fez uma pausa teatral. — Em troca, espero progressos no que diz respeito ao assunto da igreja de Arizkun.

Amaia fez um gesto de enfado.

— Sei o que pensa a esse respeito, mas é importante para nós solucionar este assunto o quanto antes, pois esta manhã mesmo recebi um telefonema do presidente da câmara mostrando-se muito preocupado.

— Com certeza devem ser só arruaceiros.

— Pois então prenda-os, e dê-me os nomes deles para que o bispo pare de me pressionar. Eles estão muito alarmados com tudo isso, e é verdade que costumam ser um pouco exagerados em relação aos seus assuntos, mas também é verdade que não se incomodaram muito em outros casos mais notáveis de profanação.

— Está bem. Vou me dedicar de corpo e alma. O senhor sabe que temos uma patrulha na porta do templo. Diante disso, imagino que os ânimos se acalmarão e o deixarão sossegado.

— Seria bom — admitiu ele.

Amaia levantou-se e foi para a porta.

— Obrigada, senhor comissário.

— Salazar, espere, só mais uma coisa.

Amaia parou e ficou firme, à espera.

— Já se passou um ano desde que o inspetor Montes foi dispensado depois do que aconteceu no curso da investigação do caso *basajaun*. A comissão de assuntos internos que o investigou recomendou a sua reincorporação. Como sabe, para que esta se verifique o inspetor Montes deverá obter pareceres favoráveis dos agentes envolvidos, neste caso o inspetor Iriarte e você.

Amaia ficou em silêncio, aguardando o rumo que a conversa tomaria.

— As circunstâncias mudaram. Naquela época, você era a inspetora designada para conduzir aquele caso e agora é a chefe do departamento de homicídios, então o inspetor Montes ficaria sob as suas ordens, tal como os outros. Se se decidir pela sua reincorporação, você pode indicá-lo para a sua equipe ou para outro grupo, mas de qualquer maneira terá que tomar uma decisão definitiva. A sua equipe está desfalcada; se não for o Montes, você deverá nomear outro agente da sua unidade a título permanente.

— Vou pensar no assunto — respondeu Amaia com frieza.

O comissário percebeu a hostilidade dela.

— Inspetora, não pretendo influenciar a sua decisão, estou apenas passando uma informação.

— Obrigada, senhor comissário — respondeu.

— Pode retirar-se.

Amaia fechou a porta atrás de si e sussurrou:
— Sim, claro.

&

O Instituto Navarro de Medicina Legal estava deserto ao meio-dia. Em meio ao temporal, um sol titubeante fazia brilhar as superfícies molhadas pela chuva caída apenas uma hora antes, e os inúmeros lugares vazios no estacionamento denunciavam que era hora do almoço. Ainda assim, não ficou surpreendida quando viu, à medida que se aproximava, duas mulheres jogando fora os cigarros que estavam fumando e vindo ao seu encontro assim que a avistaram. Fez um exercício de mnemônica tentando recordar os nomes delas, "como as irmãs de Lázaro".

— Marta, María — disse, cumprimentando-as. — Não deviam estar aqui — disse, sabendo de antemão que os familiares não têm outro lugar lógico para onde ir e que continuariam na porta ou na pequena sala de espera até que lhes devolvessem o seu ente querido. — Estariam melhor em casa, serão avisadas quando... — A palavra autópsia, com a carga sinistra que carregava, parecia-lhe sempre impronunciável diante das famílias. Era só mais uma palavra, e eles sabiam por que motivo ali estavam, alguns falavam sem receio, mas para ela, que sabia o que aquela palavra englobava, feria tanto quanto um bisturi abrindo o corpo do ser que amavam. — Quando terminarem de examinar todas as provas — afirmou.

— Inspetora — disse a mais velha, não tinha certeza se era Marta ou María. — Compreendemos que é necessário fazer a autópsia, porque a minha mãe foi vítima de uma morte violenta, mas hoje nos disseram que talvez demorem mais uns dias para nos entregar... bem, o corpo.

A irmã começou a chorar, e, ao tentar reprimir as lágrimas, emitia um som sufocado como se estivesse se afogando.

— Por quê? Já sabem quem a matou, já sabem o que esse monstro fez. Mas agora ele está morto, e, Deus me perdoe, mas fico feliz que tenha morrido como a ratazana imunda que era.

Dos seus olhos também brotaram grossas lágrimas, que ela limpou do rosto com fúria, porque, ao contrário da irmã, as lágrimas dela eram de ira.

— Mas ao mesmo tempo eu queria que continuasse vivo, encarcerado, apodrecendo. Entende? Queria poder matá-lo com as minhas mãos, queria poder fazer com ele tudo o que fez à nossa mãe.

Amaia assentiu.

— E mesmo assim não conseguiria se sentir melhor.

— Não quero me sentir melhor, inspetora, não acho que haja alguma coisa neste mundo que possa fazer com que me sinta bem neste momento. Só queria fazer mal a ele, simplesmente.

— Não fale assim — pediu a irmã.

Amaia pôs-lhe uma das mãos no ombro.

— Não, não o faria, sei que pensa que sim, que isso é o que gostaria de fazer, e até certo ponto é normal, mas você não faria nada de semelhante a ninguém, eu sei.

A mulher fitou-a e Amaia soube que estava a ponto de desmoronar.

— Como pode ter tanta certeza?

— Porque para se fazer uma coisa dessas é preciso ser como ele.

A mulher tapou a boca com as mãos, e pela expressão aterrorizada em seu rosto soube que havia entendido. A outra jovem, que parecera mais frágil e indefesa, abraçou a irmã, colocou a outra mão no pescoço, e com um movimento suave que não encontrou resistência conduziu a cabeça da irmã ao seu ombro num gesto de consolo e ternura que, Amaia teve certeza, havia aprendido com a mãe.

— Quando irão nos devolver o corpo da nossa mãe? Pensávamos que seria depois de concluída a autópsia. Para que demorar mais tempo?

— A minha mãe esteve cinco meses abandonada num campo gelado, agora queremos ter o nosso tempo, tempo para nos despedirmos, para poder enterrá-la.

Amaia examinou-as, avaliando a sua resistência; não era descabido ter isso em conta. As famílias das vítimas desaparecidas revelavam uma grande força alimentada pela esperança de que os respectivos familiares estivessem vivos contra todas as probabilidades, e apesar das provas que apontavam para um desfecho fatal. Contudo, no momento em que o corpo aparecia, toda essa energia que as havia mantido em pé desmoronava como um castelo de areia ante uma tempestade.

— Está bem, escutem e tenham em mente que o que vou contar faz parte de uma investigação, então confio na discrição de vocês.

As duas olharam para ela, na expectativa.

— Fui sincera com vocês desde o princípio, desde que me pediram para procurar a sua mãe porque tinham certeza de que ela não teria ido embora de livre e espontânea vontade. Informei cada passo que dávamos. E agora preciso que continuem confiando em mim. Está provado que a mãe de vocês foi vítima de Quiralte, mas não tenho certeza de que ele foi a única pessoa envolvida no caso.

O semblante das duas mudou, assumindo uma expressão de surpresa.

— Tinha um cúmplice?

— Ainda não tenho certeza, mas este caso me faz lembrar de outro em que participei como consultora e onde se suspeitou ter havido um segundo elemento envolvido. Foi da responsabilidade de outro corpo policial, e para comparar aspectos e provas o processo vai ser um pouco mais longo e complicado. Tudo já foi solicitado, mas pode demorar horas, até dias, não tenho como saber com certeza. Sei que tudo isso foi muito duro, mas a mãe de vocês já não está num campo gelado, está aqui, e está aqui para nos ajudar a resolver o crime. Vou ficar ali dentro com ela, e garanto que ninguém respeita tanto tudo que ela pode nos contar como as pessoas que se dedicam à ciência forense. Acreditem em mim, elas são a voz das vítimas.

Pelas expressões resignadas de ambas, percebeu que estavam convencidas, e, embora não precisasse da autorização ou da permissão delas, ter os familiares indignados dificultando e obstruindo o seu trabalho também não iria somar pontos.

— Pelo menos poderemos mandar rezar uma missa pela alma dela — murmurou Marta.

— Claro que sim, vai lhes fazer bem, e além disso vocês sabem que ela teria gostado.

Amaia estendeu a mão a elas, certa de que ambas a apertariam.

— Estou trabalhando neste caso, vou tentar apressar as coisas e, assim que for possível, mandarei chamá-las.

Amaia entrou na sala depois de trocar o casaco pelo jaleco asséptico. O doutor San Martín, debruçado sobre um balcão de aço, mostrava aos seus dois assistentes algo que surgia no monitor do computador.

— Bom dia. Ou será que devo dizer boa tarde? — cumprimentou ela.

— Para nós é boa tarde, já almoçamos — respondeu um dos peritos.

Amaia reprimiu a careta de incredulidade que já começava a se desenhar em seu rosto. Possuía a resistência estomacal que se supunha que devia ter, mas imaginar aqueles três comendo antes de uma autópsia parecia-lhe... impróprio.

San Martín começou a vestir as luvas.

— Muito bem, inspetora, você dirá por qual dos dois quer começar.

— Que dois? — perguntou, confusa.

— Lucía Aguirre — disse, apontando para o corpo coberto por um lençol em cima da mesa — ou Ramón Quiralte — acrescentou, indicando uma mesa mais afastada sobre a qual se via um vulto ainda dentro do saco de transporte.

Amaia fitou-o, surpresa.

— Tenho programadas as duas autópsias para hoje, começaremos pela que você preferir.

Amaia aproximou-se do vulto que o corpo de Quiralte formava sobre a mesa, abriu o zíper e examinou o rosto dele. A morte havia apagado qualquer espécie de atrativo que pudesse ter tido. Ao redor dos olhos tinham-se formado petéquias escuras que indicavam outros tantos vasos capilares rompidos no esforço de vomitar. A boca entreaberta, detida num espasmo, deixava ver os dentes e a ponta da língua, que como um terceiro lábio parecia coberta por uma película esbranquiçada.

As queimaduras do ácido prolongavam-se pelos lábios inchados, ainda com resquícios do vômito, e haviam deslizado até a orelha, formando mechas ressecadas e sujas no cabelo. Amaia olhou para o lugar onde jazia a mulher e abanou a cabeça num gesto de negação. Vítima e algoz a uma distância de apenas dois metros na sala de autópsias, até era provável que fosse o mesmo bisturi a abrir ambos os peitos.

— Não devia estar aqui — pensou em voz alta.

— O que disse? — indagou San Martín.

— Não devia estar aqui... com ela. — Os técnicos fitaram-na intrigados. — Não ao mesmo tempo — explicou, fazendo um gesto para o outro corpo.

— Não creio que a esta altura os dois se importem com isso, não acha?
Olhou para eles e percebeu que não entenderiam por mais que lhes explicasse.

— Não tenho assim tanta certeza — sussurrou para com os seus botões.

— Bom, então, por qual dos dois vai se decidir?

— Não tenho interesse nenhum nele — respondeu com frieza —, suicídio e ponto-final. — Fechou o zíper, fazendo desaparecer o rosto de Quiralte.

San Martín encolheu os ombros e descobriu o primeiro corpo. Amaia parou diante da mesa, inclinou um pouco a cabeça numa rápida prece e por fim contemplou o corpo. Desprovida de seu suéter de malha vermelha e branca, mal pôde reconhecer naquele corpo a mulher sorridente que presidia a sua casa com rosto alegre. O cadáver já tinha sido lavado, mas mesmo assim evidenciava tantos golpes, erosões e equimoses que o corpo parecia estar sujo.

— Doutor — disse Amaia aproximando-se dele —, na realidade preciso pedir-lhe um favor. Já sei que o senhor é bastante meticuloso em seu trabalho, mas no que estou de fato interessada é, como deve supor, na amputação. Consegui as fotografias dos restos ósseos encontrados na gruta de Elizondo pela Guarda Civil — disse, mostrando a San Martín um grosso envelope. — No momento, é tudo o que me cederam, e o que preciso é que você compare as seções dos cortes nos ossos. Se pudéssemos estabelecer uma relação entre este caso e o de Johana Márquez, o juiz autorizaria outros procedimentos que poderiam nos levar a avançar no caso. Tenho uma reunião com ele esta tarde e espero poder levar algo mais do que apenas teorias.

San Martín assentiu.

— De acordo, comecemos então.

Acendeu uma lâmpada potente sobre o corpo, concentrou uma lupa sobre a ferida do braço e fotografou a lesão. Depois debruçou-se, aproximando-se até que o nariz quase roçou a ferida.

— Um corte limpo, *post mortem*, o coração já tinha parado e o sangue começara a coagular. Foi feito com um objeto denteado, semelhante a uma serra elétrica de cortar madeira, porém diferente; me lembra muito o caso de Johana Márquez, porque a direção do corte também sugere uma faca elétrica ou uma rebarbadora. Como no caso de Márquez, presumiu-se que havia sido o pai, não se investigou mais sobre o objeto utilizado. Algumas ferramentas que ele tinha em casa e no carro foram comparadas, sem resultado positivo.

Amaia colocou no negatoscópio as fotografias que Padua lhe havia fornecido e acendeu a luz branca, enquanto San Martín punha junto das outras a fotografia que a impressora acabava de ejetar.

Observou-as demoradamente, trocando a ordem delas e chegando até a sobrepô-las enquanto emitia uns barulhinhos ritmados e quase inaudíveis que exasperavam Amaia e provocavam comentários jocosos entre os seus assistentes.

— Você diria que os cortes foram feitos com o mesmo objeto? — inquiriu Amaia, arrancando o médico da sua abstração.

— Ah! — exclamou. — Isso seria dizer muito. O que posso de fato afirmar é que os cortes foram realizados seguindo a mesma técnica, que foram feitos por uma pessoa destra, com grande segurança e força semelhante.

Amaia olhou para ele, insatisfeita.

— Se bem que — continuou o médico, sorrindo diante da luz de esperança que viu nos olhos da inspetora —, com as fotografias, não posso precisar nem a idade nem o sexo, pertenceram a adultos, mas são ossos descarnados, sem restos de tecido, e não se pode precisar a idade do osso a olho nu, e é óbvio que com uma fotografia não posso afirmar se procedem de uma amputação cirúrgica ou de uma profanação de túmulos. É inegável que à primeira vista os cortes são muito parecidos e todos são antebraços... Mas para que o meu parecer fosse definitivo precisaria do objeto que foi utilizado. Poderíamos tirar moldes dos ossos para poder digitalizá-los e sobrepô-los. Lamento, inspetora, com fotografias isto é tudo o que posso fazer, seria diferente se tivéssemos as amostras.

— A Guarda Civil tem o próprio laboratório, é lá que estão, você sabe muito bem o quanto as chefias são reticentes em compartilhar informações. Há anos que digo a mesma coisa; enquanto não se criar uma brigada criminal independente, formada por membros dos corpos policiais, com a participação da Interpol, que colaborem num mesmo laboratório, andaremos às cegas no que diz respeito à investigação criminal

— lamentou-se Amaia. — Ainda bem que há policiais como Padua para quem o que de fato interessa é resolver crimes e não querer aparecer.

Amaia voltou para junto do corpo e debruçou-se como havia feito antes o doutor San Martín, para ver de perto o ferimento.

O tecido tinha um aspecto desfigurado e rachado, bastante ressecado. Apresentava uma cor clara, quase descolorida em comparação ao resto do corpo. Examinou os pequenos sulcos que a lâmina desenhara no osso e pareceu-lhe ver um ponto escuro e afiado incrustado no tecido.

— Doutor, venha até aqui, por favor. O que acha que pode ser isto? — perguntou, cedendo o seu lugar diante da lupa.

O médico ergueu os olhos, surpreendido.

— Não tinha reparado, muito bem, Salazar — disse, com satisfação.
— É provável que seja um pedaço de osso que se desprendeu durante o corte — apontou enquanto extraía a lasca com uma pinça. Observou o pedacinho triangular com a lupa e depositou-o numa bandeja, onde caiu com um inconfundível ruído metálico. Levou-o, de imediato, até o microscópio e ergueu os olhos sorridente enquanto cedia lugar a Amaia.
— Chefe Salazar, o que temos aqui é o dente de uma serra metálica, a serra que foi utilizada para amputar o braço desta mulher. Reproduzindo o padrão deste dente poderemos determinar com bastante aproximação o tipo de serra, e da sua habilidade para convencer o juiz Markina vai depender que possamos fazer os testes para verificar se é a mesma que foi usada nos casos da gruta de Elizondo. Agora, se me permite, continuarei com a autópsia — disse ao mesmo tempo que estendia a bandeja com a amostra à perita, que começou de imediato a trabalhar nela.

8

Inmaculada Herranz era uma dessas mulheres que conquistavam a confiança dos demais mostrando-se sempre afável e servil em proporções iguais. De físico insignificante e gestos contidos, Amaia sempre pensava nela como uma gueixa feia; a voz suave e os olhos semicerrados dissimulavam um olhar colérico quando alguma coisa a contrariava. Não era capaz de gostar dela apesar da, ou talvez por causa da sua artificialidade. Durante seis anos havia sido a eficiente e sempre prestativa secretária da juíza Estébanez, que não tivera qualquer escrúpulo em deixá-la para trás, apesar de Inmaculada não ser casada nem ter família, quando lhe ofereceram o seu novo cargo no Supremo Tribunal. Muito pelo contrário, levou consigo o oficial de justiça que costumava acompanhá-la como agente de campo nas exumações dos cadáveres.

O desgosto inicial de Inmaculada transformou-se em júbilo quando o juiz Markina ocupou o lugar vago, embora a partir desse momento fosse obrigada a dedicar uma parcela maior do seu salário a roupas e perfumes destinados a chamar a atenção do meritíssimo juiz. E não era a única; circulava uma piada pelos tribunais sobre a maneira como havia disparado entre as funcionárias o consumo de batons e idas ao cabeleireiro.

Amaia havia marcado o número do tribunal enquanto se dirigia para o carro e vasculhava os bolsos da jaqueta à procura de óculos de sol para combater os brilhantes clarões de luz que se refletiam nas poças, enquanto esperava ouvir a voz doce da secretária.

— Boa tarde, Inmaculada, sou a inspetora Salazar, da divisão de homicídios da Polícia Foral. Preciso falar com o juiz Markina, por favor.

A frieza cortante da sua voz reprovadora era surpreendente nela.

— São duas e meia da tarde e, como deve imaginar, o juiz Markina não está.

— Sei muito bem que horas são, acabo de sair de uma autópsia e o juiz Markina aguarda pelos resultados, pediu-me que lhe telefonasse...

— Sim... — respondeu a mulher.

— É estranho que ele tenha se esquecido. Sabe se voltará mais tarde?

— Não, não voltará, e é claro que não se esqueceu. — Deixou passar alguns segundos antes de acrescentar: — Deixou um número para que a senhora ligasse para ele.

Amaia esperou em silêncio enquanto sorria divertida diante da torpe hostilidade da secretária. Soltou um sonoro suspiro para deixar patente que a paciência começava a se esgotar, e perguntou:

— E então, Inmaculada? Vai me dar o número ou vou precisar de uma ordem judicial? Ah, não, espere, já tenho a ordem de um juiz.

A mulher não disse nada, mas mesmo através do telefone foi capaz de imaginá-la franzindo os lábios e semicerrando os olhos naquele gesto típico de mulheres medrosas como ela. Disse o número uma única vez e desligou sem se despedir.

Amaia olhou para o telefone intrigada. *Maldita mosca morta!*, pensou. Discou logo o número e esperou.

O juiz Markina atendeu de imediato.

— Imaginei que fosse você, Salazar, estou vendo que a minha secretária lhe deu o recado.

— Lamento incomodá-lo fora do gabinete, meritíssimo, mas acabo de sair da autópsia de Lucía Aguirre, e existem indícios, a meu ver suficientes, para se pensar em abrir uma investigação. O relatório forense é contundente e contamos com uma nova pista.

— Está me falando em reabrir o caso? — duvidou o juiz.

Amaia obrigou-se a ser prudente.

— Não pretendo lhe dizer como deve fazer o seu trabalho, mas os indícios apontam sobretudo para uma nova linha de investigação sem detrimento da anterior. Nem o patologista forense nem nós temos quaisquer dúvidas quanto à autoria de Quiralte no assassinato, mas...

— Está bem — interrompeu-a o juiz, e pareceu pensar por alguns segundos; o seu tom de voz revelava que estava interessado no assunto. — Venha falar comigo e explique-me tudo, e não se esqueça de trazer o relatório forense.

Amaia consultou o relógio e perguntou:

— Vai estar em seu gabinete esta tarde?

— Não, estou fora da cidade, mas esta noite às nove estarei jantando no Rodero, passe por lá e nos falaremos.

Desligou o telefone e olhou de novo para o relógio. Por volta das nove horas já teria o relatório do patologista, mas James teria de ir adiantando as coisas com Ibai se quisessem chegar a Elizondo a uma hora razoável para o bebê. Ela iria depois do encontro com o juiz. Suspirou enquanto entrava no carro pensando que se se apressasse ainda chegaria a tempo de dar ao filho a mamada das três horas.

☙

Ibai choramingava de forma entrecortada, alternando o choro com uma variedade de arquejos e gritinhos que denotavam o seu desagrado, mas ainda assim, entre um e outro protesto, sugava com fúria a mamadeira que James lutava para manter em sua boca enquanto o segurava no colo. O marido sorriu com uma expressão forçada quando a viu.

— Estamos nisto há vinte minutos e mal consegui que tomasse vinte mililitros, mas a coisa vai aos poucos.

— Vem com a *ama, maitia* — disse Amaia, abrindo os braços enquanto James lhe entregava o menino. — Sentiu saudades, minha vida? — acrescentou, beijando o rostinho do bebê, ao mesmo tempo que sorria ao sentir como Ibai lhe sugava o queixo. — Ah, querido, desculpe, a *ama* chegou muito tarde, mas já aqui estou.

Sentou-se numa poltrona, aconchegando-o nos braços, e durante a meia hora seguinte dedicou-se exclusivamente ao bebê. Acalmada a ansiedade inicial, Ibai mostrava-se tranquilo e relaxado, enquanto Amaia se dedicava a acariciar-lhe a cabecinha, a percorrer com a ponta do dedo indicador as feições pequenas e perfeitas do filho e a observar embevecida os olhos límpidos e brilhantes que estudavam o rosto de Amaia com uma dedicação e um encanto reservados aos amantes mais ousados.

Quando acabou de lhe dar de mamar, levou-o para o quarto que Clarice havia idealizado para ele, trocou-lhe a fralda, reconhecendo a contragosto que os móveis eram cômodos e funcionais, muito embora o menino continuasse a dormir no quarto deles, e depois segurou-o no colo enquanto lhe cantava muito baixinho, até que o bebê adormeceu.

— Não é bom que se acostume a dormir assim — sussurrou James atrás dela. — O melhor é deixá-lo no berço para relaxar e dormir sozinho.

— Vai ter o resto da vida para isso — respondeu, um pouco brusca. Pensou no assunto e suavizou o tom de voz: — Deixe-me mimá-lo, James, sei que tem razão, mas acontece que sinto tantas saudades dele... e espero que ele não deixe de sentir saudades minhas também.

— Claro que não, não diga bobagens — retorquiu James enquanto pegava nos braços o menino adormecido e o deitava. Cobriu-o até a cintura com uma mantinha e olhou de novo para a mulher. — Eu também sinto saudades suas, Amaia.

Os olhares de ambos se cruzaram, e durante alguns segundos ela esteve a ponto de correr para os braços dele, para aquele abraço que com o tempo se havia transformado num símbolo indiscutível da união de ambos, do seu carinho mútuo. Um abraço em que sempre encontrou refúgio e compreensão. Contudo, foram apenas dois segundos. Um sentimento de frustração apoderou-se dela. Estava cansada, não tinha comido, vinha de uma autópsia... Pelo amor de Deus! Tinha de correr pela cidade de um lado para o outro e mal podia ficar com o filho, e tudo o que ocorria a James era dizer-lhe que sentia saudades suas – quando ela sentia saudades de si mesma! –, não era capaz de se lembrar de quando havia sido a última vez que tivera cinco minutos para si. Odiou-o por tomar aquela atitude de cordeiro degolado com olhos lânguidos. Isso não ajudava, não, não ajudava. Saiu do quarto sentindo-se irritada e ao mesmo tempo injusta. James era um anjo, um bom pai e o homem mais compreensivo que uma mulher podia imaginar, mas era um homem, e estava a um milhão de anos-luz de compreender como se sentia, e isso a exasperava.

Entrou na cozinha, sabendo que ele estava atrás dela, e evitando olhar na direção dele enquanto preparava um café com leite para si.

— Já almoçou? Vou preparar alguma coisa para você comer — disse James, avançando até a geladeira.

— Não, James, não precisa — retorquiu, sentando-se com o café à cabeceira da mesa e indicando-lhe que fizesse o mesmo. — Escute, James, apareceu uma reunião inadiável com o juiz que está encarregado do caso que estou investigando. Ele só pode me receber no fim da tarde, que é quando terei o relatório da autópsia. É muito importante...

James assentiu.

— Podemos ir amanhã para Elizondo.

— Não, quero estar lá logo de manhã, e para isso teríamos de madrugar muito, por isso pensei que o melhor é você ir na frente com Ibai e vocês se instalarem na casa da tia com tranquilidade. Eu o amamento antes de partirem e chegarei a tempo para amamentá-lo de novo.

James mordeu o lábio superior num gesto que ela conhecia bem e que o marido adotava quando se sentia contrariado.

— Amaia, queria falar com você sobre isso...

Ela fitou-o em silêncio.

— Acho que os horários em que você supõe que deve seguir prolongando a amamentação... — notava-se que procurava as palavras adequadas — ... não são muito compatíveis com o seu trabalho. Talvez tenha chegado o momento de ponderar a possibilidade de parar de lhe dar o peito e mudar em definitivo para a mamadeira.

Amaia olhou para o marido desejando poder dar forma a tudo o que fervilhava dentro de si. Tentava, tentava com todas as suas forças, queria fazê-lo e queria fazê-lo bem, por Ibai, mas sobretudo por ela, pela menina que havia sido, pela filha de uma péssima mãe. Queria ser uma boa mãe, precisava ser uma boa mãe, tinha de sê-lo, porque, se assim não fosse, seria má, uma mãe má como a sua fora. E de repente deu por si perguntando-se quanto da própria mãe haveria nela. Não era, acaso, aquela frustração um sinal de que havia alguma coisa que não estava bem? Onde estava a felicidade prometida nos livros sobre maternidade? Onde estava o ideal de realização que uma mãe devia sentir? Por que razão sentia cansaço e um sentimento de fracasso?

No entanto, em vez de tudo isso, disse:

— Eu já trabalhava com isso quando você me conheceu, James, você sabia que eu era policial e que continuaria sendo, e aceitou. Se achava que por causa do meu trabalho eu não podia ser uma boa mulher ou uma boa mãe, devia ter pensado nisso antes. — Amaia levantou-se, colocou a xícara na pia e, quando passou ao lado do marido, acrescentou:

— Embora você já saiba, isto é um casamento, não uma cadeia perpétua, se não está bom para você... — Saiu da cozinha.

No rosto de James desenhou-se um esgar de incredulidade diante do que acabara de ouvir.

— Pelo amor de Deus, Amaia! Não seja melodramática — disse, pondo-se em pé e indo atrás dela pelo corredor.

Amaia virou-se com um dedo nos lábios.

— Vai acordar Ibai.

Então entrou no banheiro, deixando James no meio do corredor, balançando a cabeça, incrédulo.

෴

Não conseguiu dormir e passou as duas horas seguintes se revirando na cama, tentando em vão relaxar o suficiente para ao menos conseguir descansar um pouco, enquanto ouvia o burburinho da televisão a que James assistia na sala.

Estava se comportando como uma filha da puta, sabia disso, sabia que era injusta com James, mas não podia evitar a sensação de que de algum modo ele merecia, por não ser mais... o quê? Compreensivo? Carinhoso? Não sabia muito bem o que podia lhe pedir, só que se sentia mal por dentro, e de alguma maneira esperava que ele não simplificasse tanto as coisas, que fosse capaz de aliviá-la, de reconfortá-la, mas sobretudo de entendê-la. Teria dado a sua alma para que James a compreendesse, porque entendia que devia ser assim. Estendeu uma das mãos até tocar o lado vazio da cama e puxou o travesseiro, onde enterrou o rosto em busca do cheiro de James. Por que motivo fazia tudo errado? Desejou falar com ele... dizer-lhe... dizer-lhe... não sabia muito bem o quê, talvez que lamentava.

Saiu da cama e caminhou descalça pelo chão, que rangeu em alguns lugares quando pisou as compridas tábuas de carvalho francês. Alcançou a porta da sala e viu que James dormia, apoiado de lado enquanto na televisão uma sucessão de anúncios iluminava o ambiente onde a luz natural se havia extinguido havia um tempo. Observou-lhe o rosto relaxado. Avançou até ele e de repente estacou. Sempre havia invejado a capacidade de James de adormecer em qualquer momento, em qualquer lugar, mas de súbito o fato de tê-lo feito quando se supunha que devesse estar preocupado, pelo menos tanto quanto ela... Que droga, tinham tido uma discussão, com certeza a mais grave desde que se conheciam, e ele dormia tão relaxado como se tivesse acabado de sair de um spa. A dois milhões de anos-luz. Olhou para o relógio: ainda tinham de preparar um monte de coisas de que Ibai precisaria em Elizondo. Saiu da sala e chamou do corredor enquanto se afastava.

— James.

෴

Depois de carregar o carro como se fossem empreender a escalada do Everest em vez de irem passar uns dias a cinquenta quilômetros de casa, e de repetir a James uma dúzia de instruções sobre Ibai, a sua roupa, o que devia vestir, que prestasse atenção para que o bebê não sentisse frio e que não transpirasse, beijou o menino, que a fitou calmo da sua cadeirinha, depois da mamada. Dormira a tarde toda e com certeza se manteria acordado durante o caminho até Elizondo, mas não choraria: gostava de andar de carro, da trepidação suave e da música que James colocava para tocar, um pouco alta demais, que pareciam agradá-lo muito, e, mesmo que não chegasse a adormecer, faria a viagem relaxado.

— Chegarei antes da mamada seguinte.

— E se não chegar, dou a ele a mamadeira — respondeu James, sentado ao volante.

Esteve a ponto de rebater, mas não queria discutir de novo com o marido, não queria que se separassem zangados, evitava isso com uma certa dose de superstição. Era policial, havia visto em várias ocasiões como reagiam as famílias quando lhes comunicavam que um dos seus entes queridos tinha morrido, e como a dor inicial se agravava quando estavam afastados no momento do falecimento por causa de uma discussão, na maioria das vezes coisa sem importância, mas que assumia a partir desse instante um caráter de sentença.

Amaia debruçou-se sobre a janela aberta do carro e beijou James com timidez nos lábios.

— Amo você, Amaia — disse James, como uma advertência, ao mesmo tempo que a fitava nos olhos e acionava o motor do carro.

Sei muito bem disso, pensou, e deu um passo para trás. *E só faço as pazes porque não suportaria que você morresse num acidente estando zangado comigo.* Ergueu a mão numa despedida que ele não viu e, arrependida, abraçou-se pela cintura, tentando mitigar a desolação que sentia. Ficou na calçada até perder de vista os faróis traseiros do carro, que avançou devagar pela rua, que àquela hora era usada pelos pedestres, exceto os moradores. Incomodada com o frio de Pamplona, entrou em casa lançando um breve olhar ao envelope que repousava no vestíbulo e que fora trazido por um policial uma hora antes, e desejando mais do que nunca a água quente de um banho demorado. Em frente ao espelho, observou as olheiras que circundavam os seus olhos e o cabelo louro, que tinha um aspecto ressecado, com as pontas espigadas como palha seca; nem se lembrava da última vez que tinha ido ao cabeleireiro. Viu as horas e sentiu crescer a irritação enquanto protelava para um momento melhor o tão ansiado banho e se metia debaixo do chuveiro. Deixou correr a água quente enquanto a divisória ficava embaçada devido ao efeito do vapor, até não conseguir ver nada. Então começou a chorar e foi como se uma represa fosse aberta dentro de si e uma enchente ameaçasse afogá-la por dentro.

As lágrimas misturaram-se com a água, que deslizava quase fervendo por seu rosto, e sentiu-se infeliz e incapaz na mesma medida.

ک

O restaurante Rodero ficava bem perto da sua casa. Quando ali jantava com James, costumavam ir a pé para não terem que se preocupar com o carro caso bebessem vinho, mas desta vez foi de carro até as imediações do restaurante para poder partir para Elizondo assim que acabasse de falar com o juiz. Estacionou em frente ao parque da Media Luna e atravessou a rua para passar debaixo da varanda onde se encontrava o restaurante. As grandes vitrines envidraçadas iluminadas e a decoração sóbria do lado externo eram uma promessa da excelente cozinha que havia valido ao Romero uma estrela no guia Michelin. O assoalho de madeira escura, assim como as cadeiras de cerejeira com um confortável espaldar, contrastavam com os painéis de cor bege que iam do chão ao teto, e imaculadas toalhas brancas, assim como as louças, que conferiam juntamente com os espelhos uma nota de luz, acentuada pelos adornos florais que flutuavam em taças de cristal dispostas sobre as mesas.

Uma garçonete veio recebê-la assim que transpôs a porta e ofereceu-se para guardar o seu casaco. Amaia recusou.

— Boa noite, combinei encontrar-me aqui com um dos seus clientes. Podia avisá-lo?

— Sim, claro.

Hesitou um instante; não sabia se o juiz recorreria ao seu cargo fora do âmbito jurídico.

— O senhor Markina.

A jovem sorriu.

— O juiz Markina está à sua espera, queira acompanhar-me, por favor — disse, guiando-a até o fundo da casa.

Passaram pela saleta onde Amaia havia imaginado que conversariam e a jovem indicou-lhe uma das melhores mesas ao lado da estante com os livros do chef de cozinha, com cinco cadeiras ao redor, mas posta para dois clientes. O juiz Markina levantou-se para recebê-la, estendendo-lhe a mão.

— Boa noite, Salazar — cumprimentou, omitindo o cargo.

Não escapou a Amaia o olhar de aprovação que a garçonete lançou ao atraente juiz.

— Sente-se, por favor — convidou ele.

Amaia hesitou um instante olhando para a cadeira que o juiz lhe indicava. Não gostava de se sentar de costas para a porta (uma mania da polícia), mas obedeceu e sentou-se diante de Markina.

— Meritíssimo — começou por dizer —, lamento muito incomodá-lo...

— Não é incômodo nenhum, desde que concorde em me acompanhar. Já pedi, e seria para mim muito desagradável jantar enquanto você observa.

O seu tom de voz não admitia discussão, e Amaia sentiu-se desconcertada.

— Mas... — disse, apontando para o prato para mais uma pessoa que estava sobre a mesa.

— É para você. Já lhe disse que me aborrece comer com alguém olhando. Tomei essa liberdade. Espero que não se incomode — disse, embora o seu tom de voz evidenciasse que lhe era indiferente se ela se incomodava ou não. Estudou os seus gestos enquanto sacudia o guardanapo a fim de colocá-lo sobre os joelhos.

Então era daí que provinha a hostilidade da secretária, era capaz de imaginá-la fazendo a reserva naquela manhã com a sua voz melodiosa e os lábios tensos como um corte feito com um machado. Recordando as palavras de Inmaculada, percebeu que o juiz a havia encarregado de fazer a reserva antes de lhe ter telefonado por causa dos resultados da autópsia. Sabia que lhe telefonaria assim que terminassem, e havia preparado aquele jantar com antecedência. Perguntou-se desde quando a mesa estaria reservada e se era verdade que o juiz se encontrava fora da cidade ao meio-dia. Não podia provar. Também podia ser que o juiz tivesse feito a reserva só para ele e, com sua chegada, tivesse solicitado que acrescentassem mais um lugar.

— Não o incomodarei por muito tempo, meritíssimo, por isso poderá jantar com calma. Na verdade, se me permite, posso começar agora.

Tirou da bolsa uma pasta marrom e a colocou sobre a mesa, ao mesmo tempo que um garçom se aproximava com uma garrafa de Chardonnay navarro.

— Quem vai experimentar o vinho?

— A senhorita — respondeu o juiz.

— Senhora — replicou ela —, e não vou beber vinho, tenho de dirigir.

O juiz sorriu.

— Água para a senhora, e o vinho para mim, infelizmente.

Quando o garçom se afastou, Amaia abriu a pasta.

— De jeito nenhum — disse o juiz, aborrecido. — Eu imploro — acrescentou, mais conciliador —, não seria capaz de comer nada depois de ver isso. — Sorriu com ar preocupado. — Há coisas às quais uma pessoa nunca se acostuma.

— Meritíssimo... — protestou Amaia.

O garçom colocou diante de cada um pratos com um pacotinho dourado enfeitado com botões e folhas em tons verdes e avermelhados.

— Trufas e cogumelos com véu de ouro. Bom proveito, senhores — disse, retirando-se.

— Meritíssimo... — ela protestou de novo.

— Pode me chamar de Javier, por favor.

A irritação de Amaia não parava de aumentar, ao mesmo tempo que ela se sentia vítima de uma cilada, um encontro às cegas planejado nos mínimos detalhes, em que aquele cretino se tinha dado ao luxo até de fazer um pedido por ela, e agora queria que o chamasse pelo nome.

Amaia desviou a cadeira em que estava sentada.

— Meritíssimo, cheguei à conclusão de que será melhor falarmos mais tarde, quando o senhor terminar de jantar. Entretanto, vou esperar lá fora.

O juiz sorriu, e o seu sorriso pareceu sincero e culpado ao mesmo tempo.

— Salazar, não se sinta incomodada, por favor, ainda não conheço muita gente em Pamplona, adoro a boa cozinha e venho aqui com frequência. Nunca peço *à la carte*, deixo que o Luis Rodero decida o que vai trazer para a minha mesa, mas, se o prato não lhe agrada, pedirei que lhe tragam o cardápio. Somos dois profissionais numa reunião, mas isso não é motivo que nos impeça de desfrutar de um bom jantar. Teria se sentido mais à vontade se tivéssemos marcado num McDonald's diante de um hambúrguer? Pois eu não.

Amaia fitava-o, indecisa.

— Coma, por favor, e conte-me tudo a respeito do caso. Será melhor assim; deixe as fotografias para o fim.

Estava com fome, não ingerira qualquer alimento sólido desde o café da manhã, nunca o fazia quando tinha de assistir a uma autópsia, e o aroma dos cogumelos e da trufa envoltos no pacotinho crocante arrancava roncos de protesto do seu estômago.

— Está bem — aceitou.

Se o que o homem queria era comer, pois então comeriam, mas iriam fazê-lo em tempo recorde. Comeram o primeiro prato em silêncio, à medida que Amaia ia tomando consciência da fome que sentia.

O garçom retirou os pratos e substituiu-os por outros.

— Sopa nacarada com moluscos, crustáceos e algas — anunciou, antes de se retirar.

— Um dos meus pratos favoritos — disse Markina.

— Um dos meus também — comentou Amaia.

— Costuma vir a este restaurante? — perguntou o juiz, tentando disfarçar a sua surpresa.

Cretino e presunçoso, pensou ela.
— Sim, muito embora costumemos escolher uma mesa mais discreta.
— Gosto desta, de ver...
E ser visto, pensou Amaia.
— Ver a biblioteca — esclareceu. — Luis Rodero tem aqui alguns dos melhores títulos da cozinha mundial.

Amaia deu uma olhada nas lombadas dos volumes, entre os quais distinguiu *El Desafío de la Cocina Española*, o grosso volume escuro de El Bulli ou o belo livro de *La Cocina Española* de Cándido.

O garçom pôs diante deles um prato de peixe.
— Pescada com *velouté* e geleia de caranguejo, notas de baunilha, pimenta e lima.

Amaia comeu apreciando pela metade as nuances do prato, enquanto olhava para o relógio e escutava a conversa trivial do juiz.

Quando, por fim, retiraram os pratos, Amaia recusou a sobremesa e pediu um café. O juiz fez o mesmo, ainda que com visível decepção. Esperou até que o garçom pousasse as xícaras em cima da mesa e tirou de novo os documentos, colocando-os diante do juiz.

Amaia viu a sua cara de contrariedade, mas não se importou nem um pouco. Levantou-se, sentindo-se de imediato segura, em seu terreno. Afastou um pouco a cadeira para poder ver a entrada e sentiu-se à vontade pela primeira vez desde que ali havia chegado.

— Durante a autópsia, encontramos indícios que apontam para a possibilidade bastante fundamentada de que o caso Lucía Aguirre está relacionado pelo menos com outro ocorrido há um ano na localidade de Lekaroz. — Apontou para uma das pastas, que abriu diante do juiz. — Johana Márquez foi estuprada e estrangulada pelo padrasto, que confessou o crime assim que foi detido, mas o corpo da garota apresentava o mesmo tipo de amputação que o de Lucía Aguirre: o antebraço seccionado na altura do cotovelo. Tanto o assassino de Johana Márquez como o de Lucía Aguirre suicidaram-se deixando mensagens semelhantes. — Mostrou-lhe as fotografias da parede da cela de Quiralte e o bilhete que Medina havia deixado em seu nome.

O juiz assentiu, interessado.
— Acha que se conheciam?

— Duvido, mas é uma coisa que descobriríamos se o senhor autorizasse a investigação.

O juiz fitou-a, hesitante.

— E mais outra coisa — disse, negando com a cabeça —, que talvez não signifique nada, mas sigo pistas que apontam para amputações semelhantes que teriam sido executadas em, pelo menos, outro crime ocorrido em Logronho há quase três anos e que, apesar de ter sido cometido de modo bastante grosseiro e desastrado, conta, não obstante, com o bônus de uma amputação manual cirúrgica e o posterior desaparecimento do membro amputado, assim como nestes dois casos.

— Em todos? — alarmou-se Markina, remexendo e revirando a papelada.

— Sim, no momento são três, mas tenho a sensação de que pode haver mais.

— Esclareça-me uma coisa: estamos procurando o quê? Um estranho clube de assassinos desleixados que decidem imitar um comportamento macabro que talvez tenham lido na imprensa, é isso?

— Poderia ser, embora eu duvide que a imprensa fornecesse pormenores tão minuciosos sobre a amputação de modo que alguém os imitasse com tal precisão. Pelo menos no caso de Johana Márquez, foi um dado que mantivemos em sigilo. O que na verdade posso confirmar é que o sujeito de Logronho se suicidou na cela deixando a mesma mensagem escrita na parede, e com grafia idêntica, algo bastante curioso, porque a maneira comum de escrever aquela palavra é com um único T. Tudo isso nos leva a pensar que o seu *modus operandi* está dotado de uma peculiaridade que constitui em si um sinal de identidade inequívoca, a assinatura de uma única pessoa. As possibilidades de esses monstros se afastarem tanto do comportamento típico dos agressores que matam são, no mínimo, improváveis. Os casos que tive oportunidade de rever reúnem os indícios do perfil: parentesco com a vítima, maus-tratos contínuos ao longo do tempo, alcoolismo ou drogas, caráter violento e irrefletido. A única coisa que destoava nas cenas era a amputação *post mortem* do braço, o mesmo braço, em todos os casos, e que o membro não aparecesse.

O juiz segurava na mão um dos relatórios ao mesmo tempo que o folheava.

— Eu — continuou Amaia — interroguei o padrasto de Johana Márquez, e quando lhe perguntei sobre a amputação ele não sabia do que se tratava, apesar de ter admitido o assédio, o crime, a violação, a profanação do cadáver ao violá-la depois de morta... mas quanto à amputação, afirmou não saber de nada.

Amaia observou o juiz, que avaliava os dados com uma expressão pensativa que o fazia parecer mais velho e mais atraente, enquanto passava distraidamente a mão pelo maxilar desenhando a linha da barba. Ao longe, a garçonete que a havia acompanhado até a mesa estava de pé no hall da entrada e também não tirava os olhos dele.

— Então, o que sugere?

— Acho que poderíamos estar diante de um cúmplice, outra pessoa que tenha agido, sendo, no mínimo, a ligação entre os três crimes e os três criminosos.

Markina ficou em silêncio, alternando o olhar entre os documentos e o rosto de Amaia, que começava a sentir-se à vontade pela primeira vez durante toda a noite. Por fim, uma expressão que não lhe era estranha; tinha-a visto muitas vezes em seus colegas, vira-a no comissário enquanto lhe expunha a sua opinião, e via-a agora no juiz Markina. Interesse, o interesse que suscitava dúvidas e uma minuciosa análise dos fatos e das conjecturas que desencadearia uma investigação. O olhar de Markina aguçava-se enquanto pensava, e o seu rosto, bonito sem dúvidas, adquiria uma sombra de inteligência que o tornava muito atraente. Surpreendeu-se ao observar o desenho perfeito dos seus lábios e pensando que não era de admirar que metade das funcionárias do tribunal o disputasse. Sorriu ao pensar nisso, e a sua expressão desviou o juiz da sua concentração.

— Qual é a piada?

— Ah, nada — desculpou-se voltando a sorrir. — Não é nada... lembrei-me de uma coisa que... Não tem importância.

O juiz examinava-a com interesse.

— Nunca a tinha visto sorrir.

— Como? — retorquiu Amaia, um pouco desconcertada pela observação.

O juiz continuava a observá-la, agora de novo sério. Sustentou o seu olhar durante mais alguns segundos e, por fim, baixou os olhos para o relatório de capa marrom. Pigarreou.

— E então? — perguntou, erguendo os olhos, de novo segura de si. Ele assentiu.

— Acho que pode haver aqui alguma coisa... Vou autorizar. Seja precavida e não faça muito alarido com este caso; estou me referindo à imprensa. Em teoria, trata-se de casos encerrados e não vamos querer causar um sofrimento desnecessário às famílias das vítimas. Mantenha-me informado dos progressos que fizer. E peça tudo aquilo de que precisar — acrescentou, fitando-a de novo nos olhos.

Ela não se deixou intimidar.

— Muito bem, irei com calma, estou ocupada com a minha equipe numa outra investigação e não creio que possa dar novidades tão depressa.

— Quando quiser — concordou o juiz.

Amaia começou a recolher os relatórios que se encontravam espalhados em cima da mesa. O juiz estendeu a mão e tocou a mão dela de leve, durante alguns segundos.

— Pelo menos não vai recusar tomar outro café...

Ela hesitou.

— Não, tenho de dirigir, e até vem em boa hora.

O juiz levantou a mão para pedir os cafés e ela apressou-se a recolher os papéis.

— Achei que você morasse na parte antiga da cidade.

Está muito bem informado, meritíssimo, pensou Amaia enquanto o garçom servia os cafés.

— Mas preciso me mudar para Baztán por causa da investigação.

— Você é de lá, não é?

— Sim — respondeu.

— Disseram-me que se come muito bem por essas bandas, talvez você pudesse me recomendar algum restaurante...

Quatro ou cinco nomes de diferentes locais acorreram-lhe de imediato à mente.

— Não o posso ajudar, a verdade é que não vou lá muitas vezes — mentiu —, e, quando o faço, vou para a casa da minha família.

O juiz sorriu incrédulo, erguendo uma sobrancelha. Amaia aproveitou para terminar o café e guardar as pastas na mala.

— Agora, se me desculpar, meritíssimo, preciso ir — disse afastando a cadeira.

Markina levantou-se.

— Onde está seu carro?

— Ah, aqui mesmo, estacionei perto da entrada.

— Espere — disse, pegando o sobretudo —, vou acompanhá-la.

— Não é necessário.

— Insisto.

Demorou um minuto enquanto o garçom voltava com o cartão e pegou o casaco de Amaia, segurando-o para que o vestisse.

— Obrigada — disse ela tirando-o de suas mãos —, não o visto para dirigir, me incomoda.

E pelo seu tom de voz, não ficou muito claro se ela se referia a dirigir com uma peça de roupa tão grossa ou ao fato de o juiz e encher de tantas atenções.

O rosto de Markina obscureceu-se um pouco à medida que ela se encaminhava para a porta. Abriu-a e segurou-a até poder alcançá-la. Lá fora, a temperatura havia diminuído vários graus e a umidade concentrava-se sobre o denso arvoredo do parque, provocando uma sensação nebulosa que só existia naquele ponto da cidade e que fazia com que a luz alaranjada dos postes da rua se disseminasse em círculos esfumados pela água em suspensão.

Saíram de sob a varanda e atravessaram a rua repleta de carros estacionados, mas onde quase não havia trânsito àquela hora. Amaia acionou a abertura do carro e virou-se para o juiz.

— Obrigada, meritíssimo, vou mantê-lo informado — disse em tom profissional.

Porém, ele adiantou-se um passo e abriu a porta do carro. Amaia suspirou, munindo-se de paciência.

— Obrigada.

Atirou o casaco lá dentro e entrou no carro com rapidez. Não era boba, estava havia horas vendo Markina insinuar-se e estava decidida a reprimir os avanços dele.

— Boa noite, meritíssimo — despediu-se, agarrando a maçaneta para fechar a porta ao mesmo tempo que ligava o motor.

— Salazar... — sussurrou. — ... Amaia.

Ai, Ai, soou uma voz em sua cabeça. Ergueu os olhos e encontrou os dele, onde ardia uma chama entre a súplica e a luxúria.

Markina estendeu a mão para ela e com as costas da mão acariciou a madeixa de cabelo que lhe caía sobre o ombro. Percebeu com clareza como ela se retesava e retirou a mão, envergonhado.

— Inspetora Salazar — frisou Amaia, com secura.

— Perdão, o quê? — perguntou, confuso.

— É assim que deve me chamar, inspetora Salazar, chefe Salazar, ou apenas Salazar.

O juiz assentiu e Amaia julgou perceber que ficava ruborizado. A luz estava ruim.

— Boa noite, juiz Markina. — Fechou a porta do carro e saiu em marcha a ré para a estrada. — Só pode ser um imbecil! — vociferou, ao mesmo tempo que olhava pelo retrovisor para o juiz, que ainda continuava parado no mesmo local.

Não convinha ganhar a inimizade de um juiz e esperava de todo o coração que o seu aviso tivesse servido para definir os parâmetros da relação, restringindo-a ao âmbito profissional, mas sem que o juiz se sentisse ferido em sua masculinidade. Havia na maneira como olhava para ela algo de cachorro abandonado que já tinha visto em outros homens e que sempre acarretava problemas, e os problemas poderiam dificultar-lhe a investigação mais do que o normal. Esperava que ele não se sentisse ofendido. Era notório que se dera a algum trabalho para propiciar o encontro e tinha certeza de que um sujeito tão atraente não devia estar acostumado a ser rejeitado.

— Sempre há uma primeira vez — disse em voz alta.

Partiu do princípio de que os esforços de beleza das funcionárias, liderados pela servil e abnegada Inmaculada Herranz, chamariam a sua atenção para outra mulher em pouquíssimo tempo.

Mirou-se, então, por breves instantes no espelho retrovisor do carro.

— Santo Deus, que maravilha que está! — Riu e, sem perceber, levou uma das mãos ao cabelo onde ele tinha tocado e sorriu. Ligou o rádio do carro enquanto pegava a estrada rumo a Baztán e cantarolava uma canção que só conhecia de ouvi-la na rádio.

☙

O magnífico bosque de Baztán é imenso na escuridão da noite, e a sensação que provoca só é comparável à noite em alto-mar, mas tudo escuro, sem estrelas. A exígua luz da lua, pouco visível entre as nuvens, não era de grande ajuda, e só as potentes luzes dos faróis rasgavam a noite lançando, ao fazer as curvas, um feixe luminoso em direção à espessura que se estendia como um oceano profundo e frio de ambos os lados da estrada. Reduziu a velocidade; se um carro saísse de uma daquelas curvas seria impossível que alguém o visse da estrada. O bosque o devoraria como uma criatura centenária de enorme boca negra. Mesmo durante o dia, seria difícil encontrar entre a espessa vegetação um veículo preto como o seu. Um calafrio percorreu-lhe a espinha.

— Tão amado, tão temido — sussurrou.

Ao passar pelo Hotel Baztán, lançou um rápido olhar ao estacionamento mal iluminado por quatro postes de rua e pela escassa luz que se derramava das vitrines envidraçadas da cafeteria, bastante movimentada apesar da hora. Lembrou-se de Fermín com a sua arma regulamentar na mão, apontando primeiro para Flora e erguendo-a depois até a sua cabeça; a imagem de Montes estendido no chão, imobilizado pelo inspetor Iriarte enquanto as lágrimas se misturavam à poeira do estacionamento. As palavras do comissário ressoaram-lhe na cabeça: "Não pretendo influenciar a sua decisão, estou apenas a informando. Entrou no perímetro urbano de Elizondo, percorreu a rua Santiago, virou à esquerda de modo a descer até a ponte e sentiu o bater suave das rodas na calçada de pedras. Uma vez passada a ponte Muniartea, virou à esquerda e estacionou o carro em frente à casa da tia, a casa onde havia vivido desde os nove anos e até ir embora de Elizondo.

Procurou a chave entre as que tinha em seu chaveiro e abriu a porta. A casa recebeu-a cálida e vibrante, carregada da energia da sua moradora e com o eterno ruído da televisão soando como pano de fundo.

— Olá, Amaia — saudou-a da sala a tia, sentada em frente à lareira.

Amaia sentiu uma onda de amor quando a viu, o cabelo comprido e branco preso num coque frouxo que lhe dava um ar de heroína romântica de romance inglês, e as costas direitas com uma postura tão elegante como se fosse tomar chá com a rainha.

— Não se levante, tia — pediu, enquanto se aproximava, debruçando-se para beijá-la. — Como está, linda?

Engrasi riu.

— Sim, devo estar lindíssima com este roupão — disse, segurando a lapela felpuda.

— Para mim será sempre a mais linda.

— Minha menina... — Abraçou-a.

Amaia olhou ao redor reconhecendo o local; fazia-o sempre que voltava ali e sabia que o seu gesto tinha muito de constatação e de declaração. Parecia dizer: "Já estou aqui, voltei". Não sabia bem a que obedecia, mas já não se perguntava por que razão se sentia assim ali; limitava-se a apreciá-lo.

— E o meu pequeno?

— Dorme como um anjo. James deu-lhe a mamadeira há meia hora e ele adormeceu de imediato. Ele subiu para colocá-lo para dormir, mas parece que também deve ter adormecido, há um bom tempo que não o ouço — disse, apontando para a babá eletrônica, que destoava com as suas cores vivas em cima da mesa de madeira de Engrasi.

Tirou as botas ao pé da escada e subiu, sentindo a madeira debaixo das solas descalças e reprimindo o impulso de correr, como quando era pequena.

James havia deixado um abajur aceso que derramava uma luz azulada da mesa de cabeceira, permitindo-lhe ver que havia montado o berço de viagem junto à janela, e que dormia de lado, com um braço esticado apoiado sobre a borda do bercinho de Ibai. Contornou a cama para verificar que o menino descansava placidamente enfiado num grosso pijama. Desligou a babá, tirou o suéter, fez deslizar as calças jeans pelas pernas até o chão e deitou-se na cama, colando-se às costas do marido e sorrindo maliciosa ao sentir o sobressalto dele em contato com o seu corpo frio.

— Está gelada, amor — sussurrou, meio dormindo.

— Quer me aquecer? — ela perguntou, carinhosa, encostando-se mais a ele.

— Tudo o que você quiser — ele respondeu, um pouco mais acordado.

— Quero tudo.

James virou-se e Amaia aproveitou para beijá-lo, explorando a boca dele como se estivesse morta de sede.

Ele retrocedeu, surpreendido.

— Tem certeza? — perguntou, apontando para o berço.

Desde que tinham Ibai, Amaia havia se mostrado reticente em manter relações sexuais no mesmo quarto onde se encontrava o bebê.

— Tenho certeza — respondeu, tornando a beijá-lo.

Fizeram amor lentamente, olhando-se incrédulos como se tivessem acabado de se conhecer naquela noite e a descoberta fosse prodigiosa para ambos, sorrindo com a satisfação e o alívio daquele que sabe que acaba de recuperar algo muito apreciado e que durante um certo tempo julgou perdido. Depois, ficaram deitados e silenciosos até que James lhe pegou a mão e voltou a fitá-la.

— Fico contente por você estar de volta; nos últimos tempos, as coisas entre nós não têm estado lá muito bem.

Um leve roçar proveniente do berço obrigou James a se erguer para olhar para o filho, que se mexia inquieto emitindo barulhinhos que revelavam a sua frustração, pouco antes de começar a chorar.

— Está com fome — disse, olhando para a mulher.

— Cheguei a tempo de lhe dar de mamar, mas a tia me disse que você tinha dado a mamadeira — declarou, esforçando-se para que não soasse como uma censura.

— Ele estava um pouco inquieto. Li em algum lugar que se deve alimentar o bebê quando ele quiser, e, se quando ele tiver fome você não tiver chegado ainda, não vejo mal nenhum em lhe dar um pouco da mamadeira. Além do mais, ele não tomou nem quinze mililitros.

— Também não acho que seja bom dar a mamadeira o dia todo. Respeitar os horários é fundamental, você ouviu bem o que o pediatra disse.

— Se os horários não são respeitados não é por culpa minha... — respondeu James.

— Por acaso está insinuando que a culpa é minha? Já disse que cheguei a tempo...

— Amaia, o menino não é um relógio, não adianta chegar a tempo desta vez. E a anterior? E a seguinte? Pode me garantir que estará aqui na hora?

Amaia ficou em silêncio. Pegou Ibai no colo e recostou-se na cama com ele para amamentá-lo. James deitou-se a seu lado, acariciando com um dedo a nuca do bebê, e fechou os olhos. Apenas dois minutos depois, Amaia percebeu pela sua respiração compassada que estava dormindo. Às vezes a irritava, pensou enquanto tentava descontrair-se: havia lido em algum lugar que o estado nervoso da mãe era transmitido ao bebê, provocando-lhe cólicas.

Assim que o bebê terminou a mamada, endireitou-o sobre o seu ombro até arrotar e deitou-o de novo nos braços, sentindo como o seu frágil corpinho se descontraía e o sono se apoderava dele. Debruçou-se sobre o menino para inalar o delicioso perfume que emanava da sua cabecinha e sorriu. Antes de Ibai ter nascido, antes mesmo de tê-lo no ventre, já o amava, amou-o desde que era uma garotinha que brincava de ser mãe, uma mamãe boa, e agora isso doía, porque em algum lugar no mais recôndito da sua alma sentia que o seu amor não era suficiente, que não estava lhe fazendo bem e que não era digna de ser sua mãe, algo que talvez não estivesse na natureza das mulheres da sua família. Pode ser que, em conjunto com os genes, tivesse herdado um legado mais obscuro e cruel. Tomou na sua uma das mãozinhas de Ibai, aberta, agora que estava saciado, como uma estrela-do-mar. O seu menino da água, o seu menino do rio, que como o rio vinha reclamar os seus domínios, inundando as suas margens, alagando o seu território como um soberano que retorna das Cruzadas. Ergueu a mãozinha dele até os lábios e beijou-a com veneração.

— Estou tentando, Ibai — sussurrou, e o bebê, adormecido, devolveu-lhe um suspiro profundo que perfumou o ar à sua volta.

9

Às sete e meia, acabava de amanhecer, e, embora não chovesse, nuvens densas pareciam derramar-se do alto dos montes que circundavam o vale, como espuma que transbordava de uma banheira gigante. Ela a viu descer pelas encostas, tão densa e branca que dentro de apenas meia hora seria muito difícil dirigir.

Saiu em segunda marcha pelas estreitas ruas do bairro de Txokoto, decidida a tomar um café com Ros antes de ir para a delegacia. Passou em frente aos vidros polarizados e virou à esquerda para estacionar na rua de trás. Pisou no freio, surpresa. A parede principal da loja apresentava-se coberta por uma grande pichação com spray de tinta preta. Ros, de pincel na mão, esforçava-se para tapar os traços escuros onde, apesar da primeira demão de tinta, se podia ler "VACA ASSASSINA".

Amaia saiu do carro e observou a cena de longe.

— Caramba, parece que depois de tudo Flora não é uma heroína para toda a aldeia — disse, aproximando-se e sem desviar os olhos da pichação.

— Parece que não — sorriu Ros, com expressão preocupada. — Bom dia, maninha. — Deixou o pincel encostado no balde de tinta e aproximou-se para beijar Amaia.

— Estava me perguntando se me convidaria para um desses maravilhosos cafés da sua cafeteira italiana.

— Claro que sim — declarou, entrando na loja atrás dela.

Tal como sempre fizera desde que se entendia por gente, respirou fundo ao entrar na fábrica e foi recebida por um aroma de essência de anis.

— Hoje estamos fazendo rosquinhas — explicou Ros.

Amaia não respondeu de imediato, o aroma que para sempre relacionaria à mãe alterara-lhe a memória, transportando-a para um tempo remoto.

— Cheira a...

Ros não disse nada. Dispôs os pratos e as xícaras e ligou o moedor elétrico de modo a obter duas doses de café fresco para as duas. Ficaram em silêncio até que Ros o desligou.

— Desculpa não ter esperado por você acordada ontem, mas estava esgotada...

— Não se preocupe. Na verdade, a única que aguentou foi a tia; o James e o Ibai dormiam como pedras quando cheguei.

Amaia percebeu logo. Ros mal erguia a cabeça da xícara, que mantinha agarrada com as duas mãos e levantada diante do rosto como uma barricada atrás da qual podia esconder-se, enquanto bebia pequenos goles.

— Ros, você está bem? — perguntou, perscrutando-lhe o rosto.

— Sim, claro, estou bem — ela respondeu depressa.

— Tem certeza? — insistiu.

— Não faça isso.

— Não faça o quê?

— Isso, Amaia, me interrogar.

A reação dela aguçou ainda mais o interesse de Amaia. Conhecia Ros, a sua irmã mais velha, a mais moderada das três, a de coração mais terno, a que sempre parecia carregar o peso do mundo nas costas e a que pior geria as preocupações, aquela que preferia calar-se e enterrar os problemas debaixo de camadas de silêncio e de maquiagem para tentar disfarçar a ansiedade.

Os funcionários começavam a chegar, e Ernesto, o gerente, apareceu na porta do escritório para cumprimentar. Amaia viu como a irmã os recebia quase aliviada, iniciando conversas sobre as tarefas do dia com a atitude de quem evita uma situação angustiante. Deixou a xícara na pia e saiu da fábrica, embora ainda se tenha distraído observando que por baixo das camadas de tinta branca continuavam aparecendo as pichações anteriores.

࿇

A delegacia de Elizondo não podia ser mais incongruente com a arquitetura do vale. Com as suas modernas linhas retas, mais que destoar, parecia uma estranha geringonça esquecida ali por alguém de outro mundo. Ainda assim, ela devia reconhecer a eficiência do edifício de grandes janelas envidraçadas que como uma lupa tentavam captar o escasso sol invernal de Baztán. Subiu no elevador planejando mentalmente o dia de trabalho, e, quando as portas se abriram no segundo andar, foi surpreendida pelo ambiente festivo de camaradagem masculina com que um grupo de policiais conversava junto à máquina de café. O subinspetor Zabalza e o inspetor Iriarte pareciam estar se divertindo bastante graças a Fermín Montes, que, aparentemente, contava uma piada acompanhado por todo tipo de gesto. Passou ao lado dele sem parar.

— Bom dia, senhores.

A conversa parou de repente.

— Bom dia — responderam em uníssono, e Montes acompanhou-a até à porta do gabinete.

— Salazar. — Amaia parou. — Será que você tem um momento?

— Na verdade, não tenho, Montes, daqui a um minuto preciso sair para a investigação de um caso que temos em mãos — disse, estendendo o olhar aos outros dois policiais, que se levantaram diante da sua expressão. — Talvez se tivesse me avisado antes...

Entrou no escritório e fechou a porta, deixando Montes do lado de fora com cara de poucos amigos. Lá dentro, o subinspetor Jonan Etxaide trabalhava no computador. Amaia cumprimentou-o em tom jocoso.

— O que está acontecendo? Não se mistura com os vikings na máquina de café?

— Não costumo tomar café, chefe, pelo menos não com eles...

Amaia fitou-o, surpreendida.

— Você não se dá bem com eles?

— Não é isso, mas acho que não se sentem muito à vontade comigo.

— Por quê? — indagou Amaia. — Não será por...?

O policial sorriu.

— Bom, o fato de eu ser gay não facilita as coisas, mas não creio que seja por isso. Em todo caso, não se preocupe, eu não me importo.

— "A lealdade dá tranquilidade ao coração" — citou.

— Também lê Shakespeare, chefe?

Amaia bufou, fingindo desalento.

— Nos últimos tempos, só leio livros de prestigiados pediatras, educadores e psicólogos infantis.

Iriarte e Zabalza entraram depois de bater na porta.

— Bom dia, senhores — começou Amaia, sem mais preâmbulos. — Para o dia de hoje, dois aspectos claros. O inspetor e eu visitaremos o capelão e o pároco de Arizkun. Jonan continuará verificando os sites, os fóruns anticatólicos e os movimentos próximos aos agotes no vale. Zabalza, você vai ajudá-lo nessa tarefa.

Começaram a levantar-se.

— Mais uma coisa, quero lembrá-los de que o inspetor Fermín Montes está suspenso. A presença dele na delegacia só pode acontecer na qualidade de visitante, e mesmo assim ele está terminantemente proibido de acessar áreas de uso profissional, arquivos, armários... ou ter acesso a qualquer informação sobre o caso que temos em mãos. Está claro?

— Sim — assentiu Iriarte.

Zabalza resmungou um sim entredentes ao mesmo tempo que corava até a raiz dos cabelos.

— Ao trabalho, senhores.

 ଧ

O capelão não lhes foi de grande ajuda. Afetado por uma severa surdez, persignou-se uma dúzia de vezes enquanto percorria o templo, com passinhos curtos e hesitantes, muito rápidos, no entanto. Iriarte virou-se para Amaia sorrindo enquanto acompanhavam com dificuldade os passos curtos do homem, que se desfez em caretas enquanto lhes mostrava na sacristia os restos da pia batismal e de um banco no qual se apreciava o ranço que destilava dos fragmentos, com o característico odor da madeira muito antiga que fez lembrar a Amaia o cheiro dos móveis da sua avó Juanita.

— Vejam que barbaridade — exclamou o homem, olhando desolado para os fragmentos em que havia ficado quebrada a pia batismal.

Seu rosto enrugou-se com um esgar absurdo, quase cômico, que sustentou até ficar com os olhos rasos de lágrimas. Arregaçou a batina negra que lhe chegava aos pés e vasculhou os bolsos das calças até que retirou um lenço branco e engomado com que enxugou as lágrimas.

— Perdoem-me — implorou alto —, mas não me digam que não é preciso ser um desalmado para fazer uma coisa dessas.

Amaia olhou para Iriarte e fez um gesto para a saída.

— Obrigado — despediu-se o inspetor —, o senhor foi de enorme ajuda.

— O quê? — perguntou o homem, fazendo um gesto na direção do ouvido.

— Disse que nos ajudou muito, obrigado — gritou Iriarte; a sua voz ressoou no templo vazio.

O capelão assentiu com grandes gestos e Amaia virou-se para o inspetor, sorrindo ao mesmo tempo que encolhia os ombros como que subjugada pelo barulho da chuva do lado de fora.

Um vento de fortes rajadas havia varrido qualquer vestígio de nuvens em Arizkun, um desses lugares onde o tempo parece ter-se detido, e que, situado no alto de uma colina, se abre ao céu com a luz extraordinária de que tanta falta se sente em outras aldeias do vale. Os prados cor de esmeralda brilham com o esplendor idílico da perfeição, e as suas ruas guardam debaixo de cada pedra mensagens de um passado que ainda se encontra presente. Foram a pé da igreja até a casa do padre, que ficava situada na rua contígua, e bateram à porta. O eco de um carrilhão chegou aos seus ouvidos através do portão.

Amaia observou que nos degraus da casa havia ficado o cadáver esmagado e seco de um passarinho quase irreconhecível, e perguntou-se se teria sido um carro ou a força do vento que o havia lançado de encontro ao chão.

— Este lugar é lindíssimo — disse Iriarte, olhando para os beirais esculpidos das casas vizinhas e que eram o símbolo de Arizkun.

— E cruel — cochichou Amaia entre dentes.

Uma mulher de uns sessenta anos abriu-lhes a porta e conduziu-os até os fundos da casa por um longo corredor que cheirava a cera e que lhes devolveu reflexos lustrosos provenientes do assoalho. O padre Lokin recebeu-os em seu gabinete e Amaia verificou que a cor e o aspecto do seu rosto não haviam melhorado desde a reunião com o bispo. Estendeu-lhes uma mão trêmula e fria onde era visível uma horrível equimose no punho bastante inflamada.

— Ah, é hemartrose, sou hemofílico e este é um dos incômodos adicionais da doença — disse, deixando a mesa do gabinete e levando-os até uma saleta adjacente com algumas incômodas poltronas de napa.

Ofereceu-lhes um café, que ambos recusaram, e sentou-se.

Iriarte sentou-se ao lado dele e Amaia esperou que estivessem instalados para se sentar à frente dele.

— Ao vosso dispor — declarou o pároco, levantando as mãos.

— Padre Lokin, o senhor declarou — começou por dizer Iriarte, fingindo consultar as suas anotações — que o primeiro ataque, quando a pia batismal foi destruída, aconteceu há dezessete dias...

O sacerdote aquiesceu.

— Gostaria que voltasse umas semanas antes disso, talvez um mês, e me dissesse se viu pessoas estranhas, desconhecidos ou de alguma maneira suspeitos... rondando a igreja.

— Bom, como os senhores já sabem, esta aldeia recebe muitas visitas de turistas, peregrinos, e como é óbvio a maioria vai visitar a igreja, que é um templo magnífico — respondeu, deixando transparecer o seu orgulho.

— Fizeram obras, consertos ou restauros no templo recentemente?

— Não, o último restauro foi de uma cornija na ala sul, mas isso já vai fazer dois anos.

— Teve alguma discussão, ou divergência de opinião, com algum dos seus paroquianos?

— Não.

— E com os seus vizinhos?

— Também não. Estão pensando em alguma vingança pessoal?

— Não podemos descartar essa hipótese.

— Estão enganados — disse o padre, olhando com frieza para Amaia, apesar de esta ter permanecido em silêncio.

— Quem auxilia nas tarefas da igreja?

— O capelão, dois acólitos por turno todos os domingos, costumam ser crianças que vão receber a sagrada comunhão na próxima primavera, um grupo de catequistas... — Levou uma das mãos à têmpora, num gesto pensativo. — Carmen, a mulher que abriu a porta para vocês, faz a limpeza aqui e na igreja, cuida das flores, e, às vezes, ajuda uma ou outra catequista.

— Alguma dessas pessoas ocupa o posto de outra que o fizesse antes e que tenha deixado de fazer seja por qualquer razão?

— Receio que, à exceção do capelão e das crianças prestes a receber a comunhão, as outras pessoas são mulheres de Arizkun que há anos se ocupam dessas tarefas. A verdade — disse, sorrindo pela primeira vez — é que a igreja deve muito à mulher de uma maneira geral — olhou, conciliador, para Amaia. — Se não fosse por elas, a maioria das paróquias não conseguiria cumprir os respectivos programas. Na verdade, aqui em Ariz...

Amaia o cortou, lançando uma pergunta no ar.

— Quantos habitantes tem Arizkun?

— Não sei ao certo, cerca de seiscentos, seiscentos e vinte, mais ou menos.

— Com certeza conhece os seus paroquianos.

— Numa aldeia tão pequena, o tratamento é muito pessoal — sorriu, orgulhoso.

— Nesse caso, teria reparado se nos últimos tempos tivesse tido novos paroquianos, não é?

O sorriso congelou no rosto do padre.

— Sim — respondeu, surpreendido —, é verdade.

— Rapazes jovens? — perguntou Amaia.

— Um, um jovem da aldeia, Beñat Zaldúa. Conheço a sua família, o pai não vem à missa, é um homem um pouco rude, mas não o critico, cada um tem a sua maneira de suportar a dor. A mãe sim, essa costumava vir, morreu há seis meses, de câncer, um caso muito triste.

— E há quanto tempo o rapaz veio para cá?

— Há uns meses, mas é um bom rapaz, formal, não se mete em problemas nem se mistura com os... acho que a senhora me entende, outros rapazes... Embora antes não viesse à igreja, desde a primeira comunhão, costumava vê-lo na biblioteca. Tirava boas notas na escola, uma vez me disse que queria estudar História...

— Aposto que fica sempre na parte de trás, sozinho e um pouco isolado dos outros.

A cara do padre Lokin ficou mais pálida do que o normal.

— De fato, assim mesmo. Como sabe?

— E nunca comunga — acrescentou Amaia.

᳿

Quando saíram da casa paroquial, o vento havia aumentado de intensidade, varrendo as ruas e fustigando as fachadas de onde alguns habitantes os observavam por detrás das janelas entreabertas. Iriarte esperou que entrassem no carro para perguntar.

— O que tem de relevante o rapaz ficar nos fundos da igreja? Eu faço isso. O fato de não comungar pode ser porque ainda não se sinta preparado, que sinta vergonha. Quando um cristão está há muito tempo sem frequentar a igreja, pode ser que quando volte se sinta constrangido.

Amaia escutou-o com atenção.

— Pode ser tudo isso, ou também pode ser que esteja recriando um momento histórico, um tempo em que os agotes não podiam se aproximar do altar, não comungavam ou se o faziam não era do mesmo sacrário que os outros paroquianos e deviam ficar na parte traseira do templo, atrás de uma grade que os separava dos outros, uma grade simbólica que talvez esse rapaz esteja projetando em sua mente.

— Eu achava que você não defendia essa teoria da vingança agote do subinspetor Etxaide.

— Não estou convencida, mas também não a vou descartar sem que tenhamos outra melhor, e você teria feito bem em ler o relatório que ele preparou a esse respeito, assim saberia a que me refiro.

Iriarte ficou alguns segundos em silêncio enquanto pensava na repreensão.

— O rapaz age como se fosse um agote?

— O rapaz acha que é um agote. Encaixa perfeitamente no perfil. Não mantém uma boa relação com o pai, o padre Lokin disse que este é um pouco rude, e além disso não acompanha o filho à missa. Trata-se de um rapaz inteligente, culto e inquieto, até o interesse por História se coaduna, e a morte da mãe pode ser um gatilho. Uma aldeia pequena como esta pode ser muito "pequena" para os sonhos de um rapaz com inquietações. Sei por experiência própria. A solidão e a dor num adolescente são como o cão e o percussor numa pistola.

Iriarte pareceu refletir sobre o assunto.

— Ainda assim, não creio que um adolescente tenha feito isso sozinho. É muito visual, encenação demais para um único garoto.

— Estou de acordo. Beñat Zaldúa tem de ter alguém a quem impressionar.

— E quem um adolescente iria querer impressionar?

— Uma garota, o pai ou toda a sociedade, demonstrando como é esperto, embora nesse caso estivéssemos falando de atitudes psicopatas — hesitou Amaia.

— Quer ir falar com ele agora? — sugeriu o inspetor, introduzindo a chave na ignição e ligando o carro.

— Assim, sem ter nada de concreto? Se ele tiver metade da esperteza que penso que deve ter, só conseguiríamos que se fechasse por completo. Etxaide que pesquise sobre ele na internet, para ver o que descobre.

Quando passou diante da igreja, Iriarte cumprimentou com um gesto os policiais que vigiavam o templo no carro-patrulha.

☙

Começou a chover ao meio-dia, e a chuva caiu com intensidade durante meia hora antes de se transformar em *txirimiri*. Uma chuva suave e fria que caía devagar, suspensa no ar como poeira brilhante, que ficava sobre as peças de roupa, perolada como orvalho, e encharcava até os ossos, trazendo o frio úmido das montanhas e conseguindo baixar a temperatura alguns graus. A casa da tia Engrasi cheirava a sopa e a pão quente, e, apesar de ter achado no caminho que não tinha fome, o seu estômago rugiu, estimulado pelo aroma vindo da cozinha, contrariando a sua impressão. Depois de alimentar Ibai, sentaram-se à mesa posta debaixo da janela e comeram enquanto comentavam as novidades políticas que abriam os noticiários.

Amaia notou o cansaço de James.

— Por que não vai se deitar um pouco? Um cochilo ia te fazer bem.

— Se Ibai deixar.

— Deite-se e não se preocupe com o menino, esta tarde não vou para a delegacia, acho que eu e Ibai vamos dar um passeio, pois quase não chove — disse, olhando para o exterior acinzentado do outro lado das vidraças. — Além disso, preciso de você novo em folha para esta noite.

James sorriu sem resistência e arrastou os pés em direção à escada.

— Leve um guarda-chuva — disse, sem deixar de sorrir enquanto subia. — Não creio que fique muito tempo sem chover com mais intensidade.

Ela vestiu Ibai num macacão acolchoado e deitou-o no carrinho, cobrindo-o com um protetor de chuva, pegou o casaco e saiu de casa, acompanhada por Ros, que se dirigia para a fábrica. A impressão de que Ros estava bastante preocupada não havia diminuído. Durante o almoço tinha evitado o seu olhar, tentando manter um sorriso que se esfumava do rosto assim que se descuidava. Despediram-se na ponte e Amaia ficou ali parada até perder a irmã de vista.

Atravessou a ponte e subiu a rua Jaime Urrutia, deserta por causa da chuva, e onde só se via uma pessoa ou outra debaixo dos *gorapes*, a região guarnecida de arcadas onde havia alguns bares, de onde escapavam, quando se abriam as portas, calor e música. Abrandou o passo ao mesmo tempo que observava a carinha de Ibai, que pareceu a princípio surpreendido com o tamborilar das rodas na calçada de pedras e que agora começava a adormecer, fitando-a com uns olhinhos que quase não conseguia manter abertos, até que dormiu. Amaia tocou com as costas da mão a face suave do bebê para confirmar se estava quente e agasalhou-o. Caminhava sem pressa, com um passo a que não estava acostumada, surpresa ao verificar como era agradável deslocar-se assim, escutando o ruído dos saltos das botas na calçada e deixando-se embalar pelo suave balanço que sem querer o seu corpo adotava.

Quando passou em frente à praça, deteve-se por um minuto diante do Palácio Arizkunenea, observando os destroços de antigas lápides funerárias circulares expostas no pátio e que, encharcadas pela chuva recente, pareciam mais reais, como se molhadas alcançassem a sua verdadeira dimensão.

Continuou até a Câmara Municipal e, depois de olhar para ambos os lados para verificar que ninguém a via, passou uma das mãos pela *botil harri*, a pedra que simbolizava o passado de Elizondo e que dotava de força todo aquele que lhe tocasse, um gesto que reconfortava até mesmo a ela, que menosprezava a superstição. Voltou para a praça, passou diante da fonte das lâmias e espreitou para ver o rio Baztán daquele local em que as fachadas traseiras das casas se refletiam na superfície espelhada, como outro mundo úmido e paralelo encurralado sob as águas, que naquele remanso exibiam uma falsa aparência de tranquilidade. Alguns clientes retardatários que saíam do restaurante Santxotena debruçavam-se na balaustrada para tirar fotografias. Amaia atravessou a rua e entrou no local. A proprietária cumprimentou-a, reconhecendo-a. Aquele era o restaurante favorito de James e costumavam jantar ali com frequência. Fez uma reserva para dois e sorriu secretamente, satisfeita quando a mulher se inclinou sobre o carrinho e teceu elogios, admirando a beleza de Ibai. Sabia que eram frases feitas, mas ainda assim não podia evitar sentir o orgulho maternal e a admiração perante os traços perfeitos do seu pequeno rei do rio, o seu menino da água.

Saiu do restaurante e continuou o passeio pela calçada virando à direita, mas antes de chegar à agência funerária parou. Causava-lhe apreensão passar na frente daquele lugar com Ibai, do mesmo modo que, com lógica, teria se sentido inquieta se o levasse para a sala de espera de um hospital ou para uma casa onde houvesse um doente; considerava que ao passar por ali expunha o filho, e que, apesar de estar acostumada a lidar todos os dias com os mais horríveis términos da vida humana, sabia dentro de si que devia preservar o menino a todo custo de qualquer contato, por mais leve que fosse, com a morte. Desceu o passeio com o carrinho e atravessou a rua de modo a continuar paralela ao rio, e, enquanto deixava para trás a agência funerária, não pôde evitar olhar para a tabuleta com as inscrições dos falecidos recentes que punham na porta todos os dias.

Lembrou-se de que quando era pequena fazia sempre perguntas a esse respeito à tia quando passavam por ali.

— Por que sempre para aqui para ver isto?

— Para saber quem morreu.

— E para que quer saber quem morreu?

Agora, do passeio em frente, não conseguia tirar os olhos da tabuleta, que àquela distância estava ilegível para ela. O telefone tocou dentro do bolso do casaco, sobressaltando-a.

— Jonan.

— Olá, chefe, descobri uma coisa. Esta manhã encontramos vários blogs que falam sobre os agotes. A maioria não é nada original, limitam-se a repetir os mesmos dados, um copia e cola. E, embora o tom geral na abordagem do assunto seja de indignação diante da injustiça da qual foram vítimas, possuem um caráter histórico, nada que revele um ódio ou um fanatismo atuais... Exceto num dos blogs. Intitula-se "A Hora dos

Cães" e relata as mesmas injustiças que os outros, mas difere ao estender as suas consequências até os nossos dias. Está escrito em forma de diário e o protagonista é um jovem agote que relata as humilhações de que o seu povo é objeto, como se vivesse no século XVII. Alguns pormenores são brilhantes, e agora vem a parte boa: rastreei o endereço IP do autor, que assina como Juan Agote, e descobri que o endereço se situa em Arizkun e o titular é…

— Beñat Zaldúa — disse Amaia. — Já sabia.

— É interessante, porque nos dias de hoje não se pode afirmar que um sobrenome seja exclusivo dos agotes, exceto o Agote, mas Zaldúa era um dos sobrenomes mais comuns entre os agotes há uns séculos. Quer que o busquemos para ter uma conversa com ele?

— Não. Telefone e peça que compareça à delegacia amanhã de manhã a uma hora razoável. Além disso, o rapaz é menor, diga que venha com o pai.

Assim que desligou, consultou as horas no visor do celular, calculando que James já estaria acordado, e discou o número.

— Ia agora mesmo telefonar para você — atendeu ele de imediato. — Onde vocês estão?

— Eu e Ibai fomos ao Santxotena reservar uma mesa.

— Você e Ibai têm muito bom gosto para escolher restaurantes.

— Já falei com a Ros para que fique tomando conta do bebê esta noite. Gostaria de ir jantar comigo?

James riu.

— Será um prazer, quero falar com você sobre um assunto e acho que será o cenário ideal.

— Assim fico ansiosa — gracejou.

— Pois vai ter de esperar até a noite.

☙

Ibai demorara a adormecer, birrento como era normal nas mamadas do fim da tarde, que parecia digerir com mais dificuldade. Havia anoitecido e chovia de novo quando saíram de casa, mas ainda assim optaram por ir a pé até o restaurante. Abriram um guarda-chuva e James rodeou-a com o braço, apertando-a contra si e sentindo como Amaia tremia debaixo do tecido do fino casaco que havia escolhido.

— Não me surpreenderia que não tivesse nada por baixo desse casaco.

— Isso é algo que terá de descobrir por si mesmo — respondeu, sedutora.

O Santxotena era um local muito acolhedor, com as suas paredes pintadas em cor de framboesa e um estilo rural cuidado e elegante que começava na parte externa, pelas janelas que, tal como numa casinha de conto de fadas, exibiam postigos pintados e floreiras abarrotadas de flores durante todo o ano. Atribuíram-lhes uma mesa de onde se podia ver parte da cozinha, e de onde lhes chegava, abafado, o burburinho e o aroma próprios da boa comida.

Debaixo do casaco, Amaia usava um vestido preto que não vestia desde antes de Ibai ter nascido. Sabia que a favorecia e que James adorava, e voltar a vesti-lo a fez se sentir bem. O que acharia o juiz Markina se a visse vestida daquela maneira? Descartou o pensamento, recriminando-se por ter se permitido pensar nisso.

James sorriu ao vê-la.

— Está linda, Amaia.

Amaia sentou-se assim que percebeu que não era apenas a atenção de James que chamava. A garçonete veio anotar o pedido deles.

Aspargos quentes com creme de espinafre para os dois e pescada alagostada para James, que ali pedia sempre aquele prato, ao passo que ela se decidiu por um tamboril grelhado com amêijoas. James ergueu o copo de vinho, olhando com desgosto para a água da esposa.

— É uma pena que não possa beber nem um copo por estar amamentando.

Amaia ignorou o comentário e bebeu um gole.

— Muito bem, afinal, o que queria me contar? Me deixou ansiosa.

— Ah, sim — disse, deixando transparecer o entusiasmo. — Queria falar contigo sobre algo que martela na minha cabeça há bastante tempo. Desde que você engravidou, temos vindo para Elizondo cada vez com mais frequência, e acho que agora que temos o bebê viremos ainda mais vezes. Você sabe o quanto gosto de Baztán, e o quanto gosto de estar com a sua família, por isso acho que chegou o momento de ponderarmos a possibilidade de ter uma casa aqui, em Elizondo.

Amaia arregalou os olhos, surpreendida.

— Tem toda a razão, por essa eu não esperava... Está falando em viver aqui?

— Não, claro que não, Amaia, gosto muito de viver em Pamplona, adoro a nossa casa, e, tanto para o seu trabalho como para ter o ateliê de escultura, Pamplona é perfeita. E, além disso, você sabe o significado que tem para mim a casa de Mercaderes.

Amaia concordou, mais relaxada.

— Não, me refiro a ter uma segunda casa aqui, uma casa que seja nossa.

— Podemos vir para a casa da tia sempre que quisermos, você sabe que ela é como uma mãe para mim, e a casa dela é o meu lar.

— Eu sei, Amaia, sei o que essa casa significa para você e o que sempre significará, mas uma coisa não invalida a outra. Se tivéssemos uma casa aqui, poderíamos adequá-la às necessidades de Ibai, montar um quarto só para ele, ter as coisas dele à mão e não ter de andar sempre daqui até Pamplona com tanta tralha nas costas. Assim que ele crescer um pouco, vai precisar de um lugar para os brinquedos...

— Não sei, James, não sei se me agrada a ideia.

— Conversei com a sua tia e contei sobre a minha ideia, e ela achou-a muito boa.

— Isso sim é uma coisa que me surpreende — declarou, pousando o garfo em cima da mesa.

— Além do mais — disse James, sorrindo —, foi ela quem acabou me convencendo quando me falou da Juanitaenea.

— A casa da minha avó... — sussurrou Amaia, muito surpresa.

— Sim.

— Mas, James, a casa está fechada há anos, desde que a minha avó morreu, e eu tinha apenas cinco anos, imagino que deva estar em ruínas — refutou Amaia.

— Não, não está. Sua tia me disse que é evidente que iria precisar de uma reforma total, mas que tanto a estrutura como o telhado e as chaminés se encontram em perfeitas condições. Ao longo destes anos, a sua tia procurou fazer um mínimo de manutenção.

Amaia, absorta, percorreu mentalmente os cômodos da casa, que recordava serem enormes, a lareira onde cabia em pé quando era pequena, e quase conseguiu sentir na ponta dos dedos a suavidade dos robustos móveis polidos com goma-laca e da colcha de cetim de seda grená que cobria a cama da avó.

— Acho que seria bom para Ibai passar parte da infância aqui e acho que seria muito especial que o fizesse na casa que pertenceu à sua família.

Amaia não sabia o que dizer. Na casa da tia sempre se sentira segura, mas tinha contas pendentes a ajustar com Elizondo. Era verdade que o retorno a Baztán alguns meses antes havia perdido grande parte da carga obscura que antes implicava, e ela sabia que não era apenas por ter sido sincera com James a respeito do que aconteceu quando tinha nove anos. Sabia que sobretudo voltava a manter vivo de alguma forma o vínculo que a havia unido ao senhor do bosque, algo que palpitava no DVD que guardava no cofre e que não voltara a ver desde aquela primeira vez ao lado dos peritos em ossos num quarto do Hotel Baztán. Às vezes, quando abria o cofre para guardar a arma, acariciava o disco com as pontas dos dedos, e a imagem dos olhos cor de âmbar daquele ser voltavam a materializar-se diante dela com a nitidez do que é real. E, só de evocar aquela recordação, qualquer resquício de dúvida ou de temor desaparecia como que por encanto. Sorriu, de forma inconsciente.

— Amaia, são coisas em que uma pessoa não pensa até ter um filho. Sabe que sou feliz em Pamplona, e que nunca quis voltar aos Estados Unidos a não ser de visita, mas agora que tenho Ibai, sei que, se vivesse ali, gostaria que ele conhecesse as suas raízes, o lugar de onde é a sua família, e, se pudesse ligá-lo o mais possível a essa essência, eu o faria.

Amaia fitou-o, extasiada.

— Não sabia que você pensava assim, James, você nunca me disse nada semelhante, mas se é isso que deseja, podemos visitar a sua terra quando o menino for um pouco mais velho.

— Iremos, Amaia, mas não quero viver lá, já disse que quero viver onde estou, mas temos muita sorte de as suas raízes estarem a cinquenta quilômetros de Pamplona e, no entanto, qualquer um diria que se trata de outro mundo... E além disso, Amaia — disse James, sorrindo —, uma casa de campo... Você sabe que adoro a arquitetura de Baztán. Gostaria de ter uma casa aqui. Renová-la e decorá-la pode ser uma aventura maravilhosa. Diga que sim — implorou.

Amaia fitou-o, comovida e encantada com o entusiasmo dele.

— Me diga ao menos que iremos vê-la, a tia prometeu nos acompanhar amanhã.

— Amanhã? Você é um trapaceiro, na verdade, vocês dois, você e a minha tia — disse, fingindo irritação.

— Vamos? — suplicou James.

Amaia assentiu sorrindo.

— Trapaceiro!

James esticou-se sobre a mesa e beijou-a na boca.

෴

Quando saíram do restaurante, verificaram que a chuva fina que caía sem cessar desde o início da tarde parecia ter-se instalado em definitivo sobre Elizondo, sem intenção de parar. Amaia sentiu a umidade do ar e pensou no quanto havia odiado aquela chuva na infância, como havia ansiado pelos céus azuis e límpidos do verão, que sempre parecia muito breve e distante de Baztán. Chegara a detestar tanto aquela chuva que era capaz de recordar tardes a observá-la por detrás das vidraças que se embaçavam com o seu bafo e que limpava com o punho da manga do suéter, ao mesmo tempo que sonhava em sair dali, em fugir daquele lugar.

— Que frio! — exclamou James. — Vamos para casa.

Amaia tiritou debaixo do casaco, mas, em vez de ir para as ruas interiores, deteve-se um instante como que imobilizada por um chamado e começou a andar na direção contrária.

— Espere um momento — pediu.

— Será que posso saber aonde vai agora? — perguntou James, caminhando atrás dela, enquanto tentava em vão cobri-la com o guarda-chuva.

— Não demoro, só quero ver uma coisa — respondeu, parando diante da tabuleta de obituários da agência funerária Baztán, fechada e às escuras.

Afastou-se um pouco para deixar que a luz dos postes da rua que havia atrás de si iluminasse a página de necrologia que naquela tarde havia chamado a distância a sua atenção. Agora sabia o porquê. As filhas tinham escolhido para o obituário a fotografia de que se lembrava no vestíbulo, aquela em que Lucía Aguirre surgia confiante, crédula e sorridente com o mesmo suéter listrado de malha que vestia quando morreu. Não havia dúvidas, tratava-se de uma peça de roupa favorita, uma dessas com que nos achamos tão bonitas e favorecidas que escolhemos para posar para uma foto de estúdio, a que vestimos para ficar bonitas para um homem. Uma peça de roupa alegre e vistosa que não foi pensada para morrer, nem para ser o sudário com o qual o seu fantasma se mostrava. A fotografia era inconfundível, ainda assim leu os dados informativos duas vezes: Lucía Aguirre, cinquenta e dois anos, suas filhas Marta e María, seus netos e toda a família, até constava a paróquia de Pamplona a que pertencia. Nesse caso, o que fazia o obituário de Lucía Aguirre numa aldeia de Baztán?

Apalpou o celular que tinha no bolso do casaco, sabia que tinha gravado o telefone de uma das filhas, nunca se lembrava de qual delas. Viu as horas e pensou que era tarde. Ainda assim, discou a tecla de chamada.

— Inspetora Salazar? — atendeu uma voz jovem, que é evidente que também havia guardado o seu número.

— Boa noite, Marta — arriscou. — Lamento ligar tão tarde, mas preciso fazer uma pergunta.

— Não se preocupe, estava vendo televisão. Pode perguntar.

— Estou em Elizondo, e vi que no painel de obituários da agência funerária Baztán consta o obituário da sua mãe. Me pergunto o motivo.

— Bom, embora a minha mãe tenha vivido desde pequena em Pamplona, ela nasceu em Baztán, mas acho que foi aos dois anos com os meus avós morar na cidade. O meu avô morreu quando ela era jovem, a minha avó é bem idosa e está num lar para idosos, e ela teve uma irmã que também viveu aqui e que faleceu há oito anos. Não temos mais família, mas mesmo assim nos pareceu o mais adequado a fazer. Lembro-me de que, quando a tia dela morreu, a minha mãe cuidou de todo o funeral e também mandou publicar o obituário em Baztán, você sabe, são costumes da aldeia, para o caso de alguém se lembrar da família.

— Obrigada, Marta, transmita as minhas condolências à sua irmã e sinto muito tê-la incomodado.

— Imagine, estamos em dívida com você.

10

Primavera de 1980

JUAN OBSERVAVA A MASSA OLEOSA que dava voltas arrastada pela pá mecânica na batedeira. Comprara aquela máquina fazia alguns meses e, tal como Rosario havia previsto, a produção aumentara a ponto de lhes permitir aceitar novos clientes que antes não era possível atender. Juan pensava em outros tempos. No tempo em que a mulher engravidara primeiro de Flora, depois de Rosaura, e em como ele em sua ignorância havia desejado um filho homem, supunha que pelo fato de se perpetuar o sobrenome Salazar. Afinal, só tinha a irmã Engrasi, e, se não tivesse um rapaz, o sobrenome Salazar ficaria relegado a segundo plano. Não se importara tanto com Flora, mas quando Rosaura nasceu sentira-se decepcionado, embora tivesse escondido esse fato de Rosario. Um filho homem, uma bobagem que no entanto chegara a obscurecer seu estado de espírito a ponto de a própria mãe tê-lo advertido.

— É de bom tom melhorar a cara, filho, se não quiser que essa sua mulher pegue as meninas e volte para San Sebastián. Em vez de ficar irritado, devia agradecer; uma mulher vale tanto quanto um homem, e, em alguns casos, ainda mais.

Ainda guardava na gaveta da oficina da fábrica a lista de nomes de menina e de menino que ele e Rosario elaboraram nas gestações anteriores e de onde tiraram os nomes das filhas. Olhou a massa que continuava a dar voltas e aproximou-se da gaveta, de onde retirou a lista, que colocou em cima da mesa. No papel eram visíveis os quatro vincos em que tinha sido dobrado durante anos, e agora as rugas e o canto rasgado que apareceram depois de ser amassado pelas mãos da mulher um instante antes de ela ter jogado em seu rosto e saído correndo da fábrica.

Não havia dúvidas de que era um estúpido. Por que tivera de insistir tanto na bobagem do nome?

— Deveríamos ir pensando num nome para o bebê.

— Ainda é cedo — replicara, mudando de assunto. — Preparou o pedido para os clientes de Azkune?

— Não é nada cedo, você já está de cinco meses! Agora o bebê já deve ser tão grande como a minha mão, está na hora de pensarmos em nomes. Vamos, Rosario, eu deixo você escolher, olhe para a lista e diga de qual gosta mais — insistira, colocando o papel na frente do rosto dela.

Rosario virara-se, tirando-lhe a lista das mãos e deixando-o petrificado de espanto. Baixou o rosto como se lesse e depois, fitando-o de esguelha, sem levantar a cabeça, resmungara entre dentes:

— Um nome, um nome. Sabe o que é isto?

Ele não foi capaz de responder.

— É uma lista de mortos.

— Rosario...

— Uma lista de mortos, mas os mortos não precisam de nome, os mortos não precisam de nada — murmurava a meia-voz, e fitando-o por entre as madeixas de cabelo que se haviam soltado do coque que fizera.

— Rosario... O que está dizendo? Está me assustando.

— Não se assuste — ela disparou, levantando a cabeça e recuperando o tom de voz normal —, é apenas um jogo.

Ele a observava tentando engolir o nó de medo que se havia formado em sua garganta e que tinha um sabor tão ácido...

Amassou o papel em forma de bola e atirou-o em seu rosto antes de sair da fábrica.

— Guarde onde estava — acrescentou —, também há nomes para meninos, e, acredite, vai ser muito melhor se for um menino, porque se for uma menina não vai precisar de nome.

11

Deitou-se ao lado de James convencida de que nessa noite não iria dormir; dentro da sua cabeça fervilhavam os novos dados. Três crimes aparentemente desconexos executados por três torpes criminosos em lugares diferentes, e em todos ocorreu uma amputação idêntica, em todos eles o membro amputado desapareceu do local do crime, os três assassinos suicidaram-se na prisão ou sob custódia, e os três deixaram a mesma mensagem, uma mensagem escrita nas paredes, exceto no caso de Medina, que fora dirigida a ela e que lhe foi entregue em mãos. Embora o modo como Quiralte havia exigido a presença de Amaia para revelar a localização do cadáver também pudesse ser considerado como uma entrega pessoal. E agora, ao descobrir que Lucía Aguirre tinha nascido em Baztán, uma nova porta se abria, talvez o elo entre os crimes. Precisava descobrir o quanto antes a origem da vítima de Logronho. Como se chamava? Não se lembrava de que no relatório que Padua lhe entregou o nome fosse mencionado. Olhou para o relógio mais uma vez, era quase uma e meia. Calculava que por volta das duas horas Ibai choraria de fome, então ela se levantaria e elaboraria uma lista de coisas que queria confirmar. Começou a fazer apontamentos mentais e, enquanto fazia isso, adormeceu.

Estava perto do rio e escutava, embora não pudesse vê-las, o chapinhar ritmado que as lâmias faziam ao bater na superfície da água com as suas barbatanas. Lucía Aguirre, com o rosto tão cinzento como se tivesse acabado de tirá-lo de uma fogueira apagada, abraçava-se pela cintura com o braço esquerdo e olhava apavorada para o coto que pendia seccionado à altura do cotovelo.

Desta vez o vento não soprava, e o chapinhar, que na água trovejava como chuva, parou no instante em que os olhos vagos de Lucía se encontraram com os seus, e esta começou como nas vezes anteriores a repetir a sua cantiga, só que desta vez pôde ouvir a voz dela, que lhe chegou seca e áspera por causa da areia que enchia a sua garganta, e conseguiu entendê-la: não dizia prenda-o, nem pegue-o; o que disse foi *Tarttalo*.

O suave chamado do bebê que começava a acordar foi suficiente para trazê-la de volta do sonho. Olhou para o relógio e surpreendeu-se quando viu que eram quatro horas.

— Nossa, campeão, cada vez aguenta por mais tempo. Quando conseguirá dormir a noite inteira? — sussurrou-lhe enquanto o pegava no colo. Depois da mamada, trocou a fralda e voltou a deitá-lo no berço.

— James — sussurrou.

— Sim?

— Vou trabalhar. Ibai já mamou, vai dormir até de manhã.

James murmurou qualquer coisa e lançou-lhe um beijo desajeitado.

*

O aquecimento central funcionava no mínimo durante a noite, e, quando entrou no escritório da delegacia, agradeceu por ter vestido um grosso suéter de lã e a parca que James exigia que usasse. Ligou o computador e preparou um café na máquina do corredor enquanto recapitulava a lista mental de tarefas. Sentou-se à mesa e começou a pesquisar, verificando tudo o que dizia respeito ao caso de Logronho nas anotações que Padua lhe havia entregue. Assim como se lembrava, não havia nenhuma menção quanto à identidade da vítima, que era mencionada apenas com as iniciais I. L. O.

Entrou no Google e pesquisou nos arquivos dos principais jornais de La Rioja; encontrou várias menções ao crime e ao agressor, Luis Cantero, mas nada mais sobre a vítima. Encontrou um artigo sobre o julgamento onde se falava de Izaskun L. O. e, por fim, outro que comentava a sentença do assassinato de I. López Ormazábal.

Izaskun López Ormazábal. Introduziu o nome completo no programa da polícia para identificação de pessoas e ao fim de alguns segundos estava vendo os dados do Documento Nacional de Identificação.

Izaskun López Ormazábal. Filha de Alfonso e Victoria.

Nascida em Berroeta, Navarra, no dia vinte e oito de agosto de 1969. Falecida... Ficou gelada à medida que relia os dados várias vezes. Nascida em Berroeta, uma pequena aldeia com pouco mais de cem habitantes que se situava a escassos doze quilômetros de Elizondo e que sem dúvida pertencia a Baztán. A certeza da descoberta quase a fez se sentir angustiada.

Suspirou, livre da pressão que havia acumulado nas últimas horas, e olhou procurando no silêncio da sala vazia alguém com quem compartilhar a sua descoberta e o seu desassossego, porque, longe de sentir alívio ao ver a sua suspeita confirmada, estava ciente de que o abismo que procurava às cegas estivera ali sempre, que não o era menos quando não sabia da sua existência, mas agora ganhava contornos de uma realidade ardente e palpitante que clamava vinda do chão, misturada com o sangue das vítimas, e que não deixaria de o fazer até que descobrisse a verdade. Já sabia que não seria fácil, mas faria isso, nem que tivesse de escavar no mesmo inferno, dar de cara com o demônio e enfrentá-lo, que como parte de um jogo chamara a sua atenção escrevendo nas paredes o nome de uma criatura bestial que devorava pastores, donzelas, cordeiros, carne de inocentes.

Como que atendendo a suas preces, o subinspetor Etxaide entrou no escritório com um café em cada mão.

— O policial da entrada disse que você estava aqui.

— Olá, Jonan, que horas são? — perguntou, olhando para o relógio.

— Pouco mais de seis — respondeu ele, estendendo-lhe um dos copos de café.

— O que faz aqui tão cedo?

— Não conseguia dormir, na pousada onde estou hospedado há um grupo de vinte pessoas numa despedida de solteiro — disse, como se isso explicasse tudo. — E a senhora?

Amaia sorriu e durante os vinte minutos seguintes deixou-o a par das descobertas que fizera.

— E acha que pode haver mais?

Amaia não respondeu de imediato.

— Algo me diz que sim.

— Poderíamos procurar vítimas de violência do tipo que tenham sofrido amputações — sugeriu Jonan, abrindo o notebook.

— Genérico demais — objetou Amaia. — Por amputação, poderiam considerar-se cortes ou lacerações, e isso infelizmente é muito comum nestes casos. Estou convencida de que na maioria dos casos deve haver um membro amputado desaparecido; seria considerado informação confidencial.

— E as vítimas que tenham nascido ou vivido em Baztán?

— Já confirmei esses dados, mas o local de nascimento das vítimas em geral não é relevante e na maioria dos casos não se costuma mencionar mais nada além do que consta no atestado de óbito.

— Podemos experimentar começar por aí; as anotações de óbitos do Registro Civil têm que ter um averbamento onde figurem as mortes violentas — ele disse, introduzindo os dados no computador enquanto Amaia sorvia o novo café, tentando aquecer as mãos com o copo de papel. *Preciso trazer a minha xícara*, pensou, ao mesmo tempo que perscrutava com os olhos a distância externa, mas a janela só lhe devolveu o seu reflexo, projetado no negrume da noite que ainda era absoluta em Baztán.

— As agências funerárias — ocorreu-lhe de repente.

Jonan virou-se para ela, na expectativa.

— Como?

— A família de Lucía Aguirre mandou publicar uma nota obituária na agência funerária de Baztán. Não seria de admirar que após os falecimentos se publicassem obituários, se celebrassem missas, que alguma vítima, no caso de ser nascida no vale, tivesse sido enterrada na aldeia natal, muito embora na época do falecimento já não vivesse aqui.

— A que horas eles abrem? — perguntou o policial, consultando o relógio.

— Creio que nunca antes das nove, embora costumem ter um número de telefone de emergência que funciona vinte e quatro horas por dia — ela respondeu, olhando de novo pela janela, onde um ligeiro e longínquo clarão anunciava as primeiras luzes da aurora.

— Tenho uma série de coisas para fazer esta manhã, mas se tiver oportunidade eu gostaria de acompanhá-la às agências funerárias, creio que em Elizondo existem duas. Pesquise para ver se há alguma em outras aldeias, e não telefone para elas; prefiro perguntar cara a cara, quem sabe não conseguimos refrescar a memória deles.

Amaia entrou no carro sem despir a parca e dirigiu devagar pelas ruas desertas, com a janela do carro aberta para não perder a algazarra que os pássaros faziam quando amanhecia. Ao passar por Txokoto, virou-se para entrar pelos fundos da fábrica, que àquela hora estaria fechada, e parou o carro com os faróis apontados para a parede. Com grossos traços de aerossol, alguém havia escrito "PUTA TRAIDORA". Ficou ali parada durante um minuto ao mesmo tempo que contemplava a pichação, que perdia sentido quanto mais a lia. Deu marcha a ré e foi para casa.

ஓ

Foi encontrar Ros. Vestindo o casaco no vestíbulo, despediu-se dela sem mencionar a pichação na fábrica, entrou no interior silencioso da casa onde ainda dormiam e notou como, em contraste com o resto da habitação, onde havia aquecimento a gás, a temperatura da sala de estar havia diminuído vários graus durante a madrugada. Ajoelhou-se diante da lareira e deu início ao sempre tranquilizador ritual de acender o fogo. Ela o fez de forma mecânica, repetindo a cerimônia que aprendera quando era criança e que sempre lhe havia proporcionado uma paz inexplicável. Quando as chamas começaram a lamber os troncos mais grossos, levantou-se e olhou para o relógio, calculando que horas seriam na Luisiana. Pegou o celular, procurou o nome do agente Dupree em sua lista e discou, sentindo que o coração parava e perdia um batimento, atormentado pela apreensão, enquanto uma voz dentro de si gritava que desligasse o telefone, que não fizesse essa chamada, mesmo antes de a cálida voz do agente Aloisius Dupree atender em algum lugar de Nova Orleans.

— Boa noite, inspetora Salazar, ou será que devo dizer bom dia?

Amaia suspirou antes de responder.

— Olá, Aloisius. Está amanhecendo — retorquiu, ao mesmo tempo que tentava reprimir o tremor que lhe dominava o corpo, apesar de o fogo já arder na lareira, avivado pela lenha seca.

— Como está, inspetora? — A voz dele estava tão cálida e compreensiva quanto se recordava.

— Confusa, são muitas coisas juntas — confessou.

De nada teria servido tentar enganar Dupree, afinal o significado daquelas chamadas de madrugada era ser absolutamente sincera, caso contrário, de que adiantariam?

— Estou em Baztán investigando um caso que me trouxe até aqui, nada de sério, um assunto que tenho de considerar mais como um compromisso político dos meus superiores do que outra coisa qualquer, mas hoje descobri que o outro caso que tenho em mãos pode ter a sua origem no vale. Ainda não sei como explicar esse fato, mas pressinto que se trata de um desses casos... E de alguma maneira parece que o assassino procura estabelecer um vínculo comigo. Como nos casos semelhantes que estudei em Quantico, o *modus operandi* enquadra-se num indivíduo tipo Jack, daqueles que entram em contato com a polícia, só que este faz isso de modo sutil, e começo a desconfiar de que talvez se trate de uma personalidade mais complicada. — Parou de falar a fim de ordenar os pensamentos.

— Mais complicada quanto?

— Ainda não me atrevo a colocar nesses termos. O que sabemos é que os executores são criminosos de meia-tigela, pequenos furtos, roubos, golpes, e apresentam em comum a violência contra a mulher. Assassinaram mulheres das suas relações, que, pelo que sei até o momento, tinham laços com o vale, uma delas vivia aqui, as outras tinham nascido em Baztán... — Parou de falar, desta vez sem saber como continuar. — Já sei que parece uma teoria rebuscada, Dupree, mas sinto nas entranhas que existe mais do que parece à primeira vista — justificou-se —, o problema é que não sei por onde começar.

— Sabe sim, inspetora Salazar, deve começar pelo...

— Pelo início — Amaia terminou a frase com um tom de voz que revelava fadiga.

— E o início foi?

— O assassinato de Johana Márquez — respondeu.

— Não — rebateu Dupree, secamente.

— Esse foi o primeiro crime em que se soube ter havido uma amputação, pode ser que haja outros anteriores, mas... o pai... o seu assassino, deixou-me um bilhete antes de se suicidar, e isso desencadeou a investigação.

— Mas qual foi o início? — tornou a perguntar Dupree, quase num sussurro.

Um calafrio percorreu-lhe a espinha e ela quase sentiu os espinhos do arbusto arranhando o anoraque enquanto atravessava a estreita vereda em direção à caverna de Mari. O tilintar das suas pulseiras de ouro, os longos cabelos dourados até a cintura, o meio sorriso de rainha ou de bruxa e a sua voz enquanto dizia: "Vi um homem que entrou numa dessas grutas levando um pacote que não tinha quando saiu".

E a obtusa resposta à sua pergunta: "Conseguiu ver o rosto dele?", "Só vi um olho". Aloisius soltou do outro lado da linha um suspiro que soou longínquo e aquoso.

— Está vendo como sabia? Agora precisa voltar a Baztán.

Amaia surpreendeu-se com a observação.

— Aloisius, estou aqui há dois dias.

— Não, inspetora Salazar, você ainda não voltou.

Desligou o telefone e ficou uns segundos contemplando a mensagem que aparecia na tela.

— Você não deveria fazer isso.

A voz de Engrasi, que a fitava, parada no meio da escada, sobressaltou-a de tal maneira que o telefone foi arremessado, indo parar debaixo de uma das poltronas que havia em frente à lareira.

— Ah, tia, você me assustou — disse ao mesmo tempo que se agachava e tateava de forma desajeitada debaixo da poltrona.

A idosa desceu as escadas sem deixar de fitá-la com uma expressão austera.

— E isso que está fazendo não a assusta?

Amaia pôs-se de pé com o celular na mão e esperou que a pulsação estabilizasse antes de responder.

— Sei muito bem o que estou fazendo, tia.

— Não me diga? — fez troça. — Sabe mesmo o que está fazendo?

— Preciso de respostas — justificou-se.

— E eu posso ajudá-la — replicou Engrasi, dirigindo-se à despensa e pegando o pacotinho envolto em seda, o seu baralho de tarô.

— Para isso, tia, eu teria de saber quais são as perguntas, foi você quem me ensinou isso, e não sei; ignoro quais são as perguntas. Falar com ele me ajuda nisso. Não se esqueça do currículo dele, um dos melhores especialistas do FBI em transtornos de conduta e comportamento criminoso. A opinião dele é muito valiosa.

— Você brinca com coisas que estão fora do seu alcance, querida — Engrasi declarou, repreendendo-a.

— Confio nele.

— Pelo amor de Deus, Amaia. Você realmente não percebe o quanto a relação de vocês é antinatural?

Amaia preparava-se para responder, mas deteve-se ao ver que James descia as escadas trazendo nos braços Ibai vestido para sair.

A tia lhe lançou um último olhar de reprovação, deixou o baralho no lugar e entrou na cozinha para preparar o café da manhã.

12

Juanitaenea situava-se atrás do albergue Trinquete, numa região plana de terra escura e rodeada de hortos. As casas mais próximas encontravam-se a cerca de trezentos metros e constituíam um grupo que contrastava com a casa solitária de pedra escurecida pelo tempo, pelos liquens e pela chuva recente, que parecia ter penetrado na fachada, dando-lhe uma cor semelhante a carvão.

O amplo beiral do telhado em madeira talhada sobressaía, projetando-se a mais de um metro e meio, preservando da umidade do último andar da casa, que em contraste era de cor mais clara. A entrada encontrava-se no primeiro piso, acessado por uma escada exterior, estreita e sem corrimão, que parecia surgir da parede e que era muito estreita e irregular. No piso térreo, dois arcos de meio ponto ladeavam a fachada, abrindo-se em duas portas que haviam sido substituídas por tábuas ásperas. Em compensação, a enorme entrada quadrada entre os arcos conservava as suas folhas de ferro, que mesmo estando oxidadas mostravam a beleza do trabalho de ferraria que algum artesão da região idealizara em outra época, em que o esmero e o valor de um trabalho bem-feito adquiriam uma importância extraordinária. O casarão era rodeado de terrenos por todos os lados. Na parte traseira via-se um conjunto de velhos carvalhos e faias, além de um salgueiro-chorão do qual Amaia se lembrava e que achava soberbo já na infância. O acesso ao terreno se dava pela frente, e em uma das laterais via-se uma horta com cerca de mil metros quadrados que parecia lavrada e plantada.

— Há anos que um homem cuida da horta. Ele me dá algumas verduras e pelo menos a mantém limpa, ao contrário do resto — ela disse, fazendo um gesto amplo para a parte da frente da casa, onde se viam restos de tábuas, baldes de plástico e despojos não identificáveis do que pareciam móveis velhos.

O entusiasmo de James diminuiu quando viu a porta no alto da singular escada.

— É preciso subir por ali? — perguntou, fitando os degraus com desconfiança.

— Existe uma escada que dá acesso ao segundo andar ao lado dos estábulos — explicou Engrasi, entregando-lhe uma chave com a qual indicou o cadeado e as correntes que trancavam um dos arcos.

A antiga porta emperrou um pouco quando James a empurrou para dentro. Engrasi acionou um interruptor, e uma lâmpada empoeirada acendeu-se lá em cima, em algum lugar, derramando uma luz alaranjada e insignificante que se perdeu entre as altas vigas.

— Foi por isso que insisti para que viéssemos de manhã, não há muita luz aqui — declarou, dirigindo-se às janelas fechadas com tábuas de madeira que se encontravam cobertas de pó e teias de aranha. — James, se você me ajudar talvez possamos abrir uma destas janelas.

As alças de cobre pareciam emperradas, mas cederam por fim pela insistência de James, abrindo-se para dentro e deixando que a luz da manhã entrasse e desenhasse na escuridão um traço perfeito de poeira em suspensão.

James virou-se, incrédulo, contemplando o local.

— Mãe Santíssima, isto é enorme! E altíssimo — exclamou, fascinado com as grossas vigas que cruzavam o teto de um lado ao outro do aposento.

Engrasi sorriu olhando para Amaia:

— Venham por aqui — disse, apontando para uma escada de madeira escura que se dividia em duas elegantes ramificações que subiam até se perder de vista no andar superior.

James estava bastante surpreendido.

— É incrível que uma escada com essas características se situe nos estábulos…

— Não é bem assim — explicou Amaia. — Durante séculos, o estábulo era o cômodo mais importante das casas; esta escada era como ter acesso a uma garagem.

— Subam com cuidado, não sei como está o estado da madeira — advertiu a tia.

O segundo andar estava dividido em quatro quartos grandes, a cozinha e um banheiro em que as peças tinham sido arrancadas, exceto uma pesada banheira, com pés em forma de garra, da qual Amaia se lembrava. Pequenas e profundas janelas encravadas nas grossas paredes e postigos de madeira que faziam as vezes de venezianas. Os quartos estavam vazios, e da antiga cozinha só restava a lareira, que tinha o dobro do tamanho das que existiam nos outros aposentos, e era feita com a mesma pedra das paredes exteriores, enegrecida pelos anos de uso.

— Não sei por quê, mas esperava que os móveis estivessem aqui — disse Amaia.

Engrasi assentiu, sorrindo:

— Eram peças boas, a maioria artesanais, e ficaram para o seu pai na partilha junto com a fábrica. Eu recebi a casa, a terra que a rodeia e uma boa quantia em dinheiro. Já sabe como é, ele era o homem e havia mostrado interesse em ficar com a fábrica, eu fui estudar, depois fui viver em Paris, e só retornei dois anos antes da morte da sua avó. No dia seguinte ao da leitura do testamento, a sua mãe mandou vir um caminhão de mudanças e esvaziou a casa.

Amaia assentiu sem dizer nada. Não se lembrava de nenhum dos móveis de Juanita ter ido parar na casa dos pais.

— Deve tê-los vendido, sem dúvida — sussurrou.

— Sim, também acho.

Ouviu James, que percorria os quartos, entusiasmado como uma criança num parque de diversões.

— Amaia, já viu isto? — perguntou, abrindo uma janela que dava para a estreita escada da fachada.

— Com certeza foi pensada para quando nevasse ou houvesse inundações, embora não me lembre se alguma vez foi utilizada. O mais prudente seria vedá-la, talvez até retirá-la — sugeriu Engrasi.

— Nada disso — retorquiu James, fechando a janela para ir ao lance de escada por onde se chegava ao andar de cima.

Amaia seguiu-o embalando Ibai em seu carrinho e cantarolando para o bebê, que parecia contagiado pelo entusiasmo do pai e esperneava contente. O andar superior revelava uma inclinação que causava uma ligeira perda de espaço. Uns postigos redondos abriam-se no telhado e a luz do sol invernal iluminava um único aposento sem divisões, em cujo centro se encontrava o bercinho de Ibai, ou pelo menos foi isso que pensou assim que o viu.

— Tia — chamou, aproximando-se do berço.

— Desculpa, filha, são tantas escadas para os meus joelhos — disse Engrasi assim que chegou lá em cima.

Amaia afastou-se para lhe permitir ver o berço de madeira escura. A tia olhou surpresa para o berço e depois para ela sem saber o que dizer. James inspecionou-o de perto.

— É igual ao nosso, idêntico. Se não fosse pela camada de verniz que lhe dei, seria igual.

— Tia, onde arrumou o berço que há em sua casa? — perguntou Amaia.

— Foi a minha mãe quem me ofereceu quando voltei de Paris e comprei a minha casa. Lembro-me de que o tinha no estábulo coberto com uma lona, e pedi porque queria usá-lo como depósito de lenha. Achei-o bonito com esses entalhes, mas não me lembro de serem dois. Imagino que sejam de vocês, seu e das suas irmãs; com certeza a Juanita os trouxe para cá quando vocês deixaram de usá-los.

Amaia passou uma das mãos pela madeira empoeirada, e ao fazê-lo sentiu uma laceração no braço semelhante a uma descarga elétrica. Deu um salto para trás, sobressaltada, e Ibai começou a chorar, assustado com o grito dela.

— Amaia, você está bem? — alarmou-se James, aproximando-se.

— Estou… — respondeu, esfregando a mão, que ficara dormente.

— Mas afinal o que aconteceu?

— Não sei, acho que espetei a mão numa farpa ou coisa que o valha.

— Deixa eu ver — insistiu James.

Depois de examinar a mão dela com toda a atenção, sentenciou, sorrindo:

— Não tem nada, Amaia, deve ter sido uma distensão muscular quando esticou o braço.

— Sim — respondeu Amaia, sem convicção.

A tia olhava para eles da escada com o cenho franzido, numa expressão que Amaia conhecia bem.

— Estou bem, tia — afirmou, tentando fazer sua voz soar tranquila.

— Realmente este sótão é lindíssimo.

— A casa é fantástica, Amaia, muito melhor do que eu tinha imaginado — disse James, que sorria como uma criança olhando ao redor.

Ela assentiu, condescendente. Soube desde o exato momento em que concordou em ir até Juanitaenea que James se apaixonaria pela casa, aquela casa onde havia estado centenas de vezes em sua infância, e que no entanto nas suas recordações não passava de uma sucessão de visões soltas, como velhas fotografias onde a avó sempre se encontrava em primeiro plano e a casa em segundo, como se fosse apenas um cenário onde se desenrolava a vida da sua *amona* Juanita. Desceu as escadas até o piso do meio enquanto escutava James explicar à tia tudo o que se podia fazer naquele lugar.

Percorreu os quartos abrindo os postigos e deixando que um sol escondido entre as nuvens iluminasse os ambientes proclamando a vetustez do papel que revestia as paredes. Apoiada no amplo vão da janela, olhou para o horizonte até localizar as torres da igreja de Santiago sobressaindo por cima dos telhados perolados pela chuva noturna, e conservados assim pela umidade do rio Baztán, que penetrava nas telhas e nos ossos, com uma sensação que parecia roubada do mar, e que o pobre sol que a suavizava, projetado pelas vidraças da janela, não conseguiria secar durante o dia. Ibai, de novo calmo, revirou os olhos e encostou o rostinho em seu peito até sentir o calor do sol. Amaia beijou-lhe a cabecinha, aspirando o cheiro que emanava do seu ralo cabelo louro.

— E você, o que diz, meu amor? O que devo responder à sua *aita* quando me fizer a pergunta? Gostaria de viver na casa da *amona* Juanita?

Olhou para o filho, que nesse instante, pouco antes de se render ao sono, sorriu.

— Ia agora mesmo fazer essa pergunta a ele — disse James, que a contemplava embevecido da porta do quarto. — O que Ibai respondeu?

Amaia virou-se para olhar para o marido.

— Respondeu que sim.

᠅

James percorreu mais algumas vezes Juanitaenea antes de concordar em sair dali e ir para casa.

— Vou telefonar agora mesmo para Manolo Azpiroz. É um arquiteto amigo meu que vive em Pamplona. Vai ficar encantado em vir aqui ver a casa — contou a Engrasi, ao mesmo tempo que fechava de novo o cadeado da porta improvisada.

— Pode ficar com ela — respondeu a tia quando lhe estendeu a chave —, vai precisar dela se for mostrá-la a esse arquiteto amigo seu. Além disso, pela parte que me toca a casa já é de vocês. Assim que tivermos um tempinho, vamos até o cartório e tratamos da papelada.

James sorriu e mostrou-a a Amaia:

— A chave da nossa nova casa, amor.

Amaia abanou a cabeça, fingindo reprovar o entusiasmo dele, e afastou-se alguns passos para poder apreciar a fachada. O nome, Juanitaenea, talhado em pedra sobre a porta e o escudo axadrezado de Baztán colocado por cima. Sentiu um movimento atrás de si e virou-se a tempo de ver um rosto enrugado que tentava em vão esconder-se entre os postes que sustentavam as plantas da horta. A tia ficou ao lado de Amaia e disse em voz alta, dirigindo-se ao homem:

— Esteban, estes são os meus sobrinhos.

O homem levantou-se fitando-os com certa hostilidade. Ergueu uma das mãos de dedos largos e, sem dizer nada, retomou o seu trabalho.

— Parece que ele não foi com a nossa cara.

— Não lhe deem muita importância, é idoso, já está aposentado e há vinte anos trabalha no campo. Quando lhe telefonei ontem para dizer que vocês iriam ser os novos proprietários, percebi a má vontade com que recebeu a notícia. Imagino que esteja preocupado por não poder continuar a se ocupar da horta.

— E você disse isso a ele ontem? Antes mesmo de termos vindo ver a casa, disse a ele que seríamos os novos proprietários? — perguntou, divertida, Amaia.

A tia encolheu os ombros, sorrindo, travessa.

— Uma pessoa tem as suas fontes.

James abraçou a mulher.

— Você é uma mulher fantástica, sabia? Mas pode dizer a ele que não será por minha causa que vai embora, há terreno suficiente para fazer um jardim ao redor da casa, e manter a horta parece uma ótima ideia, só que a partir de agora ele vai ter de trazer verduras também para nós.

— Depois eu falo com ele — disse Engrasi —, é um bom homem, um pouco fechado, mas verão que assim que souber que pode continuar trabalhando na horta a atitude dele vai mudar.

— Não sei... — disse Amaia, virando-se para olhar para ele, meio escondido, espreitando por entre os ramos dos arbustos que delimitavam o campo.

☙

O vento, que soprava em suaves rajadas, começava a dissipar os restos de nevoeiro, e cada vez mais clareiras abriam caminho por entre as nuvens escuras. Não choveria nas próximas horas. Ela fechou a parca, cobrindo Ibai e protegendo-o contra o peito. Nesse momento, o celular vibrou dentro do bolso. Olhou para a tela e atendeu.

— Diga, Iriarte.

— Chefe, Beñat Zaldúa acaba de chegar acompanhado do pai.

Amaia tornou a olhar para o céu, que desanuviava por momentos.

— Está bem, pode interrogá-lo.

— Pensava que você faria isso — titubeou.

— Encarregue-se você disso, por favor, tenho uma coisa importante para fazer.

Iriarte não respondeu.

— Vai se sair muito bem — acrescentou Amaia.

Ela percebeu que Iriarte sorria do outro lado da linha quando respondeu:

— Como quiser.

— Só mais uma coisa: já chegou o relatório forense dos ossos encontrados na igreja?

— Não, no momento nada.

Desligou e ligou de imediato para o número de Jonan.

— Jonan, você vai ter de ir às agências funerárias; vai ficar tarde para mim, preciso fazer uma coisa.

☙

As folhas caídas durante o outono estavam reduzidas a uma polpa castanha e amarela que era muito escorregadia nas partes mais inclinadas, tornando impossível o avanço com o carro pela trilha florestal. Parou no acostamento e caminhou com dificuldade até chegar ao limite frondoso do arvoredo.

À medida que se embrenhava no bosque, verificou que o solo parecia mais compacto e seco, e o vento, que a havia sacudido pelo caminho, era quase imperceptível entre as árvores e só denunciava a sua força quando agitava as copas, que, ao se movimentarem, faziam com que os raios de sol que penetravam o arvoredo tremeluzissem como estrelas numa noite fria. O rumor do riacho que descia pela colina indicou-lhe a direção. Atravessou uma passagem de pedras sobre as águas, embora pudesse ter contornado o pequeno ribeiro saltando por cima das rochas secas. Consultou a planta que Padua lhe havia entregado e subiu alguns metros pelo matagal até chegar à grande rocha atrás da qual se encontrava a caverna. Do local em que estava o caminho parecia livre; as ervas daninhas ainda não tinham conseguido cobrir a vereda que os guardas civis haviam desbravado treze meses antes, quando se descobriram naquela gruta ossos humanos pertencentes a pelo menos doze indivíduos diferentes. Uma dúvida surgiu de súbito. Pegou o celular para fazer uma chamada e suspirou aborrecida ao verificar que não havia cobertura de rede naquele local.

— A natureza nos protege — sussurrou.

A entrada da caverna era suficientemente ampla para poder entrar sem ter de se abaixar. Amaia tirou do bolso uma potente lanterna de LED e, obedecendo ao instinto, retirou a Glock do coldre. Empunhando a pistola e a lanterna com as duas mãos, entrou pela abertura, que se desviava um pouco para a direita, desenhando um pequeno "s", antes de desembocar num espaço de cerca de sessenta metros quadrados de forma retangular e que se estreitava até o fundo formando um funil natural talhado na rocha. O teto, de altura irregular, atingia quatro metros em seu ponto mais alto e, na parte mais estreita, obrigava-a a caminhar agachada.

O interior era frio e seco, talvez alguns graus abaixo da temperatura exterior, e cheirava a terra e a algo mais adocicado que fazia lembrar detritos orgânicos. Inspecionou as paredes e o chão, que pareciam limpos, sem restos de espécie nenhuma, embora a terra parecesse um pouco remexida em alguns locais. Na parte mais próxima da entrada, onde o solo estava mais úmido, localizou algumas marcas de pegadas antigas e nada mais. Percorreu uma vez mais as paredes com a luz potente e saiu da caverna. Guardou a arma e a lanterna ao mesmo tempo que sentia um tremor percorrer suas costas. Retrocedeu até a grande rocha que assinalava a entrada e, subindo a pedra, avistou o local onde Mari tinha visto o estranho. Desceu até a margem do riacho e, seguindo o seu curso, contornou a colina até vislumbrar o local por onde Ros, James e ela haviam subido naquele dia. Amaia lembrava-se da subida mais íngreme, mas reconheceu a planície de grama rala onde Ros se vira forçada a descansar. O caminho a partir dali estava livre do matagal e abria-se convidativo, como se tivesse sido pisado havia pouco tempo. Subiu pela leve inclinação da ladeira, sentindo-se mais nervosa e tensa a cada passo, como se mil olhos a observassem e alguém se esforçasse para conter o riso. Quando chegou ao topo, sentiu um alívio extraordinário ao verificar que não havia ninguém ali. Aproximou-se do planalto da grande rocha e verificou surpreendida que sobre ela havia um monte significativo de seixos de diversas formas. Praguejando, voltou para trás, pegou uma pedra alongada e colocou-a perto das outras enquanto os seus olhos percorriam a paisagem por cima das copas das árvores. Estava tudo em paz. Passado um tempo, olhou ao redor sentindo-se uma imbecil e começou a descida por onde viera. Por um momento, teve a tentação de olhar para trás, mas a voz de Rosaura ressoou em sua mente. *Você precisa sair como entrou, e, se virar as costas, nunca deve voltar para olhar.* Percorreu o caminho de volta, perguntando-se o que tinha esperado encontrar e se era a isso que Dupree se referia.

Fez o caminho inverso de volta até chegar à passagem de pedra sobre o riacho, e então viu algo. Primeiro julgou que era uma mulher, mas quando olhou melhor verificou que as rochas cobertas de limo e os reflexos do sol entre as árvores a tinham confundido. Pôs um pé na pequena ponte, olhou de novo e viu.

Uma jovem de cerca de vinte anos estava sentada a poucos metros da ponte em cima de uma das rochas escorregadias do riacho, tão perto da água que parecia impossível que tivesse chegado ali sem se molhar. Apesar de cobrir a parte superior do corpo com um casaco de lã, usava um vestido curto que deixava ver as suas longas pernas, e apesar do frio tinha os pés mergulhados no rio. A visão pareceu-lhe bela e ao mesmo tempo inquietante, e sem saber muito bem o porquê levou a mão à Glock. A jovem ergueu os olhos e sorriu, encantadora, levantando uma das mãos para cumprimentá-la.

— Boa tarde — disse, e a sua voz soou como se cantasse.

— Boa tarde — respondeu Amaia, sentindo-se um pouco ridícula. Era apenas uma peregrina que se havia aproximado do riacho para molhar os pés na água.

Claro, ela sozinha, no meio da floresta, com uma temperatura de seis graus e com os pés dentro da água gelada, pensou, zombando de si mesma. Apertou mais ainda a coronha da pistola e a fez deslizar para fora do coldre.

— Veio deixar uma oferenda? — perguntou a jovem.

— O quê? — sussurrou, surpresa.

— Sabe como é, deixar uma oferenda para a dama.

Amaia não respondeu de imediato. Observava a jovem, que sem deixar de olhar para ela dividia com um pequeno pente o seu longo cabelo em várias partes, como se a presença de Amaia na realidade não lhe interessasse.

— A dama prefere que eu traga a pedra de casa.

Amaia engoliu em seco e umedeceu os lábios antes de falar.

— Na reali... na realidade, não vim com essa intenção. Estava... à procura de uma coisa.

A jovem não prestava muita atenção nela. Continuava se penteando com um cuidado e uma dedicação exasperantes, que ao fim de um tempo começou a lhe parecer hipnótico.

Uma gota de suor frio deslizou-lhe pela nuca, fazendo-a tomar consciência da realidade e de como a luz ia desaparecendo com rapidez por trás das montanhas. Apesar de provavelmente serem três ou quatro horas da tarde, perguntou-se há quanto tempo estaria ali contemplando a mulher, e então um trovão ribombou ao longe e o vento lá em cima sacudiu as copas das árvores.

— Lá vem ela...

A voz soou tão próxima que lhe causou um sobressalto que a fez perder o equilíbrio, caindo de joelhos. Alarmada, Amaia apontou a arma na direção da voz, mesmo ao seu lado.

— Mas não encontrou o que procurava.

A jovem encontrava-se agora a apenas dois metros do local onde Amaia estava, sorria sentada na beira da pequena ponte e deixava que os pés acariciassem a superfície da água num chapinhar lento. Fez uma careta de desprezo olhando para a pistola que Amaia segurava com as duas mãos.

— Não vai precisar disso, para ver precisa de luz.

Amaia não parou de fitá-la ao mesmo tempo que em sua mente se formava a ideia. *Preciso de luz*, pensou.

— Uma nova luz — acrescentou a jovem, que, sem voltar a olhar para Amaia, se levantou e percorreu descalça a distância que a separava de uma pequena trouxa onde pareciam se amontoar os seus pertences. Infringindo a ordem que clamava dentro de si, Amaia inclinou-se para a frente para poder segui-la com os olhos por cima da exígua beira da pequena ponte, mas não a conseguiu ver, parecia que nunca havia estado ali.

— Porra! — sussurrou quase sem fôlego, olhando com a pistola ainda na mão. Olhou para o céu, tomando consciência de que a luz se extinguiria dentro de uma hora. Não trazia relógio, e o do celular piscou ao mesmo tempo que os dígitos dançavam enlouquecidos sem mostrar nada. Guardou a arma e correu a toda velocidade até o limite do bosque com o celular na mão, até que o indicador de cobertura de rede mostrou que já podia fazer chamadas.

— Olá, chefe, estava tentando te ligar. Consegui alguns progressos nas agências funerárias com o assunto das mulheres oriundas de Baztán mortas de forma violenta, e me contaram algumas coisas bastante interessantes.

Amaia deixou-o falar enquanto recuperava o fôlego.

— Depois conte-me tudo, Jonan, estou no caminho de terra no desvio para a direita onde estivemos falando com os guardas florestais, você se lembra?

O policial pareceu hesitar.

— Está bem, irei com o carro até a estrada até que me veja. Preciso que traga a sua equipe de campo, uma lâmpada azul e um spray de luminol.

∽

Desligou o telefone e ligou de novo.

— Padua, é Salazar — disse, interrompendo os cumprimentos. — Tenho uma pergunta. Quando encontraram os ossos na caverna de Arri Zahar, verificaram o local?

— Sim, os restos mortais foram recolhidos, etiquetados, fotografados e verificados, só que sem DNA para comparar não se chegou a nenhuma conclusão, exceto, como você já sabe, no caso de Johana Márquez.

— Não me refiro aos restos mortais, mas sim ao local do crime.

— Não havia nenhum local do crime, em todo o caso secundário. Os ossos foram jogados lá sem nenhuma cerimônia nem disposição reveladora de atividade humana. Na verdade, num primeiro momento pensou-se em animais, por causa das marcas de dentadas e pela disposição dos restos mortais, até que o laboratório forense revelou que as marcas das dentadas correspondiam a dentes humanos, isso e o fato de os ossos pertencerem a braços e serem femininos. Como é óbvio, a caverna foi examinada e fotografada, mas nada indicava que fosse o cenário principal do crime. Foram recolhidas amostras de terra para descartar sepultamentos ocultos, ou presença de cadaverina, o que teria demonstrado a decomposição de um cadáver naquele local.

Tinham sido minuciosos, pensou Amaia, *mas não tanto quanto ela*.

— Só mais uma coisa, tenente. No caso da mulher assassinada em Logronho, sabe me dizer se tinha família? O que aconteceu com o cadáver?

— Estou vendo que você me ouviu — comentou, excitado.

— Sim, e já estou me arrependendo — declarou Amaia, meio brincando.

— Não, não sei, mas vou telefonar aos policiais com quem falei em Logronho para ver o que podem me dizer. Ligo assim que souber de alguma coisa.

෴

O subinspetor Zabalza consultou as horas em seu relógio enquanto olhava para fora através das vidraças das amplas janelas da delegacia e observou uma caminhonete que se aproximava pelo caminho de acesso depois de ter atravessado a cerca. O carro fez algumas manobras estranhas à medida que avançava e ao deparar-se com a pequena rampa do caminho até o estacionamento o motor parou; foram necessárias várias tentativas até conseguir que pegasse de novo e conduzi-lo até o local reservado aos visitantes. A porta do lado do passageiro abriu-se assim que o carro parou, e dela saiu um rapaz magro vestido com calça jeans e uma parca vermelha e preta. Da porta do lado do condutor, saiu com bastante dificuldade um homem tão magro quanto o rapaz, um pouco mais alto e com cerca de quarenta e cinco anos. Caminharam até a porta principal e Zabalza observou que mantinham uma distância constante, como se entre eles houvesse uma barreira invisível e intransponível que os mantinha separados. Semicerrou os olhos ao reconhecer a sensação de uma lição aprendida havia muito tempo: a de que não era a distância que separava os pais e os filhos. Aqui estavam Beñat Zaldúa e o pai, o único suspeito que tinham até o momento no caso, e a estrela da polícia tinha coisas mais importantes para fazer do que estar presente no interrogatório. Perdeu-os de vista assim que passaram sob o beiral do edifício e olhou para o telefone esperando que tocasse.

— Subinspetor Zabalza, estão aqui o senhor Zaldúa e o filho, dizem que o senhor está à espera deles.

— Já desço.

De perto, o rapaz era extraordinariamente bonito. O cabelo preto em contraste com a pele muito pálida caía-lhe sobre a testa, muito comprido, cobrindo parte dos seus olhos e tornando mais evidente o hematoma que lhe rodeava a maçã do rosto. Suas mãos estavam nos bolsos e ele olhava para o fundo do corredor. O pai estendeu a mão suada para ele e balbuciou um cumprimento que veio misturado ao inconfundível cheiro de álcool.

— Venham por aqui, por favor. — Zabalza abriu a porta de uma sala e fez um sinal para que entrassem. — Aguardem um momento — disse, tocando de leve o ombro do rapaz, que estremeceu num gesto de dor.

O sangue fervia em suas veias; sentiu-se de súbito tão furioso que mal conseguia se conter. Subiu os degraus de dois em dois, transtornado demais para esperar pelo elevador, e entrou no escritório de Iriarte sem bater na porta.

— Estão lá embaixo Beñat Zaldúa e o pai, que cheira a álcool, quase nem conseguiu estacionar o carro, e o rapaz tem um hematoma no rosto e outro, pelo menos, no ombro... toquei-o quando passei por ele e quase desmaiou de dor.

Iriarte fitou-o sem dizer nada. Baixou a tampa do notebook, pegou a pistola que estava sobre a mesa e colocou-a na cintura.

— Olá — disse, sentando-se à mesa e dirigindo-se apenas ao rapaz. — Sou o inspetor Iriarte, você já conhece o meu colega. Como disse ontem pelo telefone, queremos fazer algumas perguntas sobre o seu blog, o assunto dos agotes...

Esperou a reação do rapaz, mas este manteve-se impávido e com os olhos baixos. Quando Iriarte achou que já não iria responder, assentiu com a cabeça.

— Ele se chama Beñat... Beñat Zaldúa, um sobrenome agote... — sugeriu.

O rapaz levantou a cabeça com ar de desafio. Entretanto, o pai balbuciava uma reclamação incompreensível.

— E sinto orgulho disso — afirmou Beñat.

— É normal, uma pessoa deve se sentir orgulhosa seja qual for o sobrenome que tenha — respondeu Iriarte, conciliador.

O rapaz descontraiu-se um pouco.

— E é sobre isso que você escreve em seu blog, sobre o orgulho de ser agote.

— Essa porcaria que ele escreve todos os dias o meteu em confusão, é uma perda de tempo — disse o pai.

— Deixe o seu filho falar — ordenou Iriarte.

— Ele é menor — retorquiu o pai, com voz estridente — e só falará se eu quiser que ele fale.

O rapaz encolheu-se na cadeira até que uma madeixa de cabelo lhe cobriu os olhos.

Zabalza notou o tremor em seu maxilar.

— Como preferir — disse Iriarte, fingindo cooperar. — Então, vamos mudar de assunto. Diga-me o que aconteceu em seu olho.

Sem levantar a cabeça, o rapaz lançou um olhar de ódio ao pai antes de responder:

— Bati em uma porta.

— Uma porta, hein? E o ombro? Também foi uma porta?

— Caí das escadas.

— Beñat, quero que se levante, que tire o casaco e erga a camiseta.

O pai pôs-se de pé de maneira atabalhoada, tropeçando nas pernas da cadeira e cambaleando, a ponto de cair no chão.

— Você não tem esse direito, o rapaz é menor e vou levá-lo embora daqui agora mesmo — disse, pondo-lhe a mão no ombro e arrancando do garoto um uivo de dor.

Zabalza lançou-se sobre ele e lhe torceu o pulso, conduzindo-o até a parede, onde ficou imobilizado.

— Nada disso — sussurrou-lhe. — Vou dizer o que vai acontecer. Pelo seu comportamento e pelo odor que exala, desconfio que ingeriu álcool, e chegou aqui dirigindo um carro. As câmeras de segurança na entrada gravaram tudo, por isso vou submetê-lo agora mesmo a um teste de bafômetro. Se você se negar a fazê-lo, vou prendê-lo, e se não permitir que falemos com seu filho está em seu direito, por isso avisaremos ao serviço social, porque, como o senhor disse, o rapaz é menor. Eles se encarregarão de transferi-lo para um posto médico, farão um exame completo e será indiferente o que o garoto disser; um patologista forense poderá determinar se existem sinais de maus-tratos ou não, e agirá de acordo, mesmo que o seu filho não abra a boca. Então, o que acha?

O homem, que já havia se rendido, limitou-se a perguntar:

— Como vou chegar em casa sem carro?

☙

Iriarte deixou passar alguns minutos e mandou trazer uma lata de Coca-Cola, que pôs diante do rapaz; esperou que este bebesse um gole antes de continuar.

— Você deve saber, como todo mundo em Arizkun, o que aconteceu na igreja.

O rapaz assentiu.

— Na qualidade de especialista no assunto dos agotes, que opinião você tem sobre o caso?

O rapaz pareceu surpreendido, endireitou-se um pouco na cadeira e afastou a madeixa de cabelo dos olhos ao mesmo tempo que encolhia os ombros.

— Não sei...

— É evidente que existe alguém que quer chamar a atenção para a história dos agotes...

— As injustiças que os agotes sofreram — especificou o rapaz.

— Sim — admitiu Iriarte —, as injustiças. Foi uma época terrível para a sociedade, marcada sobretudo pela injustiça... mas isso foi há muito tempo.

— Não deixa de ser injusto — declarou o rapaz, com segurança. — Esse é o problema, não aprendemos com a História, as notícias são esquecidas apenas alguns dias depois de terem acontecido, às vezes poucas horas depois, e tudo parece fazer parte do passado em pouco tempo; no entanto, esquecemos que, se não lhe dermos importância porque já aconteceram, as mesmas injustiças voltam a se repetir, de novo e de novo.

Iriarte olhava para o rapaz admirado diante da loquacidade e da veemência com que expunha os seus argumentos. Tinha visto o blog por alto, mas o discurso daquele garoto revelava uma mente organizada e inteligente. Perguntou-se até que ponto seria combativa, até que ponto a dor e a raiva de um adolescente poderiam lançar-se como um aríete contra as classes mais heterogêneas da sociedade para clamar por uma justiça de que de fato necessitava para si mesmo, porque Beñat Zaldúa vivia a injustiça mais amarga, a do desprezo do pai, a da morte da mãe, a da solidão da mente brilhante.

E, enquanto o escutava narrando a história dos agotes de Arizkun, chegou à conclusão de que não era ele, que Beñat Zaldúa tinha paixão suficiente para arder por dentro, mas não passava de um mero garoto assustado em busca de amor, afeto, compreensão e, o mais importante, aquilo que o descartava como suspeito, estava sozinho, tão sozinho que dava pena olhar para ele defendendo ideais tão elevados com o corpo moído de pancada.

Beñat falou sem parar durante vinte minutos e Iriarte escutou-o olhando de vez em quando para Zabalza, que havia entrado e ficara próximo da porta enquanto escutava, receoso de interromper. Quando Beñat se calou, Iriarte deu-se conta de que quase não tomara apontamentos enquanto o ouvia falar; em vez disso, enchera o papel com uma série de rabiscos que eram habituais nele quando pensava.

Zabalza avançou até ficar de frente para o rapaz.

— Seu pai espanca você? — perguntou, comovido, impelido pela verborragia quase fanática do rapaz, que parecia ter traçado pontes entre os presentes, que se desvaneceram com a pergunta.

Como uma flor que se retrai diante do frio intenso, o rapaz voltou a encolher-se.

— Se ele te bater, nós podemos ajudá-lo. Não tem mais nenhum familiar, tios, primos?

— Tenho um primo em Pamplona.

— Acha que poderia ir morar com ele?

O rapaz encolheu os ombros.

— Beñat — continuou Iriarte —, apesar do que o subinspetor Zabalza disse ao seu pai, a verdade é que, se você negar os maus-tratos, ninguém poderá ajudá-lo. A única maneira de podermos fazer alguma coisa por você é admitir que é espancado.

— Obrigado — disse numa voz quase inaudível —, mas a verdade é que caí.

Zabalza bufou alto, tornando evidente a sua indignação, o que lhe valeu uma expressão de reprovação de Iriarte.

— Está bem, Beñat, você caiu, e, mesmo que tenha sido assim, isso precisa ser visto por um médico.

— Já marquei consulta para amanhã no centro de saúde da minha área.

Iriarte se levantou.

— De acordo, Beñat, foi um prazer conhecê-lo — disse, estendendo-lhe a mão.

O garoto estendeu o braço com cuidado.

— E, se mudar de ideia, pode ligar e pedir para falar comigo ou com o subinspetor Zabalza. Vou ver como está o seu pai. Pode esperar por ele aqui, ele não vai poder dirigir, por isso o subinspetor Zabalza vai levá-los de volta para casa.

Iriarte entrou na sala de espera onde o pai de Beñat cochilava, curtindo a ressaca sentado na borda da cadeira e com a cabeça encostada na parede. Acordou-o sem nenhuma cerimônia.

— Terminamos de falar com o seu filho, a colaboração que nos prestou foi de grande ajuda para nós.

O homem fitou-o, incrédulo, ao mesmo tempo que se levantava.

— Já terminou?

— Sim — respondeu o policial, mas em seguida pensou que não, que aquilo não havia terminado. Colocando-se na frente do homem, barrou-lhe a passagem. — Você tem um filho muito esperto, um bom garoto, e, se eu ficar sabendo que voltou a bater nele, vai se haver comigo.

— Não sei o que ele disse a vocês, é um mentiroso...

— Você entendeu o que eu disse? — insistiu Iriarte.

O homem baixou a cabeça; estavam acostumados a fazer isso. Aqueles que batiam em mulheres e em crianças poucas vezes se atreviam a se meter com tipos maiores do que eles. Contornou Iriarte e saiu da sala, e depois de ter saído o inspetor pensou que não se sentia melhor, e sabia por quê; intuía que a advertência que fizera era insuficiente.

Zabalza dirigiu até Arizkun em silêncio, escutando apenas as respirações dos passageiros, que o acompanhavam tão tensos quanto dois estranhos, ou dois inimigos. Quando chegaram à entrada de um casarão nos arredores da aldeia, o homem saiu do carro e dirigiu-se até a entrada sem olhar para trás, mas o garoto demorou-se uns segundos e Zabalza pensou que talvez quisesse lhe dizer alguma coisa. Esperou, mas o rapaz não disse nada; ficou dentro do carro olhando para a casa, sem decidir se deveria sair.

Zabalza desligou o motor do carro, acendeu as luzes e virou-se para trás de modo a poder ver o seu rosto.

— Quando eu tinha a sua idade também tive problemas com o meu pai, problemas como os que você tem.

Beñat fitou-o como se não estivesse entendendo o que o policial dizia.

Zabalza suspirou.

— Ele me surrava tanto que dava até medo.

— Por ser gay?

Zabalza engasgou tentando respirar, incrédulo ante a perspicácia do rapaz, e por fim respondeu:

— Digamos que o meu pai se recusava a aceitar a minha maneira de ser.

— Não é o meu caso, não sou gay.

— Isso é o de menos; não importa a razão que eles defendam, acham que é diferente e esmagam você.

O garoto sorriu com amargura.

— Já sei o que vai me dizer, que lutou, que se manteve firme, e que com o tempo tudo se resolveu.

— Não, não lutei, não me mantive firme e com o tempo continua tudo igual, ele não me aceita — disse. *Nem eu*, pensou.

— Nesse caso, qual é a lição de moral? O que você quer me dizer com tudo isso?

— O que quero dizer é que há batalhas que estão perdidas antes mesmo de começarem, que às vezes é melhor não lutar hoje para poder lutar amanhã, é muito corajoso e louvável lutar pelo que se acredita, pela justiça de qualquer tipo, mas é necessário saber distinguir, porque, quando nos deparamos com a intolerância, o fanatismo ou a estupidez, o melhor é nos retirarmos, sairmos do caminho e guardarmos nossas energias para uma causa que valha a pena.

— Tenho dezessete anos — disse o rapaz, como se isso fosse uma doença ou uma sentença condenatória.

— Aguente e vá embora assim que puder, saia dessa casa e vá viver a sua vida.

— Foi isso que o senhor fez?

— Isso foi o que eu não fiz.

13

Apesar de o céu, fora do dossel do bosque, ainda se ver com bastante clareza, quando entraram na floresta o nível de luz diminuiu de maneira considerável. Caminharam a bom ritmo com as maletas rígidas que Amaia ajudou Etxaide a levar enquanto iluminavam o caminho com as potentes lanternas da equipe. Uma vez atravessada a pequena ponte, subiram pela encosta da colina até a grande rocha.

— É aqui atrás — anunciou Amaia, apontando o feixe da lanterna para a entrada da gruta.

Demoraram apenas quinze minutos para concluir o processo. Fazer as fotografias preliminares, borrifar a parede com aquele produto milagroso chamado luminol, que havia revolucionado a ciência forense ao permitir detectar vestígios de sangue que reagiam catalisando a oxidação e tornando-se visíveis a uma luz com um comprimento de onda diferente do normal, algo tão simples como a bioluminescência que se observava nos vaga-lumes e em alguns organismos marinhos. Puseram os óculos alaranjados, que neutralizariam a luz azul de modo a permitir que vissem uma vez apagadas as lanternas. Para acender "uma nova luz".

Amaia sentiu um espasmo nas costas, uma sensação desagradável e eufórica ao mesmo tempo diante da certeza de haver encontrado a ponta do fio por onde puxar. Recuou alguns passos, à medida que indicava a Jonan a que altura devia segurar a luz que a deixava visível, e fotografou repetidas vezes a mensagem deixada na rocha daquela gruta onde um monstro havia escrito com sangue: *Tarttalo*.

O subinspetor Etxaide caminhava em silêncio a seu lado, enquanto voltavam até onde estavam os carros. Sob as copas das árvores, quase havia anoitecido, e o vento fustigava os ramos, produzindo um barulho colossal infestado de rangidos e crepitações da madeira ao se retorcer. O céu iluminava-se de vez em quando com o fulgor de um raio que para além das montanhas anunciava o retorno do gênio dos cumes. Apesar do estrondo, era quase capaz de ouvir os pensamentos do subinspetor, que a cada passo lhe dirigia olhares carregados de interrogações, que no entanto guardava para si.

— Fale logo, Jonan, ou vai acabar explodindo.

— Johana Márquez foi assassinada há treze meses a poucos quilômetros daqui. E o seu braço amputado apareceu nesta caverna onde alguém escreveu *Tarttalo*, a mesma mensagem que Quiralte escreveu na parede da cela, antes de seguir Medina até o inferno.

— E isso não é tudo, Jonan — disse Amaia, parando de andar para poder olhar para ele. — Trata-se também da mesma mensagem que um preso deixou na prisão de Logronho quando se suicidou depois de assassinar a mulher. Em todas as amputações houve um braço que não apareceu, com exceção do de Johana, que estava entre os ossos que a Guarda Civil achou nesta gruta — disse, retomando a caminhada.

Após alguns segundos de silêncio, durante os quais pareceu estar assimilando a informação, Jonan perguntou:

— Você acha que estes indivíduos estavam combinados?

— Não, não acredito nisso.

— E acha que de algum modo trouxeram para cá os membros amputados?

— Alguém os trouxe, mas não foram eles, e também não creio que tenham sido eles que fizeram as amputações. Estamos falando de sujeitos agressivos, bêbados violentos, o tipo de pessoa que se deixa levar pelos instintos mais baixos, sem se importar com coisa nenhuma.

— Está falando de uma terceira pessoa que teria intervindo nos crimes, para encobrir alguma coisa?

— Não, Jonan, não para encobrir, mas como um instigador, alguém com um controle tão grande sobre eles que os induziu primeiro ao crime e depois ao suicídio, conquistando para si um troféu com cada uma dessas mortes e assinando em todos os casos o seu nome, *Tarttalo*.

Jonan estacou de repente e Amaia virou-se para olhar para ele.

— Estamos todos enganados, como pude ser tão estúpido? Era evidente...

Amaia esperou. Conhecia Jonan Etxaide, um policial com dois cursos superiores, formado em antropologia e em arqueologia... um policial nada comum, com pontos de vista nada comuns, e, como é óbvio, sabia que não era estúpido nenhum.

— Troféus, chefe, você disse, os braços eram troféus e os troféus guardam-se como símbolos daquilo que se venceu, das honrarias, das presas que se capturam e que se abatem; por isso não fazia sentido para mim que tivessem sido abandonados, jogados de qualquer maneira dentro de uma gruta recôndita; não se encaixa, a menos que sejam troféus do *Tarttalo*. Chefe, segundo a lenda, o *Tarttalo* devorava as suas vítimas e depois jogava os ossos na entrada da sua gruta como demonstração da sua crueldade e como aviso para quem ousasse aproximar-se do seu refúgio. Os ossos não haviam sido jogados fora nem abandonados, mas sim dispostos com o máximo cuidado para transmitir uma mensagem.

Amaia concordou.

— E isso não é o mais espantoso, Jonan... o nosso *Tarttalo* ajusta-se à descrição até limites insuspeitados. Os ossos apresentavam traços planos e paralelos que se identificaram como sendo marcas de dentes. Dentes humanos, Jonan.

O policial arregalou os olhos, surpreso.

— Um canibal.

Amaia aquiesceu.

— Compararam as marcas da dentada com as do padrasto de Johana e com as de Víctor, por via das dúvidas, mas não houve correspondência.

— A quantos cadáveres pertenciam os ossos que foram encontrados?

— A uma dúzia, Jonan.

— E só se estabeleceu relação com Johana Márquez.

— Eram os mais recentes.

— E o que se fez com os demais?

— Foram verificados, mas sem DNA para estabelecer uma comparação...

— Foi por isso que você me mandou pesquisar mulheres de Baztán vítimas de violência doméstica...

— As três que temos até agora eram daqui ou viviam aqui desde pequenas, tal como Johana.

— É incrível que ninguém tenha relacionado a descoberta dos antebraços a mulheres assassinadas a quem faltava um dos membros. Como é possível uma coisa dessas?

— Os assassinos confessaram os crimes de livre e espontânea vontade: é verdade que pelo menos em dois dos casos os sujeitos se desentenderam na parte da amputação, mas quem iria dar crédito a eles? Os dados não foram cruzados, e assim continuará enquanto não se criar uma equipe especial de criminologistas que recolha e reúna as informações. Assim, vamos ter de nos movimentar entre as diferentes forças policiais. Você mesmo pôde verificar a dificuldade que existe em pesquisar esse tipo de homicídio. Os crimes de violência doméstica quase não têm repercussão, são encerrados e arquivados com rapidez, mais ainda se o autor confessar e se suicidar. Então passa a ser um caso encerrado, e a vergonha que as famílias sentem só contribui para silenciá-lo.

— Encontrei mais duas mulheres nascidas no vale que morreram nas mãos dos seus companheiros. Tenho os nomes e os endereços onde viviam quando o crime ocorreu, uma em Bilbao e a outra em Burgos. Eu ia lhe dizer quando ligou mais cedo para a delegacia; publicaram notas de obituário de ambas nas agências funerárias do vale.

— Elas sofreram amputações?

— Não, não se menciona nada...

— E sobre os agressores?

— Estão os dois mortos: um suicidou-se na residência antes da chegada da polícia e o outro fugiu e foi encontrado algumas horas mais tarde. Havia se enforcado numa árvore de um jardim próximo.

— Precisamos localizar algum familiar. É importantíssimo.

— Vou começar a tratar disso assim que voltarmos.

— E, Jonan, nem uma palavra sobre isso, trata-se de uma investigação autorizada, mas não queremos fazer alarde. Para todos os efeitos, estamos ocupados com o caso da profanação da igreja.

— Agradeço por confiar em mim.

— Há pouco você disse que, além de ter localizado duas novas vítimas, tinha mais algumas novidades sobre as agências funerárias.

— É verdade, quase me esqueci com toda essa confusão. Bom, não passa de um mero episódio curioso, mas na agência funerária Baztandarra me contaram que há algumas semanas uma mulher entrou no estabelecimento arrastando outra enquanto gritava com ela e a empurrava. Fez perguntas sobre os caixões, e, quando o proprietário lhe mostrou o local da exposição, arrastou a outra mulher até lá e disse alguma coisa sobre ser melhor começar a escolher um, visto que ia morrer em breve. O homem da agência funerária disse que a mulher estava aterrorizada, que não parava de chorar ao mesmo tempo que repetia que não queria morrer.

— É de fato curioso — admitiu Amaia. — E você não sabe quem eram? Acho estranho…

— O homem disse que não — declarou Jonan, mostrando preocupação.

— Este deve ser o único lugar no mundo onde todos sabem o que os vizinhos fazem, mas ninguém quer contar — ela retorquiu, encolhendo os ombros.

Amaia pegou o celular, verificou a cobertura de rede e consultou as horas, surpresa ao ver como era cedo ainda, apesar da escassa luz, e lembrando-se de como a indicação das horas se tinha evaporado da tela enquanto falava com aquela jovem no rio.

— Vamos — disse, retomando o passo —, preciso fazer uma chamada.

Contudo, não teve tempo; assim que chegaram ao carro, o telefone tocou. Era Padua.

— Lamento, inspetora, a mulher de Logronho não tinha família, por essa razão foram os familiares do marido que se responsabilizaram pelos seus restos mortais; ela foi cremada.

— E não há ninguém? Nem pais, nem irmãos, nem filhos?

— Não, ninguém, e também não tinha filhos, mas havia uma amiga íntima. Se quiser falar com ela, posso conseguir o número de telefone dela.

— Não será necessário, não estava pensando em falar com ela, mas sim em comparar o DNA.

Ela desligou depois de lhe agradecer. E se entreteve durante um momento contemplando a tempestade, que continuava a ribombar ao longe e cujo perfil se desenhava a cada raio num céu quase limpo de nuvens.

Lá vem ela, ressoou a voz da jovem em sua cabeça. Um calafrio percorreu o seu corpo e ela entrou no carro.

A delegacia iluminada no início da noite de fevereiro parecia estranha, como um navio de cruzeiro fantasmagórico que tivesse errado a rota, indo parar ali por acaso. Estacionou o carro ao lado do de Jonan, e quando entraram pela porta cruzaram com Zabalza, que ia saindo acompanhado por alguns civis. Beñat Zaldúa e o pai, ela calculou. O subinspetor fez um cumprimento breve, evitando olhar para ela, e seguiu o seu caminho sem parar.

Amaia deixou Jonan trabalhando e foi para o escritório de Iriarte.

— Acabei de ver Zabalza saindo com o garoto e o pai. O que conseguiu apurar?

— Nada — respondeu, abanando a cabeça —, trata-se de um caso muito triste. Um rapaz esperto, muito inteligente, para sermos justos. Deprimido pela morte da mãe, pai alcoólatra que o maltrata. Trazia hematomas no rosto e no corpo, mas, embora tivéssemos insistido, afirma que caiu das escadas. O blog é uma válvula de escape e um meio de preencher as suas inquietações culturais. É um adolescente mal-humorado e revoltado, como quase todos, só que este tem motivos para ser assim. Fez um discurso sobre os agotes e a vida deles no vale que me deixou de boca aberta. Eu diria que se limita a utilizá-los como escape para a sua frustração, mas não creio que tenha tido nada a ver com as profanações, para dizer a verdade não consigo imaginá-lo destruindo a pia batismal a machadadas. É... como se pode dizer, um garoto frágil.

Amaia começou a pensar em quantos perfis de assassinos frágeis, com ar de quem nunca havia quebrado um prato na vida, tinha estudado. Observou Iriarte e decidiu dar-lhe um voto de confiança; era inspetor, não era possível chegar a ser sem um bom olho e um bom faro e, afinal, fora ela quem tomara a decisão de delegar a ele essa função.

— Muito bem, vamos descartar o garoto. Por onde sugere que continuemos?

— Para dizer a verdade, não temos muita coisa, ainda não chegaram os relatórios forenses dos *mairu-beso*, temos uma patrulha permanente em frente à igreja e não ocorreram outros incidentes.

— Eu iria interrogar as catequistas, todas elas, uma por uma e nas suas casas. Apesar de o pároco afirmar que nunca teve problemas com ninguém, talvez essas senhoras se lembrem de alguma coisa que ele esqueceu, ou sobre a qual por alguma razão ele prefira não falar, e você devia ir com Zabalza. Reparei que as mulheres de uma certa idade simpatizam com ele — disse, sorrindo —, se puxar a língua delas talvez consiga que lhe contem alguma coisa, além de o convidarem para um lanche.

౿

Fazendo um desvio, Amaia dirigiu até a praça do mercado e atravessou o rio por Giltxaurdi. Percorreu o bairro devagar, deslocando-se com cuidado entre os carros estacionados, quando um grupo de três rapazes de bicicleta a ultrapassou, atravessando a frente do carro e lhe pregando um belo susto. Viraram à direita e seguiram até os fundos da fábrica. Parou o carro na calçada para não atrapalhar a passagem e seguiu-os a pé, levando na mão a lanterna apagada. A distância, pôde distinguir o riso deles e percebeu que os rapazes também levavam lanternas. Caminhou colada à parede até chegar perto deles e então acendeu a potente luz, apontou-a na direção deles ao mesmo tempo que se identificava.

— Polícia. O que fazem aqui?

Um dos rapazes levou tamanho susto que perdeu o equilíbrio, precipitando-se com bicicleta e tudo contra os companheiros. Enquanto se debatiam para não cair, um deles pôs a mão sobre os olhos, protegendo-se da luz, para conseguir vê-la.

— Não estamos fazendo nada — disse, nervoso.

— Como não? Então, o que estão fazendo aqui? Esta é a entrada dos fundos de um armazém, e tenho certeza de que não perderam nada por aqui.

Os outros dois rapazes haviam endireitado as respectivas bicicletas e responderam:

— Não estávamos fazendo nada de mal, só viemos ver.

— Ver o quê?

— As pichações.

— Foram vocês que fizeram?

— Não, na verdade não fomos nós.

— Não mintam.
— Não estamos mentindo.
— Mas sabem quem as fez.
Os três rapazes entreolharam-se, mas ficaram em silêncio.
— Vou fazer o seguinte: vou mandar chamar um carro-patrulha, vou prendê-los por vandalismo, vou avisar seus pais e isso talvez refresque a memória de vocês.
— Ela é uma velha — um deles deixou escapar.
— Sim, uma velha — os outros apoiaram.
— Ela vem aqui todas as noites e escreve insultos, sabe como é, puta, vaca, essas coisas. Um dia a vimos entrar aqui, e quando foi embora viemos ver...
— Ela vem todas as noites, para mim é louca — sentenciou o outro.
— Sim, uma velha pichadora, louca — disse o primeiro. Os outros acharam graça e começaram a rir.

14

Tinha lido em algum lugar que não se deve voltar ao lugar onde se foi feliz, porque essa é a maneira de começar a perdê-lo, e achava que o autor daquela frase tinha razão. Os lugares, reais ou imaginários, idealizados entre a névoa rosada da imaginação, podiam ser escabrosamente reais, e tão decepcionantes a ponto de acabar num instante com o nosso sonho. Era um bom conselho para quem tinha mais do que um lugar para onde voltar. Para Amaia era aquela casa, a casa que parecia ter vida própria e se fechava à sua volta, cobrindo-a com as suas paredes e dando-lhe calor. Sabia que era a presença visível ou invisível da sua tia que dava alma à casa, apesar de em seus sonhos sempre estar vazia e ela ser sempre pequena. Usava a chave escondida na entrada e percorria o interior, enlouquecida pelo medo e pela raiva, e era ao transpor a soleira que percebia várias presenças que a acolhiam, embalando-a numa paz quase uterina, que conseguia que a menina que precisava velar toda a noite para que a mãe não a comesse pudesse, por fim, abandonar-se diante da lareira e dormir.

Entrou na casa e, enquanto despia o casaco, ouviu a magnífica folia que as integrantes da alegre quadrilha faziam na sala. Sentadas em volta da lindíssima mesa de pôquer hexagonal, não pareciam ter, no entanto, qualquer interesse pelas cartas, espalhadas sobre a superfície verde do tapete, e ocupavam-se fazendo caretas e gracinhas para o pequeno Ibai, que ia de mão em mão com visível alvoroço e regozijo, tanto da parte das idosas quanto do bebê.

— Amaia, pelo amor de Deus, é o menino mais bonito do mundo! — exclamou Miren assim que a viu.

Amaia riu diante da exagerada adoração das mulheres, que se desfaziam em beijos e caretas com Ibai.

— Ainda vão acabar estragando o menino com tantos mimos — fingiu repreendê-las.

— Ah, filha, por Deus, deixe a gente aproveitar, é a coisa mais linda do mundo — disse outra das idosas, debruçando-se sobre o menino, que sorria encantado.

James aproximou-se para beijá-la e desculpou-se, dirigindo-se a elas.

— Desculpe, querida, não pude fazer nada, são muitas e estão armadas com agulhas de tricô.

A referência fez com que todas corressem para as respectivas bolsas para ir buscar os casaquinhos, os gorros e as botinhas que haviam tricotado para o menino.

Amaia pegou Ibai no colo ao mesmo tempo que admirava as primorosas peças que as mulheres tricotaram para o filho. Embalou-o nos braços e sentiu a ansiedade que a sua presença causava no bebê, que começou de imediato a choramingar, reclamando por alimento.

Retirou-se para o quarto, estendeu-se na cama e colocou o menino ao seu lado para poder amamentá-lo. James foi atrás deles e deitou-se ao lado da mulher, abraçando-a por trás.

— Que guloso! — exclamou. — É impossível que esteja com fome, comeu há uma hora, mas assim que sente o seu cheiro...

— Pobrezinho, ele sente a minha falta, e eu a dele — sussurrou Amaia, acariciando-o.

— Manolo Azpiroz esteve aqui esta tarde.

— Quem? — perguntou, distraída, olhando para o filho.

— Manolo, o meu amigo arquiteto. Estivemos de novo em Juanitaenea e ele adorou a casa, tem muitas ideias para a restauração, conservando as características principais. Voltará nos próximos dias já para fazer medições e ir adiantando o projeto. Estou tão entusiasmado...

Amaia sorriu.

— Fico contente, querido — disse, inclinando-se para trás para beijá-lo nos lábios.

James ficou pensativo.

— Amaia, hoje ao meio-dia fui com Ibai até a fábrica à procura da sua irmã, e, quando chegamos, o Ernesto disse que ela já tinha saído e que ia para casa. Como fica perto, fui pelas ruas de trás a pé, aproveitando o sol até lá...

Amaia endireitou Ibai para que este arrotasse e sentou-se mais ereta na cama para poder olhar para o marido.

— Ros estava limpando manchas de tinta da porta. Perguntei o que era e ela me disse que deveria ser vandalismo de alguns garotos... e eu fingi que não percebi, mas não era uma pichação, era um insulto, Amaia. Já havia apagado a maior parte, mas ainda dava para ver o que estava escrito.

— E o que estava escrito?

— Assassina.

∽

O aroma do peixe no forno invadia a casa quando desceram para o jantar. Ros ajudava a tia a pôr a mesa e Amaia colocou Ibai no moisés para que ficasse próximo a eles enquanto jantavam. Comeu com apetite o *txitxarro* assado com batatas, tão simples e saboroso que sempre a surpreendia, ao mesmo tempo que pensava que era natural que estivesse com fome; mal tivera tempo para dar duas mordidas num sanduíche durante o dia. Depois do jantar, enquanto os outros levantavam da mesa, deitou Ibai e voltou para a sala de jantar a tempo de falar com Ros antes que a irmã fosse para a cama.

— Rosaura, você pode tirar as cartas para mim?

Isso chamou a atenção da tia de imediato, e ela estacou com algumas xícaras na mão para escutar.

Ros desviou o olhar, evasiva.

— Ah, Amaia, hoje estou cansadíssima, por que não pede à tia? Parece que há dias está com vontade de fazer isso. Não é mesmo, tia? — perguntou, entrando na cozinha.

Engrasi trocou com Amaia um olhar de entendimento, ao mesmo tempo que lhe dirigia uma expressão interrogativa e respondia da cozinha:

— Claro que sim, vá se deitar, querida.

Quando Ros e James saíram, ambas se sentaram frente a frente e ficaram em silêncio enquanto Engrasi se entregava ao cerimonial lento de abrir o pacote de seda que continha o baralho de tarô, para depois embaralhar as cartas devagar entre os dedos brancos e ossudos.

— Fico feliz por ter se decidido a enfrentar isto, filha. Há semanas que pego as cartas e sinto a energia fluir em sua direção.

Amaia sorriu com expressão preocupada. O pedido que fizera a Ros era apenas a desculpa perfeita para poder falar com ela sobre o que estava acontecendo na fábrica.

— Por isso me surpreendeu que tenha pedido a Ros, apesar de imaginar que deveria ter alguma razão para isso.

— Ros está com um problema.

A idosa riu sem vontade.

— Amaia, sabe que gosto muito de vocês três, que faria qualquer coisa por vocês, mas creio que você deveria começar a admitir que a sua irmã é não só mais velha do que você, como também é adulta. Além disso, Ros possui um caráter e uma maneira de ser por natureza problemáticos. É uma dessas pessoas que sofrem como se carregassem uma cruz invisível nas costas, mas ai de quem se aproximar para tentar aliviar seu fardo. Pode lhe oferecer ajuda, mas não se meta na vida dela porque ela vai acabar interpretando isso como falta de respeito.

Amaia refletiu nas palavras da tia e aquiesceu.

— Acho que é um bom conselho.

— Que você não vai acatar... — acrescentou Engrasi.

A mulher colocou o baralho na frente da sobrinha e esperou que ela o cortasse; depois pegou as duas pilhas e embaralhou-as de novo antes de dispor as cartas diante dela, observando-a escolher os naipes.

Amaia não tocava nelas, apenas colocava o dedo com suavidade sobre as cartas como se fosse deixar estampada a sua impressão digital e, sem chegar a tocá-las, esperava que Engrasi as retirasse antes de escolher a seguinte, até um total de doze, que a tia dispôs numa roda como se fossem dígitos de um relógio ou pontos cardeais numa bússola. À medida que ia virando as cartas para revelá-las, o rosto dela também ia se alterando, transformando-se da surpresa inicial para a mais absoluta reverência.

— Ah, minha menina, como cresceu! Olha só a mulher que se tornou — disse Engrasi, apontando para a carta da imperatriz, que dominava a mesa. — Sempre foi forte, senão como poderia ter suportado as duras provas pelas quais passou, mas do último ano para cá abriu-se uma nova faceta dentro de você — disse, indicando outra carta: — Uma porta que se abriu desesperada e atrás da qual algo insólito a esperava, algo que mudou o seu olhar.

Amaia viajou no tempo e no espaço até aqueles olhos cor de âmbar que a haviam fitado através da densidade da floresta, e sorriu de maneira não intencional.

— As coisas não acontecem por acaso, Amaia; não foi o acaso nem a coincidência. — Engrasi tocou numa carta com o dedo e afastou-a como se tivesse recebido uma pequena descarga elétrica. Ergueu os olhos, surpresa. — Não sabia disso, nunca me havia sido mostrado.

Amaia ficou ainda mais interessada e esquadrinhou as linhas coloridas das cartas com avidez.

— A sentença que pairava sobre você estava presente antes do seu nascimento.

— Mas...

— Não me interrompa — cortou Engrasi. — Eu já sabia que sempre tinha sido diferente, que a experiência com a morte marca para sempre as pessoas, mas de maneira muito distinta. Pode se transformar numa sombra deplorável do que poderia chegar a ser, ou pode, como no seu caso, lhe dar uma força colossal, uma capacidade e um discernimento acima do comum. Porém, julgo que já era assim antes, acho que a *amona* Juanita sabia disso, o seu pai sabia, a sua mãe sabia e eu soube quando a conheci assim que voltei de Paris. A menina com olhar de guerrilheiro que se movimentava em volta da mãe como que disposta a jogar-se no chão a qualquer momento, guardando uma distância prudente, evitando o contato e o olhar e prendendo a respiração enquanto se sentia examinada. A menina que não dormia para não ser comida.

"Amaia, você mudou e isso é bom, porque era inevitável, mas também perigoso. Grandes forças pairam sobre você e puxam seus membros, cada um numa direção diferente. Aqui está — disse, apontando para uma carta. — O guardião que a protege, que ama você de um modo puro e que não se afastará, porque o seu desígnio é protegê-la. Aqui — disse apontando para a carta seguinte —, a exigente sacerdotisa que te empurra para a batalha, exigindo de você uma rendição e uma entrega descomunais. Admira você e a utilizará como aríete contra os seus inimigos, pois para ela você não passa de uma arma, um soldado que combate o mal e que se encontra ao seu serviço em sua luta ancestral para recuperar o equilíbrio. Um equilíbrio que se quebrou com um ato abominável que desencadeou o despertar de criaturas bestiais, de poderes que durante séculos dormiram nas profundezas do vale, e que você agora precisa ajudar a subjugar."

— Mas ela é boa? — perguntou Amaia, sorrindo para a tia; fosse qual fosse a forma que assumisse, o amor e o cuidado de Engrasi eram totais e genuínos.

— Não é boa nem má, é a força da natureza, o equilíbrio certo, e pode ser tão cruel e impiedosa como a mãe-terra.

Amaia olhou então com atenção para as cartas, e voltando atrás indicou uma.

— Você disse que alguém quebrou o equilíbrio com um ato abominável. Dupree me disse que procurasse no primeiro ato o que desencadeou o mal.

— Ah, o Dupree! — exclamou a tia, com uma expressão de horror. — Por que você insiste em continuar com isso? Amaia, você pode se prejudicar de verdade, não é uma brincadeira.

— Ele nunca me faria mal.

— Talvez não aquele Dupree que você conheceu, mas como pode ter certeza de que ele está do seu lado depois de tudo o que aconteceu?

— Porque o conheço, tia, e não quero saber até que ponto as suas circunstâncias mudaram. Continua sendo o melhor analista que conheci, um policial íntegro e justo, tão equânime que é por esta e não por outra razão que se encontra na situação atual. Não me cabe julgá-lo, até porque ele não me julga, apoiou-me em todos os momentos, além de continuar sendo o melhor conselheiro que um policial pode ter. E não vou parar para analisar a atuação dele porque é algo que me escapa, só sei que sempre responde aos meus apelos.

A tia continuava muito séria, fitando-a em silêncio. Franziu os lábios e disse:

— Prometa que não vai interferir nessa investigação de maneira nenhuma.

— É um caso do FBI do outro lado do mundo, não sei como poderia interferir.

— Não vai interferir de nenhuma maneira — insistiu Engrasi.

— Não vou fazer isso... a menos que ele me peça.

— Ele não pedirá, se for tão bom amigo como você afirma.

Amaia contemplou as cartas em silêncio, pegou uma e arrastou-a sobre a mesa, empurrando as outras até formar uma pilha.

— Você se esquece de que ele fala comigo, atende os meus pedidos toda vez que eu ligo. Não acha que isso já me diferencia por si só, colocando-me numa situação privilegiada?

— Duvido que seja um privilégio, parece mais uma maldição.

— Em todo caso, é a mesma maldição que supostamente me escolheu antes de nascer — disse, apontando para as cartas. — A mesma que povoa os meus sonhos com mortos que se debruçam sobre a minha cama, com guardiões do bosque ou damas da tempestade — disse, irritada, levantando um pouco a voz. — Tia, tudo isso é perda de tempo — afirmou, cansada.

Engrasi tapou a boca, cruzando as duas mãos sobre os lábios ao mesmo tempo que olhava com crescente alarme para a sobrinha.

— Não, não, não, não diga nada, Amaia. Não é para acreditar...

Amaia parou e terminou a fórmula antiga que milhares de habitantes de Baztán haviam recitado durante centenas de anos.

— ...que existem, não se deve dizer que não existem.

Ficaram em silêncio durante alguns segundos, enquanto recuperavam o fôlego e Engrasi fitava as cartas misturadas.

— Ainda não terminamos — disse, apontando para o baralho.

— Receio que sim, tia, há uma coisa que preciso fazer agora.

— Mas... — protestou a tia.

— Continuaremos, eu prometo — disse Amaia, levantando-se e vestindo o casaco. Inclinou-se e beijou a tia. — Vá se deitar, não quero encontrá-la aqui quando voltar.

No entanto, a tia não se mexeu; continuava ali sentada quando Amaia saiu de casa.

༄

Sentiu de imediato como a umidade do rio, misturada com a neblina que havia descido pelas encostas das montanhas ao anoitecer, se agarrava ao casaco preto de lã fazendo-o parecer cinzento, com milhares de microscópicas gotas de água. Caminhou pela rua deserta até a ponte e demorou-se alguns segundos, consultando as horas no celular ao mesmo tempo que lançava um olhar ao rio escuro onde a represa ribombava no silêncio da noite. A Txokoto e o Trinquete já estavam fechados e não se via luz alguma no interior. Esgueirou-se por entre as casas, caminhando rente às paredes até alcançar a porta principal da fábrica. Quando chegou à esquina, deteve-se por alguns segundos para escutar e só quando se sentiu segura avançou pelo estacionamento às escuras até os fundos, escondeu-se atrás dos contentores de lixo e verificou a lanterna, o celular de novo e, por instinto, apalpou a arma que trazia à cintura e sorriu. Passou-se quase meia hora até que percebeu o ranger do cascalho causado por passos que se aproximavam. Uma única pessoa, não muito alta e vestida toda de preto, avançou decidida até a porta do armazém. Amaia esperou até ouvir as bolinhas de plástico batendo dentro da lata enquanto o visitante agitava o spray e o silvo do gás que anunciava a iminente pichação. Alguns traços, mais um pouco do chacoalhar da lata, outro silvo... Saiu de trás do contentor e apontou a lanterna na direção do pichador enquanto com a outra mão o focalizava com a câmera do celular.

— Mãos para cima, polícia — disse, utilizando a fórmula clássica, ao mesmo tempo que acendia a lanterna e disparava a câmera várias vezes.

A mulher soltou um grito curto e agudo enquanto largava a lata de tinta e corria a toda velocidade.

Amaia não se deu ao trabalho de persegui-la; não só a havia reconhecido como também tinha algumas fotografias onde se podia ver a mulher com o cabelo grisalho, brilhando como uma auréola ao redor da cabeça devido ao efeito da potente luz da lanterna, com o spray na mão, um insulto ordinário pintado atrás dela e uma cara de susto impagável. Debruçou-se para enfiar a lata de spray num saco e começou a andar para a casa da pichadora noturna.

A sogra da irmã abriu a porta. Tinha-lhe dado tempo para vestir um roupão com florzinhas roxas por cima da roupa de sair, mas a respiração ainda agitada dela evidenciava o esforço que havia feito para voltar para casa correndo. Amaia tinha certeza de que não conseguira vê-la, apesar de ter ouvido muito bem a sua voz quando lhe gritou para levantar as mãos. Aquela mulher não era boba; se tivesse alguma dúvida sobre a identidade da pessoa que a havia surpreendido, esta foi dissipada quando a viu diante da porta da sua casa. Ainda assim, teve o descaramento de se armar até os dentes.

— O que faz aqui? As pessoas da sua família não são bem-vindas a esta casa, muito menos a uma hora destas — disse, fazendo-se de ofendida enquanto fingia olhar para o relógio.

— Ah, não venho ver a senhora, venho ver o Freddy.

— Pois ele não quer ver você — respondeu, desafiadora.

De dentro da casa, veio uma voz rouca que ela mal reconheceu.

— É você, Amaia?

— Sim, Freddy, vim visitá-lo — ela disse, levantando a voz da porta de entrada.

— Deixe-a entrar, *ama*.

— Não acho que seja conveniente — replicou a mulher, com menos convicção.

— *Ama*, pedi para deixá-la entrar. — A voz denotava cansaço.

A mulher não retorquiu, mas manteve-se atravessada diante da porta de entrada, fitando-a impávida.

Amaia estendeu o braço até tocar o ombro dela e afastou-a com firmeza, empurrando-a para trás ao mesmo tempo que a agarrava para evitar que perdesse o equilíbrio. Avançou até a saleta, que havia sido arrumada de forma diferente para permitir que a cadeira de rodas de Freddy coubesse entre as poltronas em frente à televisão, que estava ligada embora sem som.

A postura sentada na cadeira era bastante natural e não evidenciava o fato de que ele estava paralisado do pescoço para baixo, porém não havia vestígio do corpo atlético do qual sempre se orgulhara.

Em seu lugar, restava apenas um esqueleto coberto de carne, que a grossa roupa só conseguia realçar. Contudo, o rosto dele continuava bonito, talvez mais do que nunca, pois havia nele uma serenidade melancólica que, aliada à palidez, apenas desmentida pela vermelhidão dos olhos, o fazia parecer mais bondoso e sereno do que jamais havia sido.

— Olá, Amaia — cumprimentou, sorrindo.

— Olá, Freddy.

— Está sozinha? — perguntou, olhando para a entrada. — Pensei que talvez... a Ros...

— Não, Freddy, vim sozinha, preciso conversar com você.

Ele não parecia escutá-la.

— Ros está bem? Não vem me visitar, e gostaria tanto que viesse... mas é normal que não queira me ver.

A mãe, que ficara encostada à porta fitando-a com hostilidade, interveio, enfurecida.

— Normal! É tudo menos normal, a não ser que não tenha coração, como é o caso dela.

Amaia nem a olhou. Empurrou uma das poltronas até colocá-la em frente à cadeira de rodas e sentou-se olhando para o ex-cunhado.

— Minha irmã está bem, Freddy, mas talvez devesse explicar à sua mãe por que é normal que Ros não queira vê-lo.

— Não precisa me dizer nada — vociferou a mulher. — Sei muito bem o que está acontecendo, depois do que fez ao meu pobre filho ela não tem coragem para aparecer por aqui e mostrar a cara. E digo mais uma coisa: faz muito bem, porque, se aparecesse aqui na porta, juro por Deus que não responderia pelos meus atos.

Amaia ignorou-a de novo.

— Freddy, acho que você precisa conversar com a sua mãe.

Ele engoliu em seco com certa dificuldade antes de responder:

— Amaia, isso é algo entre Ros e eu, e não acho que a minha mãe...

— Eu disse há pouco que Ros está bem, mas isso não é verdade; há um pequeno problema que a tem preocupado nos últimos tempos — disse, colocando a tela do celular diante dos olhos dele e mostrando-lhe a fotografia da mãe dele enquanto fazia a pichação.

Freddy ficou bastante surpreso.

— O que é isso?

— É a sua mãe há vinte minutos, escrevendo insultos na porta da fábrica, e é a isso que ela vem se dedicando nos últimos meses, importunando Ros, ameaçando-a, e escrevendo "puta assassina" na fábrica e na porta da casa dela.

— *Ama*?

A mulher ficou em silêncio com os olhos pregados no chão e com um esgar de desdém.

— *Ama*! — gritou Freddy com uma força inimaginável. — O que significa tudo isso?

A mulher começou a respirar muito depressa, quase até ficar ofegante, e de repente lançou-se sobre o filho, abraçando-o.

— E o que você queria que eu fizesse? Fiz o que tinha de ser feito, o mínimo que uma mãe pode fazer. Cada vez que a vejo na rua, tenho vontade de matá-la pelo tanto que te fez sofrer.

— Ela não me fez nada, *ama*, fui eu.

— Mas por culpa dela, por ser uma ingrata, porque ela te abandonou e a dor enlouqueceu você, meu pobre filho — disse, chorando de raiva enquanto abraçava as pernas inertes dele. — Olha para você! — exclamou, levantando a cabeça. — Olha o estado em que você está por culpa dessa vaca!

Freddy chorava em silêncio.

— Diga a ela, Freddy — pressionou Amaia. — Conte por que se tornou suspeito pela morte de Anne Arbizu, diga por que Ros saiu de casa, e por que você tentou acabar com a própria vida.

A mãe balançou a cabeça.

— Sei muito bem qual foi o motivo.

— Não, não sabe.

Freddy chorava ao mesmo tempo que observava a mãe.

— Já está mais do que na hora, Freddy, o seu silêncio está causando sofrimento a muitas pessoas, e, ao ver a tendência natural que a sua família tem para cometer atos irrefletidos, não me admiraria nada que a sua mãe acabasse por cometer uma atrocidade. Você deve isso a ela, mas sobretudo deve isso a Ros.

Freddy parou de chorar e o seu rosto adquiriu de novo aquela expressão serena que tanto a havia surpreendido assim que o viu.

— Tem razão, eu devo isso a ela.

— Não deve nada a essa desgraçada — vociferou a mãe.

— Não a insulte, *ama*, ela não merece isso. Ros me amou, cuidou de mim e foi fiel. Quando saiu de casa, foi porque descobriu que eu tinha um caso com outra mulher.

— Não é verdade — contestou a mãe, decidida a continuar discutindo. — Que mulher?

— Anne Arbizu — sussurrou o nome, e, apesar dos meses decorridos, Amaia percebeu o quanto lhe doía.

A mãe abriu a boca, incrédula.

— Apaixonei-me por ela como um garoto, não pensei em nada nem em ninguém além de mim. Ros desconfiava, e quando não pôde aguentar mais, foi embora. E, no dia em que soube que Anne tinha sido assassinada, não consegui suportar e... bem, você já sabe o que fiz.

A mãe ficou de pé e, antes de sair da sala, limitou-se a dizer:

— Você devia ter me contado, filho. — Alisou a roupa e saiu na direção da cozinha, enxugando as lágrimas.

Amaia permaneceu diante dele, com uma expressão de seriedade enquanto olhava para o corredor por onde a mulher acabava de sair.

— Não se preocupe com ela — disse Freddy, com serenidade —, vai superar isso. Afinal, ela sempre me permitiu tudo, e isto não será exceção. Só lamento por Ros; espero que ela não pense que eu, bem, que eu tive alguma coisa a ver com o assunto.

— Não creio que ela pense isso...

— Fiz muito mal a ela por ser imprudente, por ser idiota, mas também de forma consciente. Anne turvou meu juízo, Amaia, me deixou louco. Eu estava bem com Ros, a amava, juro, mas aquela mulher, Anne... com Anne era outra coisa. Ela invadiu minha mente e não pude evitar. Quando ela escolhia alguém, não se podia fazer nada, porque era uma mulher poderosa.

Amaia fitava-o aturdida enquanto o ouvia falar, como se bebesse o discurso do ar, enfeitiçado.

— Anne me escolheu e depois puxava os cordões, me manipulando como se eu fosse uma marionete. Tenho certeza de que provocou Víctor, mas também que se dava bem com a sua irmã.

— Ros jurou que só a conhecia de vista — declarou Amaia, intrigada.

— Não estou falando de Ros, não, mas sim de Flora. Um dia em que fui até ao armazém, já não me lembro por que motivo, e as vi juntas: Anne saiu pela porta dos fundos, conversaram durante alguns segundos e depois se despediram com um abraço muito afetuoso. No domingo seguinte, quando estávamos tomando um vermute nos *gorapes*, Flora parou para nos cumprimentar, disse que vinha da missa. Então, Anne passou na rua e eu disfarcei. Ros não percebeu nada, mas Flora ainda disfarçou mais do que eu, e isso chamou muito mais a minha atenção depois do que tinha visto. Na vez seguinte que estive com Anne perguntei e ela negou, disse que eu estava enganado e até se aborreceu, por isso ignorei e deixei para lá. Afinal de contas, não me importava.

— Tem certeza disso, Freddy?

— Sim, tenho.

Amaia ficou pensativa.

— Às vezes, ela vem me visitar.

— Quem?

— Anne. Uma vez no hospital, e duas desde que estou aqui.

Amaia fitou-o sem saber o que dizer.

— Se eu pudesse me mexer, acabaria de vez com a minha vida, sabe? As bruxas não descansam quando morrem e os suicidas também não.

Enquanto conversava com Freddy, sentira o celular vibrar, mas decidira ignorá-lo tendo em vista a que ponto a situação chegara. Quando saiu da casa, verificou que tinha duas chamadas perdidas de Jonan. Ligou para o número e esperou até ouvir a voz dele.

— Chefe, achei duas familiares das mulheres assassinadas: a irmã de uma e a tia de outra, uma em Bilbao e a outra em Burgos, e as duas estão dispostas a recebê-la.

Consultou o relógio e viu que já passava da meia-noite.

— É um pouco tarde para ligar agora... Telefone para elas amanhã bem cedo e avise que as vou visitar. Envie para mim os endereços por SMS.

— Não quer que a acompanhe, chefe? — perguntou Jonan, um tanto decepcionado.

Amaia refletiu por um instante e chegou à conclusão de que não; aquilo era uma coisa que precisava resolver sozinha.

— Quero aproveitar a viagem para visitar a minha irmã Flora em Zarautz e tratar de alguns assuntos familiares. Fique por aqui e descanse. Nos últimos dias você mal tirou os olhos do computador, e parece que as coisas em Arizkun se acalmaram, por isso tire o dia para desfrutar com calma e falaremos assim que eu voltar.

Quando se aproximou da casa da tia, Amaia distinguiu o vulto de alguém que a esperava nas sombras entre os postes da rua, e por instinto levou a mão à arma, até que o homem deu um passo e saiu da penumbra. Fermín Montes, com evidentes sinais de embriaguez, esperou que Amaia chegasse mais perto dele.

— Amaia...

— Como se atreve a vir até aqui? — cortou-o, indignada. — Esta é a minha casa, entendeu? A minha casa. Não tem o direito de vir aqui.

— Quero falar com você — explicou ele.

— Pois então marque uma hora. Sente-se à minha frente no meu escritório e diga o que quer dizer, mas não pode me esperar nos corredores da delegacia nem na porta da minha casa, não se esqueça de que estou no meio de uma investigação e você está suspenso.

— Marcar uma hora? Pensei que fôssemos amigos...

— Essa frase me soa familiar — comentou, com ironia. — Não era minha? E qual foi a resposta que você me deu? Ah, sim, "continue pensando".

— As avaliações vão acontecer esta semana.

— Pois você não parece estar muito preocupado com isso, dado o seu comportamento.

— O que você vai dizer?

Amaia virou-se para ele sem querer acreditar na desfaçatez do homem.

— Você não tem noção, não é?

— O que você vai dizer? — insistiu.

Amaia fitou-o, estudando-lhe o rosto. Grandes bolsas líquidas tinham se formado debaixo dos olhos dele e algumas rugas das quais não se lembrava surgiam em seu rosto, bastante acinzentado; ao redor da boca, desenhavam-se o desdém e a contrariedade.

— O que vou dizer? Que você é o mesmo que quase deu um tiro nos miolos no ano passado.

— Vamos, Salazar, você sabe que não é bem assim — protestou.

— Marque uma hora — disse, tirando a chave e dirigindo-se para a porta. — Não vou continuar falando com você aqui.

O homem ficou olhando para ela ao mesmo tempo que franzia a boca antes de dizer:

— Não creio que me adiantasse muito marcar uma hora. Segundo ouvi dizer, você passa mais tempo fora da delegacia do que dentro, e deixa o trabalho para os outros. Não é mesmo, Salazar?

Amaia virou-se e sorriu para ele. De súbito, desfez o sorriso e disse secamente:

— Chefe Salazar. Para você, esse é o nome que deve mencionar quando solicitar a entrevista.

Montes retesou-se por um segundo e o rosto enrubesceu de maneira visível, sob a escassa luz. Amaia pensou que ele iria replicar, mas, em vez disso, virou as costas e foi embora.

 ❦

Tirou as botas antes de subir as escadas e agradeceu, como sempre, a pequena lâmpada que já era hábito deixarem acesa no quarto. Observou durante um minuto Ibai, que dormia com os braços esticados e as mãos abertas como estrelas-do-mar que apontavam para o norte e para o sul, e a sua pulsação, que só era perceptível nas veias do pescoço pálido. Despiu a roupa e deitou-se na cama tiritando de frio. James mexeu-se um pouco ao senti-la e abraçou-a apertando-a de encontro ao seu corpo e sorrindo sem abrir os olhos.

— Está com os pés gelados — sussurrou, envolvendo-os com os seus.

— Não só os pés...

— Onde mais? — perguntou James, meio adormecido.

— Aqui — indicou Amaia, conduzindo a mão dele até os seios.

James abriu os olhos, o sono se dissipando rápido, e sentou-se de lado, sem deixar de acariciá-la.

— Mais algum lugar?

Amaia sorriu carinhosa, fingindo pesar e assentindo desgostosa.

— Onde? — perguntou, atencioso, James, colocando-se em cima dela. — Aqui? — Apontou, beijando-lhe o pescoço.

Amaia negou.

— Aqui? — questionou, descendo pelo peito dela ao mesmo tempo que lhe dava pequenos beijos na pele.

Amaia balançou a cabeça.

— Me dê uma pista — pediu, sorrindo. — Mais abaixo?

Ela assentiu, simulando timidez.

James desceu por baixo do edredom, beijando a linha do púbis até alcançar o sexo dela.

— Acho que encontrei o local — disse, beijando-a também ali. Subiu de súbito por entre os lençóis, fingindo indignação.

— Mas... você me enganou — disse —, este lugar não está nada frio; muito pelo contrário, está queimando.

Amaia sorriu maliciosa e empurrou-o de novo para baixo do edredom.

— Volte ao trabalho, escravo.

E ele obedeceu.

☙

O bebê chorava, e ela o ouvia muito ao longe, como se estivesse em outro quarto, por isso abriu os olhos, levantou-se e foi procurá-lo. Os pés descalços transmitiram o calor da madeira temperada pelas lareiras que aqueciam a casa. E os feixes de luz solar que entravam através das vidraças desenharam caminhos de poeira em suspensão que se quebravam quando ela os atravessava.

Começou a subir a escada à medida que escutava o choro longínquo, que, no entanto, não lhe causava agora nenhuma pressa, apenas uma curiosidade para satisfazer uma criança de nove anos. Contemplou as suas mãos, que deslizavam pelo corrimão, e os seus pés pequenos, que se projetavam sob a camisola branca que a *amona* Juanita lhe havia costurado e bordado, e o corpete de renda por onde espreitava um laço rosa-pálido que ela havia escolhido entre todos os que Juanita lhe mostrara. Um som cadenciado acompanhava agora a choradeira de Ibai, *tac, tac*, como a cadência das ondas do mar, como o mecanismo de um relógio. *Tac, tac* e o choro foi diminuindo com suavidade até cessar. E então ouviu o chamado.

— Amaia — chamou de novo a voz.

— Já vou — respondeu, e assim que ouviu a sua voz pensou como as duas vozes se pareciam, a que chamava e a que respondia.

Chegou ao patamar e ficou quieta durante alguns segundos para poder escutar no sossego da casa o crepitar dos troncos nas lareiras, os rangidos do assoalho sob o seu peso e a cadência do *tac, tac* que, teve quase certeza, vinha lá de cima.

— Amaia — chamou a voz de menina triste.

Estendeu a mão pequena até tocar o corrimão e subiu as escadas à medida que escutava com maior nitidez o *tac, tac*. Um passo, outro, quase ao ritmo que as pancadinhas marcavam, até que chegou lá em cima.

Então, Ibai começou a chorar de novo e ela viu que o choro dele vinha do berço, que no centro do amplo quarto balançava de um lado para o outro, como se uma mão invisível o embalasse com força até chegar ao freio de madeira que o travava. *Tac, tac, tac, tac*. Correu até lá, estendendo os braços para tentar travar o balanço do bercinho, e então a viu. Era uma menina, usava uma camisola que era a sua, sentada num recanto do sótão, o cabelo louro caindo-lhe pelos ombros até o meio do peito e chorando em silêncio lágrimas tão espessas e escuras como óleo de motor, que se derramavam sobre o seu colo, empapando a camisola e tingindo-a de negro. Amaia sentiu uma dor profunda no peito ao reconhecer a menina que era ela, morta de medo e de abandono. Quis lhe dizer que não chorasse mais, que tudo acabaria passando, mas a voz enfraqueceu na garganta quando a menina ergueu o coto que restava do braço que lhe faltava e apontou para o berço onde Ibai chorava enlouquecido.

— Não deixe que a *ama* o coma como fez comigo.

Amaia virou-se para o bercinho e, pegando o bebê no colo, correu escadas abaixo enquanto ouvia a menina repetir o seu aviso.

— Não deixe que a *ama* o coma.

E, à medida que descia aos tropeções com Ibai apertado de encontro ao peito, viu as outras crianças, todas muito pequenas e tristes, que, alinhadas formando uma fila, a esperavam de ambos os lados da escada, e sem dizer nada levantavam entre lágrimas os seus braços amputados, fitando-a com desolação.

Gritou, e o seu grito atravessou o sonho e arrancou-a, suada e trêmula, daquele transe com as mãos apertadas contra o peito como se ainda carregasse o filho, com a voz da menina clamando do Além.

˜

James dormia, mas Ibai mexia-se inquieto no bercinho. Ela o pegou no colo, sentindo ainda as reminiscências do sonho, e, apreensiva, acendeu também a luz do abajur da mesa de cabeceira para conseguir dissipar em definitivo os restos do pesadelo. Olhou para o relógio e viu que não demoraria a amanhecer. Deitou o menino a seu lado na cama e deu-lhe o peito enquanto ele a fitava com os olhos abertos e lhe sorria tanto que em mais de uma vez perdeu o ritmo da sucção, mas passados alguns minutos começou a protestar exigindo alimento. Amaia mudou-o para o outro peito, mas logo percebeu que seria insuficiente. Olhou para o filho com grande tristeza, suspirou e desceu até a cozinha para lhe preparar uma mamadeira. Por fim, a natureza estava seguindo o seu curso, e a quantidade de alimento que podia dar a Ibai começara a diminuir devido à redução das mamadas; o seu corpo estava apenas se regulando. Já quase não amamentava o filho, queria enganar a quem? À natureza era óbvio que não. Voltou para o quarto, onde James já havia acordado e cuidava do bebê. Fitou-a surpreendido quando pegou Ibai no colo, e, enquanto as lágrimas escorriam por seu rosto, Amaia deu-lhe a mamadeira.

15

Zarautz era o lugar onde ela queria morar quando era pequena. A estrada guarnecida de árvores que vigiavam a avenida, as elegantes casas alinhadas à beira-mar, a sua agradável parte antiga com as lojas e os bares, as pessoas na rua mesmo quando chovia, o aroma do mar bravo, selvagem, nebulizando o ar com água em suspensão, e a luz, que diante do mar é tão diferente da de um vale entre montanhas, assim como olhos azuis são diferentes de olhos negros. Agora não tinha tanta certeza, porque, embora até pouco tempo estivesse convencida de que não amava a sua aldeia, de não querer voltar a Elizondo, no último ano os retornos haviam provocado uma reviravolta completa e nada do que havia jurado, nada do que julgava ter certeza permanecia igual. As raízes clamavam, pediam o retorno dos que ali haviam nascido, na curva do rio, e ela ouvia o chamado, mas ainda não tinha forças para ignorá-lo. Era o chamado dos mortos que não podia deixar de atender, e ela sabia disso, entendia que existia um pacto sobre a sua cabeça, uma força que a impelia a enfrentar de tempos em tempos aqueles que queriam conspurcar o vale. Contudo, ali, as convicções fraquejavam. Espessas nuvens brancas flutuavam no céu sobre um mar azul que se desfazia em ondas brancas e perfeitas, que trovejavam com a sua cadência na manhã invernal e luminosa de Zarautz. Alguns surfistas caminhavam em direção à praia, distante por causa da maré baixa, carregando as pranchas para se juntarem ao numeroso grupo que já se encontrava na água. Dois belos cavalos passaram diante dos seus olhos trotando pela areia compacta da beira-mar. Ergueu os olhos até as vidraças dos edifícios que ocupavam a primeira linha de frente para o mar e pensou que devia ser maravilhoso acordar todos os dias contemplando aquele furioso mar Cantábrico, poder dar-se a esse luxo.

Uma breve passada de olhos na vitrine de uma agência imobiliária do local deixava patente que, tal como cento e cinquenta anos antes, quando os primeiros empresários começaram a instalar as suas magníficas mansões naquela costa, aquele continuava sendo um local exclusivo para ricos. Procurou o edifício e subiu pela passagem lateral até chegar ao jardim urbano que rodeava a entrada. Um porteiro de libré anunciou a sua chegada e indicou-lhe o andar. Saiu do elevador e viu a porta aberta. De dentro, veio flutuando a voz da irmã nas notas de uma música suave.

— Entre, Amaia, e sirva-se de um café, estou acabando de me arrumar.

Se a intenção de Flora era impressioná-la, conseguiu. Da entrada, que se abria para um enorme salão, já se podia ver o mar. As janelas exteriores, ligeiramente tingidas de laranja, cobriam a fachada frontal do apartamento do chão ao teto, e a sensação era magnífica.

Amaia parou no meio do salão, esmagada pela beleza e pela luz. O tipo de luxo pelo qual valia a pena gastar dinheiro.

Flora entrou na sala e sorriu quando a viu.

— Impressionante, não é verdade? Pensei a mesma coisa na primeira vez que aqui entrei. Depois me mostraram outros apartamentos, mas não fui capaz de tirar esta imagem da cabeça a noite toda. No dia seguinte, comprei-o.

Amaia conseguiu desprender os olhos da enorme janela panorâmica para olhar para a irmã, que parara a uma distância prudente e não parecia disposta a se aproximar mais.

— Está lindíssima, Flora — disse com sinceridade.

Ela vestia uma saia e um casaco vermelho e estava bem maquiada, mas o efeito era de elegância e classe.

Flora deu uma volta para que a irmã pudesse ver o traje por trás.

— Não posso beijá-la, já estou maquiada para a televisão, começo a gravar dentro de uma hora e meia.

Tenho certeza de que é por isso, pensou Amaia.

Liberada da obrigação afetiva, Flora atravessou o salão no alto dos seus saltos e passou ao lado de Amaia, deixando um rastro invisível de perfume caro.

— Vejo que as coisas estão ótimas para você, Flora; a sua casa é linda — disse, prestando atenção ao luxuoso interior em que não havia reparado ainda —, e você está fabulosa.

Flora voltou ao salão com uma bandeja e duas xícaras de café.

— Já eu não posso dizer a mesma coisa, você está magra demais. Pensei que todas as mães engordassem com a primeira gravidez, e alguns quilinhos a mais não fariam mal a você.

Amaia sorriu.

— Ser mãe é cansativo, Flora, mas vale a pena. — Não disse isso com intenção, mas pôde ver como Flora torceu o nariz, contrariada. — Como está indo com o programa? — perguntou para mudar de assunto.

O rosto da irmã iluminou-se.

— Temos quarenta programas na televisão regional, e quando íamos para o décimo começamos a receber ofertas das redes nacionais. Na semana passada, assinamos o contrato para irmos ao ar na primavera e já compraram duas temporadas adiantadas, por isso agora tenho de filmar todos os dias, e em alguns dias, dois ou três programas seguidos. Muito trabalhoso, mas bem gratificante.

— Ros também vai muito bem na fábrica, até aumentaram as vendas.

— Sim, claro — disse com desdém. — Ros colhe os frutos do meu trabalho. Ou você acha que as coisas funcionam assim do dia para a noite?

— Não, claro que não, só estou dizendo que ela está bem.

— Bem, já estava na hora de acordar.

Amaia ficou em silêncio durante pouco mais de um minuto enquanto saboreava o café e admirava a característica forma de rato que a costa desenhava em Guetaria, ao mesmo tempo que sentia crescer o desconforto de Flora, que, sentada a sua frente, havia terminado de beber o café e esticava de vez em quando a saia do seu impecável tailleur.

— E a que devo a honra da sua visita? — perguntou por fim.

Amaia colocou a xícara na bandeja e olhou para a irmã.

— Uma investigação — soltou à queima-roupa.

O sorriso de Flora retorceu-se um pouco.

— Fale de Anne Arbizu — disse Amaia, sem deixar de observar o rosto da irmã.

Flora conteve-se, embora um ligeiro tremor no maxilar a tenha denunciado. Amaia pensou que negaria tudo, contudo, mais uma vez a irmã a surpreendeu.

— O que quer saber?

— Por que não me disse que a conhecia?

— Você não me perguntou, maninha, e por outro lado é normal.

Vivi toda a minha vida em Elizondo, conheço quase todos, pelo menos de vista, aliás conhecia todas as mulheres, exceto aquela dominicana. Como se chamava?

— Você conhecia Anne Arbizu mais do que só de vista. Vocês eram amigas.

Flora ficou em silêncio ao mesmo tempo que tentava avaliar o quanto a irmã sabia. Amaia entrou no jogo dela.

— Alguém me contou que a viu sair da fábrica pela porta do armazém.

— Ela pode ter ido falar com algum funcionário — sugeriu Flora.

— Não, Flora, foi falar com você. Vocês duas se despediram de maneira efusiva na porta.

Flora ficou de pé e caminhou até a enorme janela panorâmica, impedindo-a de ver o seu rosto.

— Não sei que importância pode ter esse fato caso seja verdade.

Amaia também se levantou, muito embora não tenha se movido.

— Flora, Anne Arbizu morreu de forma violenta; Anne Arbizu mantinha uma relação com o seu cunhado Freddy; Anne Arbizu era a causadora da dor que Ros sofria; Anne Arbizu mantinha com você algum tipo de relação tão amistosa a ponto de se despedirem com beijos e abraços. Anne Arbizu morreu no rio nas mãos do seu ex-marido. Você, Flora, matou o homem que foi seu marido durante vinte anos, e eu, apesar da sua declaração e do seu teatro, não acredito que tenha feito isso em legítima defesa, porque se há uma coisa da qual tenho certeza é que Víctor fazia o que fazia porque era incapaz de enfrentar você, e preferiria cair morto antes de se atrever a ameaçá-la.

Flora cerrou o maxilar e olhou para fora, resolvida a não responder.

— Conheço você muito bem, Flora, sei o que pensava sobre as vítimas e sobre como acabam as moças perdidas. Ainda me lembro palavra por palavra da maneira como defendia o guardião purificador que castigava a insolência daquelas prostitutas. Sei que se importava com as moças, e se decidiu parar Víctor não foi porque ele estava semeando o vale das garotas mortas. Acredito que tenha sido porque ele se atreveu a tocar em Anne, e esse foi o erro dele.

Então, Flora virou-se muito devagar, e os seus gestos evidenciavam o enorme esforço que fazia para conseguir se controlar.

— Não diga bobagens, tudo o que eu disse foi para provocá-lo. Desconfiava dele, conhecia-o, como você mesma disse, fui casada com ele durante vinte anos, e claro que ele me ameaçou, você estava lá, ele gritou comigo e disse que me mataria.

Amaia caiu na gargalhada.

— Nem brincando, Flora, isso não é verdade. Se Víctor era como era, em grande parte era porque estava submetido ao seu jugo. Ele te adorava, a venerava e respeitava, você, apenas você, e tem razão, eu estava lá e não vi nada disso. Ouvi o primeiro disparo, que tenho certeza de que deve tê-lo derrubado, e quando cheguei vi você atirar de novo... Acho que na realidade vi você dando nele um tiro de misericórdia.

— Você não tem provas — gritou enfurecida, virando-se de novo de frente para a janela.

Amaia sorriu.

— Tem razão, não tenho, mas o que sei é que Anne Arbizu era bem mais sombria e complicada do que podia parecer quando se olhava para aquela carinha de anjo. Uma manipuladora quase psicopata que exercia a sua influência sobre todos que a conheceram. Quero saber que relação você tinha com ela, quero saber que tipo de influência ela exercia sobre você, e se você a amava tanto a ponto de querer vingar a sua morte.

Flora encostou a cabeça no vidro da janela e ficou imóvel durante alguns segundos, depois emitiu um som gutural e gemeu ao mesmo tempo que apoiava também as mãos para não cair. Quando se virou, seu rosto estava tomado de lágrimas que haviam arruinado sua elaborada maquiagem. Caminhou aos tropeços até o sofá e deixou-se cair sem forças, sem parar de chorar. O choro brotou do fundo do seu peito, arrancando-lhe suspiros entrecortados com um desespero tal que parecia que jamais pararia de chorar. A amargura e a dor a desolavam, e ela se entregava ao choro de uma maneira que comoveu Amaia.

Percebeu que era a primeira vez que via Flora chorar; nem quando era pequena a tinha visto alguma vez derramar uma lágrima. E perguntou-se se não estaria enganada. As pessoas como Flora andam pelo mundo com uma armadura de aço que as faz parecer insensíveis, mas por dentro, debaixo do peso do metal, há pele e carne, sangue e coração. Talvez estivesse enganada, talvez a sua afronta tivesse origem na dor que lhe havia causado ser obrigada a disparar contra Víctor, um homem que talvez ela tenha amado à sua maneira.

— Flora... sinto muito.

Flora levantou a cabeça e Amaia pôde ver o rosto desfigurado da irmã; em seus olhos não havia traço de comiseração nem de agravo, mas sim de ira e rancor. No entanto, quando ela falou, fez isso fria e lentamente, e o seu tom de voz saiu despropositado e ameaçador de uma maneira que lhe causou arrepios.

— Amaia Salazar, pare de meter o nariz neste assunto, pare de perseguir Anne Arbizu, esqueça ela, porque isso é demais para você, maninha. Você não sabe onde está se metendo, nem do que está falando, o seu método criminalista é inútil neste caso. Deixe tudo como está, que ainda dá tempo.

Em seguida, levantou-se e foi para o banheiro.

— Deve estar satisfeita agora — disse, e depois acrescentou: — Feche a porta quando sair.

À medida que caminhava para a porta, reparou numa fotografia de Ibai olhando para ela de uma belíssima moldura de prata antiga. Parou por um instante observando-o, e ao sair pensou que a irmã era a pessoa mais estranha que conhecia.

∽

Zuriñe Zabaleta morava na Alameda Mazarredo, de onde se tinha uma vista imbatível do Museu Guggenheim. A entrada de mármore branco e negro já evidenciava a soleira de um edifício de estilo francês e detalhes cuidadosos conservados em seu interior: portas francesas que chegavam até o teto, com sancas trabalhadas e paredes com painéis de madeira. Reconheceu obras de alguns pintores conhecidos e num canto da sala de estar uma escultura de James Wexford que a fez sorrir, chamando a atenção da proprietária, que veio ao seu encontro dizendo:

— Ah, é uma obra de um escultor norte-americano; tem personalidade, não acha?

— É magnífica — respondeu, conseguindo de imediato a simpatia da mulher.

Ela se vestia de maneira sóbria, com peças de roupa evidentemente caras que a faziam parecer muito mais velha do que na realidade era. Conduziu-a até um conjunto de poltronas dispostas para obter a melhor vista possível do Guggenheim, cujas placas refulgiam com o seu inusitado brilho opaco. Convidou-a a sentar-se.

— O policial com quem falei ontem disse que a senhora queria me fazer algumas perguntas sobre o assassinato da minha irmã. — A voz era educada e contida, contudo fraquejou um pouco ao mencionar o crime. — Não imaginava que depois de tanto tempo...

— A sua família é de Baztán, não é verdade?

— A minha mãe era de Ziga; o meu pai pertence a uma família de empresários muito conhecida em Neguri. A minha mãe costumava ir passar férias em Getxo e foi assim que se conheceram.

— Mas a sua irmã nasceu em Baztán, não foi?

— Eram outros tempos e a minha mãe fez questão de dar à luz em casa. Sempre contava o quanto sofreu, imagine um primeiro parto em casa. Quando me teve já o fez aqui, no hospital.

— Preciso que me conte como era a relação entre a sua irmã e o seu cunhado.

— O meu cunhado pertencia ao conselho diretor da Telefônica, na minha opinião um sujeito bastante enfadonho, mas a minha irmã apaixonou-se por ele e os dois se casaram. Moravam em Deusto, numa região muito bonita.

— Sua irmã trabalhava?

— Nossos pais faleceram quando eu tinha dezenove anos, pouco tempo depois do casamento de Edurne, e nos deixaram muitas propriedades, além de um fundo fiduciário que nos permite ocupar-nos com o que mais gostamos; no caso de Edurne, ela foi presidente da Unicef no País Basco.

— Não havia denúncias de maus-tratos anteriores, mas pode ser que a senhora tenha presenciado algum tipo de situação...

— Nunca, já lhe tinha dito que ele era um sujeito bastante apagado, sem sal, que só falava de trabalho. Não tinham filhos, por isso saíam bastante, mas em programas bem calmos, teatro, ópera, jantares com outros casais, às vezes comigo e com o meu marido, era um desses casais que parece que continuam juntos por hábito, mas em que nenhum dos dois se atreve a dar o primeiro passo... E nunca vi qualquer indício de que pudesse haver algo do gênero, exceto quando alguns meses antes a minha irmã comentou que o marido passava cada vez mais tempo fora de casa, chegava tarde à noite e uma vez ou outra pegou-o mentindo sobre o local onde havia estado e com quem. Minha irmã desconfiava que ele se encontrava com outra mulher, embora não tivesse provas. É claro que perguntei a ela se alguma vez ele a tinha agredido. Disse que não, mas às vezes, quando ficava irritado demais com as perguntas dela, começava a bater nos móveis, ou em meio a alguma discussão jogava em cima dela o que estivesse mais à mão. Um dia, enquanto tomávamos um café, começou de repente a falar de divórcio, mais como uma ideia que estivesse ponderando do que como uma decisão tomada. Como é evidente, eu a apoiei, disse que ficaria do lado dela caso decidisse isso, e essa foi a última vez que a vi com vida. Depois só a vi no necrotério, e estava com o rosto tão desfigurado que o velório ocorreu com o caixão fechado. — Parou de falar por uns instantes enquanto evocava a imagem. — O legista disse que ela morreu em consequência dos traumatismos, foi espancada até a morte, imagine o grau de selvageria de uma pessoa para espancar uma mulher até a morte?

Amaia fitava-a em silêncio.

— Depois de matá-la, destruiu o apartamento inteiro, reduziu os móveis a fragmentos, rasgou as roupas da minha irmã e tentou atear fogo na casa, num pequeno incêndio que se extinguiu sozinho. Em sua façanha destruidora, fraturou quase todos os dedos das mãos e alguns dos pés. Havia tanto sangue dele quanto da minha irmã, e, quando terminou, jogou-se da janela do oitavo andar. Morreu antes de a ambulância chegar.

— Os vizinhos não ouviram nada?

— É um prédio bastante exclusivo, parecido com este. Ocupavam um andar e pelo visto àquela hora não havia ninguém, nem no andar de cima nem no de baixo.

Amaia deteve-se um instante antes de formular a pergunta crucial:

— Algum membro foi amputado?

— O legista declarou que foi depois, quando ela já estava morta. Não faz sentido — gemeu. — Por que tinha de fazer aquilo?

Fechou os olhos por alguns segundos e continuou:

— Ele não apareceu, chegaram até a procurá-lo com os cães da Ertzaintza por todo o edifício, porque tinham certeza de que não havia saído do prédio. Há um porteiro, que jurou que não tinha arredado pé do seu posto e era impossível que não o tivesse visto sair e entrar de novo ensanguentado. Além disso, havia câmeras de segurança, e, apesar de existir um ponto cego onde podia ter passado, elas confirmaram que o porteiro não tinha saído do seu posto. Não havia pegadas na porta da rua, no átrio, no elevador ou nas escadas, e era impossível que não as tivesse deixado, tendo em conta que havia milhares delas pela casa, e os seus sapatos estavam encharcados de sangue.

Suspirou e reclinou-se, apoiando-se numa almofada. Parecia exausta, mas acrescentou:

— Não sei onde esse verme foi buscar tamanha sede de sangue, nem em um milhão de anos podia imaginar que um caráter tão pusilânime tivesse estômago para fazer o que fez.

— Só mais algumas dúvidas e depois vou deixá-la descansar.

— Claro.

— Ele deixou algum bilhete, uma mensagem?

— Uma? Deixou mais de uma dúzia de rabiscos escritos nas paredes com o próprio sangue.

— *Tarttalo* — afirmou Amaia. A mulher assentiu.

Amaia chegou-se à frente na poltrona, debruçando-se sobre a mulher.

— Como você deve compreender, tudo isso faz parte de uma investigação e não posso revelar mais nada, mas creio que a sua ajuda pode lançar alguma luz sobre este caso e contribuir para localizar os restos mortais da sua irmã, aqueles que não apareceram.

A mulher sorriu para tentar reprimir o esgar de dor que lhe crispava o rosto, e Amaia estendeu-lhe um swab com um cotonete.

— Se o esfregar pelo lado de dentro da bochecha já será suficiente.

༄

O navegador indicava que Entrambasaguas pertencia a Burgos e ficava a quarenta e três quilômetros e cinquenta minutos de carro de Bilbao, e no Google encontrou uma página onde indicava que tinha trinta e sete habitantes. Ela bufou; as aldeias pequenas lhe provocavam uma sensação de claustrofobia que não era capaz de explicar. Sem dúvidas, os maus-tratos e o machismo não estavam ligados de modo nenhum ao âmbito rural, pelo menos não mais do que o estavam a qualquer outro grupo ou lugar, mas sempre se lembrava da recordação que guardava da infância de se sentir encurralada no lugar onde havia nascido. Era absurdo, não teria sido diferente se vivesse numa cidade grande, não o fora para Edurne em Bilbao, irmanada para sempre com aquela outra mulher de Entrambasaguas com quem jamais havia trocado uma palavra. Dirigiu atenta pela estrada, que se tornava mais complicada à medida que avançava com uma constante chuva acompanhada de neve que se transformou em grossos flocos quando atravessou a ponte e entrou em Entrambasaguas. Reduziu a velocidade na pequena praça, tentando situar-se, e surpreendeu-se com a imagem natalícia proporcionada por um velho tanque de pedra em muito bom estado que reinava no meio da praça, junto a um bebedouro e uma fonte de uma só torneira.

— Água para todos! — exclamou ao mesmo tempo que começava a procurar a casa.

Cercada por um espaçoso prado e bastante iluminada, a casa mais parecia um chalé, com telhado quatro águas e escadas de acesso flanqueadas por enormes vasos com árvores ornamentais. A neve aumentava e sublinhava o efeito de postal natalício com o tanque de pedra que já a havia cativado. Deixou o carro na beira do prado e caminhou por um trajeto de lajes avermelhadas que já começava a desaparecer debaixo da força da neve.

A mulher que abriu a porta podia ter a idade da sua tia, mas as semelhanças terminavam aí. Era muito alta, quase tanto quanto Amaia, e bastante gorda; ainda assim, movimentava-se com segurança enquanto a levava até a sala de estar, onde um belo fogo ardia na lareira.

— Nós duas sabíamos que ele acabaria matando-a — disse a mulher com serenidade.

Amaia relaxou. Era difícil interrogar os familiares de uma vítima sem ficar exposta às explosões de ordem emocional. Na maioria dos casos, optava por manter as devidas distâncias e uma postura profissional que convidasse à confidência sem chegar a estabelecer um vínculo afetivo. Assim como no caso de Bilbao, o melhor era começar logo, com perguntas diretas e concisas, evitar a menção de aspectos escabrosos sempre que fosse possível, passar por cima de conceitos como cadáver, sangue, cortes, ferimentos ou qualquer outro tipo de palavras que evocassem aspectos muito visuais e levassem os familiares a situações de grande sofrimento, descontrole e consequente atraso na investigação. Contudo, de vez em quando tinha sorte e deparava-se com uma testemunha como aquela. Verificara que, com frequência, eram pessoas solitárias muito próximas da vítima e que se caracterizavam por ter tido muito tempo para pensar. Só era preciso deixá-las falar. A mulher estendeu-lhe uma xícara de chá e continuou.

— Era um homem mau, um lobo em pele de cordeiro até o dia em que se casou com a minha sobrinha; a partir desse momento, mostrou-se apenas lobo. Ciumento e possessivo, nunca permitiu que ela trabalhasse fora de casa, apesar de ela ter estudado secretariado e ter trabalhado quando solteira como secretária administrativa num armazém de Burgos. Aos poucos, foi obrigando a minha sobrinha a cortar relações com as amigas e com uma vizinha mais próxima. Eu era a única pessoa com quem ela se relacionava, e ele permitia isso mais porque assim a mantinha sob vigilância, e, bem, eu era sua tia, irmã do seu pai e a única pessoa viva da família que ainda lhe restava, exceto uma tia-avó por parte de mãe em Navarra, mas que faleceu há dois anos. Aquele homem não batia nela, mas a obrigava a se vestir como uma camponesa, não a deixava usar sapatos de salto alto nem maquiagem, nem ir ao cabeleireiro. Usou o cabelo comprido preso numa trança até o dia em que morreu. Não permitia que ela fosse sozinha a lugar nenhum, e, quando era imprescindível que saísse, eu tinha de acompanhá-la, ao mercado, à farmácia ou ao médico. A pobrezinha sempre teve a saúde muito delicada. Era diabética, sabe? Durante anos, tentei convencê-la a abandoná-lo, mas ela sabia, e eu fui obrigada a admitir, que se o deixasse ele não descansaria até encontrá-la e acabaria com ela.

Parou de falar por uns instantes e fitou um ponto perdido na lareira. Quando recomeçou, a voz denunciou o remorso.

— Então, a única coisa que fiz foi continuar aqui, ao seu lado, tentando tornar as coisas o menos ruins possível. Agora me arrependo todos os dias, devia tê-la obrigado. Há grupos que ajudam as mulheres a fugir... vi isso outro dia na televisão...

Uma lágrima escorreu-lhe pelo rosto e ela se apressou a enxugá-la com as costas da mão, ao mesmo tempo que apontava uma moldura com um retrato em cima da mesinha de apoio. Uma mulher pálida e de olhos arregalados sorria feliz para a câmera, ao mesmo tempo que segurava nas patas dianteiras de um cãozinho simulando dançar com ele.

— Essa é a María com o cãozinho... Tudo aconteceu por causa do cãozinho, sabe? Esse vira-lata apareceu por aqui no fim de um verão e ela ficou louca de felicidade, imagino que em parte porque não tinham tido filhos e o vira-lata era muito carinhoso. Ele não disse nada e ela... bom, eu nunca a tinha visto tão feliz, e, claro, ele não podia deixar que isso acontecesse. Deixou que ela se afeiçoasse ao cão durante três ou quatro meses e um dia enforcou-o, pendurando-o pelo pescoço nessa árvore que está aí na entrada. Quando ela o viu, pensei que iria enlouquecer pela maneira como gritava. Ele sentou-se à mesa e pediu o almoço, mas ela foi até a gaveta e pegou uma faca. Ele gritou com ela, mas ela fitou-o nos olhos com uma fúria que o fez tomar consciência de que dessa vez tinha passado do limite. Saiu porta afora e cortou a corda, abraçou o cãozinho morto e continuou a chorar até se cansar. Depois foi até a garagem, pegou uma pá, cavou uma cova junto à árvore e enterrou o animal. Quando terminou, tinha as mãos em carne viva. Ele continuava sentado, muito sério, sem dizer nada. Ela entrou, jogou a corda em cima da mesa e foi para a cama. A dor a manteve prostrada durante dois dias. A partir desse momento, María mudou, perdeu a alegria, a pobrezinha, mostrava-se sempre séria, pensativa, e às vezes olhava para ele como se não o visse, como se o trespassasse com os olhos, e ele nem levantava a cabeça. Mostrava-se intratável como sempre, mas não se atrevia a olhar para ela. Nunca tive tanta certeza de que iria abandoná-lo, até lhe disse que podia vir cá para casa, ou que podia dar algum dinheiro a ela para que fosse para outro lugar, mas ela parecia mais serena do que nunca. Disse que não iria me colocar em perigo indo para minha casa e que se alguém tinha de sair de casa era ele. Esta casa era dela, o pai a comprou quando ficou noiva, e estava apenas no nome dela. Alguns dias depois, fui visitá-la uma manhã e estranhei que ainda não tivesse se levantado, mas, como tinha a saúde tão delicada... Eu tinha uma chave, por isso entrei. Estava tudo em ordem, fui até o quarto. A princípio, pensei que dormia. Estava deitada de costas, os olhos fechados e a boca entreaberta, mas não dormia, estava morta. Disseram que ele a havia asfixiado com uma almofada enquanto dormia. Não tinha mais ferimentos, exceto o do braço. Não percebemos até que a polícia a descobriu.

Amaia prendeu a respiração, à medida que a mulher continuava o relato.

— Disseram que o havia feito depois de estar morta. E para quê? Também cortou o cabelo dela, nem percebi quando entrei, mas quando a moveram vi que tinha uma falha na nuca — disse a mulher, passando a mão pelo pescoço.

— Quanto ao homem, o encontraram enforcado num pomar na propriedade da família, a dois quilômetros daqui. Veja que ironia, pendurado numa árvore, assim como o cãozinho.

A mulher ficou em silêncio e até sorriu com amargura, ao mesmo tempo que olhava para a fotografia. Amaia deu uma olhada em volta.

— Ele deixou a casa para você?

A mulher assentiu.

— E me atrevo a pensar que você guardou as coisas dela...

— Do jeito como ela as deixou.

— Talvez tenha uma escova de dentes ou de cabelo?

— É para o exame de DNA, não é? Costumo ver essas séries policiais que passam na televisão. Já tinha pensado nisso e acho que tenho algo que pode ser útil. — Pegou um baú de madeira que estava em cima da mesa e o estendeu a ela.

Ao abri-lo, não pôde evitar que a mente viajasse até o dia em que, sentada num banco alto de cozinha, a mãe lhe havia raspado a cabeça depois de lhe trançar o cabelo. Por instinto, levou a mão à cabeça e, ao perceber esse gesto, baixou-a, enquanto tentava recuperar o controle. No fundo do baú, uma trança de cabelo castanho surgia enroscada como um animalzinho adormecido. Amaia baixou a tampa para não ser obrigada a vê-la.

— Receio que não possa servir, não se pode extrair DNA do cabelo cortado, deve ter um folículo.

Não era verdade, havia novas e dispendiosas técnicas capazes de extrair DNA também do cabelo cortado, mas era caro e mais complicado, além disso os folículos pilosos facilitavam o processo.

— Olhe bem — retorquiu a mulher —, parte do cabelo foi cortada, mas eu lhe disse há pouco que a minha sobrinha apresentava uma falha na nuca, parte dos cabelos ele arrancou com raiz e tudo. Deixou com um bilhete próximo à árvore onde se enforcou.

Amaia abriu de novo o baú e olhou, apreensiva, para o cabelo.

— Deixou um bilhete? — perguntou, sem desviar os olhos da grossa trança.

— Sim, mas foi uma coisa absurda, sem sentido. A polícia ficou com ele e eu não consigo me lembrar do que estava escrito, era uma única palavra, qualquer coisa parecida com o nome de um bolo.

— *Tarttalo*.

— Sim, é isso mesmo, *Tarttalo*.

Nevava copiosamente quando saiu de Entrambasaguas, parou por um instante junto ao tanque de pedra e programou o GPS até Elizondo. Tinha duzentos quilômetros pela frente, então se entregou à tarefa de dirigir debaixo de neve, ao mesmo tempo que olhava de soslaio para o saco que continha as duas amostras de DNA: a cápsula com a saliva da irmã de Edurne Zabaleta e a trança de María Abásolo. Precisava estabelecer o quanto antes a relação entre ambas: se pudesse provar que existia, de fato, uma correspondência entre as vítimas e os ossos encontrados na gruta, teriam pelo menos a prova de que ele existia. A mera ideia de um assassino tão poderoso e manipulador a ponto de ser capaz de convencer alguém, ainda que esse alguém fosse um ser violento, sem muito controle sobre os seus impulsos, de levar a cabo um crime no momento mais conveniente para o manipulador, era extraordinária; no entanto, não era assim tão rara. O tipo de assassino indutor estava sendo investigado nos últimos anos pelo FBI como elemento prioritário, num país onde, ao contrário daqui, se condenavam com tanta rigidez os indutores e os cúmplices como os executores. A figura do indutor ganhava relevância quando se havia provado que esse tipo de assassino é capaz de convencer pessoas de todas as índoles a tomar parte em seu plano magistral, que agiam como seus fiéis servos. Era mais conhecido o caso de indução ao suicídio em seitas pseudorreligiosas, e o poder e a capacidade de autoridade sobre os que revelavam era arrepiante. O telefone tocou, o que a arrancou de suas reflexões. Ela colocou o celular no viva-voz e atendeu o doutor San Martín.

— Boa tarde, inspetora. Está tudo bem?

— Estou dirigindo, mas fique tranquilo, estou no viva-voz.

— Já temos os resultados das análises dos ossos da profanação de Arizkun, e gostaria de falar com você.

— Claro, diga.

— Por telefone, não, é melhor que venha até Pamplona. Combinei com o comissário em seu escritório às sete horas. Você pode estar aqui a essa hora?

Amaia consultou as horas no painel.

— Talvez às sete e meia, está nevando na estrada.

— Às sete e meia, então, vou tratar de comunicar o fato ao comissário.

Amaia desligou, aborrecida com a perspectiva de ter de parar em Pamplona. Tinha passado o dia fora de casa e já adivinhava sobre que assunto seria a reunião. Aquele absurdo da profanação deixara todos alterados. O presidente da câmara, o arcebispo, o adido do Vaticano e, é claro, o comissário, que tinha de ouvi-los, e de quebra a ela também, e a verdade é que não sabia o que iria dizer a ele. As pistas na aldeia não haviam levado a nada, as profanações não tinham voltado a acontecer desde o início da vigilância. Com certeza os autores pertenciam a algum grupo de jovens pseudossatânicos, dissuadidos em definitivo pela presença policial na área, algo que o arcebispado podia resolver perfeitamente instalando câmeras ou contratando seguranças particulares. Se estavam à espera de que lhes oferecesse alguém de bandeja para crucificar, iam ficar bastante decepcionados.

Estacionou no parque da delegacia e espreguiçou-se, sentindo-se entorpecida e um pouco enjoada por dirigir com tanta atenção debaixo de tanta neve. Subiu ao segundo andar, e sem se fazer anunciar bateu à porta do escritório do seu superior.

— Entre, Salazar. Como está?

— Bem, obrigada.

San Martín, que já ocupava uma das duas cadeiras de visitante, levantou-se para lhe estender a mão.

— Sente-se — convidou o comissário, fazendo o mesmo.

Em cima da mesa, várias pastas de relatórios científicos indicavam que já tinham estado discutindo o assunto. Amaia reviu mentalmente os pontos do relatório que iria expor e esperou que o comissário falasse.

— Inspetora, mandei chamá-la porque o caso das profanações teve uma reviravolta inesperada e surpreendente com o resultado das análises realizadas nos ossos encontrados na igreja de Arizkun. Você deve ter percebido que demoraram um pouco mais do que o normal para ficar prontas, e isso aconteceu porque, quando o doutor San Martín me comunicou os resultados, eu pedi que repetisse duas vezes os exames realizados.

Amaia começou a se sentir confusa. A reunião não seguia o rumo que esperara. Seus olhos focaram as pastas com os resultados, ela ardia de curiosidade para ver de uma vez por todas o que diziam. Em vez disso, manteve-se serena, escutando e esperando para ver até onde tudo aquilo levava.

San Martín virou-se um pouco na cadeira, dirigindo-se a ela.

— Salazar, quero frisar que eu me ocupei de vigiar e verificar o resultado da segunda e da terceira análises, e posso garantir a veracidade dos resultados.

Amaia ficou inquieta.

— Confio em seu profissionalismo, doutor — apressou-se a dizer, muito séria.

San Martín olhou para o comissário, que por sua vez olhou para ela antes de assentir, autorizando-o a falar.

— Os ossos encontravam-se em bom estado de conservação, e, embora tenham sido queimados numa das extremidades, não houve dificuldade em fazer as análises. Chegamos à conclusão de que pertenciam a um bebê do sexo masculino com cerca de nove meses pré-natais ou um mês de vida. Um recém-nascido, e tem cento e cinquenta anos mais ou menos, com uma margem de erro de cinco anos.

— Coincide bastante com a ideia que expôs o subinspetor Etxaide sobre a possibilidade de poder ser um *mairu-beso*, um braço de *mairu*.

— Como eu disse, o interior do osso estava bastante conservado, pelo que não houve problema algum em fazer uma análise de DNA rotineira como parte dos exames. Como você sabe, quando temos um DNA desconhecido, por padrão consulta-se a base de dados de DNA, o CODIS. — O médico fez uma pausa e suspirou. — E agora vem a parte surpreendente. Ao fazer a verificação rotineira, achou-se uma correspondência.

— Corresponde a alguém que consta da base de dados? Mas isso é impossível, se acaba de me dizer que os ossos tinham cento e cinquenta anos e, além disso, pertenciam a um recém-nascido... É impossível que o seu DNA conste do CODIS.

— Não o do feto, mas sim o de um familiar. Encontramos uma correspondência em cerca de vinte e cinco por cento com você.

Amaia olhou, admirada, para o comissário.

— Isso mesmo — corroborou ele. — O doutor me comunicou de imediato e mandei-o repetir o processo desde o início e com a maior discrição. As primeiras análises tinham sido feitas no Nasertic, o laboratório com o qual costumamos trabalhar; diante dos resultados, enviamos o material para o laboratório de Saragoça e para o de San Sebastián, com resultado idêntico.

— Isso significa...

— Isso significa que os ossos que apareceram na profanação da igreja de Arizkun pertenciam a um familiar seu, que esse bebê é seu antepassado em quarto ou quinto grau.

Amaia abriu as pastas dos relatórios e leu com avidez. Tanto o que foi enviado de Saragoça como o de San Sebastián estavam assinados por patologistas que eram uma autoridade na matéria.

Sua mente funcionava a pleno vapor, assimilando dados e definindo novos critérios que floresciam sobre os anteriores, enquanto o comissário e o legista continuavam falando e Amaia mal conseguia prestar atenção a outra coisa que não fosse a voz que dentro da sua cabeça asseverava: *Não existem coincidências, nada acontece por acaso.*

"A escolha da vítima nunca é casual", "qual foi o princípio?", quase ouvia a voz de Dupree.

— Preciso fazer uma ligação — disse ela, interrompendo San Martín.

O comissário olhou para ela intrigado, sem disfarçar a surpresa. Amaia fitou-o com expressão decidida, sem mostrar hesitação.

— Senhor comissário, já continuaremos esta conversa, mas primeiro tenho de dar um telefonema.

O comissário anuiu, autorizando-a. Levantou-se, pegou o celular e saiu para o corredor. Etxaide atendeu de imediato.

— Então, chefe, como foi tudo?

— Bem, Jonan. Preciso que me responda a uma pergunta. Se tiver de consultar ou se precisar de mais tempo me diga, mas temos de ter certeza.

— Claro — respondeu ele, muito sério.

— É sobre os *mairu-beso*. Você disse que são ossos de crianças mortas antes de serem batizadas. Existe algum dado sobre a utilização de braços de adultos? Homens ou mulheres?

— Não preciso nem consultar. Categoricamente, não. É impossível, porque a natureza místico-mágica do *mairu-beso* é outorgada pelas circunstâncias. Por um lado, estar sem batizar. Isso também podia acontecer com um adulto, ainda que seja pouco provável naquela época em que o batismo era uma imposição religiosa, mas também social e cultural, uma vez que evidenciava o pertencimento a um determinado grupo. Se não era cristão é porque era judeu ou muçulmano, que é de onde provém a palavra *mairu*, ou mouro, uma maneira depreciativa de designar os muçulmanos, e que significa não cristão. No entanto, por outro lado, temos a idade; tinha de ser um feto, uma criatura abortada, ou um natimorto ou um bebê que tivesse morrido durante os primeiros meses de vida. A Igreja tinha um protocolo definido para isso, e não batizava doentes ou moribundos, por isso os bebês costumavam ser batizados o mais depressa possível para evitar que, devido à elevadíssima mortalidade infantil, acabassem enterrados perto de um transepto ou fora dos muros do cemitério, com os suicidas e os assassinos. Contudo, não há dúvida de que não podia ser um adulto. A crença dizia que a alma de um recém-nascido se encontra em trânsito, e esse período em que permanece entre os dois mundos é o que desperta as qualidades mágicas de *mairu-beso*. Isso aplicado à profanação do cadáver e ao uso do seu braço, mas em condições normais, também conferia a eles poderes especiais. Acreditava-se que os espíritos das crianças mortas não batizadas não podiam ir para o céu, nem para o inferno, tampouco voltar ao limbo de onde haviam saído, então ficavam na casa dos pais como entidades protetoras do lar. Está documentado que em alguns casos as famílias continuavam a preservar o seu berço ou designavam a eles um lugar à mesa, chegando a colocar nela um prato de comida para eles. Não se vestiam as suas roupas nem se dava o seu nome a um novo irmão, porque, se assim fosse, o dono original reclamava a sua propriedade, levando o novo irmão à morte; no entanto, se fosse tratado com respeito, o *mairu* era bastante benéfico na casa, enchendo-a de alegria e acompanhando os irmãos nas brincadeiras, que segundo a crença popular eram capazes de vê-lo enquanto eles mesmos se encontrassem em trânsito, desde o nascimento até mais ou menos os dois anos de vida. Isso explicaria as brincadeiras, as conversas e os sorrisos que às vezes os bebês dedicam a alguém que só eles parecem ver.

Amaia suspirou.

— Caramba...

— O aparecimento em diferentes culturas desses espíritos infantis nos lares é mais frequente do que parece. No Japão, por exemplo, chamam de *zashiki warashi*, o espírito do salão, e afirmam que se trata de uma presença benéfica que encherá de alegria a casa onde se encontrar... Espero que a tenha ajudado — disse Jonan.

— Você sempre me ajuda, mas eu tinha uma ideia e... bom, agora não posso explicar, mas ligo para você em meia hora.

Desligou e entrou de novo no escritório, onde os dois homens, que tinham estado conversando, interromperam o que estavam dizendo.

— Sente-se — disse o comissário. — Doutor, conte a ela o que estava me explicando...

— Sim, estava dizendo ao comissário que existem alguns aspectos que precisamos levar em conta. Você é de uma localidade com poucos habitantes. Não sei quantos teria há cento e cinquenta anos, mas com certeza não seriam muitos, tampouco a sociedade tinha tanta mobilidade como agora. O que quero dizer é que é normal que numa pequena comunidade houvesse correspondências parciais de alelos comuns em várias famílias, porque é fácil que de alguma maneira, no presente ou no passado, as diversas famílias fossem aparentadas.

Amaia refletiu nas palavras do médico e em seguida descartou-as.

— Não acredito em coincidências — afirmou, enfática e categórica.

O comissário concordou.

— Nem eu.

— Os ossos foram lá colocados de propósito para mim, para me provocar. Ele sabia que encontraríamos a correspondência, e com isso me enviou uma mensagem.

— Salazar, pelo amor de Deus — lastimou-se o comissário —, sinto muito que se veja envolvida dessa maneira; a provocação de um delinquente sempre pressupõe um desafio para um policial... mas em que está pensando, afinal?

Amaia precisou de alguns segundos para reordenar os pensamentos e respondeu:

— Acho que não há casualidade em tudo isso; acho que as profanações na igreja de Arizkun foram orquestradas com o único propósito de chamar a minha atenção. Se o caso não tivesse sido atribuído a mim, seria agora, com a descoberta do DNA dos ossos. Chama a minha atenção porque sou a chefe do departamento de homicídios e me encarreguei do caso do *basajaun*; isso me deu uma popularidade que interessa a esse homem. Julga-se muito esperto e procura alguém que esteja à altura das suas expectativas para uma espécie de duelo ou um jogo de gato e rato. Existem muitos processos documentados de criminosos que se comunicaram de uma maneira ou de outra com diferentes chefes de polícia ou que chegaram a escolher quem pôr à frente da investigação com o objetivo de se dirigirem a eles, como no caso de Jack, o Estripador... Preciso de um pouco mais de tempo para assimilar tudo isso e elaborar um perfil diante dos novos dados.

O comissário aquiesceu.

— Vou informar o comissário de Baztán e o inspetor Iriarte. Abriremos uma investigação paralela a fim de localizar a origem dos ossos e o túmulo ou túmulos da sua família de onde foram retirados.

— Não se incomode, trata-se de um *mairu-beso*, o braço de um menino morto antes de ser batizado, e os bebês mortos não batizados não eram enterrados oficialmente nos cemitérios naquela época.

Amaia esperou até sair da delegacia para voltar a telefonar. Consultou o relógio, eram quase oito horas. Sentia saudades de James e de Ibai; tinha passado o dia fora de casa e ainda precisava dirigir durante mais de meia hora até chegar a Elizondo. Já não nevava, e o frio da tarde, que se havia transformado em noite havia horas, estimulou-a, fazendo-a tremer e contribuindo para lhe clarear as ideias, para encerrar num departamento estanque tudo o que acabava de ouvir na delegacia e para traçar um plano de trabalho. Parou na porta do carro, ligou para o número do tenente Padua da Guarda Civil e explicou-lhe de que precisava.

— Obtive algumas amostras de DNA de vítimas de casos idênticos ao de Johana Márquez, Lucía Aguirre e do caso de Logronho. Preciso de acesso aos ossos encontrados na caverna para poder compará-los.

— Você sabe que, se não forem recolhidas por alguém do laboratório criminalista, não têm valor judicial.

— Não estou preocupada com o valor judicial, oficialmente não tenho caso nenhum, mas obterei mais provas se necessário for; tenho familiares diretos. O que preciso agora é poder comparar as amostras com os ossos encontrados na caverna: se houvesse uma correspondência, estaria estabelecido um assassinato em série e eu não teria dificuldade para obter uma ordem de exumação dos cadáveres. Neste exato momento, os maridos surgem como sendo os principais responsáveis pelas amputações. Se não conseguir estabelecer a relação entre as vítimas e os ossos de Baztán, então não tenho nada.

— Inspetora, sabe que quero ajudá-la, fui eu quem a colocou nisto, mas você conhece bem o problema da rivalidade entre as forças policiais; se não obtiver uma ordem judicial, não lhe darão.

Desligou e ficou olhando para o telefone como se decidisse entre ligar para um número ou jogá-lo longe.

— Merda! — disse, ligando para o número pessoal do juiz Markina. A voz masculina e educada do juiz respondeu-lhe do outro lado da linha.

— Boa tarde, inspetora — cumprimentou.

Ao ouvir a voz do juiz, sentiu-se de repente perturbada e surpreendeu-se pensando na boca dele, na linha definida que os seus lábios úmidos e carnudos desenhavam. Como uma adolescente, sentiu o impulso de desligar o telefone, subjugada pela vergonha.

— Boa tarde — conseguiu responder.

O juiz ficou em silêncio, mas ela pôde ouvir a respiração dele do outro lado da linha, e de maneira inadvertida imaginou como seria a calidez da respiração dele na pele. Apesar do frio intenso, corou até a raiz dos cabelos.

— Meritíssimo, a investigação do caso que lhe expus avançou na direção que eu esperava. Obtive amostras de DNA de mais duas vítimas e precisaria poder compará-las com os ossos que apareceram em Baztán e que se encontram sob custódia da Guarda Civil.

— Está em Pamplona?

— Estou.

— Muito bem, daqui a meia hora no restaurante Europa.

— Meritíssimo — protestou. — Acho que fui bastante clara no nosso último encontro a respeito do interesse que me move neste caso.

Pareceu magoado quando respondeu:

— Ficou bem claro para mim, inspetora. Acabei de chegar de viagem e vou jantar no Europa, é o mais rápido que posso recebê-la. Mas, se preferir, pode vir ao meu gabinete amanhã a partir das oito da manhã. Telefone para a minha secretária e ela tratará de tudo.

De repente, sentiu-se estúpida e pretensiosa.

— Não, não, desculpe, dentro de meia hora estarei lá.

Desligou o telefone, recriminando-se pela sua tolice.

Deve ter pensado que sou uma imbecil, cogitou enquanto entrava no carro.

Antes de arrancar, fez outra chamada para o subinspetor Etxaide e contou-lhe as novidades sobre a viagem que fizera a Bilbao e a Burgos, e sobre a reunião com o comissário. Afinal de contas, devia isso a Jonan.

☙

O acesso ao bar do Europa era feito pela fachada adjacente ao restaurante, à porta do hotel com o mesmo nome, e, apesar de terem caído durante a tarde alguns flocos de neve que já haviam desaparecido, alguns clientes do bar conversavam animados na entrada, pousando os copos de vinho em mesas altas que guardavam a entrada do local.

Assim que transpôs a porta, viu Markina. Estava sentado sozinho ao fundo do balcão e teria sido difícil não reparar nele. O terno cinzento com camisa branca e sem gravata dava-lhe um tom sério que desmentia o corte de cabelo, que lhe caía sobre a testa em madeixas castanhas. Sentava-se no banco alto tão descontraído e elegante como que saído das páginas de uma revista de moda. Um animado grupo de amigas, que já havia deixado para trás a ternura da juventude, esbanjava olhares e comentários apreciativos na direção do juiz, que, impassível, folheava o manuseado jornal e sorriu um pouco ao vê-la entrar, fazendo com que pelo menos metade das mulheres se virasse para trás para ver o objeto de interesse e concentrar nela as suas maldições.

— Aceita um vinho? — perguntou, em forma de cumprimento, apontando para o copo e fazendo um sinal ao garçom.

— Não, acho que vou beber uma Coca-Cola — respondeu.

— Está muito frio para beber Coca-Cola. Tome um vinho. Recomendo este, um Rioja excelente.

— Está bem — concordou.

Enquanto o garçom lhes servia o vinho, ela se perguntou por que motivo não era mais firme, por que razão sempre acabava por aceitar os convites de Markina. O juiz cedeu-lhe o banco alto onde estava sentado e fez uma incursão até o grupo de mulheres que bebiam de pé e que lhe dispensaram, encantadas, outro banco. Colocou-o ao seu lado e sentou-se à frente dela, de costas para as mulheres, que não tiravam os olhos de cima dele. Markina fitou-a durante cinco eternos segundos e baixou os olhos, aturdido.

— Espero que se sinta mais à vontade aqui do que no restaurante.

Ela não respondeu, e agora foi ela quem baixou os olhos, confusa e sentindo-se absurdamente injusta.

— Então, esteve em Bilbao? — perguntou o juiz, retomando o tom profissional.

— E em Burgos, numa pequena aldeia de quarenta habitantes. As duas vítimas morreram há dois e dois anos e meio, respectivamente, ambas pelas mãos dos respectivos maridos, que se suicidaram depois do crime. As duas eram de Baztán, embora tenham sido criadas fora, e nos dois crimes houve uma amputação completa do antebraço, que não apareceu no registro posterior.

O juiz escutava-a com atenção enquanto bebia pequenos goles do seu copo. Ela teve de fazer sérios esforços para se concentrar em não olhar para a boca dele nem para o modo como umedecia os lábios com a língua.

— E em ambos os casos a mesma assinatura, *Tarttalo*, escrita com sangue nas paredes ou em uma carta de suicídio, uma única palavra.

— Do que precisa para prosseguir com a investigação?

— É imprescindível que eu seja capaz de estabelecer a relação de que desconfio, e para isso preciso ter acesso pelo menos às amostras dos ossos que a Guarda Civil encontrou na gruta de Baztán. Se houvesse uma correspondência, poderíamos abrir uma investigação oficial e requisitar os ossos originais para fazer uma reconstrução ou uma segunda autópsia dos cadáveres, o que nos daria uma certeza de cem por cento.

— Está falando em exumar os cadáveres? — quis esclarecer o juiz.

Sabia que a ideia não iria agradá-lo; não agradava a nenhum juiz. Costumavam deparar-se com a oposição das famílias, aliada à desagradável parafernália que isso implicava. Então, quando um juiz deferia uma ordem para se realizar a exumação de um cadáver, fazia-o *in extremis*, e isso em mais de uma vez complicava o trabalho do investigador, que se via com amostras de DNA que não podia comparar para estabelecer uma correspondência sem margem para qualquer tipo de dúvida. E todos os advogados do mundo sabiam que, se houvesse dúvida razoável, o seu cliente teria a liberdade assegurada.

— Só no caso de haver correspondência entre as amostras dos ossos e as cinco vítimas que temos até agora.

Frisou a palavra "temos" de forma intencional. Se o fizesse se sentir parte da investigação e o juiz tivesse pelo menos metade da honestidade que se comentava nos tribunais, ele se sentiria responsável por fazer justiça para aquelas vítimas, e era isso que importava.

— Foi você quem recolheu as amostras que tem?

— Sim.

— Observou os procedimentos?

— Sim, com todo o cuidado. Mas não teremos problemas com isso, a irmã e a tia das vítimas entregaram as amostras de forma voluntária e pedi que assinassem o documento de cessão voluntária.

— Não gostaria de criar um alarido desnecessário em relação a este caso sem termos algo mais concreto; não é segredo nenhum que a discrição nos tribunais prima pela sua ausência.

Amaia sorriu; ele dissera "termos"; tinha certeza de que daria a autorização a ela.

— Garanto que estou usando a máxima prudência; só um dos meus colaboradores de mais confiança está a par de tudo, e estou pensando em recorrer a um laboratório alheio ao sistema para fazer as análises.

O juiz refletiu durante alguns segundos, ao mesmo tempo que desenhava com os dedos, com ar distraído, a linha do maxilar, num gesto que Amaia achou masculino e incrivelmente sensual.

— Expedirei a ordem amanhã de manhã bem cedo — disse. — Continue assim, está fazendo um bom trabalho. Mantenha-me informado de cada passo que der, é importante se eu tiver de rever os seus progressos... e...

Parou de falar por um instante ao mesmo tempo que a fitava de novo daquele modo.

— Por favor, jante comigo — rogou, num sussurro.

Amaia fitou-o surpreendida, porque era perita em traçar perfis de comportamento, em interpretar a linguagem não verbal, em distinguir quando alguém mentia ou estava nervoso, e nesse instante soube com certeza absoluta que não tinha diante de si um juiz, mas sim um homem apaixonado.

ಒ

Seu celular tocou nesse momento. Tirou-o da bolsa e viu que no visor surgia o nome de Flora, e isso por si só já constituía uma raridade. Flora jamais lhe telefonava, nem no Natal ou em seu aniversário; preferia enviar cartões, tão corretos e formais quanto ela.

Olhou desconcertada para Markina, que esperava, na expectativa, uma resposta da sua parte.

— Desculpe, preciso atender — disse, pondo-se de pé e saindo para a rua para poder ouvir alguma coisa no meio da agitação crescente do bar. — Flora?

— Amaia, telefonaram da clínica, é a *ama*. Pelos visto aconteceu alguma coisa grave.

Amaia ficou em silêncio.

— Está aí?

— Sim.

— O diretor disse que ela teve um ataque e feriu um guarda da segurança.

— Por que está me ligando, Flora?

— Ah, eu não faria isso se aqueles estúpidos não tivessem telefonado para a Polícia Foral.

— Chamaram a polícia? Qual foi a gravidade da agressão? — perguntou, enquanto vinham a sua mente imagens que julgava banidas de vez.

— Não sei, Amaia — respondeu, com o tom de voz que usava para aqueles que abusam da sua paciência. — Só me disseram que a polícia estava lá e que fôssemos o quanto antes. Eu vou agora para lá, mas por mais que eu corra não chegarei antes das duas horas.

Amaia suspirou, vencida.

— Está bem, vou já para lá. Avise-os de que chego em mais ou menos meia hora.

Entrou de novo no restaurante, que nos últimos quinze minutos tinha lotado, e esquivou-se dos clientes até chegar ao juiz.

— Meritíssimo — disse, aproximando-se para conseguir fazer-se ouvir —, tenho de ir embora, surgiu uma emergência — explicou.

De repente, pareceu-lhe que estavam muito próximos e ele recuou um passo, tirando o casaco das costas do banco.

— Eu a acompanho.

— Não é necessário, deixei o carro perto — declarou Amaia.

Contudo, o juiz já se havia posto de pé e encaminhava-se para a porta. Amaia foi atrás dele e assim que saíram observou como as mulheres do grupo olhavam para ela. Inclinou a cabeça e, acelerando o passo, alcançou o juiz.

— Onde está o carro?

— Aqui mesmo, na rua principal — respondeu.

Sorrindo de leve, ele tirou-lhe o casaco das mãos e segurou-o para que ela pudesse vesti-lo.

— Vou tirá-lo para dirigir.

O juiz colocou-o em seus ombros e deixou que as suas mãos pousassem neles um pouco mais do que o necessário. Não disse uma palavra até chegarem ao carro. Amaia abriu a porta, jogou o casaco lá dentro e entrou no carro.

— Boa noite, meritíssimo, obrigada por tudo, vou mantê-lo informado.

O juiz debruçou-se na porta aberta e disse:

— Diga-me uma coisa: se não fosse por essa chamada que recebeu, teria aceitado meu convite?

Ela demorou dois segundos para responder.

— Não.

— Boa noite, inspetora Salazar — disse o juiz, empurrando a porta do carro.

Amaia ligou o motor, arrancou com o carro, saiu para a estrada e virou-se para olhar para ele. Markina não estava mais ali, e isso a fez sentir um vazio inexplicável.

16

A Clínica Psiquiátrica Santa María de las Nieves ficava localizada num local afastado do povoado, numa região alta, livre de árvores e cercada por medidas de segurança. A começar pelo muro alto, cujo estilo carcerário não conseguia dissimular as pequenas árvores ornamentais, o portão de grades, a guarita do guarda, a cerca no acesso para os carros, as câmeras de vigilância. Um lugar que parecia destinado a guardar um grande tesouro e que continha, para além dos seus muros, apenas as mentes transtornadas dos seus doentes.

Na entrada, um carro-patrulha alertava para a presença policial. Baixou a janela do carro o suficiente para mostrar o distintivo. O policial saudou-a nervoso, e Amaia sorriu dando-lhe boa-noite.

— Quem está no comando?

— O inspetor Ayegui, inspetora.

Sentiu-se com sorte. Não conhecia muitos policiais da delegacia de Estella, a cuja jurisdição a clínica pertencia, mas se encontrara com o inspetor Ayegui fazia alguns anos e tratava-se de um bom policial, um pouco antiquado, porém justo e correto.

Era a primeira vez que visitava a Clínica Santa María de las Nieves. A ordem judicial havia sido bastante clara, sua mãe precisava ser internada num centro psiquiátrico de alta segurança. Flora encarregara-se de tudo, e teve de reconhecer que a instituição estava à altura do que se podia esperar de Flora e não se enquadrava na ideia preconcebida que Amaia fazia do que podia ser um centro psiquiátrico de alta segurança; supunha que devia ser o melhor que o dinheiro podia pagar.

Depois de atravessar a entrada, à qual se acedia depois de atravessar um jardim de estilo francês, encontrou-se num amplo hall muito semelhante ao de um hotel, com a diferença de que a recepcionista havia sido substituída por um enfermeiro vestido com um uniforme branco.

Aproximou-se do balcão e, quando ia identificar-se, um policial fardado chegou quase correndo por um corredor lateral.

— Inspetora Salazar?

Amaia assentiu.

— Queira acompanhar-me, por favor.

Assim que entrou, verificou que o inspetor Ayegui já havia assumido o controle do luxuoso gabinete e estava sentado atrás da mesa enquanto falava ao telefone. Ao fundo, um cavalheiro de meia-idade encostava-se à guarnição da lareira, com ar de profundo aborrecimento; o diretor banido, ela supôs. Assim que a viu entrar, aproximou-se dela solícito, ao mesmo tempo que se apresentava.

— Senhorita Salazar, lamento que tenhamos que nos conhecer nestas circunstâncias — disse, estendendo-lhe a mão, que não esperava que fosse tão forte.

— Inspetora Salazar — corrigiu Amaia, enquanto o cumprimentava —, da Polícia Foral.

Não lhe escapou o olhar de enfado que o diretor lançou ao inspetor Ayegui, tampouco a tensão que pareceu percorrer o seu corpo.

Depois do cumprimento deu um passo para trás, e o seu ímpeto explicativo pareceu reduzido a uma única intenção. Ficou silencioso, fitando-a e retorcendo uma das mãos dentro da outra num claro gesto de autoproteção.

O inspetor Ayegui desligou o telefone e saiu de trás da mesa.

— Inspetora, queira acompanhar-me — disse, pousando a mão amigável em seu braço e guiando-a para o corredor, sem se esquecer de fechar a porta atrás de si diante do olhar aliviado do diretor. — Como está, inspetora? — cumprimentou-a. — Este homem está em estado de choque, imagino, porque é com mais frequência do que gostaria que tenho de falar com psiquiatras e sempre fico com a impressão de que são um tanto desequilibrados — disse, sorrindo.

Conduziu-a até a recepção e para a porta do elevador, sem parar de falar.

— Os fatos ocorreram, segundo ele, por volta das sete e meia da noite. A doente assistiu à televisão e depois jantou no quarto. Em seguida, um vigilante a ajudou a deitar-se na cama, visto que precisa de ajuda para isso, então tirou de debaixo do travesseiro um objeto pontiagudo e feriu o vigilante no baixo-ventre, causando-lhe de imediato uma forte hemorragia. É uma sorte que os vigilantes usem aqui uma pulseira de alerta, semelhante à que usam as vítimas de violência doméstica para alertar que estão sendo atacadas. Ele apertou o botão e os colegas demoraram alguns segundos para aparecer. Aplicaram-lhe de imediato os tratamentos de emergência. Felizmente, os enfermeiros psiquiátricos também estudam medicina, e, embora ele esteja em estado grave, escapará com vida.

Amaia olhava para ele sem pestanejar, enquanto subiam no elevador até o terceiro andar.

— Por aqui — indicou ele, apontando para um corredor amplo e bem iluminado.

Dois policiais fardados conversavam na frente de um dos quartos sem qualquer identificação, a não ser a faixa vermelha e branca que limitava a passagem. O inspetor Ayegui parou alguns metros antes de chegar.

— A doente foi imobilizada, sedada e transferida para uma área de segurança. Vamos dar mais dez minutos ao diretor para que se recomponha, e ele lhe explicará tudo a respeito do tratamento que aplicaram e os aspectos clínicos da sua atitude — disse, em tom de desculpa. — No momento, não podemos entrar no quarto. Ainda estão averiguando, mas posso adiantar que este é um centro de segurança máxima apesar dos corredores acarpetados e dos médicos de terno, e o objeto que a doente utilizou não é artesanal como aqueles que se veem nas prisões. Esse objeto veio de fora, alguém entregou a ela, e, quando se facilita uma arma a um doente mental perigoso, isso é feito com determinada intenção.

Amaia olhava para a porta aberta como se o vazio a atraísse.

— De que tipo de objeto se trata?

— Ainda não temos certeza, é uma espécie de furador, parecido com um picador de gelo ou um buril, mas com uma lâmina curta e afiada. — Fez um gesto para um dos policiais que estavam na porta. — Traga-me a arma usada na agressão.

O policial voltou de imediato com uma maleta de coleta de provas, de onde retirou um saco transparente que continha o que à primeira vista parecia ser uma faca de pequenas dimensões. Amaia pegou o celular e tirou uma foto, mas o flash refletiu-se no plástico, impedindo que se visse o objeto com clareza.

— Pode tirá-lo do saco? — pediu.

O policial olhou para o chefe, que anuiu. Abriu o fecho e segurou-o na mão enluvada para que ela o fotografasse, dando especial atenção ao cabo amarelado e esfarelado pelo tempo. Enviou uma fotografia acompanhada por uma mensagem curta e esperou alguns segundos antes de o telefone tocar. Acionou o viva-voz para que Ayegui pudesse ouvir.

— Não tenho nenhuma dúvida — afirmou o doutor San Martín do outro lado da linha. — Na verdade, já vi muitos objetos parecidos com esse. Um cardiologista amigo meu os coleciona, é um bisturi antigo, provavelmente europeu, do século XVIII. E esse cabo lindíssimo é de marfim, um material que foi descartado mais tarde devido à sua porosidade. Pelas manchas de sangue que apresenta, deduzo que tenha sido empregado como arma, além disso o metal está muito sujo para se poder vê-lo com nitidez.

Amaia agradeceu a San Martín e desligou.

— Se é um bisturi, talvez não o tivessem trazido para cá; pode ser que já estivesse aqui — sugeriu Ayegui.

— Inspetora — avisou um policial do elevador —, a sua família acaba de chegar.

— Vá vê-los — desculpou-a Ayegui. — Vou me encontrar com vocês daqui a alguns minutos.

Rosaura acabava de entrar no gabinete e Flora apareceu um instante depois, acompanhada por um elegante cavalheiro que apresentou a todos por alto.

— Venho acompanhada pelo padre Sarasola, na qualidade de psiquiatra e amigo da família.

— O doutor Sarasola e eu já nos conhecemos — disse o diretor da clínica, estendendo-lhe a mão ao mesmo tempo que o fitava, intimidado.

Amaia não disse nada, esperou até o fim das apresentações e a aproximação do sacerdote.

— Inspetora Salazar.

Amaia apertou-lhe a mão, sem deixar transparecer a sua surpresa, e esperou que se sentassem antes de se dirigir ao diretor da Clínica Santa María de las Nieves.

— Como estava a doente nos últimos dias?

— Animada. A reabilitação está dando frutos, caminha com mais desenvoltura, muito embora no aspecto da comunicação não tenhamos obtido progressos, além disso a doente não fala muito. Nesse tipo de doença, às vezes a deterioração física e a mental também seguem por caminhos diferentes.

— Está me dizendo que ela teve uma recuperação física apreciável?

— O nosso avançado sistema de reabilitação, baseado em técnicas conjuntas de massagens, exercícios e eletroestimulação, está dando grandes resultados — declarou, orgulhoso. — A doente caminha melhor, só utiliza o andador por uma questão de segurança, ganhou algum peso e massa muscular; está mais forte, em suma. — Seu rosto obscureceu-se um pouco. — Bem, Gabriel, o vigilante atacado, é um homem muito forte, muito, muito forte, e ela o derrubou.

O inspetor Ayegui entrou sem bater e, sem se apresentar, perguntou à queima-roupa:

— Que tratamento químico a doente recebia?

— Não posso revelar, faz parte do sigilo médico-doente — disse, olhando desconfiado para o sacerdote, que, de acordo com o que lhe era habitual, estava de pé olhando pela janela e sem prestar atenção ao que acontecia no gabinete.

— Julgo que, dadas as circunstâncias, o sigilo médico fica sem efeito, mas não importa, já sei a resposta — disse Ayegui, sorrindo. — São cápsulas brancas, outras amarelas e grenás e algumas pequenas pílulas azuis e outras cor-de-rosa, como estas? — perguntou, abrindo a mão e mostrando a variedade ao médico, que olhou para os comprimidos, incrédulo.

— Como? Onde...?

— Estamos procurando outras armas no quarto, caso haja, e detectamos que um dos tubos ocos dos pés da cama havia sido adulterado, e o tampão de plástico que o fecha pode ser retirado com facilidade. O seu interior está repleto de mais comprimidos como estes.

— Impossível! — exclamou o diretor. — Rosario sofre de uma doença grave. Se não fosse pelo tratamento não teria atingido os níveis de evolução que vem apresentando nos últimos meses — afirmou, olhando para Flora e para Ros como se esperasse mais compreensão delas. — O tratamento dela tem sido meticulosamente documentado. Esta instituição caracteriza-se pelos cuidados modernos que proporciona aos seus doentes e pelos constantes controles dos progressos, retrocessos ou variações de comportamento que registram. A mínima alteração é avaliada e uma comissão de nove especialistas e eu decidimos cada mudança no tratamento, cada mudança na terapia. Uma suspensão da medicação seria gravíssima e não nos passaria despercebida. Rosario mostrou-se calma, sorridente, colaboradora; já havia nos dito que tinha mais apetite, havia ganhado peso e dormia muito bem. É impossível — disse, repetindo as palavras — que um doente com uma patologia como a dela pudesse apresentar uma melhora semelhante se não estivesse submetido a tratamento, ou se por alguma razão o tratamento fosse suspenso. Aqui o meu colega — disse, fazendo um gesto para o padre Sarasola — poderá dizer que o equilíbrio químico nesses tratamentos é crucial, e a suspensão total ou parcial, ainda que fosse apenas de um dos comprimidos, faria com que a doente sofresse um desequilíbrio.

— Parece que a doente não toma os ditos comprimidos há meses, a avaliar pela quantidade deles dentro daquele tubo. Alguns estão um pouco descoloridos, talvez devido ao efeito da saliva. Ela devia fingir engoli-los e depois os cuspia — disse Ayegui.

— Afirmo que não pode ser, já lhe diss…

— O que, por outro lado, explica o fato de ela ter atacado o vigilante — cortou o inspetor.

— O senhor não entende. Rosario não pode estar sem tratamento, é impossível fingir normalidade, e ontem mesmo um dos seus médicos avaliou-a na terapia. — O diretor resfolegou, abrindo uma gaveta de onde tirou um grosso relatório. — Faço questão de insistir que os relatórios sejam redigidos também em papel — explicou —, não podemos nos arriscar a que um vírus de computador acabe com o histórico de doentes tão delicados. — Pôs o relatório em cima da mesa. — Não podem levá-lo, mas consultem-no se quiserem, embora possa ser bastante confuso para um leigo na matéria… Talvez o doutor… — disse, sentando-se abatido em sua dispendiosa poltrona.

Amaia aproximou-se mais da mesa e debruçou-se um pouco para lhe mostrar a fotografia na tela do seu celular.

— Um perito afirmou que o objeto utilizado é um bisturi muito antigo, provavelmente de alguma coleção. Vocês têm algo semelhante por aqui?

O diretor olhou, apreensivo, para a foto.

— Não, é evidente que não.

— Não seria assim tão estranho. Alguns médicos gostam de colecioná-los, pode ser que algum dos médicos tenha algo do gênero no gabinete...

— Não que eu saiba; duvido, somos muito rigorosos no que diz respeito às normas de segurança. Nem é permitido levar esferográficas no bolso do jaleco. É proibido tudo o que seja suscetível de ser utilizado como arma. Objetos pontiagudos, pesados, sapatos com cadarços, cintos, e não só nos doentes, também no pessoal, incluindo os médicos. É evidente que possuímos material clínico, mas só na enfermaria, sob vigilância dentro de um armário de segurança, e é um material do mais moderno que há, sem nada a ver com isso.

— Então é óbvio que, se o bisturi não vem deste centro, deve ter vindo de fora — disse fitando-o, desconfiada.

— Impossível — defendeu-se ele. — Já tiveram oportunidade de ver o nosso sistema de segurança, cada visitante é obrigado a passar por um detector de metais e as bolsas são registradas e deixadas na entrada. Os doentes da área azul não recebem visitas e os outros apenas as autorizadas. No caso de Rosario, apenas os seus irmãos. Os visitantes passam por todos os procedimentos de segurança, sem exceção, e são informados de que não podem entregar nenhum objeto, alimento, livros, jornais, revistas, o que quer que seja, sem informar primeiro os enfermeiros. Os visitantes permanecem o tempo inteiro no quarto do doente e não podem sair para os corredores, nem ter contato com outros internos, coisa que por outro lado seria impossível, uma vez que esses doentes permanecem isolados a maior parte do tempo e sempre durante as visitas. A senhora não sabe disso, porque nunca veio visitar a sua mãe — disse o diretor, malicioso. — Mas os seus irmãos poderão confirmar o que estou dizendo.

— Irmãs — corrigiu Amaia.

— O quê? — retorquiu o homem, confuso.

— É a segunda vez que o senhor diz irmãos; eu só tenho duas irmãs — disse Amaia, apontando com a mão para elas.

O diretor empalideceu.

— Deve ser uma brincadeira qualquer... O seu irmão tem visitado a mãe com frequência — replicou, olhando para as outras duas em busca de uma confirmação.

— Não temos nenhum irmão — disse Rosaura para um médico desconcertado, cujo rosto se alterou por momentos.

— Doutor — gritou Amaia, chamando de novo a atenção dele e obrigando-o a olhar para ela. — Com que frequência a minha mãe recebeu essas visitas?

— Não sei, teria de consultar o registro, mas umas duas vezes por mês, pelo menos...

— Por que motivo não fui informada disso? — interveio Flora.

— Faz parte da confidencialidade médico-doente. Só recebem as visitas que eles mesmos solicitam, para evitar que mesmo com a melhor das intenções uma visita indesejada cause mais mal do que bem.

— Quer dizer que essa visita foi autorizada por ela?

O diretor consultou o monitor do computador.

— Sim, há quatro pessoas na lista: Flora, Rosaura, Javier e Amaia Salazar.

— Estou na lista — sussurrou Amaia, incrédula.

— Javier Salazar não existe, nunca existiu, não é nosso irmão — bramou Flora, furiosa. — Como consentiu que um desconhecido entrasse aqui? É uma vergonha!

— Está se esquecendo de que foi Rosario quem solicitou essa visita?

Amaia olhou para o inspetor Ayegui, que abanava a cabeça, e aproximou-se da mesa até ficar ao lado dele.

— Quando foi a última vez que ele a visitou?

O homem engoliu em seco com grande esforço, tentando controlar a náusea que se manifestava com evidência em seu rosto crispado.

— Esta manhã — respondeu, humilhado.

Um murmúrio de indignação se alastrou entre os presentes. O diretor pôs-se de pé, cambaleando, e estendeu as mãos à sua frente pedindo calma.

— Ele passou pelos controles de segurança, identificou-se como deve ser, deixou a carteira de identidade como de costume, e preencheu, como em cada ocasião, o formulário. Verificam-se sempre os dados como rotina; não somos a polícia, mas dispomos de um sistema de segurança muito bom.

— Não tão bom assim — refutou Amaia.

Ayegui apontou para o diretor com um dedo inquisidor.

— Você vai facilitar nosso acesso às gravações nas quais esse indivíduo apareça, assim como os formulários que preencheu, para ver se temos sorte e podemos tirar alguma impressão digital.

Um policial fardado entrou e disse alguma coisa no ouvido de Ayegui, que assentiu.

— Venha comigo, inspetora — disse, ao mesmo tempo que se dirigia para a saída, não sem antes se virar para trás para dizer ao diretor: — Reúna esse material, agora.

— Com certeza — respondeu o homem, pegando o telefone, quase aliviado por ter alguma coisa para fazer que o livrasse do olhar de reprovação de Flora.

A brancura generalizada do quarto só era alterada pela mancha de sangue no chão, que quase permitia adivinhar a forma dos quadris do vigilante. Os elementos da polícia científica, com os seus macacões brancos com capuz e as proteções que lhes cobriam os sapatos, eram quase invisíveis no quarto, até que um deles se virou e veio ao encontro de ambos.

— É um prazer voltar a vê-la, inspetora — cumprimentou.

Ao prestar mais atenção, Amaia reconheceu uma das peritas forenses que haviam colaborado no resgate do cadáver de Lucía Aguirre.

— Desculpe — disse, tentando recordar-se do nome dela. — Não a tinha reconhecido com o macacão.

— Iguaizinhos aos dos CSI dos filmes, não acha? — disse, brincando. — Muito atraentes e com o cabelo solto bem no local do crime.

— O que descobriram? — pressionou Ayegui.

— Algo muito interessante — retorquiu, virando-se para o quarto. — Havia impressões digitais ensanguentadas na grade da cama que indicam que foi puxada com força. Ao movê-la encontramos uma inscrição que estava oculta pela cabeceira e que não vimos antes. Podem entrar — disse, convidando-os —, já foi averiguado.

As vozes começaram a ressoar na cabeça de Amaia, provenientes de um local da sua mente que só visitava em sonhos. Suas mãos ficaram cobertas de gotículas de suor, o coração disparou, obrigando-a a respirar mais depressa, mas estava ciente de que precisava disfarçar para que os outros não percebessem. As vozes das lâmias ficaram mais claras de modo a gritar em uníssono: *Faça-o parar, faça-o parar, faça-o parar.*

Contornou a cama e olhou: brilhando sob a luz hospitalar que iluminava a parede por cima da cabeceira da cama, pôde ver a cuidada caligrafia da sua mãe, que com o sangue do vigilante havia escrito: *TARTTALO*. Amaia fechou os olhos, e um suspiro que saiu bastante audível subiu-lhe aos lábios. Quando tornou a abri-los, um segundo mais tarde, as vozes já haviam cessado, no entanto a mensagem continuava ali.

17

A sala de segurança da Clínica Santa María de las Nieves não destoaria de qualquer penitenciária do país. Havia monitores que vigiavam o interior, os corredores, os elevadores, todas as áreas comuns, alguns quartos, as unidades da enfermaria e os gabinetes. O chefe da segurança era um homem de cerca de cinquenta anos que lhes mostrou, quase com orgulho de proprietário, todo o sistema.

— Há câmeras nos quartos dos doentes? — quis saber Ayegui.

— Não — respondeu atrás dele o diretor —, os doentes de segurança moderada têm direito à sua privacidade nos quartos. As portas têm aberturas por onde se faz o controle para ver se estão bem; só os da área azul são gravados vinte e quatro horas por dia, mas ficam fechados nos respectivos quartos, exceto no horário da reabilitação, da terapia e do passeio no jardim. No caso de Rosario, sempre em separado.

Amaia olhou os monitores, onde quase não se observava movimento algum.

— É muito tarde — explicou o diretor —, a maioria dos doentes está dormindo, e os que não estão encontram-se imobilizados nas suas camas.

O chefe da segurança indicou-lhes um monitor.

— Reuni o material que tenho onde aparece o visitante. Foi fácil; basta consultar o registro, e obtive o dia e a hora exatos; mas apenas remontam a um período de quarenta dias a contar de hoje para trás. Com exceção das gravações de doentes, que são conservadas para a avaliação psiquiátrica, as outras, segundo a rotina de segurança, são apagadas de forma automática ao fim dos quarenta dias, caso não se tenha verificado nenhum incidente; e isso nunca aconteceu nos doze anos em que estou aqui, jamais em relação aos visitantes ou tentativas de entrar na instituição à força pelo lado de fora. No caso dos doentes, a situação é outra, como pode imaginar. — E, baixando o tom de voz para que o diretor não pudesse ouvi-lo, acrescentou: — Não imagina as coisas que eles conseguem fazer.

Amaia assentiu, ao mesmo tempo que um arrepio lhe percorria a espinha. Sim, podia imaginar, sim.

— Comecemos então pelas mais antigas, de uns quarenta dias atrás, para ver se encontram alguma coisa que interesse a vocês antes de serem apagadas.

— Adianto que vocês não devem apagar nenhuma gravação onde apareça esse sujeito — disse Ayegui.

O vigia olhou para o diretor, que estava encostado à parede, como se fosse desmoronar a qualquer momento, e que sussurrou das sombras:

— Sem dúvida.

Ayegui atendeu uma chamada por breves instantes e, depois de desligar o celular, esclareceu:

— Acabam de me confirmar que a carteira de identidade usada é falsa. Não me surpreende, há máfias que por um preço razoável conseguem arranjar desde uma identidade falsa até uma nova completa. É relativamente fácil.

Das sombras da sala de monitoramento das câmeras, o diretor resfolegou, resignado.

— Vejamos então essas imagens.

Era evidente que as câmeras tinham sido colocadas com a finalidade de obter uma visão ampla da clínica. Planos muito abertos, grandes enquadramentos e muita área para cobrir. As câmeras das entradas eram destinadas a vigiar para que ninguém saísse. Era lógico que tivessem enquadramentos de segurança do exterior; quem iria querer entrar num lugar com uma placa que indicava Centro Psiquiátrico de Alta Segurança? No monitor, um rapaz novo, de não mais de quarenta anos, magro, com jeans e suéter de lã de gola alta, óculos, gorro e barba, surgia à entrada, passando pelo detector de metais, pelo controle principal, entregando a sua documentação falsa e percorrendo com o vigia o corredor com as suas três portas de segurança até o quarto de Rosario.

Havia um total de três visitas gravadas, em todas uma indumentária idêntica, em todas evitara levantar a cabeça para as câmeras, exceto na mais recente, a daquela manhã, quando no último posto de controle, antes da saída, tirara o gorro por alguns segundos, antes de voltar a colocá-lo.

— Parece que está nos mostrando o rosto de propósito — disse Ayegui.

— Não servirá para muita coisa — lamentou-se o vigia —, é uma das câmeras do estacionamento; está colocada muito alto, uma vez que a sua tarefa não é vigiar pessoas, por isso receio bem que a qualidade não seja tão boa: a imagem já foi ampliada no máximo e não se distingue grande coisa.

— Dispomos de mais meios — disse Ayegui —, veremos o que é possível fazer. — Em seguida, virou-se para o diretor: — Diga-me uma coisa: vou precisar de uma ordem judicial para levar isto comigo?

— Não, claro que não — respondeu o homem, abatido.

Flora esperava em pé, no meio do amplo gabinete, e abordou o diretor assim que entraram.

— Onde está a minha mãe agora?

— Ah, não precisa se preocupar com isso. Rosario está muito bem, nós a sedamos e neste momento está descansando. Encontra-se sob segurança máxima e é claro que não pode receber visitas até que a avaliemos de novo e reiniciemos o tratamento.

Flora pareceu ficar satisfeita, puxou o casaco para baixo para esticá-lo, sorriu de leve e olhou para o diretor. Amaia sabia que ela se preparava para atacar.

— Doutor Franz, prepare tudo para a transferência da minha mãe. Dadas as circunstâncias, ela não ficará nem um minuto a mais além do necessário nesta instituição, e saiba que assim que a investigação ficar concluída exigirei que se apurem responsabilidades: estou pensando em processar o senhor e a Clínica Santa María de las Nieves.

O diretor corou.

— Por favor, a senhora não pode... — balbuciou. — É um erro transferi-la agora, pode desequilibrá-la com gravidade.

— Ah, sim? Mais do que ficar sem tratamento durante semanas? Mais do que receber visitas de desconhecidos que colocam armas na mão dela? Não me parece, senhor doutor.

— Lamento muito tudo o que aconteceu, mas vocês precisam entender que fomos enganados. Julgávamos que era seu irmão; a polícia confirmou-o, a documentação era falsa. Ela solicitou a visita e mostrava-se feliz quando ele a visitava. Como iríamos desconfiar?

— Está me dizendo que o critério utilizado aqui é o de uma mulher com as faculdades mentais perturbadas? — respondeu Flora. — E o que me diz do fato de a minha mãe não andar tomando a medicação?

— Quanto a isso não posso explicar — admitiu. — Clinicamente, é impossível que ela pudesse se controlar... a menos... — O diretor pareceu pensar em alguma coisa que descartou por achar ridículo e insistiu com as suas súplicas. — Pelo amor de Deus, não a transfiram, vão causar um prejuízo terrível à Clínica Santa María de las Nieves — disse, tremendo de leve.

Amaia sentiu pena do homem, oprimido, perdendo o controle sobre a situação: parecia que a qualquer momento podia lhe ocorrer uma apoplexia. Olhou para as irmãs e virou-se para as outras pessoas.

— Poderiam nos deixar a sós por um momento?

— Claro que sim — responderam o doutor Franz e Ayegui, encaminhando-se para o corredor.

— Só a família — disse Amaia, dirigindo-se ao sacerdote, que não arredara pé do seu lugar à janela.

Quando todos saíram, Amaia sentou-se junto das irmãs.

— Estou de acordo em transferi-la, Flora.

A irmã pareceu surpreendida, como se estivesse à espera de que Amaia fosse contrariá-la.

— Mas antes quero que me explique, embora eu faça uma ideia, onde foi buscar e o que faz aqui o padre Sarasola.

— É claro — concordou Flora. — Ele entrou em contato comigo há três meses. O padre Sarasola é médico e é uma autoridade em psiquiatria, um dos melhores do mundo, segundo pude perceber. Disse que conhecia a situação da nossa mãe, porque o caso dela era dado como exemplo em muitos congressos de psiquiatria. Que estava muito interessado em sua evolução e que tinha algumas ideias inovadoras para o seu tratamento. Ofereceu-me a transferência e o atendimento gratuito em sua clínica da Opus Dei em Pamplona. Nem é preciso dizer que essa clínica é caríssima, mas isso não foi suficiente para me convencer. Me pareceu interessante, e talvez até uma oportunidade para a *ama*, o emprego de novas técnicas, novos avanços, mas ela parecia muito feliz aqui, e para mim isso está em primeiro lugar, ou estava até agora, e está claro que a segurança dela passa a ser a maior prioridade. Se qualquer um pode entrar aqui e se ela nem tomava a medicação, já podem ver.

Ros assentiu.

— Estou de acordo, isso sem falar que a mãe quase matou esse pobre homem...

— Bem, isso também — anuiu Flora.

Amaia levantou-se.

— Está bem, mas antes de aceitar quero falar com o padre Sarasola.

Conseguiu que o doutor Franz lhes cedesse um gabinete onde pudessem conversar em particular. O padre Sarasola não pareceu surpreso com o pedido dela e até chegou a fazer um comentário a esse respeito enquanto Amaia fechava a porta da sala.

— Inspetora Salazar, eu sabia que com você as coisas não seriam tão simples como com as suas irmãs e esperava ansioso que chegasse este momento.

— E por quê? — interessou-se Amaia em saber.

— Porque para você as explicações não bastam; você quer a verdade.

— Pois então não me decepcione e conte-a. Por que motivo quer levar a minha mãe?

— Eu poderia falar durante horas sobre o interesse clínico que possui um caso como o da sua mãe, mas essa não é toda a verdade. Creio que é necessário tirá-la daqui para afastá-la do mal que veio procurá-la.

Amaia abriu a boca, assombrada, e sorriu de leve.

— Vejo que cumpre a sua palavra.

— Acredito ser urgente desviá-la do seu caminho, mantê-la isolada, impedir que conclua a sua incumbência.

Amaia não parava de se espantar.

— Há algum tempo que estamos interessados no caso da sua mãe. Trata-se de um comportamento bastante peculiar que ocorre em casos muito específicos, o tipo de caso que nos interessa devido ao quadro especial que apresenta, e o caso da sua mãe tem isso.

— E qual é?

— O quadro que diferencia o caso dela de outros de perturbação mental é o mal.

— O mal — repetiu Amaia.

— A Igreja Católica anda há séculos investigando a origem do mal. Nos últimos tempos, a psiquiatria registrou grandes progressos em matéria de perturbações do comportamento, contudo, existe um grupo de doenças que quase não registrou progressos desde a Idade Média, quando apareceram as primeiras documentações. Não se trata de uma novidade para você que existem pessoas malvadas, pérfidas; não falo de loucos, nem de perturbados, apenas pessoas cruéis, impiedosas, que sentem prazer em causar dor aos seus semelhantes. O mal influi nessas pessoas e em seu comportamento, e as doenças mentais que apresentam não são apenas doenças como as dos outros, mas sim um terreno fértil perfeito para propiciar o mal. No caso desses indivíduos, é o mal que causa a doença mental e não o inverso.

Amaia escutara-o com atenção e abanou a cabeça como que para sair de um sonho. O doutor Sarasola estava verbalizando uma doutrina na qual acreditara desde sempre, sem se atrever a dar-lhe um nome, sem se atrever a chamá-la pelo nome que ele não tinha receio de utilizar. Desde que era muito pequena sabia que havia alguma coisa que não batia muito bem na cabeça de Rosario, do mesmo modo que sabia que a mãe a controlava o suficiente a ponto de manter a distância entre aquela terra de ninguém que as separava e que apenas transpunha durante a noite, quando se debruçava sobre a sua cama, tão louca a ponto de ameaçar comê-la, tão pérfida a ponto de se deleitar com o seu pânico, tão lúcida a ponto de o fazer quando ninguém estava vendo.

— Não posso estar de acordo com o senhor — mentiu, com intenção de ver até onde chegava Sarasola. — Sei que o ser humano é capaz de muitas coisas, é verdade que alguns homens executam os piores horrores, mas o mal... Pode ser a educação, a falta de afeto, a doença mental, as drogas ou as más companhias... mas recuso-me a aceitar que os indivíduos sejam influenciados pelo mal a partir de uma fonte externa. Acho que vocês falam de livre-arbítrio, não é? Trata-se apenas da natureza humana; se assim não fosse, como explicaria a bondade?

— É verdade que o ser humano decide, é livre, mas existe uma fronteira, um limite, um momento em que uma pessoa dá o primeiro passo e se abandona ao mal em estado puro. Não me refiro ao homem que comete um ato violento num momento de privação momentânea de sentidos. Quando se acalma e se dá conta do que fez, enlouquece de dor e de arrependimento; falo de comportamentos anormais, alguém que comete um ato abominável, como o homem que chega em casa de madrugada e desfaz a marteladas o crânio da mulher, de dois filhos gêmeos de dois anos e do bebê de três meses, enquanto dormiam. Ou da mulher que enforcou os quatro filhos com o cabo do carregador do celular. Matou-os um por um e levou mais de uma hora para perpetrar os crimes... E, sim, estava drogada, mas conheci milhares de toxicodependentes que dão um empurrão na mãe para que lhes dê dinheiro e em seguida morrem de dor por terem feito isso, e nunca cometeram nem cometerão um ato assim tão repugnante. Não vou negar que em certas circunstâncias ou situações o consumo de drogas não acabe por agir como uma onda que arrebenta a comporta, mas o que entra por essa brecha é outro assunto, e aquilo que uma pessoa permite que entre por ela também é um assunto diferente. Não preciso falar muito mais, tudo isso você já sabe.

Amaia olhou para ele, alarmada, sentindo-se exposta, como só se havia sentido com Dupree, que por coincidência também sabia algumas coisas sobre o mal, sobre comportamentos anormais e sobre aquilo que não é assim tão evidente.

— O mal existe e encontra-se no mundo, você sabe distingui-lo do mesmo modo que eu o faço. É verdade que a sociedade em geral se sente um pouco confusa em relação a esse assunto, e em boa parte a sua confusão tem origem no fato de se ter afastado do caminho de Deus e da Igreja.

Amaia fez uma expressão preocupada.

— Não olhe para mim assim. Há um século, qualquer homem ou mulher sabia identificar os sete pecados capitais, da mesma maneira que sabia o pai-nosso. Esses pecados têm a particularidade de ser os que condenam o pecador, destruindo-lhe a alma e também o corpo. A soberba, a ganância, a inveja, a ira, a luxúria, a gula e a preguiça, sete pecados que continuam tão vigentes no mundo como há um século, embora eu acredite que se tenha dificuldade em encontrar na rua meia dúzia de pessoas que soubessem identificá-los. Sou psiquiatra, mas preciso dizer que a psiquiatria moderna, Freud com a sua psicanálise e esses disparates, deixaram a sociedade confusa, perdida, convencida de que todos os males se enraízam no fato de não se ter recebido amor maternal na infância, como se isso justificasse tudo. E, como consequência dessa incapacidade para distinguir o mal, colocam o rótulo de loucura em qualquer aberração. "Só pode estar louco para ter feito uma coisa destas..."; já ouvi milhões de vezes como a sociedade se arma em autoridade em psiquiatria e emite o seu diagnóstico indulgente. Contudo, o mal existe, está aí e você sabe tão bem como eu que a doença da sua mãe não reside apenas na mente.

Amaia fitou-o, avaliando aquele homem cheio de razões que ela não se atrevia a verbalizar e que lhe inspirava ao mesmo tempo uma desconfiança instintiva. Tinha de tomar uma decisão e precisava fazê-lo já.

— O que sugere?

— Nós proporcionaremos tratamento para a doença mental dela e tratamento para a sua alma. Contamos com uma equipe composta pelos melhores especialistas do mundo.

— Não vão praticar exorcismo nela? — perguntou.

O padre Sarasola riu, divertido.

— Receio que não serviria de nada; a sua mãe não está possuída. É malvada, pérfida, e a sua alma é tão obscura quanto a noite.

O coração de Amaia saltou um batimento e ela sentiu o peito oprimido à medida que a angústia ali encerrada durante anos se libertava, escutando aquele sacerdote dizer o que ela sabia desde que se entendia por gente.

— Acha que o mal a transtornou?

— Não, creio que se misturou com coisas que não devia, e essas coisas sempre cobram o seu preço.

Amaia pensou nas consequências do que ia dizer.

— Pode ser que o homem que a tem visitado tenha induzido outras pessoas a se suicidar.

— Não creio que seja o caso da sua mãe. Ela não terminou o trabalho.

Amaia sentia-se quase enjoada: aquele homem era dotado de uma clarividência extraordinária, lia-lhe os pensamentos como se fosse um livro.

— Não deve receber visitas, não deve ver ninguém, nem as minhas irmãs.

— É esse o nosso protocolo. Dadas as circunstâncias, é o melhor para todos.

༄

Reconheceu a jovem perita que despia o macacão branco em frente à porta do quarto.

— Olá outra vez — cumprimentou, aproximando-se. — Já terminaram?

— Olá, inspetora. Sim, já temos tudo o que foi possível recolher: impressões digitais, fotografias, amostras... Da nossa parte já terminamos.

Amaia debruçou-se na porta e observou o rastro da passagem dos peritos.

A cama, agora no meio do quarto, tapava em parte a mancha de sangue no chão e estava toda desfeita. A colcha, os lençóis, a fronha do travesseiro e a capa do colchão encontravam-se dobrados com todo o cuidado em cima de uma cadeira de couro que destoava da brancura do quarto, e que era evidente ter sido trazida do gabinete. Não havia cortinas na janela, e tanto a mesa de cabeceira como a cadeira que se encontravam ao seu lado estavam aparafusadas à parede e ao chão. Na parede oposta, duas portas fechadas. O travesseiro apresentava um corte longitudinal na espuma, que evidenciava o local onde o bisturi havia sido escondido. Todas as superfícies suscetíveis de serem tocadas haviam sido cobertas pelo gorduroso pó negro que se usava para extrair impressões digitais.

— O que há por trás daquelas portas? — perguntou à jovem.

— Um armário para a roupa e uma espécie de banheiro, com apenas um vaso sanitário, sem tampa, e um lavatório que se aciona com um pedal. Já os examinamos. O armário é mantido fechado à chave e só é aberto para tirar roupa lavada, pouca coisa; os doentes vestem a roupa de dormir, o roupão e os chinelos da clínica.

Amaia vasculhou a bolsa, à procura de luvas, que vestiu enquanto, da entrada, observava o quarto como se uma barreira invisível lhe impedisse a passagem.

— Podia conseguir para mim um desses macacões brancos?

— Ah, claro! — respondeu-lhe a perita, debruçando-se sobre um saco desportivo de onde retirou um macacão novo. — Mas não é necessário, o quarto já foi verificado, pode entrar à vontade.

Sabia disso, já não havia perigo de contaminar o local do crime, mas mesmo assim pegou o macacão.

— Não quero me sujar — respondeu, rasgando o plástico que o envolvia.

A jovem perita olhou para o colega com uma expressão intrigada.

— Quanto a nós, já estamos de saída. Vai precisar de mais alguma coisa?

— Não, obrigada.

Esperou até que as portas do elevador se fechassem para calçar as proteções por cima das botas, puxou o capuz sobre a cabeça e ajustou-o, tirou um lenço de papel da bolsa e deixou-o no lugar onde havia estado o material dos peritos forenses, e ainda ficou durante alguns segundos, eternos, diante da porta aberta, sem chegar a transpô-la. Engoliu em seco com dificuldade e deu um passo para dentro do aposento, ao mesmo tempo que tapava o nariz e a boca com o lenço.

A primeira coisa que notou foi o cheiro do sangue do pobre vigia, misturado com outro mais sutil de fezes e de fluidos intestinais. Quase agradeceu a intensidade daqueles eflúvios que impediam que o outro odor se manifestasse com mais intensidade. Contudo, à medida que ia penetrando no aposento, o cheiro ia ficando mais intenso, até se concentrar no quarto como a essência enjoativa do medo. Não existe memória tão precisa, tão vívida e evocadora como aquela que se recupera através do olfato, e está tão ligada às sensações que se experimentaram em conjunto com o odor que é surpreendente o que se chega a recordar, incitada a mente por algumas notas aromáticas.

Cheirou-a, e um tremor percorreu-lhe o corpo, enquanto os olhos se enchiam de lágrimas, que reprimiu obrigando-se a respirar fundo. As memórias sobrevivem porque os axônios dos neurônios olfativos sempre se dirigem para o mesmo lugar, para o mesmo arquivo, para guardar o mesmo cheiro. *O cheiro da sua assassina deve ocupar um lugar de honra em seu registro*, disse para si mesma, meio histérica, quase com raiva. Tentava controlar o pânico que se apoderava dela vindo de fora para dentro, obscurecendo os limites da sua visão e deixando-a quase às escuras, como a protagonista de uma sinistra peça de teatro que estremece sob um poderoso holofote central, enquanto o resto do mundo se dissipa por entre as trevas.

Não, disse para com os seus botões. *Não*. E fechou os olhos, apertando-os com força para não ver a onda de escuridão que se precipitava sobre ela e a faria cair num abismo que conhecia muito bem.

A voz da menina chegou-lhe com clareza. Painossoqueestásnocéu-santificadosejaovossonome... A menina tinha tanto medo, e era tão pequena...

— Já não sou uma criança — sussurrou, ao mesmo tempo que levava a mão à cintura como que por instinto. Sentiu a suavidade da Glock por baixo do macacão asséptico e a luz tornou a iluminar o quarto. Ficou imóvel, à medida que tomava alguns segundos para se acalmar. Fechou os olhos e quando voltou a abri-los viu apenas um local analisado pelos técnicos da polícia científica. Abriu a porta do pequeno banheiro e experimentou abrir a do armário. Tocou nas barras metálicas da cama e sentiu o frio do metal através das luvas. Aproximando-se da cadeira que fazia parte do mobiliário do quarto, examinou-a como se conservasse uma marca invisível, que, não obstante, fosse palpável. Refletiu por um instante e optou por não se sentar ali. Retirou a roupa de cama dobrada sobre a cadeira de escritório que os peritos haviam trazido e colocou-a em cima da cama, procurando mantê-la o mais afastada possível de si, enquanto mantinha com a outra mão um lenço apertado contra a boca e o nariz, decidida a não respirar o seu odor, a não deixar que o cheiro do medo entrasse nela de novo. Com uma só mão, arrastou a cadeira até colocá-la diante da parede, onde o sangue ainda brilhava debaixo da luz branca da lâmpada fluorescente que iluminava a cabeceira da cama.

Amaia sentou-se e observou a obra que clamava da parede como o teria feito num museu, um macabro museu dos horrores onde os artistas, convidados por um mecenas demoníaco, expusessem as suas obras com um único assunto central. Era um tema dedicado a ela, um tema que com essa derradeira obra estabelecia de forma inequívoca uma relação entre um bando de assassinos caóticos, e em teoria desconexos, a serviço de um monstro instigador que amputava e colecionava braços de mulheres, e... a sua mãe. Riu com este último pensamento, com tanta força que o riso ressoou pelo quarto, e ao ouvi-lo assustou-se, porque não era riso, era um uivo gutural e histérico, que a levou a pensar que, depois de tudo, naquele ambiente nada destoava. Era de loucos?

Até os loucos têm um perfil comportamental. Quase era capaz de ouvir a voz do seu agente instrutor em Quantico. Porém... não acreditava que este fosse louco, não podia ser para conseguir dominar o comportamento de tantos indivíduos. De todos os tipos de assassinos catalogados pela unidade de estudos comportamentais, o mais misterioso, o mais inovador e o de quem menos se sabia era, de longe, o assassino instigador. O controle das suas necessidades e o controle implacável que era capaz de exercer sobre os seus servos era de um deus. E era nisso que consistia o seu jogo, em deixar-se adorar e servir, como uma divindade benfeitora para os seus adeptos, e tão cruel e vingativo que ninguém se atrevia a provocar a sua ira. Deixando-se amar, pedindo como se outorgasse, subjugando como se cuidasse, dominando da sombra e exercendo uma onipotência invisível sobre as suas criaturas. Para os investigadores de perfis, constituía um desafio a análise da maneira como escolhia os seus servos, como conseguia seduzi-los e convencê-los até criar neles a necessidade de servi-lo.

Que se tratava de uma pessoa paciente não restava a menor dúvida: ela sabia por intermédio de Padua que alguns dos ossos encontrados na gruta tinham vários anos, tanto aqueles sobre os quais agia, tanto os das vítimas, quanto os dos servos. Quatro anos tinham passado desde o assassinato de Edurne Zabaleta em Bilbao; quase três do de Izaskun López, a mulher de Logronho; dois e meio desde que o marido de María Abásolo os matou, ao cão e a ela, com poucos dias de diferença; pouco mais de um ano desde o caso de Johana Márquez; e calculava que perto de seis meses do de Lucía Aguirre, contando com o tempo em que fora dada como desaparecida e os quatro meses que decorreram até que Amaia voltasse ao trabalho e quando Quiralte lhe dissera onde se encontrava o cadáver da mulher. Em todos os casos, os maridos ou os companheiros foram os assassinos; em todos suicidaram-se depois de cometer o ato ou então na prisão; em todos deixaram a mesma mensagem; todas as vítimas tiveram um braço amputado na altura do cotovelo, *post mortem*, e com uma precisão que os seus assassinos não haviam demonstrado no restante do seu *modus operandi*. Em nenhum dos casos se localizara o paradeiro do membro amputado.

Exceto no caso de Johana Márquez, dado que a descoberta dos ossos na gruta de Arri Zahar permitira comparar o DNA com os restos mortais, e se obtivera uma correspondência, mas no caso dos outros isso tinha sido impossível. A Espanha contava com um registro de DNA ainda em fase bastante experimental. Nele constavam os membros das forças e corpos de segurança, militares, pessoal médico, alguns delinquentes e um punhado de vítimas, mas era insuficiente para ser útil; era por isso que se acessava o CODIS internacional, que havia dado ótimos resultados comparando o DNA recolhido em crimes passados e permitindo prender assassinos que durante anos tinham permanecido em liberdade, como o célebre caso de Toni King. Contudo, uma vez mais, o assunto das competências entre as diversas forças policiais dificultava as coisas.

Precisava dos resultados das análises de DNA: se pudesse determinar que os ossos achados na gruta correspondiam àquelas mulheres, seria meio caminho andado. As coisas haviam melhorado bastante, pois poderiam solicitar as análises ao Nasertic, um laboratório navarro que agilizara os processos ao não ter necessidade de enviar as amostras para Saragoça ou para San Sebastián; mas isso não ia evitar que uma análise como aquela, que não era urgente, demorasse pelo menos quinze dias. Abriu o zíper do macacão e pegou o celular, consultou as horas, procurou um número na agenda, ligou e, sem desviar os olhos da parede, esperou.

— Boa noite, inspetora. Ainda trabalhando? — atendeu do outro lado uma mulher com um acentuado sotaque russo.

— Parece que o mesmo se passa com você, doutora — replicou Amaia.

Fiel ao seu conceito de eficiência, a doutora Takchenko não se demorou em cortesias inúteis e sem sentido.

— Sabe bem que prefiro a noite. O que posso fazer por você, inspetora?

— Amanhã vou receber umas amostras de DNA extraídas de ossos e processadas pela Guarda Civil. Gostaria de compará-las com outras duas, uma de saliva e outra de cabelo, com a finalidade de estabelecer uma correspondência.

— Quantas são as amostras com que vai estabelecer a comparação?

— Doze...

— Tente fazer com que cheguem cedo, a análise vai levar cerca de oito horas: no caso da saliva é mais fácil, mas demoraremos bastante a extrair DNA do cabelo. — E dito isso, desligou.

༄

Ficou quieta, em silêncio, olhando para a pichação na parede durante mais alguns minutos. Estava concentrada numa espécie de vazio primitivo onde se afundava ao mesmo tempo que esvaziava a mente de qualquer pensamento, deixando então que os dados e as perguntas surgissem numa tempestade de ideias. Eram o instinto e a percepção que tomavam as rédeas da lógica para conseguir dar o primeiro passo e descobrir o que aquele assassino queria contar. *Tarttalo*. Assinando como o monstruoso ciclope das lendas, falava da sua condição desumana, cruel, canibal, e tão ousado que expunha os ossos que denunciavam o seu crime na porta da sua gruta; contudo, este *Tarttalo* precisava assinar os crimes de outros para que ficasse registrado quem era o autêntico protagonista do ato. A manipulação e o domínio que exerce sobre os seus servos culminavam com a assinatura, onde não importava quantas mãos a escrevessem, pois havia um único autor. Apontou para a pichação na parede e tirou uma fotografia que enviou a Jonan Etxaide. O telefone demorou dez segundos para tocar. Escutar a voz de Jonan naquele ambiente provocou-lhe um alívio que a fez sorrir.

— Que lugar é esse? — perguntou, assim que ela atendeu.

— É a clínica onde a minha mãe estava internada. Esta noite ela feriu um vigia com uma espécie de lâmina cortante que o suspeito introduziu aqui fazendo-se passar por filho dela. Descobrimos que ela a visitou em diversas ocasiões durante os últimos meses.

— Ela está bem? Quero dizer, não...

— Não, está bem... Jonan, consegui obter uma ordem do juiz para que a Guarda Civil nos ceda as amostras dos ossos encontrados em Arri Zahar. Acabei de ligar para a doutora Takchenko, que nos receberá amanhã à noite. Prepare-se.

Jonan ficou alguns segundos em silêncio.

— Chefe, isso muda tudo. Com o envolvimento da sua mãe, o caso assume contornos pessoais de provocação e desafio à sua pessoa como poucas vezes se viu na história criminal. Me ocorre neste momento o caso de Jack, o Estripador, que dirigia as suas cartas ao detetive encarregado do caso, e dois assassinos como Ted Bundy ou o Assassino do Zodíaco... que enviaram cartas para alguns jornais. Este é mais sutil, e no entanto mais direto: o fato de ter se aproximado tanto da sua mãe é um claro indício da sua soberba e arrogância. Ele se fez passar por seu irmão, igualando-se a você. É um desafio.

Amaia refletiu nas palavras dele. Sim, é evidente que havia uma clara provocação. Reviu o processo que a havia conduzido até aquele ponto. Um imitador que irrompera durante a investigação do caso *basajaun*. O bilhete endereçado a ela que Jasón Medina trazia no momento da sua morte. O interesse de Quiralte em que fosse ela e não outra pessoa a interrogá-lo, a ponto de adiar durante o período em que esteve fora por licença-maternidade o momento de confessar onde estava o corpo de Lucía Aguirre, e de esperar até então para se suicidar. O modo como o tenente Padua a havia introduzido no caso... Um processo orquestrado das sombras com uma única finalidade, chamar a sua atenção. E agora Rosario; aproximar-se dela fora a maior das suas ousadias, mas havia algo que não se encaixava.

— Preciso pensar no assunto — foi a resposta que deu.

— Vai informar o comissário?

— Não, só quando tivermos os resultados das análises. Assim que tivermos uma correspondência, vou informá-lo e abriremos a investigação a título oficial. No momento, este episódio pertence ao âmbito privado: uma doente mental que agride um vigia e escreve algo sem sentido na parede. As imagens do suspeito com que contamos são bastante ruins, não sei se conseguiremos obter alguma coisa, e o fato de ele ter se infiltrado aqui só põe em evidência a segurança da clínica.

— E quanto ao juiz?

— O juiz... — Odiava a mera ideia de ter de lhe contar tudo, mas sabia que lhe devia isso; afinal de contas, era ele quem assinava as ordens. — Vamos aguardar até amanhã, quando a ordem para a obtenção das amostras se tornar efetiva.

Jonan percebeu o cansaço na voz dela.

— Onde fica essa clínica, chefe? Quer que vá buscá-la?

— Obrigada, Jonan, não vai ser necessário. Vim no meu carro e já terminei por aqui. Nos vemos amanhã na delegacia.

Olhou uma vez mais enquanto se dirigia para a porta, e a carga sinistra da presença ausente da mãe ganhava de novo corpo à sua volta. Transpôs a soleira da porta e o vulto angustiado do doutor Franz, que a esperava, sobressaltou-a.

O rosto do homem apresentava uma cor cinza, combinando com o elegante terno que usava, o que evidenciava mais ainda o seu desespero no modo como a gravata e a camisa se haviam retorcido e enrugado em volta do pescoço. No entanto, a sua voz havia recuperado a calma, além do tom pausado e crítico daquele que raciocina.

— Também não engoliu muito bem tudo isso, não é?

Amaia fitou-o, à espera do que viria a seguir: a linguagem corporal dele lhe dizia que desejava lhe contar alguma coisa.

— Tenho andado pensando sobre isso desde o momento em que aconteceu, ou, melhor dizendo, desde o momento em que soube em que circunstâncias tudo aconteceu. A atenção concentra-se sem dúvida no ataque ao vigia, e de quebra no fato de ela estar de posse de uma arma e que alguém tenha sido capaz de se passar por um familiar com o objetivo de lhe entregar aquilo; contudo, existe algo mais importante, mais relevante e que me desconcerta profundamente, e é o fato de não ter tomado a medicação durante semanas a fio.

Amaia olhava para ele, sem se atrever a mexer-se, de pé, com o macacão branco da polícia científica, que cheirava a medo e que desejava mais do que tudo arrancar do corpo.

— Há anos que sua mãe foi diagnosticada com esquizofrenia. E a verdade é que os episódios violentos e a obsessão que apresentava em relação à senhora nos momentos de maior virulência apontavam de maneira clara e inequívoca para esse diagnóstico por que foi tratada por todos os profissionais neste centro, no hospital onde se verificou o primeiro episódio agressivo contra aquela enfermeira, e antes disso pelo médico de família, e todos nos mostramos de acordo. Esquizofrenia aliada a doença de Alzheimer ou a demência senil; é difícil, em doentes tão complicados e que revelam tantos altos e baixos, determinar a linha onde termina uma e começam os sintomas da outra... E agora o que aconteceu esta noite... Não teria maior relevância clínica, uma vez que esse tipo de doente é muito violento quando não toma a medicação. O que fica girando na minha cabeça é como a sua mãe foi capaz de se comportar com serenidade sem o tratamento, porque a normalidade num esquizofrênico agressivo não pode ser fingida nem com a mais feroz das disciplinas. Como pôde aparentar o equilíbrio que os fármacos lhe proporcionam?

Amaia examinava o rosto dele, onde se misturavam a autêntica perplexidade e a sombra da suspeita.

— Vi o pacote de comprimidos que levaram, e há ali medicação correspondente a cerca de quatro meses. Faltam alguns: relaxantes musculares, tranquilizantes, comprimidos para dormir, e em essência a medicação para outras doenças de que ela padecia, mas não tomou o tratamento para a doença mental da qual sofria.

— Pode ser que, tal como o inspetor Ayegui sugeriu, o fato de não estar tomando a medicação constitua a explicação para a agressão — disse Amaia.

O diretor fitou-a surpreendido e deixou escapar uma gargalhada amarga.

— A senhora não faz a menor ideia — declarou, à medida que o seu sorriso se transformava num esgar. — Em termos oficiais, a sua mãe está completamente louca, e é uma louca perigosa, que podemos manter sob controle por intermédio de meios químicos; mas, sem medicação, a sua ira é pouco menor do que a fúria do inferno, e foi com isso que nos deparamos quando atendemos ao pedido de ajuda do vigia. Uma fúria enlouquecida, lambendo o sangue das mãos ao mesmo tempo que o observava sangrar.

Mãos cheias de sangue com que havia escrito na parede, ocultando esse fato com a cama, antes que eles chegassem, pensou Amaia.

— Não compreendo aonde você quer chegar. Por um lado, admite que a minha mãe não tomou a medicação, coisa pela qual os senhores são os únicos responsáveis, e que sem a medicação ela se torna violenta. Não entendo então por que se surpreende tanto.

— O que me surpreende é ela ter controlado a sua ira; devia ter perdido o controle poucos dias depois de parar de tomar os comprimidos, e o que não sou capaz de explicar nem para mim mesmo é como fez isso... a menos que fingisse.

— Você acaba de me dizer que é impossível para um doente com essas características fingir normalidade, nem mesmo com o mais feroz dos esforços.

— Sim... — disse Franz e suspirou —, mas não estou me referindo a fingir sanidade; muito pelo contrário, falo em fingir loucura.

Amaia arrancou o macacão branco, as proteções e por último as luvas, atirando tudo para dentro do quarto. Pegou a bolsa e passou pelo diretor, e dirigiu-se ao elevador.

— Levá-la daqui foi um erro — disse o homem atrás dela —, além de causar um grave prejuízo à Clínica Santa María de las Nieves.

Amaia entrou no elevador, e quando se virou viu o rosto do diretor, no qual agora só havia determinação.

— Não vou parar sem que se esclareça o que aconteceu aqui — ouviu, antes de as portas se fecharem na sua frente.

18

Quando chegou a Elizondo eram cinco da manhã, e o céu estava tão escuro como se nunca fosse amanhecer. Não se viam nem a lua nem as estrelas, e imaginou uma densa capa de nuvens negras que absorviam qualquer vestígio de luz, contribuindo também para que a noite não fosse tão fria. As rodas do carro tamborilaram nas pedras da ponte e o ruído da represa de Txokoto recebeu-a com a sua canção eterna de água viva. Baixou um pouco a janela do carro para poder sentir a umidade do rio, que, de resto, era invisível na escuridão e só se adivinhava como uma mancha de seda negra.

Estacionou na frente do arco que formava a casa da tia e procurou a fechadura quase às apalpadelas. O caminho até Baztán havia sido longo e povoado de um vazio que a impedia de pensar com fluidez. Parecia que haviam se passado vários dias em vez de algumas horas desde que saíra de casa, e agora o cansaço e a tensão cobravam seu preço, traduzido numa terrível fraqueza que nada tinha a ver com o sono. Sentiu-se reconfortada assim que transpôs a soleira da porta e pôde aspirar os aromas da lenha, do lustra-móveis, das flores e até o odor doce de bolachas e manteiga que dava a Ibai. Teve de se conter para não correr escada acima a fim de abraçá-los; antes disso, precisava fazer uma coisa. Dirigiu-se aos fundos da casa e entrou numa garagem que Engrasi usava como depósito de lenha, lavanderia e armazém. Entrou no pequeno banheiro, tirou a roupa que estava vestindo, enfiando-a dentro de um saco de lixo, abriu a torneira do chuveiro e pôs-se debaixo do jato de água ao mesmo tempo que esfregava a pele com um pedaço de sabão que encontrou no tanque de lavar roupa. Quando terminou, enxugou-se com veemência com uma toalha pequena, que também colocou no saco do lixo, e, nua, voltou para o vestíbulo, onde pegou um grosso roupão de lã da tia. Assim vestida, abriu a porta da rua e andou descalça pelo chão gelado os vinte metros que distavam até a lixeira, onde, depois de fechar o saco do lixo com um nó, o atirou lá dentro e fechou a tampa. Quando voltou a entrar em casa, James estava à sua espera sentado na escada.

— Mas, afinal, o que está fazendo? — perguntou, sorrindo divertido ao ver a vestimenta dela.

Amaia segurou a porta e respondeu, um pouco envergonhada:

— Fui jogar uma coisa no lixo.

— Está descalça, deve estar fazendo uns dois graus aí fora — disse ele, pondo-se de pé e abrindo os braços num gesto que era como um ritual entre ambos.

Amaia aproximou-se até ficar colada ao marido e abraçou-o, aspirando o cheiro cálido do peito dele. Em seguida, ergueu o rosto e James beijou-a.

— Ah, James, foi horrível — disse, sem poder evitar aquele tom de voz de criança pequena que reservava para falar com ele.

— Já passou, querida, já está em casa, vou cuidar de você.

Amaia apertou-se ainda mais ao corpo dele.

— Não estava esperando nada daquilo, James. Nunca pensei que tivesse de enfrentar tudo aquilo de novo.

— Ros me contou quando retornou. Sinto muito, Amaia, já sei que é muito difícil, em especial para você.

— James, há muito mais, coisas que não posso contar, e tudo é...

James tomou-lhe o rosto entre as mãos e levantou-o para beijá-la de novo.

— Vamos para a cama, Amaia, você está esgotada e gelada — disse, passando-lhe a mão pelo cabelo molhado.

Amaia deixou-se conduzir como uma sonâmbula e, despida, deitou-se entre os lençóis mornos, colada ao corpo do marido. Sempre era suficiente o odor da pele dele, a firmeza dos seus braços, o eterno sorriso de menino travesso para que o desejasse com loucura.

Fizeram amor sem ruído, de uma maneira profunda e intensa, com uma força que parecia reservada para se vingar da morte, para se ressarcir dos seus ultrajes. O sexo depois dos funerais, o sexo depois da morte de um amigo, o sexo que afirma que continuamos vivos apesar dos danos, o sexo intenso e soberbo do desagravo, que está destinado a apagar a sordidez do mundo, e consegue. Ela acordou com a sensação de ter dormido apenas alguns minutos, mas verificou pelo relógio que se havia passado quase uma hora: nem tivera consciência de que adormecera. Escutou a respiração cadenciada de James e levantou metade do corpo, inclinando-se um pouco sobre ele para ver o bebê. Ibai dormia de costas, a boca aberta e os braços em cruz, com as mãozinhas abertas e relaxadas. Ela vestiu o pijama de James, que ficara esquecido no chão, e cobriu o marido com o edredom, antes de sair, silenciosa, do quarto.

As cinzas da lareira já estavam frias. Remexeu-as um pouco de modo a fazer cama para a nova remessa de lenha, que foi colocando, como as varetas de um jogo de construção, enquanto pensava. O fogo ateou-se de imediato, avivado pelos raminhos pequenos com que havia formado um ninho central, e ela recuou ao sentir o calor no rosto, ficando sentada numa das poltronas diante da lareira. Apalpou o bolso do pijama em busca do celular e consultou as horas, calculando a diferença de fuso em relação a Nova Orleans, enquanto procurava o número na sua agenda.

Aloisius Dupree. *A relação de vocês é doentia.* A lembrança das palavras da tia Engrasi incomodou-a. Dupree, além de seu amigo, era o melhor agente que havia conhecido: intuitivo, sagaz, inteligente... Deus sabia que ela precisava de ajuda. Aquilo que enfrentava não era de índole normal, e ela também não era aquilo que se podia chamar de uma policial normal. No último ano, a coleção de coisas extraordinárias que lhe haviam acontecido não parecia ter fim. Podia resolver o caso, tinha certeza, mas precisava de alguma orientação, ajuda, porque os caminhos que precisava percorrer eram bastante intricados e confusos.

— Por favor, peço que não volte a telefonar para ele.

— Droga, tia — resmungou entre dentes, guardando o telefone no pijama.

Como que atraída por uma música que só ela ouvia, pôs-se de pé e caminhou até o aparador sem tirar os olhos do pacotinho de seda negra que repousava por detrás das portas de vidro.

Dirigindo-se às escadas, subiu ao primeiro andar e mal tocou na porta do quarto da tia.

— Desço dentro de um minuto — disse a idosa do escuro.

Quando o fez, Amaia já havia tomado o pacotinho entre as mãos, desfazendo os nós. Quando pegou no baralho, achou-o cálido, quase como se estivesse vivo, e debateu-se por um instante entre as dúvidas que aquela atitude lhe suscitava. Durante um tempo, embaralhou as cartas quase sem olhar para elas, enquanto revia as evidências, as linhas da sua investigação, as hipóteses ainda pouco mais do que delineadas.

— O que devo saber? — perguntou, estendendo as cartas à tia, que sentada à sua frente a observava em silêncio.

— Embaralhe — ordenou Engrasi.

As sensações do presente lhe trouxeram recordações do passado. O tato suave das cartas deslizando-lhe entre os dedos de menina, o odor característico que emanava das cartas quando as movimentava, embaralhando-as, a maneira intuitiva como as escolhia e a cerimônia, que a tia lhe havia ensinado e que ela repetia com seriedade, virando-as, sabendo antes de virá-las o que havia do outro lado; e o mistério resolvido num instante, quando o caminho a seguir se desenhava em sua mente, estabelecendo as relações entre os naipes. Abreviando o método, como fizera quando era pequena, optou pela parte superior do baralho. Engrasi foi dispondo as cartas, formando uma cruz ao mesmo tempo que Amaia sucumbia face à tirania das recordações de tantas outras vezes; uma por uma, foi virando as cartas enquanto o mais profundo desassossego a invadia conforme ia reconhecendo as cartas que iam saindo, como se entre aquele dia em que Ros as tirou e hoje não se tivesse passado um ano.

A possibilidade de que uma tirada se repetisse carta por carta era remota, mas de que também ostentasse aquela sombria mensagem era aterrador. E, enquanto uma assombrada Engrasi as ia virando e uma nova figura aparecia diante dos seus olhos, a voz trêmula de Ros lhe chegou como um escuro eco do passado.

— Abriu outra porta. Faça a pergunta — ordenou Ros, com firmeza.

— O que devo saber?

— Me dê três cartas.

Amaia deu a ela.

A irmã as tinha colocado no lugar em que a tia o fazia neste momento, e as imagens coloridas do tarô de Marselha repetiam-se diante dos seus olhos, como que decalcadas daquelas de um ano antes.

— O que você deve saber é que há outro elemento em jogo infinitamente mais perigoso. E é este o seu inimigo, vem atrás de você e da sua família, já apareceu em cena, e continuará chamando a sua atenção até que aceite jogar o seu jogo.

— Mas o que quer de mim, da minha família?

Virou a carta e, em cima da mesa, o esqueleto descarnado contemplou-a, tal como fizera naquele dia, das suas órbitas vazias.

— *Quer os seus ossos* — disse Ros lá do passado.

— Quer os seus ossos — disse Engrasi.

Amaia fitou-a, furiosa. Tremendo de pura raiva, recolheu as cartas, apertando-as no baralho, e num impulso atirou-as com força para longe. As cartas voaram em bloco por cima da poltrona e se estatelaram contra a coluna da lareira, onde se espalharam com um baque surdo, caindo no chão sem ruído, espalhadas diante do fogo.

Durante um minuto ficou quieta, enquanto assimilava tudo o que havia acontecido. Do lugar onde estava podia ver que algumas das cartas haviam ficado viradas para cima, mostrando a face de cores vivas que atraíam o seu olhar como um ímã, à medida que em seu ser cresciam a repugnância e a raiva, e se recriminava pela estupidez que a havia levado a cair na velha armadilha que pressupõe manter-se um passo adiantada em relação ao destino.

Os ensinamentos de Engrasi repetiam-se até fazer parte dessas ladainhas que de maneira inconsciente se reproduziam em sua mente e sempre o fariam:

As cartas são uma porta, e não se deve abrir uma porta só porque sim, nem a deixar aberta depois. As portas, Amaia, não fazem mal, mas o que pode entrar através delas, sim. Não se esqueça de que precisa fechá-la assim que terminar a consulta, que lhe será revelado o que deve saber, e que o que permanece às escuras é a escuridão.

Engrasi continuava quieta a observá-la, e quando a fitou podia jurar que estava com medo.

— Desculpe, tia, vou pegá-las agora — disse, fugindo dos seus olhos vagos.

Abaixou-se diante da lareira e começou a pegar as cartas, formando de novo um baralho. Pegou o pano de seda que a tia lhe estendia e sentou-se diante do fogo para contá-las, para ter certeza de que estavam todas: cinquenta e seis arcanos menores e vinte e dois arcanos maiores; no entanto, contou vinte e um. Inclinou-se para um dos lados à procura da carta que faltava, e viu que havia ficado de esguelha na borda inferior da lareira. A altura do fogo tinha diminuído de maneira considerável, e a carta colada à parede não corria perigo algum de ficar queimada. Pegou as pinças que estavam penduradas na parede e agarrou a carta por uma das pontas, tirando-a da lareira e pousando-a ao contrário no chão. Colocou as pinças de novo no lugar e pegou a carta para reuni-la às outras. A dor percorreu-lhe o braço como uma descarga elétrica que lhe atravessou o peito, fazendo-a perder o equilíbrio. Ficou sentada no chão, encostada à poltrona. Era um enfarte, tinha certeza. A dor que lhe percorreu o braço, encolhendo-o, como se os tendões que o sustentavam se tivessem quebrado ao mesmo tempo, uma laceração que lhe atravessou o peito, e o pensamento que, apesar do pânico, ou devido a ele, se havia formado com clareza em sua mente: *Vou morrer.*

Em certa ocasião, um médico tinha lhe dito: "Sabe que é um enfarte, porque pensa que está morrendo".

Concentrada em não gritar, teve consciência de repente dos soluços da tia, que se debruçava sobre ela dizendo-lhe algo que quase não conseguia escutar, e de mais alguma coisa, do lugar onde se gerava a dor, e esse lugar situava-se no fim do braço, nas pontas dos dedos polegar e indicador. Olhou surpreendida para a carta que ainda segurava na mão, apesar de os dedos se terem crispado numa postura defensiva. Tomando todo o cuidado para controlar o impulso de arrancar a carta de entre os dedos, puxou-a com suavidade com a outra mão, arrancando parte da pele, que ficou colada ao brilhante cartonado da superfície com duas marcas indeléveis. A dor abrandou em seguida. Olhou, apreensiva, para a carta que ficara virada para cima caída entre as suas pernas, e não se atreveu a tocá-la. Parecia incrível que um pedaço de cartão tivesse podido reter tanto calor a ponto de lhe causar semelhante queimadura.

Quando, um instante depois, tirou a mão de debaixo da corrente de água fria, a pele parecia estar em boas condições, e da dor só restava um ligeiro formigamento na ponta dos dedos, como acontece quando as mãos muito frias aquecem com rapidez.

Engrasi estendeu-lhe uma toalha, com a qual insistiu em lhe enxugar as mãos ao mesmo tempo que inspecionava com olho clínico os dedos da sobrinha.

— O que acha que aconteceu aí, Amaia?

— Não tenho certeza.

— É a segunda vez que vejo algo assim, e a primeira foi no outro dia quando você tocou no bercinho que estava no sótão da Juanitaenea.

Amaia recordou-se do episódio, da maneira como os seus tendões se haviam contraído como se fossem cortados todos de uma vez.

Amaia sorriu de repente.

— Já sei — exclamou Amaia, aliviada. — Sentia uma dor no ombro, e o fisioterapeuta me disse que com certeza seria uma ligeira tendinite por andar tanto tempo com Ibai no colo, mas na semana passada fiz o exame de reavaliação para o uso de armas de fogo e para me preparar fui à galeria de tiro todos os dias. É isso, tia. Na última tarde em que fui lá, até o instrutor comentou comigo que eu devia estar com o ombro quebrado. No momento, não senti mais nada além de um formigamento, mas é evidente que o esforço fez piorar a lesão.

Nos olhos de Engrasi, a dúvida não diminuiu.

— Se você diz...

19

Não havia nem sinal da lesão quando acordou de manhã, mas sentia-se furiosa demais para conseguir dirigir, por isso optou por ir a pé, em largas passadas, até a delegacia, depois de colocar na cabeça um gorro, enterrando-o até as sobrancelhas, e levantar a gola do casaco. Soprava nesse dia um vento do sul que acabaria por arrastar as nuvens carregadas para longe do vale, evitando a chuva, e que lhe sacudia o corpo como o de um fantoche, obrigando-a a caminhar inclinada para a frente. Odiava o vento que obrigava os transeuntes a não pensar em mais nada a não ser manter-se de pé, uma cena que sempre a lembrava da passagem do inferno de Dante, onde os condenados caminhavam eternamente contra o vento. Uma forte rajada sacudiu-lhe as abas do casaco, contribuindo para aumentar a irritação. O fato de o monstro ter tido a desfaçatez de chegar até Rosario era uma afronta pessoal que à luz da manhã, e, superado o choque inicial de confrontar-se de novo com a presença da mãe, pressupunha uma nova injúria que a enfurecia de uma maneira que a aterrava. Não era bom que um policial se envolvesse a tal ponto; se não fosse capaz de controlar a ira que a provocação lhe causava, perderia o foco e a perspectiva de imparcialidade, além de não conseguir conduzir a investigação. Sabia disso e isso a enfurecia ainda mais. Acelerou o passo até quase correr para que o esforço lhe acalmasse o ímpeto.

As preocupações e a falta de sono da noite anterior haviam lhe deixado manchas escuras sob os olhos, e, apesar de já serem quase nove horas quando chegou à delegacia, o tempo de sono adicional quase não lhe servira de nada.

Ibai acordara choramingando, e, depois de uma tentativa frustrada de lhe dar o peito, James acalmou-o com uma mamadeira, deixando-a com uma sensação de incompetência que, aliada à irritação que sentia, só servia para desgastar o bebê. Sabia disso, porra, sabia disso tudo. Era uma merda de mãe, incapaz de acudir o filho no que havia de mais básico, e também uma policial de merda, com quem os monstros jogavam às escondidas.

Antes de chegar ao escritório do inspetor Iriarte, reconheceu a voz de Montes, o que a fez recordar de imediato a conversa que tinham tido diante da sua casa. Deu bom-dia sem parar e sem olhar para dentro do escritório, ao mesmo tempo que um coro de respostas lhe chegava vindo de lá. A última coisa de que precisava naquela manhã era que o inspetor Montes tivesse decidido seguir o conselho que lhe dera e se apresentar na delegacia para conversar com ela.

Entrou na sala de reuniões que utilizava como escritório e fechou a porta atrás de si. Ainda estava tirando o casaco quando o subinspetor Etxaide entrou.

— Bom dia, chefe.

Amaia notou que o colega a observava com atenção, reparando nas escuras olheiras, e hesitando entre o seu impulso natural de lhe dirigir um comentário de caráter pessoal ou ir direto aos assuntos de trabalho. O subinspetor era um magnífico investigador, sabia que na opinião de alguns lhe faltava desenvoltura e rigidez, e que o elemento humano ainda pesava mais do que a parte policial, mas que diabo, afinal de contas preferia isso à frieza de Zabalza ou à presunção de Montes. Sorriu com ar desanimado, como se isso justificasse o seu aspecto, e ele optou pelo trabalho.

— Parece que o juiz Markina madrugou. Há uma hora o tenente Padua ligou dizendo que tinha chegado às suas mãos uma ordem judicial e que teremos as amostras ainda esta manhã.

— Perfeito — respondeu Amaia, ao mesmo tempo que tomava nota.

— E também telefonaram de Estella: não é possível fazer nada com as imagens do estacionamento da Clínica Santa María de las Nieves. Ampliaram o máximo que puderam, mas a imagem fica desfocada e sem qualquer utilidade. Enviaram isto — disse, pondo uma série de borrões cinzentos e negros em cima da mesa.

Amaia contemplou as imagens, aborrecida. Consultou o relógio e calculou que na Virgínia não deviam ser mais do que quatro horas da manhã. Talvez mais tarde.

Jonan pareceu hesitar.

— Em relação ao que aconteceu ontem na clínica...

— Jonan, não passou de um episódio isolado e é assim que devemos tratá-lo. No momento não tem grande relevância na investigação, é preciso esperar até termos os resultados das análises a fim de determinar a ordem e poder começar a definir um perfil, então vamos deixar as coisas como estão.

Não parecia que a proposta lhe agradasse, mas, ainda assim, ele assentiu.

— Quero que vá para casa e tire o resto do dia de folga. — Pareceu-lhe que ele se preparava para protestar. — O que preciso que faça, pode fazê-lo de lá. Continue procurando semelhanças com outros casos de crimes de violência doméstica e descanse um pouco. Hoje no fim da tarde partiremos para Huesca, os médicos vão nos dar uma mãozinha para acelerar um pouco as coisas. Vou buscá-lo por volta das sete em Pamplona com as amostras, com certeza levaremos a noite toda.

— Vou gostar muito de voltar a vê-los — disse Jonan, sorrindo enquanto se dirigia para a porta. Pousou a mão na maçaneta e virou-se para trás como se tivesse se lembrado de alguma coisa.

— Chefe... Quando cheguei esta manhã, tinha um e-mail na caixa de entrada... — hesitou.

— Sim?

— Era um e-mail muito esquisito, estava na minha caixa, embora eu acredite que fosse dirigido a você.

— E de quem era?

— Bem, essa é a parte curiosa. Vem de... é melhor lhe mostrar — declarou, avançando até chegar ao computador e abrindo a caixa de entrada do e-mail.

— O Pente Dourado — leu Jonan. — Não é propriamente anônimo, mas trata-se de um desses endereços bastante esquisitos e assinam com esse símbolo que você pode ver; eu diria que é muito parecido com uma sereia.

— Uma lâmia — disse Amaia, olhando para o pequeno logotipo no pé da página.

O policial ficou olhando para ela.

— Desculpe, chefe, disse uma lâmia? Pensei que a mitologia estivesse reservada com exclusividade a mim.

— Bom, é evidente que se trata de uma lâmia: se você olhar com atenção, vê que não é uma cauda de peixe na extremidade das pernas, mas sim pés de pato.

— Acho que não é assim tão evidente; a maioria das pessoas teria confundido com uma sereia, e há um ano esse tipo de observações era da minha jurisdição e a senhora se limitava a zombar delas.

Amaia sorriu; guardou silêncio enquanto lia a mensagem e Jonan continuou:

— Não sei se é um engano ou uma brincadeira, não vejo muito sentido nisso.

Amaia imprimiu a mensagem e colocou a folha de papel em cima da mesa.

— Se chegar mais alguma, mande para mim.

Esperou que Jonan saísse para ler de novo a mensagem.

Uma pedra que deverá trazer de sua casa
é a oferenda que exige a senhora
oferenda à tormenta para obter a graça
e cumprir o desígnio que te marcou no berço.

Olhou para o telefone com apreensão ao mesmo tempo que ensaiava as palavras na sua mente, até que encontrou o tom de voz imparcial e profissional que era imprescindível para explicar aquilo.

— Bom dia, Inmaculada, sou a inspetora Salazar e gostaria de falar com o juiz.

Registrou-se uma pausa de cerca de um segundo, na qual quase a ouviu inspirar o ar antes de responder com voz melosa:

— O juiz está muito ocupado esta manhã, deixe recado que eu entregarei a ele.

— Ah, sim, claro! — retorquiu Amaia, imitando a voz dela. — Agora, Inma, passe-me ao juiz ou vai me obrigar a ir até aí, e se eu tiver de fazer isso vou enfiar minha pistola no seu rabo.

Sorriu maliciosa ao imaginar a expressão de surpresa que acompanharia o sobressalto que se ouviu. Em vez de responder, ouviu o toque de chamada e a voz do juiz do outro lado da linha:

— Inspetora?

— Bom dia, meritíssimo.

— Bom dia. Espero que a emergência não seja grave.

— Como?

— A emergência que a obrigou a ir embora ontem à noite.

— É mesmo por causa disso que gostaria de falar com você.

Durante quinze minutos relatou os fatos da maneira mais imparcial possível. O juiz ouviu com atenção, sem a interromper. Quando terminou, Amaia teve dúvidas se ele continuava do outro lado da linha.

— Isso muda tudo — afirmou o juiz Markina.

— Não concordo — protestou Amaia. — É uma nuance, sim, mas, no que diz respeito à investigação, estamos no mesmo lugar. Até termos a confirmação de que os ossos encontrados na gruta pertencem às vítimas desses crimes, o resto dos elementos, incluindo as assinaturas, não deixam de ser episódios fortuitos.

— Inspetora, o mero fato de um assassino entrar em contato com você já é bastante inquietante.

— Está se esquecendo de que sou inspetora de homicídios. Lido com assassinos, e, embora seja pouco frequente, o fato de um criminoso contatar o policial encarregado do seu caso encontra-se bem documentado — declarou, enquanto pensava com rapidez. — Esse é apenas um dos aspectos do comportamento presunçoso e arrogante desses personagens.

— Acho que pelo simples fato de entrar em contato com pessoas da sua família existe algo mais do que presunção; existe intimidação.

Markina tinha razão, mas Amaia nunca o admitiria.

— Nunca tive conhecimento de um caso assim — afirmou o juiz.

— Talvez não de forma tão direta, mas não é raro que o autor dos crimes deixe pistas ou mensagens ocultas, sobretudo nos casos de assassinos múltiplos ou em série.

— Acha que estamos diante de um assassino em série?

— Tenho certeza disso.

Markina ficou em silêncio durante uns segundos.

— Como se sente?

— Está se referindo a quê?

— À maneira como se sente particularmente.

— Se o que está perguntando é se consigo me distanciar do caso, a resposta é sim.

— O que estou perguntando, o que lhe perguntei exatamente, inspetora, é a que ponto isso a afeta no nível pessoal.

— Isso é algo muito pessoal, meritíssimo, e desde que não tenha indícios de que a maneira como esse caso me afeta possua qualquer tipo de repercussão na investigação, não tem o direito de me fazer essa pergunta.

Arrependeu-se do tom que usou assim que proferiu essas palavras. A última coisa de que precisava era perder a confiança e o apoio do juiz. Quando ele falou, o seu tom era mais frio, mas não perdera o seu domínio natural.

— Quando e onde pretende fazer as análises?

— Num laboratório independente de Huesca. A bióloga molecular colaborou conosco em outro caso e as conclusões a que chegou foram na época de grande ajuda para nós. Concordou em fazer as análises esta noite, assim eu e o meu assistente viajaremos até Aínsa para acompanhar de perto as amostras. Calculo que teremos os resultados amanhã de manhã.

— Muito bem, irei com vocês — ele declarou.

—Ah, não será necessário, meritíssimo, não vamos dormir a noite toda e…

— Inspetora. Se os resultados das suas análises forem aquilo que esperamos, amanhã mesmo abriremos o caso, e acho que não está alheia à importância e à repercussão que poderá alcançar.

Não respondeu. Mordendo a língua, despediu-se até a noite. Aquilo não lhe agradava, não queria ter o juiz colado nos seus calcanhares por mais de uma razão.

Quando desligou o telefone, lamentou que a conversa não tivesse saído como havia planejado. Markina intimidava-a; admitir isso não a fazia sentir-se melhor, mas pelo menos era um passo rumo à solução e, no momento, a única coisa que lhe ocorria era afastar-se dele.

— Não fique histérica — recriminou-se em voz alta.

No entanto, dentro dela a voz repetia que manter a devida distância seria o mais prudente a fazer. Voltou a concentrar a atenção na mensagem assinada com o símbolo da lâmia e dedicou a hora seguinte a desenhar no quadro de informações uma sucessão de diagramas que foi preenchendo com diversos nomes.

Recuou alguns passos até o meio da sala e observou-o com olho crítico. Uma leve batida na porta a tirou da concentração em que estava mergulhada:

— Interrompo, chefe?

— Não. Entre, Iriarte, e sente-se.

Foi o que fez, virando a cadeira do quadro. Amaia voltou-se, interpondo-se entre ele e o quadro, deu alguns passos à frente e, tocando de leve na parte inferior, virou-o, deixando escondidas as inscrições.

— Há alguma novidade em Arizkun? — perguntou, voltando para a mesa e sentando-se diante dela. Não lhe escapou o ar perplexo com que Iriarte acolheu a sua decisão de esconder o diagrama.

— Não, calma total. Não voltou a acontecer nenhum incidente, mas também não obtivemos progressos na investigação.

— Bom, por um lado era de esperar. Já sabemos que no arcebispado queriam uma cabeça espetada num pau, mas, como expliquei, na maioria dos casos de profanações não se chega a prender o autor ou autores. O mero fato de se tomar algum tipo de medida já é suficientemente dissuasivo.

— É o que parece — respondeu ele, distraído.

— O inspetor Montes ainda está aqui?

— Não, já foi embora.

Ficou surpresa, embora preferisse não falar com ele nesse dia. Esperava que por fim o homem desistisse e mostrasse respeito por si mesmo.

— Queria falar disso, dele.

— De Montes?

— Como você sabe, na sexta-feira no tribunal de Pamplona há a audiência para decidir se Montes volta ao serviço ou se continua suspenso. Tendo em conta que agora você é a chefe, a sua opinião terá um grande peso.

Amaia continuou em silêncio durante alguns segundos e por fim respondeu, impaciente:

— Sim, inspetor Iriarte, estou a par de tudo isso. Quer me dizer de uma vez por todas aonde pretende chegar?

O homem encheu os pulmões de ar e esvaziou-os devagar antes de falar.

— O que quero dizer é que a minha declaração vai ser favorável à reintegração de Montes.

— Acho correto que aja de acordo com o seu critério.

— Ah, pelo amor de Deus, chefe! Não acha que já foi castigo suficiente para ele?

— Castigo? Não se trata de um castigo, inspetor, trata-se de um corretivo. Por acaso está se esquecendo do que ele fez? Do que esteve a ponto de fazer?

— Não, não me esqueci, pensei no que aconteceu naquele dia milhares de vezes e acho que aconteceu um acúmulo de circunstâncias que propiciaram a atitude dele. Montes tinha acabado de passar por um divórcio traumático, bebia bastante, estava fora de si, e a relação frustrada com... bom, você sabe, percebe-se que foi usado... A soma de tudo isso foi demais.

— Acho que não é necessário lembrá-lo de que nós, policiais, trabalhamos debaixo de uma pressão extrema; não podemos permitir que outros aspectos da nossa vida invadam o desempenho policial; claro que somos humanos, e há momentos em que é impossível evitá-lo, mas existe uma linha que não podemos ultrapassar, e ele fez isso.

— Sim — admitiu Iriarte. — Fez, mas depois de um ano as circunstâncias mudaram, ele está mais centrado, fez terapia, já não bebe.

— Ah, sim.

— Bom, bebe menos, e você tem de reconhecer que é um bom policial, a equipe está desfalcada sem ele.

— Estou cansada de saber disso. Por que pensa que ainda não procurei um substituto para o lugar dele? Contudo, não acho que esteja preparado para voltar, e a razão é que não tenho certeza de que se possa confiar nele. E isso, no caso de homicídios, quando arriscamos a vida e comprometemos as investigações, é fundamental.

— A confiança é um caminho de duas vias — disse Iriarte, com dureza.

— O que está insinuando?

— Que não se pode exigir confiança quando não se dá — respondeu, e fez um gesto para o quadro que ela havia ocultado.

Amaia pôs-se de pé.

— Em primeiro lugar, não escondi informações de você. O que está escrito nesse quadro pertence a outro caso em que estou trabalhando a título pessoal e que ainda não foi aberto; se isso chegar a acontecer, tratarei de informar o grupo e atribuirei essa investigação às pessoas que me parecerem as mais adequadas. Preciso decidir se essas informações são pertinentes para o caso que nos ocupa, ou se, pelo contrário, misturá-los pode prejudicar ambas as investigações. No entanto, se questiona a minha capacidade, sempre poderá endereçar as suas queixas ao comissário-geral.

Iriarte olhava para as mãos.

— Não tenho nada para dizer ao comissário-geral; não a estou questionando, mas é duro ver que prefere confiar em outras pessoas.

— Confio em quem posso confiar. Como eu poderia confiar em quem anda por aí dizendo que delego o trabalho aos outros e passo o dia sem fazer nada? Além disso, você há de convir que o Montes não tinha como saber disso se o que acontecesse aqui ficasse aqui.

— Chefe, você sabe muito bem que o Montes tem a sua opinião e as suas ideias, além de uma maneira muito própria de expressá-las, não precisa que ninguém lhe dê ideias, e é verdade que anda um pouco agitado, mas é normal no caso dele, e posso garantir que da minha parte, independentemente da simpatia que possa nutrir pelo Montes, não sai uma palavra nem um comentário daqui.

Amaia fitou-o com uma expressão de inflexibilidade e severidade.

— Em relação ao Montes, pode ser que muitas coisas tenham mudado nele, mas não o suficiente.

— E quanto a isso? — perguntou Iriarte, apontando para o quadro de informações.

— O que deseja, inspetor?

— Que confie em mim e me conte o que está por trás desse quadro.

Amaia fitou-o olhos nos olhos durante alguns segundos, depois dirigiu-se ao quadro e, empurrando com suavidade a borda inferior, virou-o, e durante a hora seguinte confiou em Iriarte.

☙

Entrou em casa e sorriu assim que escutou o tilintar característico dos pratos e dos copos que a tia ia dispondo sobre a mesa e que indicava que chegava a tempo.

— Ah, vejam só o que o gato trouxe — exclamou a tia. — Ros, coloque mais um prato na mesa.

— Queria falar com você — disse a irmã, saindo da cozinha. — Hoje aconteceu uma coisa muito curiosa — disse olhando para Amaia e chamando a atenção de James e da tia. — Esta manhã, quando cheguei à fábrica, havia ali uma equipe de conservação e limpeza de fachadas de Pamplona pintando a parede e a porta do armazém.

— E? — incentivou-a Amaia.

— E depois foram para a fachada da minha casa. Por mais que eu tenha insistido, não quiseram me contar quem os contratou, só que haviam recebido a incumbência e o pagamento de forma anônima.

— Olha, que fantástico — disse Amaia.

— Isso é tudo o que tem para me dizer?

— Não sei... que espero que deixem tudo bem-feito, talvez?

Ros fitou-a, sorrindo e negando com a cabeça.

— É engraçado...

— O quê?

— Que durante anos pensamos que a irmã mais velha fosse a Flora e, o que é mais absurdo, que você fosse a mais nova.

— Sou a mais nova, vocês são mais velhas do que eu — retorquiu Amaia.

— Obrigada — disse Ros, beijando-a na face.

— Não sei do que está falando, mas de nada.

☙

Comeram e conversaram animados, embora a tia estivesse mais silenciosa e pensativa do que de costume, e quando terminaram, enquanto Amaia brincava com Ibai, a tia sentou-se a seu lado.

— Quer dizer então que vai para Huesca esta noite?

— Sim.

— Antes mesmo de ir já sabe qual será o resultado — afirmou Engrasi.

Amaia fitou-a muito séria.

— Como está o seu ombro?

— Está bem — respondeu, na defensiva.

— Estou com medo, Amaia, tenho tido medo por você durante toda a sua vida, pelo evidente e pelo que não era tanto. Lembro como se fosse hoje do dia em que entrou aqui com nove anos e tirou as cartas, como se tivesse levado a vida fazendo isso. Um mal terrível pairava sobre você naquele momento, e, aliado à afronta e à humilhação a que acabava de ser sujeita, as portas abriram-se como poucas vezes o fazem; na verdade, só tornei a ver isso uma vez, e foi quando Víctor... Bom, então... Há alguma coisa em você, Amaia, que atrai as forças mais cruéis. O instinto que tem para farejar o mal é aterrador, e o seu trabalho... bom, imagino que fosse inevitável.

— Quer dizer que estou amaldiçoada? — perguntou sorrindo, com menos convicção do que teria desejado.

— Muito pelo contrário, meu anjo... Muito pelo contrário. Às vezes as pessoas que passaram por experiências próximas da morte apresentam esse tipo de peculiaridades, mas... No seu caso, o que te distingue é diferente. É especial, sempre soube disso. Mas quanto? De que forma? Tenha cuidado, Amaia. Tantas são as forças que protegem você quanto as que te atacam.

Amaia levantou-se e abraçou a tia, sentindo a fragilidade dos seus pequenos ossos entre os braços; beijou-a na cabeça, na suavidade dos seus cabelos brancos.

— Não se preocupe comigo, tia, vou tomar cuidado — respondeu, sorrindo. — Além disso, tenho uma pistola e sou uma atiradora letal...

— Pare de dizer bobagens — repreendeu-a, brincando, libertando-se do abraço e enxugando com as costas da mão as lágrimas que lhe rolavam pelo rosto.

Por fim, o sol de inverno deixava-se ver, depois de o forte vento da manhã ter varrido as nuvens. Ibai dormia, embalado pelo sacolejar das rodas do carrinho sobre a calçada de pedras das ruas de Elizondo, e enquanto aproveitavam os últimos raios da luz da tarde com o passeio, Amaia escutava James, que a pôs a par dos avanços no projeto de Juanitaenea, entusiasmado até a raiz dos cabelos. Quando já se encontravam perto de casa, James deteve-se e ela fez o mesmo a seu lado.

— Amaia, está tudo bem?

— Sim, claro.

— É que te ouvi falando com a tia...

— Ah, James, você sabe como é. Ela tem muita idade e é muito sensível, fica preocupada, mas você não deve ficar assim; não conseguirei trabalhar se estiver pensando que vocês estão preocupados.

James retomou o passo, ainda que pela expressão em seu rosto não parecesse convencido. Parou de novo.

— E entre nós?

Amaia engoliu em seco e umedeceu os lábios, nervosa.

— Está se referindo a quê?

— As coisas entre nós estão bem?

Fitou-o nos olhos, tentando transmitir-lhe toda a convicção de que era capaz.

— Sim.

— Está bem — respondeu, mais descontraído, e avançou de novo.

— Lamento muito que esta noite também tenha que ficar fora de casa.

— Compreendo, é o seu trabalho.

— Vou com o Jonan. — Pensou por um instante e acrescentou: — E o juiz Markina vai nos acompanhar para vigiar de perto e avaliar as análises. É muito importante; se obtivermos o resultado que esperamos, poderemos desvendar um dos casos mais graves da história criminal deste país.

James fitou-a, intrigado, e Amaia percebeu de imediato o porquê: estava falando demais, nunca se prolongava em explicações sobre o seu trabalho, isso pertencia ao âmbito de "essas coisas de que não posso falar", e também percebeu por que motivo estava fazendo isso. Tinha sentido a necessidade de ser sincera de uma maneira encoberta, por isso mencionara o nome de Markina e ao mesmo tempo tentara desvalorizar o caso, aborrecendo-o com mais informações do que as que costumava fornecer. Olhou para James, que continuava caminhando enquanto empurrava o carrinho do bebê, e de repente sentiu-se mesquinha. Soltou um sonoro suspiro e ele percebeu.

— O que está acontecendo?

— Nada — mentiu —, acontece que acabo de me lembrar que precisava fazer uma chamada importantíssima para os Estados Unidos. Vá andando na frente — disse para o marido —, ainda tenho tempo para dar banho em Ibai antes de ir.

Sem esperar chegar em casa, Amaia pegou o celular, procurou o número e, sentando-se no muro baixo do rio, fez a chamada. Do outro lado da linha um homem atendeu falando em inglês.

— Bom dia — disse, apesar de em Elizondo já ter anoitecido. — Agente Johnson? É a inspetora Amaia Salazar, da Polícia Foral de Navarra. O inspetor Dupree me deu o seu número, espero que possa me ajudar.

O seu interlocutor ficou em silêncio durante alguns segundos, antes de responder.

— Ah, sim, lembro-me de você, esteve aqui há dois anos, não é? Espero que venha nos visitar no próximo congresso. O Dupree lhe deu o meu número?

— Sim, disse que se precisasse de ajuda talvez você pudesse fazer isso.

— Se o Dupree disse isso, estou às suas ordens. Em que posso ajudá-la?

— Estou com umas imagens de péssima qualidade relativas ao rosto de um suspeito. Fizemos tudo o que era possível, mas não conseguimos nada além de borrões acinzentados. Sei que vocês trabalham com um novo sistema de recuperação de imagens e de reconstituição facial que pode ser nossa única chance.

— Envie para mim, farei o que puder — respondeu o homem.

Amaia anotou o endereço e desligou.

20

Eram oito horas quando estacionou diante da porta do subinspetor Etxaide. Deixou tocar o celular, desligou e esperou, enquanto observava o quanto a rua estava animada àquela hora em comparação com Elizondo, onde às oito horas só se viam alguns retardatários voltando para casa.

Sentia saudades da vida em Pamplona. Das luzes, das pessoas, da sua casa no bairro antigo, mas James parecia encantado com Baztán e mais ainda desde que haviam decidido ficar com Juanitaenea. Sabia que o marido adorava Elizondo e aquela casa, mas não tinha certeza absoluta de que, apesar de se sentir cada vez mais à vontade ali, fosse capaz de nunca sentir a falta da liberdade de que usufruía ao viver em Pamplona. Perguntou-se se não se teria precipitado quando aceitou comprar a casa. Assim que viu Jonan sair pela porta, deslizou para o lugar do passageiro. Tinha muito em que pensar e Jonan gostava de dirigir. Este atirou a pesada parca no banco traseiro e ligou o motor.

— Para Aínsa, então?

— Sim, mas antes temos de parar no posto de gasolina na saída de Pamplona. Combinei ali com o juiz Markina, que insistiu em nos acompanhar para garantir que se observem os devidos procedimentos.

Jonan não disse nada, mas não passou despercebida por Amaia a expressão intrigada que o colega tentou disfarçar com a sua habitual correção. Ficou silencioso até chegarem ao posto de gasolina, estacionou o carro e ambos saíram quando viram os sinais de luzes que outro carro lhes fazia para lhes chamar a atenção.

Markina saiu do carro e foi ao seu encontro; vestido com calças jeans e um grosso suéter de lã azul, aparentava pouco mais de trinta anos. Amaia reparou na maneira como Jonan observava a sua reação.

— Boa noite, inspetora Salazar — disse o juiz, estendendo-lhe a mão.

Amaia apertou-a, oferecendo-lhe apenas a ponta dos dedos hirtos e evitando encará-lo.

— Meritíssimo, este é o meu assistente, o subinspetor Etxaide.
O juiz cumprimentou-o do mesmo modo.
— Podemos ir no meu carro, se quiserem.
Amaia viu a maneira apreciativa como Jonan olhou para o BMW do juiz, enquanto ela abanava a cabeça.
— Sempre vou no meu carro, para o caso de haver alguma chamada de última hora — explicou. — Não posso me arriscar a depender de que alguém me leve.
— Compreendo — replicou o juiz —, mas, se o subinspetor levar o seu carro, você poderá me acompanhar no meu.
Amaia olhou para Jonan e de novo para Markina, desconcertada.
— É que... Eu e o subinspetor temos trabalho pendente e vamos aproveitar para ir resolvendo tudo durante a viagem. Sabe como é.
O juiz fitou-a nos olhos e Amaia percebeu que ele sabia que estava mentindo.
— Gostaria que me pusesse a par do andamento da investigação no caminho para Aínsa. Se os resultados forem positivos tal como você acredita, este caso será oficialmente aberto e preciso estar ciente dos pormenores.
Amaia assentiu, baixando os olhos.
— Está bem — sucumbiu. — Jonan, seguiremos atrás de você.
Entrou no carro do juiz e sentiu-se pouco à vontade enquanto esperava que ele apertasse o cinto de segurança. Estar naquele espaço tão reduzido com ele a constrangia de uma maneira que chegava ao ridículo. Disfarçou a perturbação que sentia revendo as mensagens do celular, chegando mesmo a reler algumas, resolvida a mostrar-se indiferente à proximidade que os unia, ao modo como as mãos dele rodeavam o volante, ao gesto suave como mudava as marchas ou aos olhares breves e intensos que lhe dirigia, como se fosse a primeira vez que a via, ao mesmo tempo que batia de forma compassada no volante com o dedo indicador, acompanhando o ritmo da música. Estava gostando da viagem, notava-se no modo como encostava as costas e no leve e constante sorriso desenhado em seu rosto. Dirigiu em silêncio durante uma hora. A princípio, Amaia tinha-se sentido aliviada por não ser obrigada a falar, mas o silêncio prolongado entre eles estabelecia um nível de intimidade que a assustava.
Depois de refletir muito, disse:

— Pensei que quisesse discutir o caso comigo.

O juiz fitou-a durante um segundo antes de voltar a pôr os olhos na estrada.

— Menti — admitiu —, só queria estar com você.

— Mas... — protestou Amaia, desconcertada.

— Não precisa falar se não quiser, deixe-me apenas desfrutar da sua companhia.

Ficaram em silêncio durante o resto da viagem, ele dirigindo com a sua elegante indolência e lançando-lhe olhares breves o suficiente para não a intimidar, porém intensos o bastante para o fazer. Entretanto, a irritação de Amaia crescia no seu ser, obrigando-a a concentrar-se em rever em sua mente as várias fases do caso, e tentava em vão vislumbrar algo mais além do acostamento da estrada na escuridão da noite. As ruas de Aínsa pareciam animadas, com certeza devido à proximidade do fim de semana, e, apesar de os termômetros das lojas anunciarem uma temperatura de dois graus abaixo de zero, assim que se atravessava a ponte se podiam ver grupos de pessoas em frente a bares e algumas lojas abertas, que haviam prolongado o horário de funcionamento encorajadas pela presença dos turistas. Jonan dirigiu até a encosta íngreme que rodeava a colina onde se erguia o bairro medieval de Aínsa. O juiz seguiu-o, ao mesmo tempo que olhava assombrado para as casas, que, suspensas na ladeira, pareciam desafiar o vazio.

— Nunca tinha estado aqui, devo admitir que é surpreendente.

— Então espere até chegar lá em cima — respondeu Amaia, ao ver a expressão do juiz.

~

Aínsa era um túnel do tempo, e, ao chegar à praça, apesar dos carros estacionados e das luzes nos restaurantes, experimenta-se uma viagem ao passado que faz prender a respiração durante um segundo. Markina não foi exceção à regra; seguiu Jonan até o lugar onde estacionaram, sem deixar de sorrir.

— É extraordinário — afirmou.

Amaia olhou para ele, divertida. Recordava-se das suas sensações quando estivera ali pela primeira vez.

Quando saíram do carro, verificaram que, aliada à baixa temperatura dos quinhentos e oitenta metros de altitude a que se encontravam, a umidade dos rios Cinca e Ara que ali confluíam tinha contribuído para cobrir os paralelepípedos da praça com uma camada de gelo escarchado que brilhava como madrepérola à luz romântica dos postes da praça.

Jonan aproximou-se, agitando os braços para tentar se aquecer.

— E achávamos que em Elizondo fazia frio... — disse ele, sorrindo.

Amaia abotoou o casaco e tirou do bolso um gorro de lã. Markina, no entanto, não parecia afetado pela baixa temperatura. Saiu do carro e, sem vestir o sobretudo, olhou em volta, encantado.

— Este lugar é incrível...

🙢

Jonan tirou do porta-malas a maleta com as amostras e ao lado de Amaia começou a andar para o paredão da fortaleza, onde se situava o centro de interpretação da natureza e o laboratório de Estudos Plantígrados dos Pireneus, que os médicos dirigiam. O juiz acelerou o passo até alcançá-los quase na entrada, e Amaia observou a surpresa dele quando, depois de percorrer na companhia do bedel as amplas salas onde as aves feridas se recuperavam, chegaram à discreta porta do laboratório. O doutor González veio ao encontro deles, abraçou Jonan, sorrindo, e estendeu a mão a Amaia. A médica, alguns passos mais atrás, saudou-a, cortês.

— Boa noite, inspetora, tenho muito prazer em vê-la.

Amaia sorriu ante a sua já habitual sobriedade.

— Doutores, quero apresentar a vocês o meritíssimo juiz Markina.

O doutor González estendeu a mão, ao mesmo tempo que Takchenko se aproximava erguendo uma sobrancelha e sem deixar de olhar para Amaia.

— Espero que a minha presença não os incomode — disse Markina, cumprimentando-os. — O resultado dessas análises poderá abrir um caso muito importante, e é necessário tomar todas as medidas para garantir que não se quebre o protocolo de segurança.

A médica estendeu-lhe a mão enquanto o observava de perto, e depois girou nos calcanhares, exibindo sua disposição natural para o trabalho.

— Vamos, vamos, as amostras.

◊

Formando um grupo, foram atrás dela atravessando as três salas que constituíam o laboratório. Ao fundo, a perita colocou-se atrás de uma bancada e apontou para a superfície. Jonan pousou a maleta, que abriu enquanto Takchenko vestia as luvas.

— Deixe-me ver — pediu, inclinando-se para pegar as amostras. — Muito bem, saliva... — disse, pegando o saco que continha o cotonete com a amostra.

— É necessário colocá-la em cocção com proteínas — disse, dirigindo-se ao marido. — Vai levar a noite toda, depois adicionaremos fenol-clorofórmio para extrair o DNA, precipitar, secar e precipitar em água. A amostra estará pronta para ser analisada amanhã de manhã. O termociclador PCR demora entre três e oito horas, em seguida mais duas com o gel de agarose para a eletroforese, que nos permite ver o resultado. Calculo que estará pronto perto do meio-dia.

Amaia bufou.

— Parece muito? Pois o cabelo vai nos levar mais tempo — anunciou a perita. — As possibilidades de se obter DNA da saliva são de noventa e nove por cento, ao passo que com o cabelo se reduzem para cerca de sessenta e seis por cento — disse, pegando a trança de cabelo de María Abásolo —, apesar de termos aqui boas amostras.

Amaia estremeceu sobressaltada ao ver de novo as extremidades esbranquiçadas dos cabelos que haviam sido arrancados da cabeça.

— E estas são as dos ossos — disse a doutora. — Meu Deus! Quantas você me disse que eram?

— Há doze diferentes.

— Como eu disse, amanhã lá pelo meio-dia. E vou começar já a trabalhar nisto. Doutor — disse, dirigindo-se ao marido —, pode me ajudar?

— Claro que sim — respondeu ele, solícito.

— Os senhores fiquem à vontade, podem deixar os casacos nos cabides do escritório e, bom, há banquinhos pelo laboratório, fiquem à vontade.

Amaia viu as horas no relógio e dirigiu-se ao subinspetor Etxaide.

— Já passa das dez; vá jantar, que depois eu vou.

— Alguém se habilita? — perguntou Jonan.

— Nós já jantamos — respondeu o doutor González. — Quando voltarem, tomaremos um café.

— Eu o acompanho, se a senhora não se importar — disse Markina, dirigindo-se a Amaia.

Esta assentiu e ambos foram para a saída.

Amaia sentou-se num banco e durante a meia hora seguinte observou as idas e vindas dos peritos, que, concentrados, quase não falaram, empenhados em verificar as diversas fases e em recapitular o procedimento.

— Imagino que não possa me dizer em que andam trabalhando agora... — lançou a perita para o ar.

— Não vejo inconveniente nenhum em contar. Estamos tentando estabelecer a relação entre estas amostras e as dos ossos, que a Guarda Civil recolheu e já analisou. Se houver correspondência, estaremos determinando uma série de crimes que se prolongaram no tempo e que se propagaram pela geografia do norte do estado. Desnecessário dizer que esta informação é confidencial.

Ambos assentiram.

— Sem dúvida. Tem alguma coisa a ver com os ossos que foram encontrados naquela gruta de Baztán?

— Sim.

— Naquela época chegaram a nos enviar fotografias dos restos mortais, e, pela maneira como se encontravam dispostos, descartamos de imediato a participação de predadores: nenhum animal amontoa os restos das suas presas desse modo, pareciam como que... colocados de maneira deliberada para se obter um determinado efeito.

— Estou de acordo — disse Amaia, pensativa.

Ficaram alguns minutos em silêncio, concentrados em seu trabalho, recapitulando de vez em quando a lista dos procedimentos, e por fim deram como concluída aquela fase.

෴

— Agora só resta esperar — anunciou Takchenko.

O marido tirou as luvas e jogou-as dentro de uma lixeira, sem deixar de olhar para Amaia com uma expressão que denunciava a intensa atividade da sua mente e que a inspetora conhecia bem.

— Pensei nesse assunto muitas vezes, sabe? A doutora e eu falamos sobre isso e somos da mesma opinião. É lamentável o que está acontecendo em seu vale.

— Meu vale? — respondeu Amaia, sorrindo com um misto de confusão e dissimulação.

— Sim, deve saber ao que me refiro. Você nasceu ali, existe um vínculo de pertencimento. Trata-se de um dos lugares mais bonitos que conheço, um desses locais onde é possível sentir a comunhão entre a natureza e o ser humano, um lugar onde encontrar razões de peso para recuperar alguma fé. — Ao fazer este último comentário, ergueu os olhos, fitando os de Amaia, que soube de imediato a que se referia, e assentiu. — E no entanto, ou talvez por isso mesmo, parece que algo de obsceno se refugia ali, algo impuro e maligno.

Amaia escutava-o sem perder nenhum detalhe.

— Há lugares — acrescentou Takchenko — onde isso acontece, como se fossem espelhos ou portas entre dois mundos, ou talvez como amplificadores de energia; quase parece que o universo tem de compensar tanta perfeição. Conheço alguns lugares assim, uma ou outra cidade. Jerusalém é um bom exemplo do que estou tentando dizer. Seria possível dizer que houve algo que desnivelou o equilíbrio do seu vale e agora ocorrem ali inúmeras coisas, horríveis, e também maravilhosas, não acha? Não parece ser por acaso.

༄

Amaia sustentou o peso das palavras da perita. Não, não acreditava em coincidências. Os crimes cometidos contra as moças nas margens do rio Baztán mostravam o grau de obscenidade e de sacrilégio próprios de uma profanação. Pensou no que havia acontecido nos últimos tempos em Arizkun e na história passada do vale, no esforço que havia pressuposto para os primeiros colonizadores a estabelecer-se ali, a dureza da vida, a luta para combater doenças, pragas, as colheitas arruinadas, o clima hostil e, além disso, a bruxaria, e a Inquisição processando centenas de temerosos vizinhos que se autoacusavam em troca de piedade. E também pensou naquele outro Salazar, o inquisidor que durante um ano havia viajado por Baztán, estabelecendo-se entre a população a fim de investigar se havia ou não algo de demoníaco naquele vale. Um inquisidor que *motu proprio* havia decidido desvendar o mistério daquele lugar e que obteve, sem pressão nem tortura, mais de mil confissões voluntárias onde se admitiam feitos de bruxaria, e mais três mil denúncias contra os vizinhos por práticas maléficas. O inquisidor Salazar era um detetive moderno, um homem brilhante e com a mente tão aberta que, com o material que recolhera durante um ano, voltou a Logronho e narrou aos membros do Santo Ofício que não havia encontrado provas de que houvesse bruxos em Baztán, que o que acontecia ali era de uma natureza distinta. O sagaz inquisidor Salazar tinha-se dado conta, e o doutor tinha razão, de que Baztán se prestava ao prodigioso, para o bem e para o mal.

Quem sabe não seria, na realidade, um desses lugares que o universo não é capaz de deixar em paz.

༄

Jonan voltou meia hora depois, satisfeito e com um pouco mais de calor e de cor nas faces.

— Acontece que o meritíssimo juiz é um gourmet de tirar o chapéu; descobriu sem sair da praça um restaurante fantástico e insistiu em pagar a conta. Ficou lá à sua espera. Fica logo no segundo edifício, assim que se sai da fortificação, à direita.

Amaia pegou o casaco e saiu para o frio de Aínsa. O vento norte fustigou-lhe o rosto assim que atravessou a esplanada que se estendia diante da fortaleza, pelo que esticou as mangas do suéter numa tentativa de cobrir as mãos, ao mesmo tempo que lamentava ter esquecido as luvas. Pôde ver que o número de carros havia aumentado, atraídos sem dúvida pelos muitos bares que abriam as suas portas para a praça. Localizou o restaurante e caminhou por entre os carros estacionados, amaldiçoando a sola rasa das botas, que escorregava sobre a calçada de pedras geladas. O restaurante tinha um pequeno balcão, bastante concorrido, de onde se avistava uma sala de refeições pequena e acolhedora, disposta ao redor de uma lareira central. O juiz Markina fez-lhe sinal de uma mesa perto do fogo.

— Pensei que poderia gostar daqui — disse, quando Amaia se aproximou dele. — É agradável estar sentado à lareira.

Amaia não respondeu, mas admitiu que o juiz tinha razão; a presença do fogo e dos aromas da sala de refeições fizeram-na sentir fome de imediato. Decidiu-se por um entrecôte com guarnição de cogumelos e surpreendeu-se ao ver que o juiz pedia o mesmo.

— Achei que já tivesse jantado com o subinspetor Etxaide.

— Você não me dá muitas oportunidades de compartilhar um jantar, por isso não me passaria pela cabeça renunciar a esta, ainda que não seja como eu gostaria. Vai beber um pouco de vinho? — perguntou, aproximando a garrafa de um excelente vinho do seu copo.

— Receio que não; para todos os efeitos, estou de serviço.

— Claro — concordou o juiz.

Amaia apressou-se a terminar e agradeceu o silêncio do juiz, que quase não falou durante o jantar, ainda que em várias ocasiões tenha reparado como a olhava daquela maneira serena e curiosamente triste, apesar do ligeiro sorriso que se desenhava em seus lábios.

Quando saíram do restaurante, e em contraste com o calor da lareira, pareceu-lhe que o frio do exterior era mais intenso. Aconchegou o gorro e o casaco, e esticou as mangas do suéter como havia feito antes.

— Não tem luvas? — perguntou Markina a seu lado.

— Me esqueci delas.

— Tome as minhas, vão com certeza ficar grandes para você, mas pelo menos...

Amaia suspirou, a paciência lhe esgotando, e virou-se para ele:

— Pare de fazer isso — disse, com firmeza.

— De fazer o quê? — retorquiu o juiz, confuso.

— O que quer que esteja fazendo. Esses olhares, esperar por mim para jantar, me encher de atenções, pare de fazer isso.

Markina adiantou-se um passo até ficar diante dela. Durante dois segundos fitou um ponto na praça ao longe para depois cravar de novo os olhos nela. Qualquer vislumbre de sorriso tinha desaparecido de seu rosto.

— Não pode me pedir isso. Pode me pedir, sim, mas não posso atender ao seu pedido. Não posso negar o que sinto e não o farei porque não há nada de mal nisso. Não voltarei a olhar para você, não serei atencioso com você se isso a incomoda, mas nada mudará o que existe.

Amaia fechou os olhos por um segundo, tentando encontrar argumentos para rebater aquilo. Encontrou um.

— Você sabe que sou casada? — perguntou, e enquanto dizia isso soube que era um argumento fraco.

— Sei — respondeu o juiz, paciente.

— E isso não significa nada para você?

Markina inclinou-se para Amaia, pegou-lhe numa das mãos e depositou nela as luvas.

— Significa o mesmo que significa para você.

෴

Takchenko havia disposto as amostras de ossos fornecidas pela Guarda Civil nos pequenos tubinhos Eppendorf, semelhantes a balas ocas de plástico, que se agrupavam dentro do termociclador.

— Bem, pelo menos este já está quase. Mais uma hora aqui e outras duas para repousar.

— Eu acreditava que a Guarda Civil já havia feito as análises de DNA dos ossos — disse o juiz.

— E fizeram, vêm acompanhadas pelo relatório respectivo, mas, contando com um número suficiente de amostras, como é o caso, preferimos repetir o procedimento para termos certeza.

Markina assentiu e afastou-se até o outro extremo do laboratório para se reunir a Jonan e ao doutor González, que reclamavam a sua companhia para tomar café.

— É um homem muito atraente — comentou Takchenko assim que o juiz se afastou.

Amaia fitou-a surpreendida.

— Muito bonito — asseverou a perita.

Amaia virou-se na direção do juiz, depois olhou para Takchenko e assentiu.

— Além de ser uma tentação e tanto. Estou enganada, inspetora? — acrescentou a doutora.

Um pouco alarmada, Amaia colocou-se na defensiva.

— Por que diz isso?

— É evidente que você não é indiferente a ele e sente-se tentada.

Amaia abriu a boca para refutar aquele comentário, mas pela segunda vez nessa noite ficou sem argumentos. Alarmada, perguntou-se se algo em sua atitude teria deixado transparecer a confusão que sentia.

A perita fitou-a compassiva e sorriu.

— Pelo amor de Deus! Não é para tanto, inspetora, não se torture, todos nos sentimos tentados de vez em quando.

Amaia ficou muito séria.

— E, quando a tentação fica tão bem de calças jeans, é normal duvidar — acrescentou, maliciosa.

— É isso que me desconcerta — admitiu Amaia —, a dúvida; o fato de que a dúvida surja é suficiente para me fazer reconsiderar as coisas, que surjam as perguntas.

— Mas as dúvidas são normais.

— Eu achava que não. Amo o meu marido. Sou feliz com ele. Não quero ficar com outro homem.

A perita sorriu.

— Não seja tola, inspetora — disse Takchenko, interrompendo o seu trabalho e olhando para ela com um sorriso travesso. — Amo o meu marido, mas não me importaria nada de dar uma voltinha com esse juiz, quem sabe até mais do que uma.

Amaia abriu os olhos, surpresa com a atitude daquela mulher, normalmente tão comedida.

— Doutora, pelo amor de Deus! — fingiu escandalizar-se. — Uma voltinha. Dá para ver que o contato com os ossos a deixou de miolo mole. Uma voltinha, por mim acho que não faria uma coisa dessas sem pelo menos uns dias sem sair da cama.

Ambas riram, fazendo os homens se virarem para olhar para elas do outro lado do laboratório.

— Posso ver que já pensou nessa hipótese — sussurrou a perita, sem deixar de olhar para o grupo.

Amaia desceu do banco alto onde estava sentada e aproximou-se mais da bancada que a separava da mulher.

— Pode ser que sim, mas pensar é uma coisa e fazê-lo é outra muito diferente. Não é o que eu quero.

— Tem certeza?

— Absoluta, mas ele não me facilita nada a vida.

— Mitjail Kotch — disse a perita.

— Quem é?

— Foi meu colega na Faculdade de Medicina e depois trabalhou no mesmo instituto que eu durante três anos. Era um desses homens convencidos de que quem se esforça tudo consegue. Todos os dias na universidade, e depois todos os dias em que trabalhou comigo, se insinuava, me convidava para sair, me trazia flores ou me olhava de modo lascivo.

— E?

— Mitjail Kotch também não me facilitou a vida em nada, mas nem uma única vez cogitei a possibilidade de dar uma voltinha com ele.

— Quer dizer então que o mero fato de pensar no assunto já indica que alguma coisa não está bem? O fato de ter admitido que tem vontade de dar uma voltinha com alguém é sinônimo de que quer ser infiel ao doutor? — perguntou Amaia, fazendo um gesto para o grupo de homens.

— Ah, meu Deus, você até parece russa. Como é categórica em tudo! A tentação é isso mesmo, inspetora, nem cega nem invisível.

Amaia fitou-a, solicitando uma explicação.

— Quando uma pessoa decide que ama tanto uma pessoa que renuncia a todas as outras, não fica cega nem se torna invisível, continua a ver e a ser vista. Não há nenhum mérito em ser fiel quando o que vemos não nos tenta ou quando ninguém olha para nós. A verdadeira prova apresenta-se quando aparece alguém por quem nos apaixonaríamos se não fôssemos comprometidos, alguém à altura, que nos agrada e nos atrai. Alguém que seria a pessoa perfeita não fosse o caso de já termos escolhido outra pessoa perfeita. É isso a fidelidade, inspetora. Não se preocupe, está se comportando muito bem.

෴

A madrugada atingiu-os lenta e destemperada. Repetiram a rodada de café e o doutor González tirou de algum lugar um baralho de cartas com que os três homens se entretiveram jogando uma partida silenciosa. A perita optou por ler um daqueles grossos manuais técnicos que parecia ser para ela o mais prazeroso possível, e Amaia, sentada perto dela, recapitulou o seu caso, dirigindo longos olhares ao termociclador, que ronronava em cima de uma bancada de aço como um gato malcriado. O instinto dizia-lhe que sim, que naquelas amostras se escondia a essência da vida roubada pela dupla de monstros mais diabólicos que conhecia. A mente fria e poderosa de um instigador e a obediência da bestialidade, cegamente a seu serviço. O PCR cessou o seu som e emitiu um longo apito que sobressaltou Amaia, quase ao mesmo tempo que um sinal de mensagem soava no celular de Jonan e uma chamada entrava no dela. Entreolharam-se, alarmados, antes de atender a chamada do inspetor Iriarte.

— Chefe, verificou-se um novo ataque contra a igreja de Arizkun.

Amaia pôs-se de pé e foi ao fundo do laboratório.

— Conte-me tudo — sussurrou.

— Bom, arremessaram uma empilhadeira contra a fachada, abrindo um buraco e... — titubeou.

— Deixaram restos mortais?

— Sim... Outro bracinho... Muito pequeno, um pouco diferente, não está queimado...

Amaia percebeu o modo como aquilo afetava Iriarte: tinha dito "bracinho". Ele tinha filhos pequenos, com certeza os braços deles não seriam muito maiores.

— Está bem, inspetor, ponha em andamento os procedimentos, avise San Martín e não toquem em nada até eu chegar. Vou demorar um pouco mais de duas horas. Diga a todos que aguardem do lado de fora, vedem o perímetro e esperem por mim, vou já para aí. Ligo do carro dentro de um minuto.

Pegou o casaco e encaminhou-se para a saída, onde Jonan já esperava por ela.

— Recebi um aviso e preciso ir — disse, dirigindo-se aos outros. — Jonan, você fica, preciso de você aqui, isso é muito importante. Doutores, obrigada por tudo. Meritíssimo, telefono de manhã.

O juiz pegou o sobretudo e seguiu-a em silêncio. Não disse nada, enquanto atravessavam a parte das grandes gaiolas de aves e caminhavam pelo pátio de armas da fortaleza.

Amaia acionou o comando do carro antes de chegar e ele parou à porta, agarrando-lhe o braço.

— Amaia...

Ela soltou um profundo suspiro e deixou sair o ar muito devagar.

— Inspetora Salazar — retorquiu, munindo-se de toda a paciência.

— Está bem, como queira, inspetora Salazar — admitiu, de má vontade; debruçou-se sobre ela, deu-lhe um breve beijo na face e sussurrou: — Dirija com cuidado, inspetora. Você é muito importante para mim.

Amaia recuou com o coração acelerado e negando com a cabeça.

— Não deve fazer isso, não deve fazer isso — disse, entrando no carro e ligando o motor.

21

Dirigiu tentando refrear o impulso de acelerar e concentrando a pouca atenção que o juiz lhe havia deixado intacta em não se despistar numa curva. A estrada encontrava-se coberta por uma película branca de geada, que era gelo negro em alguns locais, tornando a condução noturna mais vagarosa e perigosa. Os habitantes da comarca de Sobrarbe conheciam-na bem e evitavam dirigir à noite; as escolas começavam as aulas no meio da manhã para evitar o gelo traiçoeiro nas estradas de montanha. Quando chegou ao cruzamento com a autoestrada, parou o carro no acostamento e ligou para Iriarte.

— Me coloque a par da situação — disse, quando o inspetor atendeu.

— Por volta das três da manhã, alguns vizinhos ouviram o estrondo do choque da Bobcat contra o muro da igreja, espreitaram pela janela, mas não viram ninguém. Quando chegamos, nos deparamos com o buraco aberto e no interior, em cima do altar...

— Os restos ósseos — atalhou Amaia.

— Sim, os restos ósseos.

— Deve ter custado bastante a eles derrubar o muro da igreja.

— Não por onde o fizeram: a empilhadeira lançou-se sobre o local exato onde se encontrava a porta dos agotes, a entrada que eles deviam utilizar e que fora fechada. Nessa parte, o muro é de azulejo, e as "garras" da empilhadora trespassaram-no de um lado ao outro.

— E a patrulha que devia estar vigiando a igreja?

— Quinze minutos antes tinha sido recebido pelo 112 um aviso de incêndio no palácio de Ursua. A patrulha da igreja era, claro, a que estava mais perto, e foi mandada para lá.

— Um incêndio?

— Para ser franco, foi coisa sem importância, um pouco de gasolina sobre a porta de entrada do palácio, mas era de madeira e ardeu como palha seca. A patrulha apagou o incêndio com os extintores do carro.

— O palácio de Ursua também está associado à história dos agotes.
— Sim. Existe uma teoria afirmando que foi o senhor de Ursua quem trouxe os agotes como mão de obra e trabalho escravo.

∞

Desligou o telefone e procurou debaixo do banco a sirene portátil que raras vezes utilizava, abriu a janela do carro e colou-a ao teto do veículo. Assim que entrou na autoestrada, acionou a sirene e acelerou, recuperando de imediato uma sensação de velocidade que não sentia desde os tempos da academia de polícia. O velocímetro marcava mais de cento e oitenta quilômetros por hora e ela dirigiu dessa maneira durante um tempo, ultrapassando os escassos carros que encontrou àquela hora. Pensou em Iriarte, um dos policiais mais corretos que conhecia. Era impecável em seu aspecto e meticuloso nos relatórios que redigia, um pouco corporativista. Sempre sereno e sem comentários inconvenientes. Arraigado a Elizondo, a mesma coisa que lhe dava equilíbrio constituía o seu ponto fraco. Lembrava-se de que certa vez, ao encontrar o corpo sem vida de uma adolescente da aldeia, perdera o controle durante um instante, e agora essa maneira de se expressar, "o bracinho...". De repente, surpreendeu-se pensando no filho. Olhou de novo para o velocímetro, que marcava quase cento e noventa, e sem pensar tirou o pé do acelerador. "Ser pai não é fácil", dissera-lhe Iriarte uma vez, e não é que não fosse fácil, era antes uma maldita responsabilidade. Até que ponto ser pai ou mãe incidia sobre os seus atos? Sempre tomara cuidado, que merda! Era policial, claro que tinha cuidado, mas a responsabilidade para com Ibai, a responsabilidade de não o deixar sozinho, vivendo uma infância sem mãe, será que isso iria limitar a sua vida, o seu trabalho, o muito ou pouco que pisasse no acelerador? Outro pensamento juntou-se ao primeiro, trazendo uma visão recriada dos pequenos ossos que alguém havia deixado em cima do altar da igreja, os ossos da sua família, ossos que encerravam dentro de si a mesma essência que os seus, a mesma essência que os do seu filho, uns ossos que constituíam a sua raiz e o seu legado.

— A *ama* vai tomar cuidado — sussurrou, enquanto acelerava o carro pela autoestrada em direção a Pamplona.

Às seis horas da manhã, o céu de Arizkun ainda estava muito longe de vislumbrar o amanhecer. A igreja estava iluminada por dentro; e lá fora, dois carros-patrulha e meia dúzia de carros particulares rodeavam o respectivo perímetro, cercado por um muro de meio metro que impedia que os carros chegassem até a porta.

A empilhadeira elétrica embutida na parede lateral, uma pequena Bobcat, havia entrado com dificuldade pelo intervalo que se abria no muro circundante, abrindo um buraco irregular de um metro de altura por outro de largura. Os dentes do garfo encontravam-se incrustados na pedra e cobertos por um entulho escuro. Amaia contornou a igreja, inspecionando a cerca do jardim dos fundos e o pequeno caminho da parte de trás, antes de entrar.

Iriarte e Zabalza seguiam-na de perto com as respectivas lanternas.

— Já verificamos todo o perímetro — recordou-lhe Zabalza.

— Pois então verifiquem de novo — respondeu Amaia, cortante.

O doutor San Martín esperava-os no interior da igreja.

— Olá, Salazar — disse, olhando para ela e para o pequeno vulto que, coberto com uma manta metálica, se encontrava em cima do altar. Adiantou-se e destapou os ossos.

Amaia teve consciência de que tanto Iriarte como San Martín não olhavam para os restos mortais, mas sim para ela, e fez os esforços possíveis para ficar impassível enquanto observava com a máxima atenção.

— Têm um aspecto diferente dos anteriores, não é, doutor?

— Sem dúvida, estes não foram queimados na extremidade e a articulação distingue-se com nitidez, mas sobretudo é por causa da cor: estes estão muito mais brancos, e a razão é porque não estiveram em contato com a terra, mas sim no interior de um caixão, bem fechado e com condições de umidade mínimas; até as falanges dos dedos estão perfeitamente conservadas.

Amaia contemplou por mais alguns segundos aqueles ossos com os quais poderia ter um vínculo e cobriu-os, talvez com bastante cuidado, como se os aconchegasse. Dirigiu-se a San Martín para lhe fazer a pergunta que pairava entre os dois desde que havia entrado ali.

— Acha que...?

— Não posso saber, inspetora. Posso dizer, isso sim, que não provêm do mesmo lugar; é fácil quando se vê o estado em que se encontram. Vou levá-los comigo e vou cuidar deles. Dentro de vinte e quatro horas, quem sabe um pouco menos, teremos uma resposta.

Amaia assentiu, virou as costas e dirigiu-se ao local onde a máquina havia derrubado parte do muro. Vendo do lado de dentro, os danos pareciam maiores; através da parede era possível ver as garras metálicas da empilhadeira espreitando por entre os escombros.

— Este é o lugar onde ficava a antiga porta dos agotes?

— Sim — respondeu Zabalza atrás dela —, foi isso que nos disse o pároco.

— A propósito, onde está ele?

— Mandamos para casa, ele e o capelão; estavam bastante afetados.

— Fizeram bem. Suponho que já tiraram as impressões digitais — disse, apontando para a escavadora.

— Sim.

— De onde tiraram isso?

— De um armazém de bebidas aqui do lado; usam-na para transportar os paletes.

Consultou as horas e foi ao encontro de Iriarte, seguida por Zabalza.

— Nos vemos na delegacia, vamos recapitular tudo o que temos sobre as profanações, e tragam-me o quanto antes o garoto do blog, quero falar com ele.

— Agora? — perguntou, alarmado, Zabalza, deixando transparecer a sua incredulidade.

— Sim, agora. Algum problema, subinspetor?

— Já interrogamos esse garoto e chegamos à conclusão de que não tinha nada a ver com o assunto.

— Diante dos novos acontecimentos, considero necessário interrogá-lo de novo. Estou certa de que a pessoa ou pessoas envolvidas nisso estão ligadas ao vale e inclino-me por mais de uma. Não acho que um rapaz sozinho fosse capaz de fazer tudo, abrir o buraco, dispor os ossos... alguém teve de ajudá-lo — explicou Amaia, encaminhando-se para a entrada.

— Pode ser, mas o garoto não tem nada a ver com isto.

Amaia parou e observou-o. Iriarte virou-se por sua vez e fitou-o, alarmado.

— Tem outra teoria, subinspetor? — perguntou Amaia, em voz pausada. — Por que tem tanta certeza?

A sua voz denunciava a tensão quando respondeu:

— Não sei.

— Zabalza — censurou Iriarte —, talvez esteja se precipitando.

— Não — interrompeu Amaia —, deixe que ele se explique; se tem uma perspectiva distinta, quero ouvir a sua opinião. É para isso que temos uma equipe, para observar os fatos de diferentes perspectivas.

Zabalza passou uma das mãos, nervosa, pelo rosto, e, como se não soubesse o que fazer com elas, entrelaçou-as primeiro e acabou por enterrá-las nos bolsos da parca.

— Esse garoto é uma vítima, o pai o surra desde que a mãe faleceu. Ele é esperto, tira notas excelentes na escola e o interesse pela história e pelas origens da aldeia onde mora são o que o mantém lúcido nessa casa. Conversei com ele e, acreditem, apesar de ser brilhante, tem um grave problema de autoestima, nenhuma segurança em si mesmo, nenhuma da que seria necessária para se atrever a fazer uma coisa destas, nem nada que se pareça. Está subjugado pelo pai e sofre muito.

Amaia sopesou tudo o que acabara de ouvir.

— Os adolescentes são capazes de uma ira inusitada. O simples fato de estar ou de se mostrar subjugado podia alimentar uma ira reprimida a que ele desse vazão de vez em quando com chamadas de atenção desse tipo que, por outro lado, se você não estivesse emocionalmente implicado, podia ver que quase levam a sua assinatura.

— O quê? — exclamou, incrédulo, tirando as mãos dos bolsos e alternando o olhar dela para Iriarte. — O que quer dizer com isso?

— Quero dizer que acho que você se identifica com o rapaz e isso o faz perder o foco.

O rosto do policial incendiou-se como se ardesse por dentro e o lábio inferior tremeu-lhe um pouco.

— Como se atreve? Estrela da polícia de merda! — bramou.

— Cuidado — avisou Iriarte.

— Você não me intimida — contestou Amaia, avançando até ficar diante do subinspetor. — Não me intimida, mas será melhor que observe as normas mínimas de educação e cortesia, assim como faço com você, apesar de ser desleal, apesar de ter sido você que forneceu a Montes o relatório do laboratório que o meteu na confusão em que está, apesar de você não passar de uma ratazana que põe em risco a sua segurança e a dos seus colegas falando com civis alheios à investigação, apesar de você não ser capaz de distinguir os limites.

Dos olhos de Zabalza saltavam faíscas e o seu rosto estava contraído pela raiva, mas ainda assim sustentou-lhe o olhar, desafiando-a. Amaia baixou o tom de voz e falou de novo ao policial.

— Se não estiver de acordo com as minhas teorias, pode expor as suas, mas não volte a falar comigo nesses termos. Sentir-se identificado com uma vítima só mostra o nosso elemento humano, isso que muitos acham que não possuímos por sermos policiais. E o elemento humano proporciona conhecimento e ajuda a obter informações que alguns indivíduos não nos dariam de livre e espontânea vontade. Contudo, sem renunciar à humanidade, um investigador deve salvaguardar a devida distância para não se envolver de modo pessoal. E agora reitero a minha impressão de que você se sente identificado com a vítima. Estou ou não estou certa?

O subinspetor Zabalza baixou os olhos, mas respondeu:

— Não vejo necessidade de tirá-lo da cama, são seis da manhã e o rapaz é menor.

— Se esperar mais, terá de tirá-lo da escola, não acha que isso seria pior?

— Vai ficar em casa, não irá para a escola enquanto tiver marcas na cara.

Amaia ficou dois segundos em silêncio.

— De acordo, às nove na delegacia, sob sua responsabilidade.

Zabalza resmungou algo inaudível entre dentes e saiu da igreja.

꙳

Estava havia apenas dez minutos lendo os relatórios relativos às profanações e os olhos já ardiam, como se estivessem cheios de areia. Girou a cadeira e olhou lá para fora numa tentativa de relaxar a vista. Começava a amanhecer, mas a chuva fina empurrada pelo vento de encontro às janelas mal lhe permitiu ver um palmo diante do nariz. As horas sem dormir somadas à direção noturna começavam a cobrar o seu preço. Não tinha sono, mas os olhos deslizavam por conta própria. Virou-se de novo para o monitor do computador e abriu o e-mail. Havia duas entradas. A primeira, uma lacrimosa mensagem do diretor da Clínica Santa María de las Nieves, embora a sua teoria pesarosa tenha se virado de tremendo prejuízo causado à instituição para o tremendo prejuízo causado à paciente. Expunha de novo a sua teoria da conspiração para lhe manchar a imagem, e as suas hipóteses iam mais além, insinuando que o doutor Sarasola se mostrara bastante solícito para transferir Rosario. Reiterava, além disso, as dúvidas suscitadas em sua equipe pelo fato de a doente ter sido capaz de se controlar sem tratamento. Enviou a mensagem para a lixeira.

A segunda vinha reenviada da caixa de entrada de Jonan. Abriu-a com curiosidade. "A dama aguarda a sua oferenda."

Selecionou-a para apagá-la, mas no último momento moveu-a para uma nova pasta que chamou de "Dama".

Iriarte entrou na sala, empurrando a porta de forma desajeitada, e segurando uma caneca de louça em cada mão, aproximou-se de Amaia e estendeu-lhe uma. Ela fitou-o surpreendida e leu a inscrição: *Zorionak, aita*.

— Ah, são muito bonitas — disse, sorrindo.

— São as únicas que tenho, mas pelo menos não são de papel.

— Agradeço, faz toda a diferença — disse, envolvendo-a com as duas mãos.

— Zabalza está vindo com o rapaz e o pai dele.

Amaia assentiu.

— Não é mau elemento, estou me referindo ao Zabalza; trabalho com ele há anos e já me deu provas disso.

Amaia fitava-o, escutando-o com interesse ao mesmo tempo que sorvia o café.

— É verdade que está passando por um período difícil, imagino que por motivos pessoais, e não o justifico, e menos ainda a explosão infeliz desta manhã, mas...

— Inspetor Iriarte — interrompeu Amaia. — Tem certeza de que não errou de vocação? Em menos de quarenta e oito horas é a segunda vez que me expõe uma alegação de defesa para um colega. Iria fazer um excelente trabalho no sindicato.

— Não era minha intenção aborrecê-la.

— E não aborrece, mas deixe que cada um trave as suas batalhas. A queda de braço entre Zabalza e eu ainda não terminou, é algo que alguns têm dificuldade em aceitar, mas nesta equipe o *macho alfa* é uma mulher.

O telefone de Iriarte tocou e este apressou-se a atendê-lo.

— É Zabalza, está lá embaixo com o rapaz e o pai.

— Onde estão?

— Num escritório do primeiro andar.

— Transfira-os para uma sala de interrogatórios, deixe um policial fardado vigiando a porta do lado de dentro e que não fale com eles.

Iriarte transmitiu as indicações e desligou.

— Vamos? — sugeriu, pousando a caneca em cima da mesa.

— Ainda não — respondeu Amaia —, acho que antes vou tomar outro café.

Quarenta e cinco minutos mais tarde, Amaia entrava na sala de interrogatórios evitando o olhar feroz de Zabalza, que esperava do lado de fora, visivelmente contrariado. Lá dentro cheirava a suor e a nervos. A espera e a presença do agente armado haviam surtido o efeito desejado.

— Bom dia, sou a inspetora Salazar do departamento de homicídios da Polícia Foral — apresentou-se. Mostrou-lhes o distintivo e sentou-se à frente deles.

— Ouça... — começou o pai a dizer —, parece-me um abuso nos trazerem para cá tão cedo para depois nos fazerem esperar quase uma hora.

Amaia observou-lhe as ramelas e um rastro esbranquiçado de baba seca que ia da boca até a orelha esquerda.

— Cale a boca — atalhou ela. — Convoquei o seu filho porque é o principal suspeito de um grave delito — disse, olhando para o rapaz, que se levantou e olhou para o pai. — Esperar uma hora é o menor dos seus problemas, acredite em mim, porque, se não colaborar, vai passar muito tempo em lugares piores do que este, e, se quiser que falemos de abusos, podemos ter uma conversa depois, o senhor e eu. Vou interrogar o seu filho; pode ficar calado ou chamar um advogado, mas não volte a me interromper.

Olhou para o rapaz; na verdade, ele tinha um hematoma bastante feio numa das maçãs do rosto e mais alguns que já começavam a ficar amarelados no maxilar. Estava sentado muito ereto e a roupa pendia-lhe de um corpo esquálido.

— Beñat, Beñat Zaldúa, não é?

O rapaz assentiu, e uma madeixa de cabelo caiu-lhe sobre a testa. Amaia observou-o. Estava preocupado, mordia o lábio inferior e tinha os braços cruzados sobre o peito de maneira defensiva; de vez em quando, passava uma mão nervosa pela boca, como se a limpasse. Sim, estava numa atitude de defesa, mas a verdade atormentava-o e os seus gestos denunciavam a necessidade de sufocar com as mãos as palavras que lutavam para sair de sua boca, para se libertar do fardo. Queria falar, tinha medo, e ela precisava resolver esses dois problemas.

— Beñat, apesar de ainda ser menor, você já tem idade suficiente para ter responsabilidade civil. Vou falar com o juiz para que seja compreensivo com a sua situação — disse, olhando por breves instantes para o pai. — Quero ajudá-lo, e posso fazer isso, mas você precisa ser sincero comigo. Se mentir para mim ou me esconder alguma coisa, vou abandoná-lo à própria sorte, e a sua situação não é nada boa. — Deixou que as palavras calassem fundo no rapaz durante alguns segundos. — Então, vai me deixar ajudá-lo, Beñat?

O rapaz assentiu com veemência.

O interrogatório foi mais uma declaração compulsiva do rapaz, que explicou como aquele homem entrara em contato com ele através do blog; como no início teve certeza de ter encontrado alguém que pensava como ele e que defendia as mesmas teorias que ele; como, a cada novo ataque à igreja, as coisas haviam começado a fugir do seu controle, sobretudo quando soube que no altar se abandonaram ossos humanos.

Isso não tinha nada a ver com as teorias que defendia. Forneceu uma descrição do homem que vira cara a cara apenas durante as profanações: dizia chamar-se *Cagot* e faltava-lhe metade dos dedos da mão direita. Quando terminou de falar, soltou um suspiro tão profundo que Amaia não pôde evitar sorrir.

— Muito melhor, não acha?

Amaia saiu da sala e dirigiu-se a Zabalza, que esperava à porta.

— Envie um alerta com a descrição desse sujeito dos dedos.

O policial assentiu, baixando a cabeça. Iriarte aproximou-se dela.

— Seu marido telefonou. Pediu que você ligasse em seguida, diz que é urgente.

Amaia alarmou-se; era a primeira vez que James lhe deixava uma mensagem na delegacia, e devia ser de fato algo de muito grave para não poder esperar que o seu celular silenciado durante o interrogatório estivesse operacional de novo. Subiu as escadas de dois em dois para ir à sala que usava como escritório.

— James?

— Amaia, Jonan me disse que você já estava em Elizondo.

— Sim, é verdade, não tive tempo de telefonar. O que aconteceu?

— Amaia, acho que deveria vir já para cá.

— É Ibai, aconteceu alguma coisa com ele?

— Não, Amaia, Ibai está bem, estamos bem, não se preocupe, mas venha já para cá.

— Ah, James, pelo amor de Deus, conte logo ou vou ficar doida!

— Esta manhã, Manolo Azpiroz, o arquiteto, esteve aqui, e, enquanto eu terminava de arrumar Ibai, dei-lhe a chave e ele foi andando na frente para Juanitaenea. Depois de um tempo, telefonou e disse que não era boa ideia dar início aos trabalhos no jardim, porque com a obra e os materiais tudo o que tínhamos feito iria se estragar. Garanti que não estamos fazendo nada no jardim e ele disse que a terra estava escavada e remexida em vários pontos ao redor da casa, como se alguma coisa tivesse sido plantada ali. Amaia, estou agora na casa. O arquiteto tem razão. Na realidade, há covas e há alguma coisa lá dentro, há alguma coisa aqui...

— O que é?

— Acho que são ossos.

꽃

Pegou a maleta de investigação de campo e desceu as escadas sem esperar pelo elevador. No corredor, ao fundo no piso térreo, Iriarte e Zabalza falavam em voz baixa, mas pelos gestos e pelas expressões de ambos percebeu que discutiam.

— Inspetor Iriarte, me acompanhe, por favor.

Iriarte demorou um minuto para ir buscar o sobretudo e saiu ao seu lado sem perguntar nada. Percorreram no carro a curta distância da delegacia até Juanitaenea, ao mesmo tempo que um milhão de censuras ressoava na cabeça de Amaia. Devia ter-se dado conta mais cedo. Nenhum túmulo, nenhum ossário. As crianças mortas não batizadas em Baztán não eram enterradas junto aos transeptos, nem ao muro do cemitério; tinham um lugar destinado para esse efeito. Enterravam-se no *itxusuria*, o corredor das almas, o espaço do solo que delimitava o telhado da casa onde o beiral pingava, definindo uma linha entre o interior e o exterior da casa. Por que havia estado tão cega? A sua família sempre vivera em Baztán. Por que não havia pensado que a sua, a exemplo de tantas famílias do vale, havia enterrado as suas crianças ali mesmo?

James esperava-a com o carrinho de Ibai no canto do pomar, e em sua postura invulgarmente séria havia um vislumbre de injúria próximo da ofensa que surpreendeu Amaia. O seu James, com a sua concepção limpa e plácida da vida, sentia-se insultado quando a sordidez o pegava de surpresa. Amaia beijou uma das mãos de Ibai, que dormia relaxado, e afastou-se para falar com James.

— É... É... Caramba, não sei se é horrível ou se é surpreendente. Nem sei se são humanos, pode ser que sejam de animais de estimação.

Amaia fitou-o com ternura.

— Eu trato disso, James. Leve o menino para casa e não conte nada a Ros nem a minha tia sem que saibamos de mais alguma coisa. — Deu um passo à frente, beijou o marido e virou-se para Iriarte, que esperava por ela no caminho da entrada segurando o guarda-chuva.

Foram até as portas dos estábulos e deixaram a maleta nas escadas que adornavam a fachada. Vestiu um par de luvas e estendeu outro a Iriarte. A chuva suave e lenta das últimas horas havia amolecido a terra, que se colava às solas planas das botas, dificultando a caminhada; lembrou-se das muitas vezes que havia escorregado nas pedras de Aínsa e decidiu que as jogaria fora assim que as tirasse. Percorreu o perímetro da casa, observando os montículos de terra remexida que eram visíveis a olho nu. Deteve-se diante do mais próximo e indicou a Iriarte o perfil da pegada de uma bota cujas bordas começavam a se desfazer devido ao efeito da chuva. Iriarte agachou-se e cobriu o montículo com o guarda-chuva para poder fotografar as pegadas, depois de colocar ao lado um número de referência. Avançaram até o montículo seguinte; a superfície estava aberta como se de dentro uma enorme semente tivesse eclodido, despedaçando os torrões. Fotografaram a superfície e depois Amaia começou a separar montões úmidos que lhe sujaram as luvas com a escura terra de Baztán. Usando os dedos como pá, afastou a terra para os lados até descobrir um crânio pouco maior do que uma maçã pequena. Alguns metros mais à frente, havia outro buraco tapado às pressas e onde não encontraram nada, e bem no fim da casa onde o canto do beiral deixava o seu rastro no chão encontrava-se a sepultura a que James se referia e de onde surgiam por entre a terra uns ossinhos escuros, que à primeira vista e devido à cor poderiam passar por raízes. Endireitou-se para deixar que Iriarte fotografasse tudo, estendeu o olhar até os fundos da casa e verificou que só naquele trecho havia pelo menos nove covas e outras tantas do outro lado.

A linha marcava o lugar. O lento gotejamento durante mais de duzentos anos havia esculpido uma fenda no solo, e o profanador não precisara fazer mais nada além de segui-la. Procurou nos bolsos a chave que James lhe tinha dado, abriu o cadeado do estábulo e chamou Iriarte. Este entrou, sacudindo a água da roupa.

— Esta é a casa da sua avó?
— Sim, pertenceu à minha família durante várias gerações.

O policial olhou ao redor.

— Inspetor, quero que falemos sobre o que está acontecendo aqui fora.

Iriarte assentiu, muito sério.

— Acho que você já sabe o que é, trata-se de um *itxusuria*, o cemitério familiar tradicional de Baztán. As crianças enterradas aqui são membros da minha família. Esta é a forma como as suas mães lhes prestavam homenagem, deixando-as no lar como sentinelas que guardavam e protegiam a casa. Se telefonarmos a San Martín, ele vai instalar-se aqui com a sua equipe e desenterrarão os corpinhos. Você é de Baztán, e acho que vai entender o que vou pedir. Este é o cemitério da minha família e quero que assim continue. Uma descoberta dessa natureza atrairia a imprensa, repórteres, fotógrafos. Não quero que isto se transforme num circo. Porque acho que o profanador da igreja de Arizkun, e não me refiro a esse pobre rapaz, tem saqueado esses túmulos, e tornar esse fato público iria espantá-lo. O que me diz?

— Que não deixaria que desenterrassem o cemitério da minha família.

Amaia aquiesceu, comovida, incapaz de dizer o que quer que fosse. Dirigiu-se para a porta cobrindo de novo o cabelo com o capuz.

— Agora vamos continuar.

Retomou a inspeção a partir da última cova que havia examinado e encontraram mais três esqueletos em duas delas. Os ossinhos pareciam quebrados e bastante deteriorados, quase não se distinguia a sua natureza, mas no terceiro aparecia uma fibra desfiada como se fosse estopa suja. A visão dos restos da mantinha de berço perturbou-a. Ajoelhando-se na terra molhada, afastou camadas de lama até destapar a mortalha amorosa que uma mãe havia feito para o seu bebê. Um pano encerado cobria a sepultura, mas era a mantinha que lhe despedaçava o coração, no qual Amaia avaliava a dor da mãe que pusera o seu bebê dormindo na terra, sem se esquecer de cobri-lo a fim de protegê-lo. Sentiu o frio da água empapando-lhe as calças jeans e os olhos toldaram-se com lágrimas que escorreram, caindo sobre os ossos daquela criança amada talvez no mesmo lugar onde caíram, anos antes, as de uma mãe, talvez a sua bisavó? Tataravó? Uma jovem mulher dilacerada pela dor que ao anoitecer deitou o filho na terra e o cobriu com uma manta. Afastou o pano no local onde tinha sido rasgado, e os pequenos ossos, surpreendentemente inteiros, clamaram do seu pequeno túmulo, evidenciando a espoliação de que haviam sido vítimas.

Cobriu o esqueleto com a mantinha e fechou a mortalha, colocando terra por cima.

Iriarte, que havia permanecido em silêncio a seu lado fazendo tentativas vãs para protegê-la debaixo do guarda-chuva, estendeu-lhe a mão, que ela aceitou para se pôr de pé. Retrocederam até a parte lateral da casa e Amaia voltou-se para olhar para os pequenos vestígios das sepulturas remexidas, que a chuva contribuiria para nivelar. Olhando para os insignificantes montículos de terra, sentiu sobre os ombros a dor de gerações de mulheres da sua família, as lágrimas que haviam derramado sobre aquela passagem de terra reservada para ser um corredor de almas, e, traída pela própria imaginação, viu-se obrigada a deitar Ibai no meio da lama, e nesse instante o ar dos seus pulmões saiu disparado de uma vez, ao mesmo tempo que empalidecia e sentia que as forças a abandonavam.

— Chefe? Está se sentindo bem?

— Sim — respondeu, dando um passo em frente e recuperando o controle. — Desculpe — murmurou.

Iriarte colocou a maleta no porta-malas do carro e abriu a porta do lado do passageiro para ela entrar. Por um instante, Amaia pensou na possibilidade de ir a pé até a casa da tia, uma vez que a rua Braulio Iriarte se situava do outro lado do Trinquete, mas reparou nas calças sujas e molhadas e tomou consciência da dor que se difundia pelos seus membros como se estivesse doente, e entrou no carro. Pareceu-lhe ver que por entre os caramanchões se escondia um rosto, e foi capaz de reconhecer o olhar hostil do homem que cuidava da horta.

Ao fazer a curva de Txokoto, avistaram Fermín Montes, que, apesar da chuva, estava do lado de fora do bar, fumando e mal protegido pelo beiral do telhado. Iriarte respondeu à saudação do colega, levantando um pouco a mão, e continuou rua acima até a casa de Engrasi.

Antes de sair do carro, Amaia virou-se para Iriarte.

— Tenho a sua palavra?

— Sim.

Amaia fitou-o bem no fundo dos olhos, sem sorrir, e assentiu.

Mal havia posto um pé para fora do carro quando Fermín, que os tinha seguido em largas passadas, se aproximou da porta aberta, segurando um guarda-chuva.

— Inspetora Salazar, gostaria de falar com você.

Amaia olhou para ele quase sem vê-lo, tomada de um esgotamento que a cada momento se tornava mais evidente.

— Agora não, Montes.

— Mas por que não? Podemos ir até o bar se quiser e conversar por um momento.

— Agora não... — repetiu, ao mesmo tempo que se debruçava para tirar as suas coisas do banco do carro.

— Até quando vai me cozinhar em banho-maria?

— Solicite uma reunião — retorquiu, sem olhar para ele.

— Não entendo por que faz isso comigo... — protestou.

Iriarte saiu do carro e, contornando-o, foi até ele, interpondo-se entre ambos.

— Agora não, inspetor Montes — disse com firmeza —, a-go-ra-
-não — repetiu, articulando as palavras como se estivesse falando com uma criança pequena.

Montes assentiu, nada convencido.

ے

Amaia dirigiu-se para a entrada e deixou os dois homens frente a frente debaixo de chuva.

Entrou em casa arrastando os pés. Sentia-se fisicamente doente e, em contraste com a umidade exterior, o calor seco e perfumado que se disseminava vindo da lareira provocou-lhe arrepios tão fortes que o seu corpo tremeu de forma visível. James entregou o menino à tia, alarmado com o estado da mulher.

— Olha o seu estado! Está doente, Amaia?

— Só cansada — replicou, sentando-se na escada para poder tirar as botas sujas de lama.

James debruçou-se para beijá-la e recuou, alarmado.

— Cansada uma ova, está com febre.

— Não — protestou, sabendo ao mesmo tempo que era verdade; estava com febre.

— Suba e tire essa roupa molhada e tome um banho quente — ordenou-lhe a tia, deitando o menino no carrinho. — Daqui a dez minutos subo para ver como está.

— Ibai — sussurrou Amaia, estendendo a mão para o bebê.

— Amaia, é melhor não o pegar no colo sem sabermos o que está acontecendo com você. Não vai querer contagiá-lo.

James ajudou-a a despir a roupa colada ao corpo por causa da chuva e a entrar debaixo do chuveiro. Ao sentir o jato de água quente sobre a pele, Amaia percebeu o que se passava. O seu corpo estava reagindo, havia dias que não amamentava Ibai em condições. A pele do seu peito apresentava-se retesada, quente e muito dolorida. Saiu do chuveiro, tomou dois anti-inflamatórios e procurou na bolsa a caixinha com duas doses daqueles comprimidos que acabariam em definitivo com a possibilidade de amamentar o filho e que não quisera tomar alguns dias antes. Colocou os dois comprimidos na boca e engoliu-os com as lágrimas de mãe fracassada. Derrotada e desorientada, sentou-se na cama e nem percebeu que adormecera. James voltou com a garrafa de água de que ela já não precisava e, ao vê-la assim, nua e adormecida, esgotada, ficou ali parado, a contemplá-la, ao mesmo tempo que se perguntava se teria sido boa ideia retornar a Baztán. Cobriu-a com um edredom, deitou-se ao lado dela e com muito cuidado passou-lhe um braço por cima do corpo, que ardia em febre, sentindo-se como o passageiro clandestino que se infiltra sorrateiro num navio de cruzeiro.

22

O RELÓGIO MARCAVA QUATRO E meia quando James a acordou, dando dezenas de pequenos beijos na cabeça da mulher. Amaia sorriu ao reconhecer o aroma do café que o marido sempre lhe trazia à cama.

— Acorde, bela adormecida, não está mais com febre. Como se sente?

Pensou na resposta a dar. Sentia os lábios secos e endurecidos e o cabelo colado à cabeça como se ainda estivesse molhado, continuava sentindo um ligeiro formigamento nas pernas, mas no mais sentia-se bem. Agradeceu mentalmente pelo sono vazio de onde não havia trazido nenhuma recordação e sorriu.

— Estou bem, já te disse que era só cansaço.

James fitou-a, avaliando as palavras dela, e conteve-se; sabia que não devia dizer nada, Amaia detestava que lhe pedisse para ter mais cuidado, mais descanso, mais horas de sono. Suspirou, paciente, e estendeu-lhe o café.

— Jonan telefonou.

— O quê? Por que não me acordou?

— Estou fazendo isso agora! Disse que ligará de novo dentro de dez minutos.

Sentou-se na cama apoiando as costas na cabeceira, que se enterrou nas costas apesar das almofadas. Bebeu a xícara de café que James lhe estendia e sorveu um gole enquanto procurava no celular o número do seu assistente.

— Chefe, vou lhe passar a doutora — disse assim que atendeu.

— Inspetora Salazar, obtivemos correspondência do cabelo e da saliva com as amostras seis e onze da Guarda Civil. No caso da amostra número seis, a correspondência é de cem por cento, então posso afirmar que o cabelo e o osso pertenceram à mesma pessoa.

No caso da amostra número onze, a correspondência aponta para que o osso e a saliva pertencem a dois irmãos, devido à quantidade de alelos em comum. Esperamos tê-la ajudado — disse, e, sem lhe dar tempo para responder, passou o telefone de novo a Jonan.

— Chefe, você ouviu bem, temos correspondência. O juiz já está telefonando ao comissário-geral a fim de informá-lo. Vou para Pamplona com ele. Imagino que, assim que desligar, ele vai telefonar para você.

— Bom trabalho, Jonan. Nos vemos em Pamplona... — disse, enquanto ouvia o sinal de que estava recebendo outra chamada.

— Senhor comissário.

— Inspetora, o juiz acaba de me informar a respeito da sua descoberta. Combinamos nos encontrar na delegacia assim que Markina chegar a Pamplona, dentro de mais ou menos duas horas e meia.

— Estarei lá.

— Inspetora... Há um assunto que eu gostaria de tratar com você, será que podia vir mais cedo?

— Claro, estarei aí dentro de uma hora.

Recapitulou em sua mente os dados que possuía, uma vez que imaginava que o comissário-geral gostaria de estar preparado antes que o juiz Markina lhe comunicasse a sua intenção de abrir o caso a título oficial. O resultado das análises lançava uma nova luz sobre o caso: duas novas mulheres assassinadas pelos respectivos maridos, em crimes de violência doméstica e à primeira vista sem ligação; ambas haviam sofrido uma amputação idêntica e os ossos das duas tinham aparecido limpos e descarnados numa gruta de Arri Zahar. Ambos os agressores tinham morrido; na verdade, eles mesmos haviam acabado com a própria vida depois de as assassinarem, como costumava ser frequente. Alguém levara aqueles membros amputados dos locais do crime, alguém que havia deixado marcas de dentes num deles, como no caso de Johana Márquez; alguém que também empilhava os restos mortais das suas vítimas na entrada de uma gruta, como um monstro de lenda, e não tinha escrúpulos em assinar com o nome e com o sangue das vítimas que seus servos sacrificavam em seu nome. *Tarttalo*, clamava das paredes, impudico e descarado.

Sua ousadia havia chegado ao ponto de lhes enviar uma mensagem através de um emissário como Medina, ou de forçar Quiralte a esperar pelo seu retorno depois da licença-maternidade para confessar onde se encontrava o corpo de Lucía Aguirre. E, num último passo mais arriscado e provocador, tinha-se aproximado da sua mãe. Imaginá-los juntos a fez estremecer. Eles conversaram? Não tinha certeza de que Rosario fosse capaz de se comunicar com fluidez, embora parecesse aparentar lucidez suficiente para conseguir elaborar uma lista de visitas desejadas, ou para solicitar aquela visita em particular. Pensou nisso e deu-se conta de que o visitante já devia conhecê-la desde antes de ter sido internada na Clínica Santa María de las Nieves, porque, a partir do momento em que, por ordem judicial, fora internada naquele centro, sete anos antes, não tivera contato com ninguém que não pertencesse à equipe médica da clínica ou que não estivesse internado ali.

Um funcionário ou ex-funcionário da clínica estaria quase descartado; era impossível que alguém, outro funcionário do centro, não o tivesse reconhecido com um disfarce que não estava destinado a obter uma grande mudança, mas apenas a dificultar uma identificação. Não, tinha de ser alguém alheio à instituição ou não se teria arriscado tanto, alguém que conhecia Rosario do passado. Mas há quanto tempo? Desde que Rosario adoecera e começara a frequentar diversos hospitais? Antes disso? Desde os tempos de Baztán? A escolha da gruta indica conhecimento da região, mas havia centenas de excursionistas que percorriam os bosques todos os anos no verão; qualquer um podia ter encontrado aquela caverna por acaso, ou mesmo ter sido guiado pelas dezenas de rotas assinaladas que apareciam em diferentes páginas da internet do vale e até mesmo da Câmara Municipal de Baztán.

No entanto, havia algo em sua encenação, na assinatura dos seus crimes, na escolha do seu nome, que significava uma doentia proximidade com o vale. A princípio ela havia pensado o mesmo que Padua, que *Tarttalo* era apenas uma maneira de chamar a atenção para suas práticas, ao denominar a si mesmo como outro ser mitológico seguindo o rastro do *basajaun*. Sentiu-se incomodada ao pensar que nunca compreenderia por que motivo os jornalistas batizavam os assassinos com aqueles nomes absurdos, que além disso, no caso do *basajaun*, não podia ter sido menos acertado; e imaginava que o mesmo deviam pensar dos policiais pela forma como batizavam os casos policiais. Acontece que *basajaun* era não só inadequado, era um erro. O bosque acorreu-lhe à mente com uma nitidez e uma força que quase lhe permitiam voltar a sentir a presença serena e majestosa do seu guardião. Sorriu. Sempre o fazia quando evocava essa imagem; conseguia sempre restituir-lhe a paz.

&

Na entrada, cumprimentou alguns conhecidos e subiu até o escritório do comissário-geral. Esperou um segundo enquanto um policial fardado a anunciava e a deixava entrar. Assim como em sua última visita àquelas dependências, o doutor San Martín acompanhava o chefe, e a sua presença, que desta vez não esperava, fez os sinais de alarme dispararem na cabeça da inspetora. Cumprimentou o seu superior, apertou a mão do médico e sentou-se no lugar que o comissário lhe indicou.

— Inspetora, estamos à espera do juiz Markina para declarar aquilo que já sabemos, que as análises determinam que os ossos encontrados naquela gruta de Baztán pertencem a duas das vítimas de crimes de violência doméstica, nos quais surgiu a mesma assinatura. — O comissário pôs os óculos e inclinou-se para ler: — *Tarttalo*. O juiz comunicou-me por telefone que tem intenção de abrir o caso. Dou-lhe os parabéns, fez um trabalho brilhante, ainda mais tendo em conta as limitações que implica investigar casos encerrados sem causar desavenças ou atritos.

Fez uma pausa e Amaia pensou *Mas...* Era a pausa que precedia um "mas", tinha certeza, embora, por mais que puxasse pela memória, não fosse capaz de imaginar o que podia ser. Como o comissário havia dito, o juiz ia abrir o caso, ela era a chefe do departamento de homicídios, por conseguinte ninguém podia afastá-la da investigação, e as provas possuíam relevância e importância suficientes, na verdade eram esmagadoras. As famílias iriam querer justiça, "mas...".

— Inspetora... — O comissário hesitou. — Há outra coisa, outro aspecto alheio ao caso.

— Alheio? — esperou, impaciente.

San Martín pigarreou e entendeu de imediato.

— Está relacionado com os ossos encontrados nas profanações de Arizkun?

— Sim — respondeu San Martín.

— Os últimos também pertencem à minha família? — perguntou, ao mesmo tempo que a imagem das pequenas covas com a superfície remexida vinham a sua mente.

— Inspetora, antes de mais nada, quero assinalar que, dadas as circunstâncias do grupo anterior de ossos, as análises dos presentes foi feita por mim; fui rigoroso e respeitoso quanto aos procedimentos.

Amaia assentiu, agradecida.

— Pertencem à minha família?

San Martín olhou para o comissário antes de continuar.

— Inspetora, a senhora está familiarizada com as porcentagens de DNA que estabelecem, por exemplo, nosso pertencimento a uma determinada família e em que grau, quero dizer, se o familiar é em primeiro, segundo ou terceiro grau?

Amaia encolheu os ombros.

— Sim, bom, acho que sim, os alelos comuns são de cinquenta por cento no caso dos pais, vinte e cinco em relação aos avós e assim sucessivamente...

San Martín assentiu.

— E cada ser humano é único em seu DNA. Embora o DNA consanguíneo seja muito parecido em termos genéticos, existem vários aspectos que nos definem como indivíduos.

Amaia suspirou: aonde ele queria chegar com aquilo?

— Salazar, o resultado das análises de DNA feitas nos ossos encontrados ontem em Arizkun coincidem em cem por cento com o seu.

Amaia ficou olhando para ele, surpreendida.

— Mas isso é impossível — pensou com rapidez. — Não posso ter contaminado as amostras, nem toquei nelas.

— Não estou falando de transferência de DNA, Salazar, estou falando da essência dos ossos.

— Só pode ser um erro, alguém se enganou.

— Já lhe disse que fui eu quem fez as análises e as repeti tendo em vista os resultados com o mesmo desfecho. É o seu DNA.

— Mas... — Amaia sorriu, incrédula. — É evidente que esse braço não é meu — disse, quase divertida.

— Sabe se teve antes uma irmã?

— Tenho duas irmãs e não falta nenhum braço a elas. Mas você acabou de me dizer que cada pessoa é única; pode ser que se parecesse comigo, mas não seria como eu.

— Só se fosse sua irmã gêmea.

Amaia preparava-se para replicar, mas parou; em seguida, muito devagar, disse:

— Não tenho nenhuma irmã gêmea.

E, à medida que o dizia, sentiu como tudo à sua volta se liquefazia até se transformar em denso óleo negro escorrendo pelas paredes, devorando a luz e cobrindo as superfícies, caindo dos seus olhos para as suas mãos, abertas no colo. Uma menina que chorava.

Uma menina que chorava lágrimas densas de medo e levantava um braço amputado à altura do ombro ao mesmo tempo que dizia: "Não deixe que a mamãe coma você". O berço idêntico em Juanitaenea, a menina sem braço que a embalava, a menina que nunca parava de chorar.

À sua mente acorreram mil e uma lembranças que trouxera dos sonhos, nos quais a menina, que sempre acreditara ser ela, estava silenciosa a seu lado, idêntica como um reflexo no espelho escuro do onírico. Uma versão de si mesma mais triste do que a real, porque em Amaia, debaixo da camada pardacenta da dor, pugnava a sobrevivência, e uma rebeldia contra o destino que brilhava como uma lua de inverno no fundo dos seus olhos azuis. Na outra menina, não. Nos olhos dela, o único brilho provinha do choro constante, tão negro que se derramava à sua volta como um fascinante charco de azeviche. Quase sempre, a sua visão era de partir o coração pela desolação e pela resignada condenação que transmitia a sua muda passividade; contudo o pranto redobrava-se às vezes desesperado e, então, ela parecia incapaz de suportá-lo mais. Em certa ocasião, a menina chorava com suspiros convulsivos que brotavam do mais fundo do seu corpinho, e no colo segurava a Glock de Amaia, a sua pistola de serviço, a âncora que a prendia à segurança. Ergueu-a apontando para a cabeça, como se morrer fosse uma espécie de libertação. *Não faça isso*, gritara-lhe a menina que acreditava ser ela, e o fantasma que trazia nos ossos erguera o seu braço amputado, mostrando-lhe: *Não posso deixar que a mamãe me coma.*

୨

Tomou consciência de que se encontrava no gabinete, da presença dos dois homens que a observavam, e durante um segundo ficou preocupada por se ter mostrado afetada, que tudo aquilo que lhe rondava a mente pudesse ter se refletido em seu rosto. Retomou de imediato o fio do discurso do doutor San Martín, que apontava com uma caneta para um gráfico que estava em cima da mesa.

— Não há espaço para erros. Como você vê, todos os pontos foram analisados duas vezes e, a pedido do comissário, o material foi enviado de novo para o Nasertic. Teremos os resultados amanhã, mas não passa de uma mera formalidade de modo a corroborar o que já sabemos; não vão revelar resultados diferentes, isso posso garantir-lhe.

— Inspetora — disse o comissário —, que a senhora não tivesse conhecimento do fato de ter tido uma irmã gêmea falecida ao nascer, não significa nada: pode ser que tenha sido uma situação tão dolorosa para os seus pais que estes decidiram não a mencionar, ou talvez não a quisessem perturbar com a ideia de que a sua irmã gêmea havia falecido. Por outro lado, até 1979 não se estabeleceu a obrigatoriedade de registrar os óbitos dos nascituros, e, tendo em conta que os registros dos cemitérios eram feitos à mão, na maioria das vezes surgem com a designação "Criança abortada", sem especificar nem o sexo nem a idade aproximada do feto. Em alguns cemitérios, e em mais de uma paróquia, o fato de a criança não ser batizada era um impedimento que costumava ser contornado com um enterro privado e uma boa gratificação ao coveiro. É óbvio que o homem que está fazendo isto conhece você e sua família, e dispõe de informações em primeira mão. Como o doutor já lhe disse, o estado dos ossos indica que não estiveram em contato direto com a terra e é provável que provenham de um local estanque e seco. Seria melhor que a senhora nos dissesse em que cemitério ou cemitérios estão enterrados os membros da sua família, para que possamos dar andamento a este caso.

Amaia escutava atordoada. Pensou no assunto durante alguns segundos e depois assentiu devagar.

Um policial fardado anunciou a chegada do juiz e, como que tomando uma decisão silenciosa e tácita, o comissário e o doutor recolheram os relatórios que estavam em cima da mesa e o mandaram entrar. A reunião durou apenas quinze minutos. Markina expôs os resultados das análises, que sem dúvida deviam ser repetidas por intermédio dos canais oficiais, e comunicou-lhes a sua intenção de abrir o caso. Felicitou o comissário-chefe pela discrição e pelo cuidado dedicados à investigação, e também uma taciturna Amaia, que assentiu com a cabeça como única resposta. Quando a reunião foi dada como encerrada, Amaia saiu apressada, agradecendo por Markina não a ter presenteado com um daqueles seus olhares. Jonan a esperava no corredor e começou a falar entusiasmado assim que a viu.

— Chefe, que maravilha, conseguimos, vão abrir o caso...

Amaia assentiu, distraída, e o policial percebeu a preocupação dela.

— Correu tudo bem aí dentro, não é?

— Sim, não se preocupe, é outra coisa.

Jonan demorou alguns segundos para responder.

— Quer falar sobre o assunto?

Aproximaram-se do carro e Amaia virou-se para olhá-lo. Jonan era sem dúvida uma das melhores pessoas que conhecia; a sua preocupação por ela era autêntica e transcendia o puro âmbito policial. Tentou sorrir, mas o sorriso parou em sua boca e não chegou aos olhos.

— Primeiro preciso pensar, Jonan, mas vou contar.

Ele anuiu.

— Quer que a leve para casa? Não é necessário falar se não quiser, posso ficar no albergue Trinquete, não acho que seja prudente você dirigir: esteve nevando, e a estrada não está em boas condições na altura do porto de Belate.

— Obrigada, Jonan, mas é melhor ir para casa; você também está há muitas horas sem dormir. Tomarei o máximo cuidado e dirigir vai me fazer bem.

Quando saiu do estacionamento, ainda pôde ver Jonan parado no mesmo lugar.

A neve amontoava-se em ambos os lados da estrada, mesmo até a entrada do túnel de Belate. Do outro lado, apenas escuridão e o repicar constante do sal de encontro à parte de baixo do carro. Em sua mente, continuava a presença dos montículos de terra remexidos ao redor da casa, os restos de uma manta apodrecida, o berço idêntico ao de Ibai no sótão de Juanitaenea, a brancura daqueles ossos que possuíam o seu DNA e que indicava que não haviam estado em contato com a terra. Como era possível apagar o rastro de uma pessoa? Como era possível que jamais lhe tivesse chegado a mais ínfima menção da sua existência? O médico falava de uma recém-nascida de gestação completa. Teria morrido ao nascer? O braço era prova da sua morte? Podia ter sido amputado por causa de alguma doença ao nascer? Podia estar viva? Tomou consciência de que entrava na rua Santiago e deu-se conta de que havia dirigido como uma autômata, de forma inconsciente. Reduziu a velocidade para poder descer até a ponte através das ruas desertas. Ao chegar a Muniartea, parou o carro e escutou o ruído ensurdecedor da represa. A chuva não parara de cair durante todo o dia, e uma presença úmida, como um túmulo de Baztán, infiltrou-se no carro fazendo-a sentir de súbito uma raiva incontrolável contra aquele maldito lugar. A água, o rio, a calçada de pedras medievais e a dor que se edificara sobre isso. Estacionou o carro, e por um tempo não percebeu o calor das boas-vindas que a casa parecia lhe proporcionar quando entrava, envolvendo-a em seu amoroso colo.

ಌ

Todos já se haviam deitado. Foi buscar o notebook e concentrou-se digitando a sua senha. Durante vários minutos, consultou diferentes registros de dados e, por fim, desligou o monitor com frustração, largou o notebook e subiu as escadas; ao reparar no barulho que as suas botas faziam na madeira, voltou atrás, descalçou-as e subiu de novo. Hesitou um instante diante da porta do quarto da tia, mas por fim bateu. A voz suave de Engrasi respondeu-lhe do outro lado.

— Tia, pode descer? Preciso falar com você.

— Claro, filha — a mulher respondeu, preocupada —, já vou.

Hesitou também diante da porta do quarto de Ros, mas chegou à conclusão de que a irmã não devia saber mais do que ela.

Enquanto esperava que a tia descesse, Amaia ficou de pé, no meio da sala, com o olhar perdido na lareira, como se nela ardesse um fogo que só ela podia ver, incapaz pela primeira vez de se render à cerimônia de acendê-lo.

Esperou que a tia se sentasse atrás dela antes de se virar e começar a falar.

— Tia, do que se lembra da época em que eu nasci?

— Tenho muito boa memória, mas em relação a Elizondo não me lembro de grande coisa. Nessa época eu morava em Paris e quase não mantinha contato com ninguém daqui. Quando retornei, você tinha uns quatro anos.

— Mas talvez a *amona* Juanita tivesse te contado alguma coisa sobre o que tinha acontecido aqui enquanto estava fora.

— Sim, claro, contou-me muitas coisas, a maioria fofocas da aldeia sobre quem tinha se casado, quem tinha tido filhos ou quem havia morrido.

— Quantas irmãs tenho, tia?

Engrasi encolheu os ombros, fazendo um gesto como se fosse óbvio.

— Flora e Ros...

— A *amona* contou alguma coisa a respeito de eu ter nascido com outra menina?

— Uma gêmea?

— Uma gêmea idêntica.

— Não, nunca me contou nada a esse respeito, por que acha isso?

Amaia não respondeu e continuou fazendo perguntas.

— Ou talvez que a minha mãe tenha sofrido um aborto, uma criança que nasceu morta?

— Não sei, Amaia, mas também não acharia estranho. Naquele tempo, o aborto era tratado como algo quase vergonhoso e as mulheres o escondiam ou não falavam sobre isso, como se nunca tivesse acontecido.

— Lembra-se do berço idêntico ao de Ibai que está em Juanitaenea? Essa menina chegou a existir, tia, e morreu assim que nasceu ou nasceu morta.

— Amaia, não sei quem te disse isso...

— Tia, tenho provas irrefutáveis. Não posso explicar tudo, porque faz parte "daquilo que não posso contar", mas sei que essa menina existiu, que nasceu ao mesmo tempo que eu, que era minha gêmea e aconteceu alguma coisa com ela.

Os olhos da tia denunciavam as dúvidas que sentia.

— Não sei, Amaia, acho que se tivesse tido uma irmã, mesmo que nascesse morta, eu saberia, a sua avó teria sabido, porque não estamos falando de um aborto, mas sim de um recém-nascido morto, e isso implicaria um atestado de óbito e um enterro.

— Foi a primeira coisa que fui pesquisar, mas não há registro de nenhum atestado de óbito.

— Bom, você nasceu na casa dos seus pais, tal como as suas irmãs. Era o normal naquela época, quase nenhuma mulher ia para o hospital, e os partos eram assistidos pelo médico da aldeia; com certeza você se lembra de Don Manuel Hidalgo, que já faleceu. Era auxiliado pela irmã, que era enfermeira e bastante mais nova do que ele. Que eu saiba, ela ainda vive aqui no vale. Há uns meses, eu a vi na igreja quando se comemorou o aniversário do coro. Quando ela era nova, cantava muito bem.

— Lembra-se como ela se chama?

— Sim, lembro. Fina. Fina Hidalgo.

Amaia suspirou e foi como se se pulverizassem nesse gesto os alicerces que a sustentavam: caiu no chão junto da tia, esgotada.

— Sempre sonhei com ela, tia, desde que era pequena, e ainda o faço. Acreditava que essa menina era eu, mas agora sei que é minha irmã, a menina que nasceu comigo. Dizem que os gêmeos são quase a mesma pessoa, que estão unidos por um vínculo especial que até lhes permite ver e sentir as mesmas coisas; tia, durante toda a minha vida tenho sentido a dor dela.

— Ah, Amaia — exclamou Engrasi, tapando a boca com as mãos finas e enrugadas. Depois estendeu-as para a sobrinha e Amaia debruçou-se em seu colo, deixando que a cabeça descansasse sobre os joelhos da tia.

— Ela fala comigo, tia, fala nos meus sonhos, e diz-me coisas terríveis.

Engrasi acariciou-lhe a cabeça passando a mão pelo cabelo suave, como fizera tantas vezes quando Amaia era pequena. Um minuto depois, deu-se conta de que Amaia dormia, mas não parou de acariciá-la; continuou a deslizar a mão pelo cabelo da sobrinha, sentindo com a ponta dos dedos o pequeno sulco e o desenho da cicatriz que o cabelo escondia, mas que ela seria capaz de encontrar mesmo que fosse cega.

— O que fizeram com você? O que fizeram, minha menina?

E a sua voz fraquejou uma vez mais com a dor e a raiva, enquanto suas mãos tremiam e os olhos se obscureciam um pouco mais.

23

Vinte e três de junho de 1980

A TEMPESTADE ABATIA-SE FURIOSA SOBRE Elizondo. Iluminado por uma vela, Juan rezava ajoelhado no banheiro. Percebeu que não era o lugar mais adequado para se dirigir a Deus, mas era um homem à moda antiga e sentia pudor de que o vissem naquele estado. Humilhado, morto de medo e com os olhos rasos de lágrimas.

Por volta das nove da noite, Rosario pedira-lhe que levasse as pequenas para a casa da mãe. As meninas tinham-se demorado ficando para trás, fascinadas pelas fogueiras que os rapazes mais velhos acendiam nas ruas. Encarregara-se de telefonar ao doutor Hidalgo. Tinham-se passado mais de três horas desde então. Só haviam saído do quarto para pedir umas velas quando a luz faltou, e isso já fora mais de uma hora antes, e ele já não era capaz de suportar o silêncio sinistro da casa depois dos gritos pavorosos da mulher. Exilado no banheiro, rendera-se por fim e agora, com as mãos enlaçadas, rezava pedindo a Deus com todas as forças para que tudo ficasse bem. Rosario mostrara-se muito estranha, não quisera ir para o hospital apesar das recomendações do doutor Hidalgo, nem mesmo para fazer um ultrassom, apesar do risco que uma dupla gravidez acarretava. Havia decidido dar à luz em casa a exemplo das gestações anteriores e nem permitira que contasse à família que estava à espera de duas crianças.

Ouviu um ruído do outro lado da porta e a voz do doutor Hidalgo, que acompanhou as suaves pancadas.

— Juan, está aí?

Ergueu-se com rapidez, vendo no espelho os olhos avermelhados e o rosto deformado pelas sombras que a luz da vela projetava.

— Sim, vou já — disse, abrindo a torneira para jogar água no rosto. Saiu do banheiro levando ainda a toalha nas mãos. — Rosario está bem?

— Sim, fique tranquilo, ela está bem e os bebês também. São duas meninas saudáveis e fortes, Juan, meus parabéns — anunciou o médico, estendendo-lhe uma das mãos, que cheirava a desinfetante.

Juan tomou-a entre as suas, sorridente.

— Posso vê-las?

— Espere um momento, minha irmã está terminando de limpá-la e arrumá-la. Daqui a pouco você poderá entrar.

— Mais duas filhas, logo se vê que só sei fazer meninas. — Juan não pôde deixar de sorrir. — Aceita uma bebida? — propôs.

O doutor Hidalgo sorriu.

— Só uma; tenho mais duas grávidas prestes a dar à luz, vai que resolvem combinar de fazer isso esta noite, isto porque, se a lua move o mar, as tempestades movem o rio...

Juan foi buscar dois copos e encheu cada um com um dedo de uísque.

Fina Hidalgo apareceu na porta da sala e Juan, assim que a viu, fez menção de pousar o copo.

— Calma, pode beber sem pressa e espere alguns minutos; Rosario está esgotada e não vai a parte alguma...

Contudo, Juan esvaziou o copo de um só trago e saiu para o corredor.

— Espere — ela o deteve, pondo-se à sua frente —, Rosario ainda não está preparada; ia trocar a camisola, dê um minuto a ela.

Só que Juan não podia esperar. O que pensava essa velha solteirona? Já tinha visto a mulher nua milhares de vezes, como Fina Hidalgo imaginava que a engravidara?

Passou à frente sorrindo. No entanto, Fina agarrou-o por um braço, retendo-o.

— Dê um minuto a ela — rogou.

O sorriso de Juan desapareceu, ao mesmo tempo que o doutor Hidalgo se aproximava deles.

— Fina, está louca? Deixe que Juan veja a mulher.

☙

Dentro do quarto pairava um odor intenso e quente, sangue e suor misturados com o cheiro penetrante e acre do álcool desinfetante. Rosario, de pé, com uma camisola limpa, debruçava-se sobre as gêmeas. Juan sorriu desconcertado ao ver a expressão no rosto da mulher assim que a viu. Rosario segurava nas mãos uma pequena almofada de cetim que enfeitava a cama e apertava-a de encontro à carinha do bebê.

— Rosario, meu Deus! O que está fazendo? — gritou, ao mesmo tempo que a afastava do bercinho, dando-lhe um empurrão que a derrubou.

Rosario era uma mulher forte, mas debilitada como estava por causa do parto ficou prostrada sobre a cama, fitando-o muito séria, sem reclamar nem dizer uma palavra.

Juan afastou a almofada do rosto da filha, que, ao ver-se liberta, desatou a chorar de imediato.

— Ah, meu Deus! Ah, meu Deus! — gritava Juan, em total desespero.

O doutor Hidalgo tirou-lhe a menina dos braços, apalpou o narizinho e introduziu o dedo mindinho em sua boca para verificar se não havia nada lá dentro. A criança chorava a plenos pulmões, contraindo o rosto em furiosas caretas.

— Está tudo bem, Juan, está tudo bem; a menina está bem.

No entanto, Juan parecia que não o escutava, olhando para o rosto da filha ao mesmo tempo que balançava a cabeça. O doutor Hidalgo colocou uma mão de cada lado do rosto dele e obrigou-o a encará-lo.

— A menina está bem, Juan, escute só como ela chora, está bem, não lhe aconteceu nada. Quando um recém-nascido chora desta maneira, esse é o melhor indício de que tudo está bem.

Por fim, ele pareceu entender as palavras do médico. O rosto de Juan relaxou por um instante, contudo, soltando-se das mãos dele, virou-se para o outro bercinho. A outra menina não chorava. Estava imóvel, com os punhos entreabertos dispostos de ambos os lados do rostinho e os olhos fechados. Juan estendeu a mão para a filha e, antes mesmo de lhe tocar, soube de imediato que estava morta.

24

O INTENSO FRIO DAQUELA MANHÃ estava acompanhado por um denso nevoeiro que se esmagava contra o solo devido ao peso da água que carregava, e que parecia iluminado por dentro por um sol intenso, desconhecido nos últimos dias, que agora feria os olhos, como se o nevoeiro fosse feito de microscópicos pedaços de vidro. Amaia dirigiu mantendo-se na estrada, guiada apenas pela linha branca que quase não se via pela janela lateral. Os olhos ardiam-lhe devido ao esforço constante para tentar ver, e o tédio juntava-se à frustração que sentia. Já de madrugada havia despertado de um sono infestado de vozes, de pessoas que falavam e de discursos indecifráveis que lhe chegavam no escuro, como a emissão de uma rádio mal sintonizada vinda de outro mundo onde as mensagens e as palavras surgiam misturadas com súplicas, prantos e exigências que não conseguia entender, e que lhe deixaram ao acordar uma sensação de incompetência, impotência e confusão de que não era capaz de se desfazer. Acordara no sofá, onde havia adormecido, debaixo de um cobertor e apoiada numa almofada que a tia lhe havia colocado, e arrastara-se até o seu quarto, onde Ibai descansava estendido na cama, relegando James a um ínfimo cantinho do colchão.

— Dorme como o pai — havia sussurrado, deitando-se ao lado do menino durante alguns minutos.

A placidez apetitosa do sono de Ibai fê-la recuperar o equilíbrio, a fé e a sensação de que tudo estava bem. Absolutamente imóvel, o menino dormia confiante, os braços esticados como pás de moinho e uma tranquilidade reservada aos justos.

A boca estava entreaberta e ele parecia tão quieto que ela aproximava com frequência o ouvido para lhe sentir a respiração. Havia se debruçado para aspirar o aroma doce da sua pele e, como que obedecendo a um chamado, o bebê acordou. O sorriso perfeito desenhado no rosto do seu filho contagiou o seu, mas a magia durou apenas alguns segundos, até o menino começar a reclamar por alimento lançando as pequenas mãozinhas desajeitadas na direção do seu peito, que não o podia alimentar. Entregou o menino a James, que o levou lá para baixo, enquanto Amaia pensava uma vez mais que era uma mãe de merda.

☙

Entrou na sala de reuniões e verificou que Jonan ainda não tinha chegado. Ligou o computador e assim que abriu o e-mail deparou com duas mensagens que lhe chamaram a atenção. A mensagem do doutor Franz, que parecia ter-se tornado frequente, e outra reenviada da caixa de entrada de Jonan, relativa ao Pente Dourado. Abriu a segunda.
"A dama aguarda a sua oferenda."
— Pois então a dama que espere sentada — disse, mandando a mensagem para o lixo.
A mensagem do doutor Franz também parecia ser uma cópia estendida da anterior, com exceção de uma parte que lhe chamou a atenção. "Talvez a senhora devesse investigar como o doutor Sarasola tinha tantos conhecimentos sobre o caso da sua mãe, pormenores do seu tratamento, e sobretudo do seu comportamento, que se encontram sujeitos à privacidade e à confidencialidade entre médico e paciente e que é no mínimo 'curioso' que os conheça, tendo em conta que nunca a tratou, e sei disso porque confirmei."
Amaia releu a mensagem duas vezes e pela primeira vez desde que havia começado a recebê-las não a eliminou. Era óbvio que o *Tarttalo* conhecia a sua mãe antes de ser internada na Clínica Santa María de las Nieves. Considerou a possibilidade de o padre Sarasola e o visitante que aparecia na gravação da instituição psiquiátrica serem a mesma pessoa, mas descartou-a. O sacerdote e o diretor Franz conheciam-se muito bem, o suficiente para não conseguir enganá-lo com uns óculos e uma barba falsa.
Além disso, o aspecto e a estatura dele não se coadunavam com os cálculos que haviam feito das gravações. Ainda assim, a dúvida ficou dando voltas em sua cabeça.
Saiu para o corredor e espreitou o escritório geral. Zabalza trabalhava semioculto pelo monitor do seu computador e só percebeu a presença dela quando chegou ao seu lado. Num gesto rápido, desligou o monitor.

Amaia aguardou alguns segundos para que o policial recuperasse o controle antes de falar.

— Bom dia, subinspetor.
— Bom dia, chefe.

Amaia percebeu que o tom de voz diminuíra até ficar quase inaudível quando disse a palavra "chefe".

— Tenho trabalho para você. Anote o seguinte nome: Rosario Iturzaeta Belarrain. Quero que vasculhe os registros do Hospital Virgen del Camino, do Hospital Distrital de Irún, da Clínica Santa María de las Nieves e do Hospital Universitário. Preciso de uma lista do pessoal que a tratou ou teve contato com ela durante o tempo em que esteve internada ou quando foi atendida nas emergências desses hospitais.

Zabalza terminou de escrever e ergueu os olhos:

— É muita informação.
— Eu sei, e assim que tiver tudo quero que cruze e compare as listas e diga-me se existe alguém que conste em mais de uma lista.
— Vou demorar dias — replicou o policial.
— Pois então não devia perder tempo.

Virou as costas e saiu da sala com um leve sorriso ao mesmo tempo que sentia o olhar hostil de Zabalza.

— Ah, outra coisa — disse, virando-se de repente.

Esteve prestes a rir ao ver a reação de aluno pego em flagrante com o qual Zabalza baixou os olhos.

— Procure o endereço de Fina Hidalgo; não sei se é diminutivo de Rufina ou de Josefina; as únicas informações que possuo é que vive no vale, consulte no registro de habitantes da Câmara Municipal. Este último assunto é urgente.

Zabalza assentiu sem erguer os olhos.

— Entendeu tudo? — insistiu Amaia, maliciosa.
— Sim — sussurrou.
— Como disse?
— Sim, entendi tudo, chefe. — E Amaia sorriu de novo quando ouviu como a palavra lhe engasgava na boca como se mastigasse terra.

Quando saiu, cruzou no corredor com Jonan, que chegava conversando com Iriarte.

৯

Fina Hidalgo vivia numa boa casa de pedra no que se podia considerar como sendo o centro urbano de Irurita, a segunda maior população de Baztán. Era uma casa de dois pisos, onde se destacava o terraço envidraçado que estivera tão na moda em fins do século XVIII; contudo, o que sem dúvida lhe conferia um caráter peculiar era o inesperado jardim que possuía. Um salgueiro-chorão de cada lado guardava o acesso por um caminho de lajes vermelhas, ladeado de prímulas e de enormes lavandas perfeitamente aparadas. Chamava a atenção a variedade de plantas em diferentes tons que iam do verde desbotado ao grená, obtendo um efeito de cor realçado pelos cíclames vermelhos que enfeitavam as janelas. Um jardim de inverno de vidro contíguo à casa, e com cerca de doze metros por doze, via-se salpicado com milhões de microscópicas gotas de água. Uma mulher cumprimentou-a da porta.

— Olá, venha por aqui, sei que gostaria de vê-lo melhor — disse, entrando de novo no jardim de inverno.

৯

Apesar de se encontrar abarrotado de plantas e a despeito da imensa umidade, era um lugar agradável, onde pairava um intenso aroma mentolado num ambiente mais quente e acolhedor do que o exterior.

— Uma pessoa é escrava dos hábitos — declarou a mulher, dirigindo-se a ela ao mesmo tempo que se debruçava para cortar os brotos novos de algumas plantas. Cortou-os com a própria unha, um pouco suja e tingida da seiva verde que brotava das plantas, e os jogou dentro de um vaso vazio.

Amaia observou-a. Calçava umas botas de borracha com intrincados desenhos de caxemira, vestia calças de montaria e uma bata cor-de-rosa, e usava o cabelo de um ruivo desbotado, que devia ser natural, preso na nuca com uma presilha. Quando ergueu os olhos para falar com ela, Amaia pôde ver que tinha os lábios pintados com um tom de rosa muito suave. Ainda era bastante bonita. Calculou que devia rondar os sessenta e cinco anos. Zabalza dissera-lhe que a mulher tinha acabado de se aposentar e o estado do seu jardim indicava que essa devia ser a sua maior paixão.

— Estava à sua espera, o seu colega me disse que você viria. Vou só acabar isso e já entramos para tomar um chá; se não tirar estes brotos novos agora, eles comerão a energia da planta — disse, quase aborrecida.

O interior da casa não desmerecia o jardim. De marcada inspiração vitoriana, a profusão de adornos, sobretudo de porcelanas, era ao mesmo tempo bonita e enjoativa. Fina ofereceu-lhe um chá num jogo de peças muito delicadas e sentou-se diante dela.

— Meu irmão já faleceu há muito tempo, foi ele quem comprou esta casa, embora, felizmente, tenha deixado que eu decorasse. O jardim de inverno também foi ideia dele. No início não gostei, mas a jardinagem é como uma droga, uma vez que começamos...

— Tanto quanto sei, a senhora era enfermeira.

— A verdade é que não tive outra opção. Meu irmão era um bom homem, mas um pouco antiquado. Era quase vinte anos mais velho do que eu, os meus pais me tiveram quando parecia que isso já não seria possível. Os pobrezinhos faleceram com pouco tempo de intervalo quando eu tinha catorze anos, e antes de morrer obrigaram o meu irmão a prometer que sempre cuidaria de mim. Veja a senhora, como se nós, mulheres, não soubéssemos cuidar de nós mesmas. Imagino que fizeram isso com a melhor das intenções, mas ele os levou ao pé da letra, por isso fui estudar enfermagem. Perceba que não estou dizendo medicina e sim enfermagem, e passei a ser a sua assistente.

— Entendo — disse Amaia.

— E fui enfermeira até que ele se aposentou, quando por fim pude sair para trabalhar fora do vale, em hospitais, com outros médicos. Mas agora sou eu quem está aposentada, veja como são as coisas! Agora descobri que gosto de estar aqui.

Amaia sorriu, sabia do que a mulher falava.

— Costumava ajudar o seu irmão nos partos?

— Sim, claro; entre os meus diplomas está o de parteira.

— O nascimento de que necessito informações ocorreu em junho de 1980.

— Ah, pois então com certeza está nos arquivos; queira me acompanhar — disse, levantando-se.

— Guarda os arquivos aqui?

— Sim, o meu irmão tinha um consultório em Elizondo e outro aqui em casa, é típico dos médicos de província. Quando se aposentou e fechou o consultório de Elizondo, trouxe tudo para cá.

Entraram num gabinete que podia muito bem ter saído de um clube inglês de fumantes: uma magnífica coleção de cachimbos ocupava uma parede, rivalizando com outra de estetoscópios e trombetas acústicas antigas. Lembrou-se de o doutor San Martín ter mencionado o hábito difundido entre os médicos de colecionar material da sua profissão.

Fina anotou a data num papel.

— Disse 1980?

— Sim.

— O nome da paciente?

— Rosario Iturzaeta.

Ergueu os olhos, surpreendida.

— Lembro-me dessa paciente, sofria dos nervos, era assim que naquela época se denominavam as pessoas neuróticas.

Sem saber muito bem por que, Amaia se sentiu incomodada.

— Não quero o histórico clínico da doente, mas apenas informações relacionadas com os partos. Vai precisar de uma ordem judicial?

— No que me diz respeito, não. Meu irmão já morreu, e é provável que a paciente também. A senhora é da polícia, com certeza poderá obter essa ordem, então para que complicarmos tanto as coisas? — comentou, encolhendo os ombros.

— Obrigada.

A mulher sorriu antes de voltar a debruçar-se sobre os arquivos e Amaia pensou de novo que em seu tempo devia ter sido bastante bonita.

— Aqui está — disse, puxando uma pasta —, e o que não lhe falta é histórico. Vamos lá ver os partos. Sim... O primeiro surge em 1973, um parto normal, sem complicações, uma menina parecendo saudável, de nome Flora. O segundo parto em 1975, parto normal, sem complicações, uma menina saudável, de nome Rosaura. O terceiro parto, 1980, parto normal, gemelar, sem complicações, duas meninas, aparentemente saudáveis, não constam os nomes.

O coração de Amaia acelerou diante da facilidade com que aquela mulher acabava de lhe dizer que teve outra irmã. Tirou a folha de papel amarelada das mãos dela.

— Aparentemente saudáveis? Se uma das meninas fosse doente ou tivesse morrido constaria aqui?

— Não. Naquela época, não se contava com muitos recursos para os partos feitos em casa: você poderá observar que nem consta o peso nem a estatura; faziam apenas o teste de Apgar e um exame rotineiro. "Aparentemente saudáveis" é uma designação pró-forma; se um dos bebês tivesse sofrido, por exemplo, uma cardiopatia, isso seria indetectável, a menos que no exato instante do nascimento já revelasse sintomas evidentes.

— E se por exemplo fosse feita uma cirurgia em um dos bebês, a amputação de um dos membros?

— Isso teria sido feito num hospital. Nos consultórios, no máximo se faziam pequenas cirurgias e curativos.

— E se um dos bebês morresse?

— Se morresse aqui, no vale, com certeza tenho uma cópia do atestado de óbito. Meu irmão assinava os atestados nessa época, desde que a pessoa falecesse no vale e não num hospital de Pamplona.

— Podia procurá-lo, por favor?

— Claro; vai ser um pouco mais complicado, porque não temos o nome das crianças.

Amaia releu o processo percebendo que não constava nome algum para nenhuma das duas meninas, e lembrou-se do que lhe havia custado escolher um para Ibai, antes de este ter nascido. Será que teria isso em comum com a sua mãe?

Fina encaminhou-se para outro armário e retirou uma pasta de arquivo de papel-cartão onde se via o ano.

— Supõe que teria falecido no mesmo ano, não?

— Sim, acreditamos que era recém-nascida.

Apenas um minuto depois, a mulher retirou um processo do meio dos outros.

— Aqui está: filha recém-nascida de Juan Salazar e Rosario Iturzaeta. Causa da morte — ah, meu Deus! —, morte no berço.

Amaia interrogou-a com o olhar.

— "Morte no berço" é a designação comum que se dava à síndrome de morte súbita do lactente — explicou, estendendo a folha de papel a Amaia —, o que nos leva a pensar que com certeza a menina nasceu com algum problema.

— Era doente?

— Bom, doente não, mas às vezes há coisas que não são detectadas de imediato no nascimento e que começam a ser evidentes poucas horas depois.

— Não entendo.

— Algum atraso, por exemplo, ou alguma deficiência. Quase todos os recém-nascidos têm a cabeça abaulada, o rosto achatado devido à permanência no canal de parto e apresentam um ligeiro estrabismo, mas, enquanto não decorrerem algumas horas, há coisas que não são evidentes.

— Certo... — respondeu Amaia, devagar. — Mas isso não causa a morte...

A mulher ficou olhando para ela com as mãos pousadas em ambos os lados da caixa, e em sua boca formou-se um meio sorriso.

— Quer dizer então que a senhora é uma dessas?

Amaia sentiu os pelos da nuca se eriçarem e identificou de imediato a sensação desagradável semelhante àquela quando se descobre que um lindo vaso de gerânios está infestado de larvas de insetos.

— Uma dessas o quê? — perguntou, sabendo que a resposta não lhe agradaria.

— Uma dessas que fazem um escarcéu dos diabos sem nem saber do que fala. Com certeza que, por outro lado, deve ser a favor do aborto quando o feto apresenta deficiências neurológicas.

— Mas um recém-nascido não é um feto.

— Não? Pois eu sou parteira, vi milhares de recém-nascidos e centenas de abortos, e não vejo como estabelecer tantas diferenças assim.

— Mas elas existem, e a principal delas é que uma criança recém-nascida é autônoma da mãe, e é a lei que assim determina.

— Claro, a lei — comentou a mulher, passando uma das mãos pelo cabelo. — A lei me dá vontade de rir. Faz ideia do que significa para uma família com três ou quatro filhos ter mais um para cuidar, e pior ainda se este sofresse de algum tipo de deficiência?

— Espere um momento, está querendo me dizer que a senhora e o seu irmão... matavam recém-nascidos com deficiências?

— Ah, o meu irmão não. Ele era como a senhora, um beato moralista que não fazia a mínima ideia da realidade. E, sim, é verdade, não tenho problema nenhum em admitir isso: essas infrações já prescreveram. Na maioria dos casos foram os familiares, apenas em alguns tive de ajudá-los porque não tinham coragem para fazer por causa de toda essa bobagem do fruto do vosso ventre, mas eles vão negar assim como eu, e oficialmente são mortes no berço. Além disso, o médico que assinou os atestados de óbito, neste caso o meu irmão, era um homem irrepreensível, e já morreu.

— Infrações? — indignou-se Amaia. — Chama isso de infrações? São assassinatos.

— Ah, pelo amor de Deus! — exclamou a mulher, fingindo uma grande afetação que se transformou de súbito no mais absoluto desdém. — Não me comprometa!

Amaia examinou-a com atenção. Com a bata cor-de-rosa e as botas de borracha, aquela encantadora senhora que dedicara a vida a criar azáleas e a trazer crianças ao mundo era uma sociopata sem nenhum tipo de remorso. Sentiu a raiva aumentando, ocupando dentro de si o espaço que dava lugar à perplexidade. Recapitulou em sua mente as opções legais que possuíam para prendê-la e deu-se conta de que ela tinha razão, seria impossível provar os delitos já prescritos, e bastava negá-los para qualquer advogado medíocre a deixar impune.

— Vou levar comigo este atestado de óbito — disse, fitando a mulher olhos nos olhos.

A mulher encolheu os ombros.

— Pode levar o que quiser, nada me agrada mais do que colaborar com a polícia.

Sem esperar pela anfitriã, Amaia saiu para o jardim e agradeceu pelo ar frio, que a ajudou a combater a sensação de sufocamento de dentro da casa. Enquanto andava resoluta para a porta de entrada, a mulher falou atrás dela. O seu tom de voz era de zombaria:

— Não quer levar um ramo de flores, inspetora?

Amaia virou-se para trás para olhar para ela.

— Deus me livre! Que sozinha esteja! — exclamou, sem saber muito bem o porquê.

O sorriso gelou no rosto da mulher e ela começou a tremer como se um frio ártico a envolvesse de repente. Tentou mais uma vez uma ameaça de sorriso, mas os seus lábios se contraíram num ricto canino que a fez mostrar os dentes até as gengivas, e qualquer vislumbre de beleza passada ficou esquecido.

Amaia acelerou o passo no ritmo dos batimentos cardíacos, entrou no carro e dirigiu até sair da aldeia, mas depois percebeu que ainda segurava entre o volante e os dedos a folha de papel amarelada.

— "Deus me livre! Que sozinha esteja" — repetiu, incrédula.

Era uma defesa mágica, uma espécie de fórmula de proteção contra as bruxas, e fazia quase trinta anos que não a ouvia. Em sua mente, veio a vívida lembrança da sua *amona* Juanita dizendo: "Quando souber que está diante de uma bruxa, cruze os dedos assim", dizia, passando o polegar entre o dedo indicador e o dedo médio, "e se ela falar contigo responda: 'Deus me livre! Que sozinha esteja'. Essa é a maldição das bruxas, sempre estão sozinhas e nunca, nunca descansam, nem depois de mortas". Sorriu com o frescor da lembrança, sepultada no esquecimento durante anos, e ante a perplexidade que lhe causava tê-la recriado, que aquela mulher horrível a tivesse feito se lembrar disso. Parou o carro junto ao acostamento e fez uma chamada para a Câmara Municipal de Baztán para se informar sobre o coveiro; depois dirigiu até o cemitério de Elizondo.

❧

O escritório do agente funerário no cemitério era na verdade um cubículo de cimento que ao longe passava despercebido entre os jazigos com pórticos da parte alta que tanto lhe faziam lembrar os de Nova Orleans. Dentro, uma pequena mesa e uma cadeira rodeadas de cordas, vassouras, baldes, andaimes desmontados, escoras e tacos de madeira, pás e um carrinho de mão. Num canto, uns arquivos metálicos com cadeado, e na parede, um calendário de gatinhos num cesto que destoava de tudo ali. Debruçado sobre a mesa estava um homem mais velho vestido com um macacão nanquim, que se endireitou quando a ouviu atrás de si. Amaia pôde ver que sobre a bancada tinha um rádio transistor e pilhas soltas.

— Ah, olá, deve ter sido a senhora que telefonou pedindo para ver os arquivos.

Amaia assentiu.

— Se são os do ano de 1980, estão aqui — disse o homem, pondo-se de pé e batendo no armário metálico. — Os mais recentes eles estão informatizando, mas isso leva tempo, e a totalidade... — Encolheu os ombros com um gesto que dizia tudo.

O homem tirou lá de dentro um volume encadernado que mostrava a data e o colocou em cima da mesa. Com o máximo cuidado, desdobrou o atestado que Amaia lhe estendia, e guiando-se com o dedo foi percorrendo os nomes escritos à mão no livro.

— Não está aqui — disse, levantando a cabeça.

— O fato de não ter nome pode complicar as coisas?

— Pela data e pela causa da morte deveríamos encontrá-lo; mas não está aqui.

— Não pode estar em outro livro?

— Não há outro livro, é um por ano, e nunca o terminamos — disse, folheando com o dedo as páginas do fim que estavam em branco. — Tem certeza de que o enterro foi neste cemitério?

— Em que outro podia ter sido? É uma família de Elizondo.

— Bom, pode ser que sejam de Elizondo agora, mas talvez um dos avós fosse de outra cidade; pode ser que tenham enterrado a criança nesse local...

Saiu do pequeno escritório dobrando a folha de papel, que guardou no bolso interno do casaco, e encaminhou-se para o túmulo de Juanita. Ali estavam a pequena cruz de ferro, encerrando dentro o seu nome; à esquerda do avô, que não chegou a conhecer, e logo atrás aquele que durante anos evitara olhar, o do pai. Era curioso como se lembrava de cada pormenor do dia em que a tia lhe telefonou para lhe dizer que o pai tinha morrido, embora já soubesse; havia sido informada apenas um instante antes de o telefone ter tocado e nesse segundo a frieza, o silêncio que os havia distanciado enquanto pai e filha abateram-se sobre ela como uma condenação sem tempo, porque o tempo se havia acabado. Olhou de soslaio para o nome dele escrito na cruz e a dor atingiu-a, acompanhando a velha pergunta: por que você permitiu isso?

Deu um passo atrás e observou com olhar crítico a superfície da terra, coberta de relva e que não apresentava indícios de ter sido mexida. Subiu quase até o fim, passando perto do túmulo de Ainhoa Elizasu, a criança cujo crime a motivou a investigar, quando do seu retorno a Baztán, o pior caso da sua vida. Viu flores e uma bonequinha de pano que alguém havia deixado ali. Quase ao fundo, o jazigo antigo onde estavam enterrados os seus bisavós e um ou outro tio ou tia mortos antes de ter nascido. As argolas de ferro que o adornavam haviam desenhado traços enferrujados formando uma trilha por onde a chuva havia arrastado durante anos a sua tinta alaranjada. A pesada laje estava intacta. Deu a volta para descer pelo centro do cemitério e, ao aproximar-se do transepto que o guardava, viu Flora, com a cabeça um pouco inclinada, imóvel em frente ao túmulo de Anne Arbizu. Surpresa, chamou-a:

— Flora.

A irmã virou-se, e quando o fez pôde ver que tinha os olhos úmidos.

— Olá, Amaia, o que faz aqui?

— Vim dar um passeio — mentiu, aproximando-se até ficar diante dela.

— Eu também — respondeu Flora, dando um passo para o corredor e evitando olhar para a irmã.

Foi atrás dela e durante alguns metros ambas caminharam devagar sem falar e sem olhar uma para a outra.

— Flora, sabe se a nossa família tem algum outro jazigo ou túmulo neste ou em outro cemitério do vale além do dos bisavós e das sepulturas rasas?

— Não, e acho isso uma vergonha. Os bisavós lá em cima, os avós e o *aita* aqui embaixo. Todos dispersos pelo cemitério, assim como os pobres.

— É curioso que os nossos pais não tenham comprado um jazigo, parece coisa da *ama*. Chama-me a atenção que você não tivesse pensado nisso e que esteja disposta a ser enterrada com a *amona* Juanita.

— Está enganada; ela deixou que enterrassem o *aita* com a *amona* porque ele quis assim, mas a *ama* nunca pertenceu a este lugar. É sua vontade ser enterrada em San Sebastián, no jazigo que a família dela possui no cemitério de Polloe.

Amaia estacou de súbito.

— Tem certeza disso?

— Sim. Tenho em meu poder há alguns anos uma carta escrita por ela contendo as indicações para o seu funeral e enterro.

Amaia refletiu nas palavras da irmã por alguns segundos e depois perguntou:

— Flora, você tinha sete anos quando eu nasci. Do que se lembra dessa época?

— Que pergunta é essa? Como quer que me lembre de uma coisa dessas?

— Não sei, não era assim tão pequena, alguma lembrança deve ter.

Flora pensou no assunto por um instante.

— Lembro-me de quando te dava a mamadeira e a Ros também; o *aita* deixava-nos fazer isso. Ele a preparava, colocava você em nosso colo sentadinha no sofá e dávamos a mamadeira à vontade. Suponho que devíamos achar isso divertido.

— E a *ama*?

— Bom, naquela época já estava mal dos nervos, a pobrezinha sempre sofreu tanto...

— Sim — respondeu Amaia, com frieza.

Flora voltou-se como que atingida por um raio.

— Olha, se quiser conversar, conversaremos, mas se vai começar com isso, vou embora — retorquiu, caminhando para a saída.

— Flora, espere.

— Não, não espero.

— É importante para mim saber o que aconteceu naquela época.

Sem se virar para trás, Flora ergueu uma das mãos para se despedir, chegou ao portão e saiu do cemitério.

Amaia suspirou, vencida. Voltou para trás até o túmulo de Anne Arbizu, pegou o pequeno objeto que julgara ter visto e segurou-o na mão. Uma noz. A sua superfície era brilhante e Amaia percebeu que a irmã a tinha na mão um instante antes de a ter chamado. Uma noz. Colocou-a no lugar onde estava e seguiu o mesmo caminho de Flora até a saída. O celular tocou. Olhou para o visor intrigada; era Flora.

— A *ama* tinha uma amiga, chama-se Elena Ochoa e mora na primeira casa branca perto do mercado. Não sei se ela vai querer falar com você, há muitos anos ela e a *ama* discutiram, deixaram de se falar e se afastaram. Acho que é a pessoa que melhor a conhecia nessa época. Só espero que você mostre um pouco de respeito e não fale mal da nossa mãe; não faça eu me arrepender de ter feito esta ligação.

Desligou em seguida, sem esperar por uma resposta.

≈

— Sei quem você é — disse a mulher assim que a viu. — A sua mãe e eu éramos amigas, mas isso já foi há muitos anos. — A mulher desviou para o lado para lhe dar passagem. — Quer entrar?

O corredor era muito estreito, mas mesmo assim havia nele um enorme aparador que dificultava a passagem. Amaia parou à espera de que a mulher lhe indicasse para onde devia seguir.

— Vamos para a cozinha — sussurrou.

Amaia entrou na primeira porta à esquerda e esperou a mulher; esta seguiu-a fazendo-lhe sinal para que se sentasse numa cadeira encostada à parede.

— Quer um café? Ia fazer um para mim.

Amaia aceitou, embora não quisesse de fato. A mulher parecia muito pouco à vontade apesar dos esforços evidentes para se mostrar amável. Ainda assim havia no seu comportamento uma espécie de histeria contida que a fazia parecer muito instável e frágil. Dispôs os cafés numa bandeja que colocou em cima da mesa da cozinha e sentou-se na outra ponta. Ao servir-se do açúcar, derramou uma parte em cima da toalha.

— Meu Deus! — exclamou, exagerada.

Amaia esperou que a mulher limpasse o estrago e que se sentasse de novo ao mesmo tempo que fingia concentrar a sua atenção no café.

— Está bom — comentou.

— Sim — respondeu a mulher, como se estivesse pensando em outra coisa, e ergueu os olhos para encará-la. — Você é Amaia, não é? A mais nova.

Amaia assentiu.

— Quando você nasceu, já havíamos nos distanciado uma da outra. Senti-me muito mal e fiquei péssima, porque gostava muito da sua mãe. — Fez uma pausa. — Gostava dela de verdade, e me doeu muito terminar a nossa amizade. Eu não tinha mais amigas, e quando a sua mãe chegou aqui nos tornamos inseparáveis. Fazíamos tudo juntas, passear, cuidar das meninas; eu também tenho uma filha, da mesma idade da sua irmã mais velha. Íamos às compras, ao parque, mas sobretudo conversávamos bastante. É muito bom ter alguém com quem conversar.

Amaia aquiesceu, incentivando-a a continuar.

— Por isso quando nos afastamos, bom, foi muito triste para mim. Eu achava que com o tempo ela mudaria de ideia e talvez... Mas, como você sabe, isso nunca aconteceu.

A mulher levantou a xícara e quase se escondeu por detrás dela.

— Que razão leva duas boas amigas a se afastarem uma da outra?

— A única coisa que pode se interpor entre duas mulheres. — Fitou-a e assentiu.

— Um homem.

Amaia recapitulou em sua mente o perfil do comportamento da mãe desde que se lembrava. Estivera assim tão cega? A visão parcial de filha a impedira de ver a sua mãe como uma mulher com necessidades femininas? Fora um homem a desequilibrar Rosario, talvez pelo fato de não ser livre para fugir com ele numa sociedade conservadora e fechada como a de Baztán?

— Minha mãe tinha um amante?

A mulher abriu os olhos, surpreendida.

— Ah, não, claro que não, de onde tirou essa ideia? Não, não era essa espécie de relação...

Amaia levantou as duas mãos, num gesto evidente que exigia respostas.

— Era para ser um grupo de expressão física e emocional, uma dessas bobagens tão em voga nos anos 1970, sabe como é, relaxamento, tantras, ioga e meditação, tudo junto. Nós nos reuníamos na fazenda. O proprietário era um homem bastante atraente, bem-vestido e com muita lábia, um psicólogo ou coisa assim; nem sei se tinha algum curso superior. No início até foi divertido. Falávamos sobre avistamentos de óvnis, abduções, viagens astrais e outras coisas do gênero, e pouco a pouco começaram a abandonar esses temas para se concentrar apenas na bruxaria, na magia, nos símbolos mágicos, no passado de bruxaria do vale. Para mim, isso já não era assim tão divertido, mas a sua mãe ficou fascinada, e devo admitir que até tinha o seu atrativo e um certo interesse. Ela adorava tudo relacionado às reuniões clandestinas, pertencer a um grupo secreto...

Baixou os olhos e ficou em silêncio. Amaia esperou alguns segundos até que se deu conta de que a mulher havia se afastado.

— Elena — a inspetora a chamou baixinho. A mulher ergueu os olhos e sorriu de leve. — O que aconteceu? O que a fez abandonar tudo aquilo?

— Os sacrifícios.

— Sacrifícios?

— Galos, gatos, cordeiros...

— Matavam animais.

— Não, eram sacrificados... De diversas maneiras, e o sangue tinha uma importância insana. Recolhiam o sangue em vasilhas de madeira e depois o guardavam em garrafas com um componente qualquer que o mantinha líquido. Eu não aguentava aquilo, não, não me parecia legal... Olhe, fui criada numa fazenda, claro que matávamos galinhas, coelhos, até porcos, mas não dessa maneira. Foi então que conhecemos o outro grupo. O nosso mestre, era assim que o chamávamos, dizia que havia mais grupos como aquele pela região de Navarra; ausentava-se com frequência para visitá-los. Ele nos comunicou que viria um grupo de Lesaka do qual sentia um orgulho especial e que nos ajudaria a completar a nossa formação e a atingir o nível seguinte. Devia ser em torno de uma dúzia de pessoas, homens e mulheres; falavam o tempo todo do *Sacrifício* como se fosse algo muito especial. Nós já havíamos feito isso, que Deus me perdoe, com animaizinhos pequenos! A essa altura, eu já me sentia aterrorizada, por isso perguntei com todas as letras. Um dos homens me olhou como se se sentisse pleno de graça: "*O Sacrifício é o Sacrifício*, um gato ou um cordeiro são "um sacrifício", mas *o Sacrifício* só pode ser humano". Não sou nenhuma hipócrita, já ouvira os meus avós contarem histórias sobre os assassinatos de crianças que as bruxas cometiam como sacrifício antes de comer a carne, e sempre pensei que fossem histórias da carochinha. O caso é que, poucas semanas mais tarde, o mestre chegou sorridente e nos disse que os membros de Lesaka haviam feito *o Sacrifício*. Eu pensei que estivesse dizendo isso como parte do misticismo de que era cercado; caramba, não cheguei a acreditar, mas por outro lado procurei nos jornais para ver se encontrava alguma coisa, notícias de crianças mortas ou desaparecidas; não encontrei nada, mas aquilo não me agradava. Falei com a sua mãe e disse o que pensava a respeito e que devíamos abandonar aquilo, mas ela ficou furiosa. Disse que eu não entendia a importância do que fazíamos, o poder de que falávamos. Foi então, nossa, que percebi que haviam feito uma lavagem cerebral nela. Ela me acusou de ser uma traidora e acabamos mal. Não voltei a me reunir com o grupo, mas durante meses continuei recebendo avisos da parte deles.

— Avisos?

— Coisas que passariam despercebidas para outros, mas que eu sabia muito bem o que eram.

— Como o quê?

— Coisas... Umas gotas de sangue na porta de entrada da minha casa, uma caixinha com ervas atadas a pelos de animal. Um dia, a minha filhinha voltou da escola e trazia na mão umas nozes que uma mulher havia lhe dado pelo caminho.

— Nozes? Que significado tem isso? — perguntou, pensando no fruto solitário que Flora colocara no túmulo de Anne Arbizu.

— A noz simboliza o poder da *belagile*. No pequeno cérebro que possui, a bruxa concentra o seu desejo maléfico. Se a noz for dada a uma criança e esta a comer, vai adoecer com gravidade.

Amaia observou que a mulher retorcia as mãos sobre o colo, tomada de uma grande agitação.

— Por que motivo acha que lhe enviavam esses "avisos"?

— Para me lembrar de que não deveria falar sobre o grupo.

— E a minha mãe continuou assistindo às reuniões?

— Tenho certeza de que sim, embora eu não a visse, claro, mas o fato de nunca mais ter falado comigo prova isso.

— Você pode fazer uma lista com os nomes das pessoas que participavam?

— Não — retorquiu, com serenidade. — Não vou fazer isso.

— Sabe se continuam se reunindo?

— Não.

— Pode me dar o endereço do lugar onde se reuniam?

— Não ouviu o que eu disse? Se eu fizer isso, pode acontecer algo horrível à minha família.

Amaia estudou a expressão em seu rosto e chegou à conclusão de que a mulher acreditava de fato no que estava dizendo.

— Está bem, Elena, não se preocupe, me ajudou muito — disse, levantando-se e percebendo de imediato o alívio dela. — Só mais uma coisa.

A mulher retesou-se de novo, enquanto esperava a pergunta.

— Chegaram a ser propostos em seu grupo sacrifícios humanos?

A mulher persignou-se.

— Por favor, vá embora — pediu, empurrando-a pelo estreito corredor. — Vá embora. — Abriu a porta e quase a empurrou para fora.

25

Era quase meio-dia. Dirigiu com calma até a casa da tia, agradecendo os tímidos raios de sol que se infiltravam por entre as nuvens e que dentro do carro proporcionavam uma temperatura agradável.

— Aqui está Amaia — ouviu a irmã dizer, assim que transpôs a porta.

Sentou-se nas escadas para tirar as botas e caminhou de meias ao encontro de James, que de pé no meio da sala segurava Ibai no colo, apoiando-o no ombro, embalando-o como se dançassem os dois. Amaia aproximou-se e beijou o bebê adormecido.

— James, você é um dançarino maravilhoso, conseguiu aborrecer seu filho até fazê-lo dormir.

James sorriu.

— Bom, isso porque você nos encontrou num momento tranquilo, mas também dançamos salsa, samba e até tango.

Engrasi, que vinha saindo da cozinha trazendo uma baguete, assentiu.

— Sou testemunha, esses rapazes que estão aqui estão se saindo tremendos bailarinos.

De repente, lembrou-se de uma coisa e seguiu a tia até a cozinha.

— Tia, lembra-se do homem que cuidava da horta de Juanitaenea, esse tal Esteban? Disse que falaria com ele sobre o assunto, para saber se podia continuar a cuidar de tudo.

— E foi o que fiz. Ele ficou mais tranquilo.

— No outro dia quando me viu, escondeu-se no meio dos arbustos e ficou me olhando como se fosse um bicho. Já quase tinha me esquecido disso, porque foi no dia em que voltei para casa com febre, mas a verdade é que ele não parecia estar com um ar nada amistoso.

— Bom, receio que não haja muito que se possa fazer quanto a isso, filha, trata-se de um homem esquivo e de difícil convivência. Antes não era assim, mas a vida foi muito dura com ele. A mulher esteve muitos anos doente, com depressão, mal saía de casa. Um dia, quando retornou do trabalho, encontrou-a morta. Parece que o fez na frente do filho deles, que devia ter onze ou doze anos na época. Diziam que o garoto era muito ligado à mãe e que isso o deixou destroçado. Mandaram-no para um colégio, creio que na Suíça. Sacrificou-se durante a vida toda para lhe dar estudos, e o rapaz, assim que saiu da cidade, nunca mais voltou. No início o pai falava muito dele, que era superdotado, que estava nos Estados Unidos, que era fora de série, mas com o passar do tempo também deixou de falar do filho. Agora já quase não fala de nada, só do que a horta dá. Até isso, se puder, evita. Acho que é provável que sofra de depressão, como tantas outras pessoas por estas bandas.

James deixou Ibai no bercinho e prepararam-se para almoçar.

— Dá gosto ter todos à mesa — disse Engrasi, enquanto se sentavam.

Amaia ficou apreensiva.

— Sabem muito bem como é o meu trabalho... A propósito, esta tarde vou a San Sebastián.

James não escondeu a sua decepção.

— Vai dormir em casa?

— Se encontrar o que espero, pode ser que eu não consiga.

James não disse nada, mas ficou estranhamente silencioso durante o resto do almoço.

— A San Sebastián... — repetiu a tia, pensativa.

— Voltarei assim que for possível.

— Dentro de alguns dias, tenho a tal exposição no Guggenheim, espero que você possa vir.

— Ainda falta muito tempo para isso — respondeu Amaia.

— Desta vez o juiz também vai acompanhá-la? — perguntou James, fitando-a nos olhos.

A tia e Ros pararam de comer e olharam para Amaia.

— Não, James, desta vez ele não vai comigo, embora até fosse bom. Vou em busca do cadáver de um bebê num cemitério, com certeza terei de pedir uma ordem para exumá-lo e vai ser tudo muito bonito e agradável, por isso um juiz enquadra-se perfeitamente nos planos — retorquiu, sarcástica.

James baixou os olhos, arrependido, enquanto Amaia sentia aumentar o aborrecimento que no fundo sabia não passar de um mero mecanismo de defesa contra as suas desconfianças... justificadas? O celular vibrou em cima da mesa, com um desagradável ruído de inseto moribundo. Atendeu sem deixar de olhar para James.

— Salazar — respondeu, brusca.

Se Iriarte notou a sua irritação, disfarçou-o perfeitamente.

— Chefe, temos tiros disparados numa residência, uma casa baixa perto de Giltxaurdi.

— Há mortos, feridos?

— Não; uma mulher afirma que disparou contra um intruso.

Amaia preparava-se para replicar que eles poderiam encarregar-se desse caso.

— Jonan acha melhor a senhora vir, trata-se de um caso de violência doméstica bem peculiar.

҈

A casa de um único piso estava cercada por um jardim descuidado onde alguém havia cortado os arbustos e plantas rente ao solo, dando-lhe o aspecto desolador de um campo de batalha. Ela transpôs a cerca metálica e ficou olhando para o pátio e o caminho de pedras, onde se viam várias gotas de sangue.

— Não são bons em jardinagem — comentou Iriarte.

— Visão livre, qualquer lugar onde um vagabundo pudesse se esconder foi eliminado. Algo paranoico, porém eficaz — referiu Jonan.

Uma mulher loura de aspecto decidido abriu-lhes a porta.

— Entrem por aqui — disse, levando-os para a cozinha. — O meu nome é Ana Otaño, e quem atirou foi a minha irmã Nuria, mas antes de falarem com ela acho que há algumas coisas que vocês deviam saber.

— Está bem, diga então — disse Amaia, fazendo um gesto para Jonan, que saiu da cozinha e seguiu para a sala.

— Esta é a casa dos nossos pais; a *ama* morreu, o *aita* está num asilo. Aqui mora a minha irmã desde que voltou para casa e o sujeito contra quem disparou é o ex-marido dela. Chama-se Antonio Garrido e há uma ordem de restrição contra ele. Não gostamos do sujeito desde a primeira vez que o vimos, mas ela estava louca por ele, e, poucos meses depois de se casarem, convenceu-a a ir morar em Múrcia alegando motivos de trabalho. Com o tempo, os telefonemas foram ficando cada vez mais espaçados e quando falávamos com ela mostrava-se sempre esquisita.

"Aos poucos ele foi nos irritando e acabaram rompendo relações com a família. Ficamos dois anos sem notícias dela. Durante esse tempo, ele a manteve trancada em casa, acorrentada como um animal, até que um dia ela conseguiu fugir e pedir ajuda. Pesava quarenta quilos e mancava por causa de uma fratura que ele provocou e teve de se curar sozinha porque não a levou ao hospital. A pele seca, o cabelo parecia estopa, e a cabeça cheia de falhas de cabelo. Passou quatro meses no hospital e, quando saiu, trouxe-a para cá. Sofre de agorafobia, não é capaz de ir além da cerca do jardim, mas está se recuperando: os olhos começam a ganhar algum brilho e debaixo do gorro de lã que sempre usa o cabelo voltou a crescer, como o de uma criança. Então, há um mês, esse traste saiu da cadeia porque um juiz lhe concedeu uma licença, e a primeira coisa que fez foi ligar para ela para dizer que viria atrás dela."

Fez uma pausa e suspirou.

— Passei horas telefonando e batendo na porta; por fim, acabei arrombando uma janela dos fundos e entrei. Procurei-a pela casa, chamando por ela sem nenhuma resposta. Sabia que a minha irmã não era capaz de sair, mal consigo tirá-la de casa para ir ao médico, e a porta estava trancada por dentro. Revistei de novo a casa inteira, e sabem onde fui encontrá-la? Encolhida, feito um novelo, dentro da máquina de secar roupa. Ainda não consigo acreditar, estava ali fungando e reprimindo o choro. Quando a encontrei, começou a guinchar como uma ratazana e se urinou toda. Demorei mais de quinze minutos para convencê-la a sair dali. Dei um banho nela, a vesti e a empurrei na direção do carro. Sabíamos que este dia chegaria e que esse cretino viria atrás dela, mas eu também sabia que não podia fazer mais nada pela minha irmã. Eu tinha jurado que, se algum dia cruzasse com esse desgraçado, um dos dois acabaria na prisão, mas Nuria acabaria no cemitério, com certeza, e no dia em que a tirei da secadora de roupas sabia que ou fazia alguma coisa, ou a minha irmã logo seria enterrada. Durante o caminho que fizemos de carro, ela gritava: "Ele vai me matar, não se pode fazer nada, ele vai me matar". Por isso, a primeira coisa que fiz foi levá-la à agência funerária, entramos e disse: "Escolha um caixão; se já decidiu morrer, pelo menos que seja um que te agrade". Ficou olhando para os caixões e parou de chorar. "Não quero morrer", disse. Tornei a colocá-la no carro e levei-a para o bosque. Fiquei ali com ela dando tiros até que a munição acabou. A princípio, choramingava e tremia tanto que não teria acertado um colchão de casal a meio metro de distância, mas voltamos no dia seguinte e depois no outro, e no outro, e no outro... Disparou contra recipientes, latas e garrafas. Durante o último mês, disparamos contra os objetos recicláveis da minha casa. E, à medida que os dias iam passando, Nuria foi acertando e melhorando a pontaria, e também começou a mudar de atitude. Pela primeira vez em sua vida, achei-a forte, e quero dizer em toda a sua vida, porque Nuria sempre agiu assim, como se fosse uma marionete, uma bonequinha frágil e frouxa prestes a saltar pelos ares. Apesar de ter insistido para que viesse para casa, ela quis ficar aqui e pensei que, afinal, o mais importante era que se sentisse capaz. — Soltou um profundo suspiro. — E agora, se quiserem, podem falar com a Nuria.

Um rastro de sangue assinalava o caminho que ia até a sala. Um respingo que manchava a porta em forma de leque, e no chão um agente da polícia judiciária inclinava-se sobre uma massa ensanguentada.

Jonan aproximou-se e falou em voz sussurrada ao mesmo tempo que fazia deslizar para as mãos de Amaia a fotocópia borrada dos antecedentes criminais de um homem de trinta e cinco anos, para evitar que a mulher sentada à janela o ouvisse. Magra ao extremo, ela vestia uma roupa de ginástica grande demais que parecia evidenciar mais ainda a sua magreza. Os cabelos ondulados e louros escapavam do gorro de lã com o qual cobria a cabeça. O seu aspecto era frágil, em contraste com o sorriso sereno e o olhar sonhador com que observava os policiais que trabalhavam na sala.

— O intruso forçou a janela do quarto e veio até aqui, chamando por ela. Ela o esperou no mesmo lugar onde está agora e, quando ele entrou, disparou contra ele. Atingiu-o na orelha direita. O que está no chão é um pedaço de cartilagem, na porta é possível ver com nitidez os respingos de sangue e o local do impacto; o cartucho está debaixo do sofá. Sangrou como um porco, deixou um rastro de sangue até a porta e dali até o caminho de acesso; imagino que devia estar de carro.

Amaia e Iriarte olharam em volta.

— Vamos avisar os hospitais, farmácias, postos de enfermagem; em algum lugar, ele vai ter de receber tratamento.

— Isso para não dizer que deve ter ficado surdo desse ouvido.

— Que cheiro é este? — perguntou Amaia, franzindo o nariz.

— São fezes, chefe — respondeu Jonan, sorrindo. — O sujeito borrou-se todo quando ela disparou contra ele, diarreia, para sermos mais exatos; há pingos ao longo do trajeto.

— Ouviu, Nuria? — disse Ana, sentando-se ao lado da irmã. — Teve tanto medo que se borrou todo.

— Olá, Nuria — chamou Amaia, colocando-se à sua frente. — Está se sentindo bem? É capaz de responder a algumas perguntas?

— Sim — a mulher respondeu, calma.

— Pode nos contar o que aconteceu?

— Eu estava aqui, lendo — explicou, fazendo um gesto para um livro que se encontrava em cima da mesa —, e depois ouvi um barulho no quarto e soube que era ele.

— Como soube?

— Quem mais iria entrar aqui quebrando a janela? Ana sabe que a janela do banheiro está com o trinco quebrado; além disso, ele telefonou para mim há uns dias para me dizer que viria, e chamou pelo meu nome quando entrou.

— O que ele disse?

— Disse: "Nuria, estou aqui, não se esconda".

— E o que você fez em seguida?

— Tentei usar o telefone, mas não funciona.

Iriarte levantou o fone por cima do móvel da televisão.

— Não há linha, ele deve tê-la cortado do lado de fora.

Amaia continuou.

— O que aconteceu, então?

— Peguei a espingarda e esperei.

— Tinha uma espingarda aqui?

— Tenho sempre comigo, até durmo com ela.

— Continue.

— Ele ficou na entrada da porta, ali parado, olhando para mim. Disse alguma coisa sobre me mandar para o hospital e começou a rir, então eu pedi que ele fosse embora. "Suma daqui", eu disse, "senão eu atiro em você." Ele riu e entrou... e eu atirei.

— Ele disse que ia mandá-la para o hospital?

— Sim, alguma coisa desse tipo.

— Quantas vezes disparou?

— Uma.

— Muito bem. Acha que pode vir à delegacia prestar depoimento?

A irmã começou a protestar, mas ela atalhou:

— Sim, posso ir.

— Não é necessário que seja hoje. Se não estiver bem, pode fazer isso amanhã, quando se sentir melhor.

— Estou muito bem.

— Vai ficar aqui ou prefere ir com a sua irmã?

— Vou ficar aqui, esta é a minha casa.

— Vamos colocar uma patrulha na porta, mas seria preferível que fosse para a casa da sua irmã.

— Não se preocupe comigo, ele não vai voltar, agora sabe que não tenho medo dele.

Amaia olhou para Iriarte e assentiu.

— Bom, já terminamos — disse Amaia, pondo-se de pé e dirigindo-se à saída.

— Inspetora — chamou Nuria, detendo-a. — É verdade que ele se borrou todo?

— Sim, é o que parece — respondeu Amaia, olhando para os pingos suspeitos.

A mulher levantou a cabeça e os ombros e abriu um pouco a boca, num gesto repleto de encanto infantil, próprio de uma surpresa de aniversário.

— Só mais uma coisa, Nuria: Antonio tem algum traço físico característico?

— Ah, sim — ela replicou, levantando uma das mãos —, faltam as três primeiras falanges dos dedos indicador, anelar e médio da mão direita; perdeu trabalhando numa guilhotina metálica há muitos anos.

Já estavam na porta quando a mulher os alcançou.

— "Vou levá-la ao hospital", foi isso que ele disse. "Vou levá-la ao hospital", tenho certeza.

— "Vou levá-la"? Não "mandá-la"?

— Tenho certeza, foi isso que ele disse.

26

Vinte e três de junho de 1980

NÃO CONSEGUIA PARAR DE CHORAR. Fazia algum tempo que as convulsões do choro intenso, os estertores e os soluços haviam dado lugar a uma calma que clamava vinda do âmago como um sinistro abismo onde foram parar o desespero e o horror iniciais.

Sentado na sala de estar da sua casa, a casa que havia sido o seu lar e o da mulher até aquele dia, segurava entre os braços a filha recém-nascida, ao mesmo tempo que chorava inconsolável, como se alguém abrisse a torneira de todos os prantos, lá dentro, em algum lugar, onde nunca imaginara que tinha tanto.

O doutor Manuel Hidalgo, com o rosto pálido e transfigurado, estava sentado à sua frente, dividindo olhares entre a pequena, que agora dormia nos braços do amigo, e as lágrimas que lhe escorriam pelo rosto e caíam em cima da mantinha que cobria o bebê.

— O que aconteceu ali dentro? — Juan conseguiu perguntar.

— A culpa foi minha, Juan, eu bem te disse que ela estava deprimida, que Rosario não estava bem, mas não fiz o suficiente. Devia ter insistido para que fosse dar à luz num hospital quando se recusou; afinal, sou o seu médico.

— E agora, Manuel? O que vai fazer agora?

— Não sei — respondeu o médico, aturdido.

A irmã do médico, que permanecera de pé encostada à parede, interveio.

— A verdade é que não sabemos ao certo o que aconteceu.

Juan levantou-se como se fosse atingido por uma descarga elétrica.

— Como pode dizer isso, Fina? Vocês viram tão bem como eu o que a Rosario fazia quando entramos no quarto.

— O que acha que ela estava fazendo... Eu só vi uma mulher que podia estar tentando pôr uma almofada debaixo da cabecinha da menina.

— Fina, a almofada estava em cima da cara dela, e não debaixo da cabeça.

— Pode ter-lhe caído das mãos quando a empurrou...

Juan negou, mas foi Manuel quem interveio.

— Fina, aonde quer chegar?

— Examinei o cadáver e não apresenta indícios de violência. É verdade que a bebê parece ter sido asfixiada, mas podia ter sido morte no berço, é muito comum entre os recém-nascidos. Além disso, as primeiras horas após o nascimento são o momento em que ocorre a maioria dessas mortes.

— Fina, não se tratou de um caso de morte no berço — refutou o irmão.

— E o que vocês querem? — perguntou a mulher, levantando a voz. — Chamar a polícia? Armar um escândalo que saia nos jornais? Prender uma mulher que é uma boa mãe e que está sofrendo porque você, meu irmão, cometeu o erro de não tratar os sintomas que detectou? Vai dizer isso à polícia? Que podia ter evitado isso com um tratamento? Vai destruir esta família e a sua carreira, já pensou nisso?

O doutor Hidalgo fechou os olhos e pareceu afundar-se ainda mais no sofá.

— Isso é verdade? — inquiriu Juan. — Rosario poderia ser uma pessoa normal se tomasse uns comprimidos?

— Não tenho certeza, Juan, mas é óbvio que podia estar melhor do que está.

Juan havia parado de chorar.

— O que você vai fazer? — interrogou.

O médico levantou-se e foi para a cozinha. Fina revelara-se de extrema eficiência. O corpinho amortalhado e envolto descansava em cima da mesa da cozinha coberto com um pano que lhe escondia o rosto. Aproximou-se pensando o quanto isso lhe lembrava a maneira como a mãe deixava repousar a massa do pão enquanto fermentava com a levedura.

Retirou o pano e examinou o rosto. Pequeno e imóvel, apresentava a cor arroxeada característica da asfixia, que não era suficiente para esconder a vermelhidão no pequeno nariz, sinal inequívoco de ter sido submetido à pressão.

Abriu a maleta e atirou sobre a mesa um bloco de formulários onde se lia "Atestados de Óbito". Voltou com cuidado a primeira folha e com a sua caligrafia cuidada escreveu "Síndrome de Morte Súbita do Lactente (morte no berço)". Assinou. Olhou de novo para o rosto da menina morta e só teve tempo de se virar para vomitar na pia.

27

— Bom dia — ela disse, dirigindo-se ao homem que atendia na recepção. — Gostaria de falar com o doutor Sarasola. Pode avisá-lo?

No rosto do recepcionista desenhou-se uma expressão quase imperceptível de surpresa antes de recobrar a calma absoluta e responder:

— Sinto muito. Não consta dos meus registros nenhum doutor Sarasola no nosso centro.

A surpresa de Amaia foi muito mais evidente.

— Como não? O doutor Sarasola. O padre Sarasola, o psiquiatra.

O recepcionista negou.

Amaia olhou para Jonan perplexa e pegou o distintivo, colocando-o à frente dos olhos do homem enquanto dizia:

— Diga-lhe que a inspetora Salazar está aqui.

O homem pegou o telefone e discou um número ao mesmo tempo que fazia grandes esforços para disfarçar o quanto o distintivo da polícia o intimidava. Um amável sorriso apareceu em seu rosto enquanto desligava o telefone.

— Me desculpe, mas temos um rígido protocolo de privacidade para proteger pessoas de vulto como o padre Sarasola. Se soubessem que está aqui, a recepção ficaria abarrotada de gente querendo falar com ele. Vai recebê-los agora. Quarto andar. Haverá alguém à espera de vocês no elevador, e peço desculpa pelo incômodo.

Amaia virou-se para os elevadores sem responder. Quando as portas se abriram no quarto andar, uma jovem freira esperava por eles para levá-los pelo corredor até um gabinete perto do balcão da enfermaria; convidou-os a sentar e saiu, silenciosa. Um minuto depois, o padre Sarasola entrava no gabinete.

— É um prazer voltar a vê-la, inspetora. Vejo que vem acompanhada — disse, estendendo a mão ao subinspetor Etxaide —, por isso posso deduzir que se trata de uma visita policial e não médica.

— Um pouco de ambas, mas primeiro vamos à parte policial.

Sarasola sentou-se e cruzou as mãos.

— Como já deve estar ciente, uma nova profanação ocorreu na igreja de Arizkun. Provocaram um incêndio num antigo palácio medieval da região, desviou-se a atenção da patrulha e aproveitaram a oportunidade para cometer o ato, desta vez com alguns danos na fachada do edifício, além do abandono de restos ósseos. Já havíamos interrogado um jovem de Arizkun que demonstra rancor para com a igreja devido a uma obsessão doentia pelos agotes e pela sua história. É um adolescente brilhante, em processo de luto pela morte da mãe, que talvez tenha optado por enveredar pelo caminho errado; contudo, estamos convencidos de que, embora possa ter facilitado o acesso e possibilitado o ocorrido, é evidente que não é o profanador. Ainda não concluímos o caso, mas creio que em breve poderemos prender o indivíduo e será graças à colaboração do rapaz, que nos proporcionou a ajuda para descobrir o culpado.

— Claro... — sopesou Sarasola —, um modelo de virtude. Imagino que esse anjinho estará detido. A diocese vai apresentar uma acusação contra ele.

— Acabei de lhe dizer que o rapaz colaborou...

— Mas é ele o responsável.

Amaia observou Sarasola enquanto pensava se queriam de verdade encontrar o responsável ou se queriam apenas um bode expiatório.

— Não, é apenas um adolescente confuso, manipulado por um delinquente. Não vemos razão alguma para formalizar uma acusação.

Sarasola fitou-a com ar duro como se fosse replicar, mas no último instante relaxou a expressão e sorriu de leve.

— Bom, pois se os senhores não veem motivo, continuaremos a esperar essa detenção.

Sabia distinguir uma concessão, a manobra de negociação através da qual se dava algo sempre em troca de qualquer outra coisa. Esperou.

— E agora, imagino que venha a parte médica.

Amaia sorriu; de fato, assim era.

— Não prefere conversar em particular? — perguntou Sarasola, olhando para Jonan. — Peço que me desculpe, mas são assuntos tão delicados...

— Ele pode ficar — retorquiu Amaia.

— Preferiria que não — disse Sarasola, cortante.

— Espero por você no balcão da enfermaria — disse Jonan, saindo do gabinete.

Sarasola esperou que a porta se fechasse para tornar a falar.

— Somos muito reservados no que diz respeito a informações clínicas. Tenha em conta que a senhora é a filha, mas, para o resto das pessoas, tudo o que está relacionado com o tratamento da sua mãe pertence ao âmbito do sigilo médico-doente.

— No outro dia, na Clínica de Santa María de las Nieves, o senhor afirmou conhecer o caso de Rosario. Ao que me consta o senhor nunca a havia tratado. Como chegou a conhecê-lo e a se interessar por ele?

— Já lhe expliquei que entre todos os casos de foro psiquiátrico procuramos os que apresentam o caráter específico do caso da sua mãe.

— O caráter do mal?

— O caráter do mal. Nos congressos de psiquiatria expõem-se casos que são interessantes para obter progressos. Não se menciona o nome do doente, embora se indique a idade e tudo o que está relacionado com o respectivo histórico pessoal e familiar associado à doença.

— E foi assim que teve conhecimento da doença de Rosario?

— Sim, tenho quase certeza de que a primeira vez que ouvi falar do caso dela foi num congresso, até pode ser que tenha sido o doutor Franz a mencionar o assunto.

— O doutor Franz da Clínica Santa María de las Nieves?

— Não seria estranho, e não devia sentir-se incomodada. Como disse, trata-se de uma prática regular que permite dividir aspectos e tratamentos. Isso, aliado aos artigos profissionais que são publicados nas revistas médicas especializadas, constitui um complemento fundamental ao nosso trabalho. Quer vê-la?

Amaia sobressaltou-se.

— O quê?

— Quer ver a sua mãe? Ela está muito calma e com bom aspecto.

— Não — respondeu Amaia.

— Ela não a verá; está em observação por trás de vidros espelhados como aqueles que usam nas delegacias. Acho que depois de vê-la é possível ter uma ideia do estado atual em que se encontra para, assim, se fazer suposições.

O doutor Sarasola estava de pé e dirigiu-se para a porta. Amaia foi atrás dele e sentia aumentar a confusão dentro de si. Não queria vê-la, mas ele tinha razão, precisava saber até que ponto a evolução de que falava o doutor Franz era autêntica, até que ponto era manipulável.

A sala contígua ao quarto onde estava Rosario era muito parecida com a que havia na delegacia junto à sala de interrogatórios. Seguiu o doutor Sarasola, que quando entrou cumprimentou o técnico de vídeo que gravava através dos espelhos tudo o que acontecia no quarto. Rosario estava de costas, virada para a janela sem cortinas por onde entrava uma luz intensa, que contribuía para desfocar o perfil. Amaia entrou atrás de Sarasola e espreitou com cautela, aproximando-se do vidro. Como se gritasse o seu nome, como se um raio que partisse dela a atingisse, como um tubarão que fareja sangue, Rosario virou-se devagar para o espelho e, enquanto o fazia, no rosto desenhava-se uma expressão de horrível satisfação que Amaia só chegou a ver de esguelha, uma vez que se afastou da janela movida pelo instinto, escondendo-se atrás da parede.

— Ela pode me ver — disse, aterrorizada.

— Não, não a pode ver nem ouvir; este quarto é incomunicável.

— Ela pode me ver — repetiu —, feche as cortinas.

Sarasola observava-a com um olhar clínico, com um interesse que se estampava em seu rosto enquanto a estudava.

— Eu disse para fechar as cortinas — ordenou, sacando a arma.

Sarasola avançou até o vidro e acionou o botão para descer uma persiana de forma automática.

Só quando soou o clique é que Amaia desencostou o suficiente da parede para poder verificar que de fato estava fechada.

Guardou a arma e saiu do quarto. Sarasola seguiu-a, mas antes virou-se para o técnico e perguntou-lhe:

— Gravou tudo?

Amaia avançou furiosa pelo corredor, seguida de perto por Sarasola.

— O senhor sabia o que ia acontecer.

— Não sabia o que ia acontecer — respondeu o padre.

— Mas sabia que iria acontecer alguma coisa, sabia que haveria uma reação — afirmou, virando-se devagar para trás para olhar para ele.

Sarasola não respondeu.

— Não deveria ter feito isso, não sem antes me consultar.

— Espere, por favor, o que aconteceu é importante, preciso falar com você.

— Pois lamento muito, doutor Sarasola — retorquiu Amaia sem parar —, agora preciso ir embora, ficará para outra hora.

Alcançaram o balcão da enfermaria ao mesmo tempo que seis médicos vestidos com jalecos brancos, que avançavam em curiosa formação, pararam, em pose respeitosa, quando viram o sacerdote. Sarasola fez um gesto em sua direção e, dirigindo-se a Amaia, disse:

— Que feliz coincidência. Olhe, inspetora, esta é a equipe médica que trata da sua mãe, para ser mais exato o doutor Berasategui é a pessoa...

— Em outro momento — interrompeu Amaia cortante. Olhou para o sorridente grupo de médicos e seguiu caminho até os elevadores ao mesmo tempo que resmungava entre dentes um "Queiram desculpar-me".

Esperou que as portas se fechassem antes de dizer:

— Droga, Jonan! Acho que cometi um erro ao trazer a minha mãe para cá. Em momento algum cheguei a ficar convencida, mas agora tenho, de verdade, sérias dúvidas sobre a decisão de transferi-la, e não porque não acredite que receberá os melhores cuidados... É outra coisa.

— Sarasola?

— Sim, imagino que seja o padre Sarasola, há nele alguma coisa, não sei o que é, mas é de uma prepotência... E no entanto, sei que de alguma maneira tem razão.

— Quando eu era pequeno, dizia-se que no setor de psiquiatria do hospital da Opus Dei se praticavam exorcismos, que sempre que em qualquer lugar do país ou do mundo se detectava um caso suspeito de possessão demoníaca, os sacerdotes os chamavam e eles se encarregavam das despesas, das transferências e, é claro, do "tratamento". — Jonan não sorriu quando disse isso.

Amaia também não o fez quando respondeu:

— Quando Sarasola me propôs transferi-la para cá, perguntei meio de brincadeira se iam praticar um exorcismo nela. — Ficou pensativa.

Jonan aguardou uns segundos, dando-lhe tempo antes de perguntar:
— E o que ele respondeu?
— Que no caso da minha mãe não era necessário, e não estava brincando.

28

A PORTA DE ENTRADA CHEIRAVA a cera e a solarina utilizada para polir os inúmeros adornos de metal dourado que se repetiam da porta até o antigo elevador de madeira com assento estofado e botões de marfim, que ambos admiraram quando passaram por ele, optando pelas escadas. O apartamento tinha uma porta principal e outra nos fundos, e, depois de bater nas duas, um homem de cerca de setenta anos que lhes sorriu apareceu pela última.

— Você é Amaia?

Ela assentiu e, antes de ter tempo de dizer alguma coisa, o homem abraçou-a e beijou-a nas duas faces.

— Sou seu tio Ignacio, não sabe como estou feliz em conhecer você.

❦

O homem levou-os por um corredor escuro que era ainda mais sombrio em comparação ao luminoso aposento onde desembocava. Duas mulheres e um homem esperavam ali.

— Amaia, estes são os seus tios, Ángela, Miren e o marido Samuel.

As mulheres puseram-se de pé, não sem dificuldade, e a cercaram.

— Querida Amaia, que alegria sentimos quando nos telefonou, é horrível que ainda não nos conhecêssemos.

Pegando-lhe cada uma por uma mão, conduziram-na até o sofá e sentaram-se a seu lado.

— Quer dizer então que é policial?

— Da Polícia Foral — respondeu Amaia.

— Minha nossa! E nada menos que uma inspetora, ainda por cima!

Amaia olhou constrangida para Jonan, que se sentara à sua frente e sorria encantado. Sentia-se estranha. Além da sua *amona* Juanita e da tia Engrasi, nunca experimentara a sensação de orgulho de pertencimento que os tios demonstravam apesar de os conhecer há dez minutos e apenas saber de sua existência através de um telefonema. Os tios de San Sebastián, a quem a mãe aludira algumas vezes quando falava da infância, e que protagonizavam tantas perguntas que ela atalhava com um "não nos falamos, são coisas de adultos", quando as filhas perguntavam.

Ignacio e Miren eram gêmeos e deviam estar na casa dos setenta anos, mas Ángela, que era mais velha, tinha uma assombrosa semelhança com a mãe, o que era chocante devido às diferenças entre ambas.

Ángela era dona da mesma elegância que sempre admirara na mãe, carecendo porém da soberba altiva de Rosario. Parecia descontraída e com um sorriso permanente, e era nos olhos dela que residia a maior diferença. Os de Ángela viajavam sobre o mar Cantábrico, que se via, majestoso, da janela da sala, e voltavam a passear serenos pelo jogo de porcelana onde bebiam o café, para olhar de novo para Amaia, ao mesmo tempo que nos lábios aflorava um sorriso sincero, sem a tensão que sempre havia dominado os gestos da irmã. O rosto dela obscureceu de imediato.

— Como está a sua mãe? Não me diga que...

— Não, está viva, num centro especializado. Está numa situação... delicada.

— Nem sabíamos da sua existência, Amaia; das mais velhas sim, Flora e Rosaura, não é? Mas não sabíamos que tivera uma terceira filha. Foi-se afastando cada vez mais. Quando ligávamos para ela, era sempre muito fria e cortante. Um dia, disse para a deixarmos em paz, que já só tinha uma família, que era a que constituíra com o marido em Baztán e que não queria saber de nós para nada.

— Sim, a minha mãe sempre foi muito difícil nas relações com as outras pessoas.

— Nem sempre — retorquiu Ángela. — Quando era pequena era um raio de sol, sempre contente, sempre cantando; foi só mais tarde que começou a ficar esquisita.

— Quando foi morar em Baztán?

— Não, nem um pouco. A princípio tudo continuou bem entre nós. Vinha aqui no verão com Flora e Rosaura e nós também fomos lá visitá-la algumas vezes.

Ignacio interveio:

— Acho que foi a partir da morte da menina.

Amaia endireitou-se no lugar.

— Vocês sabiam disso?

— Bom, saber, saber... Ficamos sabendo quando aconteceu. Nem tinha nos contado que estava esperando um bebê. Um dia telefonou e disse que tinha tido uma menina e que esta nascera morta.

— Nascido morta?

— Sim.

— Lembram em que data foi isso?

— Bom, foi no verão, e o meu filho tinha acabado de fazer a primeira comunhão nesse ano, em maio, por isso acho que deve ter sido em 1980; sim, 1980.

Amaia deixou escapar o ar dos pulmões antes de falar.

— Esse é o ano em que eu nasci. — Os tios fitaram-na, perplexos. — Há muito pouco tempo, fiquei sabendo que nasci com outra menina, uma gêmea, que de acordo com o atestado de óbito nasceu viva e morreu depois, vítima de síndrome de morte súbita do lactente.

— Ah, meu Deus — exclamou Miren, estremecendo —, então aquela menina...

— Não é assim tão estranho — intercedeu Ángela. — Rosario sempre foi um tanto quanto mentirosa, evitava dar explicações sobre o que não lhe convinha, e quando fazia isso, muitas vezes eram mentiras.

— Por que acham, então, que contou a vocês que a menina nasceu morta e não disse que tinha outra filha?

— Está claro que ela não teve escolha a não ser nos contar isso para enterrar a menina aqui.

Amaia sentiu que o coração lhe falhou um batimento.

— A criança está enterrada aqui?

— Sim, no jazigo da nossa família. Herdamos dos nossos pais e agora pertence aos irmãos, todos podemos usá-lo e temos direito a ser enterrados nele, mas, como somos coproprietários, todos devem ser informados cada vez que o jazigo é aberto. Ela sabia disso, por isso nos telefonou; se não fosse assim, acho que não nos diria nada. Lembro-me de que nem queria que assistíssemos ao enterro. Por fim, acabamos indo porque eu insisti, mas não porque fosse esse o seu desejo.

— E o meu pai?

— Rosario nos disse que o seu pai ficou em casa com as meninas e também para tomar conta dos negócios, que não podiam se dar ao luxo de fechar nem por um só dia.

— Foi um enterro muito triste — disse Ignacio.

— Não havia padre, nem amigos. Sozinhos, ela e o coveiro... E aquele caixãozinho tão pequeno; nem uma cruz tinha. Comentei isso com Rosario: "Por que não tem uma cruz no caixão?". E ela respondeu-me: "Não tem motivo, não foi batizada".

Amaia mordeu o lábio enquanto ouvia.

— Levamos um buquê de flores, que foi o único vestígio que ficou sobre a lápide quando a fecharam. Perguntei como se chamava a menina para pedir ao marmoreiro que o gravasse na lápide, mas respondeu que a criança não tinha nome, por isso não há nada escrito na lápide, mas está lá. Por sorte, o jazigo não foi aberto desde então, não faleceu ninguém da família nos últimos anos, e vamos bater na madeira — disse, fazendo um gesto de superstição.

Amaia avaliou a informação.

— Algum de vocês viu o corpo?

— A criança? Não, o caixão estava fechado e também não insistimos: ver um recém-nascido morto é algo que podemos muito bem descartar.

Amaia olhou para os tios, pensativa.

— Além das contradições relativas à causa da morte, o falecimento dessa menina está cheio de mistério. A minha mãe escondeu o seu nascimento da família, nem as minhas irmãs nem eu sabíamos, existem irregularidades no atestado de óbito e o aparecimento de restos mortais em circunstâncias estranhas aponta para os ossos dessa minha irmã e tornam as circunstâncias do seu nascimento e da sua morte ainda mais suspeitas.

— Mas nós vimos quando a enterraram...

— Não viram o... — ela pensou na palavra "cadáver", mas considerou de imediato que tinha conotações que seriam pesadas demais para uma recém-nascida morta — ... o corpo — disse.

— Mas pelo amor de Deus! O que está insinuando? — espantou-se Ángela. — Que talvez não houvesse um corpo ali?

— Pelo menos, um inteiro não...

Os tios ficaram em silêncio olhando uns para os outros com uma expressão preocupada. Quando Ángela falou estava muito séria.

— O que quer fazer agora?

— Verificá-lo.

— Ah, mas isso significa... — disse, tapando a boca como se se recusasse a dar forma com palavras àquele horror.

— Sim — assentiu Amaia —, eu não pediria uma coisa dessas a vocês se não acreditasse que é a única maneira de termos certeza.

Miren pegou na mão dela antes de lhe dizer:

— Não tem de nos pedir nada, Amaia, você também é herdeira, e por isso tem tanto direito quanto nós de mandar abri-lo.

— Vou telefonar para o cemitério — disse Ignacio, levantando-se. Retornou ao fim de alguns instantes. — Vai ser preciso esperar até o fim da tarde, depois de fechar, por volta das oito horas. Não querem abrir o túmulo no horário de visitas.

— Claro — sussurrou Amaia.

— Iremos com você — disse Ángela; os outros concordaram —, mas você vai compreender se não olharmos lá para dentro; já somos um pouco velhos para este tipo de emoções fortes.

— Não é necessário, peço desculpa pelo incômodo, já foram muito amáveis, não será nada agradável.

— Por isso mesmo não olharemos lá para dentro — riu o tio —, mas estaremos ao seu lado.

— Obrigada — respondeu, um pouco emocionada.

— Chefe, podemos falar um momento? — pediu Jonan.

Ela se levantou e o seguiu até o corredor.

— Pode ser que não tenha problemas com o jazigo, mas se quiser abrir o caixão vai precisar de um mandado. Seus tios não a questionarão nem colocarão entraves, e eu não penso contar nada, mas, se encontrarmos alguma coisa estranha, vamos ter de explicar qual foi o motivo que nos levou a abri-lo.

— Jonan, não posso contar uma coisa dessas ao juiz, é muito... Não posso contar a um juiz, ainda não tenho nada, não sei nada e o que penso é terrível demais. Só quero saber se está ali, só quero ver esse pequeno caixão.

O policial assentiu; já sabia que Amaia não se conformaria, não a inspetora Salazar que ele conhecia. Enquanto conversavam no corredor, o marido da tia passou ao seu lado.

— Vão ficar para o almoço — anunciou.

෴

O cemitério de Polloe ergue-se sobre uma colina do bairro de Egia, em San Sebastián. Escavado na parte inferior por um dos túneis do desvio, estende-se por mais de sessenta e quatro mil metros quadrados, com sete mil e quinhentos jazigos e três mil e quinhentos gavetões, a maioria grandes jazigos de mármore e pedra, que evidenciam o passado senhorial da cidade. O da sua família possuía três pisos, dois mais baixos dos lados e um central mais elevado com uma enorme cruz que ocupava toda a superfície. Três funcionários da cidade os aguardavam fumando e conversando junto à sepultura. Depois de levantar a laje com uma roldana que montaram sobre o túmulo, introduziram por baixo duas grossas barras de aço sobre as quais fizeram deslizar a pesada lápide.

Os tios ficaram aos pés da sepultura e recuaram um pouco quando a abriram. Amaia e Etxaide aproximaram-se para olhar. Na borda externa formara-se uma cercadura de terra e musgo seco que indicava que o túmulo não era aberto havia vários anos, e cheirava a mofo e parecia seco. No lado direito, dois velhos ataúdes empilhavam-se sobre uma estrutura metálica. Nada mais.

— Não se vê nada — disse Amaia —, preciso de uma escada.

Um dos funcionários aproximou-se.

— Minha senhora, se deseja entrar aí vai precisar de...

— Sim — retorquiu ela, mostrando-lhe o distintivo.

O homem deu uma rápida olhada e recuou. Colocaram a escada e, depois de vestir as luvas, Amaia desceu para o interior.

— Tenha cuidado — pediu-lhe a tia, da beira da pedra.

Jonan desceu atrás dela. O jazigo tinha mais profundidade do que aparentava da superfície, e, num dos cantos onde o teto era mais baixo, viram o caixãozinho. Tal qual a tia recordava e lhe descrevera. Era branco, pequeno, e sobre a tampa ainda se podia vislumbrar, delineado, o lugar onde estivera a cruz antes de ter sido arrancada.

Amaia parou de repente, indecisa. O que estava fazendo? Iria mesmo abrir o caixão de uma irmã que até poucos dias atrás não sabia que tinha? Queria mesmo fazer aquilo?

E então veio-lhe à mente o rosto idêntico ao seu, vestido de dor e de uma angústia eternas, e esse pranto escuro e denso, inesgotável. Sentiu uma mão em seu ombro.

— Quer que eu faça, chefe?

— Não — replicou Amaia, virando-se para trás para olhar para Etxaide; conhecia-a tão bem. — Quero ser eu a fazê-lo, mas você precisa me ajudar, vamos aproximá-lo um pouco mais da luz.

Agarraram-no cada um por um lado, e, quando o levantaram, sentiram o peso em seu interior. Jonan soltou um sonoro suspiro e Amaia fitou-o, agradecida pela sua presença, pelo incentivo.

— Me dê o pé de cabra — pediu ao coveiro, surgindo na entrada da cova.

Passou uma das mãos pela cercadura da tampa à procura da borda, colocou o pé de cabra, e a tampa despregou-se com a chiadeira do metal roçando na madeira. Introduziu um pouco mais a extremidade da barra e com uma suave manobra a tampa soltou-se. Jonan segurou-a com as duas mãos e olhou para Amaia, que assentiu antes de afastá-la. O que parecia ser uma toalha branca formava um envoltório volumoso. Amaia contemplou-o por alguns segundos. Pegou com os dedos uma das pontas da toalha e descobriu-a, deixando à vista os restos de um saco plástico esfarrapado e uma boa quantidade do que parecia ser cascalho.

Jonan abriu a boca, perplexo, e olhou para a chefe. Amaia colocou a mão dentro do caixão e pegou um punhado de pedrinhas, que deixou cair devagar sem deixar de fitá-lo, sabendo que aqueles restos de pó que lhe escorriam por entre os dedos era tudo o que obteria daquela busca.

29

Vinte e quatro de junho de 1980

AMANHECIA UM BRILHANTE E LUMINOSO dia de verão enquanto Juan preparava uma mamadeira na cozinha. Na noite anterior, a irmã do doutor Hidalgo fornecera-lhe o material de que precisava e ensinara-o como devia fazê-lo. Seria a sua primeira vez. Rosario amamentara Flora e Rosaura, mas não podia fazê-lo com aquela menina, uma vez que o doutor lhe receitara um tratamento muito forte, incompatível com a amamentação, e além disso avisara-o de que seria melhor que ela não tocasse na menina. Transferira o bercinho para a sala de estar e de lá ouviu-a reclamar por alimento. Pegou-a no colo e sorriu um pouco ao ver a força com que a menina sugava o bico. Debruçou-se sobre ela e depositou-lhe um beijo na testa à medida que o seu olhar vagava, inconsciente, na direção do outro bercinho, que num canto da sala abrigava o cadáver da outra filha, formando um pequeno vulto imóvel.

Rosario saiu do quarto, e, ao vê-la tão bonita, ele sentiu o coração despedaçar-se um pouco mais. Vestira-se com um tailleur de casaco transpassado e risca de giz. Maquiada e penteada, ninguém diria que dera à luz há menos de doze horas.

— Rosario... deixe-me ir com você — implorou mais uma vez.

Ela não se aproximou. Parada no meio da sala, lançou um olhar à menina que o marido segurava nos braços e virou-se de frente para a janela.

— Já está decidido, Juan, é o melhor a fazer. Precisa ficar aqui para cuidar das meninas e tomar conta da fábrica; eu irei a San Sebastián, vou me encarregar do enterro. Já telefonei aos meus irmãos, que estão à minha espera. Amanhã estarei de volta.

Juan fechou os olhos por um segundo, reunindo forças.

— Sei que quer enterrá-la ali, e não acho ruim, mas... precisa levá-la assim dessa maneira?

— Já falamos sobre isso. Não quero que ninguém saiba, e tem de me prometer que não contará nada a ninguém, nem mesmo à sua mãe. Nasceu apenas uma menina, e aí você mostra essa aí. Se alguém me vir sair, diremos que fui ao hospital com a bebê porque estava com um pouco de tosse. Amanhã quando eu voltar, diremos que já está tudo bem.

Rosario olhou pela janela.

— O táxi já chegou.

Juan se inclinou na janela para ver. Era um táxi de Pamplona. Como sempre, Rosario pensara em tudo. Virou-se a tempo de ver como pegava a bolsa e se debruçava sobre o berço da menina morta, a tomava nos braços e com destreza experiente envolvia o corpinho num primoroso xale, colocando-a no colo como um bebê vivo.

— Estarei de volta amanhã — disse Rosario, segurando, quase amorosa, aquele peso.

Juan fitou-a extasiado durante alguns segundos. Seu aspecto não diferia muito daquele que apresentava quando levou as outras filhas à igreja no dia do batismo. Baixou os olhos, apertou a pequenina nos braços e pela primeira vez na vida virou as costas para não ter de olhar para a mulher.

30

Depois de se despedir dos tios, entrou no carro e deixou que Jonan dirigisse.

— Nem tudo está perdido, chefe.

Amaia suspirou.

— Está enganado; está sim.

— Bom, o fato de o corpo não ter aparecido também pode significar que está viva.

— Não, Jonan, está morta.

— Você não pode saber. — Amaia fez silêncio. — Talvez seja uma dessas crianças roubadas de quem a imprensa fala; que eu saiba, houve muitos casos desses.

— Não roubaram a filha da minha mãe.

— Desculpe-me, mas podia ser fruto de uma relação extraconjugal, ou pode ter sido por causa de dinheiro; as pessoas pagam fortunas por um recém-nascido.

— Um recém-nascido sem um braço?

— Talvez tenha dado para adoção por causa disso mesmo, por ter um defeito físico.

Amaia refletiu no assunto. Teria Rosario aceitado uma criança com uma deficiência, ou seria vergonhoso para ela que a filha possuísse uma deformação? Não lhe parecia assim tão descabido quanto isso.

— Está sugerindo o quê?

— Parece que o mais rápido é começar pelo que já sabemos, que lhe falta um braço, portanto devia usar uma prótese. Existe um registro nacional na Seguridade Social com os nomes de todas as pessoas que são portadoras de próteses e os números de série delas; sabemos a idade e até a data de nascimento.

— Mas, se a ideia tivesse sido dá-la para adoção, não existiria um atestado de óbito.

— Pode ser falso, se contasse com a cooperação do médico que o assinou.

Amaia recordou o rosto de Fina Hidalgo quando lhe disse: "Quer dizer então que a senhora é uma dessas".

— Sim, pode ser — admitiu.

Se as coisas fossem como Jonan sugeria, o único objetivo de tudo aquilo seria enganar o seu pai. *Ai,* aita, *como pôde ser tão cego?*

☙

Anoitecia com rapidez à medida que percorriam a estrada sobre o vale de Leitzaran. A luz desaparecia, fundindo-se em negro com o derradeiro fulgor prateado que parecia pairar por cima das árvores estendendo-se até o horizonte, como se a tarde resistisse a dar lugar à escuridão, rebelando-se naquele último ato de luz e de beleza que só contribuiu para entristecer Amaia mais ainda.

☙

O toque do telefone arrancou-a de sua abstração.

— Olá, inspetora — cumprimentou, alegre, o doutor San Martín. E pelo tom de voz do médico percebeu que as notícias eram boas. — Já temos os resultados das análises dos metais... e... — disse, protelando a informação, com certo suspense; Amaia detestava quando ele fazia aquilo — ... o bisturi que enviaram do sanatório de Estella é antigo, mais concretamente do século XVII, como eu lhe disse. A datação baseia-se nas ligas que se utilizavam naquela época e na maneira de fundir e de forjar os metais, o que lhe dá uma identidade inconfundível. E aqui temos um detalhe que vai surpreendê-la.

Pelo tom de voz do médico, Amaia notou que sorria enquanto falava.

— O dente de metal incrustado no osso de Lucía Aguirre e o metal do bisturi pertencem à mesma liga metálica e à mesma forja.

Amaia endireitou-se, interessada. San Martín havia conseguido captar a sua atenção.

— E só existe uma explicação para isso, que é terem sido forjados ao mesmo tempo. Estaríamos falando de um trabalho artesanal, com a probabilidade de uma encomenda, o que me leva a pensar num mesmo conjunto de instrumentos clínicos elaborados para um cirurgião.

— Está me dizendo que o bisturi e o dente de metal pertencem ao mesmo conjunto de instrumentos?

— Sim, senhora, e, agora que sei disso, posso supor que o dente pertencia a uma antiga serra de amputação, daquelas que eram utilizadas pelos cirurgiões, uma ferramenta que se usava muito. Tenha em conta que, diante de uma grande infecção e sem antibióticos, a amputação era a solução a que mais se recorria.

— Foi isso que usaram para cortar o braço de Lucía?

— É provável... Como lhe expliquei, teríamos de usar o dente para fazer um molde de modo a prová-lo, mas tenho quase certeza; além disso, é a única razão que explica a sua presença incrustada no osso.

— E podia ser a mesma serra que amputou Johana?

— Preciso recriar o molde...

— Mas poderia ser?

— Ao ver a precisão que se obteve no corte feito no osso de Lucía... Sim, pode ser, já lhe tinha dito que a semelhança era visível a olho nu.

Desligou e ficou olhando para Jonan, que dirigia apertando tanto as mãos em cima do volante que os nós dos dedos ficaram brancos.

— Bom, isto prova que, tal como pensávamos, o *Tarttalo* é a pessoa que visitava a sua mãe, e que ele e o profanador de Arizkun podem ser a mesma pessoa, uma vez que dispôs para si os ossos dos *mairus* da sua família, o que nos aproxima de alguém de Elizondo que soubesse que ao redor da casa da sua avó existiam esses sepultamentos. Tenho quase certeza de que o fato de ter deixado para você os ossos do braço da sua irmã estabelece, sem qualquer dúvida, a relação com a única pessoa que podia saber onde se encontravam... Não se esqueça de que neste caso não estavam na terra como os outros. Para recuperá-los teve de ter acesso a essa informação, uma informação que só a sua mãe teria. O que nos leva a concluir que o profanador e o *Tarttalo* são a mesma pessoa.

Amaia bufou, aturdida, como se fosse incapaz de assimilar tudo aquilo. Passados alguns segundos sussurrou:

— Então, as profanações teriam como único objetivo chamar a minha atenção para o quê? Os crimes do *Tarttalo*?... O que ele quer nos dizer? O que tem a minha irmã a ver com tudo isso? Foi uma vítima do *Tarttalo*? — Interrompeu-se por um instante antes de desatar a rir. — Será a minha mãe o *Tarttalo*? — questionou, em tom fatigado.

Jonan sorriu divertido ante a insinuação.

— Chefe, a sua mãe não é o *Tarttalo*. Não pode ser. Alguns dos ossos encontrados na gruta estavam ali há mais de dez anos, e acho que há dez anos a sua mãe já estava bastante doente, talvez até mesmo internada. Há quanto tempo mesmo? Contudo outros, sem dúvida, foram abandonados quando ela já estava na clínica.

— Não, ainda não tinha sido internada, mas já estava suficientemente impossibilitada e incapaz para poder participar de algo semelhante... Mas ela o conhece.

— Isso sim — admitiu Jonan —, embora seja provável que não saiba quem é, tampouco a que ele se dedica.

Amaia ficou pensativa.

— Temos uma boa hipótese no caso do marido de Nuria, o tipo dos dedos cortados.

— Sim, mas estava na prisão quando mataram Johana — respondeu Amaia.

— E no entanto, é o profanador que o garoto de Arizkun identificou.

— Porra, assim a minha cabeça vai explodir — disse Amaia de súbito. — Preciso pensar em tudo isso com calma. Preciso mesmo...

෴

Já havia anoitecido quando chegaram a Elizondo.

— Pode me deixar aqui — disse Amaia quando entraram na rua Santiago —, vai me fazer bem tomar um pouco de ar.

Jonan encostou o carro e parou.

Amaia desceu e demorou-se alguns segundos com a porta aberta enquanto calçava as luvas e puxava o zíper do casaco até em cima. A chuva que caíra durante a tarde havia deixado um rastro úmido no chão, mas agora o céu desanuviado permitia ver uma ou outra estrela trêmula e cintilante. Uma vez perdidas de vista as luzes do carro de Jonan, a rua Santiago ficou silenciosa e vazia. Amaia caminhou com tranquilidade enquanto pensava na força do silêncio que imperava na noite de Baztán, um silêncio apenas possível ali e que era ao mesmo tempo plácido e ensurdecedor, com a sua mensagem de solidão e vazio que a fez sentir saudades de Pamplona e da rua de Mercaderes onde moravam, uma rua raras vezes silenciosa, cheia de gente e de vida, que não enganava ninguém.

Aquele silêncio de Elizondo proclamava uma paz que não existia, uma calma que fervilhava debaixo da sua superfície, como se um rio subterrâneo de lava incandescente o percorresse, junto com o rio Baztán, transmitindo aos habitantes daquele lugar uma energia telúrica e emergente, proveniente do inferno.

Ouviu um rumor de música e virou-se para trás para olhar. Dois casais, fiéis clientes do Saioa, entravam no bar. A rua voltou ao seu estado assim que a porta se fechou. Fazia frio, mas a ausência de vento fazia com que a noite estivesse quase agradável. Desceu para Muniartea deixando que o barulho estrondoso da represa quebrasse a quietude, e, tirando uma luva, apoiou a mão na pedra gelada, onde estava gravado o nome da ponte.

— Muniartea.

Leu tal como o fez um milhão de vezes em sua infância. A voz, pouco mais do que um sussurro, ficou silenciada pelo constante murmúrio das águas e pela brisa suave que ali corria cavalgando o rio. Sentiu de imediato saudades das noites de verão em que as luzes que iluminavam a represa costumavam estar acesas, proporcionando-lhe o aspecto quase idílico de postal ilustrado que se via nas fotos turísticas. Contudo, nas noites de inverno a escuridão chegava a Baztán com todo o seu poder, e os habitantes do vale mal se atreviam a arrebatar-lhe o espaço nos estreitos limites que suas respectivas casas ocupavam. Recuou um passo contemplando a escuridão da água que deslizava debaixo dos seus pés, rumo a um mar furioso que a esperava muitos quilômetros mais adiante. Colocou de novo a luva e, à medida que se embrenhava no bairro de Txokoto, as grossas paredes das casas abafaram o rumor da represa, que lhe chegava como uma recordação, infiltrando-se pelo acesso dos pomares da senhora Nati.

A luz alaranjada dos postes da rua iluminava apenas as esquinas onde estavam localizados, derramando a sua influência em pequenos círculos que quase não se tocavam, o que dava a Txokoto um aspecto muito parecido com o que devia ter na época medieval, quando aquelas casas de vigas expostas foram erguidas, construindo um dos primeiros bairros de Elizondo. Transpôs os portões de madeira que durante a noite cobriam as vitrines envidraçadas da fábrica Mantecadas Salazar e virou à esquerda. O estacionamento estava vazio e escuro, e sentiu falta de uma lanterna para poder admirar a brancura da fachada, que, apesar da luz escassa, se via estar limpa de pichações. Não precisava dela para mais nada, como tantas vezes na infância fora capaz de encontrar a fechadura sem necessidade de luz. Tirou as luvas e apertou com fúria a chave que trazia no bolso do casaco e de onde ainda pendia o cordel que o pai lhe pusera para poder trazê-la ao pescoço. Procurou com o dedo o buraco da fechadura e introduziu a chave, que girou com suavidade. Empurrou a porta e acionou o interruptor à direita antes de fechá-la atrás de si. A fábrica cheirava a calda de açúcar; era um aroma fresco e doce que lhe trazia recordações dos dias felizes. Gostava daquele cheiro, que conseguia aplacar o odor vegetal e cru da farinha. Fechou os olhos por um instante ao mesmo tempo que apagava as imagens que, invocadas pela poderosa memória olfativa, acorriam como que congregadas por um pesadelo. Retornou ao painel de interruptores e acendeu todas as luzes. A potente iluminação conseguiu afastar os fantasmas do passado, que fugiram para os cantos escuros, onde a luz não chegava com tanta força. A última fornada da tarde havia contribuído para aquecer a fábrica, e a temperatura ainda era bastante agradável. Amaia tirou o casaco e dobrou-o, colocando-o com todo o cuidado em cima de uma mesa de aço, apoiou-se nela e, içando-se, sentou-se no respectivo tampo.

Sabia que o caos havia se desencadeado ali, naquela noite em que a mãe esperara por ela na fábrica e a espancou para depois enterrá-la na artesa, tomando-a por morta. O inferno se abrira sob seus pés, mas aquele não fora o início de tudo.

Olhou com apreensão para a artesa cheia de farinha e coberta por uma camada de metacrilato que permitia ver o interior, suave e branco, como o de um ataúde, e obrigou-se a descartar aquele pensamento. Olhou procurando os frascos de essências, que agora surgiam ordenados numa prateleira metálica. Fora ali buscar o seu dinheiro, o dinheiro que o pai lhe dera como presente de aniversário e que precisava esconder para que a *ama* não soubesse... Mas ela sabia de tudo. Pressentia a presença de Amaia mesmo que não estivesse na mesma sala, e então, atirava em sua direção uma corda invisível com que a mantinha presa, porém nunca subjugada. Uma corda como aquela que lançara no hospital, uma teia que só elas viam e que constituía o vínculo que unia a aranha à sua presa. Desde que se entendia por gente, era capaz de se lembrar dessa presença como um segmento invisível interposto entre ambas, um segmento rígido que impedia a mãe de tocá-la, de acariciá-la ou de cuidar dela. Era por essa razão que quem a ajudava a se vestir ou a se pentear era o pai ou as irmãs; a razão pela qual era o pai quem a levava ao médico ou lhe media a temperatura quando estava doente; a razão pela qual Rosario jamais a tocara ou lhe dera a mão. Um segmento invisível que as mantinha separadas e unidas como duas potências nas extremidades de um cabo, um segmento de perfeita distância inapelável, que a mãe transpunha algumas noites enquanto os outros dormiam, e se debruçava sobre a sua cama para recordá-la... o que era? Amaia pensou no assunto enquanto os olhos pousaram de novo na artesã... Para recordá-la de que sobre a sua cabeça pendia uma sentença de morte, que ela não ia deixar de repetir, assim como se lembra aos condenados não só que vão morrer como também que cada dia que passa é menos um na contagem decrescente rumo à morte. "Durma, pequena cadela. A *ama* não te comerá hoje."

"Mas comerá", dizia outra voz sem dono, "mas comerá". Amaia sempre soubera disso. Era por isso que não dormia, era por isso que ficava de vigília até ter certeza de que o seu algoz estava descansando, era por isso que se enfiava com súplicas e promessas de servidão nas camas das irmãs, e aquela noite só havia sido a noite em que a sua sentença devia, por fim, ser cumprida.

"Mas quando começou, inspetora?" Voltava a ouvir a voz de Dupree. "Reinicie, inspetora."

Se essa era a sentença, deve ter havido uma condenação. Quando me condenou? E por quê?

Amaia sabia que era para sempre, e agora começava a pensar que talvez fosse desde o instante em que nascera com aquela outra menina idêntica a ela, aquela que chorava em seus sonhos desde que era capaz de se lembrar. Jonan estava enganado. Podia entender a sua fé, a sua esperança e otimismo, que se recusasse a aceitar o sórdido e a pensar no pior. Não haveria luz sobre aquele caso, não encontraria nos registros de próteses uma mulher da sua idade, havia coisas que Iriarte e Jonan não sabiam, e no entanto começavam a perceber. Não sabiam que a ameaça de Rosario aumentava à medida que se aproximava a data do seu aniversário. Era capaz de se lembrar como a cada ano que passava a atitude normalmente distante da mãe se tornava hostil conforme se aproximava o dia. Sentia nas costas os olhares com os quais avaliava a resistência da presa e a distância que as separava, olhares que, mesmo sem vê-los, lhe eriçavam os pelos da nuca e lhe transmitiam a peremptória ameaça que nos dias subsequentes a manteria acordada a noite toda. Era capaz de se lembrar de como a iminência da sentença que pendia sobre a sua cabeça ganhava força, transformando-se em algo obscuro e palpável que se abatia à sua volta, sufocando-a com a sua inevitabilidade. Depois, a data passava e a relação entre ambas voltava a essa estranha forma de se evitarem e de se vigiarem, numa calma tensa que havia sido o mais parecido com a normalidade durante a sua infância. Aquela data. Aquele aniversário que devia ter sido de comemoração como acontece com qualquer criança, como o era para as irmãs, constituía para ela o período mais tenso do ano, uma data marcada no calendário interno como sendo fatídica. Era possível teorizar sobre o quanto a mãe teria sofrido com a morte daquela outra menina, e de como isso a teria traumatizado, uma recordação horrível que o aniversário de Amaia a fazia reviver. Contudo, ela sabia que não era assim, que não era a dor de uma mãe nem luto o que via em Rosario, mas sim a determinação protelada de cumprir com um desígnio que chegava ao seu ponto culminante por volta da data de nascimento das duas meninas idênticas. "Um *mairu* pertence sempre a uma criança morta", é essa a sua natureza.

"A escolha da vítima nunca é casual."

Não, não acreditava que a menina com quem sonhava fosse agora uma mulher, que vivesse em outro lugar, com outra família, com outro sobrenome; e, apesar do caixão vazio e do atestado de óbito falso, não acreditava que a mãe tivesse dado a menina para adoção. Ninguém parecia saber que com ela nascera outro bebê, e, se conseguira esconder até o parto, podia tê-la dado para adoção com toda a facilidade sem fingir a sua morte, afinal de contas tinha outra filha para mostrar ao mundo. Ninguém, exceto o pai, podia remediar o fato de que havia dois bercinhos iguais. Sem dúvida esperavam dois bebês que nasceram em casa, o atestado médico do parto demonstrava-o; nesse caso, se a morte se verificara por causas naturais e ela contava com um atestado de óbito assinado por um médico, para que aquela encenação? Se armou aquela parafernália de atestados falsos e de falso enterro, foi porque havia um cadáver, um cadáver real do qual precisava se livrar, um cadáver sem um braço que não constava em nenhum registro hospitalar da época, e que não apresentava malformações que pudessem justificar uma amputação. E, se não tinha sido operada, então lhe amputaram o braço após o falecimento, ou o osso fora retirado de um túmulo, como o dos *mairus* que guardavam Juanitaenea. De repente, a recordação de algo que sonhara tornou-se tão presente quanto uma imagem real.

Uma menina que era ela, encolhida num canto, levantava um braço que não passava de um coto e sussurrava. Amaia corria escadas abaixo, apertando algo de encontro ao peito ao mesmo tempo que meia dúzia de crianças pequenas e sujas de lama levantavam os braços amputados em sua direção. O que será que queriam dizer? Não era capaz de se lembrar, e a certeza de que era importante levou-a a esforçar-se, semicerrando os olhos enquanto tentava reter a recordação daquele sonho. Tal como o nevoeiro, desfazia-se em farrapos quanto mais tentava retê-lo, e uma intensa dor de cabeça começava a martelar suas têmporas. Sem deixar de olhar para a artesa que parecia exercer um poder hipnótico sobre ela, procurou o casaco e agarrou o celular. Com o olhar fixo na brancura da farinha, ponderou se devia ou não telefonar; por fim, fechou os olhos e resmungou entre dentes:

— Foda-se.

Viu as horas, era meia-noite e três minutos, seis da tarde na Luisiana. Era uma hora tão ruim como qualquer outra. Procurou o número e apertou a tecla. No início não aconteceu nada; o fone continuou tão silencioso como antes de ligar, a tal ponto que ao fim de alguns instantes afastou o telefone da orelha para olhar a tela. A mensagem era inconfundível: "Agente especial Dupree, chamando". Voltou a erguê-lo enquanto ouvia com atenção a linha, que continuava sem emitir sinal algum, até que ouviu o estalido, como o de um raminho seco se partindo.

— Agente Dupree? — perguntou, insegura.

— Já é de noite em Baztán, inspetora Salazar?

— Aloisius... — murmurou.

— Responda, já é de noite?

— Sim.

— Você sempre liga para mim à noite.

Ficou em silêncio; a observação soou tão estranha quanto provável. É curiosa a sensação de saber que se fala com alguém, alguém que se conhece, saber com certeza de quem se trata e ao mesmo tempo não saber.

— O que posso fazer por você, Salazar?

— Aloisius... — disse, com o tom de voz de quem tenta se convencer, de estabelecer contato com a realidade difusa —, há uma coisa que preciso saber — sussurrou. — Procurei a solução e só consegui ficar ainda mais confusa. Segui os procedimentos, procurei a origem, mas a resposta me escapa.

O silêncio na linha só parecia alterar-se por um rumor constante como o de água correndo. Amaia cerrou os lábios tentando não pensar, tentando evitar a imagem mental que o som insinuava.

— Aloisius, descobri que tive uma irmã gêmea, uma menina que nasceu ao mesmo tempo que eu.

Do outro lado da linha, o agente Dupree pareceu inspirar fundo, e o som foi como o de um cano entupido.

— Algumas pistas apontam para a possibilidade de que esteja viva...

Um acesso de tosse gutural e expectorante chegou vindo do outro lado da linha.

— Ah, Aloisius — exclamou, ao mesmo tempo que levava a mão à boca para reprimir a pergunta que lhe aflorava nos lábios: "Você está bem?".

Do outro lado da linha, os arquejos cessaram, deixando apenas um silêncio agourento que era indício de uma linha vazia, ou talvez não.

Esperou.

— Você não está fazendo a pergunta adequada — disse Dupree, recuperando a clareza que a sua voz costumava ter.

Amaia quase sorriu ao reconhecer o amigo.

— Não é assim tão fácil — protestou.

— É, sim, senhora, foi por isso que me telefonou.

Amaia engoliu em seco enquanto seus olhos se cravavam de novo na artesã.

— O que quero saber é se a minha irmã...

— Não — interrompeu. A voz soou agora como se se encontrasse no fundo de uma gruta úmida.

Amaia começou a chorar e continuou:

— ... se a minha irmã está viva — terminou com a voz entrecortada pelo choro.

Passaram-se alguns segundos antes de Dupree responder:

— Está morta.

Amaia redobrou o choro.

— Como você sabe?

— Não, como você sabe? Porque sonha com ela, porque sonha com mortos, inspetora Salazar, e porque ela já falou com você.

— Mas como pode saber disso?

— Sabe muito bem por que, Salazar.

Afastou o aparelho do rosto e, enquanto arregalava os olhos, verificou que o telefone estava desligado. Não só não havia luz no visor como também, ao manipulá-lo, verificou que estava apagado. Apertou a tecla para ligar o telefone e sentiu nas mãos o zumbido com que se ativava, a mensagem de início e a fotografia de Ibai que preenchia a tela. Retrocedeu com as setas procurando as chamadas e não encontrou nada; a última era a que havia feito no carro para Iriarte. Também não encontrou nem sinal da conversa que acabava de ter com Dupree no registro geral das chamadas recebidas e realizadas perdidas. O telefone tocou de repente e o sobressalto o fez escorregar de suas mãos, indo parar debaixo da mesa, com o consequente ruído do plástico desmontando. O toque cessou.

Desceu da mesa, abaixou-se para pegar os três pedaços em que se havia desfeito, carcaça, visor e bateria, e com dedos desajeitados montou-o de novo, ligando-o no momento exato em que tornou a tocar. Olhou para a tela sem reconhecer o número e atendeu.

— Dupree?

— Inspetora Salazar — respondeu uma voz cautelosa do outro lado.
— Sou o agente Johnson do FBI. A senhora ligou para mim, está lembrada?

— Claro que sim, agente Johnson — respondeu, tentando aparentar normalidade. — Não reconheci o número.

— Isso é porque estou ligando do meu número particular. Já temos os resultados da imagem que me enviou, parecia que era urgente.

— Sim, agente Johnson, obrigada.

— Acabo de lhe enviar por e-mail, com os dados do relatório do perito em anexo. Dei uma olhada e parece que a imagem está parcialmente danificada; ainda assim, em relação ao restante obteve-se um resultado notável. Examine-a e, se eu puder fazer mais alguma coisa por você, não hesite em me pedir, mas se não se importa ligue para este número. Tenho um apreço especial pelo agente Dupree, mas desde o seu desaparecimento as coisas mudaram por aqui. No início, tudo foi seguido de acordo com os procedimentos quando um agente desaparece, mas há alguns dias a informação deu lugar ao silêncio. É assim que as coisas se processam, inspetora, aqui uma pessoa pode passar de herói a degenerado apenas por conta de insinuações. Sou amigo de Aloisius Dupree; além disso, é um dos melhores agentes que conheci e, se está agindo dessa maneira, alguma razão deve ter. Só espero que apareça para que tudo isso se esclareça, porque aqui o silêncio é uma condenação. Entretanto, qualquer coisa de que necessite, pode se dirigir a mim; estou à sua disposição.

31

ASSIM QUE DESLIGOU, VIU QUE de fato aparecia no telefone a notificação de uma mensagem de e-mail recebida, e, apesar da necessidade urgente de ver o que o perito e o seu programa inovador haviam conseguido fazer com o rosto do visitante da Clínica de Santa María de las Nieves, conteve a curiosidade; afinal, no celular não teria a mesma qualidade de imagem do computador. Vestiu o casaco e só quando abriu a porta da fábrica é que apagou as luzes e fechou tudo. O estacionamento estava agora ainda mais escuro, em contraste com as luzes brilhantes do interior. Aguardou alguns segundos imóvel enquanto abotoava o casaco e enfiava de novo a chave no bolso. Saiu caminhando para a rua Braulio Iriarte. Ao passar diante da porta do Trinquete, reparou que ainda havia luz lá dentro, embora o bar estivesse vazio e parecesse fechado; com certeza alguns casais jogavam bola no frontão. O gosto pela modalidade em Baztán não diminuía, e as novas gerações pareciam seguir a tradição. Apesar de alguns não serem dessa opinião. Certa vez, o pelotário Oskar Lasa, Lasa III, dissera-lhe que "a mão" já não voltaria a ser o que foi, porque os jovens de agora não tinham uma cultura da dor. "Tentei ensinar muitos jovens, alguns bastante bons, mas, quando dói, eles se esgoelam como donzelas. "Dói muito", dizem, e eu digo-lhes: "Se não doer, é porque não está fazendo como deve ser".

Cultura da dor, aceitar que vai doer, saber que a mão vai inchar até os dedos se assemelharem a salsichas, que a dor, esse ardor selvagem com que a mão parece assar entre as brasas, subirá pelo braço como veneno até o ombro, que a pele na palma da mão se rachará com a próxima pancada e começará a sangrar, não muito.

Embora às vezes uma dessas terríveis pancadas contra a bola ocasionasse a ruptura de uma veia que sangrava por dentro, formando um caroço duro e terrivelmente doloroso que não drenaria o sangue nem mesmo se fosse perfurado e que era necessário operar por causa do perigo.

Cultura da dor, saber que iria doer, e no entanto... Pensou em Dupree e no que Johnson acabara de lhe dizer: "Aqui o silêncio é uma condenação".

— Aqui também — sussurrou.

ು

Ela percebeu as voltas azuis de fumaça do cigarro antes de vê-lo, e reconheceu-o pelos seus sapatos de marca, antes mesmo que desse um passo à frente saindo do escuro, pois, enquanto esperou encostado ao muro, havia ocultado seu rosto.

— Olá, Salazar — disse Montes.

Havia bebido um pouco. Não estava embriagado, mas o brilho nos olhos e a maneira como lhe sustentou o olhar a fizeram ter certeza.

— O que faz aqui? — foi a resposta dela.

— Estava esperando você.

— No caminho para a minha casa? — respondeu Amaia, olhando ao redor para evidenciar o quanto a atitude dele era inadequada e inconveniente.

— Não me deixou outra alternativa, há dias que anda me evitando.

— Há dias que estou esperando que siga os procedimentos e marque uma reunião no meu escritório.

Montes torceu um pouco o rosto num esgar.

— Porra, Amaia, pensei que fôssemos amigos.

Amaia fitou-o incrédula, quase sorrindo.

— Não posso acreditar numa coisa dessas — declarou, e continuou andando para a casa da tia.

Montes jogou o cigarro no chão e seguiu-a até alcançá-la.

— Sei que não procedi como deve ser, mas você precisa compreender que eu estava passando por um momento muito difícil da minha vida; suponho que não reagi bem.

— Não me interessa saber — cortou Amaia.

Montes passou à frente dela e parou, forçando-a a parar também.

— Depois de amanhã é a audiência para a minha reintegração, o que vai dizer?

— Solicite uma reunião e venha falar comigo no meu escritório. — Amaia contornou-o e continuou o seu caminho.

— Você me conhece.

— Está vendo? Estava enganada quanto a isso; pensei que o conhecesse, mas a verdade é que não sei quem você é.

Montes ficou parado no mesmo lugar e virou-se para ela.

— Vai me ferrar, não é?

Amaia não respondeu.

— Sim, vai me ferrar, maldita filha da puta. Como todas as putas da sua família, não são capazes de resistir diante do prazer de destruir um homem, amarrando-o a uma cadeira de rodas ou arrebentando-lhe os miolos, tanto faz. Só me pergunto quanto tempo vai demorar para destruir aquele palerma do James.

Amaia estacou de súbito enquanto escutava o veneno que brotava denso e escuro de dentro de Montes. Muniu-se de prudência, porque entendia que o objetivo de tudo aquilo era apenas provocá-la, mas uma voz dentro de si respondeu: *Sim, eu sei, sei o que ele está tentando fazer, mas por que não dou a ele o que pede?*

Voltou atrás e com passo decidido parou a escassos centímetros de Montes. Podia sentir a cerveja no hálito dele e o perfume de qualidade que era a sua marca registrada.

— Não preciso mexer um dedo, Montes, não preciso fazer nada contra você — tratou-o por você, deixando de lado os formalismos. — É verdade que está aborrecido, mas aborreceu-se sozinho. Infringiu as regras e os procedimentos, abandonou uma investigação em curso, com a falta de respeito que isso pressupõe para com os seus colegas, as vítimas e suas famílias. Desobedeceu a ordens diretas, comprometeu a investigação retirando provas da delegacia e, além disso, apontou a própria arma para um civil, e por último quase mandou pelos ares os poucos miolos que tem. E, se eu e Iriarte não tivéssemos impedido, a esta hora estaria apodrecendo há um ano num gavetão para onde ninguém levaria flores. Agora me diga, o que mudou no decorrer deste ano?

— Tenho relatórios psiquiátricos positivos recomendando a minha reincorporação.

— E como os conseguiu, Montes? Nada, não mudou nada, teria dado na mesma se tivesse morrido, transformou-se numa espécie de zumbi, um morto-vivo. Não avançou um passo desde aquele dia. Não fez terapia, continua sem reconhecer a minha autoridade, e continua sendo um idiota em quem não se pode confiar e que quer apenas se justificar: "Ah, foi um momento muito difícil para mim" — disse, zombando com voz de criança. — "O professor cisma comigo", "Ninguém gosta de mim".

O rosto de Montes começara a adquirir aos poucos uma tonalidade acinzentada. Enquanto Amaia falava, ele cerrou os lábios como se no lugar da boca houvesse ali um corte reto e escuro.

— Pelo amor de Deus, você é um policial! Seja corajoso, faça o que tiver de fazer e pare de choramingar como uma criança, isso me deixa doente.

Agarrando-a de repente pela frente do casaco, Montes levantou uma das mãos fechada num punho. Amaia assustou-se, teve certeza de que iria ser agredida, mas mesmo assim não se conteve e disse:

— Vai bater em mim, Montes? Sente-se bem calando a minha boca para não ouvir a verdade?

Fitava-a nos olhos, e Amaia pôde ver a intensa ira que havia neles; no entanto, de repente sorriu, afrouxando a pressão sobre a sua roupa e abrindo a mão que mantivera levantada.

— Não, claro que não — respondeu, parodiando uma espécie de sorriso insano. — Sei o que pretende. Deus sabe que eu partiria a sua cara com gosto, mas não farei isso, não farei, inspetora, você usa distintivo e pistola. Isso seria o mesmo que cavar a minha sepultura. Não entrarei em seu jogo.

Amaia olhou para ele negando com a cabeça.

— Montes, você está pior do que eu pensava, é essa a opinião que tem de mim? Continua com a sua teoria de que o mundo conspira contra você...

Amaia abriu o zíper do casaco e tirou o distintivo e a pistola, passou por Montes e entrou no beco entre duas casas para onde não davam janelas e onde havia um velho barril, uma cabeceira de cama antiga que algum antiquário devia ter levado para lá e um velho arado.

Pousou o distintivo e a arma em cima do barril e ficou ali parada, olhando para Montes.

Este aproximou-se sorrindo, e desta vez o seu sorriso era autêntico, mas ao chegar à entrada do beco parou.

— Sem represálias? Sem consequências? — perguntou.

— Dou a minha palavra e você sabe muito bem o quanto ela vale.

Ainda assim ele hesitou.

Contudo, Amaia não tinha dúvidas, não mais, estava farta daquele sujeito. Uma parte dela que lhe era desconhecida queria dar-lhe um pontapé e uma bela surra. Sorriu de leve quando pensou nisso, e, apesar de Montes pesar pelo menos quarenta quilos a mais do que ela, nesse momento isso era indiferente. Levaria alguns tapas, disso tinha certeza, mas ele também não ficaria rindo. Fitou-o e viu a indecisão nos olhos dele. Quase se sentiu decepcionada.

— Vamos, menina chorona, vai desistir agora? Não queria quebrar a minha cara? Pois então venha, esta é a sua oportunidade e você não terá outra.

Causou efeito. Montes entrou no beco como um touro enraivecido. Quando se lembrou do episódio mais tarde, pensou num touro. A cabeça um pouco inclinada para a frente, com os punhos fechados e crispados e os olhos semicerrados querendo fazer valer a sua força. Amaia esperou por ele até o último segundo e então desviou, desferindo ao mesmo tempo um golpe lateral que atingiu Montes num dos flancos, fazendo-o mudar a rota em direção à parede, onde bateu com o ombro contrário.

— Maldita puta — berrou.

Amaia sorriu; era uma velha piada de mulheres que os policiais costumavam contar na academia: "Quando um idiota chama você de puta é porque não foi capaz de te foder".

O ombro deveria estar doendo bastante, mas Montes levantou-se como o touro que era e disse:

— Gostaria de saber o que pensaria seu amigo gay se soubesse que você insulta no feminino.

Amaia sorriu com cara de *Haha, está indo pelo caminho errado.*

— Você não chega nem nos calcanhares do subinspetor Etxaide como policial, mas além disso ele é mais corajoso, mais honrado e mais homem do que alguma vez você será em sua vida. Sua sirigaita.

Montes investiu de novo, mas desta vez não fechou os olhos; havia menos distância entre ambos do que no primeiro ataque, e isso era ruim para Amaia. O punho de Montes veio em sua direção como um raio e mal lhe roçou a face, mas foi o suficiente para lhe virar a cabeça para a parede, fazendo bater o crânio. Durante um segundo, tudo foi escuridão, mas a dor intensa na maçã do rosto trouxe-a de volta à realidade. Montes estava quase em cima dela e ela aproveitou para o atingir no estômago com todas as forças; achou-o mais flácido do que esperava. Ergueu o joelho, que como numa perfeita coreografia foi ao encontro da boca de Montes no momento em que este se encolhia sobre si mesmo, agarrando-se ao estômago. Seus lábios ressequidos racharam tingindo-se de vermelho ao mesmo tempo que olhava para ela, de novo surpreendido. Empurrou-o, tocando-lhe apenas no ombro, e ele ficou encostado à parede. Ficaram assim por alguns segundos, fitando-se e arquejando, até que Montes flexionou os joelhos e, escorregando colado à parede, sentou-se no chão. Amaia fez o mesmo.

Ouviram vozes que se aproximavam. Os rapazes que saíram do jogo no Trinquete com sacolas esportivas avançavam pela rua comentando a partida. Depois de terem passado pelo beco, Amaia tirou um pacote de lenços de papel e jogou-o na direção de Montes. Ele usou alguns para comprimir o corte no lábio e disse:

— Você bate como uma garota. — E começou a rir.

— Bom, você também.

— Sim, eu pensava que estivesse em melhor forma — admitiu Montes; baixou os olhos antes de continuar a falar. — É verdade, fui um imbecil, mas... Bom, não quero me justificar, apenas me explicar.

Amaia assentiu.

— Flora... Bom, acho que me apaixonei... — Montes pareceu refletir melhor. — Porra nenhuma! Eu a amava. Nunca conheci alguém como ela, e sabe o que é pior? Acho que, apesar de tudo, ainda a amo.

Amaia suspirou. Será que o amor justifica tudo? Imaginava que sim. Ao longo da sua vida como policial, havia visto essa espécie de amor podre mais de uma vez.

Sabia que isso não era amor, um amor de mortos-vivos incapazes de entender que estão mortos, "os mortos fazem o que podem". Perguntou-se qual seria a opinião de Lasa III sobre a cultura da dor no amor, talvez a única situação em que a sociedade continuava a justificar o sofrimento.

— Simpatizo com Jonan — disse Montes de imediato. — Não sei por que disse aquilo, também acho que é um bom policial, além de ser boa pessoa... Há dois meses nos encontramos num bar, eu estava bastante embri... Bom, tinha bebido um pouco. Comecei a conversar com ele, e é um cara que sabe escutar, por isso continuei bebendo. Quando saímos do bar, bom, eu não estava em condições de dirigir e acabei adormecendo no sofá da casa dele... Imagino que ele não lhe contou uma palavra sobre isto...

— Não, claro que não, e depois você o vê na delegacia e não é capaz nem de lhe pagar um café da máquina.

— Porra, sabe muito bem como são essas coisas, ele é... Bom, e os outros caras não se sentem à vontade.

— Você devia atualizar a sua agenda, Montes, alguns dos machões com quem você executa o ritual da dança dos guerreiros em volta da máquina de café também iriam preferir você a mim.

Montes arregalou os olhos como se fossem dois pratos.

— Iriarte?

Amaia começou a rir até as lágrimas, que deslizaram pela pele ardente que lhe cobria a maçã do rosto inflamada. Quando foi capaz de falar, disse:

— Vamos parar com esta conversa, não lhe contei nada.

Montes pôs-se de pé com grande dificuldade e estendeu-lhe a mão, que Amaia aceitou. Depois, retirou o distintivo e a pistola de cima do tampo do barril e guardou-os.

— Adoraria continuar a conversar — disse —, mas ainda tenho trabalho para fazer quando chegar em casa.

Saíram do beco e foram até a entrada da casa. Amaia tirou as chaves e aproximou-se da porta.

— Boa noite, Montes — disse, cansada.

— Chefe.

Amaia virou-se, surpresa. Montes, em posição de sentido, havia levado a mão à testa, saudando-a e batendo-lhe continência.

— Montes, isso não é necessário.

— Acredito que é, sim — respondeu com convicção.

E ela percebeu que aquilo seria o mais parecido com um pedido de desculpas que receberia de um homem como Montes, por isso aceitou-o. Virou-se de frente para ele e levantou a mão, saudando-o.

Quando fechou a porta atrás de si, um rasgado sorriso se desenhou em seu rosto.

☙

Pressentiu a presença silenciosa da tia Engrasi, que, sentada diante da lareira, a esperava como quando era adolescente. Tirou os sapatos na entrada da porta e seguiu até a sala, percebendo de imediato que a tia adormecera. Uma onda de intenso amor sacudiu-lhe o peito; debruçou-se sobre ela e deu-lhe um pequeno beijo na testa.

— Isso são horas de chegar em casa, mocinha?

Amaia ergueu-se, sorrindo.

— Pensei que estivesse dormindo.

— A ansiedade não dorme, e enquanto andar por aí, não vou conseguir dormir.

— Mas, tia... — repreendeu-a ao mesmo tempo que se deixava cair na outra poltrona.

— Estou falando sério, Amaia. Sei que o seu trabalho é difícil e que por alguma razão aquilo que faz ultrapassa o que certas pessoas consideram normal, mas... Você voltou a fazê-lo.

Amaia baixou os olhos.

— Está comprando problemas, Amaia Salazar.

— Só ele pode me ajudar.

— Não é verdade.

— É sim, tia, você não entende. Fui a San Sebastián, o túmulo está vazio, preciso saber.

— E me diga uma coisa, Amaia: ele te disse alguma coisa que já não soubesse? Pense bem — disse Engrasi, levantando-se com algum esforço. — Agora vou dormir, mas pense a respeito.

Depois de ficar sentada por um bom tempo, os passos dela pareciam inseguros. Amaia acompanhou-a escadas acima até o quarto. Quando Engrasi a beijou na face, percebeu o inchaço.

— Afinal o que aconteceu com você?

— Foi um touro que me atacou — respondeu, rindo.
— Bom, se está rindo, então não deve ser grave. Boa noite, querida.
Amaia hesitou um instante.
— Tia, os mortos…?
— Sim? — interessou-se a tia.
— Eles… podem… fazer alguma coisa?
— Os mortos fazem o que podem.

32

AMAIA ENTROU NO QUARTO. A luz suave do pequeno abajur da mesa de cabeceira iluminava James, que dormia de barriga para cima.

— Olá, meu amor — sussurrou.

Amaia debruçou-se para beijá-lo e para ver Ibai, que dormia de lado com a chupeta na boca pela primeira vez, pois nunca a quisera enquanto fora alimentado pelo leite materno.

James fez um gesto para o bebê:

— É muito bonzinho, você nem sabe como se comporta bem. E claro, na falta de peito, chupeta — disse, sorrindo. — Estou considerando comprar um par para mim — brincou, pondo as mãos nos seios dela.

— Olha que não seria má ideia — retorquiu Amaia, afastando-o —, ainda tenho de trabalhar mais um pouco.

— Muito?

— Não, não muito.

— Vou esperar você acordado.

Amaia sorriu, pegou o notebook e saiu do quarto.

๑

Na caixa de e-mail constavam pelo menos quatro mensagens do doutor Franz. Aquilo já começava a ser incômodo para ela, mas não se decidia entre responder às mensagens dele ou enviá-las para o lixo sem ler, pois, embora à primeira vista insinuassem um mero acesso do repúdio, havia nelas um fundo de razão que a fazia pensar.

Deixou-as para depois e abriu a mensagem de Johnson.

๑

Que o FBI contava com o melhor programa de reconhecimento facial do mundo não era segredo para ninguém. Faziam a mais rigorosa e precisa verificação biométrica multimodal, que incluía regiões de certeza e de incerteza do rosto. Seus avanços tinham sido adaptados a novos programas semelhantes ao que a Indra utilizava nos aeroportos europeus, mas que tinham o inconveniente de só funcionarem com rostos reais ou então com imagens muito claras.

O governo norte-americano havia investido mais de um bilhão de dólares no aperfeiçoamento de um programa que era capaz de identificar rostos na rua, num campo de futebol ou nas gravações de qualquer câmera de segurança média. Acompanhando a nota do agente Johnson, que dizia que depois de o ter passado pelo seu sistema não haviam obtido qualquer identificação, vinha um exaustivo relatório do perito repleto de nuances, considerações e uma minuciosa explicação sobre o procedimento à base de camadas de luz. Concluiu dizendo que tinha conseguido iluminar e clarear regiões de incerteza na fotografia que evidenciavam um elaborado disfarce. Isso impedia que fossem mais precisos na reconstituição, e apontou também que a lente da câmera devia estar danificada ou então um elemento estranho havia-se infiltrado na exposição. Anexava duas imagens, uma a que o perito chamou a "aranha" e outra onde se havia processado o borrão de modo digital.

Abriu os arquivos fotográficos e deparou-se com um rosto caucasiano, jovem e de feições equilibradas. O gorro, a barba e os óculos haviam sido eliminados pelo programa, e a recriação do olhar vazio não lhe transmitia a mais ínfima informação. Abriu a da "aranha" e olhou surpreendida para a imagem. Nesta, ainda por tratar, via-se o rosto com gorro, óculos e barba, e no meio da testa via-se um olho escuro de longos cílios que o perito havia denominado "aranha". Estudou com atenção a imagem durante alguns segundos e depois reenviou a mensagem a Jonan e a Iriarte.

༶

As mensagens do diretor da Clínica Santa María de las Nieves eram o que estava esperando. Uma variedade de lamentos que iam desde a súplica até a pura choradeira pela sua amada clínica, mas, nas duas últimas, incluía também uma série de acusações sem fundamento contra Sarasola do tipo: "Esse homem esconde alguma coisa, não é flor que se cheire, ainda não tenho provas". Não, claro que não as tinha. Anexava, por outro lado, os respectivos relatórios de outros médicos (do centro) e vários artigos extraídos de prestigiosas revistas médicas que corroboravam a sua convicção de que era impossível que a doente tivesse sido capaz de aparentar normalidade sem estar sujeita a um tratamento. Amaia deu uma olhada superficial admitindo que a gíria médica era para ela exaustiva. Consultou as horas, desligou o notebook e perguntou-se se James ainda estaria à sua espera, tal como havia prometido. Sorriu enquanto subia as escadas: James sempre cumpria as promessas que fazia.

～

Pela primeira vez em muitos dias, ela acordou em paz quando James colocou Ibai ao seu lado. Dedicou os minutos seguintes a beijar a cabecinha e as mãos do filho, que acordava com uma doçura e um sorriso que alegravam o seu coração de uma maneira que nunca teria antes podido imaginar. Tomando as pequenas mãozinhas do bebê entre as suas, pensou em Iriarte e no modo como havia mencionado "um bracinho", e de imediato vieram-lhe à mente as imagens daquele pequeno crânio com as moleiras ainda abertas e as sepulturas dos *mairu* que havia ao redor de Juanitaenea. "Suponho que a senhora seja uma dessas." "Os mortos fazem o que podem."

James entrou no quarto trazendo a mamadeira para Ibai e o café para a mulher. Assim que abriu as persianas das janelas, ficou olhando para ela.

— Amaia, o que aconteceu?

Recordou-se do soco e quando tocou o rosto sentiu uma dor aguda. Saiu da cama e examinou o rosto em frente ao espelho. Não estava muito inchado, mas da maçã do rosto até a orelha estendia-se um hematoma azulado que adquiriria diversas tonalidades de castanho, negro e amarelo nos próximos dias.

Aplicou uma camada de maquiagem que só conseguiu que ardesse terrivelmente. Por fim, rendeu-se ao mesmo tempo que ressoava em sua cabeça a voz de Zabalza dizendo que Beñat Zaldúa não ia à escola quando tinha hematomas no rosto.

— Está certo, hoje eu também não irei para a escola — disse à sua imagem refletida no espelho.

☙

Dedicou o resto da manhã a dar telefonemas que não a levaram a lugar nenhum. Não havia sinal do paradeiro do marido de Nuria. Tinham um carro diante da casa e outro em frente à igreja e não havia ocorrido mais profanações. Mas para quê? O *Tarttalo* já tinha a sua atenção, e aquela encenação parecia apenas fogo de palha para conseguir isso; agora que já a havia captado, não fazia sentido continuar por esse caminho.

☙

Muito embora tivesse examinado o e-mail na noite anterior, tornou a fazê-lo e manteve uma conversa telefônica com Etxaide e Iriarte sobre os resultados da fotografia.

Segundo Iriarte, era evidente que a lente ou a gravação estavam danificadas, era até provável que uma aranha autêntica se tivesse infiltrado na lente da câmera que estava no exterior da Clínica Santa María de las Nieves e que era isso o que viam. Ou havia a possibilidade mais remota, sugeriu Jonan, de que fosse o que parecia, um olho, um adereço extra que o visitante acrescentara a si mesmo para completar a imagem que queria mostrar; afinal de contas, o *Tarttalo* era um ciclope, com um único olho. Em todas as gravações durante semanas só conseguiram ver a parte superior da cabeça do homem, mas no último dia ele levantou o rosto para a câmera e manteve-o assim por tempo suficiente para se poder obter uma imagem do rosto.

— Não acredito que foi acidental — disse Etxaide.

Amaia também não acreditava.

— Por volta do meio-dia, espero que cheguem os resultados que estabeleçam com mais precisão a data de fabricação dos utensílios médicos, e no momento os registros hospitalares de pessoas amputadas ou com próteses não lançaram nenhuma luz, embora ainda nos falte procurar muita coisa...

Antes de desligar, Jonan avisou-a.

— Ah, chefe, chegou outra daquelas mensagens. Vou enviá-la.

Ainda não tinha desligado quando viu o e-mail em sua caixa de entrada. Breve e exigente como as anteriores. "A dama aguarda a sua oferenda." O selo com a lâmia surgia embaixo, à direita. De repente sentiu-se exasperada por conta daquele maldito jogo. Cobriu o rosto com as mãos e manteve-as sobre ele como se assim pudesse arrancar o tédio. Só conseguiu com isso levantar a pele da maçã do rosto e sentir-se ainda mais irritada. Ligou outra vez para Jonan.

— Imagino que não deve ter tido muito tempo, mas será que por acaso não sabe mais alguma coisa sobre a origem dessas mensagens?

— Bom, na verdade sim, embora não tenhamos obtido grande resultado. As mensagens foram recebidas de uma conta gratuita, não consta nenhum nome e em seu lugar usa-se uma alcunha: *servidorasdadama@hotmail.com*. Analisando os cabeçalhos das mensagens, vê-se que são remetidas de um IP dinâmico, e, rastreando esse IP e puxando pelo elo, chega-se à conclusão de que foram enviadas de um posto gratuito de internet, daqueles que há nos aeroportos ou em terminais de ônibus... É quase impossível encontrar a pessoa que envia as mensagens... Só se pode rastrear se estiver ligado à rede; já se fez isso em um ou outro caso de terrorismo internacional, mas... Bom, no momento continuo procurando, mas é provável que, quando encontrarmos a origem, ali já não haja nem sinal de quem as enviou...

— Certo, não se preocupe, obrigada. — Desligou.

꙳

Depois do café da manhã e das brincadeiras da manhã, Ibai começou a cochilar e James cuidou dele. Amaia beijou-os, despediu-se da tia e, agarrando a parca, saiu de casa.

Entrou no carro, ligou o motor e, lembrando-se de algo de repente, desligou-o. Saiu do carro e voltou à entrada da casa, onde dedicou alguns segundos observando com atenção a calçada, até que localizou em uma das bordas dois ou três cantos arredondados que pareciam soltos. Pegou uma das pedras, guardou-a no bolso e voltou para o carro.

    Tentou se concentrar na direção, à medida que saía de Elizondo. Quando chegou à estrada, suspirou de repente, deixando sair o ar dos pulmões enquanto se dava conta do quanto estava tensa. As mãos crispadas sobre o volante tornavam os nós dos dedos esbranquiçados, e, apesar da baixa temperatura desse inverno, que, como todos em Baztán, parecia ser eterno, as suas mãos transpiravam. Esfregou-as nas pernas das calças. Maldição. Tinha medo e isso não lhe agradava em nada. Não era tola, sabia que o medo mantinha os policiais vivos, vigilantes e prudentes, mas o medo que sentia não era desse tipo que acelera o coração quando se prende alguém armado; era de outro tipo, o velho medo na alma que durante o último ano fora capaz de manter a distância e que agora reclamava o seu território. O território do medo. Já havia passado por isso, já sabia desde o princípio que não se pode vencê-lo, e que a única coisa que nos mantém lúcidos é encará-lo, vez ou outra. A certeza de que a brecha de luz que havia conseguido abrir voltava a fechar-se causava-lhe uma profunda tristeza, por ela e pela outra menina. A fúria cresceu dentro dela como uma maré viva. Por que razão devia suportar aquilo? Não ia fazê-lo: pode ser que no passado, quando eram meninas, todas as forças do universo tivessem conspirado contra elas; pode ser que o medo tivesse vivido em seu peito durante anos; mas não estava disposta a continuar no jogo, agora já não era uma menina e não permitiria que continuassem a manipulá-la. Dirigiu durante quilômetros por uma estrada secundária que parecia em bom estado, até que topou com uma manada de lindíssimas *pottokas*, os cavalos e as éguas que pastam livres por Baztán. Parou o carro no acostamento e esperou. As *pottokas*, normalmente tímidas, não se desviaram do caminho e durante um tempo ela se dedicou apenas a observá-las. Uma pequena égua aproximou-se, curiosa, e Amaia estendeu-lhe a mão aberta, que o animal farejou, indagador. Tendo em vista que as éguas não tinham a intenção de se mexer, Amaia dirigiu-se à parte traseira do carro e calçou as botas de borracha, que sempre levava consigo para alguma eventualidade.

    Pegou também uma lanterna e desceu o primeiro trecho da ladeira, pondo-se de lado para não escorregar na grama alta e molhada que ladeava a inclinação, e que ficava rala, como que cortada por uma máquina, nas duas margens do rio que corria espremido naquele ponto quase silencioso. Seguiu-o até chegar a uma ponte de cimento com balaustradas de ferro que evitou tocar, pois estava oxidado na base, onde as traves se fundiam na pedra. Na outra extremidade, transpôs uma cerca rudimentar, sem dúvida pensada para impedir a passagem dos animais, assegurando-se de que tornava a deixá-la bem fechada, e atravessou o campo aberto para um grande bosque que parecia abandonado, embora estivesse conservado, e muito bem fechado com venezianas de madeira que se encontravam pregadas às molduras. Assim que se aproximou, sentiu o odor inconfundível de um rebanho e das inúmeras bolinhas escuras que explicavam o perfeito corte e manutenção da grama daquele prado. Depois de contornar a casa, começou a reconhecer o local: se caminhasse mais uns metros chegaria ao limite do bosque, onde estacionara na vez anterior. Verificou a cobertura de rede do celular e observou como o sinal ia ficando cada vez mais fraco à medida que penetrava no meio do arvoredo, ao mesmo tempo que sentia o coração acelerado, e os batimentos descompassados lhe chegavam ao ouvido interno como rápidas chicotadas. Zás, zás, zás. Inspirou o ar, tentando tranquilizar-se, embora, de maneira inconsciente, começasse a acelerar o passo com os olhos no clarão de luz que no final do caminho indicava a saída do bosque. Caminhou até lá tentando controlar o impulso infantil de correr a toda velocidade e a sensação paranoica de que alguém a seguia. Levou a mão à arma, enquanto a sua voz, uma voz zombeteira, lhe dizia dentro da sua cabeça: *Claro, garota, uma pistola, e para que isso vai te servir?*

&

Quando tinha onze anos brincara, como todas as crianças da sua idade, de entrar no cemitério depois que escurecesse. Era um jogo estúpido que consistia em colocar vários objetos sobre os túmulos da parte mais alta do cemitério e, assim que anoitecesse, sortear a ordem em que, um por um, deveriam entrar para recuperá-los.

Era necessário ir até o fim e sair com calma enquanto os outros esperavam no portão. Quando já se encontravam perto da saída, era frequente que alguém gritasse: "Meu Deus! Atrás de você!", e isso era suficiente para fazer o corajoso desatar a correr como se fosse perseguido pelo demônio em pessoa. Pânico. Lembrava-se como quase sempre o medo daquele que corria arrancava gargalhadas dos outros, que, no entanto, não paravam de vigiar o caminho, para o caso de haver outro motivo para correr que não fossem os seus gritos... E, apesar de saberem que os garotos gritariam da próxima vez, todos corriam. Corriam, por via das dúvidas.

֍

Amaia alcançou a orla do bosque e chegou a uma clareira que se estendia até o maravilhoso curso de água onde aquela jovem a havia abordado, e que agora estava ocupada por um numeroso rebanho de ovelhas. Caminhou por entre elas pelo desfiladeiro que os animais abriam à sua passagem. Ao longe, sentado numa rocha, avistou o pastor. Levantou a mão para cumprimentá-lo e ele correspondeu com o mesmo gesto. Reconfortada pela presença distante do homem que a observava, atravessou a pequena ponte que era apenas um promontório sobre o riacho, e um arrepio percorreu-lhe a espinha. Seguiu o seu caminho até a região de samambaias que ladeava a colina e começou a subir pela ladeira, apoiando-se nas antigas pedras que, formando uma escada natural, permitiam que se chegasse ao local para onde se dirigia. Parou primeiro na áspera planície onde James e a irmã esperaram por ela na primeira vez, e observou que o caminho que continuava subindo parecia agora ainda mais aberto, como se alguém acabasse de passar por ali. Ainda assim, havia muitos arbustos e tojos para lhe dificultar o trajeto. Enfiou as mãos nos bolsos e embrenhou-se pelo caminho. A sensação de que alguém havia transitado por ali há pouco tempo aumentou ao encontrá-lo mais aberto à medida que avançava até chegar ao lugar. Não havia ninguém ali, e isso surpreendeu-a um pouco e deixou-a mais aliviada. Dedicou alguns segundos a percorrer o local. A entrada da gruta, como um sorriso irascível da montanha, aberta rente ao solo; a magnífica rocha "dama" erguida a três metros de altura com as suas voluptuosas formas femininas que contemplavam o vale, e, na mesa de rocha, mais de uma dúzia de pedras pequenas colocadas como as peças de um tabuleiro de damas primitivo.

Aproximou-se e observou-as.

Não eram pedras do caminho, alguém as tinha levado até ali como oferenda para a dama. Abanou a cabeça, incrédula, ao mesmo tempo que se surpreendia ao dar-se conta de que estava fazendo isso. Tirou a pedra que retirara da porta da casa e segurou-a na mão, hesitando: "Uma pedra que deverá trazer de sua casa", "a dama prefere que a traga de casa". Perguntou-se quantas pessoas estariam recebendo aqueles e-mails no vale e se não seria apenas uma dessas correntes da sorte em que se deve reenviar as mensagens para atrair a boa sorte ou se ver livre de uma maldição.

Amaia não ia reenviar nada, mas deixar uma pedra ali não podia fazer mal a ninguém. Olhou como se esperasse descobrir por entre os ramos as câmeras de um reality show ou meia dúzia de paparazzi que em seguida inventariam o seguinte título: "Inspetora crédula recorre a rituais mágicos". Apertou a pedra na mão e tentou, sem êxito, retirar com a unha um resto de cimento que tinha colado, com o qual havia estado fixo à porta de casa. Colocou a pedra completando uma das fileiras e virou-se para a gruta. Caminhou em linha reta e, assim que chegou, puxou da lanterna, inclinou-se e iluminou o interior. Um aroma adocicado de flores emanava dali, mas não viu nada que pudesse produzi-lo. A gruta estava vazia com exceção de uma tigela que continha maçãs frescas e algumas moedas que alguém havia jogado lá dentro. Apagou a lanterna e iniciou a descida. Ao passar pela mesa de rocha, verificou que as pedras continuavam ali. *Estava esperando o quê?*, disse para seus botões ao mesmo tempo que se embrenhava pelo caminho. As botas de borracha eram boas para os campos úmidos e um pouco amolecidos, mas escorregavam dos pés, dificultando a descida pela escada de rocha. Atravessou o matagal e chegou ao idílico regato, que, como que incrustado na colina, se rasgava em borbotões de água, rochas verdes, pteridófitas e espuma branca. Não viu o pastor, mas o rebanho continuava ali e a sua presença pacífica contribuiu para fazer sobressair a beleza do lugar e para dissipar qualquer possibilidade de uma jovem enigmática aparecer por lá.

Olhou de novo para a colina de Mari e sorriu um pouco decepcionada. Mas também, o que estava esperando? Lançou uma última olhada ao rebanho, e, nesse instante, os animais pararam de beber e de pastar, e levantaram as cabeças ao mesmo tempo como se pressentissem um perigo ou tivessem ouvido alguma coisa que Amaia não ouviu. Surpreendida pelo estranho comportamento das ovelhas, ficou imóvel à escuta; então, em uníssono, os animais inclinaram a cabeça para o lado, fazendo soar os chocalhos com um único toque, que soou como um gongo imenso, ainda mais assustador por ser seguido de um intenso silêncio, quebrado apenas pelo forte silvo que, a exemplo do apito de uma fábrica, atravessou o campo. Amaia abriu a boca e tomou tanto ar quanto foi capaz enquanto olhava atônita para os animais, que pareciam ter voltado à sua rotina de pasto e água.

Sentiu um frio intenso lhe percorrer a espinha, como se alguém lhe tivesse colado à pele um lençol molhado. Ouvira-o com clareza e também o vira. À sua mente, vieram as citações do antropólogo Barandiarán, que havia estudado quando investigava o caso do *basajaun* um ano antes. "O *basajaun* anuncia aos seres humanos a sua presença com fortes silvos que atravessam o vale, mas os animais não lhes dão importância; eles sabem que o senhor do bosque marcou presença e os rebanhos o saúdam fazendo soar os respectivos chocalhos em uníssono e com um único toque".

— Porra! — sussurrou.

Começou a correr por entre as árvores, tomada pelo pânico, ao mesmo tempo que uma voz em algum lugar da sua cabeça lhe pedia que parasse, que deixasse de correr daquela maneira, e ela respondia que lhe era indiferente, que, quando era pequena e brincava no cemitério, corria porque era a única coisa que podia fazer. Atravessou o caminho pelo meio do bosque com a arma na mão. Quando chegou ao outro extremo, perto da fazenda fechada, olhou para trás enquanto os alarmes da prudência lhe diziam para que não o fizesse. Não havia ninguém. Escutou e ouviu apenas os seus arquejos após a corrida enlouquecida. Tocou na testa molhada de suor e, ao ver a arma na mão, pensou no ar de doida que devia ter nesse momento, pelo que abriu a parca e escondeu a mão, ainda sem se decidir se guardava a arma.

Atravessou o campo e transpôs a ponte enquanto o susto ia dando lugar à irritação, que era monumental quando chegou ao carro.

As *pottokas* haviam desaparecido, deixando fumegantes montes de excrementos na estrada. Entrou no carro, arrancou e acelerou com o coração ainda descompassado. Mas que raio estava acontecendo? O que era tudo aquilo? O que queriam dela...? Porra, não estava louca. Por que era obrigada a passar por aquilo? Já tinha problemas de sobra em sua vida particular, era policial de homicídios. Quem, na distribuição da quota de merdas esquisitas por pessoa, teria tido a ideia de decidir que ela teria tantas coisas para resolver?

— Porra! Porra! — repetiu, batendo no volante.

Amaia não era a pessoa mais adequada para essas coisas místicas. A tia Engrasi, Ros, teriam visto isso como uma verdadeira bênção. Ela era policial, pelo amor de Deus! Uma investigadora, uma mente metódica cuja inteligência prática se destacava nas pontuações dos testes psicotécnicos. Uma mente racional para resolver problemas de pura lógica e senso comum, não para fazer oferendas a deusas das tempestades nem a fadas com pés de pato. Não. As ovelhas não saudavam o senhor do bosque e os ossos dos *mairu* não eram narcotizantes.

— Porra. — Voltou a bater no volante e repetiu: — Porra, porra, porra.

E a culpa era daquele maldito lugar de merda. Um desses lugares onde acontecem as coisas. Um desses lugares que o estuporado universo, com as suas normas, vazios e estrelas, não consegue deixar em paz, fazendo com que tudo ali ardesse como a porcaria de uma úlcera.

— Porra! — gritou, desta vez dando pancadas no volante.

Em algum lugar no meio do caminho havia surgido uma mulher com um desses casacos marrons com capuz debruado de pelo. Amaia freou de repente e o carro deslizou alguns metros antes de parar junto da mulher, que se havia virado no último instante e a fitou com olhos arregalados e o rosto pálido. Saiu do carro e dirigiu-se a ela.

— Ah, meu Deus! Você está bem? — A mulher fitou-a e sorriu com timidez.

— Sim, sim, não se preocupe, foi só o susto.

Amaia aproximou-se mais para poder verificar e viu que a mulher do casaco de esquimó exibia um ventre volumoso.

— Você está grávida?

A mulher riu, demonstrando um ar de preocupação.

— Gravidíssima, eu diria...

— Ah, meu Deus! Tem certeza de que está bem?

— Tão bem quanto uma pessoa pode estar nestas circunstâncias.

Amaia continuava olhando para aquela mulher com uma cara que denunciava a preocupação que estava sentindo. A outra pareceu perceber.

— Estava só brincando, estou bem, de verdade, foi só o susto e a culpa foi minha, não devia andar pelo meio da estrada e acho que eu deveria usar refletores ou coisa assim — disse, tocando nas mangas do seu casaco marrom. — Não me distinguem muito bem com isso, mas sinto-me tão confortável com ele...

Sabia ao que a mulher se referia: na última fase da sua gravidez, vestira quase sempre as mesmas roupas todos os dias.

— Não, eu estava um pouco distraída, estava pensando em outras coisas, e lamento muito. Deixe-me pelo menos levá-la. Para onde vai?

— Bom, para nenhum lugar em particular, estava apenas dando um passeio, faz bem andar — respondeu a mulher olhando para o carro —, mas vou aceitar a sua oferta; a verdade é que hoje me sinto especialmente cansada.

— Claro, sem dúvida — retorquiu Amaia, satisfeita por poder fazer alguma coisa por ela.

Conduziu-a até à porta do passageiro, abriu-a e segurou-a enquanto a jovem se instalava. Reparou que era muito nova, não lhe daria mais de vinte anos. Debaixo do casaco pardo vestia uma legging marrom e um suéter de lã muito comprido do mesmo tom. O cabelo trançado lhe caía nas costas, e um arco de tartaruga contrastava com a palidez do seu rosto, que no início havia atribuído ao susto. Brincava distraída com um objeto pequeno que segurava na mão; parecia ter recobrado a calma. Amaia voltou ao seu lugar e deu partida de novo.

— Sai com frequência a pé?

— Sempre que posso, até o fim da gravidez é o melhor exercício.

— Sim, sei bem, não faz muito tempo eu também estava na mesma situação, tenho um bebê de quatro meses e meio.

— Um menino ou uma menina?

— Era para ser uma menina, até que no momento do parto eu soube que era um menino — respondeu, pensativa.

— Preferia uma menina?

— Não, não é isso, só que foi tudo um pouco estranho; desconcertante é a palavra certa.

— Se teve um menino é porque estava escrito que tinha de ser assim.

— Sim — replicou Amaia. — Imagino que era assim que tinha de ter sido.

— É maravilhoso! — exclamou a mulher, olhando para ela. — Você já tem o seu bebê, não imagina a vontade que tenho de ter o meu.

— Sim — admitiu Amaia, sorrindo —, é maravilhoso, mas tão complicado... Às vezes sinto saudades da gravidez, sabe, de tê-lo aqui, seguro e calmo, de levá-lo comigo... — disse, um pouco melancólica.

— Entendo, mas quero muito ver a carinha do bebê e acabar com isso — a jovem respondeu, tocando a barriga. — Estou horrível.

— Não é verdade — respondeu Amaia.

E não era, apesar das suas queixas de cansaço, o rosto dela não evidenciava o mínimo sinal. Sua aparência era fresca e saudável, e nos tempos atuais, em que as mulheres protelavam cada vez mais a maternidade, uma mãe tão nova era refrescante e revigorante.

— Não me interprete mal, sou feliz cada vez que olho para o meu filho, só que a maternidade não é tão ideal como querem fazer parecer as revistas especializadas.

— Ah, sei muito bem como é isso — afirmou a jovem. — Este não é o primeiro.

Amaia fitou-a, surpresa.

— Não se deixe enganar pela minha aparência, sou mais velha do que pareço, e se puxar pela memória quase não me lembro de não estar grávida.

Amaia evitou olhar para ela para que a jovem não pudesse ver o seu espanto. Tinha dezenas de perguntas, todas inadequadas para uma mulher que acabava de conhecer depois de quase tê-la atropelado. Ainda assim, disparou uma:

— E como consegue lidar com a maternidade e a gravidez? Faço essa pergunta porque para mim está sendo muito difícil conjugar o trabalho com a vontade que tenho de ser uma boa mãe.

Percebeu como a mulher a observava com atenção.

— Entendo, então você é uma dessas?

Havia escutado aquela frase há muito pouco tempo, vindo daquela harpia que cultivava flores, e veio-lhe à memória a imagem dela decapitando com a unha os botões tenros das plantas.

Ela ficou na defensiva:

— Não sei a que você se refere.

— Ora, a uma dessas mulheres que deixam que os outros decidam como é ser mãe. Mencionou agora pouco uma dessas revistas sobre maternidade. Olhe, a maternidade é algo bastante mais instintivo e natural, e muitas vezes tantas normas, controles e conselhos só angustiam as mães.

— É normal uma pessoa preocupar-se em fazer as coisas bem-feitas — respondeu.

— Claro, mas essa preocupação não será eliminada por mais livros que leia. Acredite, Amaia, você é a melhor mãe para o seu bebê, e ele é o filho que devia ter tido — disse a mulher, manuseando o objeto que trazia na mão como se o amassasse entre os dedos.

Não se recordava de lhe ter dito o seu nome, porém concentrou-se em responder.

— Mas tenho imensas dúvidas e não sei nada de nada, não gostaria de fazer alguma coisa que o prejudicasse a curto ou a longo prazo.

— A única maneira de uma mãe prejudicar os filhos é com a sua falta de amor. E pode até cuidar dele, alimentá-lo e vesti-lo, proporcionar a ele uma boa educação; se o pequeno não receber amor, amor bom e generoso de mãe, crescerá emocionalmente diminuído e com um conceito do amor doentio que não permitirá que seja feliz.

Amaia pensou em sua mãe.

— Mas... — replicou — há coisas que são comprovadamente melhores, como amamentar...

— O que é melhor é relacionar-se com o seu filho sem normas nem tensões. Se quiser dar-lhe o peito, faça isso, se quiser dar-lhe a mamadeira, faça isso...

— E se não se puder fazer o que se quer?

— Então é necessário se adaptar e viver sem tensões, assim como nem sempre é verão e nem por isso o outono é ruim.

Amaia ficou calada durante alguns segundos.

— Parece que é uma especialista.

— E sou — admitiu a jovem, sem ruborizar —, tal como você. Acho que devia fazer uma boa pilha com esses livros, vídeos e revistas e colocar fogo neles. Vai se sentir melhor e assim poderá cumprir a sua missão. — Proferiu a última frase como se fizesse referência a alguma obrigação concreta.

Amaia virou-se para poder olhar para ela, curiosa.

— Por aqui, por favor — disse de repente, indicando um lugar na estrada que se bifurcava para um caminho florestal. — Vou continuar a pé mais um pouco.

Amaia parou o carro e a mulher saiu, depois debruçou-se para que Amaia pudesse ver seu rosto.

— E não se preocupe tanto, está fazendo tudo muito bem.

Amaia preparava-se para replicar, mas a mulher fechou a porta e começou a andar pelo caminho de terra. Quando voltou a seguir pela estrada, percebeu que a mulher havia esquecido algo no banco do carro e, quando olhou com atenção para o objeto, reconheceu-o, parou o carro no acostamento e ficou alguns segundos contemplando o objeto sem tocá-lo. Incrédula, com os dedos trêmulos, levantou o canto arredondado e virou-o para ver o resto do cimento que durante muito tempo mantivera aquela pedra unida à porta da sua casa.

33

Amanheceu um estranho dia de sol. Ainda havia resquícios de um nevoeiro que desapareceria dentro de pouco tempo se o astro rei continuasse a aquecer assim. Quase se sentiu agradecida, sempre fora a favor do sol, mas hoje este a brindava com a proteção perfeita para esconder o hematoma na maçã do rosto por detrás de óculos bem grandes e escuros. Iriarte a tinha levado até Pamplona, mas, à exceção de alguns comentários sobre as novidades do caso, havia permanecido taciturno e silencioso, concentrado apenas na direção. Vira Montes quando chegou. Este a cumprimentara com um tímido "bom dia", e quase se alegrara quando verificou que não estava com a cara melhor do que ela. O lábio inferior estava inchado e o corte escuro no meio parecia um estranho piercing.

Um policial saiu do gabinete do comissário para chamá-los. Envergavam a farda, com exceção de Montes, que vestia um elegante, e sem dúvida caro, terno azul-marinho.

Além do comissário, na longa mesa de reuniões estavam sentados dois policiais do departamento de assuntos internos que já haviam tomado o seu depoimento sobre o ocorrido. Não escapou a Amaia o olhar que ambos dedicaram ao hematoma em seu rosto, mal disfarçado pela maquiagem, e ao lábio de Montes.

— Como sabem, já se passou um ano desde que o inspetor Montes foi suspenso devido aos fatos ocorridos em fevereiro no estacionamento do Hotel Baztán de Elizondo. Durante esse tempo, o inspetor Montes devia submeter-se a uma terapia recomendada. Tenho aqui os relatórios, e são favoráveis à sua reincorporação. Chefe Salazar, inspector Iriarte, os senhores eram as pessoas que acompanhavam o inspetor Montes quando ocorreram os fatos. Gostaríamos de ouvir a opinião de vocês a esse respeito. Acham que o inspetor está preparado para ser reincorporado?

Iriarte lançou um breve olhar a Amaia antes de falar.

— Estive presente no dia em que ocorreram os fatos em questão e, durante os meses que durou a suspensão, encontrei-me com o inspector algumas vezes quando passou pela delegacia para cumprimentar os colegas. Seu comportamento... — titubeou o suficiente para que Amaia percebesse, ainda que os outros não tivessem dado mostras disso — tem sido sempre adequado, e a meu ver está preparado para ser reincorporado ao trabalho.

Amaia suspirou.

— Inspetora — disse o comissário, cedendo-lhe a palavra.

— A dispensa do inspetor Montes obrigou alguns ajustes que a equipe teve que enfrentar com sacrifícios e esforço pessoal. Acho que seria adequado que fosse reincorporado o quanto antes.

Enquanto falava, teve consciência da surpresa que as suas palavras representavam para todos.

— Inspetor Montes — convidou-o o comissário.

— Quero agradecer a confiança que tanto o inspetor Iriarte quanto a chefe Salazar depositam em mim. Há uma semana teria aceitado com prazer; no entanto, após uma conversa com uma pessoa próxima, cheguei à conclusão de que o mais prudente seria que a terapia se prolongasse por mais alguns meses.

Amaia interrompeu-o.

— Com a sua permissão, chefe. Entendo que o inspetor queira prosseguir com a sua terapia, mas não vejo impedimento para que o faça depois de ser reincorporado. A equipe está desfalcada, as pessoas andam trabalhando muito, horas, turnos...

— Está bem — assentiu o comissário —, sou da mesma opinião. O inspetor Montes será reincorporado a partir de amanhã. Bem-vindo — disse, estendendo-lhe a mão.

Amaia saiu sem esperar e debruçou-se sobre o bebedouro do corredor, fazendo hora. Montes se entreteve falando com Iriarte na porta do escritório, mas quando a viu despediu-se dos outros e aproximou-se dela.

— Obrigado, eu...

— A partir de amanhã nada — cortou Amaia. — Sei que está hospedado em Elizondo, por isso pode ir agora, e suba para falar com Iriarte, e mais vale que venha com vontade de trabalhar. Temos um suspeito fugitivo que não aparece, dois carros montando guarda numa casa particular e numa igreja, um profanador e algo bem pior. Agora, já pode ir tratando de pôr as pilhas novas.

Montes olhou para ela sorrindo:

— Obrigado.

— Pois então veremos se me dirá a mesma coisa dentro de uma semana.

ಲ

O cenário nada lisonjeiro que ela havia descrito a Montes não andava longe da verdade. Tinha quase certeza de que não haveria mais profanações, mas, depois da sua recusa em entregar Beñat Zaldúa como responsável pelos ataques, precisava continuar a "compensar" Sarasola. Mantendo o carro-patrulha junto do templo, refreava os ânimos e deixava o comissário tranquilo, depois da contrariedade de ter de dar explicações sobre o motivo por que a patrulha se havia ausentado da última vez. No caso de Nuria, o empenho era seu. Se tudo seguisse os moldes dos crimes anteriores, o objetivo daquele homem era matá-la para poder cumprir o seu estranho voto de obediência. Sabia que as coisas haviam mudado de forma substancial no momento em que a mulher tinha deixado de se comportar como uma vítima e se defendera, provocando uma reviravolta em seu destino, que, sem dúvida, era acabar morta. Deve ter sido uma surpresa desagradável para uma besta que só era capaz de defrontar uma pessoa indefesa. Por outro lado, continuavam com os registros de agressões e crimes de violência doméstica que se distribuíam pelo país, com a dificuldade adicional que a concorrência e as jurisdições entre as forças policiais acrescentavam. Passou a meia hora seguinte dirigindo por Pamplona, primeiro pelos arredores e de volta ao centro, fazendo hora para o encontro com Markina.

Quando se aproximava a hora, parou no estacionamento subterrâneo da Plaza del Castillo e, vendo-se no espelho, ajustou a boina vermelha e esticou o blazer, também vermelho, da farda, que exibia no peito o escudo de Navarra e que hoje colocara bem à vista.

O restaurante do Hotel Europa era um dos melhores de Pamplona, e, conhecendo os gostos de Markina como conhecia, não se surpreendeu que o tivesse escolhido. A cozinha do local era mais purista, mais tradicional, um desses restaurantes que souberam modernizar os seus pratos com a apresentação que tanto se valorizava nos dias de hoje sem deixar de pôr uma boa porção de carne ou de peixe no prato.

Percebeu os olhares em sua direção assim que entrou na sala de refeições. Um policial fardado num restaurante elegante destoava como uma barata num bolo de casamento.

— Estão à minha espera — murmurou, passando pelo maître, que veio ao seu encontro, e, dirigindo-se até à mesa onde a esperava o juiz, que se levantou para recebê-la ao mesmo tempo que tentava disfarçar a surpresa. Amaia estendeu-lhe a mão enluvada antes que ele tivesse tempo de reagir.

— Juiz Markina — cumprimentou.

Só depois de estar sentada ela tirou as luvas.

— Veio fardada — disse Markina, com ar de desconcerto.

— Sim, tive uma reunião importante, e a sua natureza exigia a farda. Acabo de vir de lá — mentiu.

— E armada — comentou, fazendo um gesto para a pistola que lhe pendia da cintura.

— Ando sempre armada, meritíssimo.

— Sim, mas não à vista...

— Ah, lamento se o incomoda, sinto muito orgulho desta farda.

Apesar da evidência, o juiz apressou-se a negar:

— Não, não me incomoda. — E para demonstrar brindou-a com um daqueles sorrisos dele. — Acontece que me surpreendeu, só isso.

Amaia ergueu as sobrancelhas.

— Foi o senhor quem insistiu para que fosse hoje, já lhe tinha dito que tinha uma reunião muito importante na delegacia. — Parecia que o juiz estava começando a ficar irritado, mas Amaia não se importava com isso.

Markina fitou-a durante alguns longos segundos, daquela maneira.

— É verdade, tem razão, fui eu que pedi, e você aceitou.

— Quero agradecer o apoio recebido e o fato de ter decidido reabrir o caso do *Tarttalo*.

— Você não me deixou outra alternativa.

— Bom, isso aliado às provas — concretizou Amaia.

— Claro que sim, mas primeiro confiei em você. Conseguiu algum progresso?

— Localizamos mais um caso que parece se encaixar na vitimologia, e identificamos um suspeito; achamos que pode ser um colaborador. Torturou a mulher durante anos, uma mulher nascida em Baztán e que vivia em Múrcia; esteve preso, mas mal saiu da cadeia foi atrás dela. Acreditamos que se enquadra no perfil que procuramos. Emitimos um mandado de prisão contra ele. Julgamos que o instigador os escolhe pelo perfil, ainda não sabemos como estabelece uma relação com eles, mas sabemos que essa relação se prolonga durante algum tempo até que estejam preparados e o modo de vida deles esteja a ponto de perder o controle; então só precisa fazer um sinal e eles obedecem.

O garçom trouxe uma garrafa de vinho que com certeza Markina havia escolhido antes e que Amaia recusou.

— Água, por favor — pediu, cortando os protestos do juiz.

Quando o garçom se afastou, Markina perguntou-lhe de novo:

— Tem alguma pista do suspeito que visitou a sua mãe no sanatório?

Amaia sentia-se incomodada falando sobre aquele assunto com Markina; teria dado qualquer coisa para não ter de fazer isso.

— Bom, enviei as fotografias e o relatório do FBI.

— Sim, eu vi. É muito interessante que seja tão bem relacionada, mas parece que nem com tecnologia de ponta é possível corrigir uma qualidade tão deficiente da imagem.

— Exato.

— Sabe se alguém tentou visitá-la de novo ou entrou em contato com ela de algum modo?

— Não há a mínima possibilidade. Ela foi transferida e está isolada. O responsável pelo novo centro conhece a situação e eu confio em seu critério.

Perguntou-se até que ponto isso era verdade, até que ponto confiava em Sarasola; é óbvio que não total e absolutamente. Também se perguntou se estaria sucumbindo à paranoia do doutor Franz.

Como é evidente, evitou falar das suas suspeitas de que o *Tarttalo* também estivesse por trás do caso das profanações, do fato de que os restos mortais utilizados para a profanação pertencessem a membros da sua família e de que os últimos, para ser mais concreta, foram os ossos da sua irmã morta no berço e escondida na história familiar como se nunca tivesse existido. Perguntou-se quanto tempo mais podia ocultar aquilo do juiz sem comprometer a investigação. *Até ter uma prova que o relacione*, disse para si mesma, *até essa altura.*

Por outro lado, tratou de colocá-lo a par das análises efetuadas nas lascas de metal encontradas no cadáver de Lucía Aguirre e do antigo bisturi entregue à sua mãe pelo visitante.

Um novo grupo de clientes entrou no restaurante e ocupou uma mesa reservada perto da sua. Alguns deles fitaram-na intrigados, e Amaia percebeu a expressão de desconforto do juiz.

Aproveitou a deixa.

— Assim sendo, acho que já lhe contei tudo o que temos até agora. Vamos apertar o cerco ao suspeito e acreditamos que vamos prendê-lo nas próximas horas. Vou mantê-lo informado.

O juiz assentiu, distraído.

— E agora vou embora e deixá-lo jantar à vontade.

Pensou que Markina fosse replicar, mas não o fez.

— Está bem, como queira — respondeu, fingindo render-se quando na realidade estava aliviado.

Se uma policial vestida de vermelho não consegue intimidá-lo, nada o fará, pensou Amaia, levantando-se e estendendo-lhe a mão.

Saiu do restaurante enquanto as cabeças se voltavam para olhar para ela, e Amaia lembrou-se de quando conheceu James na galeria onde ele expunha os seus trabalhos. Naquele dia também vestia a farda. James aproximara-se dela, e entregando-lhe um catálogo, a convidou a visitar a exposição.

Antes de ligar o motor do carro, Amaia puxou o celular e discou um número.

— Espere por mim para jantar, amor. Vou já para aí.

— Claro — respondeu ele.

~

Pensava com frequência na maneira como uma investigação avançava em uma ou outra direção e como havia um momento, um instante, que não parecia diferente de outro, e que no entanto mudava tudo.

Em um caso criminal, o investigador tenta montar um quebra-cabeça do qual desconhece o número de peças e a imagem que ficará visível depois de terminá-lo. E havia quebra-cabeças onde faltavam peças, que ficariam como buracos negros na investigação, espaços de absoluta escuridão onde nunca se saberia o que aconteceu na realidade.

As pessoas mentiam, não nas coisas grandes, mas sim no que era importante, nos pormenores. As pessoas mentiam nas declarações que prestavam e não era para esconder um homicídio, mas sim para esconder aspectos insignificantes da própria vida da qual sentiam vergonha. Muitas pessoas acabavam por parecer suspeitas por não admitir a verdade. O investigador reparava nisso. "Está mentindo", mas noventa e nove por cento das vezes a razão por que mentiam era a pura vergonha e o receio de que as mulheres, maridos, chefes ou pais ficassem sabendo do que tinham feito na realidade. Em outras ocasiões, as duas únicas testemunhas jamais falariam. O assassino, pelas razões óbvias, e a vítima, porque havia sido silenciada à força e nunca podia contar o que de fato se passou. As técnicas da mais alta investigação nos últimos anos tinham se virado nessa direção, estabelecendo uma nova ciência forense baseada nessa testemunha muda que era a vítima e que durante muito tempo teve uma importância secundária na resolução do caso.

A vitimologia definia várias linhas por onde seguir baseadas na personalidade, nas preferências e nos comportamentos da vítima, e no nível forense, em reconstituições faciais a partir de restos ósseos, identificação por DNA e odontologia forense. E quando a presumível vítima não aparecia, quando se suspeitava da sua morte como no caso de Lucía Aguirre, mas ainda não se tinha encontrado o corpo, o estudo exaustivo do seu comportamento e da sua intimidade podia lançar bastante luz sobre o caso.

Ou isso, ou ela nos aparecia aos pés da cama sussurrando o nome do assassino.

Contudo, existe outra peça, a peça que os investigadores procuravam o tempo todo: a peça mestra que podia iluminar a cena, fazendo com que tudo se encaixasse e se explicasse com perfeição. Às vezes, essa peça servia para dar por concluídos tanto uma linha de investigação quanto o trabalho de dezenas de pessoas durante meses. E, outras vezes, não passava de um detalhe, um pequeno e brilhante pormenor que podia apresentar-se de inúmeras maneiras: uma testemunha decidida a falar, as imagens da gravação de um caixa eletrônico, os resultados de uma análise, um registro de chamadas telefônicas ou uma mentira não tão pequena assim que ficava exposta. Encontrar essa pequena peça no grande quebra-cabeça dava sentido a tudo. E de repente o que antes havia sido escuridão iluminava-se.

Isso podia acontecer num instante. A diferença entre não ter nada e ter tudo reside num detalhe, e, quando se coloca essa peça, o investigador sabe que conseguiu, que pegou um assassino. Às vezes, essa mágica percepção chega antes da prova que o confirma; às vezes, essa prova jamais chega.

34

Não havia nem sinal do sol que na manhã anterior contribuíra para suavizar seu ânimo e dissipar a neblina. Chovia daquela maneira que os habitantes de Baztán tão bem conheciam e que era um sinal inequívoco de que assim seria durante todo o dia.

Era cedo, por isso foi de carro até Txokoto e parou na porta dos fundos da fábrica. A irmã já tinha ido trabalhar; levantar bem cedo era uma tradição de padeiros e confeiteiros. Empurrou a porta, que não estava fechada, e entrou no local fortemente iluminado e onde alguns operários já haviam começado a trabalhar. Cumprimentou-os enquanto se dirigia à parte de trás. Rosaura sorriu ao vê-la.

— Bom dia, madrugadora. Afinal você é o quê, policial ou confeiteira?

— Uma policial que quer um café e um pedaço de bolo.

Enquanto Ros preparava os cafés, Amaia debruçou-se na janela envidraçada e olhou pensativa para a sala da fábrica.

— Ontem à noite vim aqui.

Ros parou com um pires na mão e fitou-a com um ar muito sério.

— Espero que isso não a incomode. Eu precisava pensar, ou recordar, não sei muito bem qual das duas coisas...

— Às vezes, esqueço que este lugar deve ser horrível para você.

Amaia não respondeu, não conseguia dizer nada. Ficou olhando para a irmã e passados alguns segundos encolheu os ombros.

Ros colocou os cafés e os bolos em cima da mesa baixa de apoio diante do sofá e fez um gesto para que a irmã a acompanhasse.

Esperou que ela se sentasse, mas não fez qualquer menção de tomar o café.

— Eu sabia de tudo.

Amaia olhou para ela, confusa, sem saber do que a irmã estava falando.

— Eu sabia o que estava acontecendo — repetiu Ros, com voz trêmula.

— Está se referindo... a quê?

— Ao que a *ama* fazia.

Amaia inclinou-se mais para a irmã e pousou uma mão sobre a dela.

— Vocês não podiam fazer nada, Ros, vocês eram muito pequenas. Claro que viam o que se passava, mas era tudo tão confuso nela... Era fácil que crianças se sentissem confusas.

— Não me refiro ao dia em que cortou o seu cabelo, quando não queria dançar contigo, nem aos presentes horríveis que te dava. Certa noite, entre tantas em que você dormiu comigo, tão colada a mim que me fazia transpirar, esperei que adormecesse e me mudei para a sua cama.

Amaia deteve-se com a xícara na metade do caminho. As mãos começaram a tremer, não muito, mas teve de pousar a xícara em cima da mesa. De maneira inconsciente, prendeu a respiração.

— A *ama* veio até mim, e está claro que achava que era você. Eu estava quase dormindo e de repente eu a ouvi, muito perto, ouvi muito bem o que ela disse. Disse: "Dorme, pequena cadela. A *ama* não te comerá esta noite". E sabe o que fiz quando ela foi embora, Amaia? Levantei-me e voltei para a minha cama para me deitar ao seu lado, morta de medo. Eu soube disso desde esse dia. Era por isso que sempre deixava você dormir comigo, e sei que de alguma maneira ela também sabia, talvez porque percebeu que comecei a vigiá-la, que a observava enquanto ela te observava. Nunca contei nada a ninguém. Sinto muito, Amaia.

Ficaram assim em silêncio durante alguns segundos que pareceram uma eternidade.

— Não se atormente, você não podia fazer nada. O único que podia ter feito alguma coisa era o *aita*. Era um adulto responsável, era ele quem tinha de ter me defendido, e não o fez.

— O *aita* era bom, Amaia, só queria que tudo funcionasse bem.

— Mas enganou-se; não é assim que uma família funciona. Protegeu ela e obrigou uma menina de nove anos a sair de casa, a não viver com o pai e as irmãs. Me mandou para o desterro.

— Fez isso para te proteger.

— Isso foi o que não parei de repetir para mim mesma durante anos. Mas agora sou mãe, e há uma coisa que sei: eu passaria por cima de mim mesma e de James para proteger o meu filho, e espero que James esteja disposto a fazer o mesmo.

Amaia levantou-se e, encaminhando-se para a porta, pegou o casaco.
— Não vai terminar o seu café?
— Não, hoje não.

☙

Chovia mais do que antes, os limpadores de para-brisa do carro trabalhavam a toda velocidade e mesmo assim eram insuficientes para arrastar a água que caía sobre os vidros. Dirigiu até a delegacia e observou como a água escorria em forte correnteza pela encosta inclinada que circundava o edifício e caía no canal que, com essa finalidade e como um pequeno fosso, cercava o prédio. Em vez de se dirigir à entrada principal, contornou a construção e estacionou na parte de cima, entre os carros vermelhos com o logotipo da Polícia Foral nas laterais. Assim que chegou à sala que vinha utilizando como escritório, viu que Fermín Montes já se encontrava ali. De mangas arregaçadas até os cotovelos, desenhava um diagrama num novo quadro que haviam levado para lá. Etxaide e Zabalza estavam com ele.
— Bom dia, chefe — cumprimentou, alegre, quando a viu.
— Bom dia — respondeu Amaia, ao mesmo tempo que observava a surpresa estampada na cara dos outros dois homens.

Jonan sorriu de leve, erguendo as sobrancelhas quando a cumprimentou, e Zabalza franziu o cenho ao mesmo tempo que balbuciava algo que podia ser interpretado como um cumprimento. Tinha em cima da mesa a abundante documentação que se havia reunido durante o curso da investigação. Pelo grau de desordem e pelo número de inscrições no quadro, calculou que estivessem ali há pelo menos duas horas.

— E esse quadro?
— Estava lá embaixo, acho que quase nunca era usado, mas aqui tem utilidade, pois precisamos dele — respondeu Fermín, voltando-se para olhar para ela. — Estava tentando me pôr um pouco a par do caso antes de você chegar.
— Continuem — disse Amaia. — Começaremos assim que o inspetor Iriarte chegar.

☙

Abriu as mensagens de e-mail e encontrou as de sempre. O doutor Franz, que havia aumentado o seu nível de histerismo e ameaçava "fazer alguma coisa", e outro do Pente Dourado.

"Que melhor lugar para esconder areia do que uma praia.

Que melhor lugar para esconder um seixo do que o leito do rio.

O mal está dominado pela sua natureza."

Iriarte entrou trazendo uma daquelas suas canecas que lhe haviam oferecido no Dia dos Pais e colocou-a diante de Amaia.

— Bom dia, e obrigada — ela o cumprimentou.

— Muito bem, senhores — disse Iriarte —, quando for conveniente, podemos começar.

Amaia bebeu um bom gole do seu café e aproximou-se dos quadros.

— Hoje o inspetor Montes junta-se de novo a nós, por isso vamos recapitular o que temos até agora, e, já que vocês começaram por essa linha — disse, apontando para o quadro com o título "profanações" —, continuaremos a partir daqui. Como vejo que já o puseram a par dos aspectos iniciais do caso, passaremos para o que sabemos até o momento. Interrogamos Beñat Zaldúa, um garoto de Arizkun, autor do blog reivindicativo da história dos agotes, e por fim — disse, pousando por um segundo os olhos em Zabalza —, admitiu ter um cúmplice, um adulto que entrou em contato com ele através de troca de e-mails e que o incentivou a agir. A princípio pareceu-lhe que assim obteria visibilidade em relação às suas reivindicações, mas começou a ficar assustado quando os ossos apareceram. Muito embora isso não tenha sido divulgado na imprensa, em Arizkun todos sabiam, era algo que se comentava nas ruas. Zaldúa afirmou não ter nada a ver com os ossos e também não participou da última profanação, aquela que acabou com uma empilhadeira elétrica lançada contra a parede da igreja. O rapaz estava bastante assustado e identificou sem margem para dúvidas Antonio Garrido — disse, apontando para as fotocópias de seus antecedentes que Zabalza estendia a Montes —, que se revelou ser o marido de Nuria, a mulher que disparou em sua casa contra um agressor que invadiu a residência à força e que se descobriu ser o sujeito que a havia torturado e encarcerado durante dois anos, que vinha disposto a matá-la. Isso nos conduz — disse Amaia virando o outro quadro — ao *Tarttalo*. A partir de Johana Márquez, estabeleceu-se uma relação com pelo menos mais quatro homicídios, todos cometidos por maridos ou companheiros, agressores próximos das vítimas, típicos crimes de gênero com uma particularidade, ou seja, em todos os casos as mulheres eram de Baztán e viviam fora daqui.

— Exceto Johana — referiu Jonan.

— Sim, exceto Johana, que vivia aqui. Em todos os casos, as vítimas sofreram a mesma amputação *post mortem*; em todos, os respectivos assassinos suicidaram-se e deixaram a mesma assinatura: *Tarttalo*.

"Todas as amputações foram realizadas por um objeto denteado que a princípio se supôs que podia ser uma serra tico-tico ou uma faca elétrica, mas a descoberta de um dente metálico no cadáver de Lucía Aguirre permitiu-nos determinar que se trata de uma antiga ferramenta de cirurgião, uma serra manual de amputação."

Fermín ergueu uma sobrancelha.

— O doutor San Martín está tentando fazer um molde que reproduza o dente metálico encontrado para verificar isso, mas tudo aponta para que seja essa a ferramenta, o que faria sentido, porque, no caso de Johana Márquez, o local onde foi realizada a amputação, a cabana onde foi encontrado o corpo, não tinha eletricidade, e uma faca elétrica ou uma serra tico-tico teriam ali sido inúteis, a menos que funcionassem a pilhas. E há mais uma coisa. — Lançou um breve olhar a Jonan e a Iriarte, que já o sabiam. — Foi demonstrado que os ossos abandonados em Arizkun nas sucessivas profanações pertenceram a membros da minha família e foram ali colocados com manifesta intenção — explicou, embora tenha evitado dizer onde se haviam obtido aqueles ossos. De momento, era suficiente.

— Porra, Salazar — exclamou Montes, virando-se para os outros como que procurando uma confirmação. — Mas isso transforma o caso em algo pessoal — afirmou.

— Sou da mesma opinião — continuou Amaia —, sobretudo porque sabemos como ele obteve a informação para encontrá-los. Visitou a minha mãe no sanatório onde estava internada, fazendo-se passar por um dos meus irmãos.

— Mas... você não tem...

— Não, Montes, tenho as irmãs que você conhece, o que demonstra até que ponto vai o atrevimento dele.

— Arrancou a informação da sua velha mãe e deixou os ossos para provocá-la.

Dito assim, "a sua velha mãe", parecia referir-se a uma pobre velhinha ingênua, usada por um maquiavélico monstro; quase sorriu.

— E acha que se trata do sujeito dos dedos cortados?

Iriarte tomou a palavra.

— Não é ele. Temos as imagens do sanatório que o descartam como visitante, mas tudo aponta para que esses agressores violentos e desorganizados não passem de meros servos de alguém muito mais esperto, alguém que manipula a seu bel-prazer a ira desses homens dirigindo-a contra suas mulheres e que os domina a ponto de induzi-los ao suicídio, quando já não têm utilidade para ele.

— Eu diria que a primeira coisa seria determinar quem pode ter tido acesso à sua mãe enquanto estava internada — propôs Montes.

— O subinspetor Zabalza já está trabalhando nisso.

Montes tomava notas, interessado.

— O que mais temos?

Jonan olhou para Amaia, interrogando-a, e ela abanou a cabeça. O fato de os últimos ossos pertencerem à sua irmã gêmea era irrelevante para o caso, tanto fazia que fossem de um familiar ou de outro. Embora soubesse muito bem que não, que não era indiferente, que o fato de serem da sua irmã constituía uma provocação especial e uma afronta que a mantinha mortificada, mas não havia partilhado essa informação com o juiz e não via razão para partilhá-la com Montes e com Zabalza. No momento, não eram mais do que outros ossos encontrados na profanação, e já muita gente sabia disso para o seu gosto.

— Com esse perfil — referiu Montes —, só falta entrar em contato com você para ser como manda o figurino.

— As mensagens de e-mail — disse Jonan.

— Sim, bom... — retorquiu Amaia, evasiva.

— A inspetora tem recebido todos os dias umas mensagens bastante esquisitas. Rastreamos o IP, um IP dinâmico, e depois de o seguir por meia Europa ainda não localizamos o ponto de origem, mas tudo aponta para que seja um ponto público de wi-fi.

— Imagino que tudo isso signifique que não se pode rastrear — comentou Montes.

— Isso mesmo — sorriu Etxaide.

— Então fale isso na nossa língua, porra — protestou Montes, sorrindo.

— Perfil do instigador — disse Amaia, escrevendo no quadro. — Sexo masculino, de alguma maneira relacionado com Baztán. Talvez tenha nascido aqui ou pode ser que tenha tido uma mulher daqui que terá matado ou desejasse fazê-lo, isso teria desencadeado o seu ódio contra essas mulheres. Como bem disse Montes — declarou, fitando-o —, é evidente que nos seus atos há uma provocação pessoal em relação a mim, e de alguma maneira entrou em contato comigo ao usar nas profanações restos mortais de antepassados meus. Isso nos remete a uma ideia bastante clara: por um lado sou mulher, e não sou do agrado de indivíduos misóginos, e no entanto os seus atos foram orquestrados de modo a fazer com que eu me encarregasse do caso, então está ansioso para medir forças comigo. Os perfis semelhantes do estudo de comportamento criminal do FBI apontam que deve ter cinco anos a mais ou a menos do que eu, o que o coloca entre os vinte e oito e os trinta e oito anos. Um homem novo, com uma formação superior. Alguns dos seus acólitos eram rústicos, mas pelo menos em dois dos casos, o de Burgos e o de Bilbao, eram diretores de multinacionais com estudos universitários, e, no caso de Bilbao, com um elevado padrão de vida, diga-se de passagem. Não é possível que um indivíduo qualquer fosse admitido em seu círculo de amizades. Com grandes atrativos físicos, mas sem ser tão bonito, personalidade sedutora, carismática, capaz de transmitir segurança, serenidade e exercer assim o seu domínio. Não sabemos de que maneira os atrai, mas existe alguma coisa que na verdade sabemos sobre os instigadores: o acólito não se sente identificado com ele, não é uma relação de igualdade, mas sim de servidão. O instigador nunca obriga nem obtém nada à força, mas é capaz de criar em seu servo o desejo de agradá-lo a qualquer preço, até mesmo com a sua vida.

Um silêncio pesado e denso pairou sobre os presentes, até que Montes o quebrou.

— E temos um desses à solta por aqui?

— Tudo indica que sim.

— E o acólito?

— Você tem a ficha. Fornece o perfil de agressor violento, não tão caótico como os outros, talvez por isso o instigador o tenha escolhido para executar as profanações. É preciso ter em conta que manteve a mulher sequestrada durante dois anos em sua casa e ninguém desconfiou de nada; se ela não tivesse conseguido fugir, ainda estaria lá. Antes do sequestro, já havia conseguido romper qualquer tipo de relação com a família e com a dela também, e é claro que não tinha amigos e não se dava com ninguém, nem com os vizinhos. Segundo os colegas de trabalho, era amável, prestativo e muito trabalhador, mas não convivia com ninguém fora do local de trabalho.

— Chefe, permita que eu me ocupe deste caso? Gostaria de conversar com a mulher, com certeza ela faz alguma ideia de onde ele possa estar. Se não conhece muito bem a região, e com os controles policiais colocados na estrada, o homem vai ter a vida dificultada; com certeza está escondido, porque se tivesse se suicidado já o teríamos encontrado.

Amaia assentiu.

— Está bem, cuide disso.

Montes pegou o relatório de Antonio Garrido em cima da mesa e em seguida folheou-o durante alguns segundos.

— Está escondido, agora tenho certeza — declarou, mostrando uma fotografia. — Veja só em que monte de esterco vivia enquanto manteve a mulher presa. — A fotografia mostrava uma casa repleta de lixo, de sujeira, e um catre de onde pendiam as correntes que amarraram Nuria durante dois anos. — Esse cara não precisa de muita coisa, é capaz de subsistir numa barraca ou num chiqueiro sem nenhum problema. Posso dar uma olhada nesses e-mails que anda recebendo?

— Sim, Jonan, imprima para ele, por favor.

Jonan voltou com as mensagens e Montes leu-as em voz alta.

— "Pedras no rio e areia na praia." Nunca fui muito bom para essas coisas poéticas, a minha ex-mulher dizia que me faltava sensibilidade. O que você acha que significa?

Amaia fitou o inspetor, surpresa; era a primeira vez que o via gracejar em relação ao seu divórcio; talvez fosse verdade que estivesse fazendo progressos.

— Fala sobre esconder alguma coisa à vista de todos, num lugar tão evidente que por isso mesmo passa despercebido. Faz referência a um poema: pedras no leito do rio e areia numa praia, algo escondido no lugar mais evidente.

— Você acha que se refere ao sujeito que nós procuramos? Seria o cúmulo que nos mandasse pistas sobre o local onde está.

Amaia encolheu os ombros.

— Muito bem, então Montes vai se concentrar em procurar Antonio Garrido. Etxaide, você continua com o que está fazendo — disse, sem entrar em detalhes. — Se quiser, pode acompanhar o inspetor Montes quando ele for visitar Nuria. Iriarte, você vem comigo; ligue para o tenente Padua da Guarda Civil e pergunte a ele se pode nos acompanhar. Zabalza, você tem o quê?

— Tenho alguns resultados, ainda me falta muita coisa na lista para comparar, e existem bastantes correspondências. Uma empresa de limpezas fez contratos com os três hospitais, estou comparando as listas do pessoal. Entre substitutos e trabalhadores temporários são muitos, vou demorar bastante tempo. Também há vigias que trabalharam nos três centros e médicos que atendem em mais de um deles; o mesmo acontece com os estagiários de enfermagem.

Amaia fitou-o, pensativa.

— E o doutor Sarasola?

— Não, ele nunca a havia atendido antes. Quer que o investigue mais a fundo?

— Não, continue com as listas; o subinspetor Etxaide se ocupará disso.

Reparou no ar de contrariedade. Aquele homem nunca estava satisfeito.

Jonan deixou-se ficar para trás, e pela expressão no rosto dele percebeu que queria lhe dizer alguma coisa.

— Fique, Etxaide — pediu depois de os outros saírem.

Jonan sorriu antes de começar a falar.

— Bom, na realidade é uma bobagem sobre os e-mails que você recebe, mas eu não quis comentar o fato na frente dos outros antes de você ficar sabendo...

Amaia olhou para ele, na expectativa.

— Durante o rastreio do endereço, o sinal deu um pulo para um servidor dos Estados Unidos, na Virginia para ser mais exato, e dali para o ponto de origem das mensagens.

— E então?

— A origem é em Baton Rouge, na Luisiana, e a minha busca foi detectada pelo FBI. Me pediram para abandoná-la de imediato sem me dar nenhum tipo de explicação, mas o endereço me leva a pensar num suspeito ou num infiltrado.

— Está bem. Obrigada, Jonan, fez bem em me contar primeiro.

35

Odiava andar com guarda-chuva, mas a intensidade com que a chuva caía a teria ensopado assim que saísse do carro. Relutante, abriu-o e esperou que Iriarte contornasse o carro antes de começar a seguir pela estrada de terra. A cabana era invisível entre a vegetação; se um ano antes já quase a ocultava, agora a cobria na totalidade. Padua esperava dentro da patrulha da Guarda Civil com que havia avançado pela estrada de terra quase até a porta da cabana. Saiu do carro quando os viu aproximar-se e entraram juntos. A trepadeira que um ano antes entrava com timidez pelo buraco do telhado havia se apoderado das vigas, aonde chegava mais luz, contribuindo em parte para criar um telhado natural que impedia que a água entrasse pela abertura.

Não havia sinal do velho sofá nem do colchão com que se cobrira o corpo de Johana; também haviam desaparecido a mesa e o banco comprido. Lamentou este último. As cabanas são lugares acolhedores, refúgios sem fechadura pensados para que todos possam utilizá-las, lugares onde pastores, caçadores ou peregrinos se abrigam da chuva, da noite ou para parar um pouco e descansar. Contudo, a morte de Johana marcara aquele lugar e já não era mais do que um refúgio para os animais. O solo estava coberto de pequenas bolinhas pretas, e, no canto mais afastado, um fardo de palha, além do inconfundível odor das ovelhas, denunciava qual era agora o uso da cabana.

Amaia foi até o fundo da construção e parou para observar o local onde um ano antes estava o corpo de Johana, como se pudesse distinguir de alguma maneira o vestígio daquela vida ceifada.

— Obrigada por ter vindo, Padua — disse Amaia, voltando-se para ele.

O guarda civil fez um gesto indicando que isso não tinha importância.

— O que anda lhe passando pela cabeça?

— Lembra-se do que Jasón Medina declarou quando o prenderam?

O guarda assentiu.

— Sim, ele desabou e confessou chorando o que tinha feito com a enteada.

— É isso mesmo. Medina não apresentava o perfil agressivo ou de intensa frustração dos assassinos. Para a mulher, a razão da suspeita que tinha contra ele era o ar depravado com que o surpreendeu olhando para a menina e o zelo excessivo que nos últimos meses dedicava aos horários, às saídas e às roupas da garota. Quanto à forma como o crime foi perpetrado, não se notou diferença em relação aos outros, exceto pela violação, mas isso também não é estranho; muitos agressores de gênero molestam sexualmente as suas vítimas.

— Nesse caso, na sua opinião o que não se encaixa? Eu reparei imediatamente nas semelhanças.

— Eu também, mas do mesmo modo vejo as diferenças. Nos outros casos, as mulheres tinham nascido no vale e por alguma razão não moravam aqui, quer fosse porque uma geração anterior se havia estabelecido em outra província, quer fosse pelo casamento ou, como no caso de Nuria... porque o agressor a afastou da família como parte da sua estratégia de anulação que idealizam para as suas vítimas. Em todos os casos, os assassinos apresentavam antecedentes de violência ou de violência reprimida, um tipo de temperamento que funciona como uma panela de pressão. No caso de Johana, pulamos dois desses aspectos; por um lado, não só ela não havia nascido aqui como também é a única que vivia no vale no momento da sua morte. O pai não tinha antecedentes de violência e não se enquadra no perfil. O tipo de pervertido sexual que Jasón Medina era só é capaz de desenvolver violência durante o ato sexual, e apenas se a vítima resistir, como sabemos que Johana resistiu.

— Bom — explicou Padua —, imagino que a senhora também tenha chegado à conclusão de que o instigador tem alguma relação com o vale.

— Sim, é evidente que sim, mas há mais qualquer coisa que o distingue dos outros; no caso de Johana, ele não assinou o crime.

Padua refletiu sobre isso:

— Escreveu *Tarttalo* em sua cela e deixou um bilhete dirigido a você.

— Mas não no local do crime, e, bem, isso podia ser um pormenor secundário; em outros casos, a assinatura só apareceu nas celas, mas em todos fazia parte de uma estratégia visual. Além disso, Jasón Medina demorou quase um ano para se suicidar na prisão, quando todos os seus antecessores o fizeram de imediato; e os quatro meses que Quiralte demorou foram os que eu levei para me reincorporar na investigação. Mostre a ele, Iriarte — pediu.

O inspetor abriu uma pasta que levava debaixo do braço e segurou-a com as duas mãos para que pudessem vê-la.

— Todos os assassinos mataram as mulheres e se suicidaram em seguida, alguns deles no local do crime, como foi o caso de Bilbao, está vendo a assinatura? — disse, apontando para a fotografia. — O de Burgos saiu de casa e enforcou-se numa árvore, aqui está a assinatura. O de Logronho, na prisão, aqui está a assinatura. Quiralte, na prisão, depois de nos mostrar onde estava o cadáver de Lucía Aguirre, a assinatura...

— E Medina na prisão, com a assinatura — disse Padua, observando a documentação.

— É verdade, mas um ano depois.

— Pode ter sido devido à sua maneira de ser, era um pouco... "frouxo".

— Pode ser, mas, se tivesse sido atraído como os seus "primos", teria feito do mesmo modo, e a forma como se suicidou denota uma grande convicção, a convicção necessária para cortar a garganta; eu não o chamaria de frouxo.

— Aonde você quer chegar? O braço de Johana apareceu em Arri Zahar com os outros...

— Sim, sim, quanto a isso não há dúvidas. Estamos bastante seguros de que utilizou o mesmo objeto para amputar todas.

— Então...

— Não sei — hesitou, olhando ao redor. — Você interrogou Medina; acha que ele estava mentindo?

— Não, acho que o desgraçado disse a verdade.

Amaia lembrava-se dele sempre chorando, deixando que as lágrimas e o ranho lhe escorressem pelo rosto. O despropósito em estado puro. Confessou ter forçado a filha, tê-la matado estrangulando-a com as mãos e tê-la estuprado depois de morta, mas quando o interrogaram sobre a amputação, por que motivo havia cortado um braço do cadáver, mostrou-se perplexo, não sabia como isso tinha acontecido. Depois de matá-la por impulso, voltou para casa em busca de uma corda para colocar ao redor do pescoço da menina e imitar, assim, um dos crimes do *basajaun* que havia lido na imprensa. Quando retornou à cabana, Johana já não tinha o braço.

— Lembra-se do que ele disse sobre o fato de sentir uma presença?

— Achava que havia alguém observando-o, até pensou que fosse o fantasma de Johana que o rondava — respondeu Padua, explicando os fatos a Iriarte.

— Depois de usar a corda, foi para casa esperar que a mulher voltasse do trabalho e fingiu normalidade. Perguntei a ele se talvez não teria decidido amputar a menina para dificultar a sua identificação, e parecia que uma ideia assim nunca lhe havia passado pela cabeça, até explicou que achava que um animal a tinha mordido.

— O sujeito era um idiota, precisaria ser um predador enorme para arrancar um braço assim.

— Isso é o de menos. O que importa é por que motivo pensou nisso, e ele fez isso porque o braço estava mordido, faltava um pedaço de carne e até um imbecil como ele foi capaz de identificar esse fato com uma mordida.

— É verdade, de fato havia uma mordida no tecido — admitiu Padua.

— Isso também é único; em nenhum dos outros casos há registro de que os corpos apresentassem lacerações por dentes incisivos, e menos ainda por incisivos humanos. E depois temos o assunto da cabana; não estava no meio do caminho; para chegar até ela é preciso saber que fica aqui; a sua existência é conhecida apenas por caçadores, pastores, pelos garotos que encontraram o corpo, gente da região.

— Sim; na verdade, se Jasón a conhecia era porque havia trabalhado como pastor durante um tempo.

— E estava em fevereiro, e no ano passado choveu quase tanto quanto este ano.

— Bem, acho que este ano vamos bater o recorde, mas sem dúvida choveu muito e as trilhas estavam lamacentas. Só viria até aqui alguém que conhecesse o lugar.

— Nesse caso, ou foi por acaso que o *Tarttalo* se encontrou com ele ou então ele seguiu Medina. Eu aposto na segunda hipótese; pode ser que o estivesse vigiando.

— Acha que os dois ainda não se conheciam?

— Acho que o *Tarttalo* conhecia Jasón Medina. Mas tenho minhas dúvidas se naquele momento tinha algum tipo de controle sobre ele; em relação a esse sujeito, as coisas devem ter sido bem mais difíceis para ele, o seu comportamento está fora do perfil.

Iriarte interveio.

— Acha que ele o conheceu primeiro e o atraiu depois?

Amaia levantou um dedo.

— Essa é a discrepância — declarou. — Parece que Jasón Medina cometeu um crime impelido por seus desejos, agiu de maneira imprudente e sem planejamento; a prova é que teve de retornar a casa para ir buscar a corda para imitar os outros crimes. O assassinato de Johana foi um crime de oportunidade. Disse que a menina foi com ele levar o carro em um lava-rápido e no meio do caminho sentiu o impulso de estuprá-la. Não pensou nisso, nem no momento, nem na conveniência, nem nas consequências; agiu tomado por seus desejos, e só quando recuperou a calma depois de ter cometido é que começou a elaborar um plano: trouxe-a para cá, voltou para casa para ir buscar a corda e depois tentou convencer a mulher de que a menina tinha fugido de casa, como tantas outras vezes. Dias depois, aproveitando a ausência da mulher, escondeu a roupa, o dinheiro e os documentos de Johana, dizendo que a menina tinha voltado para buscar as suas coisas. Foi pensando nisso aos poucos, não tinha um plano definido.

— Sim, e isso nos leva...

— Se ele não tinha um plano, se o crime de Johana não foi planejado, decidido, se agiu por impulso, como apareceu o *Tarttalo* no momento exato para levar o troféu?

— Ele o conhecia. Para conseguir atrair adeptos tem de ser um perito em distinguir assassinos, um especialista em traçar perfis criminais. Com certeza já o conhecia, mas Medina era imprevisível, portanto só há uma maneira de estar aqui no momento oportuno...

— Ele o seguia.

— E o seguia de muito perto.

— Só que não é fácil seguir uma pessoa no vale sem ser percebido — opinou Iriarte.

— A menos que não se destaque, que seja parte da paisagem habitual, que seja alguém do vale.

36

Amaia estava havia vinte minutos parada na janela. Qualquer um diria que ela contemplava o horizonte, mas a chuva torrencial que caía limitava a visão a uma distância de poucos metros, e o mais longe que conseguia ver era a água descendo como um rio pela estrada. Havia um carro parado no caminho de acesso; chamou a sua atenção que não tivesse estacionado debaixo do beiral do edifício, que era o que costumavam fazer todos que se dirigiam ao serviço de atendimento ao cidadão, na entrada principal. O motorista desligou o motor, mas manteve os limpadores de para-brisa funcionando e ficou dentro do carro. Viu um policial fardado se aproximar do carro para se informar, e ao fim de alguns minutos o subinspetor Zabalza saiu do edifício e se aproximou do carro. Com ar irado, abriu a porta do lado do motorista e durante um minuto manteve uma discussão que era evidente por causa dos gestos que fazia. Fechou a porta de repente e voltou a entrar no edifício. O carro ficou ali ainda durante uns minutos; em seguida, arrancou, deu a volta e foi embora.

A delegacia estava silenciosa. A maioria dos policiais havia terminado o seu dia de trabalho e já tinha ido embora, e, apesar de a atividade jamais cessar no piso térreo, lá em cima só restavam ela, o subinspetor Zabalza duas portas adiante, e o zumbido da máquina de café no corredor.

A visita à cabana na companhia de Padua e de Iriarte só havia servido para aumentar o seu desassossego e tornar mais vívida a sensação de que lhe escapava alguma coisa que a morte de Johana deixara em evidência.

Mas o quê? Só lhe ocorria que seria algo obsceno.

Johana Márquez havia sido a nota dissonante na composição do instigador, e a causa não fora apenas o comportamento anormal e menos previsível de Jasón Medina. Devia conhecê-lo, e tinha certeza de que desde o primeiro momento o catalogara como um candidato a recrutar para a sua lista de servos. Contudo, Medina não era previsível; os predadores sexuais nunca o são, agem por impulso quando o desejo se manifesta, incapazes de se conter.

O instigador era um perito em comportamento, deve tê-lo visto com toda a clareza.

Nesse caso, por que se arriscara com ele? Por que não o descartara pura e simplesmente? Não reunia as condições mentais necessárias, seu pecado não era a ira, mas sim a luxúria, e a sua provável vítima não havia nascido no vale, embora vivesse ali. Amaia tinha certeza de que a sua dissonância possuía um significado, que não era casual e que portanto podia constituir a chave para deslindar o comportamento do instigador e conhecer a sua identidade. Por que motivo tinha escolhido Medina? Tinha quase certeza de qual teria sido a razão; tinha de ser por cobiça. Ânsia sem limites de conseguir o que se deseja, em cuja origem reside o desejo, desejar o que vemos e não é nosso, mas que degenera no anseio de privar o outro daquilo que queremos. Em seu poema do Purgatório, Dante descreve-o da seguinte maneira: "Amor pelos bens pervertido pelo desejo de privar outros dos seus". O castigo infernal dos invejosos era lhes coser os olhos, fechando-os para sempre para privá-los do prazer de ver o mal dos outros. Tinha tanta certeza de que o instigador conhecia Johana como de que não conhecia as outras vítimas, mas viu a pequena e doce Johana, viu o monstro que a espiava e teve uma razão para ignorar as próprias regras. Cobiçou-a, cobiçou a sua doçura, a sua ternura, e querer saciar esse desejo aproximou-o de um ser imprevisível a ponto de explodir a qualquer momento. Então, manteve-se por perto, muito perto, até que chegou a hora de obter o que cobiçava.

Amaia abandonou o lugar junto à janela, pegou a bolsa e antes de sair foi ao quadro de anotações e escreveu: "O *Tarttalo* conhecia Johana".

Ao passar diante do posto de Zabalza, pensou em parar e mandá-lo para casa; já era tarde e era evidente que verificar e comparar os nomes que se repetiam nas listas ainda demoraria vários dias, mas no momento exato em que se preparava para entrar percebeu que ele estava falando ao telefone. Pelo tom confidencial e pela abundância de monossílabos, percebeu de imediato que tipo de conversa era. James e ela costumavam brincar sobre o tom de voz mais doce e mais sugestivo que adotava para falar com ele. "Você fala comigo com doçura", dizia-lhe, e sabia que era verdade.

O subinspetor Zabalza usava uma versão masculina daquele tom de voz reservado para falar com os amantes. Passou diante da porta sem parar e viu-o, de esguelha, junto à janela com o celular na mão. Mesmo de costas, a linguagem corporal evidenciava a agradável descontração tão pouco comum num homem que sempre parecia tenso. Enquanto esperava pelo elevador, ela o ouviu rir e pensou que aquela era a primeira vez.

❧

Ficou parada na porta, encolhendo-se devido à chuva. O policial de plantão olhou para ela com expressão preocupada.

— Dizem que hoje o rio Baztán vai transbordar.

— Não me espantaria nada — respondeu, colocando o capuz do casaco.

— Quem veio falar com o subinspetor Zabalza?

— A namorada dele — respondeu o policial. — Eu disse que esperasse lá dentro, mas ela respondeu que não, que fosse avisá-lo — retorquiu, encolhendo os ombros.

Amaia dirigiu descendo a ladeira, e ao fazer a curva viu o mesmo carro de momentos antes parado perto de um sarçal. Ao passar ao lado, avistou uma mulher jovem que olhava para a delegacia e que era evidente que não estava falando com o namorado.

Antes de ir para casa, parou em Juanitaenea, calçou as botas de borracha que ali havia deixado antes e, debaixo do guarda-chuva, percorreu o perímetro da casa, observando que a lama remexida sobre os túmulos se encontrava agora lisa, nivelada pela imensa quantidade de água caída durante as últimas horas.

Não havia novas covas. Voltou para o carro e lá de dentro observou o pomar, lembrando-se da maneira hostil como aquele homem a olhara.

❧

As moças do alegre grupo riam armando uma algazarra que era possível ouvir da rua.

— Meninas, mas que barulheira é esta? Os vizinhos chamaram a polícia, dizem que há aqui um *sabat* — disse quando entrou.

— Sua sobrinha chegou para nos prender, Engrasi — riu Josepa.

— Eu podia muito bem ter enviado um desses rapazes jovens e bonitos que costumo ver nas batidas policiais.

— Ah, sem-vergonha! — riu a tia Engrasi. — Sei bem que assim que os vê, começa a correr com o carro para ver se te param, bandida!

Amaia observou-as. Riam ruborizadas como adolescentes travessas, e ela pensou que aquelas reuniões não deviam ser muito diferentes das que durante centenas de anos congregaram as mulheres de Baztán na casa de alguma delas para passar a tarde bordando o enxoval de casamento ou as roupinhas dos filhos. As reuniões de mulheres que relatava José Miguel de Barandiarán e nas quais as *etxeko andreak*, as donas de casa, trocavam receitas, conselhos, rezavam o terço ou contavam aquelas histórias de bruxas que tanto haviam marcado o vale e que aterrorizavam as jovenzinhas que deviam em seguida retornar às suas casas, às vezes a quilômetros de distância, mortas de medo. Também não deviam ser muito diferentes, pelo menos no início, daquelas que Elena e a sua mãe frequentaram. Seu rosto se obscureceu ao recordar Elena falando sobre *o Sacrifício*.

James desceu as escadas trazendo Ibai no colo. Quando a viu, colocou o menino num dos braços e estendeu o outro, abraçando-a.

— Olá, amor — sussurrou Amaia. — Olá, minha vida — disse, pegando o menino no colo sem soltar James. — Como passaram o dia?

James beijou-a antes de responder.

— De manhã estive no ateliê, em Pamplona, preparando a remessa e falando com o pessoal da empresa de transportes. Está tudo pronto.

— Ah, claro!

No dia seguinte, seria feita a mudança da coleção de James para o museu Guggenheim, e ela tinha se esquecido.

— Você se lembrou, não é? — perguntou James, malicioso.

— Sim, sim, claro. Tia, toma conta do Ibai amanhã, ou vamos levá-lo conosco?

— Nada disso, deixem ele aqui. Sua irmã já falou com o Ernesto para que se encarregue de tudo na fábrica e assim ela vai ficar aqui para me ajudar. Quanto a vocês, vão a Bilbao e divirtam-se.

Amaia recapitulou os telefonemas que precisava fazer se quisesse deixar tudo encaminhado e em ordem para o dia seguinte. As coisas estavam bastante calmas, por isso ela partia do princípio de que não iria acontecer nada se faltasse por um dia. Consultou o relógio e levantou Ibai até o colocar à altura do seu rosto, provocando o riso do menino.

— Hora do banho, *ttikitto*.

37

Nuria usava um vestido azul e um blazer do mesmo tom. Havia substituído o gorro de lã por uma fita larga que resplandecia como um diadema sobre o cabelo muito curto. Não aplicara maquiagem, mas Jonan reparou que tinha pintado as unhas de preto. Abriu a porta antes de chegarem à trilha. Recebeu-os com um tímido sorriso que não se apagou do seu rosto enquanto os acompanhava até a sala e ofereceu-lhes um café, que ambos aceitaram. O inspetor Montes fez-lhe perguntas sobre os fatos ocorridos e quis saber se ela se recordava de mais alguma coisa. Nuria repetiu a mesma história, mas havia em sua maneira de narrar uma força desconhecida em sua primeira versão. Relatava os fatos com um certo distanciamento, como se tivessem acontecido com outra pessoa, uma mulher diferente, e Jonan percebeu que no fundo era assim. Enquanto Montes lhe fazia perguntas sobre o conhecimento da região que Antonio Garrido podia ter, ele fixou a atenção no buraco da porta, reparando que estava coberto por um delicado pôster de flores que ainda permitia ver nos dois lados a marca do tiro, provocando uma estranha sensação. Via-se um novo modelo de espingarda, de canos paralelos, encostado à janela.

— Deveria ter guardado num armeiro — advertiu Montes, antes de sair.

— Sim, eu ia fazer isso quando os senhores chegaram.

— Claro... — respondeu Montes.

Chovia com mais intensidade quando saíram da casa.

— O que você acha? — perguntou Jonan, assim que chegaram ao portão.

— Parece que esse sujeito faria melhor se se ocupasse de outra coisa em vez de vir atrás da mulher, porque se vier ela vai dar um fim nele, e bem... Um cretino a menos.

Jonan também achava o mesmo. Reparara nas mudanças na atitude e na roupa dela. As cortinas da sala continuavam escancaradas para poder ver quem se aproximava, alterara um pouco a disposição dos móveis, tinha perto de si uma cafeteira, bolachas e uma arma junto à janela; era provável que dormisse no sofá para poder vigiar. Descartara o agasalho gigante em detrimento de um vestido, mostrava sem recato o cabelo curto e enfeitava-o com aquela fita brilhante, cobrira as marcas de tiro com uma imagem de flores e pintara as unhas. Era uma franco-atiradora.

Etxaide balançou a cabeça segurando um guarda-chuva, que com a intensidade do aguaceiro era quase inútil. A chuva ensopara o tecido do guarda-chuva e a água escorria pela haste central até a sua mão e borrifava em seus rostos. Os dois caminharam para o centro por ruas alagadas onde os esgotos se revelavam insuficientes, e se verificava o curioso fenômeno de chuva inversa ao cair a água com força sobre uma superfície lisa projetando respingos de baixo para cima. Parecia que chovia do chão, e não havia guarda-chuva no mundo que protegesse uma pessoa de tanta umidade.

Depois de passar pela rua Pedro Axular, foram até a balaustrada, como que atraídos por um ímã, no lugar onde o rio faz a curva. A água chegava quase à borda do passeio.

— Tinham razão a respeito das previsões; se continuar a chover assim, dentro de meia hora o rio vai transbordar.

— E não há nada que se possa fazer?

— Precisamos estar preparados — respondeu Jonan, sem grande convicção.

— Mas será que vai inundar a aldeia?

— Não. Por exemplo, a água nunca chega à região onde mora a tia da inspetora, só neste lugar; o que causa as cheias é a curva do rio, e a represa de Txokoto não ajuda em nada.

— Mas é necessária, ou não?

— Não é mais. Foi construída como a maioria delas para a obtenção de energia elétrica. Um dos primeiros edifícios que existem na outra ponta da rua Jaime Urrutia em frente aos *gorapes* é o antigo moinho de Elizondo reedificado no século XIX e reconstruído como central elétrica em meados do século XX. Se olhar bem, vai ver que do outro lado foi construído um teleférico para pegar peixes; falou-se em derrubar a represa e deixar que o rio baixasse sem contenção, mas os moradores não querem nem ouvir falar do assunto.

— Por que não?

— Porque se acostumaram à represa, a vê-la, ao seu som, aos turistas tirando fotografias na ponte...

— Mas se causa tantos problemas...

— Nem tantos, uma vez por ano, se muito. Às vezes não acontece nada durante anos, é uma dessas coisas que compensam.

Montes deixou vagar o olhar sobre o rio cada vez mais cheio.

— São muito peculiares essas pessoas de Elizondo — disse, à medida que caminhavam rumo à rua Jaime Urrutia. — Anos atrás houve uma grande inundação, não sei se teria sido menos grave se não houvesse represa. Olhe — apontou para a casa da Serora —, essa placa indica o nível que as águas alcançaram na antiga casa da Serora, qualquer coisa como a criada do padre; a antiga igreja ficava aqui mesmo. — Fez um gesto para uma praça onde só havia uma fonte. — Foi destruída por uma enchente.

— E você ainda diz que a represa compensa?

— Naquela época, a água foi contida rio acima por um tampão que se formou com troncos e pedras, e, quando arrebentou, desceu com tanta força que levou tudo que encontrou pela frente. Não creio que tivesse sido muito diferente sem a represa; estou convencido de que o problema está na curva que o rio forma. É lógico que a água saia por aqui.

Montes observou que a maioria dos comerciantes havia fechado com tábuas e espuma de poliuretano as portas das respectivas lojas; alguns haviam colocado sacos de areia, preparando-se para a iminente inundação. A maioria das lojas estava fechada, mas na parte da rua que dava para o rio havia algumas entradas desprotegidas.

— É uma pena que ninguém cuide desses prédios — comentou.

— Alguns estão desabitados, e não há dúvida de que é uma pena, possuem grande valor histórico; esta casa, por exemplo — disse Jonan, apontando para um antigo edifício.

— Chama-se Hospitalenea; durante séculos foi um hospital de peregrinos, em especial para os que percorriam o Caminho de Santiago, que chegavam aqui exaustos: atravessar os Pireneus constituía uma dura prova que muitos não conseguiam superar.

Montes ergueu os olhos para vê-lo melhor. As venezianas fechadas haviam adquirido uma cor muito próxima do cinzento que a madeira muito velha costuma ganhar; a longa varanda do último andar parecia pender da fachada sustentada por três postes, e sobre a do primeiro andar havia uma inscrição que era ilegível por causa da chuva.

— O que está escrito ali?

— O ano em que foi comprado e restaurado, 1811, acho.

Continuaram a caminhar e Montes parou de repente, entregando o guarda-chuva a Jonan.

— Espere por mim aqui — disse, voltando para trás.

O subinspetor ficou parado no meio da rua, segurando o guarda-chuva ao mesmo tempo que via Montes acelerar o passo até desaparecer da sua vista em direção à curva do rio, por detrás do Palácio Arizkunenea.

Montes voltou ao lugar onde havia se debruçado para ver o rio. A chuva caindo sobre a sua superfície havia-lhe feito perder a qualidade de espelho, e as luzes refletiam-se na água como manchas móveis. Ele colocou as duas mãos sobre a balaustrada e contou as fachadas que davam para o rio. Voltou a contar e observou. A chuva caía de forma torrencial, ele tinha a roupa e o cabelo ensopados e a água escorria-lhe pelos olhos dificultando-lhe a visão. Pôs uma das mãos sobre os olhos como uma viseira, voltou a contar e esperou até que o viu. O clarão oscilava como costuma acontecer quando a luz provém de uma vela, uma sombra informe projetou-se de encontro à janela sem postigos que dava para o rio e a luz apagou-se. Sentiu então como a água lhe alagava os sapatos e quando olhou verificou que o rio havia ultrapassado o muro e a água avançava como uma pequena onda para a rua. Começou a correr até dobrar a esquina do Palácio Arizkunenea e avançou a toda velocidade até Jonan, ao mesmo tempo que contava de novo as fachadas e sacava a pistola.

Jonan olhou perplexo para ambos os lados da rua deserta.

— Mas o que você está fazendo?

Montes alcançou-o e entre arquejos lhe explicou, ao mesmo tempo que o arrastava até a porta da casa abandonada.

— Ele está aqui. Como foi mesmo que disse que se chama esta casa?

— Hospitalenea — respondeu Jonan assentindo ao mesmo tempo que entendia do que Montes desconfiava —, e era um antigo hospital de peregrinos. "Vou levá-la ao hospital", foi isso que ele disse.

— Está com a pistola?

— Claro — replicou Jonan, pousando no chão o guarda-chuva e sacando sua Glock e uma lanterna.

— Eu achava que vocês, arqueólogos, costumavam trazer uma picareta e um pincel — disse, sorrindo.

— Vou pedir reforços.

Montes pousou a mão no ombro dele.

— Não podemos esperar, Jonan, se estiver de vigia, e é o mais provável, já deve ter nos visto parados diante do prédio. Acho que tinha uma vela e acho que me viu, pois apagou-a. Se esperarmos pelos reforços vamos encontrá-lo morto, e é muito importante que possamos interrogá-lo. Está lá em cima, na primeira porta, no cômodo da esquerda.

Montes pôs a mão sobre a maçaneta enferrujada da porta e girou-a.

— Está fechada — sussurrou. — Assim que eu contar até três, vamos. Um. Dois.

Investiu de encontro à porta com o ombro, e a lâmina inchada pela umidade cedeu e emperrou, deixando uma abertura com cerca de vinte centímetros. Montes enfiou um braço por ela e, fazendo pressão, conseguiu abri-la um pouco mais. Etxaide seguiu-o. Correram pelas escadas acima sentindo como a madeira rangia e o corrimão oscilava como se estivesse sendo sacudido por um terremoto quando o corpo caiu pelo vão com um estrépito espantoso. Dirigiram para lá os feixes das lanternas.

— Puta que pariu — gritou, voltando atrás pelas escadas. — Enforcou-se.

Chegou lá embaixo e, abraçando o homem pelas pernas, levantou-o numa tentativa de diminuir a tensão que a corda exercia no pescoço dele.

— Suba, Etxaide, corte a corda, corte a corda — gritou.

Jonan subiu os degraus de dois em dois procurando com a luz da lanterna o local onde a corda estava presa. Localizou-a atada ao corrimão, que se partiu, causando o barulho que tinham ouvido. A corda era muito grossa, de boa qualidade; com uma mais fina o homem teria cortado o pescoço.

O amplo diâmetro daquela corda o privaria de oxigênio, mas era pouco provável que lhe partisse o pescoço ou que lhe cortasse a traqueia. Ouviu Montes gritando lá de baixo, enfiou a arma na cintura olhando com apreensão para os cômodos escuros que não havia chegado a revistar.

Montes gritava como um louco. Tentou introduzir os dedos entre a corda e o corrimão para desfazer o nó, mas a tensão provocada pelo peso o impedia. Olhou em volta em busca de qualquer coisa com que pudesse cortá-la, enquanto lá embaixo Fermín Montes continuava gritando:

— Corte a corda, corte a corda, porra.

Sacou a arma, apontou para a corda e disparou. A corda saltou como uma serpente, e, livre de tensão, caiu pelo vão. Precipitou-se pelas escadas abaixo e, quando chegou, viu Montes debruçado sobre o homem, tentando livrá-lo da corda. Triunfante, o inspetor pôs-se de pé.

— Está vivo, o filho da puta. — E, como que a corroborá-lo, o tipo tossiu e queixou-se, emitindo um som entrecortado e desagradável.

— Que diabos você estava fazendo lá em cima? Demorou uma eternidade para cortar a corda. — Afastando as mãos, apontou para a sua roupa com uma expressão de nojo. — É melhor você telefonar, Jonan, este filho da puta mijou em cima de mim.

O telefone tocou quando a família se preparava para começar a jantar.

— Chefe, pegamos o Garrido. Estava escondido no antigo hospital de peregrinos, pendurou-se pelo pescoço no momento exato em que o encontramos. Não morreu, o Montes impediu-o, mas está mal. Já chamamos uma ambulância.

A imagem de Freddy intubado e imobilizado na cama do hospital há um ano veio-lhe à mente com força.

— Vou já para lá. Se a ambulância chegar antes de mim, não se afastem dele nem por um segundo, não deixem que ninguém se aproxime dele, não deixem que fale com ninguém e não o deixem a sós com ninguém em momento algum — disse Amaia antes de desligar.

୨୧

Talvez devido à chuva torrencial que caía, a emergência do Hospital Virgen del Camino estava excepcionalmente vazia. Parecia que todos tinham decidido deixar a ida ao médico para o dia seguinte, e só meia dúzia de pessoas aguardava na sala de espera.

Amaia aproximou-se com Iriarte do balcão e mostraram os distintivos à recepcionista.

— Antonio Garrido, veio de ambulância de Baztán.

— Quarto três. Os médicos estão com ele agora, podem esperar na sala.

Sem lhe dar ouvidos, embrenharam-se pelo corredor onde ficavam os quartos e, antes de encontrar o de número três, Jonan veio ao encontro deles.

— Não se preocupem, Montes entrou com ele.

— Como ele está?

— Consciente, respira bem, apresenta uma queimadura por fricção bastante feia no pescoço e não pode falar. Imagino que deve ter esmagado a traqueia, mas não vai morrer e é capaz de mexer as pernas; não parava de espernear enquanto o Montes o segurava e depois quando já estava no chão também.

— O que estão fazendo aí dentro?

— Fizeram radiografias no pescoço assim que chegamos e agora está com os médicos.

A porta abriu-se e os médicos, um homem e uma mulher, saíram lá de dentro seguidos por uma enfermeira.

— Não podem ficar aqui — disse esta última assim que os viu.

— Polícia Foral — disse Amaia. — O preso, Antonio Garrido, está sob nossa guarda. Como ele está?

Os médicos pararam diante dela.

— É um milagre que esteja vivo, deve a vida ao seu colega. Se não lhe tivesse aliviado a pressão sobre a traqueia, teria morrido asfixiado. Teve sorte, não saltou de muito alto, o corrimão cedeu e pelo visto a corda era bastante grossa e isso manteve as vértebras no lugar, embora, como já disse, a traqueia tenha sido bastante prejudicada.

— Ele pode falar?

— Com dificuldade, mas o suficiente para pedir alta voluntária, então...

— Ele pediu para receber alta?

— A enfermeira está preparando a papelada para ele assinar — disse o médico, constrangido. — Olha, nós o avisamos da gravidade da lesão e de que, embora agora esteja bem, pode piorar nas próximas horas. Ele está ciente de tudo isso, compreendeu a situação, pediu calmantes e a alta voluntária. Coloquei um colar cervical ortopédico nele e também fizemos um curativo no que lhe resta da orelha. Em nossa opinião, precisa de uma cirurgia, mas disse que não quer, então, assim que assinar a papelada necessária, ele é todo seu.

Amaia olhou para Iriarte, perplexa.

— Qual é a desse cara?

Iriarte fitou-a negando com a cabeça.

— Não sei.

— Vou ligar para o juiz, vamos levá-lo para a central.

⁂

A sala de interrogatórios da delegacia de Pamplona era idêntica à de Elizondo. Uma parede espelhada, uma mesa, quatro cadeiras e uma câmera no teto. Um policial fardado montava guarda à porta.

Observavam Garrido por detrás da janela espelhada. Apresentava algumas manchas vermelhas ao redor dos olhos, e o rosto estava congestionado devido à pressão do colar cervical. Uma bandagem pesada lhe cobria a orelha e a lateral da cabeça, onde lhe faltava cabelo, e tinham-lhe aplicado uma pomada gordurosa nas pequenas queimaduras esbranquiçadas que salpicavam aquele lado do rosto causadas pelos resíduos de pólvora do tiro. Além disso, o sujeito continuava calmo; deixava os olhos descansarem sobre a mesa e brincava distraído com a garrafinha de água e com o frasco de calmantes efervescentes que lhe haviam dado no hospital. Se sentia dores ou não estava bem, não deixava transparecer, e seu aspecto era o de quem espera com paciência, sabendo que nada do que fizer fará o tempo passar mais depressa.

Montes e Iriarte entraram na sala. Iriarte sentou-se diante dele e fitou-o nos olhos. Montes ficou de pé. Garrido não deu sinal de que algo tivesse mudado à sua volta.

— Antonio Garrido, não é? — perguntou Iriarte.

O homem fitou-o.

— Que horas são?

— O seu nome é Antonio Garrido?

— Sabe muito bem que sim — respondeu, num fio de voz. — Que horas são?

— Por que quer saber?

— Preciso tomar a medicação.

— São seis horas da manhã.

Garrido sorriu e o seu rosto congestionou-se mais ainda.

— Estão perdendo tempo.

— Ah, sim? Por quê?

— Porque só falarei com a estrela da polícia — respondeu, soltando uma gargalhadinha estúpida.

Por detrás dos vidros, Amaia olhou para Jonan e bufou com a crescente sensação de um déjà-vu, a experiência decalcada da prisão de Quiralte. Eram evidentes as instruções comuns que haviam recebido.

— Não sei a quem se refere — respondeu Iriarte.

— Refiro-me a ela — disse, apontando para o espelho, com um daqueles dedos cortados.

— Quer falar com a inspetora Salazar?

— Sim, mas não agora, ainda não.

— Quando?

— Mais tarde, mas só com ela, com a estrela da polícia. — E voltou a rir daquela maneira estúpida.

Montes interveio:

— Não vai demorar muito para que eu lhe dê uma porrada na cara até quebrar seus dentes, e pode ser que assim passe a sua vontade de rir.

— Não vai me dar porrada nenhuma, porque você é o cretino do meu anjo da guarda, eu te devo a minha vida. Agora sou responsabilidade sua, sabia disso? Segundo algumas culturas, você seria obrigado a cuidar de mim para o resto da vida.

Montes sorriu.

— Quer dizer então que sou responsável por você porque evitei que morresse? E como pode ser tão mesquinho a ponto de tentar suicídio sem ter terminado o trabalho? O seu amo não deve estar muito contente com os seus serviços.

Os músculos do homem retesaram-se debaixo da camisa.

— Eu o servi bem — sussurrou.

— Ah, sim, já estava me esquecendo, utilizando um pobre garoto para destruir uma igreja durante a noite. — Garrido olhou para os espelhos e Amaia soube por que motivo o fazia. — Um pobre garoto maltratado, você devia ter vergonha.

— Acredite, ele até gostou, é mais do que ele jamais fará, não tem coragem para fazer o que deve.

— E na sua opinião, o que ele deveria fazer?

— Matar o pai.

Amaia pegou o celular e discou um número.

— Zabalza, vá com uma patrulha até a casa de Beñat Zaldúa e tire o garoto de lá. Garrido acaba de dizer que ele devia matar o pai, mas que lhe faltou coragem, mas pode ser que faça alguma tentativa.

— Obrigado — respondeu Zabalza.

Pareceu-lhe uma resposta curiosa, mas Zabalza era um tipo especial. Montes continuou.

— Entendo, garotos assustados e mulheres indefesas, você é um verdadeiro herói, ou era, porque para dizer a verdade o tiro saiu pela culatra, não conseguiu amedrontar o rapaz, que o denunciou assim que o interrogamos, mas em relação à sua mulher, pelo amor de Deus, bom, dá para ver o estado em que ela deixou a sua cara.

— Cale a boca — resmungou Garrido entre dentes.

Montes sorriu pondo-se atrás dele.

— Eu a vi, sabe? Muito bonita, um pouco magrinha. Quanto será que ela pesa? Quarenta e cinco quilos? Não sei se chega a tanto, mas essa pobre moça lhe arrancou uma orelha e lhe arrancaria os testículos se lhe déssemos oportunidade para isso. Ela te deu o que merece, pode acreditar.

Um grunhido gutural escapou da garganta do homem, e Amaia tinha certeza de que pularia em cima de Montes, mas Garrido começou a balançar o corpo de forma ritmada, embalando a si mesmo enquanto murmurava uma ladainha incoerente. Repetiu o movimento uma dúzia de vezes e parou. Quando o fez, sorria de novo.

— Falarei mais tarde.

Montes fez um gesto para Iriarte e saíram. Antes de a porta se fechar, Garrido chamou:

— Inspetor.

Montes virou-se para trás para o olhar.

— Desculpe ter mijado em cima de você — disse, rindo.

Montes fez menção de voltar atrás, mas Iriarte empurrou-o para fora da sala.

Disfarçaram os sorrisos quando Montes entrou.

— Conseguiu irritá-lo bastante com o que lhe disse sobre a mulher — disse Jonan.

— Claro, o que pode envergonhar mais um tipo como esse do que levar uma surra da mulher?

Amaia sorriu, aquilo não lhe era assim tão estranho.

— Mas não foi o suficiente — lamentou-se Montes.

— O que acha que ele está esperando? Acha que falará com você? — perguntou Iriarte.

— Não sei, mas é evidente que está tentando ganhar tempo. Acho que tentou se suicidar porque era isso que devia fazer se o capturássemos, mas a sua missão mudou. Assim como afirmou, serviu bem o seu amo executando as profanações, mas julgo que esse era o plano B.

— O plano B?

— A outra opção, caso, assim como aconteceu, ele não conseguisse executar o plano inicial. Se o *Tarttalo* se arrisca a que lhe arranquemos alguma coisa, é porque ainda precisa dele.

— Podemos voltar a tentar — propôs Iriarte. — Houve um momento em que conseguiu fazê-lo perder o controle — afirmou, dirigindo-se a Montes.

— Sim, mas o que ele fez? E o que era aquilo que estava murmurando? — perguntou Amaia.

— Eu consegui ouvir — disse Iriarte —, dizia "Ela não importa".

— Chefe, chegue aqui um instante — pediu Montes, saindo para o corredor e levando-a até um canto. — É uma técnica de controle da ira. São truques que se aprendem na terapia para controlar os impulsos violentos, e costuma ser uma das alternativas que oferecem a eles na cadeia. Diminui a pena, então esses imbecis fazem terapia. Mas a verdade é que, se não se possui uma convicção firme, não serve para nada; aprendemos a nos controlar, a aparentar normalidade, mas só para inglês ver, por dentro nos sentimos os mesmos. O que não sai fica aqui dentro e vai nos corroendo, simples assim. Embora não pareça, frequentei sessões de terapia, e garanto que só consegui me sentir pior, por isso abandonei.

Lembro-me de que já tinha ido a seis sessões e mesmo assim eu poderia matá-la.

Amaia fitou-o, surpresa com sua sinceridade.

— Ou eu poderia ter matado você...

— Isso também — respondeu, conciliador —, mas o caso é que eu me sentia furioso contra... contra muitas coisas, mas sobretudo contra você, e essas terapias de controle da ira, bom, pelo menos segundo a minha experiência, só servem para fingirmos que não estamos furiosos.

38

A INTENSIDADE DA CHUVA HAVIA diminuído nas últimas horas. A manhã em Pamplona chegara ruidosa e desagradável, com trânsito e pessoas apressadas debaixo de guarda-chuvas, que às vezes eram invisíveis por entre os galhos das grandes árvores que cercavam a delegacia e que eram um sinal inequívoco de identidade daquela cidade verde e de pedra. Olhava pelas janelas da delegacia, que àquela hora da manhã cheirava a café e a loção pós-banho, e sentiu saudades da sua casa de Pamplona. Isso a fez pensar em James; agarrou o celular e ligou.

— Olá, Amaia, bom dia, ia ligar para você...
— Sinto muito, James, as coisas se complicaram ontem à noite.
— Mas você chegará a tempo?
Suspirou derrotada antes de responder:
— James, não vou poder acompanhá-lo. O suspeito que prendemos ontem é o autor das profanações ocorridas em Arizkun, esta semana tentou matar em Elizondo uma mulher que ele manteve encarcerada durante dois anos e é muito provável que também tenha sido ele quem revolveu os túmulos de Juanitaenea. O homem vai prestar declarações e eu tenho de estar presente... Você consegue entender?
James demorou dois segundos para responder.
— Entendo, Amaia, só que... Bom, você sabe o quanto isso é importante. Estamos há tanto tempo esperando isso. Achei que estaria ao meu lado.
— Ah, James, me desculpe, meu amor. Vá começando a montar a exposição, eu termino logo aqui e prometo que estarei aí assim que puder.
Sentiu-se quase uma traidora. Uma exposição no Guggenheim era um dos acontecimentos mais importantes na vida de um artista, e o momento de montá-la, um dos mais apaixonantes para James. A colocação e a iluminação das peças, a concentração com que observava de todos os ângulos, o cuidado com que, usando ambas as mãos, mudava a posição de uma peça até que a luz incidisse nela da maneira desejada. Os seus

gestos tinham uma carga de sensualidade e erotismo que ele alimentava fitando-a nos olhos com intensidade enquanto o fazia.

— Como está Ibai?

— Acordado há uma hora. Sua tia está lhe dando a mamadeira e ele já está com os olhinhos quase se fechando.

— E Elizondo?

— Ainda não saí de casa, mas a sua irmã disse que a água já chegou a um palmo de altura na rua Jaime Urrutia e também na praça. Não chove muito agora, mas não está com cara de parar tão cedo. Se continuar assim, pelo menos não irá mais longe.

— James, lamento muito. Eu daria qualquer coisa para poder mudar a situação.

De novo um silêncio longo demais.

— Não se preocupe, eu entendo. Nos falamos mais tarde.

Desligou e ficou olhando para o telefone sentindo falta da voz dele, desejosa de poder lhe dizer mais qualquer coisa. Haviam esperado muito por aquele momento. Seria a primeira vez que estariam sozinhos desde que Ibai tinha nascido, com exceção de algumas saídas para jantar. Como iria compensá-lo? E como iria compensar-se?

ಞ

O telefone vibrou em sua mão e ela viu que tinha novos e-mails na caixa de entrada. O doutor Franz acusava Sarasola sem apelo nem agravo. Tornava a expor os seus argumentos, alegações que eram, curiosamente, mais verossímeis e desesperadas ao mesmo tempo. Pegou o celular e discou um número.

A surpresa inicial do doutor Franz ao receber a chamada durou o tempo exato para avaliar se a inspetora começava a levá-lo a sério ou muito pelo contrário. Apostou na primeira hipótese; por que iria falar com ele se não acreditasse no que lhe dizia?

— Estou feliz que tenha decidido me ouvir. Sarasola é um manipulador, foi assim que ganhou a sua fama. Me custa acreditar que uma mulher de raciocínio lógico como a senhora se deixe seduzir por essa tagarelice mística de exorcista do Vaticano.

Amaia avaliou a lisonja ao mesmo tempo que pensava que com certeza as táticas de ambos não diferiam tanto assim.

— É ele que está por trás de tudo isso, não me resta a menor dúvida. Pense bem. Nada se encaixa, nem o visitante, nem a medicação escondida durante tanto tempo no pé da cama, nem a sua oportuna aparição como salvador que leva a sua mãe embora. A mim não me engana. A única coisa que não sou capaz de compreender é com que finalidade ele faz o que faz. É verdade que em termos clínicos o caso de Rosario é muito interessante, mas não tanto para armar uma doente perigosa que teria acabado com a vida do vigia se não fosse pelos alarmes, então só me ocorre que esteja desequilibrado, ou que a ambição de notoriedade lhe tenha toldado o juízo a ponto de cometer essa atrocidade.

Amaia muniu-se de paciência.

— Doutor Franz, não há maneira de se poder estabelecer uma relação entre Sarasola e a sua clínica. O senhor conhece-o muito bem, ele não tinha como se infiltrar lá dentro. Bem, essa história é um tanto exagerada.

— Não acho. Tenho certeza de que é ele quem está por trás de tudo isto e, como lhe disse, não vou parar.

— Não sei o que significa isso, mas não se meta em confusão. No momento, a única pessoa que profere ameaças contra Sarasola é o senhor. Não quero que arrume problemas. Deixe isso conosco, prometo que investigaremos.

— Sim, claro… — Não estava convencido nem um pouco. — Acredite, esse homem é um demônio, por mais estranho que possa parecer um psiquiatra afirmar uma coisa dessas.

☙

Voltou ao quarto escuro e observou Garrido. Apesar do aspecto deplorável do seu rosto, não apresentava sintomas de cansaço, sentava-se relaxado e entretinha-se arrancando com a unha a etiqueta da garrafinha de água. Um policial fardado havia lhe trazido um café num copo de papel e um bolo envolto em papel celofane, sem dúvida proveniente da máquina do primeiro andar. Garrido mastigava com paciência cada pedacinho antes de engoli-lo. Devia doer-lhe horrores, mas não emitiu qualquer queixa. *Cultura da dor*, pensou Amaia. Talvez, apesar de tudo, estivesse mais disseminada do que Lasa III pensava. Viu que Garrido se dirigia ao policial que montava guarda na sala. Amaia ativou o dispositivo de viva-voz, mas a essa altura Garrido voltara a ficar em silêncio. Inclinou-se em direção ao corredor e chamou outro policial.

— Substitua o seu colega na sala.

Quando o primeiro saiu, Amaia perguntou:

— O que ele lhe disse?

— Queria saber as horas, e depois disse que quer fazer o telefonema a que tem direito.

Amaia virou-se para Iriarte e para Montes, que acabavam de voltar do café da manhã.

— Ele pediu para telefonar.

Iriarte estranhou.

— Ainda há pouco disse que não queria nenhum advogado.

— Pois é, mas agora quer telefonar. Levem-no para o corredor algemado, e não tirem os olhos de cima dele.

— Perdão, inspetora — interrompeu o policial que havia ficado com Garrido. — Ele me disse que quer ligar para o psiquiatra.

— Psiquiatra?

— Sim, foi isso que me disse.

☙

Amaia voltou para o escritório ao mesmo tempo que uma nova notificação lhe indicava outro e-mail que acabava de chegar à sua caixa de entrada e uma chamada lhe fazia vibrar o celular, quase ao mesmo tempo.

Era Zabalza.

— Bom dia, chefe — disse, e soou como se aspirasse a palavra. — Tiramos Beñat Zaldúa de casa em conjunto com a assistência social. Acabei de falar com um primo do rapaz em Pamplona que ao que parece não se importa de se responsabilizar por ele.

— Muito bem.

— Já terminei o trabalho com as listas, comparei-as e há alguns nomes que se repetem. Acabei de enviar para você.

— Perfeito. Mais alguma coisa?

— Sim, esta manhã fizemos uma revista exaustiva no antigo hospital de peregrinos onde o suspeito se escondeu. Parece que já estava lá escondido fazia bastante tempo, suponho que esperando. Encontramos restos de alimentos e provisões que indicam que ficou ali por pelo menos quinze dias e que tinha intenção de ficar por lá mais algum tempo. Contudo, o mais interessante é que no piso superior do edifício encontramos armazenados muitos dos antigos móveis e utensílios do hospital. Havia camas, abajures, mesas de cabeceira e vitrines com instrumentos médicos muito semelhantes ao bisturi que o doutor San Martín analisou. Eu diria que são idênticos; vou enviar agora as fotos.

— Porra, claro, o antigo hospital de peregrinos, foi lá que obtiveram as ferramentas médicas. Garrido disse a Nuria Otaño que ia "levá-la para o hospital", algo que no início não fazia sentido... Bom trabalho, subinspetor, parabéns. Envie as fotos também a San Martín para que as compare e... Zabalza, venha para Pamplona, preciso de você aqui.

— Sim, chefe — respondeu.

Amaia sorriu. Era a primeira vez que pronunciava a palavra com clareza. Depois de desligar, ela abriu o e-mail. A lista de nomes que se repetiam era mais longa do que pensara. Leu-a tentando puxar pela memória. Alguns dos nomes eram familiares, mas isso era normal; nos últimos anos, ela e as irmãs haviam ouvido falar de dezenas deles, enquanto apertavam a mão de médicos nos corredores de hospitais, salas de emergência e consultas psiquiátricas. Até o doutor Franz aparecia algumas vezes. No entanto, Sarasola não. Releu a lista para ver se algum dos nomes lhe chamava mais a atenção.

Quase todos eram sobrenomes navarros ou bascos. Muito comuns. Fechou-a e pensou de novo em Garrido e no que Montes lhe dissera sobre as terapias de controle da ira. Procurou o número de Padua.

— Bom dia, inspetora, ia ligar para você para lhe dar os parabéns. Hoje você é notícia no vale, prendeu o profanador.

— Obrigada, Padua, mas esse sujeito não passa de um mero fantoche. Nós mal começamos.

— Em que posso ajudá-la?

— É uma coisa que me ocorreu. Gostaria muito de saber se o preso de Logronho que se suicidou teria frequentado sessões de terapia antes ou enquanto esteve na cadeia, e pensei que, como você mantém boas relações com o pessoal da Polícia Nacional de lá... No caso do Medina, já sei que não fez terapia antes, mas tenho interesse em saber se recebeu tratamento psiquiátrico na prisão.

— Mais alguma coisa?

— Já que vai telefonar para eles, também podia se informar em relação a Quiralte; ele esteve com Medina em Pamplona. Para ver o que lhe dizem.

— Com certeza sim, muitos presos se amparam na terapia para reduzir a pena, e em todas as prisões existe um psiquiatra no centro, e em algumas delas chegam mesmo a receber a visita de médicos voluntários de uma ou outra ONG.

꙳

Procurou na agenda por mais alguns números de telefone e ligou. A tia de María achava que sim.

— Bom, não creio que se possa chamar de frequentar terapia; foi depois de uma conversa muito séria que tive com ele. Prometeu que iria, mas desistiu ao fim da segunda sessão.

A irmã de Zuriñe lembrou-se quando o mencionou.

— Havia me esquecido disso, mas é verdade, não sei se chegou a ir, mas a minha irmã me disse que ele jurou que frequentaria sessões de terapia quando lhe comunicou que queria se divorciar. Não sei por que esqueci de mencionar isso, suponho que pela evidência de que ele nunca foi — retorquiu com tristeza.

— Ou talvez sim... — sussurrou Amaia, depois de desligar.

Era meio-dia quando Padua retornou a chamada.

— Inspetora, em Logronho dizem que sim, que o preso falou com um psiquiatra. Está em um relatório, mas eles não têm o nome; aparece como serviço de psiquiatria, e a assinatura é ilegível. Lembrei-me de que poderíamos telefonar para a prisão. Embora já se tenha passado muito tempo, ali devem saber. Em Pamplona foi mais fácil: tanto Medina quanto Quiralte frequentaram sessões de terapia. Neste caso, quem detém a tutela é a clínica universitária. Sempre mandam alguém de lá.

Os pelos da nuca de Amaia se eriçaram assim que ela ouviu mencionar o nome da clínica. Talvez o doutor Franz não estivesse assim tão enganado quanto a isso.

— Especifica algum nome?

— Não, apenas serviço de psiquiatria da clínica universitária de Navarra.

Amaia saiu do escritório, foi à janela espelhada e durante alguns minutos observou Garrido. Iriarte e Montes estavam imóveis a seu lado junto ao vidro.

— Já perguntou as horas duas vezes. Não vai nos dizer nada. Não vai prestar declarações, está só gozando da nossa cara e nos fazendo perder tempo — sentenciou Iriarte.

Amaia escutou-o com atenção.

— Ainda não percebi para quê, mas está constantemente perguntando que horas são; para ele é importante que o tempo passe. Você já ouviu o que disse. Ele nos mantém aguardando a promessa de que prestará declarações mais tarde, mas não o fará. O trabalho dele terminou no momento em que a mulher parou de se comportar como se esperava, nesse instante deixou de ser um objetivo; e, depois de Beñat Zaldúa ter sido interrogado, a profanação também terminou. Devia se suicidar antes de permitir que o prendêssemos, mas, como não conseguiu, ativou o plano que você falou, nos cozinhando aqui em fogo brando até o momento oportuno, enquanto alguém age em outro lugar.

— É impossível saber em que lugar — replicou Montes.

— Mas o momento tem de estar relacionado com você — disse Zabalza, que acabava de chegar.

Amaia fitou-o sem o ver ao mesmo tempo que ponderava sobre a teoria dele.

— Pode ser que sim — admitiu, saindo para o corredor. Os outros seguiram-na. — De que telefone Garrido fez a chamada?

Montes fez um gesto para um terminal em cima de um balcão. Amaia tirou o fone do gancho.

— Quem mais telefonou daqui depois dele?

— Bem, qualquer um... Mas pode ser que tenhamos sorte, esses telefones guardam as dez últimas chamadas.

Apertou uma tecla, olhou para o visor e bufou contemplando os prefixos.

— São todos de Pamplona. Jonan, verifique-os, por favor.

— Por que acha que o momento que Garrido espera tem relação comigo? — perguntou, virando-se para Zabalza enquanto voltavam para a janela espelhada.

— Porque tudo neste caso tem, com você e com Baztán, mas sobretudo com você. O momento pelo qual ele aguarda está relacionado com você.

Amaia fitou-o muito séria. Se eliminasse metade dos absurdos que tinha dentro da cabeça, Zabalza podia chegar a ser um bom policial.

Jonan voltou correndo e visivelmente animado.

— Chefe, você não vai acreditar. A maioria das chamadas está relacionada com trabalho, e há ligações particulares, pessoas que telefonaram para casa e esse tipo de coisas, mas olhe bem para este. — Jonan marcou o número no seu celular e entregou a ela.

A voz impessoal chegou clara e com nitidez:

— Clínica universitária, unidade de psiquiatria. Em que posso ajudar?

39

Inma Herranz lançou-lhe um olhar severo que acompanhava a expressão de contrariedade na qual os lábios quase desapareciam no feio recorte que era a sua boca. Amaia olhou para o relógio: ou a secretária do juiz fazia horas extras ou havia prolongado o seu dia de trabalho para poder estar presente quando ela chegasse. Já quando havia telefonado para falar com ele, passara a chamada sem replicar e sem retribuir o seu cumprimento, e agora estava atrás da sua mesa fingindo examinar inúmeras vezes o mesmo arquivo do qual não virara nem uma página nos últimos dez minutos.

Markina chegou apressado. Vestia um sobretudo comprido de lã onde as gotas de chuva não chegavam a penetrar, permanecendo à superfície como estranhos objetos foscos.

— Lamento muito tê-la feito esperar — desculpou-se, ao mesmo tempo que percebeu a presença da secretária. — Inma, ainda está aqui? — perguntou, fazendo um gesto apontando para o relógio.

— Estava terminando estes processos — respondeu ela, com a voz melosa.

— Mas já viu que horas são? Deixe isso para amanhã.

A secretária tentou resistir.

— Queria terminar hoje, se não se importar, amanhã temos muitas coisas...

O juiz sorriu mostrando seus dentes perfeitos e aproximou-se dela.

— Nada disso — replicou fechando o dossiê —, não vou consentir uma coisa dessas, vá para casa e descanse.

Inma olhou para ele enlevada durante alguns segundos, antes de se lembrar da presença de Amaia.

— Como queira — respondeu, um pouco frustrada.

Solucionados os assuntos domésticos, o juiz foi para o gabinete sem olhar para trás.

— Venha, inspetora — pediu.

Amaia foi atrás dele sentindo nas costas as facas que Inma lhe lançava em forma de olhares. Virou-se para trás para ver um rosto que se havia obscurecido como se a luz tivesse se apagado na frente dela; os lábios mais retos do que nunca, e, no olhar, um ódio antigo e reservado às mulheres ciumentas.

Colocou a língua para fora.

O ódio da outra transformou-se em surpresa e profunda indignação. Arrancou o casaco do cabide e saiu às pressas. O sorriso de Amaia persistia em seu rosto quando se sentou diante do juiz. Este fitou-a um pouco confuso, sem saber muito bem do que se tratava.

— Imagino que haja novidades no caso, caso contrário não viria até aqui falar comigo — disse o juiz, amável.

— Como o informei ontem à noite, prendemos o suspeito. Está na delegacia, mas não é sobre isso que quero falar com você.

Durante a meia hora seguinte, ela o colocou a par dos progressos registrados nas últimas horas e relatou as dúvidas e as suspeitas que isso lhe suscitava. Markina escutava-a com a máxima atenção, anotando alguns dados enquanto Amaia ia expondo as suas ideias. Quando terminou, ambos ficaram em silêncio durante alguns segundos. O juiz franziu um pouco a testa e inclinou a cabeça para o lado.

— Quer prender um sacerdote adido do Vaticano para a defesa da fé, e que constitui um dos mais altos cargos da cúria, sob a suspeita de ser um assassino em série, um canibal e um instigador de criminosos?

Amaia deixou sair o ar pelo nariz ao mesmo tempo que fechava os olhos.

— Não vou acusá-lo de nada, só quero interrogá-lo. É o chefe da unidade de psiquiatria e da clínica universitária, é o responsável por designar psiquiatras para esses serviços carcerários.

— Um serviço que prestam de maneira altruísta.

— Não me importa o altruísmo deles, se o serviço que prestam estiver dirigido de forma a incitar tipos violentos a praticar mais violência ou a cometer suicídio.

— Isso vai ser difícil de provar.

— Sim, mas no momento tenho nas mãos uma série de relatórios-fantasmas das prisões onde aparece a assinatura de Sarasola e nenhum nome no espaço reservado ao psiquiatra designado.

— Uma irregularidade a que se fez vista grossa nas instituições penitenciárias — recordou-lhe o juiz.

— Estavam assinadas por um chefe de psiquiatria, não tinham por que duvidar.

— E você acredita que ele assinaria as nomeações com o próprio nome se depois fosse ele a visitar os presos?

— Seria um bom álibi. Com certeza o advogado dele diria o mesmo.

— Não creio que nenhum advogado possa encontrar-se numa situação como essa, porque o que você me pede é impossível. É um alto cargo do Vaticano, e só por isso já entraríamos em conflito com a Santa Sé. Acontece que estamos falando de uma prestigiadíssima clínica da Opus Dei. A senhora é daqui, não preciso lhe dizer quem eles são.

— Sei muito bem quem são. E só quero fazer algumas perguntas.

Markina abanou a cabeça.

— Eu teria de pensar muito bem no assunto, as acusações de um psiquiatra ferido em sua honra médica e com certeza em sua conta-corrente não são suficientes para interrogar uma personalidade como Sarasola.

— O responsável pelas profanações, que tentou matar uma mulher, telefonou para essa clínica, especificamente para a ala de psiquiatria, esta manhã. Os assassinos fizeram terapia e pelo menos dois deles a faziam nessa clínica. Eles têm relação com três dos assassinos e tenho certeza de que tiveram com os outros, e as razões desse psiquiatra ferido, tal como o senhor o chama, não são assim tão descabidas, são fundamentadas e explicadas, e a verdade é que a implicação de Sarasola não parece casual. Ele pediu que fosse eu que me encarregasse da investigação das profanações de Arizkun e apareceu como que por milagre quando houve necessidade de transferir a minha mãe.

Markina balançou a cabeça.

— Estou com as mãos atadas.

Amaia fitou-o nos olhos.

— Sim, tem razão, isso exigiria muita coragem.

O juiz levantou as duas mãos.

— Não faça isso comigo, Amaia, não faça — implorou. Amaia ergueu a cabeça com desdém. — Você não tem o direito de fazer isso.

— Não sei do que está falando, meritíssimo.
— Sabe muito bem do que estou falando.

❧

O telefone de Amaia começou a tocar. Ela olhou por breves instantes para a tela; era Iriarte. Atendeu sem parar de sustentar, desafiadora, o olhar de Markina, escutou o que o policial lhe dizia e desligou no exato momento em que o telefone do juiz começou a tocar.

— Está na defensiva, não é? Pois não se incomode em atendê-lo, eu lhe direi o que é. O psiquiatra paranoico ferido em sua honra está agora ferido também em seu corpo, tão ferido que está morto, e, por coincidência, encontra-se no estacionamento da clínica universitária, depois de esta manhã ter me avisado que não deixaria as coisas assim com Sarasola.

❧

Escurecia com rapidez, e as nuvens negras sobre Pamplona não ajudavam. Por fim, tinha parado de chover, embora pelo aspecto do céu aquilo fosse apenas uma trégua. Sobre o motor dos carros de polícia parados pairava uma camada de vapor fantasmagórico, e o pavimento do estacionamento estava coberto de poças que Amaia contornou até chegar junto ao corpo, seguida pelo taciturno juiz. O doutor San Martín cumprimentou-a assim que a viu.

— Inspetora Salazar, que alegria vê-la, muito embora seja aqui e nestas circunstâncias.

— Boa noite, doutor — saudou Amaia.

Iriarte aproximou-se e mostrou-lhe uma carteira ensanguentada onde eram visíveis os documentos. Ela assentiu; era Aldo Franz, o doutor Franz. O corpo encontrava-se semiapoiado em um carro. O sangue escorrera do seu pescoço, proveniente de um golpe profundo e não muito grande. A camisa estava rasgada onde havia recebido várias punhaladas e a gravata estava cravada em seu estômago como se a ferida a tivesse engolido.

— As punhaladas do abdômen foram as primeiras; assim, sem deslocar o corpo, consigo contar oito; o corte do pescoço foi posterior, com certeza para evitar que gritasse. Só teve tempo para levar a mão ao ferimento a fim de estancar a hemorragia, está vendo? — disse San Martín, mostrando a mão e o punho da camisa ensanguentados. — Perderia as forças com bastante rapidez com essa hemorragia.

Amaia olhou para o juiz, que parecia muito abatido ao mesmo tempo que contemplava o mar de sangue que havia escorrido pelo chão molhado até chegar a uma poça próxima, onde havia formado caprichosas flores vermelhas sobre a superfície da água.

As constantes e descaradas tentativas do doutor Franz de manipular a sua opinião não haviam ganhado a sua amizade, mas agora, olhando para o seu cadáver crivado de punhaladas e caído entre as poças de água, Amaia perguntou-se até que ponto seria responsável pela morte dele por não ter sido mais diligente. Era verdade que o havia avisado para não se envolver, mas também sabia que para ele aquele caso era algo pessoal, e que pela sua natureza o ser humano sentia-se legitimado e quase impelido a solucionar por sua conta e risco esse tipo de ofensa.

Montes conversava à parte com Zabalza, e o subinspetor Etxaide exibia um sorriso amarelo enquanto o doutor San Martín o instruía, incapaz de resistir ao prazer de pôr à prova a resistência do seu estômago. Debruçado sobre o cadáver e valendo-se de uma caneta esferográfica, afastou a capa e o casaco do morto para que Jonan pudesse ver a trajetória das facadas.

— Se prestar atenção, você poderá observar que, apesar de se encontrarem todas muito juntas entre si, é fácil determinar uma ordem. É evidente que o agressor estava de frente, veio ao encontro dele com a arma escondida; é provável que o tivesse abraçado e o segurasse enquanto o apunhalava, e com certeza a primeira foi esta, a mais baixa. O agressor esperou até se encontrar muito próximo, e com a mão direita enterrou a faca nos intestinos dele. — Olhou para Jonan para dizer: — Muito doloroso, porém não mortal. — Sustentou por dois segundos o olhar do policial e retornou ao cadáver. — As facadas seguintes são de pura maldade, o assassino foi subindo em sua trajetória, como que desenhando uma escada, devido ao fato de que a vítima ia se encolhendo sobre si mesma;

à medida que avançava, atingiu o fígado, o estômago e... Ajude-me — disse, inclinando o cadáver para a frente e apalpando-lhe as costas.

Amaia observou quando o subinspetor Etxaide fechou os olhos enquanto segurava, com as duas mãos, o corpo inerte por um dos ombros.

— Sim — proferiu, triunfante, San Martín —, bem como eu pensava; algumas o atravessaram da frente para trás.

— É necessária muita força — referiu Etxaide, aliviado por poder largar o cadáver.

— Ou um grande ódio — comentou Iriarte. — Parece que foi algo pessoal, a maioria das punhaladas não foi destinada a matá-lo, apenas a lhe infligir uma grande dor.

Amaia escutava-os, dividindo a sua atenção entre o cadáver e o juiz, que alguns passos mais atrás ditava o texto para o relatório ao oficial de justiça, sem levantar os olhos do hipnótico mar de sangue e das caprichosas estrelas que desenhava sem chegar a dissolver-se na água. Ela foi até ele pisando de forma deliberada na poça, que se turvou debaixo dos seus pés, chamando a atenção do juiz. Este encarou-a por dois segundos, desviou o olhar para a fachada da clínica e assentiu.

Amaia virou-se para a sua equipe.

— Iriarte, venha comigo. Montes, distribua o pessoal pelas saídas principais, emergências, cozinhas, todas. Estamos procurando o doutor Sarasola. — De repente percebeu que não sabia o seu nome de batismo. — Um sacerdote, o padre Sarasola, costuma vestir-se como um padre, de preto e com colarinhos clericais, embora na clínica usasse um jaleco médico. Se o localizarem, peçam-lhe com amabilidade que espere, digam que quero falar com ele e não deixem que vá embora, mas não o detenham; inventem uma desculpa qualquer.

☙

A recepção da clínica estava calma àquela hora. Amaia e Iriarte foram para o elevador e Zabalza ficou na entrada principal. A recepcionista chamou-os do balcão.

— Desculpem, para que andar vão? O horário de visita já terminou.

Amaia voltou-se, virando-lhe as costas.

— Desculpem! — insistiu a jovem. — Não é permitido subir aos andares fora do horário de visita, a menos que tenham hora marcada.

O tom de voz dela alertou o segurança, que desviou a rota da sua caminhada até o balcão. As portas do elevador se abriram diante deles e ambos entraram lá dentro sem responder.

— Ela já deve estar dando o alerta — disse Iriarte, ao mesmo tempo que as portas se fechavam.

O alarme ainda não devia ter chegado ao quarto andar. Passaram pelo balcão da enfermaria caminhando com passo decidido até o escritório de Sarasola. Uma enfermeira, que não viram, saiu detrás do balcão.

— Desculpem, não podem estar aqui.

Amaia mostrou-lhe o distintivo esticando o braço, quase até tocar com ele no nariz da mulher, que estacou de súbito.

Deu duas pancadas rápidas na porta antes de abri-la. O doutor Sarasola, sentado à mesa, não pareceu surpreso ao vê-los.

— Entrem, entrem e sentem-se. Imaginava que viriam falar comigo. É terrível o que aconteceu no estacionamento da nossa clínica, em pleno centro de Pamplona, é terrível que aconteçam coisas como estas numa cidade tão calma.

— Não sabe quem é a vítima? — perguntou Iriarte.

Mesmo que Sarasola não tivesse nada a ver com o assunto, Amaia não acreditava que o poderoso sacerdote não tivesse já sido informado de que algo havia ocorrido na porta da sua clínica.

— Bom, correm boatos, sabe como é, mas não se pode confiar nisso; estava esperando que os senhores me confirmassem.

— A vítima é o seu colega, o doutor Franz — disse Iriarte.

Amaia não deixou de examinar a expressão dele, e Sarasola, ciente da maneira como ela o observava, optou por não fingir surpresa.

— Sim, já me disseram, estava esperançoso de que fosse um engano.

— Combinou de se encontrar com ele? — perguntou Amaia.

— Encontrar-me com ele? Não, não sei por que motivo pensa isso, não...

Resposta muito longa, pensou Amaia; um simples "não" teria bastado.

— Você deve estar ciente de que o doutor Franz não estava de acordo com o procedimento que levou à transferência de Rosario para este centro, e esta manhã comunicou a várias pessoas a sua intenção de resolver algumas questões com o senhor.

— Não sabia de nada — retorquiu Sarasola.

— Vai ser muito fácil verificar as últimas chamadas que o doutor Franz fez — declarou Iriarte, erguendo o celular.

Sarasola cerrou os lábios como se formasse um beijo e ficou assim por alguns segundos.

— Talvez tenha telefonado, sim, mas não levei em conta, já havia telefonado várias vezes desde a transferência...

— Mudou de roupa nas últimas horas, doutor? — perguntou Amaia, observando o aspecto impecável de Sarasola.

— Para que essa pergunta?

— Sou capaz de jurar que o senhor acabou de tomar um banho.

— Não entendo que importância pode ter isso.

— A pessoa que apunhalou o doutor Franz provavelmente ficou suja de sangue.

— Por acaso não estão insinuando...?

— O doutor Franz acreditava que o senhor tinha alguma relação com o que havia acontecido em sua clínica, com o estranho comportamento de Rosario, e que de algum modo havia orquestrado a transferência dela para cá.

— Isso é ridículo. O doutor Franz estava consumido pela inveja profissional.

— Por que pediu que eu me encarregasse do caso das profanações?

— O que tem isso a ver com o assunto?

— Responda, por favor — instou-o Iriarte.

Sarasola sorriu olhando para Amaia.

— Sua fama a precede. Julguei, acertadamente, que você tinha o profissionalismo e a sensibilidade necessários para um caso tão especial; não é preciso dizer que para a Igre...

Amaia o interrompeu.

— Onde o senhor estava há uma hora?

— Está me acusando?

— Estou fazendo uma pergunta — respondeu Amaia, paciente.

— Pois parece que está me acusando.

— Foi cometido um homicídio em sua clínica, a vítima vinha falar com o senhor, e entre vocês as relações não eram cordiais.

— Se as relações não eram cordiais, era da parte dele; o crime foi cometido no estacionamento, e esta clínica não é minha, eu sou apenas o diretor da unidade de psiquiatria.

— Eu sei — replicou Amaia, sorrindo. — O diretor de psiquiatria é aquele que autoriza os tratamentos externos, como os que são ministrados nas prisões.

— Sim — admitiu Sarasola.

— Pelo menos dois pacientes que assassinaram mulheres e que o senhor tratou na prisão se suicidaram deixando a mesma assinatura.

— O quê? — A surpresa era genuína.

— Jasón Medina, Ramón Quiralte e agora Antonio Garrido, que esta manhã aproveitou o seu direito a uma chamada telefônica para ligar para cá.

— Não conheço essas pessoas, jamais ouvi falar em seus nomes, podem verificar quantos registros telefônicos quiserem. Passei a manhã de hoje no arcebispado, recebendo um prelado do Vaticano que aqui está de visita.

— Nos atestados de tratamento dos seus pacientes aparece a sua assinatura.

— Isso não significa nada, assino muitos documentos. E é claro que assino sempre as designações. Mas nunca visito reclusos na prisão, isso é algo que se faz a título voluntário. Vários médicos desta clínica participam dessa atividade, mas posso dar a minha palavra de que nenhum deles teve alguma coisa a ver com algo tão sórdido.

— Não se ofereceu como médico visitante em nenhuma prisão?

Sarasola abanou a cabeça; percebia-se a sua evidente confusão.

— Onde está Rosario?

— O quê? A sua mãe?

— Quero vê-la.

— Isso é impossível. Rosario está recebendo um tratamento no qual o isolamento assume um papel importantíssimo.

— Leve-me para vê-la.

— Se fizermos isso, estaremos jogando no lixo o trabalho dos últimos dias, e a mente de uma pessoa como a sua mãe não funciona como algo que se possa parar e voltar a começar mais tarde. Se interrompermos o tratamento agora, os danos podem ser muito graves.

— Eu assumo a responsabilidade; o senhor não se importou grande coisa com isso no outro dia.

— Vai ter de assinar uma declaração de renúncia. A clínica declina de toda e qualquer responsabilidade...

— Assinarei o que quiser, mas depois; agora leve-me para ver Rosario.

Sarasola levantou-se, e Amaia e Iriarte seguiram atrás dele por um corredor ladeado por várias portas que o médico ia abrindo, introduzindo o seu cartão e um código pessoal, até chegar a um quarto.

Sarasola virou-se para Amaia; parecia ter recobrado a sua confiança natural.

— Tem certeza disso? Não falo por Rosario, ela vai adorar vê-la, tenho certeza, mas e você? Está preparada?

Não, gritou uma menina dentro dela.

— Abra a porta.

Sarasola introduziu a senha, abriu a porta e empurrou-a com suavidade para dentro do quarto.

— Entre — convidou, cedendo o seu lugar a Amaia.

O inspetor Iriarte atravessou na frente dela e, sacando a arma, entrou no quarto.

— Pelo amor de Deus! Isso não é necessário — protestou o padre Sarasola.

— Não há ninguém aqui — declarou Iriarte, virando-se para trás. — Está zombando de nós?

O psiquiatra entrou no quarto e pareceu bastante surpreso. A cama estava remexida e dois pares de alças acolchoadas pendiam de ambos os lados.

— E no banheiro? — sugeriu Amaia, colocando a mão sobre o nariz e a boca, tapando-os, para não sentir o cheiro da mãe.

— Ela estava na sonda para mantê-la imóvel, não precisava ir ao banheiro — disse, ao mesmo tempo que observava com ar clínico a reação de Amaia. — Não suporta o cheiro... é incrível. Eu não noto mais nada além do detergente que usam aqui, mas você...

— Onde está ela? — atalhou Amaia, furiosa.

O médico assentiu saindo do quarto e dirigindo-se ao balcão da enfermaria. A fama de Sarasola devia ser terrível. A enfermeira, com cerca de cinquenta anos, levantou-se enquanto alisava o uniforme com as mãos. Tinha medo dele.

— Por que motivo Rosario Iturzaeta não está no quarto?

— Ah, doutor Sarasola! Boa tarde. Levaram-na para fazer uma tomografia.

— Uma tomografia?

— Sim, doutor Sarasola, estava marcada.

— Não pedi nenhuma tomografia para Rosario Iturzaeta, tenho certeza disso.

— Foi o doutor Berasategui quem pediu.

— Isso é irregular — retorquiu, pegando o telefone.

A enfermeira corou e estremeceu de leve. Amaia virou de costas, enojada. Se havia alguma coisa que odiava mais do que o servilismo de pessoas como Inmaculada Herranz era a submissão alicerçada no medo.

O doutor discou um número, levou o telefone ao ouvido e esperou enquanto sua expressão de contrariedade aumentava cada vez mais.

— Não atende. — Virou-se para a enfermeira. — Procure o doutor pela clínica através do alto-falante, que me ligue imediatamente.

— Onde são feitas as tomografias?

— No piso térreo — respondeu Sarasola, encaminhando-se para o elevador.

— Quem é esse médico?

— Um médico brilhante, não consigo compreender o que lhe deu para tomar uma decisão dessas. Rosario não devia sair do isolamento em hipótese alguma nesta fase do tratamento, e ele sabe disso, por isso estou certo de que haverá alguma razão para ter feito o que fez. O doutor Berasategui é um psiquiatra renomado, um dos melhores médicos da minha equipe, senão mesmo o melhor. Recebeu uma formação excelente e está bastante vinculado ao caso de Rosario. — Fez um gesto como quem quer se lembrar de alguma coisa. — Você já o conhece — afirmou —, ainda que não a título oficial. Preparava-me para lhe apresentar no dia do incidente com a sua mãe na câmara dos espelhos. Lembra-se? Era um dos médicos do grupo com quem cruzou no corredor. No exato momento em que o vi, lembrei-me de que fora o primeiro a interessar-se por Rosario e pelo seu caso, ia lhe dizer isso mesmo, mas você, bom, compreendo que talvez não fosse o momento mais adequado.

A lembrança da sensação pavorosa daquele momento voltou à sua mente e ela a descartou, ao mesmo tempo que tentava raciocinar.

— Foi o doutor Berasategui quem lhe falou do caso? Foi assim que começou a ficar interessado?

— Sim, você me fez essa pergunta, está lembrada? E eu disse que o caso fora abordado em vários congressos e que não me recordava da primeira vez que alguém o havia mencionado, mas assim que o vi lembrei-me.

— O nome dele não me é estranho.

— Digo desde já que é um psiquiatra de prestígio.

— Não, não é isso — descartou Amaia, ao mesmo tempo que se esforçava para se lembrar e só lhe vinha a desagradável sensação de estar prestes a se recordar de algo que se perde de novo nas trevas da mente.

Chegaram ao controle da ala de radiologia e o médico perguntou de novo a outra trêmula enfermeira enquanto o alto-falante repetia a mensagem de busca. Estava marcada uma tomografia computadorizada para duas horas antes, mas não foi realizada.

— E pode me explicar por quê?

— Acabei de começar o meu turno, mas na folha de marcações consta que o doutor Berasategui a cancelou no último minuto.

— Não estou entendendo nada — exclamou Sarasola.

O tom da sua pele, que ia ficando mais cinzento a cada minuto, e o tom de voz exasperado com que falava evidenciavam que não estava acostumado a ter as coisas fora de controle. Fez uma nova e infrutífera chamada para o médico e em seguida ligou para a segurança.

— Localizem o doutor Berasategui e uma paciente da ala de psiquiatria, Rosario Iturzaeta. É muito perigosa.

— Imagino que tenham câmeras de segurança — disse Iriarte.

— Claro — respondeu Sarasola, com um certo alívio.

Mas, quando chegaram, a agitação na sala de controle interno era notável. Ao vê-los, o chefe de segurança dirigiu-se a Sarasola, Amaia percebeu que o homem quase se pôs em sentido, como se em vez de um médico ou de um sacerdote estivesse falando com um general.

— Doutor Sarasola, estivemos revendo as imagens e o doutor desceu com a paciente até o andar térreo e depois saíram pela porta dos fundos.

Sarasola ficou estupefato.

— O que está me dizendo é impossível.

Em cada um dos monitores o guarda reproduziu uma sequência. Um médico com jaleco branco acompanhava o vigia que empurrava uma maca onde uma doente irreconhecível aparecia escondida debaixo de um lençol. A sequência seguinte era do elevador. No piso térreo, eram vistos percorrendo um corredor. No plano seguinte, o vigia já não se encontrava e o médico de jaleco branco ajudava a caminhar alguém que vestia uma parca acolchoada que lhe chegava aos tornozelos e cobria a cabeça com um capuz forrado de pelo.

— Ele a está levando para passear! — exclamou o médico, incrédulo.

O walkie-talkie do chefe de segurança crepitou e alguém do outro lado comunicou algo que transtornou seu rosto antes de voltar a falar.

— Encontraram um vigia num depósito de limpeza, em estado muito grave. Foi apunhalado.

Sarasola fechou os olhos, e Amaia percebeu que estava a ponto de entrar em colapso.

— Doutor, para onde dá essa saída?

— Para o estacionamento — respondeu, pesaroso. — Não consigo entender essa imprudência do doutor Berasategui, só me ocorre que ela o está ameaçando e já sabemos que é uma mulher muito perigosa.

— Olhe outra vez, doutor, veja que ele vai de livre e espontânea vontade e é ela quem o acompanha.

Sarasola observou os monitores onde se via como o médico dava o braço à sua acompanhante, ao mesmo tempo que lhe indicava com um gesto para onde devia ir.

— Precisamos de uma foto do doutor Berasategui.

O chefe de segurança estendeu-lhe uma ficha onde se encontrava anexada uma foto de documento impressa num cartão. Amaia examinou-a. Usando óculos e barba, era sem dúvida o visitante misterioso de Santa María de las Nieves.

Não há medo como aquele que já se experimentou, do qual se conhece o sabor, o odor e o tato. Um velho e bafiento vampiro que dorme sepultado debaixo do dia e da ordem, e que mantemos a distância, fingindo uma calma tão falsa como os sorrisos sincronizados. Não há medo como aquele que conhecemos um dia e que ficava imóvel, respirando com um arquejo úmido em algum lugar da nossa mente. Não há medo como aquele que provoca a mera possibilidade de que o medo retorne. Durante os sonhos vislumbramos a luz vermelha que continua acesa, recordando-nos de que não está vencido, que dorme apenas, e que se tivermos sorte não voltará. Pois sabemos que, se voltar, não resistiremos; se voltasse, acabaria conosco e com a nossa sanidade.

~

Apesar de ter estado imobilizada nos últimos dias, Rosario caminhava com segurança, meio entorpecida, porém estável. Debaixo da parca, vislumbravam-se pernas muito brancas e os pés enfiados em chinelos que arrastava quase sem os levantar do chão. À mente de Amaia veio a lembrança da tia Engrasi arrastando chinelos semelhantes que estavam grandes para ela, e perguntou-se se seria essa a causa. Vê-la assim, de pé, caminhando, era uma espécie de aberração que atentava contra a imagem mental que durante anos alimentara. O medo destacava-se livre, e em algum lugar, no fundo da sua alma, uma menina gritava: *Está vindo atrás de você, está vindo atrás de você.*

Um arrepio percorreu-lhe a espinha como uma descarga elétrica. Engoliu em seco, e a saliva não tardou a tornar-se muito densa, e inspirou todo o ar que pôde para compensar o tempo em que prendera a respiração.

— Podemos contar com a sua colaboração? — perguntou, dirigindo-se ao padre Sarasola.

— Você a teve desde o primeiro momento — respondeu ele.

Havia em sua voz uma reprovação que Amaia ignorou. Sabia que não lhe agradava nem um pouco ser tratado como suspeito pela polícia, mas aquele era o seu trabalho e o médico não fora sincero. Aproximou-se dele até ter certeza de que as palavras que lhe diria seriam inaudíveis para os outros.

— Acho difícil acreditar que o todo-poderoso doutor Sarasola tenha perdido uma ovelha enquanto dormia debaixo de uma oliveira. Não o estou acusando de nada, até acredito que seja provável que o senhor não soubesse o que o seu pupilo fazia às escondidas — sublinhou o conceito "seu pupilo" para evidenciar a responsabilidade dele —, mas tenho certeza de que, se interrogar todos os seus rapazes, coisa que seria bastante penosa para a imagem da clínica, declarariam que se viam pressionados pela política do chefe de psiquiatria em procurar esses casos tão especiais em que vocês são peritos, esses com uma nuance extra, a sombra do mal, e que o fato de esta clínica realizar tantas ações de voluntariado nas prisões não obedece a um sentimento altruísta, mas sim ao interesse em atrair esse tipo específico de doentes, que deve proliferar nas cadeias, não é? O doutor Berasategui falou do caso de Rosario para o senhor, mas o seu rastreio de doentes "especiais" não estava concluído e me atrevo a afirmar que possuía carta branca para continuar com a sua busca.

Sarasola fitava-a, impávido, mas era evidente que as insinuações dela sobre o fato de o seu pessoal poder estar fora do seu controle o havia abalado.

— A política desta clínica no que toca à escolha de doentes psiquiátricos é do conhecimento público, assim como o são a generosidade e o altruísmo que demonstra atendendo os presos nas cadeias, e, como muito bem disse, o pessoal é instruído para a escolha dos casos que podem ser mais interessantes para nós, sempre em benefício da investigação e dos avanços que possam proporcionar uma melhor qualidade de vida aos nossos pacientes e respectivas famílias.

Amaia abanou a cabeça, impaciente.

— Não estamos numa conferência de imprensa, doutor Sarasola; o senhor tinha conhecimento e incentivava a captação de presos com doenças mentais que apresentassem a nuance, ou Berasategui era o verdadeiro chefe de psiquiatria?

Os olhos dele faiscaram, mas o seu tom de voz não se alterou.

— Assinei as visitas, faço isso com os membros da minha equipe, mas desconhecia as ações que o doutor Berasategui praticava em paralelo. Desvinculo o meu nome e o da clínica e declinamos de qualquer responsabilidade nos atos criminosos que possam derivar das atitudes do doutor Berasategui.

Amaia sorriu; um gestor corporativista e implacável até o fim, ou seria o grande inquisidor ladino? Não importava: ele lhe fizera uma concessão; em contrapartida, decidiu ser conciliadora.

☙

— Sei que não podemos vê-las, mas seria interessante que examinasse de novo as últimas sessões com Rosario para ver se algo do que disse nos pode servir como pista. E vou precisar da ajuda do seu chefe de segurança.

Sarasola fez um gesto para o guarda, que assentiu, adotando aquela postura próxima da posição de sentido.

Amaia dirigiu-se ao homem.

— Forneça ao inspetor Montes o modelo e a matrícula do carro do doutor Berasategui para emitir um mandado de busca e apreensão. Vou precisar ver a documentação relativa a Berasategui que possui, como currículo, credenciais, a ficha com os dados pessoais e o boletim de inscrição ou cartas de apresentação, se houver. Como é óbvio, o número de telefone dele, o seu endereço, bem como os dos familiares.

Sarasola assentiu, pegando o celular.

— Vou ligar para minha secretária.

Iriarte interveio.

— Eu agradeceria se pudesse nos ceder uma mesa para trabalhar.

— Podem utilizar o gabinete do chefe de segurança.

☙

Montes entrou com as ampliações das fotografias de Berasategui na mão e olhou para Amaia com ar preocupado.

— Zabalza disse que o nome deste sujeito aparece na lista pelo menos duas vezes. — Ficou olhando para ela como se não fosse capaz de sair do seu assombro. — Que merda, chefe; este cara, o doutor Berasategui, foi meu terapeuta durante o tempo em que estive de licença. Era ele quem ministrava a terapia de controle da ira.

Amaia fitou-o, pasmada.

— Console-se, inspetor, não é de estranhar que você quisesse me matar.

☙

Usando a senha de Sarasola, Amaia acessou a documentação sobre o doutor Berasategui. Um currículo brilhantíssimo, estudos na Suíça, na França, na Inglaterra. Nascido em Navarra, não especificava o lugar; também não constava o nome dos pais nem o seu endereço.

— Parece que o doutor cortou relações com a família, embora, na verdade, conste o seu domicílio aqui, em Pamplona; de acordo com a ficha, não é casado e mora sozinho.

— Está bem, no caminho ligarei para o juiz, mas antes envie por e-mail a fotografia de Berasategui para as cadeias de Pamplona e de Logronho, para ver se alguém o reconhece. Diga que é urgente, se for necessário localize os diretores, preciso dessa informação o quanto antes, e envie-a também para Elizondo. Mande uma patrulha para a casa de Nuria e para a casa da mãe de Johana Márquez, e mostrem a foto a elas.

40

As ruas em Pamplona estavam ocupadas por pessoas que ainda faziam compras, apesar de, tendo em vista a hora, as lojas estarem prestes a fechar. Enquanto seguiam, ela telefonara para Markina, que pareceu respirar aliviado ao saber que, ao que tudo indicava, Sarasola não estava envolvido no caso, e que tudo apontava para que aquele médico, Berasategui, estivesse agindo por conta própria.

— Vamos até a casa dele, mas precisarei de um mandado para entrar e revistar a residência, esteja ele ali ou não.

— Você terá o mandado.

— ... e outra coisa.

— O que precisar.

— Obrigada por ter me autorizado antes.

— Não tem de quê, você tinha razão; embora não fosse Sarasola, era ali que estava a chave.

༄

Montes e Amaia subiram no elevador acompanhados pelo porteiro, enquanto Etxaide e Iriarte subiam pelas escadas. Amaia esperou que estivessem posicionados de ambos os lados da porta, e Montes começou a esmurrá-la.

— Polícia, abra — disse, afastando-se para o lado.

Não houve resposta nem se notava movimento algum dentro da casa.

— Eu disse a vocês que ele não estava — explicou o porteiro atrás dele. — Passa longas temporadas no exterior e agora deve estar viajando; há pelo menos uma semana que não vejo o senhor Berasategui.

Amaia fez um gesto para Iriarte, que, agarrando a chave que o porteiro lhe estendia, a introduziu na fechadura, deu duas voltas e abriu a porta. Montes empurrou-a e entrou de arma em riste, seguido pelos outros.

— Polícia — gritaram.

— Ninguém — gritou Iriarte dos fundos do apartamento.

— Ninguém — repetiu Montes do quarto.

— Está bem, vamos revistar a casa, todo mundo de luvas — avisou Amaia.

O apartamento consistia numa sala, uma cozinha, uma suíte com banheiro, uma sala de ginástica e um grande terraço; no total, cerca de duzentos metros onde imperava a sensação de ordem, que a decoração quase austera em branco e preto contribuía para aumentar.

— Os armários estão vazios — declarou Iriarte. — Quase não há roupa, nem mobiliário, nem apetrechos de espécie nenhuma, e também não vi nenhum computador nem telefone fixo.

Jonan espreitou pela porta da cozinha.

— Os armários também estão vazios, na geladeira só há garrafas de água, mas escondido debaixo da bancada encontramos um pequeno freezer horizontal. É melhor que você venha aqui dar uma olhada.

Era um modelo bastante moderno de aço inoxidável que ficava perfeitamente oculto entre os painéis da cozinha e a bancada que a cobria. Abrigava algo parecido com um armário para vinho, com gavetas removíveis que o subinspetor abriu diante dela, para que pudesse ver que pelo menos numa delas não havia nada. O interior estava isento de gelo e parecia tão limpo como se o tivessem acabado de trazer da loja. Na prateleira superior encontravam-se dispostos doze embrulhos de diversos tamanhos que em nenhum dos casos superavam as dimensões de um celular. Numa ordem rigorosa, cobriam a prateleira, e chamava a atenção o cuidado com que haviam sido colocados e embrulhados, em grosso e rígido papel encerado de cor creme, e atados com um cordão de algodão rematado com um laço que lhes dava o ar de pequenos presentes, não fosse pela etiqueta de cartão que pendia de cada um e que todos reconheceram de imediato: eram vistas centenas de vezes penduradas nos pés ou nos pulsos dos cadáveres no necrotério. Nas linhas destinadas a registrar os dados viam-se, escritas à mão e com o que Amaia julgou ser carvão, diferentes séries de números que identificou como sendo datas.

— Trouxe o equipamento de campo? — perguntou, virando-se para Jonan.

— Está no carro; vou buscá-lo — ele respondeu, saindo em seguida.

— Quero fotos de tudo, não toquem em nada até o subinspetor Etxaide terminar de analisar tudo.

— O que acha que há dentro desses embrulhos? — inquiriu alguém atrás dela.

Quando se voltou, viu o juiz Markina, que entrara em silêncio e sem fazer barulho, enquanto os policiais presentes na casa cercavam o congelador aberto. Este emitia cíclicas ondas de vapor gelado que caíam pesadamente no chão imaculado e desapareciam em seguida deixando apenas uma sensação de frio que se concentrava em volta dos seus pés.

Não ia responder àquela pergunta. Recusava-se a ceder um pouco de espaço que fosse às suposições. No momento certo, ficaria sabendo.

— Por favor, senhores, precisamos de espaço para trabalhar — disse apontando para o subinspetor Etxaide, que estava de volta. — Montes, está com as anotações dos crimes?

Ele pegou o BlackBerry e ergueu-o, mostrando a ela.

— Acho que as inscrições são datas. Esta de trinta e um de agosto do ano passado coincide com a data do desaparecimento de Lucía Aguirre; a de quinze de novembro do ano anterior, acredito que seja a de María de Burgos, e exatos seis meses antes, em dois de maio, Zuriñe... em Bilbao.

O inspetor Montes assentiu.

Jonan colocara uma referência ao lado dos pacotes e tirava fotos de vários ângulos. Amaia passeou os olhos sobre algumas das etiquetas cuja inscrição não lhe dizia nada, até que reparou num pacote. Era o menor, não muito maior do que um isqueiro, e no papel viam-se marcas de antigas dobras. O cordão da etiqueta pendia meio solto, como se tivesse sido colocado ali de maneira apressada, deixando de exercer qualquer tipo de pressão sobre o papel encerado rígido.

Verificou a data, fevereiro do ano anterior; coincidia com o assassinato de Johana Márquez. Soltou um profundo suspiro.

— Jonan, tire fotos deste aqui, o laço está mais frouxo, e pelo estado do papel parece que foi aberto e fechado em várias ocasiões.

Esperou que ele terminasse de tirar as fotos, e com duas pinças tirou o embrulhinho da prateleira do congelador e colocou-o sobre o pano que haviam posto em cima da bancada para esse efeito. Com cuidado para não desfazer o nó, retirou o cordão e, usando as pinças, afastou o papel, que ficou aberto e rígido como as pétalas de uma estranha flor. Dentro, uma fina folha de plástico transparente cobria um pedaço de carne. Era fácil identificá-lo pelos filamentos alongados que haviam formado o músculo e que nas extremidades da peça se encontravam desfiados e esbranquiçados, como quando se quebra a cadeia do frio e algo foi congelado e descongelado repetidas vezes.

— Puta merda, chefe — disse Montes. — Acha que é carne humana?

— Sim, acho que sim. Vamos ter de esperar pelo resultado das análises, mas são semelhantes a algumas amostras que vi em Quantico.

Amaia agachou-se para ver o corte da extremidade à mesma altura.

— Estão vendo isso? São marcas de dentes. Mordeu-a, e pela coloração esbranquiçada, que indica queimadura pelo frio, e que é diferente em outras partes, eu diria que a descongelava para comer um pedaço e depois voltava a congelá-la.

— Como se fosse uma iguaria que se deseja conservar, mas a que ao mesmo tempo não se consegue resistir — disse Jonan.

Amaia fitou-o com orgulho.

— Muito bem, Jonan. Embrulhe de novo e deixe no mesmo lugar até que a polícia científica o leve daqui — disse, levantando-se e saindo da cozinha.

Percorreu o apartamento tentando captar a mensagem daquela casa e voltou para a cozinha.

— Acho que isso é um cenário.

Todos se viraram para olhar para ela.

— Tudo, a sala de ginástica, os móveis, este apartamento incrível onde ele, como afirma o porteiro, quase nunca está. É apenas um cenário. Parte da máscara atrás da qual ele se esconde, necessária para oferecer uma imagem que corresponda a um jovem psiquiatra bem-sucedido. Um endereço, um lugar onde trazer os colegas de vez em quando para beber, tenho certeza de que uma ou outra mulher casual, não muitas, apenas o suficiente para lhe dar um ar de normalidade. Só há uma coisa que fala dele, os embrulhos no congelador, e algo que não se vê, mas que se aprecia: não há desordem nem caos, nem sujeira, está imaculado, e isso sim é algo autêntico. Um grande manipulador deve se reger por uma disciplina ferrenha.

— Então?

— Esta não é a casa dele. Não é aqui que mora, mas precisa deste lugar como parte da identidade que mostra; por isso passa tão pouco tempo aqui, o mínimo indispensável para manter as aparências, mas o suficiente para sentir a falta da sua casa, das suas coisas, dos seus objetos e dos seus troféus. Estar aqui implica para ele um aborrecimento que ele minimiza trazendo um pouco do seu lar, da âncora com o seu mundo autêntico, com a pessoa que na realidade é; e foi por isso que trouxe algumas amostras, pequenos fetiches que o ajudam a suportar o fingimento da vida dupla que leva.

— Inspetora — interrompeu-a Iriarte —, estão ligando de Elizondo; Nuria... Diz que nunca viu esse homem na vida, mas neste momento estão com a mãe de Johana Márquez, que deseja falar com você.

— Eu o conheço, sim, inspetora, era um cliente da oficina onde eu trabalhava... Bom, esse demônio, me desculpe, mas ainda não consigo chamá-lo pelo nome depois do que nos fez, espero que esteja no inferno. Esse homem tinha um carro luxuoso, um Mercedes, creio eu; não sou boa para marcas, mas esse sou capaz de distinguir por causa da estrela. Ele o trouxe até a oficina um dia e depois veio várias vezes, mas não por causa do carro, só para tomar um café com... bom, com ele. Chamou a minha atenção quando os vi passarem diante do bar. Ele se vestia com muita elegância e dava para perceber a educação e o dinheiro. Parecia estranho que um homem tão fino viesse até aqui para tomar café com um mecânico sem estudos. Até lhe perguntei, mas ele me respondeu que não era da minha conta. Voltei a vê-lo umas vezes depois.

— Obrigada, Inés, ajudou-nos muito.

Desligou e ficou olhando para a foto de Berasategui no telefone que haviam recebido no hospital. Fez desaparecer a imagem antes de discar o número da tia Engrasi. Escutou os toques de chamada, mas ninguém atendeu. Viu as horas, eram quase nove; era impossível que tivesse saído àquela hora. Ligou para o celular de Ros, que atendeu ao primeiro toque.

— Ros, estou preocupada, telefonei para casa e ninguém atende.

— O telefone não está funcionando. Está caindo uma tempestade terrível em Elizondo e faltou luz há quase uma hora. Estou na fábrica

com o Ernesto, você não imagina a confusão aqui. Estávamos preparando um pedido enorme para uma grande loja francesa que devia sair depois de amanhã. O Ernesto e dois funcionários tinham ficado para vigiar a fornada, mas quando faltou luz os fornos pararam e perdemos tudo o que havia lá dentro. A massa derreteu e está colada às placas, e para piorar o sistema de limpeza dos fornos não funciona sem eletricidade, por isso estamos aqui raspando e descolando a massa com espátulas debaixo da torneira, à luz de velas e rezando para que a luz volte depressa. Tenho muito trabalho a fazer, mas fique tranquila, a tia encheu a sala de velas perfumadas e a casa está linda; se quiser pode ligar para o celular dela.
— A tia tem celular?
— Sim, ela não te disse? Deve ser porque não gosta. Comprei para ela há pouco tempo, tinha receio de que lhe acontecesse alguma coisa quando vai passear sozinha: há pouco tempo, uma mulher de Erratzu caiu numa trilha e ficou estendida no chão durante duas horas até que alguém passasse por ali, por isso a história veio mesmo a calhar para conseguir convencê-la, embora sempre se esqueça de pôr para carregar — ela disse, rindo, e lhe deu o número.
Discou o número de telefone da tia.
— Engrasi Salazar no aparelho.
Amaia riu por um momento antes de conseguir responder.
— Tia, sou eu.
— Filha, que alegria. Pelo menos para alguma coisa serve esta porcaria.
— Como vocês estão?
— Estamos ótimos, à luz de velas e no calorzinho da lareira. Faltou luz assim que acabei de dar banho em Ibai e a sua irmã teve de ir para a fábrica; o Ernesto ligou, estavam assando uma fornada e estragou tudo. Está caindo um temporal violento, dizem que a água chegou a dois palmos na praça e na rua Jaime Urrutia. Os bombeiros andam de um lado para o outro e está trovejando com força, mas para o seu filho isso é indiferente, tomou a mamadeira e dorme como um anjinho.
— Tia, quero perguntar uma coisa.
— Claro, diga.
— O homem que cuida do pomar de Juanitaenea.
— Sim, o Esteban Yáñez.

— Isso, você me disse que ele teve um filho. Lembra se era parecido com ele?

— Como duas gotas de água, pelo menos quando era pequeno.

— Por acaso não sabe como se chamava?

— Isso não sei, querida. Nessa época, eu não estava aqui, não sei se o ouvi mencionar alguma vez, é mais provável que você o conheça. Devia ter uns dois anos, no máximo três, a mais do que você.

Amaia refletiu no que a tia lhe disse. Não, praticamente impossível. Dois anos são um mundo nessa idade.

— Bem, já disse a você que mandaram o coitado para um colégio interno depois que a mãe morreu. Devia ter uns dez anos, sabe como é, esses colégios caros na Suíça, mas com pouco carinho.

— Está certo, tia, obrigada. Só mais uma coisa. Seu telefone está carregado?

— Não sei ver isso.

— Olhe para a tela. Aparecem uns tracinhos na parte de cima. Quantos tracinhos tem?

— Espera. Vou colocar os óculos.

Amaia sorriu divertida ao mesmo tempo que a ouvia remexer.

— Um tracinho.

— Quase não tem bateria e agora você não vai poder carregar.

— Sua irmã está sempre zangada comigo por causa disso, mas acontece que nem me lembro. Nunca o uso.

Já se preparava para desligar quando lhe ocorreu algo.

— Tia, e a mulher que se suicidou, a mãe do garoto, lembra-se do nome dela?

— Ah, sim, claro que me lembro. Margarita Berasategui, uma mulher muito doce, foi uma pena.

Tinha outra chamada, despediu-se de Engrasi e atendeu o padre Sarasola.

— Inspetora Salazar, estive revendo o pouco que a Rosario disse no decorrer das sessões. Talvez o que chame mais a atenção seja que ela parecia muito animada com a possibilidade de conhecer a neta.

— Rosario não tem neta nenhuma — respondeu Amaia.

— Bom, a senhora teve um bebê há pouco tempo, não é?

— Sim, mas é um menino, e não creio que ela soubesse disso... Não tinha como saber.

— Pois a única coisa que me ocorre é que ela estivesse se referindo ao seu filho.

Desligou e discou de novo, ao mesmo tempo que olhava ao redor, febril, para aquela decoração austera que um assassino havia escolhido para a sua casa.

— Amaia? Mas que grande surpresa. A que devo a honra? — disse Flora quando atendeu.

— Flora, você contou à *ama* que tive um menino?

Quando Flora respondeu, o seu tom de voz havia mudado.

— Não... Bem...

— Contou ou não?

— Sim, eu disse que ela ia ser avó. Na época nós ainda pensávamos que ia ser uma menina, mas, quando vi a maneira como ela reagiu, não voltei a tocar no assunto.

— O que ela respondeu?

— Como?

— Disse que ela reagiu mal, o que ela disse?

— No início, perguntou como iria se chamar e eu respondi que você ainda não tinha escolhido o nome... Juro que ela parecia entusiasmada, mas depois disse uma coisa, não sei, começou a rir e disse coisas horríveis...

— O que ela disse, Flora? — insistiu.

— Amaia, acho que é melhor você não saber; a mãe está muito doente, às vezes diz coisas horríveis.

— Flora! — gritou.

Do outro lado da linha, a voz de Flora tremeu ao dizer:

— "Vou comer essa pequena cadela."

☙

O pânico provoca uma súbita aceleração do coração, e a produção de adrenalina dispara, contribuindo para acelerá-lo mais ainda, a boca crispa-se num arremedo de sorriso, o sorriso primitivo que a evolução nos ensinou a mostrar aos nossos inimigos como sinal conciliador. A respiração acelera devido à exigência do coração, a adrenalina projeta os olhos para fora, provocando a sensação de que se abrem de forma desmesurada, e quase se perde a visão periférica.

— Amaia, o que aconteceu? — perguntou Markina, aproximando-se. Ela levou a mão à Glock de maneira instintiva.

— Ele vai matar o meu filho. Eles vão para Elizondo, foi para isso que ele a libertou. Vão matar o meu filho. Era por isso que Garrido esperava. James está em Bilbao, e nós estamos aqui, entretidos neste circo. Ficou nos empatando, nos ocupando com esta merda, e agora vai matar o meu filho, vão matar Ibai. Ah, meu Deus! Está sozinho com a minha tia — disse, ao mesmo tempo que sentia lágrimas quentes e densas encherem seus olhos.

Os outros saíram da cozinha assim que a ouviram.

— Já telefonou para sua casa? — perguntou Iriarte.

Amaia olhou para ele, surpreendida. Como era possível? O pânico não a deixava pensar. Pegou o telefone e discou o número da tia. Ouviu o sinal de chamada, mas, no momento exato em que atendeu a ligação, esta foi cortada. Um vívido pesadelo reproduziu-se diante dos seus olhos, e viu Rosario se debruçando sobre o berço de Ibai, tal como havia feito tantas vezes sobre a sua cama. Um pensamento lógico arrancou-a do pesadelo. Está sem bateria, tinha um tracinho no mostrador, a energia consumida para fazer tocar a chamada a esgotara, era quase capaz de imaginar Engrasi amaldiçoando aquele aparelho inútil.

— O celular da minha tia está sem bateria, e o telefone fixo não funciona, faltou luz em Elizondo há uma hora.

— Vamos embora, inspetora, mobilizaremos todo mundo, vamos prendê-los.

Não esperaram pelo elevador; desceram as escadas correndo ao mesmo tempo que Iriarte e Montes falavam pelo telefone. Assim que chegou ao carro, Amaia já havia recuperado controle suficiente, mas Jonan tirou as chaves do carro de sua mão e ela não protestou: sentia a cabeça muito pesada, como se estivesse debaixo d'água ou tivesse posto um capacete que a impedia de perceber a realidade completa. Percebeu que o juiz estava ao seu lado.

— Vou com você — disse Markina.

— Não — conseguiu dizer. — Você não pode.

O juiz pegou em suas mãos.

— Amaia, não vou permitir que você vá sozinha.
— Já disse que não — retorquiu, soltando-se das mãos dele.
Markina voltou a agarrá-las com mais força.
— Vou com você, irei aonde quer que vá.
Amaia fitou-o por um segundo, ao mesmo tempo que tentava pensar.
— Está bem, mas em outro carro.
Ele assentiu e correu para o carro de Montes.
O telefone de Jonan tocou assim que ele arrancou. Acionou o viva-voz, e a voz do inspetor Iriarte chegou com nitidez.
— Inspetora, estou com as patrulhas na rua. Como você sabe, o rio Baztán transbordou ontem e hoje está subindo com o temporal. Mais da metade do vale está sem luz, uma árvore atingida por um raio caiu sobre o cabo de alta tensão e vão demorar horas para repará-lo, e além disso, devido à chuva, houve um deslizamento de terra no túnel de Belate. A N-121 foi interrompida, e isso pode jogar a nosso favor. Se tiveram de dar a volta para ir pela NA-1210 depois de chegarem lá, terão perdido bastante tempo; disseram-me que havia um congestionamento de trânsito significativo. Também liguei para os bombeiros de Oronoz; receberam muitas chamadas por causa das inundações e foi impossível entrar em contato com eles. Vou tentar os números pessoais; seja como for, uma patrulha está seguindo para sua casa neste momento.
A minha irmã, Amaia pensou de repente, e discou o número dela.
— É pior do que eu pensava, maninha — disse Ros, quando atendeu.
Amaia interrompeu-a.
— Ros, vá para casa. Um médico ajudou a *ama* a fugir da clínica e ela disse a Flora que mataria a pequena cadela que eu ia ter. — Enquanto proferia essas palavras, as lágrimas voltaram aos seus olhos. Fez um esforço e engoliu-as. — Ros, a mãe vai matá-lo porque não conseguiu me matar.
Quando Ros respondeu, percebeu pela voz dela que estava correndo.
— Estou indo para lá, Amaia.
— Ros, não vá sozinha. Deixe Ernesto ir com você.
O som de um potente trovão chegou até Amaia através do telefone; a chamada caiu, ou então Ros desligou o celular. Ficou desolada.

෴

A estrada NA-1210 era uma das vias mais bonitas por onde se podia dirigir em Navarra. Cercada por um bosque verde e bucólico, a luz do sol se infiltrava por entre os galhos mais altos, criando feixes luminosos que chegavam ao chão. Com tráfego pesado de caminhões, a antiga estrada nacional era, no entanto, muito perigosa. Faixas estreitas, piso irregular, buracos e poças e, às vezes, galhos caídos que dificultavam a condução ou animais que atravessavam o caminho. Quando a isso se juntava a noite iluminada apenas por raios que rasgavam o céu, a chuva e o trânsito que normalmente se distribuía pelas duas vias, transformava-se num inferno.

Amaia não prestava atenção à estrada. Decidida a não se deixar arrastar até os pesadelos que a sua mente projetava, concentrou-se em traçar um perfil, o perfil de um psicopata. Os psicopatas não conseguem sentir empatia, são incapazes de ter sentimentos que surjam da experiência de se colocar na pele de outra pessoa. Não conseguem sentir piedade ou pena, solidariedade ou simpatia pelos outros; por outro lado, são capazes de sentir emoções, as que são provocadas pela música ou pela arte, pela inveja ou pela cobiça, as que são causadas pela ira ou pela satisfação. Deuses absolutos de um mundo unipessoal, movimentam-se em sociedade fingindo, conscientes de que não são como os outros, sentindo-se eleitos, e ao mesmo tempo privados de honra.

Um homem inteligente e com uma excelente formação. Um menino arrancado do seu lar após perder a mãe e repudiado pela única pessoa que lhe restava no mundo. Forjou, talvez durante anos, a vingança de um adulto que retorna. Sua posição de psiquiatra havia lhe dado acesso ao tipo de pessoa de que necessitava. Perito em manipular, havia dirigido aqueles homens como um marionetista, esticando e afrouxando cordas, até os conduzir aonde queria. Um gênio do horror, impecável até os mais ínfimos pormenores, capaz de subjugar a ira cega daquelas bestas e de dirigi-la como uma arma de precisão, convencendo-os a ceifar a vida coordenando a provocação de uma profanação e manipulando o pai. Soberbo.

Pensou desde quando saberia da existência do *itxusuria*: ele o teria encontrado por acaso enquanto cavava? Ou tinha procurado com a suspeita de que devia haver um numa casa tão antiga? Em qualquer dos casos, havia conjeturado um golpe de efeito magnífico, mais um em sua lista de brilhantes horrores. Contudo, havia cometido um erro e, por mais curioso que possa parecer, fora traído pela pequena parte humana que restava dentro de si. Era provável que tivesse sido uma avaria acidental o que o levara à oficina de Jasón Medina, e com certeza também foi por acaso o fato de Johana ter cruzado o seu caminho; estava certa de que desde o primeiro momento havia descartado Jasón Medina, pois é impossível exercer qualquer tipo de controle sobre indivíduos como ele. Os agressores sexuais reincidiam, apesar de condenações e terapias, jamais se reabilitavam, porque o puro desejo de satisfazer a sua necessidade dominava-os, fossem quais fossem as consequências.

Berasategui devia saber disso. Ele era o especialista, mas o desejo por Johana venceu-o. Aquela menina inocente e pura, sua carne rija e morena, provocara nele emoções novas. Um deleite de sensações que afloraram de um lugar desconhecido com a excitação de um encantamento. Johana transformara-se em sua obsessão, e essa descoberta fora tão irresistível que ele cometera por ela o único erro que podia cometer uma mente como a sua: deixar-se levar pela voracidade, quebrando o seu padrão de atuação e deixando em evidência a peça-chave que todo investigador espera. A discrepância. Somos escravos dos nossos hábitos.

Um manipulador magistral, sem dúvida, cujos caprichos de deus canibal eram uma sombra em comparação com Rosario. Amaia se dera conta disso quando vira com Sarasola as imagens do vídeo do circuito interno. O *Tarttalo* ia de livre e espontânea vontade com ela, e podia ser um mestre da manipulação com bestas raivosas, mas, se pensou por um instante que conseguiria Rosario, enganou-se redondamente. Ela tinha um objetivo, desde o dia em que as filhas idênticas chegaram a este mundo, e durante mais de trinta anos ninguém a havia desviado do caminho que traçara.

41

A TEMPESTADE PARECIA INSTALADA SOBRE o vale. Embora a chuva não fosse tão intensa nesse momento, não havia cessado durante todo o dia, e o retumbar dos trovões afastava-se apenas para dar lugar a outro bombardeio ainda mais potente. Elizondo sem luz parecia devorada pela montanha, e só o fugaz clarão dos raios e a dança frenética das lanternas permitiam reconhecer que continuava ali.

Ros corria pelas ruas, com uma lanterna na mão e o cabelo colado à cabeça por causa da chuva. O coração latejava em seu ouvido interno como um enorme tambor que não a impedia de ouvir os passos de Ernesto correndo logo atrás. Chegou à entrada da casa e viu que a porta estava entreaberta. A energia que a segurara no caminho até ali abandonou-a de repente, fazendo seus joelhos se dobrarem. Agarrou-se às dobradiças da porta, e ao tocar na pedra fria e rugosa teve certeza de que algo terrível havia acontecido, de que aquele lugar que fora um refúgio contra todo o mal, contra o frio, a chuva, a solidão, a dor e os *gaueko*, os espíritos noturnos do rio Baztán, havia sido por fim conspurcado.

Ernesto alcançou-a, tirou-lhe a lanterna das mãos e entrou. A casa continuava aquecida apesar da porta aberta. Às escuras, pairava no ar o odor acre das velas recém-apagadas. O ligeiro clarão alaranjado das brasas na lareira permitia vislumbrar a desordem instalada. Ernesto varreu a sala com o feixe da lanterna. Havia uma cadeira tombada próximo à mesa, e os restos do jarro de flores frescas que Engrasi colocava sobre ela estavam espalhados pelo chão; uma das poltronas estava caída muito perto da lareira, a tal ponto que, se ali houvesse um fogo com chamas mais altas, sem dúvida teria queimado.

— Tia — chamou Ros, e ao fazê-lo não reconheceu a própria voz.

A lanterna iluminou as pernas da idosa estendida no chão, que haviam ficado à mostra quando o roupão deslizou para cima. A parte superior do corpo estava escondida pela poltrona. Ernesto aproximou-se dela e afastou o móvel.

— Ah, meu Deus! — Ernesto deu um passo para trás quando olhou para ela.

꧔

Ros não quis fazê-lo. A partir do momento em que entrou na casa sabia que a tia estava morta.
— Está morta — disse —, está morta, não é?
Ernesto debruçou-se sobre ela.
— Está viva, mas levou uma pancada enorme na cabeça, Ros. Precisamos chamar um médico.
O celular no bolso do casaco dela tocou. Trêmula, pegou-o e olhou para a tela, embora não visse nada. As lágrimas lhe cegaram os olhos, mesmo assim sabia quem era.

꧔

— Amaia, a tia... — rompeu a chorar amargamente. — Ele quase a matou, quebrou a cabeça dela, está se esvaindo em sangue e o Ernesto está chamando uma ambulância, mas estão no meio da enchente. Nem os bombeiros sabem se conseguem chegar aqui — quase gritou, ao mesmo tempo que percorria a sala de estar, incapaz de conter o pânico. — A casa está destruída, ela lutou como uma leoa, mas Ibai não está aqui. Levaram ele, levaram o menino — gritou, fora de si.
Você sabe que é um enfarte, porque sente que vai morrer.
O organismo de Amaia entrou em colapso. Amaia sentia a pressão de um oceano sobre o peito, a consciência da pulsação que não ocorreu, a certeza de que ia morrer, e o alívio de saber que será um segundo e que depois a dor cessará.
Inspirou fundo o ar, com o intenso odor de ozônio da tempestade, entrando, insuflado, talvez, por um *inguma* benévolo, por uma criatura invisível sobre a sua boca e nariz, resgatando-a daquele mar quieto e espesso que quase havia aceitado.
Inspirou fundo, várias vezes, ofegando.
— Pare o carro — gritou.

Jonan conduziu o veículo até o acostamento da estrada e Amaia quase saiu antes que o carro parasse. Foi até a parte dianteira do carro, e apoiando-se nos joelhos, inclinou-se sem deixar de arquejar, hiperventilando, enquanto contemplava a escuridão do bosque e tentava acalmar-se e pensar.

Ouviu o carro de Iriarte, que parava atrás do seu, e passos que se aproximavam correndo.

— Ela está bem? — ele perguntou, dirigindo-se a Jonan.

— Quase mataram a minha tia, e levaram o meu filho.

Iriarte abriu a boca e balançou a cabeça, incapaz de dizer o que quer que fosse, e Markina parou a seu lado sem saber o que fazer. Jonan levou as duas mãos à cabeça, Zabalza levantou a mão e tapou a boca. Somente Montes falou.

— Não podem seguir em frente, se fecharmos esta estrada, vamos dificultar a vida deles.

— Ele é daqui, conhece as estradas, até já podem estar na França.

— Nada disso — insistiu Montes. — Vou dar o alerta e também vou telefonar para o Padua e para Ertzaintza para o caso de pensarem em seguir por Irún, e também para os gendarmes, caso se dirijam à França, como você disse, mas não acredito nisso; não tiveram tempo, chefe. Se ele é daqui, como você afirma, não irá a lugar nenhum com este temporal, vai se esconder num lugar conhecido. Está viajando com uma idosa e um bebê, é o mais lógico.

— A casa do pai — respondeu Amaia de imediato. — Ele é filho de... Esteban Yáñez, de Elizondo; se não estiver lá, procurem também em Juanitaenea, o pai dele tem a chave — disse, de súbito eufórica, olhando para Montes, agradecida pela sua presença de espírito e pela sua força.

Voltaram para o carro.

— Deixe-me dirigir, Jonan — Amaia pediu ao assistente.

— Tem certeza?

Sentou-se ao volante e ficou imóvel durante alguns segundos enquanto os outros carros os ultrapassavam e se perdiam na escuridão. Ligou o motor e deu meia-volta. Jonan fitava-a, cerrando os lábios num gesto de preocupação e controle que Amaia conhecia bem. Voltou à estrada e alguns metros mais à frente virou para o desvio.

A presença do rio clamava da margem direita, e, apesar da escuridão intensa, sua força era palpável como uma criatura viva. Dirigiu em grande velocidade por entre os fiapos de neblina, que pareciam desenhar outra estrada por cima da já existente, como um caminho para criaturas etéreas que seguiam aquele trilho e se dirigiam para o mesmo lugar que ela. Era uma sorte que fosse de noite. As ovelhas e as *pottokas* deviam estar recolhidas, porque se colidissem contra um veículo àquela velocidade morreriam sem dúvida nenhuma. Identificar um lugar da montanha em plena noite é muito difícil, ainda mais quando as referências visuais se encontram alteradas por uma tempestade. Parou o carro na estrada e saiu iluminando o acostamento com a lanterna. Parecia tudo igual, mas ao apontar a luz para um ponto ao longe conseguiu distinguir a parede da casa da fazenda fechada no meio do campo, do outro lado do rio. Voltou para o carro.

— Jonan, preciso ir. Não posso pedir que venha comigo, porque é um pressentimento que me guia. Se forem para onde acho que vão, farão isso pela estrada e depois pela trilha, mas eu chegarei antes deles se for por aqui; é a minha única chance.

— Vou com você — respondeu ele, saindo do carro. — Foi por isso que não quis que o juiz viesse conosco, você já sabia que talvez tivesse de fazer alguma coisa desse tipo.

Amaia fitou-o, perguntando-se o quanto da conversa ocorrida entre ela e Markina Jonan havia escutado. Chegou à conclusão de que isso não importava; isso agora era indiferente.

გ

A ladeira estava bastante escorregadia, mas a terra amolecida foi de grande ajuda ao permitir que enterrassem nela os pés até alcançar a margem do rio.

A água passava com suavidade por entre as enferrujadas balaustradas da ponte, que oscilavam quase a ponto de cair. A construção por baixo era quase invisível, e, no lado esquerdo, uma grande quantidade de galhos e folhas se amontoava de encontro à parte lateral e à balaustrada, formando um pequeno açude. Apontaram para lá as lanternas, cientes de que a qualquer momento ela cederia. Entreolharam-se e correram a toda a velocidade. Chegar ao outro lado não aliviou a sensação de caminhar dentro da água. O rio havia penetrado quase um palmo no campo. Por sorte, o terreno havia permanecido firme, devido à grama rala que o cobria, mesmo assim estava extraordinariamente escorregadio, dificultando cada passo. Chegaram à fazenda, e ao passar por ela viram a orla do bosque. Amaia olhou com um misto de apreensão e determinação, que era a única coisa que a movia. No entanto, o bosque era um alívio. As copas das árvores haviam agido como um guarda-chuva natural, e o solo mal denunciava as intensas chuvas dos últimos dias. Correram por entre a mata cerrada apontando as lanternas e tentando vislumbrar com os clarões dos relâmpagos o fim daquele labirinto. Correram durante um bom tempo ouvindo apenas o farfalhar das folhas e suas respirações, até que ela estacou de repente; Jonan fez o mesmo a seu lado, ofegante.

— Já deveríamos ter saído. Nós nos perdemos.

Jonan apontou o feixe da sua lanterna ao redor sem que o bosque lhes fornecesse uma pista do local onde se encontrava a saída. Amaia virou-se para a escuridão.

— Me ajude! — gritou para a escuridão.

Jonan fitou-a, confuso.

— Acho que deve ficar alguns metros mais para lá...

— Me ajude! — berrou de novo para a escuridão, ignorando o colega.

Jonan não disse nada. Ficou em silêncio fitando-a ao mesmo tempo que apontava a lanterna para o chão. Amaia ficou imóvel, com os olhos fechados como se estivesse rezando.

O silvo soou tão forte, tão próximo, que o sobressalto fez Jonan deixar cair a lanterna. Abaixou-se para pegá-la, e quando se levantou, Amaia havia mudado. O desespero desaparecera, tendo sido substituído pela determinação.

— Vamos — indicou, e deram início à caminhada.

Um novo silvo um pouco para a direita os fez alterar a rota, e outro mais longo e forte soou diante deles quando saíram do bosque. A planície onde alguns dias antes pastavam as ovelhas desaparecera debaixo d'água, e, em frente, o pequeno riacho das lâmias que ali se unia ao rio naquele ponto descia pela ladeira trovejante como uma enorme língua de água que os impedia de ver as rochas e as pteridófitas que a formavam. Procuraram a pequena ponte de cimento sobre o rio furioso. Ainda era o melhor lugar para atravessar. De mãos dadas, começaram a atravessá-lo, e já quase haviam conseguido quando um grosso galho dos muitos que foram arrastados pelo rio bateu no tornozelo de Jonan, fazendo-o perder o equilíbrio. Ficou de joelhos na ponte e a água o cobriu. Amaia não o soltou. Firmando-se sobre o seu peso, puxou-o, e então ele se levantou e saiu do leito do rio.

— Você está bem?

— Sim — respondeu —, mas perdi a lanterna.

— Já estamos perto — disse Amaia, correndo para a ladeira.

Atravessaram o matagal e começaram a subir pela encosta da montanha. Quando Amaia percebeu que Jonan estava ficando para trás, voltou-se para olhar e assim que virou a lanterna na direção dele viu a causa: o tronco que o havia derrubado deixou um corte profundo, aberto no tornozelo dele, sua calça jeans ensopada de sangue também cobrindo parte do sapato.

Voltou para trás.

— Ah, Jonan...

— Estou bem, vamos — disse ele. — Vá andando, eu a alcanço.

Amaia assentiu. Odiava a ideia de deixá-lo para trás, ferido, sem lanterna e em plena montanha, mas continuou avançando apressada, até que alguns metros mais à frente percebeu que Jonan já não estava a seu lado. Ela não podia parar. Ambos sabiam disso. Atingiu metade da altura da ladeira e contornou a rocha que cobria a entrada da gruta, e do lado de fora vislumbrou a luz. Sacou a Glock e apagou a lanterna.

— Ajude-me, meu Deus — pediu num sussurro —, e ajude-me você também, maldita rainha das tempestades — disse, com raiva.

Sinuosa, deslizou pelo pequeno "s" que desenhava a entrada e que funcionava como barreira natural. Não se ouvia nada. Escutou com atenção e percebeu o roçar da roupa e os passos no chão e, de repente, um daqueles barulhinhos adoráveis que Ibai costumava fazer. Seus olhos se encheram de lágrimas. Sentia-se tão agradecida de que o seu bebê se encontrasse com vida que teria caído de joelhos ali mesmo diante do deus que velava pelas crianças. Contudo, em vez disso passou uma das mãos pelo rosto, furiosa, eliminando qualquer vestígio de choro. Dirigiu-se para dentro da gruta, de arma em riste, e o que viu gelou seu sangue.

Ibai estava estendido no chão, no centro de um intrincado desenho que parecia traçado com sal ou cinzas brancas, e rodeado de velas que haviam amornado o ambiente, conseguindo que o menino não chorasse de frio apesar de só estar usando fralda.

A seu lado, viu uma tigela de madeira e outro recipiente de vidro e um funil metálico, e as cenas que Elena havia narrado lhe voltaram à mente com força. Rosario, de joelhos no chão, brandia um punhal sobre a barriguinha do menino como se traçasse desenhos invisíveis sobre ele. Usava a parca enorme agora aberta, e por baixo Amaia pôde ver que vestira um suéter de lã preta, calça da mesma cor, tênis, e o cabelo puxado para trás e preso num coque... O doutor Berasategui, aqui mais *Tarttalo* do que nunca, debruçado ao lado dela, sorria fascinado pelo ato, ao mesmo tempo que recitava algo parecido com uma canção que Amaia não reconheceu.

O coração dela pulsava descompassado, e sentiu o suor escorrendo pelas mãos até formar uma camada grossa que deslizou pelo seu pulso, com um ligeiro prurido, quando ergueu a arma. Já sabia que sentiria medo antes mesmo de entrar na gruta, e que, quando estivesse na frente dela, o terror voltaria. No entanto, também sabia que continuaria, apesar disso.

O médico foi o primeiro a vê-la. Fitou-a com interesse, como se ela fosse um convidado inesperado, mas desagradável.

Rosario ergueu os olhos escuros e, quando os cravou nela, Amaia voltou a ter nove anos. Sentiu como, sem dizer nada, a mãe tivesse jogado uma corda em sua direção, a teia de aranha do seu controle, e durante um instante dominou-a de novo, transportando-a da sua cama de criança, levando-a à artesa de farinha, para o seu túmulo.

Ibai emitiu um suave gemido, como se fosse começar a chorar, e isso foi suficiente para trazê-la de volta e romper o dique que detinha a sua fúria. Amaia não esperava a ira, bestial e racional ao mesmo tempo, que lhe retesou o corpo e lhe gritou no cérebro, com uma única ordem que anulava o alerta vermelho do medo e que lhe implorava: *Acabe com ela*.

— Jogue fora a faca e afaste-se do meu filho — disse com firmeza.

Rosario começou a sorrir, mas parou no meio do gesto como se algo chamasse a sua atenção.

— Continue — instou Berasategui, ignorando a presença de Amaia.

Contudo, Rosario já havia parado e olhava para Amaia com a atenção que se presta a um inimigo antes do seu próximo movimento.

— Juro por Deus que vou explodir os miolos de vocês se não se afastarem do menino.

O rosto de Rosario se contraiu ao mesmo tempo que o ar de seus pulmões escapava num gemido. Pousou a faca no chão, a seu lado, e debruçou-se sobre a criança, descolando os adesivos de sua fralda.

— Argggggh — gemeu quando o viu.

Estendendo uma das mãos para o médico, apoiou-se nele para se erguer.

— Onde está a menina? — gritou. — Onde está a menina? Você me enganou. — Cravou de novo os olhos em Amaia e perguntou: — Onde está a sua filha?

Ibai começou a chorar, assustado com os gritos.

— Ibai é meu filho — respondeu com firmeza, e quando o fez percebeu que aquela afirmação era uma declaração de intenções. Ibai, o menino do rio, "o menino que ia ser menina e que mudou de ideia na última hora", "se você teve um menino é porque estava escrito que tinha de ser assim".

— Mas era uma menina, foi Flora quem me disse — protestou, confusa. — Tinha de ser uma cadelinha, tinha de ser *o Sacrifício*.

Berasategui olhou para o menino com ar de tédio e de repugnância, e perdeu o interesse, recuando até a parede.

— Como a minha irmã...

Rosario pareceu surpreendida por um instante antes de responder.

— E como você... Ou acha que já acabei contigo?

O choro de Ibai redobrou e dentro da gruta era algo ensurdecedor, cravando-se nos tímpanos como um espinho afiado. Rosario lançou-lhe um último olhar e avançou na direção de Amaia.

— Quieta — ordenou, sem deixar de lhe apontar a arma. — Não se mexa.

No entanto, Rosario continuou avançando ao mesmo tempo que Amaia se virava, como se protagonizassem uma estranha dança que a levava até o interior da gruta e a aproximava mais do lugar onde Ibai estava. A distância que as separava continuava intacta, como ímãs de carga idêntica, repelindo-as, impedindo que ficassem mais próximas. Continuou apontando a pistola para Rosario, ao mesmo tempo que vigiava Berasategui, que quase parecia divertido com tudo aquilo, até que a mulher mais velha chegou à entrada da gruta e desapareceu. Então Amaia virou-se para ele, que sorriu, encantador, levantando as mãos e dando um passo na direção da entrada da gruta.

— Não se deixe enganar — disse Amaia, muito calma. — Com você minha mão não vai tremer. Se der mais um passo, eu o mato.

O médico parou, fazendo um gesto de resignação.

— Contra a parede — ordenou.

Sem deixar de lhe apontar a arma, Amaia aproximou-se um pouco e jogou as algemas para ele.

— Coloque.

Obedeceu sem parar de sorrir, e depois levantou as duas mãos para demonstrar que já estava com elas.

— No chão, de joelhos.

Berasategui acatou a nova ordem com uma expressão semelhante ao fastio, como se, em vez de o estar prendendo, ela tivesse pedido algo mais agradável.

Amaia aproximou-se então do menino e levantou-o do chão, derrubando algumas velas que ficaram tombadas sem se apagar. Abraçou o bebê, colando-o ao peito, ao mesmo tempo que o abrigava entre as suas roupas e o beijava, verificando que estava bem.

— Inspetora — chamou Jonan lá de fora.

— Aqui, Jonan — gritou Amaia, aliviada ao ouvir a voz dele. — Aqui.

Nem por um instante lhe passou pela cabeça a possibilidade de perseguir a mãe debaixo daquele temporal. Não ia deixar Jonan, ferido, vigiando um preso, e é evidente que não ia abandonar Ibai. Examinou o celular e olhou para o subinspetor.

— Não há sinal de rede.

Jonan assentiu.

— Na ladeira havia rede, pelo menos isso pude fazer. Já estão vindo.

Amaia suspirou, aliviada.

༄

A operação de busca foi posta em andamento imediatamente, e nela colaboraram tanto a Polícia Foral quanto a Guarda Civil. Chamaram uma unidade com cães de Saragoça e depois de vinte e quatro horas de busca, depois que alguns voluntários localizaram a parca de esquimó com capuz que Rosario vestia enganchada em galhos quase dois quilômetros rio abaixo, Markina examinou durante alguns segundos o estado da peça de roupa, que evidenciava os vários golpes e arranhões recebidos, e, dirigindo-se às autoridades, cancelou a operação.

— Com a força da água, se caiu aqui ontem já deve estar no mar Cantábrico. Vamos dar o aviso a todas as localidades e às patrulhas da costa, mas ontem vi descer pelo rio troncos mais grossos do que um corpo, que a água arrastava como se fossem palitos — disse o voluntário da Proteção Civil.

&

Amaia voltou para casa, que sem Engrasi era apenas uma casa, e, enquanto observava o filho dormindo, abraçou James.

— Não me importa o que digam, eu sei que Rosario não está morta.

James estreitou-a contra si sem a contradizer, limitando-se a perguntar:

— Como você pode saber isso?

— Porque ainda sinto a sua ameaça, como uma corda que nos amarra, sei que está por aí em algum lugar e sei que ainda não terminou.

— É idosa e está doente. Você acredita mesmo que conseguiu sair do bosque e chegou a algum lugar onde pudesse estar segura?

— Eu sei que o meu predador está solto por aí, James. Jonan acha que ela pode ter tirado o casaco durante a fuga.

— Amaia, esqueça isso, por favor. — E abraçou-a ainda com mais força.

42

ELA ENTROU NA SALA DE interrogatórios acompanhada por Iriarte. Berasategui sorriu quando a viu. Já tinha visto muitas vezes na televisão o advogado que o acompanhava. Não se levantou quando ela e Iriarte entraram na sala, e ajeitou com cuidado o paletó do terno caro antes de começar a falar. Amaia perguntou-se quanto cobraria por hora.

— Inspetora Salazar, o meu cliente deseja agradecer por tudo o que fez para salvá-lo. Se não fosse pela senhora, as coisas podiam ter sido muito diferentes.

Amaia olhou para Iriarte e quase teria achado a situação divertida, não fosse o caso de estar tão triste.

— Vai ser essa a estratégia que pensam utilizar? — perguntou Iriarte. — Vai tentar nos fazer acreditar que ele não passa de uma mera vítima das circunstâncias?

— Não se trata de uma estratégia — respondeu o advogado. — O meu cliente agiu sob ameaça de uma doente mental perigosa; espero que me desculpe — disse, dirigindo-se a Amaia.

— Visitou Rosario na Clínica de Santa María de las Nieves fazendo-se passar por um familiar, usando documentação falsa — declarou Iriarte, colocando diante dele as fotografias obtidas pelas câmeras do circuito interno da clínica.

— É verdade — admitiu o advogado esnobe. — O meu cliente infelizmente teve um excesso de zelo profissional. O caso de Rosario apaixonava-o, tinha travado amizade com ela quando a conheceu anos antes em outro hospital e tinha por ela um grande carinho. Só podia receber visitas de familiares, por isso o meu cliente, sem nenhuma má intenção possível, fez-se passar por uma pessoa da família para poder vê-la.

— Usou documentação falsa.

— Sim, ele admite isso — retorquiu, conciliador, o advogado —, tenho certeza de que o juiz verá que não houve má intenção; seis meses no máximo.

— Espere para fazer a soma, senhor doutor, ainda não terminei — disse Iriarte. — Ele entregou a ela uma arma que introduziu na clínica de maneira furtiva. — O advogado começou a negar com a cabeça. — Um antigo bisturi que obteve no local onde Antonio Garrido se escondeu.

O sorriso de Berasategui sofreu um ligeiro curto-circuito antes de voltar a aparecer em seu rosto.

— Você não tem como provar isso.

— Quer me fazer acreditar que Rosario o obrigou?

— Você sabe muito bem o que ela fez com o vigia, com o doutor Franz e com a sua pobre tia... — acrescentou o advogado, olhando para Amaia.

— Antonio Garrido está vivo — interveio Amaia pela primeira vez, fitando o médico nos olhos.

Berasategui sorriu e também se dirigiu a ela.

— Bom, isso é circunstancial — respondeu, sem deixar de encará-la. — Você sabe muito bem como são esses fatos da vida, e a única coisa que sabemos com certeza é que morreremos um dia.

— Vai fazê-lo se suicidar?

Berasategui sorriu paciente, como se o comentário fosse óbvio.

— Eu não vou fazer nada, ele é que fará; é um homem muito perturbado, cuidei dele durante algum tempo e trata-se de um potencial suicida.

— Sim, assim como Quiralte, Medina, Fernández, Durán. Todos pacientes seus, todos mortos. Todos assassinaram mulheres das suas relações nascidas em Baztán, todos assinaram os seus crimes da mesma maneira — ela disse, apontando para as fotos nas quais se viam as paredes das celas —, e de todos os locais do crime alguém levou um troféu, cortado com uma serra de amputação antiga arranjada em Hospitalenea, o lugar onde se escondia o seu servo, Antonio Garrido.

— Bem, o índice de suicídios entre pessoas violentas é muito elevado, e, como sou inocente, tenho certeza de que tenho um álibi para cada ocasião.

Iriarte abriu uma nova pasta de onde retirou seis fotografias que colocou diante do advogado e respectivo cliente.

— Todos os membros amputados nesses crimes foram encontrados em Arri Zahar há um ano, havia marcas de dentes humanos em alguns deles. Não sei se você está a par dos avanços no campo da odontologia forense, mas com um molde da sua boca não será muito difícil estabelecer a relação.

— Sinto decepcioná-lo mais uma vez. Sofri um acidente de carro na adolescência, com uma grave fratura do maxilar e a perda de várias peças dentárias. São implantes — Berasategui respondeu, forçando um sorriso que permitiu mostrar a dentadura —, implantes, como milhares de implantes, suficientes para criar uma dúvida razoável num jurado.

O advogado dele assentiu, com veemência.

— Voltemos ao seu servo.

— Voltemos, então — admitiu, triunfante, Berasategui, para desconforto do seu advogado.

— Garrido admitiu ser o autor das profanações que têm ocorrido na igreja de Arizkun.

— Não sei que relação pode ter... — protestou o advogado.

— Nessas profanações foram danificados bens da igreja, mas além disso foram usados restos mortais humanos obtidos num cemitério familiar.

O sorriso de Berasategui era tão radiante que por um momento conseguiu chamar a atenção de todos, incluindo o advogado, que estava cada vez mais confuso, mas ele olhava apenas para Amaia.

— Gostou disso, inspetora?

Todos ficaram em silêncio observando o sorriso do psiquiatra e o rosto neutro da inspetora, que parecia lavado de qualquer expressão.

— A discrepância e o princípio — disse Amaia de súbito.

O doutor Berasategui virou-se para ela devagar, dedicando-lhe a sua atenção.

— O princípio e a discrepância — repetiu Amaia.

O psiquiatra olhou para Iriarte e para o seu advogado, encolhendo os ombros, num gesto claro de quem não estava entendendo.

— Numa investigação de homicídio, a discrepância fornece a chave e o princípio fornece a origem, e em toda origem está subjacente o fundo do seu fim.

O psiquiatra levantou as mãos algemadas no universal gesto de interrogação.

— Não está me entendendo, doutor Berasategui, ou será que devia dizer doutor Yáñez?

O sorriso congelou em seu rosto.

— Esse é o princípio, a origem, filho de Esteban Yáñez e de Margarita Berasategui. Esteban Yáñez, um aposentado que cuida do pomar que circunda a minha casa e que encontrou o *itxusuria* da minha família. Ele forneceu os ossos a Garrido, está aqui na sala contígua; declarou que não sabia que iam profanar uma igreja e que os ossos pareciam uma coisa macabra adequada para perturbar o que ele considerava suas terras. E Margarita Berasategui, a mulher de quem tomou o sobrenome como uma homenagem, uma pobre mulher afetada por uma depressão durante a vida; deve ter sido duro para um garoto crescer num lar triste e obscuro tomado de silêncios e de lágrimas, um túmulo para uma mente brilhante como a sua, bastante insuportável, não é? Ela se esforçava, a sua casa estava sempre limpa, a roupa passada e a comida feita. Mas isso não é suficiente para uma criança; uma criança precisa de brincadeiras, de amor, de companhia e de carinho, e ela não suportava que você a tocasse, não é? Ela nunca fazia isso, talvez pressentisse a espécie de monstro que você era; uma mãe sempre sabe dessas coisas. Ela já tentara suicídio outras vezes, tomava uma monte daqueles tranquilizantes, mas nunca era o suficiente, talvez porque na realidade não queria morrer, apenas ansiava viver de outra maneira. Um dia, quando você voltou da escola e a encontrou semi-inconsciente com um dos frascos de comprimidos caído no chão, você fez o resto, colocou a espingarda do seu pai diante dela, e pode ser até que tenha usado a mão dela para isso, e lhe estourou os miolos. Ninguém duvidou, porque era conhecido de todos o estado em que estava, e ela já cometera o desatino de tentar o suicídio antes, e numa região, ainda por cima, com uma das taxas mais elevadas de suicídio do país. Ninguém, exceto o seu pai. Ele deve ter entendido tudo assim que entrou em casa e deparou com os miolos dela espalhados pelas paredes e pelo teto: Margarita podia estar prestes a entrar em colapso, mas mantinha a casa impecável; as mulheres poucas vezes se suicidam de modo tão sujo e impuro, e ela menos do que ninguém. Foi por isso que ele tirou você de casa, por isso mandou você para longe, e é por isso que ainda hoje tem medo de você e o obedece.

"Aí está a origem: você renunciou ao seu pai eliminando o sobrenome dele, mas não adotou o da sua mãe; adotou o nome da sua primeira vítima."

Berasategui permaneceu imóvel, escutando com atenção e sem mexer um músculo.

— Tem alguma prova de tudo isso que diz? — perguntou o advogado.

— E agora vem a discrepância — continuou Amaia, ignorando o advogado e sem perder nenhum detalhe da expressão no rosto de Berasategui. — Todas mulheres adultas e de Baztán, todos os seus assassinos haviam recebido terapia para o controle da ira, o melhor contexto para encontrar alguém manipulável a quem comandar.

— Não sou um manipulador — sussurrou o psiquiatra.

O advogado afastara-se um pouco da mesa, como que estabelecendo uma muralha invisível entre ambos.

Amaia sorriu.

— Claro que não, como pude cometer esse erro, essa é uma honra que deixam para os instigadores. Você não manipula; a diferença é que suas vítimas desejam de fato fazer o que fazem, não é assim? Desejam servir e fazem o que têm de fazer, que por acaso também é o que você espera delas.

Berasategui sorriu.

— E, no meio dessa ordem e concerto, uma discrepância chamada Johana Márquez. Sei que tentou com o pai dela, mas ele era uma espécie de besta com quem o seu controle não funcionava; no entanto, você não foi capaz de resistir à emoção que Johana causava, o desejo de lhe arrebatar a vida, a carne macia e firme debaixo da sua pele perfeita que aquele pai animal ia profanar a qualquer momento. — Amaia observou como Berasategui entreabria os lábios e passava com suavidade a língua pela abertura entre os lábios. — Você a vigiou como um lobo faminto, armando uma emboscada, à espera do momento que sabia estar prestes a chegar.

"A cobiça foi mais forte do que você, que não foi capaz de resistir, não é? Mordeu Johana Márquez naquela cabana quando foi receber o seu troféu. Pode ser que, com as próteses dentárias, houvesse uma dúvida razoável, mas você deixou a sua saliva naquele pedacinho tenro de carne que guarda com os outros, como uma iguaria que deseja conservar, mas a que ao mesmo tempo não consegue resistir — ela declarou, citando as palavras de Jonan.

Berasategui fitou-a com ar pesaroso.

— Johana — disse ele, ao mesmo tempo que balançava a cabeça.

❧

Havia dois dias que não chovia, e o sol fizera a sua aparição por entre as nuvens, tornando tudo mais brilhante e mais real.

De manhãzinha bem cedo, deslocara-se ao Instituto Navarro de Medicina Legal. Insistiu em entrar sozinha, muito embora James e as irmãs esperassem no carro.

San Martín veio falar com Amaia assim que a viu, e quando ficou frente a frente com ela deu-lhe um abraço fugaz ao mesmo tempo que perguntou:

— Como se sente?

— Bem — respondeu Amaia, calma e aliviada ao ver-se livre do abraço.

O médico acompanhou-a até o seu consultório oficial, repleto de esculturas de bronze, que nunca usava porque preferia a abarrotada mesa do canto inferior.

— São meras formalidades, inspetora — disse, entregando-lhe alguns documentos. — Assim que os assinar, poderei liberar e entregar-lhe os restos mortais.

Amaia assinou com rabiscos rápidos e quase saiu correndo da amável atenção de San Martín.

❧

Essa tinha sido a parte fácil. Agora, com o sol lhe aquecendo as costas e a sepultura aberta a seus pés, quase lamentava que não estivesse chovendo.

O sol não devia brilhar nos enterros, pois os torna mais vivos, mais brilhantes e mais insuportáveis; o calor da luz só consegue mostrar o horror com toda a crueldade de uma ferida aberta.

Ajoelhou-se no chão, que ainda conservava a umidade das chuvas intensas, e aspirou o seu aroma rico e mineral. Com cuidado, empurrou os pequenos ossos para dentro da cova e cobriu-os, alisando a terra com as mãos. Depois, virou-se para trás para olhar para as irmãs e para James, que segurava Ibai no colo, e para a incansável Engrasi, que, elegante, pusera um chapéu por cima da atadura que lhe cobria metade da cabeça.

Glossário

Cagot — um dos nomes mais antigos com que se identificavam os agotes, do qual deriva com certeza a palavra agote.

Inguma — espírito, em geral de natureza maligna, que rouba o alento e o fôlego dos seres humanos enquanto dormem, levitando sobre o peito e ajustando as mandíbulas sobre a boca e o nariz da pessoa adormecida.

Kaixo — olá.

Maitia — querido, amor.

Ttikitto — menino.

Zorionak, aita — Felicidades, papai.

Agradecimentos

Agradeço a colaboração de todos os que colocaram de novo o seu talento e conhecimentos ao meu serviço para conseguir fazer desta fantasia a realidade palpável que agora seguramos entre as mãos. Qualquer erro ou omissão, e com certeza haverá muitos, são de minha inteira responsabilidade.

Agradeço ao doutor Leo Seguín, da Universidade de San Luis.

A Paloma Gómez Borrero.

À Polícia Foral de Navarra e em especial à Unidade de Elizondo, AURRERA. *Milesker*.

A Mario Zunzarren Angos, comissário-chefe de Pamplona, Polícia Foral.

Ao capitão da polícia judiciária da Guarda Civil de Pamplona.

A Juan Mari Ondikol e a Beatriz Ruiz de Larrinaga de Elizondo, precursores das visitas guiadas feitas em torno dos cenários da Trilogia de Baztán em Elizondo.

Ao corpo de Bombeiros de Oronoz-Mugairi, na pessoa de Julián Baldanta.

Ao pelotário Oskar Lasa, Lasa III, porque às vezes uma conversa é bastante proveitosa e dá pano para manga.

A Isabel Medina, por me contar uma lindíssima história de Baztán.

A Mari, porque é justo.